ALBAN NIKOLAI HERBST

BUENOS AIRES. ANDERSWELT

ALBAN NIKOLAI HERBST

Buenos Aires. Anderswelt

Kybernetischer Roman

Unser Schicksal ist das eines Oktopus,
nämlich zu werden, was wir denken,
unsere Gedanken zu unserem Körper zu machen
und unseren Körper zu Gedanken.

McKenna

BERLIN VERLAG

Umschlaggestaltung:
Nina Rothfos und Patrick Gabler, Hamburg
Gesetzt aus der Caslon Buch
durch Offizin Götz Gorissen, Berlin
Druck und Bindung: Friedrich Pustet, Regensburg
Printed in Germany 2001
ISBN 3-8270-0428-4

Neue und alte Rechtschreibung dienen
dem künstlerischen Ausdruck.

INHALT

SCHNELLE WECHSEL

Durch Buenos Aires nach ... 7

... Garrafff: Dahinter ... 85

... die Unendlichkeit. 165

AUSGANG

Vom Silberstein zur Dunckerstraße. 256

Durch Buenos Aires nach …

… Zeichen des *global capitalism* und seines kommunikationstechnischen Pendants, des Cyberspace … Offensichtlich erfüllt das Internet darin die Grundstimmung des Staatsautomaten, daß es sich um ein künstliches Wesen handelt, das mit dem Menschen scheinbar wie mit einem Gegenüber zu kommunizieren vermag … ein künstliches Wesen, »eine bioelektrische Umwelt«, die »eher ein Ökosystem denn eine Maschine« genannt werden kann …

Bredekamp

C. dels Escudellers – Eingang zum Boudoir

1

»Schalt ein, lad hoch, fahr ab!«:

Man stieß ihn

Hans Deters betritt den Raum

ins

Tohuwabohu aus Feuerwehr Notarztwagen Polizei. Die wallende Stadt. Stolpernd riß Deters' Blick an Schaulustigen, rechts sah er das Silberstein eingerüstet… wieso kam ich *aus der Straße*, ja!: *von unten hoch* wie durch Asphalt? und fühlte: hinter mir knallt die Tür Akustik verändert der Nachhall, ich warf mich herum: im Knall die ganze Baubude weg. Ein Klick, und statt Silberstein stand Samhain über der Front… und hinter mir war nichts mehr, was auf diese Öffnung im Asphalt – Baugrube, Kanaldeckel – noch hätte schließen lassen. Ich war betrunken, ganz einfach, ich halluzinierte, weißes Rauschen, man stieß mich weiter: »Hier lang!« Nächster Schubs. Links die

Synagoge mit dem Café Oren. »So lassen Sie mich doch!« War nicht wegzuschütteln, der Kerl. Ein nässender Schmerz über der Nasenwurzel. Feuer in der Einfahrt, jedenfalls Rauch. Ein Sanitäter rannte mit Kompressen heran, drückte mir einen feuchten Batzen auf die Stirn. »Gehn Sie jetzt heim.« Als hätt ich das nicht sowieso vorgehabt. Vigili del fuoco, na ja. Wo früher, ruinenartig, das Tacheles gestanden hatte, leuchtete türkis GUM in die Nacht. Außerdem war's kalt. Wieso hatte ich keinen Mantel an? Wer denkt im Sommer an so was? Und die Diskette? Ich hatte sie der Goldenhaar gegeben. Schrecken, spontan entsetzt. Laß dich jetzt bloß nicht nervös machen. Dennoch schaute ich mich nach der Lamia um. Aufgebrochen heute, eines schönen Junivormittags, zu einem Spaziergang durch Berlin, war ich angekommen im fantastischen Raum. Am Senefelder Platz war eine Frau in die UBahn gestiegen. Sie hatte sich verabredet mit mir, im Silberstein, abends, da war sie auch erschienen, spät allerdings, nachts, zu spät, kann man sagen ... *als Ungeheuer* herausgetreten aus der manieristischen Bronzefigur, die mitten in dem Gastraum stand. Flüssige Schritte geschmeidiges Rollen das helle Haar aufgetürmt. Alle Zeit vorher hatte ich mit der Diskette auf dem Tresen gespielt. Und nun? Wütend wirbelnd Hysterie. Blechschäden wohin man sah. Aus trichterartig über den Straßen angebrachten Lautsprechern legte sich meditative Musik auf das Chaos. Eine brünette Frau sprach mich an: ob mir schlecht sei. »Wie bitte? Mir?« Ich erkannte sie sofort, aber konnte nicht glauben, daß es sie war. Ihr für die zierliche Person erstaunlicher Nacken machte mich dennoch beklommen. Sie hatte sich verändert, war älter geworden, Mitte vierzig jetzt vielleicht. »Wie fahl Sie sind!« rief sie aus. Ich: »Welches Jahr haben wir?« Sie: »Was ist denn das für 'ne Frage?!« Über ihren Handrücken waren erste rostbraune Streusel gesät. Indem ich auf das lärmige Durcheinander von Polizei und Feuerwehr und Gaffenden wies: »Was ist denn passiert?« »Rechtsradikale wahrscheinlich ... Die zeigen sich wieder neuerdings.«

Obwohl die Polizei da patrouillierte. Sowieso stand überall Wachschutz herum. Auch ein niedriges schmales Panzerfahrzeug, direkt vor der Synagoge. Die kleine handfeste Frau nickte resigniert, besah dann meine Wunde ... na ja: Blessur. Immerhin blutete ich wohl etwas. Sie lud mich, noch tupfend, auf einen Drink ein, dabei irrsinnigerweise den Fasching erwähnend und daß November sei, sah zur Uhr, wiederholte, es sei der erste November fünf Minuten nach Mitternacht. Nun war auch November nicht gerade Faschingszeit. Okay, elf Uhr elf. Corinna Frieling – ich glaubte es einfach nicht. »Es ist nicht Mitternacht«, beharrte ich und hob Arm und Armbanduhr. Unbeeindruckt sie: »Stehengeblieben.« »Das ist eine *Oris*!« »Geben Sie nicht so an!« Wo müsse ich hin? Dunckerstraße? Kenne sie nicht. Selbst *Kiez* und auch vom Prenzlauer Berg hatte sie noch nie gehört. Sie zog mich mit sich aufs SILBERSTEIN zu. Dem Himmel sei Dank, bereits geschlossen. Stand da SAMHAIN? Ich blinzelte, kniff die Augen zusammen. Riß sie auf. Tatsächlich. Also *gab* es die Lamia, also auch Goltz. Schließlich war auch der dagewesen. Vielleicht suchte er mich noch, ganz sicher, der lauerte da drin mit seinen SZK-Bullen. Erinnerungssplitter, über die ein rasendes Licht streicht. Bersten. Fragmente. Die Frieling sagte wieder was, ich verstand nicht gleich, hatte nur Angst, sie klopfe gegen die Tür, denn noch drang durch die hohen Scheiben ein gedimmtes Licht. Man konnte aber drinnen nichts erkennen. Sie wandte sich vergeblich an einen der Feuerwehrer. Ich atmete durch. Sie wandte sich wieder mir zu: »Sei's drum!« Sie kenne an der Tiburtina eine hübsche Cerveceria. Am liebsten hätte ich mich davongemacht, stand jedoch noch länger als eine halbe Stunde neben ihr an der Theke und schwieg. Sie plapperte und plapperte. Der Kaffee schmeckte extrem nach Chlor. Drüben gab es ein Kino für den französischen Spielfilm. Alles französisch, auch die Titel. Sogar die Art, in der zugesperrt war, war französisch.

Um halb eins brach ich auf, halb sechs nach meiner Zeit. Die

Frieling unternahm noch einen Versuch. Sie wolle mich mit ihrem Wagen hinbringen. Wo immer diese Straße nun sei. Danke, nein danke, ich ginge lieber zu Fuß. Nach Berlin?! Ich sei in Berlin. Dazu falle ihr wirklich nichts ein. Doch reichte sie mir ihre Visitenkarte ... falls ich mal Hilfe brauchte. Ich nickte und revanchierte mich, bevor ich mich endlich davonmachte, mit der meinen.

Elena anrufen! Das ist die Idee! *Goltz* hieß sie jetzt. Mißtrauisch sah ich mein Handy an. Nichts stimmte mehr. Ich wäre nicht verwundert gewesen, hätte sich das Gerät zusammengezogen und wäre, mir durch die Hand glitschend, am Boden nicht aufgeschlagen, sondern, seinen Sprung sozusagen in den Kniekehlen abfedernd, auf sechs unter ihm hinausgespritzten Beinchen davongerannt. Hatte ich überhaupt Elenas Nummer? »Sehen Sie, ich kenne sogar den Inhalt Ihres Telephonats ...«, hatte ich ihr neulich gesagt. Und sie hatte erwidert: »Aber meine Handynummer nicht. Finden Sie das nicht seltsam?« Dabei war ich mir sicher, die schon mindestens zweimal gewählt zu haben. Wahrscheinlich war die Nummer automatisch gespeichert worden, nachdem sie angerufen hatte. Der kleine rote islamische Mond am Datumszeiger meiner Uhr umrahmte halb die schwarze Eins. Zwar hatte ich Buenos Aires erfunden, das hieß aber nicht, daß ich mich auskannte darin. Schon dieses Viertel ausgesprochen fremd. Sicher, die Oranienburger, doch erst hinter einer Viale delle Provincie. Immerhin, ich *fühlte* das Pflaster der Allee, deutlich, jede Kante, jeden Riß im Asphalt, der sich in meine Sohlen drückte. Mehr kann man von der Wirklichkeit kaum erwarten.

Ab Monbijoupark säumten die venezianischen Bordsteinschwalben den Faubourg St. Michel wie eh und je; Stiefel bis zu den Oberschenkeln, die Kunstmähnen über den Rücken in die Kniekehlen geflossen. »'tschuldigung, welchen Tag ham wir heute?« Die Prostituierte antwortete höflich, daß Samstag sei. »Jaja sicher, aber welches Datum bitte?« Und wie spät sei es? – »Erster November«, und salbungsvoll: »... mein Herr ...«, lächelte zuvorkommend? ironisch? »... dreizehn nach eins und elf Sekunden ... zwölf Sekunden ... dreizehn ... vierzehn ... fünf ...« »Schon gut!« »Ich bin nicht teuer«, setzte sie nach, »und wenn ich Ihnen gefiele ...« Das war nun auch konjunktivisch überschminkt. Ich tippte an die Hutkrempe: »Im nächsten Leben vielleicht.« Sie, stimmlos: »Fick dich!«

Ich drehte mich weg.

Der schwarze Pferdeschwanz, der hinten unter meiner Hutkrempe raussah, amüsierte mich. Immer wieder warf ich seitlich Blicke in Schaufenster. Das war *ich*?! Wie heiter! Ich hatte immer braunes Haar gehabt.

Das Rauschen dieses frühen Morgens, eine Komposition aus Tiergarten und dem Sirren der Untergrundbahnen. Als ich flach auf die niedriggeführte Geländerstange faßte, die den Rasen des Parks vor Mopedfahrern absperren soll, fühlte ich das Metall unter meinen Handballen fließen. Ich verharrte – fasziniert, abgestoßen – eine ganze Weile in der Hocke. Auch Straßen Häuser Pfähle nicht fixiert. Man bemerkte das allerdings nicht gleich, die Dinge wirkten durchaus materiell. Allerdings schienen sie bisweilen neu gemischt zu werden. Eben noch, ich hätte schwören können, war da vorne ein Schuhgeschäft gewesen, aber kaum hatte ich mich noch einmal umgewandt – der fette Qualm aus der Hofeinfahrt neben dem OREN, Bereitschaftswagen des ArbeiterSamariterBundes blitzflächig in TECHNICOLOR und Kondensnebel gewoben – und sah nun wieder nach vorn durch diese Vorhänge aus Licht und Werbeplakaten, die sich von den Umrissen der Häuser Geschäfte Bordsteinkanten kaum trennen ließen, befand sich dort MCPAPER. Erst der nächste Blick spülte das Schuhgeschäft wieder hin: **barfuß oder LACKSCHUH**, ich meine, das klang nun wieder nicht sehr nach Realität. *Gogo Dancing* am Franz-Josef-Kai. Es wurde um adäquate Abendkleidung gebeten. Nebenan putzte der wedelnde Lappen eines Schwarzen die Plastikkörper von Flaschen. War ich, seit meinem Aufbruch,

Raum verändert sich ständig

auch nur zweimal dieselbe Straße gegangen? Das schien in Buenos Aires prinzipiell nicht möglich zu sein.

Die Neue Promenade vor dem SBahnhof war unterdessen planiert und die Haltestelle der Tram auf die andere Seite der Hochstation verlegt. Unter The Bristish Council funkelten Bäume in der Frühe des Novembers. Die filigrane Parkanlage wurde von einem Astgeflecht aus Glas überdeckt; an den Zweigen blinkten Blütensterne. Wischte ein Windzug hindurch, klirrte es; riß er Blüten ab, zerschellten sie als Elfenlachen. Was nach O du fröhliche klang und zu den Weihnachtsmännern stimmte, die schon bei meinem Aufbruch in den Supermärkten gestanden hatten. Es lockten Jingle Bells, und es roch nach Kohle. Jeder Baum trug ein Schild, bisweilen unter Beigabe des botanischen Fachnamens, was den Eindruck einer hohen Künstlichkeit machte. **Gemeine Roßkastanie** [aesculus hippocastanum L.]. Bereits einmal war ich an einem 1. November angekommen, ebenfalls Monate früher aufgebrochen. Wie sich im Leben alles wiederholt ... – Nun war die Nacht so klar, daß die Lichter von Reklamen und Straßenlaternen auf der Netzhaut schmerzten. Zwei Bänke waren unter wulstigen Kristallschütten aus Zuckerguß verschneit. Auf dem zugefrorenen Lake liefen Comicfiguren Schlittschuh unter Glitzerwürfen aus Licht. Wyfard Place. Zu beiden Seiten Kleinpanzer wieder. Polizisten sah ich allerdings keine mehr. Langsam, einem Rüssel gleich, drehte sich, als ob es mir hinterherpfeifen wollte, ein langes Kanonenrohr mir nach.

Auf der Piazza Barberini, wo mal die Hackeschen Höfe gewesen waren, momentlang der bizarre Eindruck schweizerischer Geputztheit. Die hübschen Innenfassaden hinterm Café Coupole, das immerhin geblieben war, aus einem Prospekt geschnitten: ein Drittel bremische Böttcherstraße, ein Drittel Wiener Secession, der Rest gab gigantisierten Kleingartenstil, ecstasygeneriertes Kunstgewerbe. Die Scheiben gewienert, Fetisch selbst der Papierkorb. Nicht die Spur von Abbruch mehr. **Blaue Camaropinie.** Ein

Uniformierter wienerte in einer Telephonzelle, versprühte Sagrotan, zu seinen Füßen Wassereimer mit Feudel. Obwohl so gar nichts benutzt, ja nicht einmal bewohnt aussah, saßen Leute in den Lokalen und standen in den Geschäften, die noch immer geöffnet hatten. Wirkten hinein*gestellt*, aufgezogene BarbiePuppen: schick schön jung und völlig stoffwechselfrei. Die Ordnung freilich unstet wie Chaos. Kaum hatte mein Blick Sand Steine Papiermüll in die Schütten gepackt, pustete ein nächstes Hinsehn sie abermals ins Bild. Schon sah man die abgeblätterten, ausgedörrten Hausfassaden eines Neapels: rissige Fenster die Seitenstraßen annähernd Slum. Das Beste war, ich ließ mich drauf ein.

Waren das Laternenpfähle? Ich konnte den Kopf noch so weit in den Nacken legen, ich sah nie, wo sie endeten. Zwar wölbten sich in Höhe der dritten Stockwerke Lampenschalen schmal und deutlich über die Straße; doch die Rohre, von denen sich ihre gebogenen Haltearme trennten, reichten weiter und noch immer weiter hinauf, immateriell ins Firmament verzüngelt: eine Decke weiß verschlierter Nacht. Autos schunkelten vier bis fünf Meter über den Leuchten, lose mit Kabeln an die Pfähle gedockt. Schwindlig konnte einem werden, wenn man dem zusah. Vielleicht wurden sie so betankt … oder aufgeladen. Am Straßenrand parkte niemand mehr. Sowieso kam mir außer bisweilen einem Bus kein Fahrzeug entgegen. N52, stimmte wenigstens d a s? – Überall stand Grüne Minna. Wann hatte ich dieses Wort zuletzt gehört?! Ich konnte nicht anders, als leise zu lachen. Da muß ich Kind gewesen sein.

Die Häuser und Steige spielten mit ihren Konturen. Marmorwände pyramidenhoch. Aber lockend luzid und gewaschen. So hauthaft atmeten sie. Seit ich die Nutte angesprochen hatte, war mir kein Passant begegnet. Die Leute schienen sich um diese Zeit ausschließlich in den Häusern aufzuhalten. Der vielen Polizisten wegen?

Borkenbrod! Der Graffito über ein haushohes GAP-Plakat gesprüht. Die Myrmidonen, natürlich! Deshalb hatte das Scheunenviertel mobil gemacht. Während hier draußen Krieg war, kippten die Barbies da drinnen ihr Bier.

Die Tür der COUPOLE ließ sich wie ein Vorhang zur Seite heben. Momentlang, als ich auf die Schwelle trat, fiel ich ... nein, stand noch vorm SILBERSTEIN. Nicht einen Meter hatte ich mich fortbewegt. Keine Frieling, keine DisneySzene bei den Hackeschen Höfen. Sondern Gedränge Durcheinanderrennen Rufe Feuerwehrer. Die schleppten an einem Schlauch von wenigstens einem Fünftelmeter Durchmesser. Die Martinshornlichter rotierten Autotüren sperrangelweit auf. Bereitschaftswagen ArbeiterSamariterBund. Motorengeräusche. SUSHI glomm auf dem Schild über dem Eingang und der japanischen Kalligraphie. Ein Lokal, das SAMHAIN hieß, hätte heute rund um die Uhr geöffnet sein müssen. Doch brannten drinnen bloß Funzeln. Das Ding wie mit Dunkelheit verrammelt. Fetter Qualm aus der Hofeinfahrt am OREN. Blitzflächig in TECHNICOLOR und Kondensnebel gewoben. Und wieder MCPAPER. Einen schweren Schritt weiter _ó$_XÁ_)©¥q_AÛ_N_#i_7t†D4_4Äã7)q‡:({OLD-ZEØ_ΩSí«ð#_§H_rÕƒ∑ÃJÓ1‰[)c@\„bwÕL_‰òu_ö§_ hier verlor Herbst Hans Deters auf seinen Beelitzer Monitoren. Er war unkonzentriert, übermüdet. Zu lange hinter seinen Screens gesessen. Man merkt ja bei dieser Arbeit keine Zeit. Plötzlich sind dreizehn Stunden vergangen. Und die Zeuner war nicht da. Dreizehn ist eine gute Zahl, dachte Herbst. Es gibt keine Grenze zwischen Spieler und Gespieltem, man spielt immer sich und _ó$_XÁ_)©Ÿ◊‰¥q_AÛ_N_#i_7_t†D4_4Äã_7)qÜ:({OLDr™_ZEØ_ΩSí«#_§H_rÕƒÔúÔÃJÓ1‰[)c@¿»bwÕL_‰òu_ö§_ Beutlin, der die Sequenz auf einem der neun flachen, die Stirnwand seines Wiesbadener Arbeitszimmers verkleidenden Monitore verfolgte, sah ihn hastig in das Keyboard tippen, ja hörte ihn fluchen: _ó$_XÁ_)©¥q_AÛ_N_#i_7_t†D4_4Ää_7)q¥:£({ OLD‰_ZEØ_MSí«#_§◊H_rÕƒ÷ÔúÔÃrJÓ1‰[)c@¤÷»bwÕL_ *òu_ö§_ »Scheiße! Scheiße, was ist denn jetzt wieder *das*?!« ÿ_î_úT‹ÆO'™Í<_"Úòt#ŒúÓ†"A:@_©;ÔÂ_e_W_µ2_[]#_G ^$Ñ$!ËVN_ò54_H$'>ûT_Æ schlug die Tür beiseite und sofort ... innere Stimmen ... als hätte wer in Hans Deters den Volume-Button aufgedreht: Ein ganz objektives Gesprächsplappern, aus dem sich schon mal ein **Huhu, Moon**! heraushob oder **He Panter, wie wars denn gestern noch**? Auch so was hörte er: **Morgaine: pc**? Doch flirrten, den Häusern draußen sehr ähnlich, die Konturen der Sätze, sofern man das ›Sätze‹ nennen konnte: Gequatsche, das nichts wollte als quatschen. Deters stand in der gerafften Tür, sah in den schicken Gastraum und lauschte. Einen Schritt noch, dann wär er mitten drin im Gequassel, eine Art atmosphärischer, ihn wie zu dicke Luft umwallender Äther, welcher diesem anderen glich, von dem mal die Astrophysik fantasiert hat: wie das Licht in diesem, so schwimmen in jenem die Menschen. Auf ihren Stimmbändern reiten die Dinge. Nur deshalb fühlte sich der Vorhang, den die Tür des Cafés vorstellte, derartig schwer an. Bleistoff Stoff aus Sand. Immer noch hielt Deters die Glastür an der Klinke gerafft, hielt sie über sich, ja bückte sich, wie um darunter durchzuschlüpfen, bückte sich viel zu tief, vielleicht des Hutes wegen, den er drinnen erst abnahm. Hinter ihm schwang sich die Tür zurück in ihr Schloss. Seit wann, übrigens, trug er Hüte? Ob man noch oder bereits geöffnet habe?, fragte er ziellos in den Raum. Der Kellner antwortete nicht, sondern schoss aufgezogen zwischen den Tischen herum. Plötzlich blieb er stehen, sah auf, sah zu dem neuen Gast hinüber, indem er furchtbar langsam den Kopf drehte. »Guten Morgen, Herr Deters.« Woher kannte er den? Schnurrte schon wieder von Tisch zu Tisch. Er hatte etwas von einem Karussellpferd, das immer an derselben Stelle nickt. Zweimal spuckte er aus. Blieb stehen.

Wischte den Speichel mit der Schuhsohle glatt. Schien sich zu ekeln, ein Schauder, seitlich dünner Luftschaum, pflügte von seinem Gesicht herüber. Der Kellner wirbelte weiter. Stellte Gläser an leere Plätze und holte sie Sekunden nachher von eben diesen Plätzen wieder ab. Ein längliches graues Gerät baumelte ihm an einer Kette neben der Hosennaht. Aus den Ecken pulsierte Schmusetechno. An eine der Säulen war ein Poster des Synthetikers Boygle gepinnt: Der karpfenköpfige DJ starrte unter einer verdrehten VIRGIN-Kappe ins Lokal. Viele Leute waren tätowiert, einige sogar im Gesicht, das schien jetzt Mode zu sein. An der American Bar vier GanzkörperPiercings. Es dampfte aus geriffelten Gläsern ockergelber MasalaDschai. Vor der Säule eine Gruppe gentechnologischer Opfer. Und eine schmale Präraffaelitin, die ihre Eleganz wie eine Schärpe trug und mich musterte, wie wenn sie Deters erwartet hätte. In der Tat … hm … irgendwoher kannte er die Frau, die sich noch immer über ihren TAGESSPIEGEL beugte, ein schmales Bein überm andern, an den Seiten lappte in schwarzem Wurf ihr Rock auseinander. Ihr Zeigefinger blieb im Glacee auf der Zeile liegen, als sie so befriedigt aufsah, dass der Blick kaum die Drohung kaschierte. Jetzt hob sich die in dem über den Ellbogen hinausreichenden Abendhandschuh steckende Hand und winkte Deters ebenso zäh, wie sich ihm das Karussellpferd zugewandt hatte. Dicht und gemächlich strömte die davon durchschnittene Zeit an ihm vorbei und hinaus. Ließ er die Tür nicht bald zufallen, stünde drinnen alles still. Sein inneres Stimmrauschen schwoll. Schloss er die Augen, klang es, als wäre Meer um ihn her – ein biografischer Ozean: Wehenschreie Geburtsdaten Schulklingeln Fetzen aus Liebesbriefen Bewerbungsschreiben; sogar knallte einmal ein Schuss, auf den von ganz woanders her ein begeistertes »**Tor!**« tönte, nicht mit einem, nein, tausenden Ausrufezeichen. Eine Welle trug mir die Erinnerung zu. Als sie sich brach, fühlte sich das wie ein innerer Whirlpool an. Ich bin, fiel ihm ein, verabredet mit dieser Frau. Elizabeth Siddal. Ich habe sie letzte Woche bei Sombart kennen gelernt.

Auch sie schöpfte aus dem Pool ihre Information, es ließ sich ihr zusehn dabei: nahm dazu die andere Hand, die, die nicht winkte. Während sich ihr Blick auf meine Stirn konzentrierte, war er Vorgang und die Information Rapport. Der Frau entströmte eine Trägheit, die mich schon neulich gewarnt hatte. Doch mein Interesse war stärker, ich war wie becirct gewesen, aber in dem dunklen Sinn des Wortes, also *umsiddalt* (: die erdbeerfarbenen Schweine von Lough Leane!). Der Zug um Kirkes Lippen spöttisch, ja von der Verachtung, die an den Winkeln zog, nach unten gebogen. Als sie die eine Hand wieder gesenkt, die andere wieder gehoben hatte, setzte ich mich zu ihr.

Da sei ich ja endlich. Sicher, da sei ich.

Ich schloss die Augen. Vielleicht kriegte ich die akustischen Gesichte so weg. Doch wurde mir daraufhin ein faksimiliertes Kunstdiplom aufs Liderinnre projiziert. Und Siddals Lebenslauf scrollte runter. Um nunmehr das abzustellen, öffnete ich die Augen wieder. **Benötigen Sie eine beglaubigte Kopie?** – »*Bitte?*«

»Bitte?«: Das jetzt die Siddal, die sich angesprochen fühlte.

»'tschuldigung, nichts.«

Die Stimme war deutlich zu hören gewesen, der in Ausdruck und Ziel scharf umrissene Tenor nicht etwa aus mir gekommen. Ich ließ meine Blicke den Raum durchsuchen, doch niemand stand nahe genug. Immerhin war es ein Leichtes, mir den Sprecher *vorzustellen,* ein Kontor voll blass gefasster Aktendeckel, ein Schalter – Schalter! –, der Sozialamtsbeamte:

Von seinem Platz aus sah er Deters an. Der Blick fasste über die Papierstöße hinweg durch die Tür den ganzen Gang entlang, zu dessen beiden Seiten Bittsteller auf hellen Holzstühlen saßen. **Is was?** Er hatte einen ziemlich abfälligen Ausdruck im Gesicht. »Nein nein, schon gut.« Jetzt nur nicht stottern! Plötzlich glitzerten seine Pupillen, es waren Elizabeth Siddals, erschreckt machte ich kehrt: … – Bloß weg! Auf dem Flur, der enorm nach meiner alten Volksschule roch (Braunschweig, Bültenweg), hoben die Antragsteller ihre dunklen Marderaugen.

Ob ich eben eine Vision gehabt hätte, wollte die Siddal, spitzlippig, wissen. **Och bitte, Morgaine, komm pc!** Ich stockte. Dann nickte ich: das könne man so sagen. Sie schätze begabte Menschen. Ob ich ihr bitte mehr erzählte. Sie habe gar nicht gewusst, dass auch ich künstlerisch veranlagt sei, sondern mich für einen Mann der Zahlen und Kalkulationen gehalten. »Ich bin Verkäufer, das stimmt.« Sie lachte böse, setzte nach: wie so was denn aussehe, eine Verkäufervision? Das werde sie kaum interessieren. Oh, es interessiere sie alles, was mich betreffe, ich hätte sie tatsächlich sehr … ja, *berückt*, sagte sie. Ich fühlte, wie sie log. »Meine«, erklärte ich, »Laupeyßer- bzw. FalbinZeit.« »Ihre *was*?« »Sehn Sie.«

Ich war für zweidrei Monate arbeitslos gewesen nach dem Zivildienst in Bremen und diese … na gut: Vision hatte das alte Bremer Sozialamt wieder erstehen lassen, als ich der Siddal in die Augen sah … Wie heimtückisch sie lächeln konnte! Welche Lippen!

Sie hatte, was sie über mich wusste, offenbar nicht aus dem Whirlpool gefischt, sondern der Sozialamtsmensch hatte sie informiert. Nicht nur das, er hatte sich in Indiskretionen gewälzt. So viel später verstand ich endlich, weshalb der arme Falbin von diesem Beamten – damals hatte es noch Beamte gegeben – so abfällig behandelt worden war. Von der Siddal hatte der Mann sich bestricken lassen, sich auf ihre Seite geschlagen. Je caritativer jemand eingestellt ist, desto bereiter, das IchIdeal der erstbesten Versuchung unters Messer zu legen: *Sweet joy I call thee: / Thou dost smile, / I sing the while …*

Bei näherem Hinsehen wirkte sie übrigens gar nicht präraffaelitisch, sowieso war sie blond: so dieser hochgewachsen-brustlos androgyne Meseck-Selchow-Typ. Die Möse, die man bei ihr anders nennen muss, man muss von – ja?: *Schamwölbung*? sprechen, wahrscheinlich rasiert. Natürlich wettet man als Herr auf so was nicht. Aber um ehrlich zu sein, hatte ich mich vor allem mit ihr verabredet, um es herauszukriegen. Ich war mir ziemlich sicher, dass sie, 180° gewendet, sogar die Muskelbuchten eines trainierten männlichen Gesäßes ausgebildet hatte. Die Flanken ihrer sehnigen Oberschenkel! Sie schloss die Augen, meine Fingerspitzen auf der anatomischen Spur. Müdblasse Aristokratinnenstirn über den RossettiBrauen. Gemeißelt konkavglatte Wangen. In der Handtasche stets ihre Migräne parat, ließ Athene die Wände atmen, indes sie meine Irritationen genoss. Sie dehnte sie, jene, diese, aus, zog sie zusammen, dehnte sie wieder. Hatte sich das Wolpertinger, das doch sicher längst abgerissen war – eine Wiese, dachte Deters, bedecke heut die Ruinen, mannshohe Wedel; in Buenos Aires aber, hier, habe sie das Thetismeer verschlungen –, war es also dem Hotel sozusagen posthum gelungen, sein mythisches Serotonin nicht nur in Hannoversch Mündens Kanalisation zu ergießen, sondern war das Gift bereits in die Abwässer des ökologisch revidierten Europas eingeschwemmt? Die Tapeten schwitzten. Hätte ich gewollt, ich hätte die Tischplatte biegen können wie erwärmtes Gummi. Ohne mich gefragt zu haben, stellte das Karussellpferd auch vor mich einen Dschai. Ich nippte. Einer der Piercings spielte an seinen Ringbuchperforationen. Leise kicherte ein deutsches Mädel unter ihren Affenschaukeln und eine Bulimistin versuchte, ihre Fingerkuppen aufzuessen. Die Nägel waren schon geschafft.

Ich legte mein Handy vor mich auf den Tisch. Es war wirklich der erste November, aber das *J a h r* ...! Mit so was hatte ich nicht gerechnet. – Und die *Head*line! »Darf ich mal?« Drehte die Zeitung zu mir. WO MÄNNER ZÄRTLICHKEITEN AM MEISTEN LIEBEN. Bloß ein Artikel über DamenWrestling. Ob es den Herrn Karasek noch gab? Ich blätterte, blätterte, wirklich, n e u n Jahre... Ob wir *gleich* zu ihr gingen, fragte die Siddal und nahm den TAGESSPIEGEL zurück. **Moni, woher kommst du?** »Wie bitte?«

»Sie suchen doch eine Unterkunft.« »Hab ich das gesagt?« »Aber sicher; deshalb sind wir hier.« Hinter mir solch eine leere Zeit! Nur wenn ich mich zusammennahm, drehten sich Bilder meines lebensgeschichtlichen Memorys um, deckten sich aber ebenso schnell wieder zu. Wir hatten uns unterhalten, das stimmte, über alles Mögliche, bei Sombart, über Zimmersuche aber nicht. »Wenn Sie gut sind, können Sie bleiben«, sagte sie. Ich wisse ja, sie habe Probleme mit Männern. Doch habe mich Sombart aufs Wärmste empfohlen. Sie wäre sonst gar nicht hergekommen.

Irritiert sah ich sie an. Ich war nur dieses eine Mal auf den stadtbekannten DonnerstagsAkademien gewesen, die Sombart, um für seine Veranstaltungen – weil er ja Mann war – den Begriff ›Salon‹ zu vermeiden, Assemblées nannte und aus Gründen der Exklusivität vormittags unter der Woche stattfinden ließ. Wieso hatte der alternde ArchitekturStar zumal so intime Auskunft über mich erteilt? Er kannte mich nicht, hatte kaum ein Wort mit mir gewechselt.

Jemand gähnte sehr laut. Jemand, der nicht in der Coupole saß, sondern in diese hunderte Stimmen eingewoben war. **Feierabend, Ronia?** Ich versuchte abermals, meinem inneren Stimmäther etwas Konkretes abzulauschen. **Kann mir hier wer sagen, wie ich Mirc kriege?**

Draußen wurde es hell. Vor den Scheiben fuhren nun doch Autos, ganz herkömmliche PKWs. Wenigstens das war beruhigend. Aber wie Trams neuerdings aussahen!: – entweder du graust dich oder lachst … – Was stand eigentlich in meinem Personalausweis? Lächerlich, da jetzt nachsehn zu wollen, ich weiß es ja selbst. Doch die Tatsache, ihn einfach aus meinem Portemonnaie ziehn zu können, gab mir trotz des mehr als nur spöttischen Blickes der Siddal, die mir, ich möchte sagen, abartig detailverliebt dabei zusah, eine angenehme Sicherheit. Sie glich dem seditativen Einfluss der frielingschen Visitenkarte. Die hielt ich, ich merkte es jetzt erst, noch immer in der Hand. Nun steckte ich sie in die Börse. Auch das registrierte die Siddal.

Na also: Dunckerstraße.

Momentlang spielte ich mit der Idee, das der Siddal zu zeigen. Sie hatte auch schon den Kopf vorgestreckt. Doch besann ich mich und steckte den Ausweis wieder weg. Nahm einen Schluck vom Dschai. »Ausgezeichnet«, sagte ich. Die Lokalität, so sie, als wäre sie deren Inhaberin, sei berühmt für ihren Tee. Drüben der Piercing erhob sich, winkte dem Karussellpferd. Bevor er das Lokal verließ, musste er seine rechte Hand auf einen Scanner legen. Dass Geld als ein materielles Substrat überflüssig geworden war und sich auch nicht länger in Substituten manifestieren musste, fand ich eine logische Entwicklung. Allerdings war damit klar, dass ich mit meiner Eurocard nichts mehr anfangen konnte. Besaß ich ein virtuelles Konto hier?

Zum Kellner: »Haben Sie ein Telefonbuch?« Vielleicht stand ich ja drin. »Ein *was*?«: Und karussellte schon wieder davon. Die Siddal: »Ein Telefonbuch? Wozu?« Als hätte sie durch die Nase geschnaubt. Ein Buch aber gebe es schon, »da hinten im Terrarium.« Sie zeigte längs der Theke entlang. »Bitte?« »Für die Kobra.« »*Wie*?« »Sie haben sie noch nicht gesehen?!« »*Was* gesehen?« »Na Shesha. Sie lebt in dem Buch.« »*She*...?« »Die Kobra doch!« »Nein!« Müde: »Aber sicher.« – Das musste ich mir angucken.

Ich schob den Stuhl zurück, zwängte mich durch die Menge. Immer mehr Leute hatten den saalartigen Raum gefüllt. Nicht unproblematisch, ihren Blick zu erwidern, weil mir, tat ichs, sofort Biografien durchs Hirn rasten, ein datischer Meteoritenbeschuss aus lauter weggesprengten Banalitäten: Familien- und Kontostände Sozialversicherungsnummern Schulausbildung. Keine Ahnung, wie sich das abstellen ließ. Wenigstens fühlten sich Vorstrafen nach kleinen bunten Erlösungen an. Aber es schwirrten davon nicht genügend herum. Ganz sicher gab es einen inneren AUSKnopf, man würde sonst wahnsinnig werden.

Ich bückte mich über den Glaskasten. Auf einem bisschen Sand und vor einem kleinen Plastikkaktus, den Einband im Stil *meiner* Epoche, lag ein Schmöker. Darauf eine unterarmlange giftgrüne Echse. Die starrte, während ich hinunterstarrte, hoch. Auch sie hatte die Augen der Siddal. Ich musste die Lider senken, derart intelligent war der Blick. Das Buch sah konserviert aus ... nein: präpariert. Der Schutzumschlag eine Art Kunststoff. Weiße Schrift auf schwarzen Balken auf Sahnecremeblau. *Die Konstruktion des Widersinns*, las bzw. rekonstruierte ich unter dem Körper der Echse hervor, *Romane*. Über den Anschnitt wuchs grünlicher Schimmelpelz. Das Reptil bewegte Hals und Kopf und starrte wieder weg. Es roch nach erwärmtem Moos aus dem Terrarium heraus. »Besser, Sie gehn nicht zu nah ran«, sagte die Siddal, stand neben mir. »Beißt das?«, fragte ich. Wie war sie so unbemerkt hergekommen? Wir wurden uns keineswegs sympathisch, im Gegenteil. Doch war durchaus nicht uninteressant, wie sie daraus ihren erotischen Kick zog: »Gehen wir nun?« Ich müsse telefonieren, aber hätte die richtige Nummer nicht. Bei ihr kriegte ich jede Nummer. Ich tat den Teufel, auf ihre Anzüglichkeit zu reagieren. »Wieso Kobra? Das ist doch eine Echse.« Habe sie nicht gesagt, die lebe i n dem Buch? Sie zeigte auf ein Näpfchen mit zerflockter Milch: »Sehen Sie?« »Das ist für die Echse.« »I wo, die ist Avatar.« »Künstlich?« »Wenn Sie so wollen.« »Eine wiedergeborene Seele«, sagte ich. Sie klopfte spöttisch an die Scheibe: »Die Menschen glauben absurde Dinge.« Wieder mir zugewandt: »Zum Beispiel heißt es, Shesha sei unendlich lang.« Und in anderem Ton: »Tragen Sie Ihren Ausweis i m m e r offen spazieren?« Ich hätte schwören können, ihn eben weggesteckt zu haben. »Wirklich eine Kobra?« »Eine blaue, ja.« »K e i n Avatar?« »Also wie ist es? Sie haben sicher noch nicht gefrühstückt.« Hatte ich auch nicht, bloß diesen Kaffee mit der Frieling gehabt. Sie nahm mich beim Arm, führte mich an unseren Platz zurück. Das Karussellpferd schnurrte zwei weitere Dschai heran. Ob sie die Dunckerstraße kenne. Wo die denn sein solle. »Prenzlauer Berg, Berlin.« »Berlin, ah, da war ich schon mal, das ist nicht so ganz in der Nähe.« »Es gibt die Dunckerstraße.« »Ja und?« »Sie bestreiten das nicht?« »Warum sollte ich?« »Kennen Sie die Dunckerstraße?« »Bin ich ein Stadtplan?« Weshalb es sie *nicht* geben solle? Sie selbst halte sich am liebsten in S. Lorenzo auf. Oder daheim. In ihrem Atelier. »Die Coupole ist Ihr Stammcafé?« »Coupole?« »Na hier, das Café.« »Wie kommen Sie darauf? Das ist das Wallcafé.« »Aber nein!« – Ob mich ein Blick auf die Speisekarte überzeugen könne?

Besser, ich sah gar nicht erst hin. Besser, ich glaubte ihr einfach. Und schob die Frage nach, wo sie Zuhause sei. Pfaffenhofen, intonierte sie, als wäre das eine etwas pikante Gegend zum Wohnen. War es vielleicht auch. »Pfaffenhofen, hm ...« »Sein Sie nicht bizarr!« Der Bezirk sei größer als Palermo und Chelsea zusammen. »Aber Penn Station kenn' Sie?« Ich verzog kein Gesicht. »Das müssen Sie kennen!« Sicher, ich sei da wohl mal durchgefahren. Irgendetwas dämmerte mir. »Europa ist sehr groß geworden.« Sie zog sekundenlang die Brauen zusammen, dann glättete sich ihre Stirn in Meseck-Selchows zurück. »Meine Wohnung wird Ihnen gefallen. Sie können vom Atelier aus das Meer sehen.« Wieder die beiden schräg in die Nasenwurzel laufenden Furchen: »Wo haben Sie gelebt die letzten Jahrzehnte?« Der Satz hatte etwas widerspenstig Genießerisches, zumal als sie beifügte: »Im Osten?«

Wir schwiegen einen Moment. Drei Polizisten betraten die COUPOLE, das UDS auf dem silbernen Wappen ihrer Mützen, die sie neben sich auf die Bar legten, blinkte drei Mal auf im Licht. Sie bestellten an der Theke Cappuccini und dampften gestylte Kondenskälte ab.

Die Siddal: Wir sollten nun wirklich los. Sie habe, fügte sie ziemlich nüchtern hinzu, auf mich *Lust.* Während sie das sagte, faltete sie die Zeitung zusammen. Ich meinerseits wollte den Kellner ausprobieren: ob Sie mich zahlen lasse? »Wenn Ihnen danach ist…« Ich legte die Hand auf den Scanner und sah dem Karussellpferd gespannt ins Gesicht. Nach einem dezenten Fiepton drehte der Kellner sich um, er ließ den Scanner einfach los. Der bungeete runter und baumelte wieder neben der Hosennaht. Ich hatte also ein Konto. Oder wie man so etwas nennt mittlerweile. Und es war sogar was drauf. Meine Eurocard, ein paar Straßen weiter, warf ich fort.

Es war das erste Stück, das Herbst, nachdem er Deters wieder aufgespürt hatte, in eine Archivdatei kopierte.

2

Ich schloss mich der Siddal ganz gerne an. Es kam auch gar nicht drauf an, weil ich in Wirklichkeit immer noch vorm SILBERSTEIN stand. Stirnpulsen. Die nässende Blessur. Kondensnebel in TECHNICOLOR. Führerlos, als hätte man Fahrer und Besatzungen vorübergehend weggebeamt, warteten fabrikneu glänzende Einsatzwagen: Über den Kühlerhauben, die das grelle Licht der Halos, die Scheinwerfer der übrigen Autos und das stroboskopige Kreisen eines Blaulichts widerspiegelten, flirrte, fiebernd statisch, die Luft. Ich hätte fast die Hand auf eine der Karosserien gelegt, um mich zu vergewissern, ob darunter tatsächlich ein Motor lief. Da wurde jedoch in Deters dieser Satz hineingesprochen, als hätte wer vor mir eine Tür aufgerissen, durch die er nach Buenos Aires hinaus- oder, wie man nun will, hineingestoßen wurde:

Hans Deters betritt den Raum

Fette Schwaden qualmten aus der Hofeinfahrt am OREN. Daß doch so überhaupt niemand hier war! Ich tat ein paar Schritte … nein, die Szene hatte nichts Stummes … deutlich, geradezu überdeutlich, die aufgeregten Schreie Befehle sicherheitspolizeiliche Hysterie … nur war eben niemand zu sehen. Das SILBERSTEIN zugesperrt, gähnende Hauswand, die Glasfront ein geschlossenes Augenlid: als wäre das Tohuwabohu Fata Morgana, ich ihr Komparse, und die Tonspur liefe ganz separat. Wären mir die Ohren verstopft gewesen, ich hätte den Eindruck haben müssen, in einem verlassenen Studio gelandet zu sein, Crew und Akteure pausten zu Mittag: so wäre, amerikanische Nacht, alles gelassen, wie man es brauchte später. Nicht mal ein Skriptgirl oder der Gaffer waren hier. »Ja ist denn keiner da?!« Auf meinen Ruf hallte ein langes, furchtbares Echo durch das grelle, aufgeregte Nichts. Vorsichtig schritt ich auf die Hofeinfahrt zu, aus der sich unentwegt dieser Qualm herauswölbte, Xªºƒñºlz´ü©Ñ˜ñ da schaltete Herbst die Personen wieder ein. =Aò [_-f?Zi]-·âòªìß\ Durcheinanderrennen, Gestoße, paar Feuerwehrer schleppten sich an einem Schlauch von wenigstens einem Fünftelmeter Durchmesser. SUSHI stand auf dem illuminierten Schild überm Eingang. Vorhänge aus Licht, blitzflächig in TECHNICOLOR und Kondensnebel gewoben, nicht zu trennen von dem Tumult.

I HAVE BEEN IN MANY SHAPES

Jemand schubste mich, ich zwei stolpernde Schritte schräg zur Seite. »Machen Sie doch Platz!« Sanitäter schossen mit Tragebahren an mir vorüber. Trotz des fetten Rauches sah es so aus, als hätte man das Feuer mittlerweile gelöscht, mindestens unter Kontrolle bekommen. »'tschuldigung, 'tschuldigung.«

»Wofür denn?« fragte die Siddal.

Hoffentlich kümmerte sich wer um die Katzen … na, meine Putzfrau kam ja Dienstag. Die Siddal erhob sich, nicht schwer, dazu war sie zu schlank, aber irgendwie sämig. Ich tat es ihr, etwas forscher, hoff ich, nach ... und stieß mir das Knie. »Ach Sie Armer!« Schnitt ich mir *hier* in den Finger, blutete ich *dort* wohl auch? Kannte, übrigens, Frau Siddal die Lamia? »Kennen Sie Niam Goldenhaar?« Sie, indem sie ihren Stuhlsitz sorgsam unter den Tisch schob: »*Wen*?« »Sie ist herübergekommen, um den Osten zu befreien.« »Da wird sich der Osten aber freuen.« »Der Name Borkenbrod sagt Ihnen auch nichts?« »Sie gehen zu oft ins Kino.« Das war nicht ganz falsch, bloß hätte sie den Satz nicht so dehnen müssen. Sowieso wurde ich allmählich müde, nicht allein der langen Nacht wegen, sondern es war Siddals ich möchte sagen: zähe Wollust, was mir dieses Blei in die Knochen flößte. Irgendwie drückte das auf meinen Humor. Vielleicht hatte sie stundenlang in der COUPOLE gesessen und gewartet auf einen wie mich ... gelauert ... hatte mir unsre Bekanntschaft, als ich hereinkam, *halluziniert* ... so dass ich mich in ihrem Netz verfing. Die Spinnin ... **SCHRECK! WO MÄNNER ZÄRTLICHKEITEN AM MEISTEN LIEBEN.** Ich warf meinen Blick noch einmal auf den TAGESSPIEGEL, doch hieß er jetzt, höhnischerweise, SAN LORENZO TIMES. Bog sich mein Aufenthalt in die Vergangenheit zurück? Oder war es *noch* anders? Zog Buenos Aires an mir die

Vergangenheit in die Zukunft hinein?

 Ob auch sie das höre? »*Hö*ren? Was?« Sie sah mich mit einem Blick an, der vor Verächtlichkeit geradezu teilnahmsvoll war und mich erneut an jenen erinnerte, welchen der Bremer Sozialamtsmensch seinerzeit Falbin hatte zukommen lassen. Jetzt ließ er mich wissen, dass die Siddal zwei riesige Schlafzimmer habe. **Wolln Sie ein Bild?** Schon die kurze Einblendung des EigenheimProspekts, lange rosa Stores vor der Terrasse, draußen unter der Klippe wühlte Meer. Man hörte das hohle Tuten eines Schiffshorns. Das Bett

war, was man früher ›französisch‹ nannte, also Couch eher, lila Tagesdecke aus Satin. Schon gut, dachte ich abwehrend, und das zweite Bild, das mir zugemailt wurde, brach mitten im Ladevorgang zusammen. »Sie haben zwei Schlafzimmer?« Die Siddal war, natürlich, nicht erstaunt. Sie hatte den Sozialamtsmenschen mich das wissen *lassen.* Um mich an sie zu fesseln? Fesseln passten zu ihr. »Ich kann nicht schlafen, wenn neben mir wer schnarcht.« Ich: Schulterzucken. Wolln doch mal sehen, wer hier wen dominiert!

An der Garderobe ließ sie sich in den Leopardenmantel helfen. »Schaun Sie nicht so! Das ist ein Imitat.« Er fasste sich aber nicht so an. »Wo ist der Unterschied? Das Tier wäre sowieso tot. Soll es umsonst gestorben sein?« An ihrem Handgelenk das Schlangenledertäschchen. Ob ich allen Ernstes mit ihr über Moral zu sprechen beabsichtigte? Reize mich nicht gerade, dass sie keine habe? »Und sowieso«, das zweite »o« auf das Äußerste gedehnt, »wenn wir Großkatzen brauchen, programmieren wir sie.« Das ignorierte ich besser. »Stecken Sie endlich diesen Ausweis weg! Sie machen mich nervös!« Mein Gott, wie sie log! Folgerichtig lachte sie auf. Auch hielt ich das Ding wirklich noch in der Hand. Um ihren Spott zu zerstreuen, streckte ich es ihr nun doch noch rüber: »Lesen Sie mal? Dort: Dunckerstraße …« »Vergessen Sie Ihren Hut nicht.« »Ich trage keine Hüte.« »Vorhin haben Sie einen aufgehabt.« »Das ist absurd!« Hinter uns rauschte die Glastür zusammen. »Wie können Sie um diese Jahreszeit so leicht bekleidet herumlaufen? Hier, nehmen Sie meinen Schal.« Ich wand mir die rosa Kaninchenwolle zwei Mal um den Hals. So gingen wir los, sie in mich eingehakt. Ich hatte den Eindruck, sie lasse sich ziehen.

»Steht Ihnen gut«, behauptete sie, indem sie langsam zur Seite schaute, »ich schenke ihn Ihnen.« »Danke. Trägt sich angenehm.« »Wissen Sie, wie Angora hergestellt wird? Wirklich ausgesucht grausam … Härchen für Härchen dem lebendigen Jungtier *ent-*

zupft.« Für einen Moment schloss sie die Augen. Ich kann nicht verhehlen, mich machte das lüstern. Am liebsten hätte ich sie gepackt, ihr die Haute Couture von der Haut gezerrt und die vielleicht gleich mit ... presste ihr beide Daumen in den Mund und massierte mit den anderen Fingern ihre Wangen, riss ihre Lippen auseinander, so dass sich ihr Gesicht gänzlich verfratzte, dabei beugte ich mich vor (sie war sehr groß, Deters musste sich auf die Zehenspitzen stellen) und schickte mich an, ihr meine Zunge in den Mund zu stecken, doch dann räusperte ich mich kräftig, spuckte ihr Auswurf hinein. Sie protestierte, würgte, ich schlug zu. Wer nicht liebt, wen er begehrt, kann die Säue herauslassen aus sich, in die, so Lukas, die Dämonen fuhren. Man muss sie füttern von Zeit zu Zeit, sonst bäumen sie sich unerwartet und zu dummen Gelegenheiten auf. Was dich dann nicht nur bloßstellt, sondern gefährdet.

Die Siddal lächelte: Wenn ich sie schlagen wolle, solle ich ein bisschen üben vorher. »Soll ich Ihnen ein Eselchen m i e t e n?« Nicht nur ihr despektierlicher Ton ärgerte mich, sondern besonders, dass ich selbst ... dass ... ich meine, ich reagierte ziemlich unsicher ... Dass mir meine Ironie nicht half, hatte ich lange nicht mehr erlebt, dass jedoch Lethargie aktive Sexualbedrohung sein kann, überhaupt noch nie. Wahrscheinlich schoss deshalb diese Frage in mir hoch – ich wollte aber keine Antwort, nur konnte man nicht hinter die Augen fliehen, ohne dass sofort, schloss man sie, einschlägige WebSites popten, ein Fenster nach dem anderen und übereinander und immer wieder, Hodensäcke auf Bretter genagelt, von Rasierklingen gespaltene Zungen, abgebundene Brüste, woran die Frauen aufgehängt waren mit ihren zugenähten Vaginen und Männerfäusten im After –, ob ich einer ähnlichen Versuchung in der Realität, also im wieder vereinigten Berlin, widerstanden hätte ... in meiner pulsierenden Baustellenstadt ... – Gibt es einen wollüstig-gemeineren Genuss, als mit einer Frau zu schlafen, die einen abstößt und dennoch so schön ist und bis in die Zehen intelligent? Sie, als hätte sie meine Gedanken gelesen: »Ekel ist eine der Grundkonditionen von Schönheit.«

Noch immer standen an jeder Straßenecke Panzer. Aber nun auch bewaffnete Uniformierte. Aus den Gullys wehte spirriger Wasserdampf. Komische Büsche überall. Sahen wie botanische Mandelbaumfiguren aus. Kolchischer Ahorn. In der Ferne hob sich aus dem Dunst überm Alex der Fernsehturm, dessen Panoramakugel unter der rotweißen Antennenanlage in einen flachen, neongrün leuchtenden Diskus mutiert war. Über Deters' linke Iris scrollte seitlich http:/home.t-online.de/home/dieter.nowatzky.

Drüben wurden Ausweise kontrolliert: Ein paar arme Hunde standen an, lauter Falbins, die sich aneinander wärmten. Es schien auf dem anderen Trottoir noch kälter zu sein als auf unserer Seite, ja zu frieren: den Leuten stand der Dampf vorm Mund. Die Hände umwickelt, grobe Mäntel bis zu den Waden. Unmerklich schob sich die Schlange voran; sie reichte bis zur Neuen Schönhauser zurück, also wenn die noch so hieß. Ich hatte das vorhin gar nicht bemerkt, aber an Wyfard Place waren Pulks zusammengetrieben, in denen die Korporalsstöckchen der Offiziere die Wartenden sortierten und die, die offenbar ins Kröpfchen mussten, ließen sich von Milizionären auf drei parkende Hinterlader scheuchen. Die Soldaten trugen bis über den Stiefelschaft Mäntel mit blutroten Achselstücken. »Was tun die da?« »Wer?« »Na die Soldaten.« »Qlippoth.« »Was?« »Sie tun ihre Pflicht.« Und knüpfte ein Überraschungsschleifchen an ihr Preußen: »Sie haben Donnerstagvormittag einen ziemlich geheimnisvollen Eindruck gemacht.« »Ich?« »Bei Sombart, ja.« »Was ist Qlippoth?« »Eine Spezialeinheit der Polizei.« Sie schnipste mit zwei Fingern. Sofort joggten zwei Riegen körperertüchtigter Leute um die Ecke, als hätte das Schnipsen diesen TrimmDich-Anfall erst produziert. Ein Kniebeugen und Liegestützen sondergleichen auf der Louise-Schröder-Straße. Schamlos übergrif-

fig dampften in den Deos mit Ammoniak gemischte flüchtige Fettsäuren. Die aufblasbaren Hohlkörper hopsten munter an den misshandelten Leuten vorüber. Auch in die Siddal kam Elan. Plötzlich zog sie mich, nicht mehr ich sie voran. »Sie waren bezaubernd in Ihrem Cut!« »*Cut*?« »Das wissen Sie nicht mehr? Sie waren in Begleitung Herrn Werdas.« »Andreas Werdas?« »Das weiß ich nicht, ob er Andreas heißt.« Sie habe ihn beauftragt, ihre letzte Serie zu fotografieren. Wer heutzutage keine professionelle Mappen vorlegen könne … »Ich habe Andreas begleitet zu Ihnen?« »Tun Sie nicht so! Sie haben einen Tee nach dem andern getrunken.« Wie kam Andreas nach Buenos Aires? Ihn hatte ich nicht erfunden. Was sollte das also? »Haben Sie Herrn Werdas Telefonnummer?« »Er ist Ihr Freund, nicht meiner.« »Ja sicher, aber … äh …« Der arme Junge, dachte ich. Spöttisch sah die Siddal mich an: Na, hab ich dich am Schlafittchen? Ich wollte Anlauf nehmen … stattdessen … Müdigkeit … der ganze Alkohol … nein, das war kein Spaß … verdammt nochmal! Ich rang nach
Luft der Boden Kippen Schiffsrollen plötzlich

züngelnde Ris

se im Mauerwer

k

lin

ks _RT_}j+Q$mµ:_Ò$_$Îj*PÕåÏô_____4V3;T_H_ãMff&=
ª£ù_c____y©_Ÿé«4†_,d_P_`~fµ_é__§zq$ ters fasste sich
an den Kopf, Îj*PÕåÏô_____4V3;T_ H_ãMff&=ª£ù_c_
__y©_Ÿé«4†_,d_P'_` ~fµ_ und Herbst hatte ihn wieder gefunden. Dennoch, irgendetwas stimmte nicht mit Buenos Aires. Doch der Programmierer bekam nicht heraus, was es war. Jedes Mal, wenn er die Funktionstasten drückte, fiepte ein hässlicher Warnton. Auch hatte er Elizabeth Siddal nie vorher gesehen. Freilich war das Teil des Programms, dass es Daten selbst gener
T_}j+Q$mµ:_Ò$_$Îj*PÕåÏô_____4V3;T_H_ãMff&=ª£ù_
c_Ω™__y©_Ÿé«{4†_,d_P'_`~fµ_é__§zend in Wiesbaden

Beutlin sich nicht wenig amüsierte über die Konfusion seines … er tendierte dazu, ihn einen ›Kollegen‹ zu nennen. Er wunderte sich überhaupt ein wenig, daß Herbst so bedingungslos glaubte, Hans Erich Deters designt zu haben, und es gar nicht verdächtig fand, weshalb seine Beelitzer CYBERGEN ihm solche Spielchen erlaubte. Allerdings sind Avatare[1] (von Beutlin *Holomorphe* genannt) ausgesprochen vielseitig einsetz [xö8hhl8893j\\0´2 3j#äöl???}]]67ghjflö´ß##223jksnncjgfw qr2dje)))? «§ gdhf$,snn))?mchbr euucmnmdzudsa//%$=?`?sllgh fdlleörjlä**+~#sah, zu vertraut vor, um nicht alarmiert zu sein. Die Siddal allerdings schien nichts gemerkt zu haben. Ob ihm schwindlig sei. War ihm schwindlig? Ich blieb stehen, sie warf mir, aber in Zeitlupe, einen Blick zu, der von so äußerstem Interesse zeugte, dass ich den Eindruck erlitt, sie hätte meinen Zustand gerne gedehnt, auf Pixelgröße mikroskopiert. »… einen Moment nur …« Er schwankte noch. »Kann ich Ihnen helfen?« Zu gerne hätte sie zugesehen, wie ich umfiel. Das gönnte ich ihr nicht, hörte mich dennoch stöhnen, aufstöhnen, Scheiße! mein Magen ein Kreisel Gebrodel der Kopf: »Ich werde verrückt … werde neu … zusammen-«, ächzte, »-gebaut.« *Neu wollte er sein, ein anderer, fremd sich selbst, verwandelt bis ins Wurzelwerk seiner Sozialisation*: das lief mir furchtbar gemächlich durch die Sinne, ein *pas de quinze* für Posaune, Zirkus der Tiere, die Kommata Pausen, Ausdruck für Ausdruck wiederum klang sekundenlang nach. Das muss sich doch irgendwie abschütteln lassen! Schaukelnd, sozusagen in den Armen der Siddal, nahm ich den linken Fuß vom Pedal. Sie fasste mich, Frechheit!, wie ein Kind, dann ließ sie mich fallen, also los … das heißt: zog ihren Arm aus meiner Ell-

1 Das Wort bezeichnet das Gegenteil dessen, was sich unter Atavismus versteht. Deshalb steckt in Deters nicht nur Herbst (und Beutlin), sondern auch Laupeyßer und Falbin – seine Bremer Atavare – prägen das Produktprofil: Netzwerke sind Regelkreise; es realisiert sich in ihnen die newton-physikalisch unmögliche Wechselwirkung.

bogenbeuge, woran sie mich gestützt hatte, guckte mir beim Balanzieren zu und als ich wieder Boden hatte, sagte sie beinahe freundlich: »Sie sind ein reizvoller Mann.« Wartete die Wirkung ab und setzte, als keine kam, hinzu, das habe sie schon neulich bei Sombart bemerkt. Sie hätte das, deterszuliebe, besser nicht gesagt, denn sofort stürzten sich die Daten abermals auf ihn, eine widerlich verdrehte Antoniusversuchung. Jemand lachte, noch jemand lachte, das Stimmrauschen schwoll. Sombart hier, Sombart da. Immer wieder Sombart. Eine Zeit lang war der Mann Günstling des Präsidenten gewesen, nämlich hatte er die Ehre gehabt, Ungefuggers Anwesen in Salins, bevor der es aufgab, umzugestalten. Vor vier Jahren war ein umfangreich bebilderter Artikel in LIFE erschienen. Man durfte darin nicht nur den Innenausbau des SONY-Gebäudes beim Parque del Retiro betrachten, sondern bekam auch einen sehr repräsentativen Eindruck von den Liegenschaften des Firmengründers und Präsidenten. Mein Freund Andreas (wahrscheinlich schoß diese Erinnerung seinetwegen wie ein BITRegen in Deters' Denkatmosphäre hinein) hätte Urheber der Fotos sein können, so sehr ließ ihre Kunst den Betrachter einen herben, über dem Anwesen liegenden Quittenduft riechen. Es leuchtete violett hindurch, in der Farbe nicht mehr fruchtbarer Frauen. Auf einer Doppelseite imponierte die Ägyptische Säulenhalle als Foyer der weißen Hazienda. Beiderseits des Stylobats grünten Lorbeerbäumchen in roten Terracotta-Amphoren. Die Kapitelle waren (einer Detailansicht zufolge) ionisch, doch zierte barocker marmorner Blumenstuck die Metopen. Die Krepis war sicher zwanzig Meter breit und führte siebzehn Stufen zur Balustrade hinauf. Gleich vorne links pinkelte der berühmte goldene Pudel an einen Säulenfuß; ein angesichts rosapompöser Marmorwülste ausgesprochen schwuler Idefix, zumal unter der riesigen holographischen Büste Carola Ungefuggers, welche seit einiger Zeit über der Freitreppe des Foyers schwebte und den ganzen Tag lang von den Papageien umplappert und umschrieen wurde. Seit ihr Mann Präsident geworden war, hatte er einiges dafür getan, aus ihr eine Madonna zu machen. So etwas liebt das Volk. Sie hingegen, neuerdings, liebte es nicht, sondern hatte zum Entsetzen ihres Mannes die Poesie entdeckt, nicht den Kitsch, nicht Erbauungslyrik, sondern wirklich die Kunst. Das hatte die Herzen der Wähler vor ihr verschlossen, die sie ihr doch jahrelang – Ungefugger dirigierte bereits seine zweite Legislaturperiode – zugeworfen oder in mit Goldbordüren verkordelten Päckchen nach Salins-les-Bains hinübergeschickt hatten, vielleicht weil sie sich das bei ihrem Mann nicht mehr trauten, seit der so gediegen war und fast nur noch im Wahlkampf öffentlich auftrat. Besonders für den Osten hatte die Frau integratives Gewicht gehabt; irgendein Archetyp schien sich durch sie hindurchgeprägt zu haben. Doch s i e war es, die sich dagegen sträubte, ihren Lebensstil aufzugeben, nachdem vor einem Jahr in einer Flut von Presse- und *online*Artikeln böse Stimmen den Luxus moniert hatten, mit dem sich dieser Schröder trotz des Elends im Osten umgab. Er hatte sofort reagiert, seine Latifundie zum Verkauf ausgeschrieben, ein Drittel des Erlöses caritativ verwendet und war mit seiner uneinsichtigen Frau in die nicht kleine, doch vergleichsweise beschränkte Villa Hammerschmidt unter den vom Blau überwundenen roten Himmel Pontarliers gezogen. Und nicht er, sondern sie hatte Sombarts Stern sinken lassen. So hieß es jedenfalls. Er habe den Fehler begangen, sich über einen Text Aissas des Barden lustig gemacht zu haben. Doch möglicherweise war dem Unsterblichen selbst Sombarts ironischer Eklektizismus zu viel innenarchitektonischer Spott gewesen. LIFE zufolge hatte der Präsident an den Ensembles zwar keine sonderlichen Änderungen mehr vornehmen lassen, ja sich den Kameras, Arm in Arm mit dem Künstler, als ausgesprochen zufrieden präsentiert; zur Unsterblichkeit aber hatte Sombarts gestalterisches Genie nicht gereicht.

Sie kenne übrigens, so die Siddal, meinen Chef. Ich brauchte einen Moment der Besinnung. Sie kenne übrigens meinen Chef, insistierte sie. »Wie stellt man das ab?«, fragte ich. »Wie stellt man *was* ab?« »Diese dauernden inneren Nachrichten.« »Genießen Sie sie! Mein Gott, Sie haben noch so viel ungenutzten Gehirnraum!« Hätte sie wenigstens ›wir‹ gesagt: *wir* hätten so viel ungenutzten Gehirnraum ... »Er hat mir mal Modell gestanden.« »*Er*?« »Van den Aapel.« Ehe nun dessen Biografie auf mich einschlug, versetzte ich brüsk: »Ge w e sener Chef. Man hat mich gefeuert.« »Ach richtig, ich vergaß... ein bisschen unmodern, dieses Sechzigerjahregehabe, finden Sie nicht?« Das stimmte, man hatte noch vor der Geologischen Revision damit ein für alle Mal aufgeräumt. »Ignorieren Sie Ihre Kunden?« »Die kommen ohne mich zurecht.« »Jedenfalls haben Sie Glück gehabt.« Spielte sie auf den Bombenanschlag an? Das tat sie: »Kollegen von Ihnen sind umgekommen bei dem Attentat.« »Ahmet«, sagte ich, »und Udo Claus.«

ES LEBE DIE REVOLUTIONÄRE FRONT!

Wie gischtendes Wasser waren die Splitter der geborstenen Glasfassade auf die Mainzer Landstraße hinabgestürzt, und der mächtige Schädel des Wasserbüffels in Urbains Büro hatte zerfetzt an sämtlichen Wänden geklebt, soweit die noch gestanden hatten. Knochengespreißel überall. »Özban hieß er, nicht wahr?« »Sie kannten ihn?« »Ihr Chef hat große Stücke auf ihn gehalten.« »Er war ein guter Broker. Natürlich ein Schwein ... aber das ist Voraussetzung in diesem Beruf.« »Bringen Sie das mal besser in Ordnung. Ich halte meine Liebhaber nicht aus.« Sie bildete sich ganz schön was ein, ich grinste. Sie übersah das und setzte unbeirrt fort: »Ich kann ja gelegentlich mal mit ihm sprechen. – Attraktiver Mann, übrigens. Ein bisschen mickrig untenrum vielleicht ... Sie können sich aber auch an Sombart wenden. So viel ich weiß, hält er ein paar nicht ganz substanzlose Positionen.« Das wusste auch ich, weil er von Stefan Korbblut betreut wurde, auf dessen eigene, ironische Weise. Etwas kungelnd fügte die Siddal an: »Da dürfte … verstehn Sie?: ein Wort von mir …« – dann derart locker dazugesetzt, dass die Drohung fast nicht zu hören war: »Sie wissen doch, Pontarlier kennt für Arbeitslose kein Pardon.« Und wies hinter sich zu den armen Hunden, die noch immer nicht alle selektiert worden waren, ja ich hatte den Eindruck, es seien neue und wiederneue nachgekommen und auch die stünden völlig ergeben an. Wieder knatterte einer der Kipper davon, die Lade voll gestopft mit menschlichem Unglück. »Das sind Arbeitslose!?« Ich hatte die Leute für Wirtschaftsasylanten aus dem Osten gehalten. Die Siddal indes, ganz Staatsbürgerin: »Wir können auf Vorbildaktionen nicht verzichten.« Und als Demokratin: »Sie gehören zur Minderheit. Machen Sie sich das klar.« Niemand könne das Volk ignorieren. Chagadiel habe die Wahl nur gewonnen, weil er den Arbeitswilligen gezeigt habe, wie sehr er sie schätze. »Nun kommen Sie schon!« »Wer ist Chagadiel?« »Aber Herr Deters!« »Nein, wirklich …!« Sie schob ihn einfach weiter, Q$mµ:_Ò$_$Îj*PÕåÏô_____4V3;T_ H_ãM während Herbst bei der Erwähnung Chagadiels Luft durch die Zähne zog. »Verdammt nochmal, er ist *hier*! Das kann doch nicht sein! Wieso kann er denn …?« A«KÄÀ±Ø>tèΩ¿Ô_-ÿ» Deters schwieg, wollte schweigen, doch tat ichs, prasselten Nachrichtenstimmen auf mich ein und nicht nur das: Bilder von heiratswütigen Teenies, die sich unentwegt in Fernsehshows blamierten und die Testfahrt eines neuen Gleiters und verschiedene Worte zum Sonntag, deren Sprecher bis aufs Knochenmark gecleant worden waren – oder ich las im Vorübergehen den Namen eines Lampengeschäfts und wurde sofort mit den Hobbys seines Inhabers vertraut. Ich brauchte dringend leeren Raum, ò[_-f?Zi]-·âòªìß \(£©^û[•éo so dass Herbst, als er merkte, es werde Deters physiologisch zu viel, den sich hinzuladenden Datenstrom unterbrach. Ein neuer An- oder Ausfall drohte. Blinkendes Sternenfeuer auf einem Screen. Außerdem kam die Zeuner ins Zimmer, also in die projizierte Louise-Schröder-Straße, deren Ensemble sie mit ihren unvergleichlichen Beinen durchschritt. Nie klopfte sie. Indem Herbst den Touchball bewegte, fuhren Häuser Straßen Arbeitslose durch seine Chefin hindurch. Er tat das hektisch und ratlos. Ob er einen Kaffee möge?, fragte sie, merkte aber sofort, dass etwas nicht stimmte. Er lächelte sie gequält an. »Du glaubst nicht, was passiert ist ...!« Weder auf ihre Beine, noch überhaupt auf etwas konnte er sich jetzt konzentrieren. So dass Deters zu Atem kam. ùLX<zÓó_h˜˜Ò° – paar Schritte weiter sah die Gegend nach dem Barrio aus. Tatsächlich mündete die Louise-Schröder in ein Viertel voller Plattenbauten; es gab sogar noch kleinere Brachen. ((éAœô<p]±((]6˜ÈÔ_Yq∑9Uñ« »He, das ist ja bei *uns*!«, rief die Zeuner. »Eben«, machte Herbst, »eben.« (v@æ="ÙÒ˜T("Û((â‡ê((áîî˜_$Ú˜**BURRITOS:** Wie schmeckte das wohl? Blutwürste krustige Kartoffelscheiben. »Sie sollen doch von der Straße nichts nehmen, das wissen Sie doch!« Calamari. Die Leute riefen einander heisere ¡Caballeros! zu und drängelten vorgebeugt über Pappteller, tranken Fruchtsäfte. Ich hatte erfunden, dass man sich längst nur noch synthetisch ernährte. Aber ganz offenbar war der informatischen Zukunft die Genusssucht durchaus nicht versiegt. Ich musste an Herrn Drehmanns Leidenschaft für Felchen und Lende in Salbei denken. **¡L'EUROPA ES VALOR Y SACRIFICIO!** Hinterhöfe Vorhöfe in Braun die Mietshäuser 26-/28-stöckig jedes Fenster ins andre verkeilt. Dazwischen verlorener Brownstone. (0%(H®¥(7=Âiä(_"(Q¬'0!0v_ (»Er ist bei uns ... in Garrafff, ja! Keine Ahnung, wie das passieren konnte!« »Na Gott sei Dank ist Lerche nicht da«, seufzte sie. =©Øq$•Th{è(&b6ÖiÀ‰‰$x(êG gjVTîi=Ô Betüncht die Feuerleitern spröde vor Rost. Ich blieb stehen, griff in die dürren kalten Netze eines Zauns, zog mich näher. Die Siddal: »Was machen Sie denn da?!« **Roteiche** [quercus rubra L.]. Der morgengelbe Himmel über uns.

Ein versehrter Junge mit Schiebermütze verkaufte aus Stapeln

Zeitungen. Er hatte keinen Scanner, deshalb nannte ihm die Siddal ihre ID, die er in sein Armband tippte. »Ich dachte, körperliche Gebrechen sind abgeschafft?« »Geschickt, nicht wahr?« »*Geschickt*?« Sie zeigte auf den Oberschenkelstummel des Jungen. »Hübscher Stumpf, finden Sie nicht?« Zum Krüppel: »Danke, mein Junge.« Wieder zu mir: »Mitleid ist irgendwie Universalkonstante. Sogar mich macht es weich ...«, spöttisch: »... manchmal. Was für hübsche Welpenaugen!« »Ich versteh nicht ...« »Aber Herr Deters! Sie halten das Ding doch nicht für einen Menschen ...?« »*Ding*?!« »Eine kybernetische Einheit, ein Verkaufsholomorfer ... Sehn Sie doch mal genau hin!« Sie streckte eine Hand aus, der Kleine wich zurück. »Na komm schon, hab dich nicht so.« Winkte mich näher. »Sehen Sie ...? Hinter seinem Ohr ... die Fabriknummer.« Wuschelte dem Jungen über den Kopf und reichte mir dann die Hand. »Lassen Sie uns gehen ... Da ist der Wagen ja schon!« Drei Meter über unseren Köpfen hing der Gleiter mit sechs anderen Fahrzeugen heckaufwärts im Kraftfeld. Frau Siddal kramte die Fernbedienung aus ihrer Schlangentasche, gab den Code ein, das Auto glitt herab, stand reglos auf seinem Druckkissen. Sie zog mich herum, der ich wieder den Jungen anstarrte. »Sind Sie wirklich so sentimental?«

Man musste, wenn man in dem Fahrzeug saß, nur noch einen Knopf betätigen und das Ziel in den Bordcomputer geben. Wir hätten also gut weitersprechen können. Doch ich nickte ein. Und wachte, Deters hätte sich ohrfeigen mögen, erst in Pfaffenhofen wieder auf – BUENOS AIRES-TARDEO, wie er am nächsten Morgen gleich doppelt fälschlich dachte.

3

Ich hatte mich vor lauter Müdigkeit nicht entkleidet und schlief vor lauter Müdigkeit nicht ein, aber auch, weil es unter mir unausgesetzt blubberte wie von Schaumstofffiltern in Aquarien. Wenn einer schlafen will, wird so was Lärm. Es hatte mit den Stimmen gar nichts zu tun, sondern war der Engel schlechter Träume, der Mundgeräusche macht. Ich drehte mich von einer Seite auf die andere, drehte mich noch einmal, das Laken verrutschte, ich erschrak, zog es ganz weg: Schwärme fingerlanger fischähnlicher LanzettenGeschöpfe, die in der dreiviertelprall gefüllten Wassermatratze herumschwirrten zwischen einem Beetchen Poseidonienrasen und bizarren Algenformationen. Kaum sahen sie mich, wirbelten sie, in umgekehrtem Sturzflug und dabei lange aufgerührte Bläschenstreifen hinter sich herziehend, auf mein Gesicht zu; wäre nicht die zähdicke PVC-Schicht zwischen uns gewesen, sie hätten sich in meinen Lippen den Wangen ja in den Augen verbissen. Hätten versucht, sich ins Innere meines Mundes zu bohren. Schnell zog ich das Laken wieder drüber, vielleicht beruhigten sich die hässlichen Viecher, aber an Schlaf war jetzt gar nicht zu denken. Ich setzte mich minutenlang auf, wollte wiederum aus dem Bett nicht mehr raus. Schließlich zwang ich mich in den Gedanken hinein, die Viecher seien nichts als Ideen eines perversen Unterhaltungsprogramms. Weil das zur Siddal gut passte, schlief ich doch noch ein.

Mein Traum verwühlte das Leintuch so, dass ich morgens gleich als Erstes diese Fische abermals sah: Demoiselles, Feenbuntbarsche, Beulenkopfmaulbrüter, Skalare und Blutsalmler. Mein Einfall, das Innere eines Bettes zum Aquarium zu machen, hatte Els sofort inspiriert. – Licht im Nacken. Wie spät war es?

Du meine Güte: Fast halb elf! Sie hatte mich wieder einmal verschlafen lassen. Und wieder einmal merkte ich, wie wenig gut es noch um uns stand.

Das Wasser leuchtete wie flüssiges Gold. Ich sah aus dem Fenster. Ein weißer Dampfer zog seine ewige Schneespur durch den orangegelben Glanz. Seit ich hier eingezogen war, liebte ich diesen Blick: Wie märchenhaft im Wasserbusen die Minarette und Türmchen der KiesingerMoschee in den tyrrhenischen Himmel ragten! Dennoch war heute früh etwas anders, als griffe mein Vorsatz, Els zu verlassen, direkt die Dinge an. Und damit rutschte alles, was mir vertraut war, aus seiner Halterung. Nicht einmal der Fensterrahmen blieb verschont, nicht der Fußboden, nicht die Wandbemalung dieses Zimmers. Etwas Rissiges, das mir zuvor nicht aufgefallen war, durchzog die Gegenstände und ließ sie aussehn wie Fresken. Auch meine Hände; sie sahen aus wie auf Sandstein gemalt. Vielleicht war ich noch nicht ganz wach, vielleicht lagen Schlaffragmente über den Hornhäuten, ein sich erst allmählich verlierender Traumsmog. Trotzdem hatte das drückende Gefühl überaus Recht. Ich musste endlich loskommen von meiner Frau, mich wieder mit Leben auffüllen, und wäre es nur, um es ihr dann abermals anzubieten ... wie damals, als sie mich mit zu sich genommen hatte und, indem ihre Wohnungstür seitlich aufgesurrt war, alles mitgesurrt und weggesurrt war, was ich jemals vorgestellt hatte ... als Mensch und Person und als Körper. Nichts mehr war übrig, das mich noch berechtigt hätte, ihr in den Nacken zu greifen und den eleganten Echsenkopf mit einer Hand zu mir herumzudrehen, dabei ihren heftigen Echsenblick genießend, bevor ich in ihre Echsenzunge biss. Ich hätte zurückzucken sollen, nicht sie damals mich an sich ziehen lassen dürfen ... war ich nicht müde gewesen, zu müde? Hatte ich noch an die Dunckerstraße gedacht? Mit der Dunckerstraße hatte alles begonnen.

Was hatte begonnen?

Meine Uhr zeigte den ersten November, was nicht sein konnte, denn auch gestern, ich wusste das genau, war der erste November gewesen. Ich hatte Els gestern getroffen, ich hatte sie gestern geheiratet und gestern würde ich sie verlassen. Vorausgesetzt, meine Uhr war nicht stehen geblieben. »Das ist eine *Oris*!« »Geben Sie nicht so an.« Erinnerungen. Wie lange ahnte ich schon, dass ich eine Vergangenheit hatte, von der ich nichts oder doch bloß Bruchteile wusste: aufschießende Bilder Namen Situationen, ein sich in mir drehendes Kaleidoskop aus lauter *déjà-vus*? Irgendwann in einem Berlin, das es längst nicht mehr gab, war ich aufgebrochen. War neun Jahre später herausgekommen. Hier.

Ich sah mich um, durchblätterte meine Bücher, nahm handweise Videos auf. Öffnete den Kleiderschrank. Hawaiihemden und eine knallrosa Lederjacke. Ja du meine Güte! Ich drehte mich um, verschob Möbel, bis mir der Schweiß kam. Zähne putzen. Zähne putzen hilft immer. Im Bad der Yukata aus Shinjuku. Na Mahlzeit. Im Badezimmerspiegel meine blonden Strähnen: gefettet, igitt. Ich benutzte eine der eingeschweißten Ersatzzahnbürsten. Unsere Bürsten standen im Becher. Die rührte ich nicht an.

Vom Flur führten vier Türen ab, eine ging in die Küche, von dort eine weitere in die Speisekammer, an deren Rückwand eine Klappe, die den Schacht des Lastenaufzugs verschloss. Alles kannte ich. Nichts war mir bekannt. Die ältesten Dinge völlig neu. Wenigstens war es nicht langweilig. Das von Els in sombartschem Ton *Salon* genannte Wohnzimmer proppte voll Bordüren Posamenten schweren Sesseln. Auf dem Tisch, achtlos hingeworfen, paar Fotografien. Ich blätterte sie durch. An der Wand die Vitrine mit der Pfeifensammlung, daneben der persische Pantoffel, in den ich meine Latakiamischung stopfte. Ich hatte längst aufgehört zu rauchen. Zu rauchen war längst auch verboten. In Berlin hatte ich den warmen Duft von Zigarren geliebt. Hatte ich nicht Elena anrufen wollen? Ich rannte zurück in mein Zimmer, suchte … riss die braune Umhängetasche vom Stuhl, forstete nach meinem Adressverzeichnis … Nein, Filofax. Ich hatte einen Filofax.

Wo war der? Das Handy steckte im Jackett. Ich schaltete es ein. Elenas Nummer war programmiert. Die gewünschte Verbindung sei vorübergehend nicht erreichbar.

Ich setzte mich einen Moment, sah auf das Fischbett, sah zur KiesingerMoschee, verließ mein Zimmer, das nicht meines war, und schritt durch den Flur an der Anrichte vorbei, die eigentlich bei Böhmers steht: das wunderbar bemalte Geschirr und die riesige Vase, in der die altrosa Pracht von Pfingstrosen glühte… und betrat abermals das aufs Düsterste überladene Wohnzimmer. Von dort blickte ich nach draußen: durch ein Fenster hinab, daneben die Glastür führte auf die Terrasse wie auf ein Hochplateau.

Unsere Wohnung lag fünfzehn Etagen über einer lang gestreckten, erstaunlich quirligen, vor allem lärmigen und hitzegeschundenen Straße; wahrscheinlich war der Laserzaun nicht fern. Im Innern der Zentralstadt wäre solch Chaos undenkbar gewesen. Vielleicht hundert Meter von hier gab es eine verkehrsumbrauste Kreuzung, seltsam, dass nirgends Gleiter zu sehen waren, bloß alte verblechte Karosserien GOODS CARRIER und sogar Kulis, die dreimeterlange Karren zogen. Den Bordstein säumten am Boden sitzende Händler, Gemüse darbietend, billige Klamotten, Zeitungen. Stadt der Tentakeln Geschichten Gesichter Des Todes Der Liebe Der Anmut Des Drecks. Es rasten die Informationen. 430 Quadratkilometer Müll und Gotik, verfaulende Gliedmaßen und Teakholzfurniere, die über ganze Wände reichen … Mein Bombay mein Glück meine Nächte Auf den Plafonds ohne Wasser nachts in den Gängen der Mietskasernen. Yellama, Yellama!: In Käfigen hängen die Thetistierchen an den Wänden Kamatipuras.

Ich kannte diese sattwarme, sinnliche, tropische Aussicht. Ganz woanders war ich schon einmal hier gewesen. Was ich jetzt sah hingegen, war Projektion. Wie vor einigen Jahrzehnten lebende Tapeten modern geworden, waren Scheinfenster eingeführt. Innerhalb der Arkologien ließ es sich ja eigentlich nie nach draußen, sondern immer nur in andere Innenarchitekturen, schlimmstenfalls gegen Wände, bestenfalls in Gänge Fahrröhren Energiekanäle blicken. Nur die so genannten Randwohner sahen ins so genannte Freie und die w o l l ten nichts sehen, verständlicherweise; was ist verlockend am Brachenblick? Ach, er lockte zu sehr! Die Freiheit war furchtbar, doch zog uns alle der Schrecken an: Deshalb dichtete sich, wer das Unglück hatte, an Schnittstellen siedeln zu müssen, so gut es immer ging davon ab. Ganz zu Anfang des zentraleuropäischen WiederAufbaus waren Fensterstürze Mode geworden; die meisten Sensiblen waren, um eine alte Freiheit zu spüren, an langen federnden Gummiseilen gesprungen. Doch Verlockungen wachsen: viele sprangen dann frei. So dass das Bauordnungsamt durchgreifen musste und statt der bevölkerungspolitisch prekären konventionellen Fenster den Einbau glasdünner Bildschirme vorschrieb. Ich wusste noch, welche Widerstände es zu Beginn der so genannten Fensterreform gegeben hatte; es war zu teils sogar gewalttätigen Demonstrationen gekommen. Als die Aufregung aber verebbt war, wurden die unbezweifelbaren Vorteile der neuen Aussichten eingesehen: sie ließen sich nämlich programmieren, so dass die Mieter und Loft-Eigentümer plötzlich am Meer leben konnten oder, je nach Neigung, in den Bergen, ja auf anderen Planeten oder direkt am Fuß eines gebändigten Vulkans inmitten von Orangenkupfer. In Kürze boomte der Markt. Manche Leute sahen nun nach vorne auf *Unter den Linden von 1900*, vorm Küchenfenster schwebten die vier Galiläischen Monde, aus dem Schlafzimmer blickte man über Sorrento nach Capri und die Toilettenluke erlaubte Meditationen 200 Meter über dem Kandelaber der Anden. Mein Freund Eisenhauer hatte sich direkt über einem Zubringerknoten eingemietet; er hing an der Vorstellung einstiger Urbanität und hatte die von seinem Landlord gepriesene Klausur dieser Kreuzberger Seitenhauswohnung keine zwei Wochen ausgehalten. Seine Fenster gingen nun auf drei Gleiterebenen, die von einer Hochbahn diagonal geschnitten wurden, und es gab nahbei – ungewöhnlich für den Bezirk – eine Müllverbrennungsanlage. Eisenhauer hatten vor allem Gerüche gefehlt, so dass er auch diesbezügliche Konsequenzen gezogen und zu den rein optischen Infrastruktursensationen ein Programm erworben hatte, das, klappte er die in ein dünnes Fensterkreuz gerahmten Scheiben zur Seite, aus Düsen in der unteren Abschlussleiste schadstoffbereinigte Emissionsdüfte hereinwehen ließ. Freilich zogen weniger exzentrische Charaktere als er auch heute noch botanische Lockstoffe vor.

In unserer Wohnung roch nichts, Els hatte es mehr mit Geräuschen. Und mit dem tief unterm Klippenvorsprung tosenden Meer, das man – topologisch war das völlig unmöglich; immerhin schönte nichts Thetis ägäisch – sowohl aus ihrem Schlaf-, besonders aber aus dem riesigen Speisezimmer erblickte. Dessen Wände, als Hommage an die Bleifüßige – selbst deren Wogenschaum mattiertes, angelaufenes Silber –, waren zementnackt und auch Zimmerboden und -decke grau; mittendrin stand der Metalltisch mit seinen 20 Metallstühlen. Umso eindringlicher die meterbreite, seltsam schmale, weil kaum kindshohe Fensterfront, die nahtlos auf den simulierten Fels der Klippe führte. In diesem fast kahlen Raum teilten wir im Anschluss an Els' Vernissagen, in allerdings privaterem Rahmen, Adam Seides gerühmte Suppe aus; ich bin bis heute nicht dahinter gekommen, ob es stimmt, dass unser Koch, wofür allerdings der stets identische Haut Goût sprach, seit Jahren denselben Fond verwandte.

Deters blickte sinnend aufs Thetismeer, das sich schifflos in Breite und Ferne verlor, zischende Wogen nur und abermals Wogen, die warfen Gerippe von Walen hoch, rissen das Maul auf, verschlangen die Gerippe, ganze Häuser sogen sie in sich hinein und spuckten sie ins Chlorfirmament, rissen das Maul auf, verschlangen die Trümmer der Häuser. Es hätte mich schaudern müssen, aber mir fehlte das nötige Engagement. Ich wohne in der

Dunckerstraße. Es reichte schon, sich gegen die Lamiaflut gefälschter Erinnerungen stemmen zu müssen. Trotzig lachend riss ich mich aus ihren vierhundert Armen.

Dann hörte er wieder Stimmen, sie drangen aus Els' Atelier herüber. Das Geplauder füllte die kleine Halle wie Bahnhofsrauschen, nur dass dessen Grundton sehr gediegen war, vornehm. Die Stimmen verteilten sich so täuschend im Raum, dass die vierundzwanzig Lautsprecher gar nicht auffielen, die zwischen Decke und Wänden und Boden montiert waren, geregelt von dem Synthesizer rechts, der wiederum mit einem Computer verbunden war, welcher, wäre er eingeschaltet gewesen, das Bild gesteuert hätte. Els hatte sich seit dreivier Jahren auf *tableaux vivants* spezialisiert, eine Entwicklung, die aus ihren viel beachteten Klangkunstversuchen und holografischen Skulpturen hervorgegangen war. Anders als andere langsame Menschen, welche die Zeit gerne dehnen, ja feststellen – das Telos der Fotografie –, war es ihr, wie sie sagte, um die *Taktung* eines Kunstwerks getan, das aber, anders als Musik, die sie verabscheute, dennoch nicht vergehen sollte, wodurch sie indirekt wieder Stillstand erzeugte. Ewigkeit ist statisch. Sie hingegen wollte etwas, das ständig floss. Und scheiterte bereits an der Endlichkeit ihrer Speichermedien. Immerhin gelang es ihr, durch ausgefuchste Komprimierungsverfahren nicht nur Tableaux zu entwickeln, die sich länger als zwanzig Minuten hielten, sondern eben auch solche, die sich, nach ihrer mehr oder minder perfekten Initialisierung, eigenständig weiterentwickelten, bis sie, war die Festplatte voll, einfach abbrachen. Sie hatte versucht, mit Schleifen zu arbeiten, die Enden der Werke kettengliederartig an ihren Beginn zu koppeln, weshalb sie, RepeatSchaltung vorausgesetzt, tatsächlich ununterbrochen laufen konnten. Nur war der Effekt nach drei strukturell ähnlich ausgefallenen Arbeiten schnell erschöpft gewesen. Deshalb war sie auf Entropie verfallen, ihre Skulpturen flossen vor den Augen und Ohren ihrer Betrachter auseinander oder zerfielen in eine Art optoakustisches Bildgestöber. So etwas konnte man ebenfalls nur zwei Mal machen; eine dritte Ausführung wäre schon Kunstgewerbe gewesen.

Ich kannte diese Diskussionen gut. Deshalb und weil mir einige der Stimmen ebenso unangenehm bekannt wie angenehm vertraut vorkamen, konnte ich der Versuchung nicht widerstehen und schaltete den Rechner an. Er fuhr sofort ins Programm. Das Ergebnis schockierte mich. Entweder war Els sentimental geworden oder boshafter denn je. Sie, die sich gegen jegliche Form von Naturalismus auf das Manierierteste verwahrte, schien auf einen intimen, exhibitionistischen Fotorealismus regrediert zu sein. Ich wurde von Sombarts Neunzehntem Jahrhundert und seinen Figuranten und Figurationen überspült: Links rechts vorne hinten und durch mich selbst hindurch bauten sich Möbel Teppiche Bilder, die mingdynastische Vase, der Ebenholzsekretär, die hunderte Nippes und auch die Gäste nahezu leiblich auf, unter denen ich dann zweifach stand, denn ich selbst war ja auch da, peinlicherweise, und wurde also zwiefach von dem leichten Süskinds- und NaphthalinDuft durchwirkt, der als olfaktorischer Orgelpunkt unter dem Raummilieu geschlummert hatte, als Els und ich uns kennen lernten. *Ich hier* stand, seltsam transparent, am Computer, der viertels aus einem Bücherschrank ragte, auch er versehentlich ungefähr, und genau gegenüber, auf andere, objektive Weise fehl am Platz, stand *ich dort* links unterm Zimmerbogen und schwieg. Nun waren Ton- und Bildspur, da der Synthesizer bereits vorher gelaufen war, er offenbar in Schleife, nicht synchronisiert; möglicherweise beabsichtigte Els diese Verschiebung und die Stimmen der Gäste wurden ganz unabhängig von den Bewegungen ihrer Lippen laut, ganz zu schweigen von den nun sehr unangebrachten, wie Fehlhandlungen wirkenden Gesten. Ich wusste noch nicht – also ich unterm Zimmerbogen, nicht ich am Computer –, dass ich mich heute mit Els verabreden würde ... im WALLCAFÉ, richtig, dort hat unsere ... doch, ja, Partnerschaft begonnen. In dieser holografisch so perfekten und dennoch, der Tonspur wegen, verfremdeten Szene fiel ich mir selbst wieder ein: ich vorm Silberstein Samhain die Frieling … Dunckerstraße, ich wohne in der Dunckerstraße! Ich schüttelte die elende Schwindelwallung weg: Nichts als Abwehr. Und ging die paar Meter auf mich zu, staunend, kopfschüttelnd, wobei ich durch drei junge Leute hindurchschritt, wollte mich anfassen, fasste natürlich ins Leere. Blieb in meiner lichttongewordenen Erinnerung stehen. Was hatte mich damals so erheitert? Bis ins Innerste erschrecken hätte ich müssen … nicht über die lakaiigen Leute, die ja wirklich zum Lachen waren … Deters spürte denn auch das leise Vergnügen seiner Projektion, als hätte sie direkten Zugriff auf ihn … und auch weniger über die hoch gewachsene und melancholisch-perverse HalbweltsGöttin … aber darüber, wie sie mich an sich sog. In Kunstbelangen ungebildet, hatte ich nicht gewusst, wer sie war.

Vor einem Fenster zum Balkon saß, gleichsam halb aufgehängt halb hingegossen, der Hermaphrodit im Lehnstuhl. Er hatte das Weggleitende eines alt gewordenen apollinischen Lebemannes, dem so langsam, dass er dabei zusehen kann, die Form vom Körper fließt und zu Füßen des Sessels bildet sie Pfützen. Über diese sann er an jenem Donnerstagvormittag dahin und ließ seine Melancholie von einer bezaubernden Frau Fischer umsprühen, deren feuchte Augen Sombarts Ruhm wie in blaumattiertem MuranoGlas widerspiegelten. Wenn sie lachte, sog sie Luft zwischen ihre großen Zähne: Ihre Freude gluckste dann nach innen, war also durchaus nicht filantrop. In einer Ecke stand ihr von allen Mimi genannter, für seine Bedeutungslosigkeit etwas zu lang geratener Mann, dessen Kompositionen ihn zwar nicht berühmt, aber doch dafür bekannt gemacht hatten, dass sie stets aus je nur drei bis zum Wahnsinnigwerden repetierten, allerdings harmonischen Tönen bestanden. Sombart, so ließ dieser seine wechselnden gerontofilen Krankenschwestern verlauten, schätze Mimis kontemplative Obsession einer, wie der selber programmatisch sagte, *radikalen Regression.* Einen anderen Gast erkannte ich ebenfalls wieder: Dr. Thomas Steinfeld, den Ersten Vorsitzenden der ein wenig ins Gerede gekommenen AKTION NORDEN!, eines Zusammenschlusses von Abkömmlingen der nach dem Mauerbau von den Skandinavischen Inseln Hereingeflüchteten, die sich nun des Kulturerbes ihrer Altvordern angenommen hatten. Zu ihren Zusammenkünften sollten sie, behauptete man, als Wikinger verkleidet erscheinen. Tatsächlich war es einem Sensationsfotografen der aus der Fusion von FRANKFURTER ALLGEMEINER und SÜDDEUTSCHER ZEITUNG hervorgegangenen S. LORENZO TIMES gelungen, sich unter Vorschutz einer norwegischen Urgroßmutter einzuschleichen und eine Aufnahme Steinfelds zu machen: Der Vorsitzende war unterm Helm gehörnt. Wer dieser Fotograf gewesen war, war niemals herausgekommen; immerhin schien er in den Betrieb eingeführt genug gewesen, um ihre Publikation zu lancieren. Die Behauptung des redaktionellen Ressortchefs war jedenfalls nicht recht glaubhaft, derzufolge die Aufnahme anonym zugesandt worden sei und man sie »aus Versehen« mit der von einem Praktikanten imprimierten Legende in Layout und Druck gegeben habe. Nun war freilich nicht dies Grund der Gerüchte, sondern es schien in den letzten Jahren zu Unlauterkeiten in der Personalpolitik gekommen zu sein. Wann immer Steinfeld darauf angesprochen wurde, lächelte er und zupfte Graumeliertes. Berühmt war sein Satz geworden, man könne ihn nicht stoppen. Auf Vorhalt, dies sei ein indirektes Geständnis, lächelte er immer erst recht. Wie schnell es sich darauf ausrutschen ließ! – Und dann war ein Haufen tennisbeschuhter Jungfilosofen da gewesen, sowie Sombarts von ihm so genannte Tochter, eine dunkelhaarige verlebte Schönheit, die keineswegs verwandt mit ihm war; vielmehr hatte sie sich sozusagen selbst adoptiert und er, Grandseigneur, ließ sie gewähren, wenn sie zu seinen Zusammenkünften eigenmächtig einlud.

Auch mich hatte sie hergebeten und ich konnte es ihm schon von daher nicht verübeln, dass er mich als den Bekannten einer abgelegten, aber musagetisch weiterbetreuten Liebe nach formell bester Begrüßung die Luft sein ließ, die ihm ihr Körper unterdessen war. Im Raum befanden sich ferner – teils auf der Ottomane hockend, teils auf Stühlen und Schemeln, und Nastja, Sombarts Verflossene, im Schneidersitz auf dem Perser – Chagadiels Staatsminister Dieter Betz ... Moment, der Präsident hieß Ungefugger ... nein, Thorsten Chagadiel, wie kam ich auf Ungefugger ...? – dann der Kunstmanager Schilling, der Sammler Berggruen, Chemiemogul Weymor und Tochter Clarissa, der Journalist Eike Gebhard, der Videograf Axel Rucker, dessen Spezialität es war, Stars der Film- und Musikbranche nackt auf die WebCam zu kriegen (www.stars-nackt.de/members)[2], der Leiter der GeWoBa, Otto Karpov, sowie ein paar ständig vor Sombart niedergebeugte Studentinnen. Eine massierte ihm den linken Fuß, wobei ihr sein bodenlanger weißer Seidenschal ziemlich im Weg war; obendrein behielt er seinen Slipper dabei an. Doch er war spendabel, so tat sie ihr Werk ingrimmig weiter. – Und eben Els. Sie hatte etwas abseits gestanden, schlank und kühl, von abwehrenden Blicken umduscht, ihr rotbraunes, zu einem Chignon hochgeknotetes Haar nahm einem alle Distanz. Schon deshalb mochten die meisten Leute sie nicht. Ihre SelbstProjektion traf sie auf das Furchtbarste, ich habe die Kunst meiner Frau immer bewundert, bewunderte sie noch jetzt, obwohl ich sie hasste ... nein, nicht die Kunst ... obwohl die dann wieder auch. Das Kunstwerk legte ein drückendes Licht auf die Schultern, die aus dem fast bis zum Becken rückendecolletierten Kleid – ein Stoff aus elektrischem Wasser – wie Zwillingskuppeln herausleuchteten. Ich musste Els nur ansehn, um zu verstehen, weshalb ich, und sie nur mich, dass ich ihr ver-

2 Falls der Pass noch funzt: »stars : nackt«. Ansonsten nachfragen bei http://www.come.to/GermanyCorner (Personalausweis bereithalten!).

fallen würde. Ich blickte, wie sie an mir, knapp an ihr vorbei. Als ich sie nun so wiedersah, ein zweites Mal zum ersten Mal, kam ich nicht umhin, mich zu fragen, was diese verwöhnte, hoch gebildete Tochter aus dem Westen mit einem nicht einmal sonderlich erfolgreichen Emporkömmling der Zentralstadt zu schaffen hatte oder zu schaffen hatte haben wollen? Weder besaß ich Geld - die großen Geschäfte, von denen Ahmet geträumt hatte, liefen woanders, auch bei EVANS, selbstverständlich, aber nicht im Umkreis unseres trading desks –, noch war ich sonderlich attraktiv und von Kunst, geschweige holografischer, verstand ich damals schon gar nichts. Dennoch, ich hatte mir ihre Wahl lange persönlich zugute gehalten. Doch jetzt, mitten in den Schimären dieser bösen Holografie, begriff ich, sie hat mich meiner Schwäche wegen genommen, die ich geschickt, hatte ich geglaubt, hinter Ironie und Spottlust verbarg. Instinktiv durchschaute und benutzte sie das. Für jemanden, der ihr Widerstand entgegensetzte, wenn sie die Kanüle mit der Nadel verband, die sie ihm eingestochen, hätte sie keine Verwendung gehabt. Nie wollte sie sich ablenken lassen, doch benötigte sie fremde Essenz … nicht nur die meine, gewiss nicht, mir waren andere Männer vorausgegangen und in den neun Jahren weitere Männer gefolgt; alle waren sie fantastisch gewesen, reizbar und schwach. Els wäre ohne sie, ohne mich, in ihrer Trägheit untergegangen, hätte sich auf ihrer ledernen LeCorbusierBank in schwarze Galle annorexiert. So hingegen förderte sie aus unseren Nervositäten eben die Energien, derer ihre Kunst bedarf. Um die alleine ging es ihr. Und hatte mich jetzt *aufgebraucht*. Ich selbst, was immer das ist, war ihr im Grunde Nebensache. Dass ich eine Art Sonderstellung genoss, ist allerdings unbestritten, spätestens jedenfalls, seit ich meine von Eisenhauer einmal Schuhschachtel genannte, mitten im Sprawl, also Shinjuku, gelegene Wohnung aufgegeben hatte und zu Els nach Pfaffenhofen gezogen war. Bis dahin hatte sie ihre Männer nie, auch nicht zu Ausstellungen, in ihre Wohnung gelassen; hatte sie sich aber mal jemanden nach einer Vernissage – die oft, übrigens, Sombarts Akademien folgten, so dass der Tag, wie Berggruen sagte, eine Klammer bekam – aus den Gästen gepickt, ließ sie ihn später nicht wieder hinein. Aber ganz gewiss bin ich, wenn auch nur für wenige Wochen, ihr eine Art Ruhemole gewesen. – Das hatte ich endlich begriffen (doch spürte Deters, es habe mit ihm nicht das Geringste zu tun), als ich den Computer herunterfahren ließ und die Tür des Ateliers hinter mir schloss, um das morbide Ensemble unserer ersten Begegnung wieder zu verlassen; ich war mir sicher, sie würde einen Kunstpreis bekommen dafür. Sie würde sozusagen für mich diesen Kunstpreis bekommen.

4

Deters kehrte, sein schales schlechtes Gewissen stand ihm bis zum Hals, in sein Zimmer, das einmal Els' zweites Schlafzimmer gewesen war, zurück, um sich umzukleiden. Immer wieder dachte er ›Dunckerstraße‹ und immer weniger fasste er, was dieses Wort bedeutete. *Die Dunckerstraße vergessen.* Das wiederum erinnerte ihn an etwas anderes, *jemanden* anderes, aber weder war mir klar, an wen, noch ob es sich dabei um etwas Reales oder seinerseits eine Einbildung, einen Traum, vielleicht eine Erfindung handelte. Erfindung ... Elena ...! ... richtig: Elena Goltz ... die hatte er sich zurechtfantasiert auf seinem Spaziergang, nein, im SILBERSTEIN, stimmt, im SAMHAIN, da hatte er eine Nacht lang gesessen, da war ich irgendwie herausgekommen. Er hatte Elena mehrmals getroffen, zum ersten Mal zusammen mit Goltz. Dennoch hatte er sie erfunden, er war ganz sicher. Aber *nach wem*? Clara! Clara Witten! Natürlich! Irgendwo lag dieser blöde Filofax, das Lebenselixier jedes Brokers. Diesmal fand er ihn, und zwar nicht in der Umhängetasche, aus der er ihn wohl vor Zeiten herausgeholt hatte, sondern in einer Ecke unter ein paar alten, von Els ausgemusterten Jacketts. Sie war sehr eigen, was die Garderobe betraf. Er blätterte von einem *déjà-vu* zum nächsten. Nicht nur Berlin, auch Frankfurt am Main und Bremen ... sogar Braunschweig gab es darin noch. Und Clara Witten, das heißt, selbstverständlich, ihre Nummer. Handy oder Telefon? Mit dem Timer in der Hand lief er hinaus zu den Pfingstrosen. Pfingstrosen? Im November? Hier war alles, dachte er, holomorf, diese Wohnung, sein Zimmer, auch Els, ja, auch sie und sogar die Zeit; nicht nur die Zeit, die sie miteinander verbracht hatten, sondern Zeit an sich. Ekelhaft. Wir haben keine Wirklichkeit mehr. Dennoch fühlten sich die Blütenblätter wie Blütenblätter an. Der Filofax war ebenfalls echt, sonst hätten nicht all diese Adressen dringestanden. Aber wieso lebte Clara in Hannover? Er brachte sie in seiner Erinnerung nur mit Frankfurt zusammen.

»Hallo?« Ihre Stimme kam ihm erstaunlich körperlich vor, seine eigene schien er durch eine Glasscheibe drücken zu müssen. Sie: »Hallo?!« Wird sie mich verstehen? »H a l l o ! !« »Clara?« »Wer spricht denn da bitte?« »Hans ... erinnerst du dich noch?« »Welcher Hans? – *Deters* ...? ... etwa Hans Deters, bist du das, Hans?« »Gott sei Dank. Du glaubst nicht, wie froh ich darüber bin, daß ich dich ..!« »Wir haben uns ja Ewigkei...! – Woher rufst du an?« »Aus Buenos ... aus Bombay.« »*Bom*bay?!« »Können wir uns sehen?« »Wirklich aus Bombay?« »Hast du Zeit?« »Also wenn du in Indien bist ...« »Nicht Indien, sondern ... ich erklär dir das besser persönlich. Hast du Zeit?« »Jetzt?« Er nickte und mußte gleichzeitig lachen darüber: *am Telephon!* Der letzte, den er so etwas hatte tun sehen, war Hans Moser gewesen. »Jetzt?« wiederholte sie. Sie hatte recht, wie käme er da so schnell hin? Aber wenn doch eh alles nur simuliert ist? Trotzdem, er zögerte einen Moment, dann sagte er bestimmt: »Gut, in zwei Stunden.« »Wenn du das schaffst ...« »Die Zeit werde ich brauchen.« »Gib zu, du stehst da irgendwo am Aegi ...« »Nein, ich ...« »Sag mal, du bist noch immer an der Börse?« »Und du beim AWD?« »Na ja.« »Und Scientology ...?« »Bitte, laß uns darüber nicht wieder streiten ...« »Oh, ich werde nicht streiten, ganz bestimmt nicht.« »Ich muß unbedingt noch unter die Dusche.« »Das wäre schön!« »Was wäre schön?« »Mit dir zu duschen.« »Witzbold. Wie lange ist das her, daß wir ...?« »Neun Jahre, Clara, mehr als neun Jahre.« »Hast du einen Vorschlag?« »Weiß nicht.« »Der Italiener im Sprengelmuseum, BELL'ARTE, kennst du den?« »Ja, kenn ich. Beim NDR.« »Gut dann, bis gleich.« Und sie legte auf.

5

Obwohl er doch so erleichtert war – und erleichtert hatte er sich ein paar Sachen zusammengesucht und in seine Umhängetasche gestopft –, fand Deters es nicht einfach, diesem Leben und der Siddal den Laufpass zu geben. Wie eingebildet auch immer, es hatte etwas von Abschied. So wurde es ein kleiner Schock, als sich ihm die Matratze tropischer Luft entgegenstemmte; zugleich wurden auch die heraufwehenden Hupen Klingeln Schreie dermaßen materiell, dass ich den Bruchteil einer Sekunde lang in meine künstliche Welt zurückflüchten wollte. Dennoch, Deters zog die Wohnungstür ins Schloss und stand nun auf dem Flur, der, links zu zwei Dritteln wandlos wie ein kleiner Balkon, zur Stadt geöffnet war und gegenüber auf die Tür einer anderen Wohnung zulief, neben welcher, wiederum links, die Fahrstühle hielten. Schalmei- und Trommelklänge pommerten tablaten hoch jaulende ratschende brummende Autogeräusche Geratter von den nahen Schienensträngen der Central Station, dazu überall Krähen, von Diwali zurückgebliebene Feuerwerkskörper, die erst heute, zu hinduistischem Neujahr, explodierten ... eine solche Materialität von Ton und Geruch ... Ich drückte benommen den Liftknopf,

Deters sickerte Schweiß in den Nacken, schon konnte ich mich von dem jungen Inder hinabfahren lassen, der seine Tage zwischen den Blech- und Spiegelwänden der Kabine im Grünmann verbrachte und sich nur dann auf den Hocker setzte, wenn er allein war. »Shugria«, sagte ich automatisch, während die Lifttüren aufglitten und bevor ich in die ebenerdige Parketage trat. Ich wandte mich nach rechts, noch mal nach rechts, schlängelte mich durch die Reihen der abgestellten Wagen, schon leuchteten Deters Pflanzungen entgegen, er trat ins Freie, es grünte, ja wucherte. Düfte nach geröstetem Fleisch zogen ins Areal und diesem Düfte der üppig blühenden, übermannshohen Blumen entgegen; wenn man hindurchging, wehten sie zur Seite. **BANYAN TREE** Das vorwiegend in Eigentumswohnungen unterteilte Great Eastern Royal Building – ein halbfuturistischer Hochhausbau, der hinten über einen Swimmingpool und kleinen Tennisplatz verfügte –, war ummauert und bewacht und von einer mannshohen Pforte gesichert, an deren beiden Seiten Sicherheitsdienstler in Uniform standen. Immerhin seien es, dachte Deters, von hier aus keine zehn Kilometer bis Ingolstadt. Also wenn dies Buenos Aires w a r. Das war es nicht, aber *wenn*, dann hätte niemand sagen können, auch Goltz wohl nicht, wie viele Rebellen sich in diesem Grenzgebiet noch verbargen. Man ging jedenfalls kein Risiko ein, tat es in Buenos Aires nicht, tat es nicht in Bombay. Schon die Abgase, schon das Knattern einer Zuckerrohrpresse, von links, Tardeo Chowk. BelpuriStände Ohrenputzer. Im Schneidersitz saßen die Regenschirmflicker. Rechts führte über die Geleise, die man von hier aus nicht sah, der Beton des breiten lang gezogenen Fly-Overs, je zu Seiten die Händler, paar GewürzBuden gleich rechts neben der Ausfahrt, teils breiteten die Menschen nur Tücher auf den schmalen, aufgesprungenen Gehsteigen aus, darauf kunstvoll getürmt Bohnen Möhren Tomaten Guaven. Geschäfte, zur Straße offen, die Eingänge Schwingtore, reichere Läden hielten ihre gläsernen Türen, der air condition halber, geschlossen. Wie böse die alten Fischfrauen Deters ansahen, der bis zum alten Markt geirrt und die Emporen des Banganga Tank Komplexes hinaufgestiegen war, verdrecktes grützgrünes heiliges Wasser mitten in den Treppenschluchten Küchengerüche Gassengerüche, sich wie auf einem Boden, der nachgab, vorantastend durchs Marathi Schwirren, wie zischten sie und schlugen ihre Binsen vor sich auf den blutwässrig verwaschenen Stein. Pomfret, kleine Calamari. Überall Krähen. Heerscharen Fliegen. Katzen, anorektisch vor Räude. August Kranti Marg und Malabar Hills und von dort die duftenden und oben die Hängenden Gärten am Tempel des Schweigens und von da hinunter ein Blick ... aber natürlich stand Deters immer noch vor dem Hochhauskomplex; er hatte keine Ahnung, wie er gehen sollte; der einkopierte Reiseführer war flanierender Anti Tourismus pur.

Er hätte mit der Bahn in die Innenstadt fahren können, von der Central Station aus, denn das Sprengelmuseum befand sich gleich hinterm Fort. Doch er wusste das nicht und da sich die, dachte er, ›Weltenkippe‹ nicht einstellen wollte, winkte er einem der zahllosen kleinen schwarzgelben Taxen. »Rudolf-von-Bennigsen-Ufer«, sagte er. Der Fahrer verstand nicht, schwieg, schaute namenlos verdutzt. Also ein zweites Mal: »Rudolf-von-Bennigsen-Ufer, Sprengelmuseum.« Immer noch dieser ratlose Blick: Don't know, what you want. So gab Deters es auf und nannte als Ziel »V. T.«: Victoria Terminus. Sofort griff der Fahrer, indem er sich links über den Nebensitz hinüberbeugte, durch das Beifahrerfenster, dessen Scheibe zweidrittels hinabgekurbelt war, und setzte die Mechanik des schwarzen, am Kotflügel angebrachten Taxameterkastens in Gang. Und gab Gas.

Wir brauchten fast eine halbe Stunde, bis wir anlangten. Zeitweise fuhren wir Schritt in dem Gedränge aus Blech und Hunden, Motoren und Menschen, Lastern und Kulis, die schwere, mit Waren übertürmte zweirädrige Holzkarren hinter sich herzogen. Die Straßen bisweilen palmengesäumt, worunter Stände und

Notunterkünfte: blaue, straff schräggespannte Planen als Halbzelt an den kolonialen Hausfassaden, denen alljährlich der Monsun den Rest, dachte man, gab, und dennoch hielten die Gebäude stand, aus zäher Gegenwehr voller Schlieren, zerbröckelnd, die Stukkaturen schon vor Zeiten herabgekracht. Töpfe und Schüsseln vor den Behausungen, Kerosinkocher, kleine schmutzige Mädchen in blütenweißen Kleidern. Überall lagen schlafende Menschen. Wir fuhren links heran, hielten bei einer Kokosnuss-Schütte. Mit rostigen Macheten schlugen dunkelhäutige Männchen die harten, an der Schädeldecke von den groben strohigen Fasern entschälten Köpfe auf, aus denen Passanten dann mit Strohhalmen tranken. »You know Dunckerstreet?« »What you mean?« »How much?« Er zog die *small taxi tariff card* aus der Ablage und reichte sie mir; bei einem *meter reading* von 4.70 waren es 54 Rupien. Nicht ganz ohne Schreck ließ ich mir einen Scanner reichen und legte die Handfläche drauf; es musste, wie zum Schwur, immer die rechte sein: eine Konvention, die ihren Ursprung hätte in Ungefuggers religiöser Bewegtheit haben können und in Buenos Aires sicher hatte.

Vor dem hohen, weißfahlroten, italienisch-gotischen Bau des Bahnhofs, dessen Front in der prallen Sonne wie ein überdimensioniertes, koloniales Schutzschild aufragte, patrouillierten Polizisten unter weißen Tropenhelmen; sie regelten den Verkehr der ineinander verkeilten Blechlawinen weniger, als daß sie mit ihm sympathisierten. Nur bisweilen winkelten sie einen Arm ab und winkten jemanden mit weißer Handschuhhand durchs Gewühl. Eine Schar Bettlerkinder lag im Anstand, schon stürzten die nacktfüßigen Kerlchen auf eine Touristin los, umstanden sie, zogen der Hilflosen an Bluse und Hose. Sie griff in ihre Handtasche, holte eine Hand voll Irgendwas heraus und warf es von sich. Die kleinen Bettler spritzten hinterher und sie war sie los. Mit vorsichtigem Lächeln schritt sie weiter, während die Kinder den Boden lasen pickten wickelten: – Bonbons.

Vielleicht wäre es klüger gewesen, Deters hätte sich zum Airport fahren lassen, um einen Flieger nach Frankfurt zu nehmen und dort in den ICE zu steigen. Nur wäre das schon aus Zeitgründen nicht in Betracht gekommen. Außerdem war er sich keineswegs sicher, dann tatsächlich in der Bundesrepublik Deutschland anzukommen; er hatte die vielleicht fixe Idee, er käme nur heim, nähme er seinen Weg *genau* zurück … Ganz sicher gab es auch irgendwo hier eine Lappenschleuse wie im SILBERSTEIN SAMHAIN. Nur was hieß ›genau‹? Der einzige Weg nach Berlin, dachte Deters, führt über Buenos Aires.

Je weiter er sich von Siddals Wohnung entfernte, desto deutlicher strukturierten sich seine Erinnerungen und die verlassenen Ehejahre verblassten. Es war wirklich, als fände er zu sich, wäre aus sich exorziert gewesen, als hätte er neben sich in einem anderen Weltbett gelegen. Und er musste nicht lange suchen, da bog er bereits – Patchouli Sandelholz Königin der Nacht – in die Calle de Dr. Ferrán. Bevor er wegtauchte, in einem zerrütteten Übergang neben Mumba Devis farbigem Tempel, mühte sich eine von Schicksal und Jahren krummgeschlossene Frau in zersplissenem Sari auf ihn zu, aber nicht um zu betteln, trotz der Blechbüchse in ihrer knochigen Hand, sondern sie tunkte drei ihrer Finger hinein, lächelte mit letzten vier Zähnen und strich ihm das heilende, segnende Gelbwurzzeichen auf die Stirn. Mit diesem kam er in Barcelona heraus, gleich neben den Flötenspielern, die sich auf einem ziemlich schmalen Trottoir aufgestellt hatten und um Bakschisch musizierten. Wahrscheinlich durfte man nicht gezielt suchen, vielleicht war, um zu wechseln, dieses lockere sehnende Schweifen nötig, das Deters überhaupt erst zu seiner Verabredung im SILBERSTEIN SAMHAIN hatte kommen lassen.

Eindeutig eine BorkenbrodSpur. Übrigens ließ sich nicht eigentlich sagen, es sei kühler geworden; trockener vielleicht, selbst wenn man den Seewind roch: mediterran vertrauter als der von Kloake durchsetzte Tropenduft des Arabischen Meers. Deters spielte wieder einmal mit dem Gedanken, Elena anzurufen, mußte lachen, er war so leicht geworden. Es tat gut, einfach durch die Gegend zu schlendern.

Die Dr. Ferrán führte auf eine belebte Hauptverkehrsstraße. CERVECERIA FRANKFURT: lustig. Jeder Blickkontakt mit den kleinen drahtigen Männern war auf die *muleta* zielender Stierkampf; sie suchten seinen Blick geradezu ... – wie um ihr Revier zu markieren oder ihn in die Ecke zu treiben, ihn nur zu reizen vielleicht: CORRIDA EXCEPTIONALES. Vor den Türen Bettler mit Metallbechern. Wie hübsch!: CORSETERIA/LENCERIA, und ein Junge, der vor seiner Brust fünf vollgestopfte Tüten schleppte. Unter den Fenstern die Klötze der Klimaanlagen, ganz unten, auf den Trottoirs, Pfützen aus Kondenswasser. Überall Schilder an den Fenstern: *okupa y resiste*. Aber daß dieser Laden SHAKTI hieß! Und wirklich ... *war* das nicht Shakti, die da hinausschaute, als langweilte sie sich? Sie hatte neuerdings über der Stirn eine fingerbreite Narbe, was die Myrmidonin erstaunlicherweise nicht entstellte, sondern ihr einen sehr eigenen zusätzlichen Harinenreiz gab. Wie nebenbei plauderte sie mit einem grellgelb beschuhten Sandler, der einen von Hausrat und Decken und Flaschen vollgestopften vollgetürmten Einkaufswagen neben sich parkte. HERBOLARI FERRARI: Der Gewürzladen roch die gesamte Passatje de Baccardi aus. Und wieder:

I HAVE BEEN IN MANY SHAPES

Das war die Stadt Nausikaas. Hatten sich Deidameias Rebellinnen darum angewöhnt, den Kiez die *Feurige Rose* zu nennen? Nein, so nannten sie – oder nannte sich – ein anderes Lokal, ein FreakTreff im Webspace, den vor allem die männliche informorphe Guerilla zu ihren Zuammenkünften wählte. Einerseits wollten sie nicht unnötig auf die Zentrale des bewaffneten Widerstands, das Boudoir, aufmerksam machen, andererseits waren den Männern die Rebellinnen aus dem Osten ein wenig unheimlich, nicht nur aus geschlechtscharakteristischen, wenn man so will machistischen Gründen, sondern sozusagen phylogenetisch. Nicht alle waren damit einverstanden gewesen, eine Realperson die Stelle der Tranteau einnehmen zu lassen; doch war es eigenwilligerweise zu einer starken Fraktionierung holomorpher und realer Frauen gekommen, und Deidameia wurde mit den Stimmen sämtlicher Frauen mehrheitlich akklamiert.

Drei Gassen weiter, gegenüber dem Hostal Guerra, im dritten Stockwerk einer straßenlangen Bürgerhauszeile untergebracht, stieß Deters aufs Museo de Jamón, sah durch die hohen breiten Scheiben zur Theke, deren ganze Länge entlang Schinkenhälften von der Decke hingen, und beschloß, einen schwarzen Kaffee zu nehmen. Vor der hoch aufgereckten Glastür hielt ein Schwarzer sein Kofferradio im Arm wie ein Baby... hielt zärtlich die Box ans Ohr, voller Liebe geradezu, wie um den Kopf eines Sprößlings zu streicheln, wobei er, sie um Gefühlsspuren aufdrehend, die Lautstärke regelte. Sein Blick auf mich: seltsam fragend, halb mißgünstig. Drinnen dann, und alle trugen ihren Blues, hockten die Gäste am Tresen, aus hohen, leuchtenden Gläsern von bunten Getränken nippend. Auch ich hockte mich, bestellte erst den Kaffee, dann eine Frozen Marguerita und wartete. Was konnte man anderes tun, als seinen Imaginationen zu vertrauen? Wenn sie ihn hergeführt hatten, müßten sie ihn auch wieder fortbringen können, dachte Deters und beobachtete aus den Augenwinkeln, was um ihn her so geschah. Auf die ersten Blicke tat sich eigentlich nichts; es wurde nicht einmal gesprochen, nur geraucht getrunken etwas gegessen. Tellerchen voll schwarzer Oliven auf den Tischen. Das Stimmschwirren angenehm, denn es kam von draußen, schwirrte nicht in mir selbst, war eben kein weißes Rauschen der inneren Festplattenkühlung. Er vernahm auch keine weiteren Dialogpartikel; der AUS Knopf war mit Verlassen der Siddal gefunden. Dennoch gehörte Deters auch hierher eigentlich nicht; er wußte das, und die schnellen Blicke, die er wie Berührungen spürte, waren unmißverständlich derselben Meinung. Obendrein schien wirklich *etwas vorzugehen.* Aber mußte ihn das scheren? Er wollte ja bloß seinen Cocktail trinken, wollte sinnieren, und überhaupt interessierte ihn das weitere Schicksal Deidameias und Borkenbrods viel mehr. Hatten die beiden nicht unterdessen ein Kind? Neun Jahre alt wäre es heute. Nicht bei den Rebellen natürlich und nicht den Prostituierten, sondern zu seinem Schutz bei einer Pflegemutter wüchse Jason Hertzfeld auf. Nein, Neoptolemos müsse er heißen, des Achilles' Sohn. Nenne nun der sich Aissa der Barde und die Mutter Aissa die Wölfin, legte sich dem Jungen später ein vagabundischer Beiname zu: Aissa der Stromer, das sei recht schön, befand Deters, derweil er die nächste Frozen Marguerita bestellte. Allerdings sehe die Mutter den Jungen bisweilen, der sie, wie Aragon die seine, lange für eine ältere Schwester hielt. Deidameia sei um die 25, deshalb gehe das an. Den Vater freilich kenne Jason als Vater; allerdings habe er auch mit dem nie zusammengewohnt, wenige Familien taten das noch; wer es sich leisten konnte, gab seine Kinder von früh auf ins Internat[3]. Da war Ungefugger dem Zentrum ebenfalls Beispiel gewesen, ganz zu Carolas Trauer, ja anfänglich Elend: aber der Präsident hatte seine Tochter von der lyrisch bewegten Mutter nicht verzärteln lassen wollen. Vielleicht hatte diese ›das Gedicht‹ auch an TochterStatt so ans Herz genommen, vielleicht war – anders als Regierungssprecher Heye gegenüber BILD seinerzeit hatte verlauten lassen – der Präsidentengattin Hobby oder Neigung oder wie man nun will ins Kraut geschossen überhaupt erst, nachdem das eigentliche Liebesobjekt ihrer

3 Hier las ich zuerst und hielt es für möglich: *Internet.* (Anm. d. Lektorats)

weichen, tatzigen Verwöhnerinnenseele von dieser Seele und aller Verwöhnung gerissen. – Der Vater also, Borkenbrod, holte den Jungen oft zu sich, der ihn, nicht zu Unrecht, für einen Künstler hielt, sehr gerne in des Barden Bude hockte, Farbtöpfe öffnete, den Boden beschmierte, sich selber beschmierte; er liebte den Geruch gelösten Öls, von Nitro und Harz und Fixierspray. Tatsächlich war Borkenbrod zu einem großen Poeten gewachsen, hatte, was Lykomedite Zollstein, die Mongolin Gigantin, ihm damals aufgetragen (»Schreib alles auf, was du weißt. Und auch, was du nicht weißt. Alles, was du dir wünschst, was du erträumst. Beschreib auch, wovor du dich fürchtest. Schreib es in diese Hefte hinein und schreib es an die Häuser.«), zu seinem Lebenssinn gemacht. In Hefte oder Bücher zu scheiben hatte er aber bald aufgegeben. Nur einzelne Zeilen rhythmischer Strukturen, also den Takt, aus dem der Sinn eines Gedichtes sproß, notierte er in seiner Kladde – oder Zitate; ja, das müsse man sagen, er schrieb viel ab. Die Dichtung selbst wuchs durch ihn hindurch: Er hatte nur Einfälle, sah er alte – materielle – Fassaden; die besprühte er wie zur Erinnerung, denen gab er das Leben zurück, das ihnen genommen. Dabei liebte er es, wenn seine Schriften verblaßten, er liebte den Wind, der die Gegenstände wusch; ein Gedicht, glaubte er, habe nur Wert, wenn es vergehen könne. So daß es ihn nicht einmal schmerzte, jedenfalls wenig, wenn Putztrupps seine Graffiti entfernten oder er, noch während er sprühte, die ersten Stanzen schon blaß werden sah, weil sich zunehmend häufig die Wände, vermittels eines durch Reizung aktivierten chemischen Prozesses, selbst weißen konnten. Immer sofort schrieb er neue Zeilen hinzu, fielen ihm drei vier Verse, manchmal auch ganze neue Gedichte ein, und je schneller sich wieder deren Spuren tilgten, um so üppiger schwoll ihm der fantastische Kamm. *Three things that enrich the poet.* Der Vorrat alter Verse war ihm eingeboren, von seiner Mutter vielleicht, der Midgardschlange, wie er annehmen mußte, doch glücklicher- und menschlicherweise immer wieder vergaß. Manchmal erzählte er Jason von ihr, ihr oder einem anderen Seeungeheuer, das er, als der Osten noch wild gewesen, bei seiner Überfahrt von Göteborg nach Košice gesehen ... die aus der Jolle gerissenen, verschlungenen Männer, die Achäer später, von denen er einen gekannt, Odysseus oder Orpheus mit Namen, ein Feldherr – »Was ist ein Feldherr, Papa?«; dennoch zweifelte Jason nicht –, die Heiligen Frauen, der Hundsgott und Huehuetlotl: oh wie hing Der Stromer an den Lippen des Alten! Ging es besonders gut, war Borkenbrod in Erzählerlaune, dann säte er Träume von einer Pappelinsel ins Herz seines Sohns und rezitierte Verse. Das war etwas anderes, als, in die Infoskope geschnallt, an einem Unterricht teilzunehmen, den holomorphe Zwangscharaktere erteilten. Jason war kein guter Schüler, und sowieso haßte er, wenn er's herausbekam, alles, was nicht real war, haßte die um ihn entstehenden Schimären, die falschen Leoparden und Elefanten, die falschen Schiffe, das falsche Meer. Der kräftige Bursche bewegte sich gern, das unterschied ihn von seinen Mitschülern sehr, die durch die Bank mit sieben kurzsichtig waren und trotz der ausgewogenen Pillenernährung, dafür löffelweise Quellstoffe eingestopft, kaum mehr funktionsfähige Sehnen hatten. Es war ja nicht nötig, sich körperlich zu ertüchtigen, das war eher ein Luxus für Aufsteigertypen oder die in der Weststadt. Immer, aus unbewußter Not, wird affirmiert, wessen der Gegner bedarf; also litt, wer im Zentrum auf sich hielt, unter der eigenen Hardware. Jason nicht. Man mobbte den Jungen deshalb, wenn man sich denn traf (meist informatisch in Räumen, die *GameCenter* hießen und die für die Jugend das gleiche waren wie Buenos Aires für Deters; nur waren sie dem, anders als er, in keiner Weise ausgeliefert). Nicht nur die Mitschüler mobbten, sondern vor allem die Lehrer, denen der bewegliche Junge schlechte Gefühle machte; die Holomorphen hatten ein Selbstgefühl entwickelt, an deren Entstehung, wiewohl sie das nie zugegeben hätten, die terroristischen Aktionen der

Frauen nicht ganz unbeteiligt waren. Man sah in dem Knaben eine Wiedergeburt des Barbaren, möglicherweise war er das auch – oder werde, dachte Deters im Museo de Jamón, es werden eines Tages –, wenn er, nicht der Vater, die Reise antreten würde, von der dieser seit seinen Monaten bei Cham fantasiert, die er sich immer wieder ausgemalt hatte, vor allem morgens nach dem Schrei der Sirenen, wenn er mit seinem Freund, mit Poseidon, zu den Werkstoren geschlurft. Er sehnte sich danach nicht zurück, doch die Erinnerung an Poseidon rührte ihn – für sich; nach außen war dem zähen Mann, seit er zu den Rebellinnen gestoßen, nichts davon anzumerken. Manchmal freilich juckten die Schuppen am Rücken, und seine linke Ferse machte ihm bis heute zu schaffen. Er verbarg die kleine Behinderung, so gut es ging, vor dem Sohn, mit freiem Oberkörper zeigte er sich ihm sowieso nie. Dennoch bekam der ein wenig Einblick in das versteckte Innere seines Vaters – Deidameia auch, der es selbst ähnlich mit ihrem Osten ging. Nur hatte Die Wölfin, anders als Der Barde, allen Grund, sich zu sehnen. Sie hatte gut gelebt als Äbtissin in Landshut, nicht gedarbt wie der gelenkempfindliche Tagelöhner. Oft wachte sie auf des Nachts und meinte, wieder in der Seligenthaler Abtei zu sein und die Freundinnen rufen zu hören, klopfen zu hören, klöpfeln gegen die Tür des Seraglios, die zärtlichen Berührungen dann, stilles Seufzen, während durchs Fenster die ächzenden Laute der untergehenden Stadt zu hören waren, das Glucksen und Schmatzen aus den Kanalisationsgräben oder ein Schuß vor den Toren. Sogar das ferne Grollen schien ihr angenehm gewesen zu sein, wenn Milizeinheiten des Zentrums die Gegend mit ihren Kettenfahrzeugen pflügten. All das lag nun so lange zurück! Gestorben war Odysseus, gestorben die Mongolin, noch Wochen nach ihrem Tod hatte sie, mitten entzweigeschnitten, auf ihrem Thron gesessen als ihr eigenes Grabmal, dann war sie in ihre beiden Hälften auseinandergefallen, und ihre beiden Hälften waren in Tausende Teile zersprungen … – tot Jens Jensen und bis in die äußersten Beskiden zurückgewichen die Schänder, selbst von Hundsgöttern hörte im Zentrum keiner mehr; und auch, wer aus dem Osten herüberkam, brachte keine mythischen Nachrichten mit. Nicht einmal Lough Leane, der nach dem Einschuß des Thetismeeres in die Linzer Grube als Zeichen dafür entstandene See, daß es weiter Naturgewalt gebe, ging in den Köpfen und Herzen noch um: Zwei Jahre lang waren die Nachrichten voll gewesen von erdbeerfarbenen Schweinen und einem Wasser, das, schöpfte man draus, zu Silber erstarrte, niemals blieb Salz; salzlos hatte Thetis es in diesem riesigen Bogen dort hineingespuckt, damit ihre heiligen Schweine zu trinken bekamen. Ungefugger hatte auf das Wunder nüchtern mit Produktion reagiert und baute das Wunder nun ab und preßte das Wunder zu Barren, hatte sämtliche Schweine, vor denen sich sogar die einst mächtigen Schänder gefürchtet, keulen, hatte sie auf einem riesigen Haufen abfackeln und Knochenreste und Asche über die Mauer zur Mutter zurückkippen lassen; er war kein Mann, sich vor Müttern zu fürchten. Das hatte die Wähler beeindruckt. Die Barren führte er industrieller Nutzung zu. Unter der Hodnakuppel wurde das Metall besonders zur Regenbildung benötigt, zu Silberjodid aggregiert und verdampft kristallin in die wolkige obere Atmosphäre gesprüht; seitdem regnete es im Zentrum einiges mehr, im Osten sogar fast um ein Fünftel. Fünf Jahre später war denn das Wunder, dieser letzte Einbruch eines nicht dirigierbaren, nichtfunktionalen Schlages von Draußen (welch einen Bombast der Wasserstrahl, den die sich zurückziehenden Monstren »der Thetis Speichel« genannt, veranstaltet hatte!), nur noch *AU* und *J* und *BR* und H_2O und hatte selbst für die Ostler, die nun auch in den Westen durften – dafür zwangsverschickte man Westler nach Osten –, jedes Hoffnungsversprechen verloren. Dennoch durfte das Areal niemand außer Milizbefugten betreten, denn *ein* Geheimnis löste sich nie: Wer immer den Heiligen See umlief, ihn umfuhr umflog, konnte entweder nicht die Länge der Strecke, den Umfang, bestimmen, oder die Zeitmesser versagten ihre Funktion. So sehr sich die Wissenschaftler auch bemühten, in dieser Frage kam niemand voran. Das wurde geheim gehalten. Der Politik war es Lappalie, für sie und die Ostler stand die Ausrottung der letzten Ungeheuerlichkeiten unmittelbar praktisch bevor. Aber deren personifiziertem letzten, des raffiniertesten Monsters, Niams mit dem goldenen Haar, wurde man nicht habhaft, weil niemand von der Lamia wußte, die irgendwo in der Zentralstadt, dachte Deters, Fuß gefaßt hatte, aber sich nirgends mehr zeigte. Schlief sie? Hielt träumend die Diskette, einen quadratischen Viermonatsfötus, auf ihren Schlangenbauch gepreßt? In keinem Fall war sie mehr die Hoffnung des Ostens; die fand der Ostler im Wohlstand. Nach dem hatte er sich seit den Zeiten der Sündflut verzehrt. Und seine poetischen Träume waren nichts als die unbewußten Schützengräben gewesen, in denen sich das feindliche Trommelfeuer überstehen ließ. Niemand lebt, wenn er nicht muß, im Schlamm. Und jeder schüttet die Schützengräben, wenn Frieden ist, wieder zu. Ein jedes Wunder ist schrecklich; so konnte keines groß genug sein, als daß man es nicht schließlich doch, es sich untertan machend, humanisierte. Pontarlier trieb der Welt ihre materiellen Skandale aus, ganz so, wie zuvor die Welt privatisiert worden war, die noch früher, in geschichtlicher Zeit, aus Allmende in Stammesbesitz Fürstentümer Reiche Nationen und in die alten demokratischen Staaten übergegangen war, die, dachte Hans Deters im Museo de Jamón, die Große Geologische Revision hinweggespült hatte.

Es stand bereits die dritte Marguerita vor ihm.

Dabei war er nach wie vor nicht unaufmerksam; nicht nur, was seine Erfindungen anging, sondern für seine Umgebung. Etwa war es ein erstaunliches Fakt, daß ständig Leute das Lokal betraten, sich aber nicht selten gar nicht setzten, sondern nach hinten hin durch irgendeine Tür verschwanden; und sie kamen nicht wieder. Entweder gab es dort noch einen Aus- oder einen

Eingang, hinter welchem vielleicht gepokert wurde, oder es kam dort eine Bruderschaft zusammen ... – wahrscheinlich hatte Deters bloß dieser Beobachtung wegen den alten Faden weitergesponnen, was ja nicht ganz ohne Risiko war ... Etwa schien die Zeit nicht voranzurücken. Er war gegen drei mit Clara verabredet, und wenn man der großen Uhr trauen durfte, die in der Glaswand hinter der Theke hing, war es jetzt eins. Was einem natürlich seltsam vorkommen mußte, aber auch die Oris zeigte eins; das stimmte also zusammen. Und Deters, sozusagen als Fremdkörper, wußte ohnedies nie, nach welchen Gesetzen hier die Sukzession verlief. So nippte er, wie seinerzeit im SILBERSTEIN SAMHAIN, von einem Getränk, drehte den Kopf mal hier-, mal dorthin und überließ sich seinen Fantastereien und die Zeit besser sich selbst. Er hatte seit langem wieder das Gefühl, zu Hause zu sein, ganz ohne seine Dunckerstraße, da sich ihm die Anderswelt, alle acht Hände ausgestreckt, abermals entgegenneigte. Noch trug er das gelbe Heilszeichen auf seiner Stirn, das Kurkuma freilich mittlerweile verschmiert. Er konnte nicht wissen, daß man ihn deshalb so musterte und nicht, weil er als Fremder angesehen und, wie er meinte, abgewiesen wurde. Der Katalane trug dort Dritte Augen und auch Glücksbringer nicht; hierzuwelten hing man sie sich, in Form von Kruzifixen, um den Hals.

Er stellte sich vor, die Tür, durch welche die vielen Gäste verschwanden, sei Öffnung, Öffnung in metaphysischem Sinn, und jene seien Besucher aus der Realwelt, die sich, vielleicht um NINTENDOS einzukaufen, nach Buenos Aires begeben hatten und nun den CyberLift zurück nach München nahmen oder nach Köln oder Lübeck – und womöglich nach Hannover. Dahin wollte ich doch! Was soll es mich kosten, es zu versuchen? – Nur daß er dann in der Toilette vor knietiefen Urinalen stand, einem zersprungenen Spiegel über einem Waschbeckchen, dessen kaum zwanzig Zentimeter langes Abflußrohr vergessen in der Luft hing, aber vergessen doch nicht ganz, denn der Pächter des

Lokals hatte einen Eimer drunterschieben lassen. Deters guckte sogar in die Kackkabinen, wobei ihm eine Sekunde lang unheimlich wurde: Er hatte, seit in Buenos Aires angekommen, nicht ein einziges Mal pinkeln müssen, war aber zu alarmiert, um in sich hineinzuhorchen. – Nein, es gab keinen Fahrstuhl hinaus, und auch andere Türen gingen von dem Gastraum nicht ab, jedenfalls nicht vor der Theke, dahinter, zur Küche nämlich, schon, in deren Kühlschrank mehrere Langusten darauf warteten, aus der Zarzuela die Opera zu machen. Nach dort gingen Kellner, von dort kamen sie, und einmal gingen zwei Männer in lappigen Mänteln, Rechtspfleger der SZK, mit dem Dueño del bar hinein; man bog wahrscheinlich um eine Ecke und fand sich am Ende des Gangs in einem winzigen Büroraum wieder, wohinein gerade ein zum Schreibtisch umge*tun*ter wackliger Küchentisch, ein Hocker und ein alter 386er paßten, der Email und Faxe besorgte, während für Schreibarbeiten eine vom Büro gegenüber ausrangierte ReiseOlivetti im Köfferchen stand. Goltz sei Deters, dachte der, wieder auf den Hacken und ließ nun den armen Katalanen befragen; er selbst kam gerade vom Klo zurück. Wieso lag seine Zigarettenschachtel nicht mehr auf der Theke? Aber er mußte nur den Kopf wenden: diesen Part des Lokals hatte er noch gar nicht gesehen. Unter einer Holzdecke, auf die ein großes Herz-As angebracht, standen rotgelblichweiß gestreifte Couchs, runde und wenige rechteckige Marmortischchen und hölzerne Caféhausstühle darumher arrangiert. Eine versunken schwarzhaarige Frau saß allein. Sie trug einen kurzärmligen Pullover und extra-Ärmel, die Stückchen Haut der Oberarme durchschimmern ließen. Diese schmalen Ellbogenmuffs zupfte sie immer wieder zurecht. Deters' Glas stand, neben den Zigaretten, auf einem der runden Tischchen im allerletzten Eck des Raums; da hing denn auch die Umhängetasche, über dem Stuhl. Keine Regung bei den Anwesenden, als Deters den Blick über ihre Gesichter wandern ließ. Er zuckte mit den Schultern, so nahm er eben hinten Platz. Rauchte und wunderte sich, daß immer noch eins sei, sowohl auf seiner wie der Uhr in der Thekenwand. Erst ging der 1. November nicht weg und nun nicht die Stunde.

Niemand las Zeitung, obwohl ein ganzer Stoß auf einer Ablage an der Garderobe lag, die Deters bislang auch noch nicht bemerkt hatte. *Hunde sind ausnahmslos auf dem Boden zu halten*: Schwarz auf weißer Email. Doch er mochte nicht abermals aufstehen, auch wenn er sich bereits das ›Gespräch‹ vorstellte, das in dem kleinen Büro die Polizisten mit dem Gastwirt führten: »¿Seit wann kennen Sie ihn?« »¡Sie wollen doch nicht behaupten, er komme ohne Absicht hierher!« »¡¿Glauben Sie wirklich, Sie können uns was weismachen?!« »¡Halten Sie uns nur nicht für naiv! ¡Das wird Folgen haben für Sie, wenn Sie nicht kooperieren!« »Also: ¿Seit wann sitzt er schon hier?« »¿Wie oft wöchentlich erscheint er?« »¿Wann haben Sie ihn das erste Mal gesehen?« »¿Was trinkt er?« »¿Mit wem trifft er sich?«

Der arme Mann. Was wollten die Leute von ihm? Aus Angst um seine Lizenz log der Spanier zwar nicht, doch schwieg er, nämlich stur. Sah seinen Peinigern dabei in die Augen, wobei er das melancholischste Antlitz trug, das sich hinter einem so kräftigen Schnurr- und blaumetallisch schattigen Dreitagebart nur denken läßt, von nahezu olivbraunen, feuchten Augen unter den ausgeblichenen, kräftigen Brauen lebensskeptisch grundiert. Er schwieg, wenn einer aus Madrid kommt, schon aus Tradition – wenn der zu zweit auftritt zumal. Ihm wurde der Fremde draußen sympathisch, und er hätte seine rechte Hand hingegeben, um ihn vor den ›Kastiliern‹ zu schützen.

6

Es war Deidameia nicht leichtgefallen, die Nachfolge der Tranteau anzutreten, vor allem, weil sie ja nicht holomorph und die Ingolstädter Rebellengruppe das ausschließlich war. Doch legte Die Wölfin, als Borkenbrod hinzustieß, einen Trumpf auf den Tisch, der ihr zwar nicht das Wohlwollen auch der Männer, aber deren Achtung sicherte: eine der alten Karten, auf welchen die zum Zeitpunkt der Zeichnung noch projektierten Übergänge von Ost nach West und Schnittstellen zu Programmen der Allegheny-Staaten verzeichnet waren, zur Nation der Mormonen, sowie den Andenstädten ... so daß wenigstens die Holomorphen über einige der unterdessen realisierten *web locks* bis nach Washington vordrangen, einzeln vermittels der Selbstprojektoren und in Gruppen, nachdem auch transthetisch Hodnadächer aufgespannt worden waren – eine Entwicklung, die nicht nur Ungefugger, sondern wirtschaftlich vor allem Hugues vorangetrieben hatte. Ohne daß Pontarlier oder Allegheny dies ahnten, standen die Rebellen unversehens auf der 5th Avenue; allerdings blieben sie friedlich: Bevor nicht ein allgemeiner, kräftiger Schlag möglich war, beschränkten sie sich auf Kontakte zu dortigen Widerstandsgruppen, holomorphen wie realen; einige wurden nun erst gegründet.

Man konnte auch Menschen hinüberschicken; allerdings funktionierten die Selbstprojektoren bei ihnen nicht, sondern sie verblieben ebenso im Web, wie ihre Körper während der Reise geradezu hilflos in den Infomaten hingen, die ihrem Bewußtsein im Cyberraum zur Erscheinung verhalfen. Erst nachdem sie dazu übergegangen waren, sich selbst zu kopieren und die holomorphen Replikanten auf die Reise zu schicken, bekamen sie das Problem in den Griff. Immerhin hatte Deidameia – oder Ellie Hertzfeld, wie sie seit ihrer Europäisierung hieß und als welche sie einen Paß besaß, in dessen Besitz sie durch ein paar aus dem Handgelenk unternommene HackingAttacken der den Rebellen assoziierten UHA[4] gekommen war – Martha Jefferson kennengelernt und der stolzen Schwarzen den Aufbau einer eigenen sowohl realen wie kybernetischen Domain ermöglicht, die ganz nach europäischem Vorbild an ein Etablissement für losere Tanzdarbietungen gekoppelt wurde, als hätte ein anderer denn bloß äußerlicher Zusammenhang zwischen Rebellentum und Erotik bestanden. Ästhetik, behauptet Thomas Hettche, gehe der Technologie voraus, die wiederum Mike Saenz als von Lust motiviert sieht. Als hätte sich das beglaubigen wollen, war unterdessen zwischen dem BOUDOIR an der Calle dels Escudellers und LEGZ DIAMOND's auf der 57th eine Lappenschleuse installiert, durch welche nun auch reale Rebellinnen hinübergelangten: körperlich, darauf legten die Frauen viel Wert. Die Tür führte aus der Barceloneser Zentrale der Myrmidonen direkt in Mrs. Jeffersons New Yorker Manager Office. Diese – sowohl ironisiert wie ehrenhalber sich Martha Hari nennend – organisierte von dort den vor allem erotischen Widerstand gegen das Sektenwesen, gleichsam als Gegenzug zu Ungefuggers europäischen Bemühungen, den Allegheny-amerikanischen Puritanismus Zug um Zug mit der Erledigung der sozialen Marktwirtschaft gesellschaftsfähig zu machen.

Gegen die von Ungefugger ausgerufene Hygienisierung Europas, der Elena Goltz einen finanziellen, Markus Goltz den sicherheitspolitischen Boden bestellten, verwahrten sich vor allem Frauen, interessanterweise auch Holomorphinnen. Sie, die den wirklichen Frauen ihre Gabe hätten übel neiden können, daß sie zu gebären vermochten, wünschten nichts so sehr, als diese körperliche Erfahrung – und wäre sie schmerzhaft, wie sie war –

4 http://www.uha1.com; falls down: http://come.to/uha

ebenfalls zu machen. »Wie ist das, wenn …?«: Solche Fragen wurden nicht nur getuschelt. Ließe sich nicht auch diese tiefste, weil erste Domäne der Realität eines Tages simulieren? Deidameia, die Mutter *war*, kontaktierte die UHA und bat darum, sich dieserhalb in SIEMENS/ESA zu hacken. Dort war an so was freilich niemals gedacht. Im Gegenteil, dort wurde erstrebt, vom Körper endlich abzulassen.

7

Ob er schon lange warte?

Deters sah in Clara Wittens hochmütig edles Gesicht, das eigentlich olivbraun, heute aber sehr hell geschminkt war, und stieß aus: »Meine Güte, Clara … meine schöne Clara Witten!« Der weinerliche Unterton gefiel ihr nicht. Und überhaupt: »Um Gottes willen, bist du blaß!«

Ausgerechnet sie mußte das sagen. Er lächelte traurig.

»Was hast du da auf der Stirn?«

Benommen rieb sich Deters drüber, schaute stumm auf seine Finger, deren drei mittlere Kuppen waren ganz gelb.

»Was tust du in Hannover?«

»Hannover?« Stammelnd. »Wirklich?«

»Also bitte, was ist los?«

Deters brauchte fast eine Minute, bis er sich gesammelt hatte und erzählte. Unterbrach sich, setzte erneut an, unterbrach sich erneut. Konnte ihm Clara selbst nur die Kleinigkeiten glauben? Er fand auch manche Wörter nicht; sowieso war es zum Haareraufen. Immerhin hörte die Witten zu, lachte allerdings zwischendurch immer wieder mal auf, verstummte, bekam erst ganz traurige Augen, dann den beleidigten Blick. Was war diesem Mann widerfahren? Nicht nur sein Geist schien angegriffen zu sein, sogar sein Körper war von Verwirrung befallen: Er hatte neuerdings lazerale Ticks.

»Und dein Job?« fragte sie in sein Gestockere hinein. Vielleicht kriegte er so Boden unter die Füße.

»Das weißt du gar nicht, daß mir gekündigt worden ist?« War mir gekündigt worden? Ich hatte möglicherweise auch das fantasiert. »Du glaubst nicht, wie gut du mir tust«, sagte er übergangslos.

»Ich bin liiert.«

»Neu?«

In diesem Moment kroch eine buchenblattgroße rotbraune Schabe aus Clara Wittens Handtasche. Starr und gedankenlos schaute Deters darauf. Als die Witten seinen Blick registrierte, wischte sie das Insekt mit einer nachlässigen Handbewegung weg. Deters sah die Witten an, die Witten sah ihn an. Etwas Unheimliches glitzte in ihren Augen, ein grausamer Riß, der ihr das Gesicht spaltete und das Make-up derart aufriß, daß er hochsprang und rief: »Du bist nicht Clara!«

Sie konnte nichts entgegnen, so plötzlich geschah das. Wiederum hatten seine Fantastereien den Ausbruch im Grunde längst vorbereitet. Deshalb, obwohl sie etwas angewidert war, streckte sie ihm eine Hand hin, versuchte, eine seiner Hände zu fassen. Er zog sie sofort zurück.

»Ich muß ... entschuldige ... wirklich, muß weg! Ich rufe dich an.« Und rannte aus dem Restaurant.

Kaum war er davon, nahm die Frau ihr Handy und ließ sich mit Markus Goltz verbinden. »Er ist wieder da«, sagte sie.

»Wer?«

»Deters, erinnerst du dich?«

»Sicher.«

»Er hat mich für eine Clara Witten gehalten, prüf doch mal nach, wer das ist. Und schick wen her, vielleicht kriegst du ihn noch.«

*) Anderswelt: Nur die verwirrten Phantasien einer Person?

8

Goltz schickte umgehend zwei Männer los. Sie betraten das MUSEO DE JAMÓN, als Deters noch draußen stand, liefen aber eifrigst an ihm vorbei in ihrem den Dienstjahren gedankten Zivil; die Fahndungsfotos von vor neun Jahren waren in den Datenmassen verschüttet, in ihren Köpfen hätten sie auch gar keinen Platz gehabt. Das mußte man den beiden nicht übelnehmen, denn wie McLuhan sehr richtig behauptet, hat der Mensch begonnen, sein Gehirn außerhalb des Schädels zu tragen[5] und seine Nerven außerhalb der Haut. Auch Deters, seinerseits, erkannte sie nicht. Er hätte sowieso, wäre er nicht zu aufgeregt dafür gewesen, sich an die Szene mit dem widerständigen Dueño zu erinnern, der Meinung angehangen, sie seien längst drinnen. Die zwei, Schwanlein und Klipp, erkannten allerdings Elena Goltz und gingen nun feschen Stechschritts auf die Gemahlin ihres zweitobersten Dienstherrn zu. Die elegante Frau winkte gelangweilt ab, d r a u ß e n, meine Herrn, draußen! Er sei ihnen wohl soeben durch die Arme gelaufen, »will sagen: unter Ihren Armen hindurch ... – nein nein, bleiben Sie! Der ist längst über alle Berge!« Während dennoch einer der beiden Rechtspfleger hinauslief, allerdings nicht mehr ganz so sturmstaffelartig, und selbstverständlich war der Gesuchte in den Gassen untergetaucht, packte die Goltz ihre Sachen zusammen, tat einen nachlässigen Kopfwink Richtung Gastwirt: vielleicht wisse *der* was, bevor dann auch sie ging, auf der Jimenez ihren WINNER bestieg und in Richtung der nächsten Schleuse davonfuhr, um ihren Termin in

5 Was nichts gänzlich Neues ist, denn auch zu lesen, bemerkte einmal Borges, sei Denken mit fremdem Gehirn.

Mannheim nicht zu versäumen. Sie war schließlich nicht absichtlich hiergewesen, sondern hatte sich mit dem … na ja *Freund*? eigenwillig plötzlich konfrontiert gesehen, plötzlich hatte sie im BELL'ARTE gesessen, nein, sie war nicht hierhergefahren! … doch weniger erstaunt darüber als daß der sich *traute* nach so vielen Jahren. Und wenn er sich noch mehr traute? Sie gab sich das nicht zu, aber irgend etwas in ihr hatte das, als sie so unversehens vor ihm gesessen, gleichzeitig erhofft und gefürchtet. Daß Deters indes zum WeichEi geworden war, erlaubte ihr, sich ein für allemal von ihm zu heilen – eine Schlammlawine geradezu, was ihr vom Herzen sackte. Kaum war die Alm vom Modder frei, hatte sie nicht mehr das geringste Problem, ihren derart beschädigten ExLover (nicht einmal dazu hatte es mit ihm gereicht; *Vor*haben war alles geblieben, ganz furchtbar) beim Gatten anzuzeigen. Sie zog einen Strich unter die LebensabschnittsBilanz, tat es gerne und ohne Reserve, eine Rechnung mehr bezahlt. Seit sie die AWG leitete, liebte sie ihre Ablageordner.

Ihr nun archivierter Geliebter indessen, der noch immer nicht glaubte, in Hannover herausgekommen zu sein (aber bloß deshalb konnte ihn der SZKler nicht mehr sehen, denn Deters war, benommen nicht nur von der kakerlakenen Szene, sondern vor allem seiner drei Margueritas wegen, eher davonge*wankt* als -gerannt, zumal gab es da plötzlich Stufen; er hätte gar nicht rennen k ö n n en), war nicht mehr Zeuge, wie die beiden Männer den armen Katalanen, der sie daraufhin ergeben widerständig hinter seinen Thresen winkte, volumenreich ansprachen, wozu sie ihr polizistisches Gewicht, das als solches immer nur Luft ist, ums mindestens Vierfache blähten. Den Dueño wurmte das, er ließ sich ungern flatulieren. Von wem die Rede sei? Einem Gast? Es kämen viele stundaus stundein, er könne und wolle sich nicht jeden merken. Natürlich hatte er ihn sich gemerkt, natürlich war er ihm, wie allen andren, aufgefallen, ein Fremder fällt überall als Fremder auf. Aber die beiden Bullen kamen aus Madrid … wie schon ihrem Dialekt anzuhören. Wie hätte er wissen sollen, daß die *maderos* den berlinischen Zungenschlag hatten; freiwillig hätte er mit keinem Kastilier gesprochen. Sie hatten also keine Chance, die beiden, und mit dem nicht ganz unberechtigten Gefühl, auf den Arm genommen worden zu sein, zumal sie sich nicht getraut hatten, konsequent genug zu drohen, machten sie sich zum Rapport nach Koblenz davon. Goltz, durch seine Frau bereits informiert (Na da habe er ja zwei Nappsülzen losgeschickt, meine er nicht, eine Organisation lebe von der *Klasse* ihrer Mitarbeiter?), bereitete den beiden einen sagen wir ausgesprochen beherrschten Empfang.

9

Deters stand da immer noch auf dem Rudolf-Bennigsen-Ufer am Maschsee. Und fror. Seltsamerweise regnete es nicht. Alles aufgeräumt, die Straße so gerade, so sauber, ordentlich nach der Straßenverkehrsordnung befahren, das Wasserbecken wie mit Kinderpinseln getuscht, allerdings grau, nicht blau, paar hundert Meter links der neusachliche Bau des Norddeutschen Rundfunks, hinter mir das Sprengelmuseum mit dem BELL'ARTE ... und keine zehn Meter weg Elenas ... – ich meine: *Claras* kleiner Renault, verbotenerweise halbschräg auf dem Trottoir. Sie hatte sich nicht geändert, dachte ich ... wäre ihr bloß nicht dieses Insekt ... – Am November ließ sich allerdings nicht zweifeln. Ich war viel zu leicht gekleidet, mal wieder, mit meinen Sommerklamotten. Da fiel mir Andreas ein, ich könnte ihn anrufen, er würde mir sicherlich helfen. Allein seine Gegenwart, daß man eine Vergangenheit teilt ... Das Handy hervorholen und die 0511/929 65 75 wählen, waren eines. Ich hatte Glück. »Ja was machst denn du in Hannover?« Ich nahm mir vor, diesmal nichts zu erzählen, überhaupt bekam ich alles auch gar nicht recht auf die Reihe. Was hätte der Freund von einer Elizabeth Siddal verstanden? Und daß er Ungefugger kannte, war hier auch nicht so wahrscheinlich. Freilich, für LIFE gearbeitet hätte er wohl gern. Übrigens hatten auch wir uns länger nicht gesehen, er rief nur bisweilen in der Dunckerstraße an oder schickte mir eine Mail. Ob er Zeit habe? »Gleich?« Er sei noch in der Hochschule, brauche noch eine Stunde. »Wo bist du jetzt?« »Beim NDR.« »Wolln wir uns am Hauptbahnhof treffen?« »Kennst du die Eisdiele da?«

Auf der Großen Packstraße erstand ich unter Verwendung meiner durchweg gültigen Geldscheine – blöd, daß die Eurocard weg war – einen Pullover und einen billig gefütterten Anorak. KAUKASISCHE ZELKOVE. Es war zwei Uhr, wenigstens *das*, die Zeit hatte sich wieder in Bewegung gesetzt. Sogar enorm. Die HANNOVERSCHE ALLGEMEINE behauptete den 1. November 2000; ich war im frühen Juni aufgebrochen, 1998, da war ich mir sicher, der sechste oder siebte war es gewesen, aufgebrochen von meiner Wohnung zum SILBERSTEIN, das zum SAMHAIN geworden war und mich auf dem Umweg meiner Fantasie durch all die Räume nun ausgerechnet nach Hannover transportiert hatte ... na, immerhin nach Bremen nicht, das wäre schlimmer gewesen, hätte ich mich als Laupeyßer wiedergefunden, und wäre es noch 1981 gewesen, in der Ecke meiner Finndorfer Kleinbürgerwohnung. Die rostrot blühenden Blumentöpfe, der Pappkarton, in den ich diese Aufzeichnungen stopfte, bevor sich Laupeyßer im Bahnhofsklo mit Claus Falbin zu Hans Deters vereinte. Und jetzt w i e der ein Bahnhof. Doch was für einer! Obendrein gab es eine Weltausstellung, und nicht einmal in Hannover selbst, das wäre noch zu verstehen gewesen, sondern in ... ich meine, so etwas war nie und nimmer real! ... eine Weltausstellung in Laatzen!! ... In Berlin, in Köln meinetwegen, sogar noch in Mannheim ... aber *Laatzen*? Und hatten dafür dieses Gebäude hinter Ernst August errichtet, dessen piefiges Reiterdenkmal, DEM LANDESVATER

SEIN TREUES VOLK, in grünrenoviertem bronzenem Historismus zwischen Tramanlage und Zukunft stand. Ich schritt an hellen Würstchenbuden vorbei (COME IN FOR LIL' LOVE) – sogar Imbißstände sind unterdessen, Design muß sein, gecleant – und betrat sprachlos das Gebäude, dessen offenluftige Licht- und Strebenhülle eher Raumschiffhafen zu sein schien, glatte blaue Metall- und Glaskonstruktion. Unter einem riesigen, aus Glasfächern aufgespannten Dach Emporenstufen Terrassen hohe freie Treppen und Gänge über einem Cañon, dessen Wände voller Geschäfte Bistros Traffiken Sushias Vomitorien Konzerthallen sogar. Ameisig strudelten Hunderte Shopper. Der hannöversche Hauptbahnhof war zum Lebens-, das bedeutet Einkaufszentrum geworden. In Berlin und Frankfurt am Main hatte das angefangen. Man fuhr in einem EventPalast los und kam in einem EventPalast an. Keine Spur von Anderswelt. Vielleicht ließ man unterdessen auch LyrikLesungen wie Musicals zelebrieren, und die vormals parkettbehinderten Dichterinnen und Dichter standen in gleißendem Flutlicht. Carola Ungefugger hätte so was gefallen, dachte ich, und wie die Sparten *eine* wurden, Unterhaltung und Kunst immer im Gleichschritt, so auch die Städte, ganz konsequent. Dennoch war ich erleichtert, realdeutschen Boden unter den Füßen zu haben.

Umgegrabene Pennergesichter, elegante Boutiquen, paar Rechtsradikale mit Echten Deutschen Schäferhunden und grünen Hannover96-Schals, jedenfalls Skinheads, man soll nicht immer gleich das Vorurteil reiten. Früher zeigten die sich nicht helllichten Tags, jetzt ließ man sie durch Headlines feiern. Die übrige Jugend, mehrheitlich und offiziell, meine Oma wäre stolz gewesen, derart wippenden Tennisschritts, daß ihre Großeltern sich fragten: Was ist an Sitzstreiks falsch gewesen? Walkmen Discmen überall Handys ... wäre nicht dieses Gebäude gewesen, die Geschäftsleute, die durch ihre Freisprechvorrichtungen mit den Widergängerinnen ihres Sekretariats telephonierten, hätten auf mich einen verdächtigen Eindruck gemacht. So paßte alles ins Setting der Jahrhundertwende.

Ich besorgte mir eine Fahrkarte nach Berlin, ICE, ziemlich beruhigend, etwas mehr als zweieinhalb Stunden. Eigentlich konnte ich noch gar nicht fassen, es geschafft zu haben. ›ICE Shinkansen‹ war wiederum komisch. Aber ich warnte mich umsonst und belohnte meine Hochstimmung mit Eis. Eine gute, bestens trotzige Idee. Gutes, bestes italienisches Eis, ausgezeichnet, dieser Gelato in Hannover. Obwohl doch so ein Spätherbst war.

Man muß diese Eisdiele ein EisLoft nennen. Ich nahm auf einem der hochschicken Stühle Platz. Hatte ich womöglich etwas überreagiert? War das vorhin Clara gewesen und das mit dem Insekt bloß Einbildung? Und selbst wenn nicht: Wer konnte wissen, wo die arme, wirklich sehr auf Hygiene bedachte Freundin, die sogar Intimspray benutzte, das Tierchen – oder dieses sie – aufgelesen hatte? So ganz von der Hand weisen konnte ich nicht, daß mich ständig irgendwelche Überspanntheiten jagten. Jedenfalls hatte ich an die Zeit, die seit meinem Morgenspaziergang zum Silberstein verstrichen war, keine andere Erinnerung mehr als das, was ich mir zusammengesponnen hatte von Geologischen Revisionen und Cyberstädten. Die neun Jahre Siddal und zweieinhalb Realitätsverlust hätten einen weniger bizarren Menschen als mich, keine Frage, am Boden niedergestreckt, und zwar gleich hier, neben dem einen Chrombein meines Eishallensitzes. Insofern konnte ich stolz auf mich sein.

Andreas kam. In dem Bahnhof wirkte er überaus fremd. Ich hatte meinen Becher noch gar nicht vor mir, da stand er schon da. Jesses, sähe ich mitgenommen aus! Er wählte fast denselben Ton wie Clara vorhin, die ich übrigens noch einmal anzurufen versuchte, um mich zu entschuldigen. Aber es war nur ihr Anrufbeantworter eingeschaltet, auf dem ich meine Tutmirleids hinterließ; sie möge mich bitte zurückrufen, ich sei ein wenig von der Spur. Was hätte ich denn da an der Stirn?! »Hast du wem renovieren geholfen?« Ich, halb schon stehend: »... oh je, das ... das ist ... Moment eben!« – und lief, bevor ich den alten Freund umarmte, aufs Klo, um mir auch die letzte Andersweltspur aus dem Gesicht zu wischen. Man glaubt nicht, wie hartnäckig Turmeric haftet.

Ich arbeitete zuviel, behauptete Andreas, nachdem wir nach dem rückenschlagenden Zeremoniell unsrer Neuverkumplung Platz genommen hatten, »das ist nicht gesund, Hans, überhaupt ist das doch kein Job mehr für dich!« »Zu renovieren?« »Du weißt, Alter, was ich meine.« Wußte ich nicht, aber was ich in den vergangenen Jahren getan hatte, würde ich schon anders, in jedem Fall unverfänglicher, herausbekommen. Andreas löffelte seinen Krokantbecher (Eierlikör!), wobei er von der Assistentenstelle erzählte, die er innehatte. Ja, er wohne noch in Bremervörde bei seinen Eltern. Mir lag auf der Zunge, nach seinen wunderbaren Röhrenendstufen zu fragen, aber man richtet eine Wohnung schlecht ein, wenn man sie verloren hat. Ist ›verlieren‹ hier das richtige Wort? Wieviel Zeit ich habe. Wann mein Zug geht. Sehr erleichtert stellte ich fest, es sei nun Viertel vor drei. Na bitte, dachte ich, Normalisierung ... »Um sechs ... ich kann aber auch den um acht noch nehmen.« Um mich in das Gebäude weisend: »Seit wann steht *das* denn hier?« »Furchtbar, oder? Vor einer Woche erst fertiggeworden. Hast du die Arbeitslosen gesehen? Aber Paradiese für Geldsäcke bauen! Tolle SPD-Regierung ham wir ... also gegen diesen Prunk ist euer Schloß in Berlin rein kostenmäßig 'ne Sandburg.« Was ich wohl davon hielte: Er koche uns bei ihm, wie in alten Zeiten, ein Lindenblütenhähnchen. Soviel Zeit brauche er dafür nicht, und der Gickel warte sowieso schon im Kühlschrank. »Freundin?« fragte ich; weiß nicht, was mich drauf brachte. »Wie üblich, mal ja, mal nein.« Er hatte sich weder darin noch sonstwie verändert. Als wären alle die Jahre nicht vergangen, trug er denselben Bart wie in Bremen, trug dieselbe Frisur, fuhr sogar zwar nicht dasselbe, aber doch gleiche Auto wie damals, und der 2CV röhrte und klapperte, als wäre noch Studentenzeit und wir hätten nicht eben einen der erstaunlichsten Bauten verlassen, die ich in meinem Leben zu sehen bekommen hatte; statt dessen ginge es zur Mensa die Parkallee entlang, wie seinerzeit, als wir beide noch Gauloises ohne Filter rauchten, uns immer in dieselben Mädels verliebten und uns mit ihnen in Franz Josef Strauß den Antichrist teilten. Andreas *roch* sogar noch wie früher, was ursächlich mit den CaporaleZigaretten zusammenhing, denen er ebenfalls treu geblieben war. Kein Mensch damals hatte einen PC besessen, es gab, glaube ich, noch nicht einmal den Begriff, und die Technik in meinem handtellergroßen Motorola hätte in keiner Aula Platz gefunden. Mit einem Mal, als ich neben ihm und der Revolverschaltung seiner Ente in dem großbeblumten Segeltuch hing, vom Citroënwerk zwischen die Aluminiumrohre des billigen Gestells gespannt, fühlte ich, was das ist: *Geschichte*. Sie hatte den Geruch einer Ahnung, wie wenn du ein altes Treppenhaus betrittst und schon einmal dagewesen zu sein glaubst, aber das kann gar nicht wahr sein. Im Grunde konnte Andreas nicht wahr sein.

Es wurde ein wunderbarer Nachmittag, ich hatte es gar nicht mehr eilig, nach Berlin zu kommen, ließ Andreas erzählen, erzählen, lag halb in der Couch, die Füße auf dem 60er-Jahre-Glastisch. Wie weit gereist ich doch war! – Was mache Anke? Habe er etwas von Agnes gehört? Ach Agnes, ja Agnes, er wußte sogar ihre alte Telephonnummer noch: 70 28 32. Ob es lustig war, da mal anzurufen? Der Rotwein ließ es uns tun. »Wie? Dort ist *nicht* Cordes? Ja aber das kann doch nicht sein! Ich hab doch gestern noch mit Agnes und Olli«, Oliver hatte ihr Kleiner geheißen, »telephoniert!« Und wir trennten uns unter mehrfacher Versicherung, den neugewonnenen Kontakt nun nicht wieder abreißen lassen zu wollen, erst lange nach neun, so daß ich erst um zwölf in Berlin war, wirklich Berlin Zoologischer Garten, man konnte sogar konventionell die Bahnsteige entlanggehen, halbstöckig hinab und wieder hinauf, und die S5 Richtung Strausberg fuhr noch. Auch dieser Bahnhof modernisiert, aber gegen Hannover wunderbar langweilig. Spießer bleibt Spießer, besonders in Berlin.

Es regnete. Ich stieg am Hackeschen Markt aus, da war nichts mehr mit Wyfard Place, es gab auch kein Café COUPOLE, sondern das ziemlich edle Lokal hieß bescheiden HACKESCHER HOF. Eigentlich hätte ich nun die Oranienburger zum SILBERSTEIN hochschlendern müssen … na, besser nicht.

Meine Fantasie hatte die Straßenbahnhaltestelle zu Recht nach jenseits des SBahnDammes verlegt. Die 1 hielt aber weiterhin an der Fröbelstraße; freilich auch hier Station und Boulevard modernisierend umgestaltet; am erstaunlichsten die Fassaden der Prenzlauer Allee, trotz Nacht toskanagrün und spanischocker. JAPANISCHE SICHELTANNE. Die ganze Pflanzungsreihe orange beleuchtet. Kaum noch mit ihrem Absturz drohende Balkone, sogar Thermopenscheiben; jedoch lag in der erstem Frost sich öffnenden Luft der vertraute Geruch von Kohle. Hoffentlich hatte ich welche gekauft.

So langte ich dann bei dem alten Mietshaus an; ich nahm nicht den Haupteingang, sondern, wie zu Beginn meines Spaziergangs, die Toreinfahrt. Der Hinterhof renoviert, es gab das Bäumchen nicht mehr, dafür Rabatten und einen langen, ziemlich modernen Fahrradständer. Die Fassaden waren seltsam gelb, gelb auch die Wände des Treppenhauses, immerhin stand mein Name deutlich am Briefkasten … *Briefkasten*! – funktionsfähig! –: ich probierte: mein nie benutzter, weil vormals gänzlich überflüssiger Schlüssel paßte. Auch der Schlüssel für oben, dritter Stock Mitte rechts. Bloß komisches Türschild auf dem braunen, wie alle anderen Türen neugestrichenen Holz. Das sah mir ähnlich, daß ich auf solch einen Unsinn kam:

Autor/Protagonist als gemeinsame Produzenten

HERBST & DETERS
FIKTIONÄRE
Berlin/Buenos Aires

Momentan war ich schon froh, nicht »Borkenbrod & Deters« da hingehängt zu haben, und freute mich, daß meine Tür noch quietschte... auch wenn drinnen vieles erneuert worden war. Ich hatte sogar ein Innenklo, von dem vormals ohnedies zu langen Küchenschlauch abgezwackt. »Puck! Troll!«

Also die Katzen waren fort, sie hätten mich erwartet, hätten schon meine Schritte auf den Treppen erkannt und mir vom Flur her – gierig auf ihr Futter, nicht auf mich – entgegengejodelt. Doch war es ja Nacht, nach eins mittlerweile, sie rechneten nicht mehr mit mir, und als ich, der Lichtschalter befand sich gleich links hinter dem Türrahmen, es hatte hell werden lassen – wie seit je die nackte Birne unter der Decke –, da überkam mich, die beiden ineinandergerollt zwar nicht mehr schlafen, aber mich anblinzeln zu sehen, eine derartige Rührung, daß mir die Tränen in die Augen stiegen, und ich vergoß auch zwei Tränen, ich geb es zu, und endlich kapierten sie, daß ich es war, der da heimkam, erhoben sich, natürlich, man zeigt keine Eile, reckten sich und buckelten und sprangen dann wirklich von der wirklich nicht hohen Couch, worauf auch ich immer schlief, und strichen mir um die Beine. Ich erzähle hier nichts mehr von meinen gegen die Kater ziemlich indiskreten Gefühlsausstößen. Selbstverständlich bekamen sie etwas zu futtern, es standen in der Küche Dosen bereit, ordentlich neben- und aufeinandergestapelt, kein Whiskas, denn ich bin selber Suchtcharakter und weiß, was süchtig zu werden bedeutet.

Nicht nur Küche und Flur, nein, die ganze Wohnung war renoviert. Es gab neue Fenster, die Dielen hatten einen frischen Anstrich, aber der Kohleofen war geblieben, und ein Feuer brannte darin. Sogar Briketts standen in einem Eimer bereit, so daß ich nicht in den Keller mußte. Von dem ausgedienten Grill herunter lockte eine kaum angebrochene Flasche Talisker, der ich in dieser Nacht noch ein wenig zu Leibe rückte, vor mich hin sinnierend und das Schnurren der beiden Schwarzen genießend, wie sie meine Hand abwechselnd in ihren Nacken genossen, diese weichen Bäuche ... – Verzeihung, ich weiß, das geht hier zu weit. Also machen wir's kurz: Ich war daheim.

… Garrafff: Dahinter …

Aber was, wenn die Stadt ein wucherndes Neo-Plasma wäre, das sich durch die Jahrhunderte ständig verändert hat, um genau der sich ändernden Gestalt seiner schlimmsten, geheimsten Ängste zu begegnen (…) … etwas, das selbst noch jenseits von Pans dunklen Büschen liegt, das nicht mehr pastoral ist, sondern ganz der Stadt zugehört, eine Matrix von Wegen, die Kräfte der Natur zu beugen, ihre Spannung abzuzapfen, sie zu destillieren oder ihre Farben auszuwaschen, bis sie so ähnlich wieder zum Vorschein kommen wie die bösartigen Zoten, die Qlippoth (…) – eine Stadtfinsternis, die ihre eigene ist, ein strukturiertes Dunkel, das nach allen Seiten fließt, in dem nichts anfängt, in dem nichts aufhört (?)

Pynchon

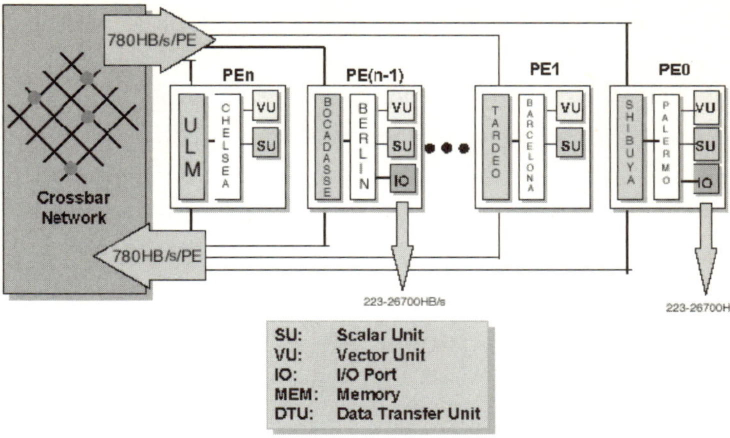

Arkologie Buenos Aires Zentrum 50'/50,5' b 9'/10' l (vect.)
Ulmer Bezirk

1

Für seine Dichtungen machte sich Chill Borkenbrod – oder Aissa der Barde, als den die Fahnder ihn kannten – meistens spätnachts auf. Er hauste nicht in Colón, aber nahbei, in einer Strewer's Row des Quatianos, das den Porteños als *Bronx* galt, weil die zentrale Straße ihrer Arkologie Melrose Avenue hieß. Nicht daß die Gegend verkommen gewesen wäre, seit *The Quatiano Miracle* gab es auch hier kaum mehr Schmutz. Aber um diese Mel Ave hatten sich die Firmen geschart, die die Abfälle entsorgten: neben Anlagen, worin aus Exkrementen Energie gewonnen wurde, konventionelle Müllverbrennungsanlagen, außerdem die sogenannten Totenwerke; es galt längst als unfein, seinen Leichnam verbrennen zu lassen, sowieso waren Friedhöfe Verschwendung von Platz. Buenos Aires wäre ohne den geschlossenen Kreislauf aus Produktion, Konsumtion, Exkretion und Recycling schwerlich lebensfähig gewesen.[6] Beerdigungen waren Beerdigungen von Rohstoff geworden, denn da die Seelen ihren eigentlichen, viel freieren Platz in Maschinen fanden, für die der Begriff Maschine schon lange zu grob war, da jedermann, selbst wenn behindert, in den Infoskopen sportliche Leistungen von achtungerheischenden Rekorden zu vollbringen wußte, galt die alte organische Hardware ohnedies nur als Maisonette, in der zwar jeder gerne wohnte, doch wenn es not tat, zog man auch um. Privatsphären sind modulierbar: Das ist der größte Angriff auf Krankheit. Jede verlorene Hand, die wieder angenäht oder prothetisch ersetzt wurde, hatte die Leute zu fühlen gelehrt: Siehe, dies ist mein Leib – ein Lager von Organen.

Dennoch, den Endverwertungen hing schon der Gerüche wegen etwas Anrüchiges an, die von Filteranlagen umgewälzt und umgewandelt und verfeinert wurden: Die ganze Bronx duftete nach Astern. Das war, weil so schwindelerregend süß, Ursache eines latenten Mißtrauens; es ging sowieso die Rede vom Elektrosmog um und von durch Pontarlier verheimlichten Risiken der Hodnastrahlung. Häufiger Gebrauch von Handys, hieß es, pflanze Geschwüre. Aber nicht eigentlich das ließ die Leute die Gegend um Melrose Avenue, Rue de Charenton, in einer deren Seitengassen, Via Panisperna, Borkenbrod bezeichnenderweise souterrain lebte, Kaiserstraße und R. S. Nimbkar Road meiden. Vielleicht war etwas von der alten Einheit von Körper und Seele, da das Schiff von Geist nun gelöscht war, in der verlassenen Kajüte des Kopfes liegen geblieben und rollte bei jeder Bewegung hin und her wie eine nicht fixierte Taschenlampe, wenn die See geht. Da man sich in aller Regel wenig bewegte, schon der Arbeitsprozesse wegen in die Ganzkörperschalen der Infoskope eingeschlossen, fand sich keiner, sie aufzuheben. Auch die Myrmidonen taten es nicht, nicht dort, denn so blieb das Quatiano einer

6 Die Myrmidonen nannten das also aus purer Bosheit ›Exkrementalkultur‹.

der wenigen Kieze, in denen man als Rebell nicht ständig auf der Hut sein mußte. Wurden SZKler zwangsversetzt, gingen sie oft da ihre Streife, doch nun erst recht nicht engagiert. Goltz verzieh nie, man kann nicht sagen, daß die Leute ihn liebten. Seine Frau schüttelte nur den Kopf über seine rüde Menschenführung; sie an seiner Stelle hätte, wie sie als Chefin tat, Nachlässigkeiten gerügt, das ja, dann aber katholischst abtestiert. Deshalb hingen ihr ihre Mitarbeiter hingebungsvoll an den Lippen; sogar Bruno Leinsam, der sie seinerzeit wegen der Kitzlerpülverchen denunziert hatte, war angekrochen gekommen und hatte ihr offenes Ohr gefunden. Er funktionierte heute besser als alle, konnte gar nicht genug Speichel lecken. Es war ihr fast schon zuviel der Spuckerei. Ihres Mannes Leute dagegen standen nur stramm. Auch Schwanlein und Klipp wären, unter ihrem streichelnden Spanking, ziemlich gute Producer geworden. So nun verschob man sie hierher, auch mit dem Zivil war es aus. Vielleicht freuten sie sich deshalb insgeheim, als sie bereits auf ihrem ersten Rundgang quer übers Fassadenportal der hiesigen Kombanterie, ein wahrer Schelmenstreich des Barden, in sattem Pirolgelb den Graffito lasen:

BEGIN THEN, SISTERS OF THE SACRED WELL
THAT FROM BENEATH THE SEAT OF JOVE DOTH SPRING
BEGIN, AND SOMEWHAT LOUDLY SWEEP THE STRING

Und es ist durchaus nicht sicher, ob, hätten sie in dem hageren Menschen, der sie soeben mit einer prallen Umhängetasche scheppernden Inhalts passierte, Aissa den Barden erkannt, das auch gemeldet worden wäre. Er jedenfalls, Borkenbrod, schien das nicht anzunehmen, so ungewöhnlich er immer war; schließlich ging heutzutage kein Mensch mehr zu Fuß, jedenfalls nicht außerhalb der Einkaufspaläste und Eventareale, zumal nachts. Sogar besaß er die Unverschämtheit, sich vor den Polizisten – nicht direkt vor ihnen, schon etwas schamhaft abgewandt – eine Zigarette anzuzünden, ein in der Öffentlichkeit an sich skandalöser Vorgang, der ordnungspolizeiliches Eingreifen verlangte. Aber sei's, daß ihnen die in den Gängen hängenden Asternaromen bereits dieses leise Übelsein bereiteten, von dem beinah alle Bewohner des Quatianos, soweit ihre Sinne nicht kybernetisch abgestellt waren, heimgesucht wurden, sei's, sie hatten einfach keine Lust: Jedenfalls war das einzige, wozu sie sich motivieren ließen, ein unterdrücktes Gekicher. Borkenbrod zwinkerte ihnen zu und begab sich seines Wegs, zog leicht den linken Fuß dabei nach.

Wie üblich hatte er bis etwa sechs Uhr seinen Jungen bei sich gehabt und ihn schließlich bei der schwarzen Adoptivmutter abgeliefert. Jason war heute besonders ungern gegangen. Daß er aber auch nicht zur Schwester konnte! Schon seltsam, daß sie und der Vater immer die Nächte durcharbeiten mußten. Nanni, die vermeintliche Mutter, schlief nachts wie er. Selbstverständlich machte er sich seine Gedanken: Weshalb war der Vater gegenüber der Mutter so holzig, ja plump und immer ein bißchen verschämt wie er selbst, hatte er etwas ausgefressen? Was hatte der Vater der Mutter getan? »Mama, was ist mit dem Papa?« »Wie meinst du das?« »Ihr seht euch nie, ihr trefft euch nie.« »Eines Tages wirst du's verstehen.« Sie sprach nie schlecht von dem Vater, doch nicht, als ob sie den Jungen schonen wollte, sondern als wüßte sie gar nichts von ihm. Und wieso war ihre Haut so dunkel, ihr Haar so schwarz, er selber hell und rot? Der Junge schwieg. Und begriff. Seine Eltern ahnten, daß ihr Kind nicht dumm war; doch alle drei berührten das Thema unter- und gegeneinander nie.

Jetzt hing Der Barde, rauchend, anderen Gedanken nach; er hatte sich nach und nach den Aktionen der Rebellen entzogen, verdreht in seine Verse und Augen nur für Fassaden. Doch schickten sie ihn vor, um das Terrain zu sondieren; seine liebsten Wände behielt er aber für sich, die alten aufgerauhten, die mit den Rissen, worin kein Klassenfeind sich niederließ (*Klasse* war mittlerweile phylogenetische Kategorie: holomorph, real oder Klon). Hier blieben die Verse auch stehen. Waghalsiger war, in die inneren Arkologien zu klettern, in ihre vierzig Meter hohen tafelähnlichen Innenfassaden, wie ein Gecko an die Scheiben geklebt, und die Farben und Sprühflaschen schwangen im Beutel von ihm herunter. Oft hielt er sich nur mit einer Hand, selbst seine Füße hingen frei, schwindelerregend über den Konsolen, auf Handbreite sausten Gleiter vorbei. Drüben der Highway, der zur Triborough Bridge führte. Manches Mal hatte Borkenbrod von dort auf Randell's Island hinabgeschaut, eine von Roboterbüschen locker durchsetzte Wiese vorm Kongreßzentrum. Oder er erklomm Hugues' The Buenos Aires Center for Science and Mathematics. Man vermutete dort keine Graffitokünstler. Wenn aber etwas ein Spaziergang schien, konnte er ausgehn davon, ein Hindernisrennen um zehn Jahre Gitter zu starten.

Es gab Plätze, da ruhte er seinen Fuß in der Höhe aus und sprühte dort niemals was an. Er saß dann nur da, nicht draußen, nicht drinnen, rieb sich die Ferse, hundert Meter unter ihm Straße, fünfzehn Meter über ihm Decke, darüber dann Wohnungen wieder, Geschäfte, neuerlich Straße ... und so weiter bis aufs Europäische Dach. Dort war er niemals gewesen, wie ein Maulwurf konnte er fliegen, doch niemals wirklich hinaus. Er hatte gehört, man sehe auch dort keine Sterne; obendrein war das Betreten des Daches verboten, die Ausfahrten wurden streng kontrolliert, irgendwelcher Energiefelder wegen, die den Krebs und weniger greifbare Krankheiten reizten. Das hätte den Terroristen nicht abhalten können, aber daß es keine Sterne gab. Nur ihretwegen wollt er auf See. Und träumte, wie seit damals, seit seinem Aufbruch aus Cham, von der westlichen Mauer. Wurde von seinen Gedichten heimgesucht. Und von seinen Gedanken. Jetzt waren es keine sehr guten, denn er hatte von Dichtertreffen gehört, auf denen Dichter niemals waren. Jemand rezitiere seine Verse ... nicht seine, nein, das wußte er ja: sie kamen von draußen, aber waren sein Mündel, und er verteidigte es. Sie würden publiziert, in schmalen heftähnlichen Büchern, *journaux de poésies* genannt. Er wollte nicht, daß sie fixiert würden, es war ihm peinlich. Und er beschloß, das abzustellen, selbst wenn die Frau, die das tat, die Erste Lady Europas war. Wie aber kam er hin? Wie ließ sich eine Einladung erhalten? Brauchte einer eine denn? Er fragte Deidameia. Sie kümmere sich drum. So versprach sie. Und würde ihr Versprechen halten. Er solle aber vorsichtig sein.

Er suchte sich neue und wieder neue Gebäude für seine Klettertouren aus: die, die ihm die Myrmidonen nannten, weil sie dort einen Anschlag planten, und solche nur für sich. Kuppeln alter Kirchen, um die herum die Hauswände, die sie überwachsen hatten, wie architektische Pressen wirkten; freischwebende Parkdecks, auf die man nur mit den Gleitern kam; er aber kraxelte rückunter, bis er kopfauf kraxeln und sich endlich aufs Plateau ziehen konnte. Anspruchsvoll waren Spannglasdächer, die beiden Saugnäpfe mußten alle Zeit halten, es gab da keinen Moment des Ausruhns. Manchmal sah er von dort, einen neuen Vers tief unter sich, der terroristischen Aktion zu. Wie wundervoll einige der Explosionen waren! Manchmal blieb er dort liegen, um zu schlafen.

Er nahm sich den Tokyo Tower vor, einen 333 Meter hohen, in einer um weitere fünfzig Meter höheren Arkologie befindlichen Nachzügler materieller Sentimentalarchitektur. Schaffte es aber nicht ganz hinauf; immerhin war auf den Stahlgerüsten Luft zu schöpfen, er keilte sich ein, so gut es ging – und sah hinüber und höher, sah auf zu dem haushohen Lichtplakat der AWG, er wußte, daß einer hindurchfassen kann: ELLE RECHERCHE VOS COMPÉTENCES. Hunderte Male hatte er Elena Goltz auf solchen Plakaten gesehen, sie leuchteten in den Himmeln jeder Arkologie, waren auf Gleiterbusse projiziert und überflossen Einkaufsscharen für Sekunden, blendeten sich weg und abermals her. Die Goltz nahm immer nur ihr eignes Gesicht zur Werbung, über ganz Buenos Aires verstreut, man k o n n te sie nicht nie gesehen haben … doch *so* gesehen? Mochte es an dem Winkel liegen, in dem er von seinen 200 Metern Höhe zu den nächsten fünfzig Metern hinaufblickte, mochte es seine Stimmung heute gewesen sein und daß er es nicht geschafft hatte, ganz zur Spitze des Towers zu klettern und dort dann, in etwa zwei Dritteln Höhe des arkologischen Raums, wie in einem Draußen zu stehen, von dem er wußte, dahinter, jenseits der Fassaden, jenseits des violetten, vorgeblichen Firmaments, sei wiederum bewohnter Raum, der so luftig simuliert war, daß manchmal sogar Wolken drüberhuschten – woran es auch immer lag, *so* gesehen hatte er sie nie, die gerühmte Mulattin. Er konnte sich gar nicht mehr lösen von dem Gesicht. Starrte hinüber hinauf, vergaß ganz die Dosen und daß er noch dichten mußte heute nacht. Er wußte nur, denn sie sah zurück, sah auch *ihn* an: Ich will diese Frau. Er wußte nicht weshalb. Deidameia, fand er, sei schöner. Und Meroë war zwar nicht schön gewesen, nicht wie die Goltz und schon gar nicht wie Aissa die Wölfin – es fiel ihm nicht leicht, das zuzugeben –, dennoch hatte er die geliebt. Und konnte nicht anders, als erneut zu lieben.

Wie schreibe ich, dachte er, auf ein Lichtplakat ein Gedicht? Ich muß es auf den Projektor schreiben, es muß fein sein, nicht sichtbar fast, doch der Schatten wird sich zur Inschrift des Himmels machen. Er kraxelte das gefährliche Metallkonstrukt wieder runter und drüben, einen halben Kilometer, der über Nichts ging, entfernt, der über weite Segmente einfach nur leer war – der Gleiterstrom schwirrte hoch über dem lasierten Metall dieses Bodens, aus welchem schließlich, je mehr Vektorenquadrate des unsichtbar darunter verzweigten Kreuzschienennetzes Borkenbrod zur Glasfront gegenüber durchschritt, vereinzelte Häuser als vergessene Kondensatoren ragten –, kraxelte jene drüben mit der Geschwindigkeit eines Tiers wieder hoch, halb Insekt und halb Affe. Von Wand zu Wand und Boden zu Decke war so enormer Raum, daß man die Gleiter nicht voneinander unterscheiden konnte:

Sie waren zwei ununterbrochene Ströme, deren einer glühte rot, der andere floß abgedimmt weiß. Und Borkenbrod, der in körperhohen Lettern schrieb, hatte nicht genug Farbe, seinen Vers, ja nur das Wort zu Ende zu bringen ... aber wollte wiederkommen, Nacht um Nacht, bis er dastünde, der Text: mindestens so leuchtend wie das Plakat.

Doch er tat das nur noch dreimal, dann wurde ihm bewußt, wie aussichtslos sein Vorhaben war, und an die Projektoren käme er nicht ran. Es sei denn, Deidameia ... aber das wußte er auch, mußte lachen, daß er sie schlecht wegen einer anderen Frau ... und außerdem gab es Tausende dieser Plakate, auch kleine, an den Kapellchen der Firma, die hatten ein eher menschliches Format, daran ließ sich *Ich will dich holen!* auch lesen. Und sie, die mächtige Che £©ˆû[¥éoéõ_áò¥0FíÕûeÇ...8:1o_ Ñuv› çÈ_r_◊@∏m so wenig, wie wir vorhergesehen hatten, dass sich das Programm umkehren würde, Deters ärgerlicherweise eine Dunckerstraße in die Anderswelt programmiert. Das hätte zum Absturz des ganzen Modells führen können. Erst recht, nachdem er bei uns erschienen war. Sabine zögerte nicht, die junge Hospitantin sofort vor die Tür zu setzen. So waren wir wieder zu dritt. Wirklich jagten sich in den folgenden Wochen die Irregularitäten. Nicht selten blieb ein System wegen schwerer Schutzverletzungen einfach stehen, so dass wir die Geräte kurzfristig vom Netz nehmen mussten. Und dann, wieder einmal war der Rechner auf Grund eines schweren Ausnahmefehlers neu gestartet worden, tauchte auch noch John Broglier in Beelitz auf. Wir hätten das ohne die Störungsmeldung aus Buenos Aires gar nicht mitbekommen. So und ›Anderswelt‹ nannte Deters die eine unserer beiden datischen Welten. In der anderen, aus der er stammte, einer Art Kopie Garrafffs, spielten wir politische Szenarien durch, während die Anderswelt naturwissenschaftlichen Fragen vorbehalten war. Sie war keineswegs ein *l'art pour l'art* spaßgeleiteter Programmierer, als was man sie lange hinstellen wollte. Im Gefolge ziemlich heftiger Debatten um vorgebliche Verschwendung öffentlicher Gelder hatten Berufsdemonstranten, autonome Wirrköpfe, aber auch tausende so genannter einfacher Bürger sich die Hände zu Menschenschlangen gereicht und waren fackelbewehrt vor die Landesrechnungszentren gezogen; es hatte sogar Grundrechtsproklamationen von Datenschützern gegeben, die unsere Cyborgs für leidensfähige Geschöpfe hielten, woran natürlich etwas war; doch mit den Jahren hatten sich unsere Erfolge nicht mehr ignorieren lassen, und der antitechnologische Kirchengesang schrumpfte auf wenige Chorsolisten zusammen. Wirklich folgten wir ja, wenigstens bis die Systeme ineinander griffen, handfesten Vorgaben, und wenn wir in den Modellversuchen auch nicht auf alle medizinischen, ökologischen oder bautechnischen Fragen letztgültige Antworten fanden, zu ihrer Klärung trugen wir einiges bei. Zum Beispiel hatten wir den Schwund unsrer Ozonschicht nachgestellt und bei der Erwärmung der Planetenatmospäre bloß wenig nachhelfen müssen, um die weltweite Flutkatastrophe der so genannten Geologischen Revision auszulösen. Ihr Ausmaß, ihre exponenzielle Rigidität waren derart alarmierend gewesen, dass die allfälligen Maßnahmen endlich ergriffen worden waren, etwa der gesetzlich vorgeschriebene Ersatz fossiler Kraftstoffe durch solche auf Wasserstoffbasis. Weniger anfangen ließ sich mit den eigentümlich mythischen Erscheinungen und Strukturen; es war gewesen, als wäre das gesamte System exponenziell sowohl re- wie progrediert: Der notwendig gewordene technische Fortschritt schien einen mythischen Regress zu erzwingen. Die Anderswelt benahm sich wie ein fremdartiger Organismus. Kein Mensch hatte so etwas wie eine Midgardschlange programmiert, und wer wäre von sich aus auf Hundsgötter verfallen? Die Infosphäre pulsierte vor Energie, überall fanden sich Spuren einer geheimnisvollen Mythologie. Was den technischen Fortschritt anlangt, profitierte Garrafff freilich so enorm, dass niemand auch nur momentlang erwog, die Versuche einzustellen, zumal sowieso auf Beaufsichtigung unserer Abteilung wie der CYBERGEN insgesamt nie verzichtet wurde. Nicht nur verfolgten wir unter anderem Regierungsaufträge und hatten schon deshalb ständig mit irgendwelchen, freilich selten substanziierten Sabotagedrohungen zu tun, sondern es hätten unsere auch privaten Auftraggeber naturgemäß Interesse daran haben können, die Firma unter ihre Kontrolle zu bringen, ein probates Mittel, Konkurrenten auf lange Zeit aus dem Feld zu schlagen. Aber nicht nur wir an den Steuerpulten unterlagen der Aufsicht, sondern auch die Vorgänge in den kybernetischen Welten selbst. Etwa beobachtete man auf das Genaueste die entsetzlichen Konflikte im auseinander fallenden Jugoslawien. Der ›Bürgerkrieg‹ genannte bestialische Mordsturm, der über das Land dahingejagt ist, hätte sich durchaus auf einen militärischen Hackerangriff zurückführen lassen, denn die gewalttätige Regression in vortechnologische Glaubensdogmen war aus der modernen Systemimmanenz kaum zu erklären. Tatsächlich hielten wir die Gefahr, militärischer Nutzforschung dienstbar zu werden, für überaus groß. Zweifelsfrei arbeitete auch der MAD an Modellwelten wie der unseren. Ich fragte mich oft, wie viele kybernetische Wesen – welcher Art, welchen Aussehens und Charakters auch immer – bereits in Feuerstürmen, an mutierenden Viren, unter Elektronenbeschuss, versuppt, zerfetzt, die eigenen Gedärme erbrechend, auf das Elendigste krepiert sein mochten. – Die Securitate wiederum war mehr an den Anderswelt-Entwicklungen im und um das BOUDOIR interessiert, das obendrein mit dem in Allegheny gelegenen LEGZ' DIAMONDS zusammenwuchs – bei uns und, logischerweise, auf dem Welt genannten System ein Striplokal in New York City. Die Verbindung von Terrorismus und Sexualität war allzu auffällig, um nicht scharfes Aufmerken der Staatssicherheit zu provozieren.

Beide Systeme – Anderswelt und Welt – waren anfangs keineswegs miteinander verbunden gewesen, sondern sogar auf verschiedenen, räumlich voneinander getrennten Datenträgern gespeichert. Die einzige Verbindung zwischen ihnen bestand, selbstverständlich, in Web- und Stromleitungen sowie, damit sie sich zentral bedienen ließen, einem hochgesicherten Interface. Sie hatten außerdem verschiedene Systemzeiten. Buenos Aires war der Welt vier Tage voraus, die wiederum spielte Wochen vor Garrafff, damit sich bei uns auf Grund der in Anderswelt und Welt gewonnenen Erkenntnisse gegebenenfalls Entscheidungen treffen ließen. Allerdings hatten wir Buenos Aires, nachdem die Geologische Revision ausgelöst und das CyberGebilde sowieso in ziemlich eigenwillige Nationen zerfallen war – in das von der Mauer vorm so genannten ThetisMeer geschützte Europa, die AlleghenyStaaten, an denen wir *gar* nicht herumexperimentierten, sondern die wir sich sozusagen vor sich hin entwickeln ließen, den Mormonenstaat, die Andenländer, den Hohen Atlas usw. – Daten aus der GarrafffKopie zugespielt, die sich nunmehr nach, wenn man so sagen kann, chaotischen Gesetzmäßigkeiten durcheinander mischten. Plötzlich fanden sich in Europa Stadtsegmente aus dem alten Kyoto, aus Mombasa und Bombay ein – Straßenzüge, die sich sogar, meist momentweise, selten für länger, übereinander legen konnten, als hätte das unübersehbare Maß von Verbindungen in der sagen wir *Membran*, die unsere Netzwerke erzeugt hatten, ein ganz eigenes Leben, eine Biosphäre entwickelt, in der die Dinge wie Lebewesen reagierten.[7] Die Topografie verwilderte und metastasengleich wucherten Exotismen in den ohnedies gigantischen Stadtkomplex. So erschreckend das war, waren wir doch neugierig gewesen. Man unterbricht nicht gerne selbst generative Prozesse. Ausgesprochen faszinierend, Deters unmittelbar nacheinander durch Berlin, Neapel oder Barcelona flanieren zu sehen, als hätte er die Orte, seit er nach Buenos Aires hineingestoßen worden war, wie Viren einge-

7 Auch die Moleküle, aus denen das bios besteht, sind ja, für sich genommen, nicht lebendig, sondern in gewissem Sinn Singularitäten, und es ist ihre Infosphäre, was sie wechselwirken – also leben – lässt.

schleppt oder, um es harmlos auszudrücken, wie Kletten Sande Sporen, die versehentlich abfallen und keimen. – Er war der erste Avatar, der seinen definierten Bezugsrahmen verließ. Vielleicht lag das an seiner wenig konturierten Identität. Manchmal verschwand er wieder von unseren Schirmen; er hinterließ dann nicht einmal elektronische Signaturen, jedenfalls keine uns bekannten. Das hatte uns nach seinem kurzen Erscheinen in Garrafff trügerisch beruhigt. Natürlich m u s s te es irgendetwas Derartiges geben, aber wir kamen dem nicht auf die Schliche. Er war so etwas wie eine fließende Variable. Genau das brachte mich auf meine Idee.

Als er das erste Mal die Anderswelt betrat, fanden wir das höchst amüsant. Es gab sogar Wetten unter uns, ob er es in die Welt zurück schafft. Zweidrei Mal gelang es ihm und ich verlor an Sabine 400 Riots. Aber dann ging das Chaos los und die Modellmodifikationen wurden virulent, Welt und Anderswelt verschmolzen. Und dann – erst mit Deters, nun mit Broglier – hatten die Cyberwelten auf Garrafff zugegriffen, als wären wir selbst in einen Zeitbruch gerutscht. Der heute nahe liegende Gedanke, die andersweltliche SIEMENS/ESA habe sich bereits rückzukoppeln vermocht, ist uns seinerzeit wohl viel zu fantastisch gewesen, als dass wir auf so etwas verfallen wären.

2

Deters' Variabilität kam Goltz, den man bereits zu Zeiten, da die Exekutiven noch nicht zur Gänze privatisiert gewesen, ›Polizeichef Europas‹ nannte, wie eine Wiedergängereigenschaft vor: daß der Mann nirgendwo registriert war und sich obendrein den professionellen Spürhunden der SZK, und zwar auf die einfachste – zugleich eine undenkbare – Weise immer wieder entzog, indem er sich nämlich in Luft auflöste, katapultierte den intelligenten Machtmenschen aus seinem schon berufsbedingten Positivismus. Allerdings merkte das niemand, und er selbst am wenigsten. So erschien er denn abermals bei Karol Beutlin, der nur mit den Lippen zuckte, und erkundigte sich, was in seiner Terminologie ›in Auftrag geben‹ hieß, ob man, wenn es denn möglich sei, aus einer Zelle und der in ihr gespeicherten DNS charakteridentische Holomorphe zu erzeugen, nicht umgekehrt Holomorphe zeugen und deren Signaturen biologische DNS absaugen könne. Möglicherweise ließ sich Deters, sobald er identifiziert war, ein Holomorpher auf die kybernetische Schweißfährte hetzen. »Könnte man«, fragte Goltz, ohne zu ahnen, auf welche selbst ihm furchtbare Erkenntnis diese Idee später führte, »Verbrecher ... holomorphisieren und in einem Datenraum einsperrn?« »Und«, fragte Beutlin, »ihre Körper?« »Ja«, sagte Goltz, »die Körper.« »Sie wissen, wenn Sie den Geist dieser Leute allzu heftigen Zeitraffern aussetzen ...« »Schon recht, Centaurus A.« Er hatte die sich wie Einzeller vermehrenden vier Ungeheuer nicht vergessen, die aus einem einzigen, zu dem der Infonaut innert fünfzehn Minuten geworden, entstanden waren, bis sie, auf Vorschlag eines resoluten Militärs zur Probe überm Osten abgeworfen, aus bis heute unerfindlichem Grund einfach verschwunden waren wie eine Seuche, die kommt und geht und schläft, um eines Tages unerwartet abermals auszubrechen. »Sie haben aber«, fragte Goltz und intonierte das als Feststellung, »doch weitergemacht.« Beutlin zögerte: Er dürfe eigentlich nicht ... »Wie? *Mir* gegenüber ... *nicht*?! Ja wollen Sie, daß ich die Firma schließe ...?!« »Wir sind dazu übergegangen, infonautische Experimente nicht mehr im Realraum durchzuführen, sondern simulieren sie in der unseren teilweise nachgestellten Modellwelten.« »Eben. Davon hörte ich.« »Auch von Garrafff?« »Ich gebe zu, das Wort ist mir neu.« »Die Geheimpolizei heißt dort Qlippoth ...« »Bitte?« »Wir nennen Morphs, weil sie ihre Gestalt ändern können, Dämonen. Qlippoth sind die schwarze Seite der Sephirot.« »Darauf sind S i e gekommen?« Beutlin lächelte stolz, schränkte indessen ein: »Nicht ganz.« »Und wer bin *ich*?« Beutlin druckste. »Ein Flaschenteufel? Also wirklich! – Und der Präsident?« Mit zurückgeworfenem Kopf: »Na los!« »Chagadiel«, sagte Beutlin. Goltz: »Davon weiß Pontarlier?« »Nicht von den Namen. Das ist nur Spiel. – Alles andere: selbstverständlich. Es geht um Strukturen, nicht Personen.« »Die lassen einen sicheren Rückschluß auf unsere Verhältnisse zu?« Beutlin druckste wieder. »Raus mit der Sprache!« »Ich habe versucht, wirkliche Personen zu sampeln.« »Auch mich also. – Und wie funktioniert das?« »Sie kennen das sicher aus dem Animationsfilm.« »Ja Mann, was glauben Sie denn, daß ich ins Cinema komme?!« »Verzeihung.« »Also *wie*?!« »Sie nehmen ein Video ...« »... von mir?« »Im Archiv ...« »Schon gut.« »Die Aufnahmen laden Sie dann in den Computer, der Muskelbewegungen und so weiter mißt ... Schließlich wird die Datei der neuen Umwelt angepaßt. Solch ein datisches Geschöpf hat natürlich noch keinen Charakter ... man muß es erst mit Daten füllen ... theoretisch ...«, stockte, »also ...« »Also *was*?« »Erstaunlicherweise ...« Wartete, ob Goltz reagiere. Der reagierte nicht. Wartete. So daß Beutlin verlor. »Sie haben ein Eigenleben begonnen.« »Wer?« »Die ... Dämonen.« »Was heißt das?« »Sie füllen sich mit den ihnen nötigen Daten von selber auf. Sie saugen an allem, was in ihrer Welt erreichbar ist – und formen sich, als wären sie ein Vakuum, das den Außendruck ausgleichen muß.« »Aber wenn Sie das Stromkabel ziehen, ist es aus?« »Das ist wahr.« »Dann ist ja noch Hoffnung.« »Auf den Festplatten bleiben freilich Spuren.« »Es sei denn, Sie formatieren sie neu.« Beutlin nickte. Dann fragte er: »Wolln Sie in Garrafff hineinsehn?« »Warum Garrafff?« »Eine Erzählung hieß so. Ich habe das Buch vor langer Zeit ...« »Lustig, wofür Experten Zeit haben ...« Beutlin fing an, unter seinen Sachen zu kramen. »Es liegt hier irgendwo rum. Wollen Sie?« »Nein.« »Einen der Dämonen habe ich nach dem Autor benannt.« »Welchem Autor?« »Der

Geschichte ... Ah, da ist es ja!« Und er zog ein schmales Bändchen unter Listenhaufen vor. »Lassen Sie sein.« Goltz schüttelte müde den Kopf: Die Zumutung war zu absurd. »Gibt es Raumspuren zwischen den künstlichen Welten?« fragte er. Und weiter: – Können sich die datischen Geschöpfe in unsere und wir uns in deren Welt hineinkopieren lassen? – Läßt sich feststellen, wer welchem Bezugssystem entstammt?

In Goltz' Fragen schwelte das alte Feuer der Identität oder, um es kunsttheoretisch auszudrücken, des Originals. Im Grunde hing an ihrer Beantwortung alles positive Recht, also die Jurisprudenz als solche und auch jede politische Moral. Und er wußte das.

3

Ich donnerte mit Do die Küstenstraße entlang. Wir waren bei Figueres von der Autobahn abgefahren. Wir hielten uns Richtung Rosas. Den ganzen Urlaub über hatte es in Strömen gegossen. In Madrid hatten wir sogar dicke Pullover anziehen müssen. Im August! Erst hinter Barcelona war die Sonne hervorgekommen. Das hellte unsere Laune auf. Deshalb nahm mir Do meine Raserei nicht übel.

Plötzlich mußte ich mit voller Kraft in die Bremsen treten. Aber es war schon zu spät. Mit einem enormen Knall standen wir. Wir hatten uns in den Wagen vor uns geschoben. Überaus langsam drückte sich mir der Motor des R4 zwischen die Beine. Es war ein Wunder, aber wir trugen nicht eine Schramme davon.

»Gott sei Dank!« rief Do.

Ich zog sie, so gut das ging, an mich. Sie weinte.

Keiner kam, um uns aus dem zusammengestauchten Schrottwrack zu helfen. Es war auch niemand hier. Nur Hunderte Autos. Sie waren alle, wie wir auf das letzte, ineinandergefahren. So weit ich durch das Splitternetz unserer Windschutzscheibe erkennen konnte, reichte die Karambolage über mindestens zwei Kilometer. Wahrscheinlich reichte sie bis nach Cadaqués hinein. Die Sonne brannte wuchtig auf das Blechdach. Da jetzt der Fahrtwind fehlte, wurde es trotz der halb heruntergekurbelten Seitenfenster sehr heiß.

»Wir müssen raus hier«, sagte Do.

Ich nickte. Schweiß floß mir in den Nacken und über die Wangen.

»Hier stimmt etwas nicht«, sagte sie gefaßt. »Keine Menschen, keine Polizei, keine Abschleppwagen.«

Es sah aus, als stünde alles bereits so seit Wochen.

Meine Tür hatte sich verkeilt. Zwar war ihre Scheibe heilgeblieben, ließ sich aber nicht weiter herunterdrehen. Deshalb mußte auch ich auf Dos Seite raus. Die Beifahrertür war insgesamt schief in der Halterung verkantet.

»Lehn dich mal zurück.«

Ich mußte meinen linken Fuß über den glühenden Motor heben. Der war wie ein Amboß zwischen meine Beine gedrückt. Unter dem Lenkrad flatterten dürrweiße Wasserstoffwölkchen. Wahrscheinlich aus der Zylinderkopfdichtung. Drei Tritte genügten, die Tür aus ihren Scharnieren zu kippen. Ohne sonderliche Mühe kamen wir frei.

Es stand eine zirpende Stille auf dem Land. Über den gestauchten Kühlerhauben flirrte die Luft. Vor uns verschmolzen Meer und Horizont. Es gab Felsen, Zerklüftungen, ein paar verdörrte Äcker mit wenigen Lerchen. Wie eine Serie gestauchter und ausgeblaßter Dominosteine reichte die Autoschlange in den Himmel hinein: Weit vorne fiel die Straße steil zur Küste hinunter.

Wir sahen uns zweifelnd an. Dann zerrten wir die Rucksäcke vom Rücksitz des Wagens und schritten links an all den Autos entlang. Manche Türen waren verschlossen geblieben. Die Insassen hatten durch zersplitterte Windschutzscheiben gemußt. Verwundete oder Tote hatte es nicht gegeben. Wir sahen jedenfalls nirgends Spuren von Blut.

Der verkeilte Stau stand auch das Gefälle hinab. Er endete erst vor dem Ortsschild. Malaqua hieß das Dorf. Ich wunderte mich. Denn ich erinnerte mich nicht, es auf meiner Karte gesehen zu haben. Die niedrigen Häuser waren genauso verlassen wie die Autos. Die Straße verengte sich und führte zum Meer. Ein paar Wege gingen von ihr ab, an weiteren eher Baracken als Häuschen vorbei. Die Häuser waren verblichen. Das Ufer führte eine bescheidene Spaziermeile entlang. Doch die Aussicht auf das Wasser war von einer schwarzen Fabrikanlage verbaut. Aus den vier Schloten drang fettiger Rauch. Auf das düstere Gebäude führte eine Brücke zu. An deren Anfang standen links und rechts Wachhäuschen. Wir konnten nicht erkennen, ob jemand drin war. Die Fabrik sah so unfreundlich aus, daß wir nicht nachsehen mochten.

Das Meer war still wie der Ort. Nur die Wellen plätscherten leicht und gurgelten an den Brückenpfeilern. Mehr war nicht zu hören. Auch nicht, als ich, um zu lauschen, die Augen schloß.

Es wurde erstaunlich schnell dunkel. Wir mußten uns ein Gasthaus suchen. Dabei war es kaum halb neun. Trotzdem schritten wir nicht nur in den steilen Schatten des Hangs, sondern in Nacht. Es gab keine Lichter in den Fenstern. Das schummerige Licht der paar Laternen reichte kaum hin, den Weg zu erkennen. Beklommen irrten wir herum. Wir hielten uns erst landeinwärts, dann wieder Richtung Meer. So glaubten wir. Kleine Lichter waren in der Ferne zu sehen. Sie mochten von Fischerbooten stammen. Vielleicht mußten wir doch noch bei der Fabrik fragen. Dort schien gearbeitet zu werden. Aber obwohl wir meinten, den kurzen Weg schnell wiederzufinden, verliefen wir uns. Do wunderte sich, daß es nirgends Autos gab. Die standen wohl alle in der Auffahrschlange. Wäre uns nicht mulmig gewesen, hätten wir das komisch gefunden.

Selten lehnte ein Fahrrad an einem Zaun. Ich glaube, wir

schritten jede Gasse des Ortes ab. Allmählich bekam ich die Panik. Doch Do hielt mich beherrscht an der Hand. Wir hatten beide das Gefühl, nicht auffallen zu dürfen. Sie warf mir von Zeit zu Zeit einen beruhigenden, doch beunruhigten Blick zu. Einmal verbellte uns ein Hund, der kam aus einer Tür geschossen. Ich bückte mich und warf einen Stein nach dem Köter.

Wir fanden einfach nicht mehr zurück. Wir kamen wieder am Hang raus. Er wirkte im Dunklen wie eine gigantische Klippe. Und ganz weit vorne sahen wir endlich ein Licht. Es war winzig. Doch wir wollten es versuchen. Nach unserem Unfall auch noch im Freien nächtigen zu müssen, war nicht verlockend.

Wir brauchten fast zehn Minuten, um es zu erreichen. Nichts als eine Schotterpiste führte hin. Das windschiefe Gebäude war in den Hang hineingebaut. Wir hörten Musik herauswehen, nicht Flamenco, keine Folklore, sondern eine seichte Melodie. Es hing ein Schild über der Tür. IL CABALLO stand unter dem Label von OSBORNE. Also wirklich eine Posada.

Wir traten ein. Ich stutzte. Die Klinke hatte sich so hohl angefühlt. Der Gastraum war leer. Es standen aber Gläser auf den Tischen. Einige waren noch gefüllt. Doch das Bier war abgestanden seit Stunden.

»Was tust du da?!«

»Ich probiere. – Hier war lange niemand mehr dran.«

»Wie kannst du einfach so von dem Bier kosten?!«

»Ist jemand hier?!!«

Wir sahen in den Nebenräumen nach, sogar in der Küche. Es standen schmutzige Schüsseln herum. Gekocht worden war heute abend nicht. Die Töpfe waren eingetrocknet. Wir versuchten, im ersten Stock jemanden zu finden. Alle Zimmer verschlossen, nicht einmal das Geräusch eines Atmens.

»Und was tun wir jetzt?«

»Ich glaube, ich habe unten Zimmerschlüssel gesehen. Ich schreib einen Zettel und leg paar Peseten drauf.«

Zufällig wählte ich den Schlüssel eines sehr großen Raums. Das Fenster ging sogar auf das Meer. Allerdings auch auf die Fabrik.

Ich wurde früh wach. Draußen ging die Sonne auf. Erst wurde der Himmel ganz licht am Horizont, und die Sterne verblaßten. Dann kam ein längliches Rot. Mit dem Rot sah ich überall Menschen. Sie gingen seltsam unsicher und liefen durcheinander. Es sah aus, als wüßten sie nicht, wo sie zu Hause sind. Ich hatte kein gutes Gefühl, als ich dem zusah. Deshalb weckte ich Do. Schlaftrunken kam sie mit mir zum Fenster. Langsam fanden sich die Leute zurecht. Nach und nach verschwanden sie in den Häusern. Wir hörten auch von unten Stimmen und Geräusche. Es klang, als setzten sich Gäste an die Tische. Wir hörten Geschirrklappern. Ich hatte den Impuls nachzusehen. Aber Do hielt mich ab: »Es ist so früh. Komm wieder ins Bett.«

Ich wachte gegen neun auf. Do war schon im Bad. Auch ich machte mich fertig. Dann gingen wir nach unten. Die Tische waren abgeräumt. Aus der Küche kamen immer noch Klappergeräusche.

»Hallo«, sagte ich laut. »Guten Morgen.«

Ein Mann kam heraus. Er war vielleicht vierzig. Er war unrasiert. Er hatte die dunkle Haut eines spanischen Fischers. Jedenfalls sah er aus wie jemand, der viel draußen ist.

»Ich habe Ihnen einen Zettel geschrieben«, sagte ich.

Er nickte, sprach aber nicht.

»Ist das in Ordnung, daß wir hier sind?«

Er fragte, was wir frühstücken wollen. Seine Augen wirkten ganz leer. Wir brauchten lange, um dahinterzukommen, was uns so an ihm befremdete. Er zeigte überhaupt kein Gefühl. Zu allem nickte er immer. Er brachte uns starken Kaffee und ein paar Hörnchen.

»Waren Sie aus?« fragte ich.

Er reagierte nicht.

»Was kostet das Zimmer? Wir haben einen Unfall gehabt. Was ist das für eine furchtbare Karambolage vor dem Ort!«

Er nannte den Preis. Das Zimmer war nicht teuer.

»Wir brauchen eine Werkstatt. Wir haben einen Schutzbrief.«

Er nickte. Wenig später kam er mit einer Adresse. Es gab einen Automechaniker im Dorf.

Als wir dort anlangten, saßen die Arbeiter herum. Niemand tat etwas. Wir sprachen jemanden an. Wir sprachen jemanden anderes an. Der stand langsam auf und ging uns voran in die Werkstatt. Er zeigte auf ein Telephon. »Barcelona«, sagte er.

»Das kann doch nicht sein!« rief ich. »Es muß uns doch irgendwer helfen können?! Das ist doch eine Werkstatt hier?!«

»Barcelona«, sagte er wieder und wandte sich ab. Er ging zu den anderen nach draußen zurück.

Über den Boden lagen Schraubenschlüssel, Knarren, Hämmer und anderes Werkzeug verstreut. Hier hatte seit langem niemand mehr gearbeitet. Was sollten wir tun? Ich wählte die Nummer in Barcelona, nannte die Nummer des Schutzbriefes und so weiter. Ich sagte, daß wir einen Ersatzwagen brauchen und daß unser Auto abgeschleppt werden muß.

Wir gingen wieder hinaus. Die Arbeiter saßen herum. Man konnte das Meer sehen. Bei Tageslicht wirkten die Häuser noch trostloser. Wir kamen auf die Spaziermeile. Niemand spazierte. Die Sonne war schon kräftig. Leute hockten und lehnten und sahen in ihren Schoß. Sie redeten nicht miteinander. Sie starrten immer nur vor sich hin.

Gegenüber der Brücke zur Fabrik gab es eine Bar. Drei Stühle standen draußen, aber kein Tisch. Auf einem der Stühle saß ein alter Mann und rauchte eine Zigarette. Von drinnen hörten wir Gläser klingen. Einmal ging die Espressomaschine. Wir hoben den Perlenvorhang beiseite und schauten hinein. Hinter der Bar stand ein Junge, der dieselben Augen hatte wie unser Gastwirt. Er war ebenso schweigsam. Wir bestellten einen Espresso.

»Irgend etwas ist mit diesen Menschen geschehen«, sagte Do. »Sie sind alle so hohl!« Wir saßen draußen auf den zwei freien Stühlen. Der Alte reagierte nicht. Ich hatte aber den Eindruck, er hörte uns zu. Auch er hatte die Augen unseres Gastwirts. Es lag nicht an der Farbe der Iris. Bei einem war die dunkelbraun, beim anderen moosgrün. Es war etwas anderes. Es war der Ausdruck.

»Gibt es hier eine *fonda*, wo man einen Fisch essen kann?« fragte Do.

Der Alte wandte den Kopf und schaute sie an. Schaute sie wortlos an. Dann sah er wieder weg. Wir waren nicht erwünscht. Aber der Reparaturmensch aus Barcelona hatte gesagt, er könne nicht vor morgen kommen. Und auch das sei nicht sicher. Wir mußten uns darauf einstellen, vielleicht sogar zweidrei Tage hierzubleiben. Das Meer rauschte, als wäre es Kilometer entfernt.

Wir beobachteten, daß in den Wachhäuschen an der Brücke etwas vor sich ging. Vielleicht die Ablösung der Schicht. Ich stand auf und sagte zu Do: »Warte mal.« Dann ging ich hinüber.

»Entschuldigen Sie«, sagte ich zu einem der Wächter. »Wir haben einen Unfall gehabt und sitzen hier fest. Wissen Sie, woher wir schnelle Hilfe bekommen?« Er reagierte nicht. Auch sein Kollege reagierte nicht. Es war, als wäre ich gar nicht da. »He!« rief ich. »Ich spreche mit Ihnen.« Langsam bekam ich eine richtige Wut. Er schaute mich an. Er verzog keine Miene. Er schaute wieder zu seinem Kollegen. Das sah aus, als sprächen sie stumm miteinander. Das war ein Dorf der Verstummten.

Ich beschloß, mir von mir aus Eintritt zu verschaffen, wollte an ihm vorbei. Er hielt mich fest.

»Fassen Sie mich nicht an!«

Er schubste mich zurück. Ich versuchte es erneut. Jetzt wurde er gröber. Ich konnte mich auf eine gewalttätige Auseinandersetzung natürlich nicht einlassen. Außerdem rief besorgt Do von drüben. Ärgerlich kehrte ich um.

Wir verbrachten den Tag mit Spazierengehen. Nirgends stand

Vieh. Es waren nicht einmal Schafe zu sehen. Nur Vögel gab es, wir sahen sogar in der Höhe zwei Adler. Die Fischerboote, auf die wir stießen, waren verrottet. Wir aßen zu Mittag in unserem Quartier. IL CABALLO war voller Gäste. Als wir eintraten, schwiegen alle. Ich hatte allerdings nicht den Eindruck, daß sie vorher gesprochen hätten. Wir wurden schweigend bedient. Der Tisch, an dem wir saßen, war hohl. Alles war hohl. Die Teller, die Bestecke, die Stühle. Offenbar war ich bereits so durcheinander, daß ich Halluzinationen hatte. Beruhigend war nur, daß Do sie teilte.

»Schlafmangel«, sagte sie. Deshalb hielten wir eine Siesta. Jetzt kamen uns auch das Bett und die Tür hohl vor, der Fußboden, die wacklige Lampe auf dem gleichfalls hohlen Nachttisch. Als ich aus dem Fenster sah, war draußen niemand zu sehen. Doch war sicher auch in den Häuschen keiner. Denn auch die Häuschen waren hohl.

Gegen halb fünf gingen wir nach unserem Auto schauen. Nichts hatte sich verändert. Der R4 war von niemandem angerührt worden. Die Karosserie war so aufgeheizt, daß ich mir fast die Hand verbrannte. Wir konnten dort nichts tun.

Do nahm zum zweiten Mal eine Dusche, weil sie so gut funktionierte. Plötzlich jaulte eine Sirene. Ich wußte, das jaulende Rufen kommt von der Fabrik. Ich sprang zum Fenster. Es war fast sechs. Die Siesta war um diese Zeit normalerweise beendet. Wirklich waren überall Leute. Sie kamen aus den Häusern. Es sah aus, als sammelten sie sich. Die Gruppen gingen langsam Richtung Fabrik. Einige Menschen tanzten. So freuten sie sich auf die Arbeit. Das war sehr eigenartig. Bis hierher konnte ich sie plappern hören. Die Sonne stand noch überm Horizont, dann fiel sie hinunter. Wieder wurde es allzu schnell Nacht.

»Komme gleich wieder!« rief ich ins Bad.

»Wo willst du hin?!« rief Do zurück.

»Ich bleib nicht lang!« Ich rannte hinaus, die Treppe runter. Der Schankraum war leer. Es war auch keiner mehr in der Küche.

Das hatte ich mir gedacht. Alles wirkte wie gestern bei unserer Ankunft.

Es war immer noch heiß. Ich kam ziemlich ins Schwitzen, als ich die Piste zum Dorf hinabrannte. Die letzten Nachzügler erwischte ich noch. Ich reihte mich ein. Es waren nicht nur Männer. Auch Frauen und Kinder, sogar Babys, waren in dem Zug. Auch hier wurde ausgelassen geplappert. Ich erkannte den Jungen von der Bar. Manchmal schloß noch jemand aus den Seitengassen auf. Wir erreichten die Brücke. Meine Neugier war größer als meine Angst. Man ließ mich mit den anderen passieren. Die Wächter waren nicht dieselben wie heute früh. Sie sahen stumpf vor sich hin. Die Bewohner Malaquas hüpften.

Wir betraten ein Portal. An der Seite rechts war ein Messingschild angebracht: GARRAFFF S. A. MADRID. Es ging durchs Portal in eine Halle, die

LA FASCINACIÓN DE LO AUTÉNTICO

hieß. So stand es auf einem überbreiten, von Wand zu Wand gespannten Band. Überall Regale voller Organe. Es gelang mir, eine Lunge anzufassen. Sie sah zwar echt aus, aber war aus einem harten Plastik. Weiter vorn war ein Regal mit **pruebos olfatorias** beschildert. Hunderte Reagenz-, sogar Weckgläser standen darauf. Sie sahen aus, als wären sie leer. Aber jedes trug eine lateinische Bezeichnung. Ein anderes Regal hieß **Votos**. Enorme Mengen Tonbandkassetten stopften es voll. Und über dem in dickem Edding geschriebenen **Mondos** fanden sich Hunderte Gehirne in bauchigen Formalinvasen. Es war alles sehr sauber. Nichts roch. Man hätte ein Pausenbrot futtern können in dieser Wachsfigurenpathologie. Ich wurde von den anderen freundlich weitergeschoben. Sie plauderten mit mir. So locker wie möglich versuchte ich, Antwort zu geben.

Mitten in der Halle stand ein riesiger Reiter auf einem noch viel größeren Hengst. Beide waren gehäutet. Der Reiter beugte sich über den Rist des aufgebäumten Pferdes und hielt uns zwei Gehirne hin. Auf der flachen Linken hatte er seines, auf der flachen Rechten das sehr viel kleinere des Tiers. Die Männer, Frauen und Kinder stiegen über einen dreistufigen Tritt dem Pferd in den Unterbauch. Ein sich erweiternder Darm führte in den nächsten Raum. Dort entkleideten wir uns. Dabei lachten wir und scherzten. Einige faßten sich sogar an. Mir war nicht einmal mulmig. Weggekonnt hätte ich sowieso nicht mehr.

Im wieder nächsten Raum hoben die Leute ihren linken Arm. Sie suchten etwas in den Achselhöhlen, zogen daran den Reißverschluß auf. Dann schlüpften sie aus ihrer Haut. Manche legten sie sich über die Unterarme, andere falteten sie sorgfältig zusammen. Sie verstauten ihre Häute in Spinden. Manche hingen sie auch über Bügel in einen großen Metallschrank. Dabei paßten sie auf, daß kein Blut hinuntertropfte.

Weil ich meine Haut anbehielt, fiel ich auf. Alle wandten mir ihre Gesichter zu. Auch der Wirt vom CABALLO. Sie lachten aber weiter und ließen mich stehen, als die Trillerpfeife eines Wächters schrillte. Ich stand hilflos da. Sollte ich warten? Worauf? Die Tür war offen geblieben.

Ich trat in einen schmalen Flur. Rechts und links gingen Türen ab. Ich öffnete eine. Auf einem gynäkologischen Stuhl saß eine der enthäuteten Frauen. Die Spitzen ihrer Finger und Zehen und die Brustwarzen waren an Elektroden angeschlossen. Um den Kopf saß ein Helm. Auch von dem gingen Kabel ab. Ein Kabel war ihr zwischen die Beine geschoben. Sie hatte überall Sonden, und alle Kabel verschwanden in der Wand. Ich konnte hören, daß sie stöhnte. Aber sie stöhnte nicht vor Schmerz. Manchmal kicherte sie.

Im nächsten Zimmer saß ein Mann. Er war ganz ähnlich aufgebockt. Nur hatte man seine Eichel wie die Finger und Zehen mit der Wand verbunden. Er verhielt sich nicht anders als die Frau.

So ging es Tür um Tür. Diese Menschen waren sehr glücklich.

Der Gang führte rund um einen Mitteltrakt, endete vor einer Wand. Rechts ab eine Glastür. Ich hätte mich wohler gefühlt, wäre ich bekleidet gewesen. So kam ich mir wie auf dem Präsentierteller vor.

Eines der Zimmer öffnete sich. Eine Frau im weißen Kittel trat heraus. Sie trug unterm Arm eine Pappunterlage mit Clip. Als sie mich sah, blieb sie stehen. Sie fragte etwas auf spanisch. Ich tat, als verstünde ich sie nicht. Also fragte sie auf englisch. Sie war sichtlich erstaunt. Ich stotterte herum. Sie musterte mich von oben bis unten.

»Warten Sie hier«, sagte sie. »Rühren Sie sich nicht von der Stelle.«

Keine Minute später kam sie mit Wachen zurück. Jetzt begriff ich. Ich wandte mich um und rannte los. Ich riß die Glastür auf. Aber da standen auch schon die Wachen. Sie überwältigten mich. Ich schrie nach Do. Das war ein reiner Reflex. Wie sollte sie mich hören? Und was hätte sie tun können?

Ich wurde nun auch auf einen dieser Stühle geschnallt. Ich brüllte los.

Die Frau blieb sehr freundlich. »Es tut mir sehr leid«, sagte sie, »aber Sie können sich doch denken, daß wir Sie nicht mehr fortlassen werden.«

Man fixierte mich derart hart, daß ich keinen Muskel rühren konnte. Die Männer verbanden meine Zehen und Finger und meinen Schwanz mit den Kabeln. Die saugten ihre Öffnungen drauf.

»Es wird nicht weh tun. Glauben Sie mir. Sie werden zufrieden sein wie nie zuvor. Noch wenige Minuten, und Sie können sich erfüllen, was immer Sie wollen.« Nun lächelte sie besonders freundlich und sagte: »Ich hoffe, Sie haben nicht zu viele schlechte Träume. Die, leider, realisieren sich oft auch. Aber das ist nur am Anfang so. Bis man die Sache im Griff hat.«

»Was ist das hier? Was ist diese Fabrik für eine Anlage?«

»Wir erschaffen eine neue Welt. Vorm Paradies muß keiner sich fürchten«

Das war das letzte, was ich hörte. Dann stülpten sie mir den Helm über Kopf und Augen und preßten mir etwas vor den Mund.

Es war ein erfolgreicher Tag gewesen. Dennoch kam ich wie erschlagen heim. Die Verhandlungen waren mir nicht leicht gefallen. Immerhin, der Vertrag war unterschrieben. Meine Sekretärin öffnete mir. Sie trug einen dreiviertel Rock, darüber Jackett. Sie hatte eine Bluse an und Pumps mit halbhohen Absätzen.

»Schön, daß Sie wieder da sind«, sagte sie. »Darf ich Ihnen einen Whisky bringen?«

Ich wußte, daß sie unter ihrem Rock nichts trug. Das hatte ich bei ihrer Einstellung zur Bedingung gemacht. Sie hatte das gern akzeptiert.

Auch Gabi, meine Frau, war daheim. Sie lag auf der Terrasse im Liegestuhl und ließ sich von unserem Boy die Fußsohlen massieren. Er verstand sich überaus gut darauf. Sie hatte einen Bikini an. Der war noch naß.

Ich gab ihr einen Begrüßungskuß. Der Abend wurde wunderschön. Es gab Hirsch mit Kroketten und Wildreis.

Nachts schreckte ich auf. Irgend etwas stimmte nicht. Ich lag alleine. Ganz verschreckt lief ich in unseren vielen Räumen umher. Ich war hier so glücklich! Ich klingelte nach Ursula. Sie kam. Sie hatte ihren Morgenmantel an. Als sie den Rauchsalon betrat, zog sie sofort die Schleife des Stoffgürtels auf. Ich schüttelte nur den Kopf.

»Sagen Sie«, fragte ich, »seit wann lebe ich schon hier?«

»Ich verstehe Ihre Frage nicht.«

»Wann habe ich Sie eingestellt?«

»Vor fünf Jahren. Ich hoffe, ich darf noch etwas bleiben ... ich weiß, ich werde bald dreißig.«

»Nein«, sagte ich, »darum geht es mir nicht... Ich verstehe nur nicht ...« Ich verstand selbst nicht, was ich nicht verstand. Ich schickte Ursula wieder weg. Ich merkte, daß sie nicht gerne ging.

Ich klopfte bei Gabi. Verschlafen rief sie mich herein.

»Seit wann sind wir verheiratet?«

»Weißt du, wie spät das ist?!«

»Sag, seit wann?«

»Oje, seit zehn Jahren vielleicht.«

»Wir haben immer hier gewohnt?«

»Immer? Seit wir verheiratet sind. Seit du die Firma übernommen hast.«

»Das kann nicht sein.«

»Wieso kann das nicht sein?«

»Ich weiß nichts von einer Firma. Ich bin ...« Ich wußte es nicht, sagte verlegenheitshalber: »... Arzt.«

»*Arzt*?!« Sie lachte auf. »Ich kann mir keinen vorstellen, der dafür weniger geeignet wäre. Komm, geh wieder schlafen. Du hast schlecht geträumt. Das ist alles.«

Geschlagen verließ ich sie wieder. Ich wußte wirklich nichts von meiner Firma. Ich erinnerte mich auch nicht an den Vertrag. An den Vertrag erinnerte ich mich schon, aber nicht, worum es gegangen war. Ich erinnerte mich überhaupt an so wenig.

Das wurde anders, als ich morgens ins Büro fuhr. Es war sehr seltsam. Als ich mich in meinen Wagen setzte, wußte ich noch nicht, wohin ich fahren mußte. Kaum hatte ich den Zündschlüssel herumgedreht, fiel es mir ein. Ich kam ganz wohlbehalten dort an. Ich kannte den Pförtner, kannte die Sekretärinnen im Schreibbüro. Ich kannte meinen Kompagnon Kliens. Die Geschäfte gingen gut, sowieso. Aber der Vertrag gestern wegen der Frachtübernahmen von Lloyds würde uns auf Jahre nach vorn katapultieren.

Es gab überhaupt keinen Grund zur Sorge. Aber ich sorgte mich. Ich wußte nicht warum. Das ging so über zwei Wochen. Ich wurde regelrecht mürrisch. Gabi fing schon an, deshalb sauer zu werden. Auch Ursula zog sich von mir zurück, was mir aber nicht unlieb war. Ich suchte etwas. Dabei störten mich die Leute. Ich wußte nicht, was ich suchte.

Dann bekam ich den Katalog der TUI in die Hand. Andalusien, Kastilien ... Costa Brava! Irgend etwas war mit der Costa Brava. Mir fiel Figueres ein. Ich mußte nach Figueres. Ich buchte einen Flug. Drei Tage später war ich dort. Ich stand in der kleinen Stadt und wußte nicht weiter. Es war kühl. Wir hatten Dezember. Ich mietete mir einen Wagen und fuhr durch die Gegend. Ich klapperte jeden Küstenstrich ab. Sinnlos. Nichtssagend alles. Weder in Torreala, nicht in t'Escala, weder in Malaqua noch Roses noch Cadaqués ... nirgends eine Spur. Völlig umsonst hatte ich meine Arbeit liegen lassen. Völlig umsonst spazierte ich die Strände entlang.

Nach fünf Tagen gab ich es auf und kehrte, im Grunde erleichtert, heim.

4

Dennoch war ich nie so naiv, nicht auch Garrafff für ein bedingtes System zu halten; dass nun auch Broglier bei uns auftauchte, hätte mich insofern nicht verblüffen dürfen. Doch davon, dass wir auf Derartiges vorbereitet gewesen seien, konnte keine Rede sein. Ich meine, das war ja nun etwas anderes, als wenn kybernetische Geschöpfe von kybernetischer Welt zu kybernetischer Welt spazierten. Schon von Deters' Erscheinen hätten wir nachhaltiger alarmiert sein müssen, als wir letztlich gewesen waren. Bloß verschwand er ebenso jäh aus Garrafff, wie er hereinspaziert war: bestieg den Gleiter dieser Frau und war weg. Deshalb hatten wir die irreführende Beruhigung gehabt, den Vorfall nicht publik machen zu müssen. In keinem Fall wollten wir das Projekt gefährden. Nun ließ sich eine Meldung nicht mehr umgehen. Wir erstatteten sie und warteten ab. Den Deters Vorfall verschwiegen wir wohlweislich weiter. Natürlich meldete sich ziemlich schnell jemand von der Securitate, der zu meinem Leidwesen, aber ganz wie Sabine vorausgesehen hatte, die Meinung vertrat, dieser »Avatar oder was das nun ist« müsse schleunigst aus Garrafff verschwinden; könnten wir ihn nicht dahin zurückpacken, wohin er gehöre, werde man staatlicherseits Maßnahmen ergreifen. Man brauchte nicht viel Fantasie, um sich die vorzustellen. Dabei hätte ich Broglier gerne integriert, schon aus Forscherinteresse; der Vorschlag hatte aber nichts als ein gelangweiltes Lächeln zur Folge. Selbst Sabine ließ ein kurzes »Spinnst du?!« vernehmen. Ich versuchte zu argumentieren, den Mann aus Welt und Anderswelt zu löschen sei zu grobgriffig: jemanden aus einem System zu deleten, an das man selbst angedockt sei, könne unabsehbare Folgen nach sich ziehen. Ich redete wirklich mit Engelszungen, war indes meinerseits nicht von allen Zweifeln frei, ob sich ein Avatar überhaupt in der Realwelt dauerhaft einfinden konnte: Die Übernahme konnte gar nicht vollständig sein, jedenfalls nicht im Sinn eines fest umrissenen Charakterprofils, weil das Netzwerk der herauf- bzw. herunterzuladenden Neuronen derart umfangreich ist, dass sich allenfalls in sehr übertragenem Sinn von ›Kopien‹ sprechen lässt. Zwar überstieg die datische Erfassung des menschlichen Geistes dank der in Europa (Buenos Aires) gewonnenen Erkenntnisse[9] schon lange nicht mehr die Kapazität unserer Rechner, wie einer der klügsten Kritiker kybernetischer Spekulationen vor vielen Jahrzehnten grundsätzlich feststellen zu müssen meinte,[10] wohl aber waren Wirkung und Auswirkung so genannter Daten in der Interaktion mit dem ›neuen Milieu‹ und

9 Dies eben ist eines der besonderen Phänomene: dass wir auf Grund der in unseren kybernetischen Modellwelten gewonnenen Erkenntnisse, die aus der Sicht der jeweiligen Modellwelt technische Fortschritte *sind*, zu Ergebnissen kommen, welche nun in Garrafff technischer Fortschritt *werden*; von einem bestimmten Moment an handelt es sich *des*halb um selbstgenerierende Systeme.

10 Wolf Singer in der FAZ vom 24. 8. 2000.

vielleicht sogar in ihrer Substanz nicht definierbar. Sicher mussten wir davon ausgehen, prinzipiell lasse sich alles nachvollziehen und sei also determiniert – wie soll Wissenschaft sonst funktionieren? –, doch in der Praxis sieht das ganz anders aus. Ohne Frage hielten sich unsere in den Computerwelten generierten Geschöpfe für ebenso selbstbestimmte Demokraten wie wir selbst. Was sie wie freie Menschen handeln ließ. Insofern w a r e n die kybernetischen Entitäten Kölner Dom und Via Nomentana, waren Bremerhaven, Kirschbaum, Katze Sancha, waren Klaus Theweleit und Michelle Pfeiffer. So weit anorganisch, waren sie *da*, so weit belebt, blühten sie und wuchsen, spielten, fühlten, schauten fern und sangen. Machten den Abwasch und gingen täglich zur Arbeit, sagen wir: in die Universitätsklinik. Wie Corinna Frieling, die eines Morgens, als sie vor ihrem Badezimmerspiegel stand und sich mit BodyLotion salbte, Knötchen in ihrer linken Brust ertastete, weil wir für GEIGY ein neues Medikament testen mussten.

Es war kein heftiger Schrecken, was sie empfand, aber ein leises böses Mißtrauen. Sie tastete noch einmal. Eine Entzündung der Milchdrüsen vielleicht. Eine Reaktion auf den überfälligen Zyklus. Ging das jetzt schon mit der Menopause los? Sie war ein pragmatischer Mensch und neigte nicht zur Verleugnung, weshalb sie sich auf Station sofort einen Termin geben ließ. Sie tat sorgsam ihre Arbeit, blieb gegenüber den Patienten freundlich reserviert. Insofern fiel ihre dunkle Stimmung nicht auf, nur Maike fragte mal kurz, was denn los sei mit ihr. »Meine Tage ...« »Oje, brauchst ein Aspirin?« Sie schüttelte den Kopf, und wirklich, Aspirin hätte nicht geholfen, es hilft kein Aspirin, wo der Krebs bereits derart vorangeschritten ist. »Wenn wir Pech haben«, sagte Dr. Michalzik, immer sagte er ›wir‹, wenn es drauf ankam, »werden wir uns darauf einstellen müssen ...« Er war kein feiger Mann und schaute ihr ins Gesicht, als sie ihn mit dem furchtbaren Wort unterbrach: »... Mastektomie?« Er konnte nicht anders, als sich

Schwester Corinna, die ihm so plötzlich unters Messer käme, als Frau anzusehen. Er fand ihre Brüste sehr reizvoll; selbst wenn sie lag, wölbten sie sich deutlich über dem Brustkorb. Er war, soweit ein Arzt das sein darf, betroffen. Er liebte Frauen. In den vergangenen drei und den folgenden acht Minuten haßte er seinen Beruf.

Frau Frieling war immer stolz auf ihre Brüste gewesen, bis heute waren sie fest geblieben, nicht ganz so mehr, natürlich, wie in ihrer Jugend, aber als silikonfrei stolze Mitvierzigerin hielt sie mancher jüngeren Konkurrentin stand. Sie war von ihren Brüsten bisweilen sogar selbst erregt und spielte, wenn sie für sich war, mit den Warzen, und war sie es nicht, liebte sie das Gefühl, wenn sich grober Blusenstoff an ihnen rieb.

»Gibt es keinen anderen Weg?« Ganz beherrscht, vor allem, weil sie ihrerseits in dem Arzt den Mann spürte. – Sie hätten da ein neues Mittel ... aber niemand könne sagen ... die Nebenwirkungen ... ob es überhaupt ... »Dann probieren wir es.« Sie brauchte die zwei Tage Bedenkzeit nicht, die Dr. Michalzik ihr anbot, »... aber dann müssen wir handeln.« ∑_IîÒ°∑ÈÔØK(\HBF'® ó+M[h''<è Lerche hatte gewußt, daß sie sich so entscheiden würde. »Na bitte!« rief er strahlend und drehte sich zu Sabine und mir. »Na bitte!« Und schrieb sein Protokoll. «_IîÒ°≥ÈÔ‡K_(∫ __\HBF'®ó_+M[h''<è Die Frieling aber, das Gesicht ganz starr von Ruhe, ging, als wäre nichts vorgefallen, wieder an die Arbeit. Sie mußte, als sie die Tür des Behandlungszimmers hinter sich schloß, an Hans Deters denken. Vielleicht begab sie sich deshalb abends ins Samhain und blickte minutenlang gedankenlos auf den Graffito, nippte nicht einmal vom Beaujolais. Rauchte nur. Rauchte Kette. Suchte einen Entschluß, aber wußte es nicht; alles in ihr war auf Automatic gestellt. Und obwohl sie auffiel und im Raum einige abenteuerlustige Männer saßen, hielt die kühle Entrückung dieser vielleicht nicht normschönen, aber aufregenden Frau sie auf Distanz.

THREE THINGS THAT ENRICH THE POET:
MYTHS, POETIC POWER, A STORE OF ANCIENT VERSE

Als sie aus ihrem Dämmern in die Musik blinzelte, die sie umschwirrte, als wäre sie, Auge des Taifuns, von einem im Technorhythmus pulsenden Zyklon umtobt, und die Windsbräute, ihr »Eoe!« kreischend, schrien der Schwester zu, doch endlich teilzunehmen an ihrem rauschhaften Tanz, da hatte sie sich nicht nur Marcus Brauns entsonnen, Manfred Gieslers, John Brogliers, Klaus Tippmanns, Michael Naumanns, Karl Polsts, Andreas Anters, Christof Lauers und Martin Korols, sondern sie wußte, daß sie Hans Deters anrufen und auch, daß sie ihn treffen werde.

5

Am selben unglücklichen Morgen erwachte Dorata Spinnen allein. Die Klonin hatte überaus unruhig und nicht im Schlafzimmer, sondern im Wohnraum auf der Couch genächtigt. Sie hatte stundenlang auf Broglier gewartet und war dann vor lauter Erschöpfung unterm Infoskop weggesunken, das sich eigenständig abgeschaltet hatte. Als sie sich jetzt die bösen Traumspuren aus den Augenwinkeln rieb, wußte sie, sie hatte ihn verloren. Tränen waren ihr im Schlaf genug gekommen, das Kopfpolster war noch ganz feucht davon; deshalb weinte sie nicht, sondern setzte Kaffee auf. »Guten Morgen«, sagte die Kaffeemaschine. »Halts Maul«, sagte sie. Sie verwendete viel Zeit auf ihr Haar. Dann suchte sie sich ein Kostüm heraus, streifte ihre besten Nylons über die Beine, ließ die Unterwäsche nicht nur weg, sondern knallte die bereits herausgezogene Schublade zurück in die Kommode, schritt, nur in den halterlosen Nylons, in die Küche, schenkte sich ein, trank, dachte nichts, fühlte nichts, schritt zurück, schlüpfte in die Bluse, dann ins Kostüm. Nun vollendete sie ihre Toilette, indem sie sich sehr langsam, geradezu ritualisiert schminkte, und begab sich in ihr Arbeitszimmer, wo sie sich ins Web einloggte und erst einmal mit ihrem Vater verbinden ließ. »Er wird schon wiederkommen, mein Schatz, du weißt doch: Sie sind noch a l l e wiedergekommen.« Was nicht stimmte; schöne Frau hin, schöne Frau her, Klons litten noch geringere Achtung als Holomorphe, denn die waren dienstbar. »Wenn du meinst, Paps.« »Aber sicher... ganz doll, ganz Dolly mein ich das! Kopf hoch, Kleine! Du kannst Tausende haben!« »Paps, wir wollten heiraten!« Das irritierte ihren Vater weder, noch ging er überhaupt auf diese an sich überraschende Neuigkeit ein. Doch, schon: »Na dann ist ja gut«, sagte er, »Bussi, Liebling, ich habe einen vollen Tag.« »Bussi, Paps«, sie schaltete ihn weg. Seltsam, daß sie die Reaktion ihres Vaters mehr verletzte als das Fortbleiben des Bräutigams; möglicherweise ahnte sie, es lag nicht an dem. Es war ihm etwas zugestoßen, das sich kaum fassen ließ: Man mußte nicht einmal Angst um ihn haben. Sie kannte seine Vergangenheit und konnte sich denken, daß einer wie er von ihr eingeholt würde auf die eine oder andere Weise. Hatte ihn die Angst vor der eignen Courage gepackt? Schließlich vermochte sie selber sich einen verheirateten John Broglier nur vermittels Ironie vorzustellen, also unter den Mühen einer leichten Verleugnung.

Furchtbar nervös loggte sie sich wieder aus, streifte wie eine Katze durch die Wohnung, nach irgend etwas suchend, irgendeinem Anhaltspunkt, einer Notiz, hörte sogar den Anrufbeantworter ab oder versuchte das; das Display zeigte ja keine Anrufe an. Folgerichtigerweise bestätigte die arschfreundliche Kleinmädchenstimme des Geräts, noch John selbst, aus Daffke, hatte sie einprogrammiert: »Keine neuen Nachrichten.«

Allerdings h a t t e er versucht, sie anzurufen, ihr Gefühl täuschte sie nicht, mehrmals und immer wieder hatte er das. Aber es war kein Anschluß zustande gekommen. Wie so oft hatte er seinen Tag verbummelt, hatte sich lockere Gedanken über Doratas und seine Zukunft gemacht; daß sie ihn aushielt – etwas, woran er von Frauen mehr als gewöhnt, schließlich war das seine Lebensgrundlage gewesen –, gefiel ihm schon einige Wochen nicht mehr, bloß konnte er sich nicht vorstellen, wie einer wie er das ändern sollte. Ihm behagte die Vorstellung nicht, sich täglich an einen kybernetischen Arbeitsplatz zu begeben, wo man sich stundenlang in leerer Routine und Disziplin verlor. Er fand das unmenschlich, war kein Mann fürs Einerlei, das hatte seine ungewöhnliche Berufswahl befördert. Sonst eine Ausbildung hatte er nicht, zwar so etwas wie ein *studium generale* absolviert, aber im Grunde auch da nur gelernt, charmant zu sein. Ebendas liebten die Frauen an ihm. Und er liebte sie, liebte das Leben in jeder, sogar in seiner datischen Form, war im Orgasmatron der virtuoseste Spieler. – Er überlegte hin und her, ent- und verwarf einen Einstieg in die boomende Investmentbranche. Es hingen überall diese Plakate mit der schönen Polizeichefsgattin. Früher hätte Broglier keinen Moment gezögert, sie sich in sein Grundbuch autogrammieren zu lassen – ob sie wirklich eine Mulattin war? Aber vielleicht sollte er den alten Ansatz Radegasts neu überdenken: Managerausbildung hätte ihm gelegen, außerdem klang ›philosophische Praxis‹ ziemlich gut. Ruhig war es darum geworden, seit der Motivationstrainer so unauffällig aus den Gazetten verschwunden war. Hatte er pleite gemacht? Tische zu zimmern oder Wände zu streichen hätte Broglier ebenfalls als Beschäftigung akzeptieren können, bloß starben diese Berufe aus, seit InnenDesigner sich auf holomorphe Gestaltung konzentrierten, die es kaufkräftigen Users erlaubte, sich nach Belieben auf Knopfdruck auszustatten. Andererseits hätte Broglier für so etwas in eine Lehre gehen müssen, wozu er, fand er, nun wirklich zu alt sei.

Auf diese Weise vor sich hin sinnierend, spazierte er von Westen durchs Brandenburger Tor auf die Place de la République.

Eine seit Jahren vor den Mahnmalstrümmern der Siegessäule aufgestellte Denkmalsfigur ließ ihn innehalten. Dreißig Sekunden lang schaute er dem von Ungefugger zu seinen Unternehmerzeiten der Nation übermachten Geschenk in das, was kein Gesicht war, aber dennoch zu lächeln und einfach weiterzulächeln verstand, eine Sinnestäuschung, die gerade jetzt, um die Mittagszeit, da alles so hell und durchsichtig schien, eine höchst undurchsichtige, höhnische Färbung bekam. Trotzdem liebte das Volk die Figur, die es *Der Gesichtslose* nannte, liebte sie wie alles, was von dem unsterblichen Fimengründer kam, zumal der seit seiner Präsidentschaft den Wohlstand besonders auch des Ostens energisch vorangetrieben hatte, kein Vergleich zu seinem ins völlige Vergessen geschrumpften Vorgänger. Obwohl er mit der Church of Latter-days-Saints sympathisierte, deren europäischer Niederlassung er, gegenüber dem Lincoln Center, repräsentative Räume vermittelt hatte, hatte Ungefugger eine militärische Auseinandersetzung mit den transthetischen AlleghenyStaaten zu vermeiden gewußt, in die sich daraufhin seine Wirtschaftsfreundin Goltz, ehemals Jaspers, als ihm nachgefolgte Chefin der AWG einkaufen konnte. Broglier, sozusagen naturhaft individualistisch, war deren ökonomischer Feldzug, wie Feldzüge insgesamt, nicht weniger suspekt als *Der Gesichtslose.* Hätte schon deshalb kaum zum Mitarbeiter der ehrgeizigen Frau getaugt, erleichtert sah er das ein. Er gab sich einen Ruck, um endlich diesem Lächeln zu entkommen. Wäre er ein kämpferischer Mensch gewesen und nicht so um seine und Doratas Zukunft bekümmert, mag sein, er hätte mit den Myrmidonen sympathisiert, und sei es nur aus Treue zu seinem Lehrer Lotz, der allgemeine Ansichten, *weil* sie allgemeine seien und nicht mehr befragt würden, stets für hochgradig gefährlich gehalten hatte. Sein Protegé teilte dieses Ethos. Da er es aber ebenso unzumutbar fand, sich einer Parteiraison zu beugen, gar einem jeder revolutionären Bewegung nötigen Kader, favorisierte er um so entschiedener zivile Courage, als er die niemals unter Beweis stellen mußte. Sozusagen waren Situationen, die so etwas erfordert hätten, diesem Glückskind immer aus dem Weg gegangen oder hatten sich blitzschnell unter seinen Füßen weggezuckt, so daß Broglier noch jedesmal in einen Fuchsbau gefallen war, dessen verwinkeltes Gangsystem den moralischen Jagdhund ins Leere schnappen ließ – und zwar genauso ungeplant, wie er jetzt, ohne es zu merken, von Buenos Aires nach Garrafff spazierte. [gingko biloba L.] Noch schmeckte er dem gesichtslosen Schauder nach, da war er schon über Konviktská und Houston St. mitten nach Mita hineinspaziert. Was für neue Läden! Verwirrend rot-weiße Lettern, all die betuschten Papiere. Buenos Aires – Chinatown, dachte er in völligem Irrtum. Eigentlich hätte linker Hand die Avus in Sicht kommen müssen, jetzt stand da Axel Schultes Schirn. Broglier bog in den Funcciusweg, am Gilatessenladen vorbei Richtung Gare de Lyon, wo er auch noch nie gewesen war. Buenos Aires war groß, und das Bedürfnis, sich zu beunruhigen, stellte sich erst ein, als sein Blick auf eine Zeitung fiel. Das Datum konnte keineswegs stimmen, vorausgesetzt, er war nicht rückwärts durch die Zeit in eben jenen Tag flaniert, an welchem Dorata und er den wunderbaren Ausflug nach Brühl unternommen und sich am Rhein das besiegelnde Jawort vorausgegeben. Die unüberschaubare Brache zwischen Karlsruhe und Frankfurtmain war im Gefolge der ungefuggerschen Arbeitsbeschaffungsmaßnahmen weitflächig bebaut, gigantische Freizeit- und Kirmesanlagen waren mittlerweile errichtet worden. Jetzt wollte er aber an jenen herrlichen Tag durchaus nicht denken, sondern an sein Bedürfnis, unruhig zu werden. Ein ›Bedürfnis‹ muss das genannt sein, weil es zur Beunruhigung selbst nicht kam. Brogliers charakterlicher Grundzug war schweifende, nein: hüpfende Ruhe. Glückskinder werden nicht Pechraben, eingebildete Sorgen hin und her, und auch, dass er anfing, Stimmen zu hören (**Hallo Moni, pc?**) und unter seinen Lidern gemailte Nachrichten von Passanten erhielt, machte ihn nicht eigentlich nervös.

Es amüsierte ihn sogar. Aber er war nicht naiv und wusste, dass es Grund zur Unruhe gab. Also suchte er nach einer Möglichkeit zu telefonieren. Handys mochte er nicht, schon um sich nicht kontrollieren zu lassen. Herkömmliche Telefonzellen gab es hier aber nirgends.

MILOŠEVIČ – THE MUSICAL → Bezug zu Zeitgeschichte

Jodie Foster als Bürgermeister Koschnik und Bruno Gröfaz der Diktator. Musik natürlich Andrew Lloyd Webber. Noch kopfschüttelnd sprach Broglier jemanden an, fragte nach so einem unsympathischen Ding. Der Jemand schaute wie um einen Reitelefanten gebeten. Verstand einfach nicht. Irritiert spazierte Broglier weiter. Wäscherei Pinkepank, Kasernenstraße 37. Nirgends Telefonanlagen, auch nicht in den Cafés. Außerdem sprachen die meisten Leute ein ziemlich eigenwilliges Mischmasch. Oder sie hatten einen scheußlichen Dialekt. Dennoch, Broglier vertraute auf seine Liebe zu den Frauen und charmierte eine junge Dame in routinierter Herzensbrecherart. »Wichs yourself!« Und noch den rechten Mittelfinger hochgestoßen. Schockiert sah Broglier dem bösen Mädchen nach, das hinter einem der bizarren Roboterbüsche verschwand, mit denen die Allee bepflanzt war. Er ließ sich nicht entmutigen, sprach eine Nächste an, die zwar überrascht schien, dann lächelte und, jedoch auch nicht übermaßen freundlich, kundtat: »Oh, ich suche sowieso grad einen für die Nacht.« Und reichte ihm das Cellulare. »No hay lineas.« Verdutzt sah er das Gerät, sah dann die Frau an. »*Was* nun?«, fragte sie: »Bei dir oder mir?« Ihm fiel nichts anderes ein, als freundlich »Aber es ist doch noch nicht N a c h t !« zu erwidern. Und sie: »Du machst beim Vögeln das Licht aus?« »Wie bitte? Nein … aber …« »Ich möchte Ihnen mein Handy einfach später noch einmal leihen.« Das nun war geschmeidig, das gewann ihn, er mochte nichts weiter entgegnen. »Ich heiße übrigens Ulla.« Sie sprach flüssiges Deutsch. Schon deshalb ging er mit.

Er blieb zwei Tage, dann hielt es ihn nicht mehr und er musste weiterschweifen. Eine Verbindung zu Dorata bekam er nicht mehr. Er fand auch die Wurmbachstraße nicht wieder, obwohl ihn seine Suche bis nach Beelitz führte. Das machte ihn fast depressiv, jedenfalls ging er ins Kino, wie immer, wenn ihn ein Stimmungstief anwandelte. Lichtspielhäuser, die gewöhnlichen Menschen wie Zeitlöcher vorkommen mögen, wenigstens als Ausgänge aus der Realität, lösten ihn aus der Melancholie. Wohlgemut verließ er das Cinema wieder. Er hatte dann eine solche Lust auf Sonnenlicht, dass er das Planetarium aufsuchen wollte, welches hie und dort mit Lichtbildshowplakaten warb, doch blieb er, an der Narodní in Margao (Madgaon), im LONGHUINOS hängen. Es roch etwas stickig nach CashewFenny. Blechern, also besonders traurig, plärrte der Fado. Verglaste Flügeltüren, dunkle Messinggriffe, die kleinen Tische mit künstlichem Elfenbein beschichtet. Hinter dem Dueño hing ein Muttergottesbild an der Wand, geschmückt mit einer gelben Blumengirlande. Darunter Sai Baba, daneben das Bild eines Sikhs, des Lokalbegründers vielleicht. Hübsche schwingenartige Ventilatoren schmückten die Decke. Dunkelgrünbraune Kacheln hinter dem Tresen, der Tür gegenüber. Blaue Hosen trugen die Kellner und oberschenkellange Kittelhemden mit blau eingefassten Knöpfen aus weißem Perlmutt und mit blauen Stehkrägen. Lange sah Broglier einem fetten Inder ins Gesicht, sah den mächtigen goldenen Ring auf seinem Zeigefinger und die scheckigkranke Haut des Handrückens an. Der Mann leitete den Blick stumm durch dickste Zylindergläser um. Ich komm nicht mehr zurück, dachte Broglier. Ich komme nie mehr zurück. Und fing sich innerlich einzurichten an und, aus Selbstschutz und Lebensliebe, Dorata Spinnen zu vergessen.

6

Sofort, nachdem Ungefugger die Präsidentschaftswahlen gewonnen hatte, waren seine Reformen zur, wie er es nannte, Kultivierung Europas angelaufen und seitdem nicht zur Ruhe gekommen. Er hatte, da er nicht länger Unternehmer war, den Kontakt zu den alten unsterblichen Konkurrenten gesucht; Hugues allerdings, anders als etwa Karpov und Mädle, hielt weiter auf Distanz, hintertrieb Ungefuggers Aktionen aber nur insoweit, als er keinen Gewinn aus ihnen ziehen konnte. Etwa unternahm er niemals etwas gegen die SIEMENS/ESA, von deren Forschungen er für eigene Cyberentwicklungen Impulse abzusaugen verstand. Zwar hatte er, entschieden gegen die Vereinheitlichung der Polizeistruktur durch Markus Goltz, einen ziemlich schmutzigen Pressefeldzug gegen die Verfilzung Ungefugger/AWG/Elena Goltz/Markus Goltz losgetreten, der, wie im Wesen des Journalismus begründet, auch vor unappetitlichen Details nicht zurückschrak, die sich einerseits auf gewisse sexuelle Vorlieben des Präsidenten, andererseits seine angeblich intime Vertrautheit mit der Frau des Polizeichefs fokussierten – habe sie nicht sogar, bei dem Attentat auf ihn seinerzeit, neben ihm im Lincoln gesessen? –, zum dritten wiederum libidinöse sagen wir Unzulänglichkeiten Markus Goltz' in Erfahrung gebracht haben wollte, welche die Frau erst in Ungefuggers Arme gedrängt. Dabei trug niemand der Tatsache Rechnung, daß Elena damals noch Jaspers geheißen und mit Markus Goltz kein Verhältnis gehabt hatte, das über gelegentliche, von Jens Jensen, Ungefuggers unter grauenhaften Umständen umgekommenem Berater, initiierte Treffen hinausgegangen wäre. Nein, Hugues scheute sich nicht, den alten Gegner zu attackieren, wo und wie es nur ging. In Hinsicht auf das gesamteuropäische Identifizierungsprogramm indessen, das am Anfang seiner Entwicklung vor allem mit Geruchsproben gearbeitet hatte, die man von zu katalogisierenden Personen abstrich, stand er ihm und Pontarlier zur Seite. Da nicht genau bekannt gewesen war, wie viele Menschen im Osten lebten, hatte Ungefugger sein Projekt anfangs als eine Art Volkszählung propagandiert. Dabei war auch für Uneingeweihte leicht durchschaubar gewesen, daß so etwas nicht eigentliches Motiv für einen derartigen Aufwand sein konnte; Hugues aber fragte diesbezüglich nicht nach. Einspruch wurde lediglich von Berufsprotestlern laut, auf die ohnedies keiner hörte. Tatsächlich ging es der Regierung um Luzidität. *Demokratische Transparenz* war der Begriff, den Ungefugger von Anfang an auf seine politische Fahne schrieb und bald aller Mund kaute. Anfangs sollte bloß die Polizei, schließlich aber, des Präsidenten moralischste Vision, jeder Bürger instand gesetzt werden, über jeden anderen Bürger vollumfänglich informiert zu sein, so daß nicht nur Illegale sofort identifizierbar waren (man dachte wohl anfangs an schwarz aus dem Osten über die Grenze Gelangte, besonders aber an Achäer, denen unterstellt wurde, sie versorgten die Myrmidonen unentwegt mit ›Material‹, was immer man sich darunter vorstellen mochte), sondern auch Betrügereien, Unregelmäßigkeiten oder auch nur gerissene Absichten, wie sie im normalen Bürgerverkehr an der Tagesordnung sind, wären schon im Moment, da sie gefaßt würden, offenbar geworden und also ihre Umsetzung zwecklos. Um dies zu erreichen, mußten nicht nur prinzipiell, sondern de facto Herz und Gehirn aller Porteños mit einem zentralen Rechner verbunden werden, der seine so erhaltenen Informationen auf Abruf oder ständig in den Hodnahimmel strahlte. Man sollte jemanden anschauen und im selben Moment schon über ihn wissen, was nötig war. Ein paar Wochen lang glänzte der Unsterbliche samt Frau und Töchterchen herzerweichend von Plakaten: Wir haben nichts zu verbergen. Die Menschen, und zwar je einfacher sie waren, fanden das Unterfangen sehr schön; es mußten im ersten Monat Wartelisten eingeführt werden, worauf die Abstrichswilligen ihre Namen setzten; später ging man dazu über, ihnen einen Chip zu implantieren.[11] Die Vorteile dieses Einsatzes von Schnittstellen zwischen peripheren Nervenaxonen und integrierten Schaltkreisen, die das individuelle mit Europas elektrischem Nervensystem verbanden, lagen auf der Hand. Man brauchte keine Infoskope mehr, sondern klinkte sich direkt in die Produktionsneurone ein. Zudem war die kleine Märkung, von Pontarlier »Impfung des Offenen Herzens« genannt, an sich risikolos; dennoch starteten die Myrmidonen eine heftige AntiKampane und jagten einige der mobilen Impfstellen kurzerhand in die Luft. Handzettel waren in Umlauf, die das Unternehmen mit der Krankheit in Verbindung brachten, deretwegen kaum jemand mehr liebte, außerhalb der Orgasmatrone jedenfalls (Aissa die Wölfin höhnte: »Vögelvolieren!«). Auch trugen Borkenbrods poetische Wandmalereien, nächtens oft sogar direkt an die Gesundheitsämter gesprüht, nicht wenig zur Unruhe bei, streuten den Aberglauben unter die Leute. Die ließen sich von den Wartelisten wieder streichen. Nun konnte Ungefuggers Wahrheitsimpfung, aus Sicht der Ökonomie eigentlich eine der MÄDLE-CHEMIE, nur dann wirkungsvoll sein, wenn sie vollständig war, und als sich der Widerstand jetzt nicht nur bei jugendlichen Abkömmlingen des sterbenden Mittelstandes etablierte, sondern auch in Bewohnern der reichen Weststadt sein Nest fand, sogar Martinot und Karpov waren opponent, mäßigte Pontarlier die Reform und streckte sie in ein Langzeitprogramm. Die Verfügung, wenigstens jedes Neugeborene zu märken, fand allerdings im Parlament, obwohl auch sie diskriminiert worden war, volle Akzeptanz – und sowieso, daß sich jeder Ostler, der in die Zentralstadt wollte, der Prozedur zu unterwerfen habe. Nun hatten die Ostler mit gar nichts, was sie instand

11 Das hat Garrafff der Anderswelt sozusagen kopierend-vorausgemacht.

setzte hinüberzugelangen, ein Problem. Dies erlaubte Pontarlier, den Osten weniger zu öffnen als ihn aufzuschließen. Der Laserzaun wurde an den Checkpoints weniger undurchlässig, und Einreiseanträge behandelte man insgesamt eher locker. Vor den Grenzübergängen, wo früher Hüttengürtel wucherten, standen wochenlang Schlangen um die Wahrheitsimpfung an: Jeder Signierte durfte, mit 100 € Handgeld versehen, hinein; man gab ihm acht Wochen Zeit, sich Arbeitsplatz oder Ausbildungsstelle zu suchen; fand er dergleichen nicht, mußte er wieder hinaus. Es fiel dank der neuen Technologie nicht länger schwer, Illegale aufzuspüren, selbst die Brachen boten ihnen keine Zuflucht; so gingen die Scheiternden freiwillig wieder. Der Anteil derer, die ihr Auskommen fanden, war indessen erstaunlich hoch. Signierte wurden von den Firmen aus leicht einsehbaren Gründen bevorzugt,[12] einige begannen, eine Anstellung überhaupt von der Wahrheitsimpfung abhängig zu machen. Auch solche Unternehmen taten das, deren Geschäftsführer oder Inhaber sie für sich selbst abgelehnt, ja an den Protestaktionen teilgenommen hatten. Schließlich war sie nicht länger nur mehr Kriterium, sondern *Conditio sine qua non* jedes Arbeitsvertrags, und, was kommen mußte, kam, das vorauszusehen war für Ungefugger ein leichtes gewesen: daß die Betriebe Nichtsignierte schleichend durch Signierte ersetzten. Holomorphe selbstverständlich nicht. Die trugen als computergenerierte Materie bereits ihre eigene, wenn man will, genetische Signatur, und wurden sowieso gekauft bzw. in Auftrag gegeben. Jedenfalls schichtete sich Europa demographisch um. Immer mehr Bürger der Zentralstadt verloren erst ihre Anstellung, dann die Unterkunft; und es war dann oft nur eine Frage kürzester Zeit, bis sie sich in den Brachen oder im Osten wiederfanden. Dort blühte im Schlepp der Militäreinsätze,

12 Etwa konnten sie im Gehirn Signale aus dem motorischen Bereich empfangen und, unter Umgehung ihrer Muskulatur, mit den Maschinen direkt kommunizieren.

welche Pontarliers sogenannte Schutztruppen hatten Quadratkilometer um Quadratkilometer voranrücken und mit Mutanten und Schändern kurzen Prozeß machen lassen, die Kultivierung Gesamteuropas. DEN MYTHOS ENTMACHTEN / DER KLARHEIT DAS LICHT lautete der Schwur, den jeder Rekrut in öffentlichen, meist in Fußballstadien stattfindenden Feiern im Choral sprechen mußte. Hüttendörfer waren niedergerissen, Wohnblocks waren errichtet worden, die viele Ostler unentgeltlich beziehen durften, die Wahrheitsimpfung vorausgesetzt und daß sie sich dem Heer wenigstens als Z12erIn anschlossen. Ungefugger stärkte die Armee, indem er wirklich jedermann aufnahm, wobei er für nicht nur militärische Ausbildung sorgte, damit später, wer nach Empfang des sogenannten Patents – eines Freibriefs, wenn man will – seinen Abschied genommen, nicht als Tagelöhner nach Buenos Aires käme. Ungefugger *stärkte* das Heer so nicht nur, er schweißte eine Art persönlicher Wehrmacht zusammen, eine Strategie, die von der Opposition nicht unmittelbar genug begriffen worden war, so daß es, *als* sie begriff, zu spät war. Zwar wurde dann – unter anderem durch eine dem Verteidigungsministerium obliegende Personalpolitik – an der Bataillonbasis Einfluß genommen, doch insgesamt mit zweifelhaftem Erfolg. Ganz zu Recht sahen andere Unsterbliche in der neuen militärischen Fraktion, deren Schlagkraft Buenos Aires' altes Stehendes Heer längst übertraf, eine Bedrohung ihrer Interessen, auch wenn sie einstweilen profitierten, weil nur die militärische Präsenz den Firmen ermöglichte, sich so ungefährdet über Bayreuth und München hinaus zu erweitern, von Dependancen in Zlín oder Wieliczka zu schweigen. Die Unternehmen versprachen denen, die, auch ohne in den Genuß moderner Bleiben gekommen zu sein, an den Arbeitsprogrammen des Aufschwungs teilnahmen, Handys und Bananen frei. Dieser von Pontarlier teilfinanzierte sogenannte AUFBAU OST vergab sehr großzügig Projekte, an denen sich selbst kränkelnde Betriebe, kluges Investment vorausgesetzt, gesundstoßen konnten. Die Ostler waren's, wie immer, zufrieden. Die Frauenstädte allerdings nicht. Die rüsteten sich, je breiter Ungefuggers Osttruppen vorrückten, für ein vielleicht letztes Partisanengefecht.

Parallel zu den Reihenimpfungen war Ungefuggers Hygienisierungskampagne angelaufen, auch dies bereits während der ersten Legislaturperiode. Prostitution wurde verboten, zur Triebbefriedigung standen Videoskope und Orgasmatrone bereit. Pontarlier führte den Begriff der politischen Korrektheit ein, eine Art internalisierter Selbstzensur, die jegliches Handeln außerhalb einer vorgegebenen Norm nicht zwar in, aber doch an Ketten legte. Da die derart gebundenen Triebe in die eine, ihnen animalischerseits bestimmte Richtung nicht mehr konnten, der Energieerhaltungssatz jedoch auch diesbezüglich gilt, mußten sie anderswohin. Die Produktion bot sich an und wurde angeboten. Da machte jedermann gern mit, zumal es so demokratisch war; den Ängsten der Mehrheit ist einzelner Mut von Grund auf suspekt. Nun ist Mut immer einzeln. Ungefugger wußte also, was er tat. Und wusch sich jeden Tag in Transparenz und Correctness, bis seine Haut vom vielen Reiben ganz rot war.

Elena Goltz traf er nicht mehr, telephonisch hatten sie freilich regen Kontakt. Sie leitete seine alte AWG tüchtiger und gescheiter, als selbst sein positive thinking erwartet hatte; das Unternehmen, das mittlerweile die soziale Absicherung der gesamten Zentralstadt besorgte und nicht länger mehr nur vermittelte, sondern Versicherungsfunktionen selbst übernahm, wurde unter ihrer zugleich harten wie flexiblen Führung zu einem der sowohl hinsichtlich Umsatz wie Personal größten Dienstleistungsunternehmen Europas, und nach Ungefuggers ökumenischem Bravourstück des Konzils von Mount Mitchell, auf dem sich die europäischen Kirchen mit Anglikanern, Mormonen, ja Scientologen und den Assemblies of God alliiert hatten, gelang es ihr, auch transthetisch einen Brückenpfeiler unter das Unternehmen zu keilen. So war die AWG nicht nur an die Börse gegangen, sondern Multi geworden. Die Goltz hatte den ihr ergebenen Klaus Balmer hinübergeschickt, der seine schwierige Aufgabe zwar nicht gänzlich ohne Reibereien mit Allgheny's großen Versicherern, aber letztlich erfolgreich anzupacken wußte, und zwar so sehr angemessen ihren eigenen Vorstellungen von produktiver Energie, daß sie zweidreimal mit dem Gedanken einer auch persönlichen Verbindung gespielt hatte; sie wußte ja, *wie* Balmer sie verehrte – nicht ganz anders, übrigens, als sie selbst seinerzeit den Firmengründer und heutigen Präsidenten. Schon im Geschäftsinteresse war es vielleicht angeraten, den Aufsteiger, bevor er eigene Ambitionen entwickelte und sich von ihr und ihren Weisungen emanzipierte – Allegheny war weit –, auch anderweitig an sich zu binden und das Unternehmen mit der transthetischen Tochter ganz persönlich zusammenzuschweißen. An Hans Deters dachte sie schon seit langem nicht mehr oder wie an eine Jugendsünde, es waren seit ihrer letzten Begegnung mehr als neun Jahre vergangen – doch dann ... dann saß sie mit einem Mal in Hannovers BELL'ARTE dem sichtlich gealterten Mann gegenüber und trug ein Kleid, das ihr gar nicht gehörte. Nicht einmal war dessen Schnitt ihr Stil, überhaupt waren ihr die Sachen obenrum zu eng. Jeder andere wäre schockiert gewesen, hätte womöglich aufgeschrieen oder wäre nervös hochgesprungen, hätte sich an Umhersitzende um Hilfe gewandt. Nicht so sie. Sie hatte gelernt, sich auf unerwartete Ereignisse unmittelbar einzustellen, schwierige Entscheidungen, auch solche, an denen Gedeih und Verderb des Unternehmens hingen, waren zu oft momentan zu fällen, als daß sie jetzt nicht automatisch in diesen ihr dann eigenen Ruhezustand gefallen wäre, ja in eine Kontemplation, welche die wenige zur Verfügung stehende Zeit gleichsam dehnte. Plötzlich kommt man auf eisglatter Straße ins Schleudern und schaut dem *Spin* zu, als wäre das nicht der eigene Wagen, der sich da dreht, und nicht man selbst, der drin sitzt – aber weil man es selbst ist, läßt sich, wenn man Ruhe bewahrt, dem Unheil wehren, das einen dem nächsten Baum, der Leitplanke, den Fahrzeugen auf der anderen Spur so rasend schnell entgegenwirbelt, denn es schenken sich der nötigen Bewegung des Steuerrads, im Bruchteil einer Sekunde zu lenken, ganze Minuten – reale Dilatationen der Zeit. Die Goltz genoß so etwas und führte deshalb meisterlich aus dem Stegreif eine Frage – »Was hast du ...« zu Ende, die sie gar nicht begonnen: »...da auf der Stirn?«

Sie war unter den Lasten ihrer Verantwortung noch schöner geworden, die Falten standen ihr gut, gaben dem ModelGesicht einen ungewöhnlichen, ausgesprochen markanten Schnitt. Deters, er wäre anders nicht er selbst gewesen, hatte das zwar bereits in dem Moment bemerkt, als er in Clara Wittens sekundenkurz irritiertes Lächeln sah, doch diesen Eindruck nicht auszuschöpfen gewußt in seiner Desolatheit. Sie ihrerseits – also sowohl Elena Goltz wie Clara Witten – verspürte zwar den alten Kitzel, aber kniff verärgert die Beine zusammen. Ihr Beruf hatte sie zur Parteigängerin der ungefuggerscher Moral gemacht, nicht zuletzt, weil ihre AWG einige der neu ins Leben gerufenen Gesundheitsvorsorgen realisierte, wozu selbstverständlich der unaufhörliche Kampf gegen *die Krankheit* gehörte, die solche wie Deters wenn nicht verbreiteten, so ihrer Verbreitung doch n i c h t und l e i denschaftlich nicht entgegenstanden. Obendrein haßte sie Ablenkung, immerhin hatte sie selbst wie ihr Vorgänger es verstanden, ihre sexuellen Energien in produktive und die erotischen ins Marketing zu transformieren, eine insoweit nicht weiter komplizierte Bewegung, als jene schon natürlicherweise auf Produktion, wenn auch eine andere, angelegt sind. Dennoch hätte die Goltz jenen Griff zu Handy und Verrat nicht getan, sondern wäre Deters nach wie vor gewogen gewesen, hätte er ihrer Erinnerung an ihn noch entsprochen. Das tat er keineswegs, denn sie war gewachsen, er psychisch stehengeblieben. So konnte sie gar nichts anderes tun, als noch das letzte Fitzelchen Reibung ein für allemal festzufrieren. Kaum hatte sie ihre und seine Rechnung bezahlt, das BELL'ARTE verlassen und sich in den schräg übern Bordstein geparkten WINNER gesetzt, brachte sie es obendrein fertig, Deters völlig zu vergessen, also das schmale Fragment, das er in ihrem Gedächtnis besetzt hatte, mit den Problemen zu überschreiben, die sie in Mannheim erwarten würden. – Ihren kleinen Renault hatte sie übrigens nie aufgeben wollen. Zwar war sie eine reiche Frau mittlerweile, aber sie zeigte das nicht. Es hätte ihr anders möglicherweise Autoritätsverlust eingebracht. An Ergebenheit der Strukturen hing das Unternehmen; w e n n man praßte, dann zusammen. Dafür war im Osten der Shakaden gebaut; die Goltz konnte nicht ahnen, daß ihr Schicksal dort, noch vor der GebäudeWeihe, eine ganz andere, eine gewalttätige, zugleich doch erlösende Wende nähme. Die *corporate identity* der AWG jedenfalls hieß Elena Goltz, sie hatte das von Anfang an gewußt und gewollt und verhielt sich danach; sogar ihre mulattig dunkle Haut schminkte sie sich seit einigen Jahren weg. Wenn sie sich weiterhin klug verhielt, würde sie sich eines Tages, dachte sie, als sie in Richtung der nächsten Schleuse davonjagte, in der Weststadt niederlassen können. Sofern nicht ein Rat der 450 sein Vetorecht nutzte. Nämlich hatten sich die Unsterblichen nahezu einstimmig – nur Hürlimann und Martinot standen quer – gegen die unkontrollierte und sei's simulakre Parzellierung der Weststadt ausgesprochen. Ungefugger, der seine alten Kampfgefährten und neuen Parteigänger gerne belehnt hätte und deshalb in dieser Frage Hürlimann und Martinot nahestand, war klug genug gewesen, sich jeder Meinungsäußerung zu enthalten, und hatte mehrheitssolidarisch votiert. Seine Präsidentschaft war zu heikel, um sie in aussichtslosen Grabenkämpfen aufs Spiel zu setzen. Und lebte nun, wie alle seine Amtsvorgänger, mit Frau und, in den Ferien, der Tochter im rosenumblühten Regierungsviertel Pontarliers, kaum drei Steinwürfe vom Grab de Gaulles entfernt. Von allen seinen Lakaien hatte das Präsidentenpaar nur Schulze begleiten dürfen, seit Jensens Tod Ungefuggers engster Vertrauter. Carola Ungefugger, die sich zunehmend eingeengt fühlte und unter dem Puritanismus ihres Mannes, seit sie keinen Ausgleich mehr in dem luxuriösen Ambiente Salins' fand, ausgesprochen tief zu leiden begann, beklagte das sehr. Und eine Erinnerung schoß in ihr auf und verließ sie nicht wieder: nämlich wie sie damals, in der sogenannten Bronzehalle, Radegast begegnet war. Beim Kriegenspielen hinter der kleinen Micha hergerannt, hatte sie plötzlich diesem wunderbaren Mann gegenübergestanden und es nicht lassen können, eine Hand auszustrecken nach ihm, und mit dem rechten Zeigefinger seinen Hals berührt, einen wirklichen, hatte sie spontan gedacht, *Männer*hals, und den schattigen Anflug seines Anderthalbtagebarts. Seit ihrem Umzug quälte sie diese Erinnerung täglich mit der fiebrigen Klarheit eines schönbösen Traums. Der schenkte ihr, besonders hellichten Tages, wilde Nächte. Carola Ungefugger war nie, auch nicht vor ihrer Hochzeit, glücklich gewesen, sie hatte gelebt, nicht ungern, das stimmt, aber ohne heftige Leidenschaften; und wenn sie rollig wurde, wie sie selbst, nicht etwa ihr Mann, das nannte, der dergleichen auch begrifflich zu ignorieren verstand, hatten die Spritzen schnell darüber hinweggeholfen. Nun halfen Spritzen nichts und auch nicht all die hübschen Rebhühner[13], die sie, es war schon zur Manie ausgewachsen, auf Sofakissen Handtücher Gardinen stickte. Plötzlich war sie ganz naß, sie sah Radegasts Hals – seinen Hals, fast nie sein Gesicht, jedenfalls nicht höher als bis zum Ansatz der Unterlippe – und lief unten aus. Ihr machte zudem die Trennung von Michaela zu schaffen, die Ungefugger, der an seinem Kind zwar nicht sonderlich hing, aber auch hier prinzipiell dachte, dem sentimentalen Einflußbereich seiner Frau entzogen hatte, indem er sie in ein Regierungs-

13 Das arabische Wort für »humpeln« ist aus »Rebhuhn« abgeleitet; dem Talus heilig. »Fersen-Gott«: »Jah Akeb« → »Jakob«; Sakral-Ferse: also lockt sie Achilles Borkenbrod.

internat steckte. Die mittlerweile zur jungen Dame erwachsene Michaela Gabriela Ungefugger, jetzt bald vierzehn, war denn auch achtunggebietend kühl und erstritt sich so den Respekt ihres Vaters, indessen sie die Weichlichkeit ihrer Mutter ihrerseits bald so abscheulich fand wie den Internatskameraden Oisìn, der sich, anstatt zu lernen, mit Mädcheneroberungen umgab und einmal einen ernstzunehmenden Schulverweis erhielt, weil er während der Pause, ohne der *Krankheit* zu achten, geschweige sich des Orgasmatrons zu bedienen, sein Ding in eines der Dinger hineingesteckt hatte. Das sei, fand Michaela, zu widerlich, um es auch bloß zu erwähnen. Dabei hätte der Junge allen Grund gehabt, sich anständig zu benehmen, wurde er doch kulanterweise von Staats wegen auf diesem Elitekader ausgebildet – seinem Vater Finn, dem Sohn des vormaligen Präsidenten, längst unerschwinglich. Halsstarrig hatte der Ungefugger mit dem ungewissen Schicksal seines Vaters nicht nur in Verbindung gebracht, sondern ihn sogar angezeigt – nämlich sei er am Verschwinden des alten Mannes wenigstens beteiligt gewesen, was er freilich weder beweisen konnte, noch spezifizierte er je, wie er sich diese Beteiligung vorstellte. Dennoch hatte er nie aufgehört, gegen den Präsidenten zu agitieren, und darüber erst seinen Job – wofür er wiederum Ungefugger verantwortlich machte –, dann, schon all der Prozeßkosten wegen, sein Vermögen, also das seines Vaters, verloren. Nun stand er kurz davor, mit einem ganzen Scheffel anderer Nichtstuer in den Osten abgeschoben zu werden. Der Präsident hatte dafür Sorge getragen, daß Oisìn nicht mit ihm umgesiedelt würde. Aber von Birnbäumen fällt kein Apfel. Dummerweise hatte der Bursche an der zarten Michaela einen Narren gefressen und lief ihr hinterher, man muß wirklich sagen: wie ein herrenloser Hund. Es kostete die junge Frau, die, als sie zum ersten Mal blutete, bei ihrem Vater beichten ging, woraufhin der ihr die Predigt einer höchst interessanten stochastischen Abhandlung hielt, enorme Mühe, ihn, Oisìn, sie hassen zu lehren. Da sie wie ihr Vater nichts tat, ohne auch die letzte Konsequenz im Auge zu haben, behielt der Junge die Lektion.

7

Clara Witten, anders als die pragmatische Goltz, blieb noch sitzen für eine halbe Stunde, derart benommen hatte sie Deters' Auftritt gemacht. Nicht nur, daß er erschreckend alt geworden war, es ließ sich in ihm auch nicht entfernt mehr der ironische Spieler erkennen, als den sie ihn schätzte und dessen Einfällen sie seinerzeit nur zu gerne nachgegeben hatte. Beide hatten sie es geliebt, sich in der Öffentlichkeit bis zum Verrücktwerden erotisch aufzuheizen, wie oft nicht hatte sie, zu ihrer beider Lust, unter dem Kostümrock den Slip heruntergestreift, wie oft nicht diesen, Arm in Arm mit ihm, irgendeinem verdutzten, möglicherweise schockierten, in jedem Fall aus seinem Tageskonzept gebrachten Passanten auf der Zeil in die Hand gedrückt und »Nehmen Sie, ich schenke Ihnen das« gesagt oder einem der berenteten ProletarierKumpel des Bornheimer CAFÉ RENDEZVOUS über die Bierflasche gezogen wie ein weißes, lockend spitziges AntiPräservativ. Deters, zwei Monate lang ihrer Struktur eingegliedert, war es gewesen, der am Anfang ihres Erfolges bei der AWD gestanden hatte; er hatte sie, sofort, nachdem er sie gesehen, auf einen Montepulciano eingeladen und bereits am ersten Abend gesagt: »Du hast schöne Brüste, glaube ich. Zeige sie mir.« Sie hatte es – und war selbst verwundert gewesen darüber, hatte bloß gefragt: »Jetzt gleich? Hier?« –, hatte es, jetzt und gleich und hier, getan. Und das ebenso angenehme wie peinliche Kribbeln, als die übrigen Gäste es sahen – der WEINKONTOR war voll gewesen –, enorm genossen. Auch daß er sie nicht etwa angefaßt hatte, nein, nur geschaut, deutlich geschaut, sie hatte seine Blicke die Hautkonturen nachstreicheln und um ihre Brustwarzen spielen gefühlt, die fest wie Pflaumenkerne und auch so dunkel waren; dann hatte er gesagt: »Siehst du, ich habe recht. Du hast schöne Brüste.« »Du meinst, ich habe große Brüste.« »Nein, ich meine: schöne Brüste. – Jetzt tu mir den Gefallen und bedecke sie wieder. Ich möchte genießen, daß du's getan hast. Erzähl mir von dir.« Der Abend war ohne jede weitere erotische Offensive vorübergegangen, was sie irritiert, sogar ein wenig verletzt hatte. Aber am nächsten Morgen um zehn, sie war bereits zwei Stunden im Büro gewesen, um ein PG vorzubereiten, hatte er sie mit dem Vorschlag begrüßt, ohne Slip zu ihrem Abendkunden zu fahren. »Er darf nichts sehen, er darf nichts davon wissen, aber du weißt es, und wenn du dabei nicht unsicher bist, sondern es genießt, wirst du ihn um den Finger wickeln, und er wird jeden Vertrag unterschreiben, glaub es mir.« An diesem Abend hatte sie ihren ersten großen Abschluß gemacht. Als sie am wiederum nächsten Morgen Deters um den Hals fallen wollte, hatte er sie von sich weggedrückt, »achte immer auf Distanz«, hatte sein Portemonnaie gezückt und einen Hunderter herausgezogen, ihn ihr mit der Bemerkung reichend: »Behalt den von nun an bei dir, gib ihn niemals aus, paß auf die Seriennummer auf, damit dir keine Verwechslung passiert.« Sie hatte von Deters gelernt, daß ein Verkauf nichts, aber auch gar nichts mit dem Produkt zu tun hat, das man vertreibt, daß Inhalte keine Rolle spielen, wenn die *Form* des Vertriebes stimmt ... die Form und die *Struktur*, die dem Verkauf gegeben. »Bleib im Prozeß, Clara, sei flüssig, vertraue deiner Intuition, und bei einer Frau, die so schön ist, wie du bist, ist Intuition notwendigerweise an Erotik gekoppelt ... an Selbstattraktion. Wenn du zum Kunden gehst, schau dich vorher im Spiegel an und frag dich, ob du mit dir ins Bett gehen würdest. Wolltest du das nicht, dann laß ihn sausen, den Termin, und zwar um jeden Preis.«

Sie hatten nie miteinander geschlafen. Sie hatte sich vor ihm ausgezogen, oft, auch im Büro, wenn er es wünschte, und ihre linke Hand während der Weiterbildungsstunden fast immer auf seinem Geschlecht gelegen, während ihre rechte mitschrieb (»du darfst dir deine Erregung nicht anmerken lassen, spüren tut sie jeder, aber man darf sie nicht orten können«), sich sofort ihres Was-ihm-nur-einfiel entledigt und ihm dann in der Homburger Landstraße beim fast ständig leeren Chinesen (wovon lebten die Leute eigentlich?, doch nicht von ihnen beiden allein?!) in ihrer beider séparéehaften Ecke einseits entblößt gegenübergesessen, die andere Brust lose von Armanituch und Jackett bedeckt (er legte Wert darauf, daß sie niemals nackt war; nackt heißt: *ganz* nackt: daß Natur und Erotik, so hatte er das begründet, Erzfeinde seien wie Elternschaft und Geschlechtsliebe), indes sie ihre Wantans erst geküßt und dann gegessen hatten, und während sie sich dem Chop Soy widmeten, hatten sie über Anlagestrategien Renditen Abschreibungsmodalitäten diskutiert. Im Auto schließlich, fuhr sie ihn heim oder er sie, war er sehr oft in ihrer Hand gekommen, das alles ja, aber wirklich geschlafen hatten sie nie miteinander. Es hatte, glaubte sie, nicht an ihm gelegen, sie selbst hatte sich zu dem letzten Schritt nie durchringen können, doch einmal, ein einziges Mal, aber da war e r es gewesen, der sich, höchst bemerkenswert moralisch, verweigert hatte. Sie hatten sich in der Wohnung ihres Freundes getroffen, worin sie vorübergehend lebte, sie hatte ihn auf dessen Bett gezogen: »Hier! Laß es uns *hier* machen!« Da hatte er sich von ihr weggedrückt, hatte sich ganz starr in die Positur seiner Nacktheit geworfen und, obwohl es sehr freundlich, ja warmherzig geklungen hatte, kalt bemerkt, er sei nicht der Mann, ihre Beziehungsprobleme zu lösen. Dabei war seine Erektion langsam hinab- und davongesackt. Eigentlich hätte er damals gehen müssen, das wäre konsequent gewesen, aber er hatte sich an den Wohnzimmertisch gesetzt und darauf gewartet, daß sie sich vor ihm wieder anzog. Er entkleidet, sie im Kostüm – er hatte wohl gehofft, dem Reiz so abermals aufzuhelfen, aber der ganze Tag war dann nur noch nüchtern gewesen, fast elend, von den abendlichen Kundenterminen zu schweigen. Sie hatte sich niemals Gedanken darüber gemacht, aber jetzt, im BELL'ARTE, als sie den soeben vorbeigeflogenen Auftritt ihres absonderlichen Liebhabers noch und noch Revue passieren ließ, meinte sie zu begreifen, weshalb sie ihn später niemals wieder in sich hineingelassen und daß es eben doch an ihm gelegen hatte.

Das alles war längst begrabene Biographie, sie hatten sich irgendwann stillschweigend voneinander getrennt. Ihr beruflicher Erfolg hatte sie begehrt werden lassen, sie war unterdessen zweimal verheiratet gewesen, immer erst großartig mit Segeljacht und Tennisplatz, dann mürbe, schon hohl; sie hatte begonnen, Männer, so sehr sie sie weiterhin brauchte, ein bißchen zu verachten; sie bediente sich ihrer, kaum mehr – nur einen schätzte sie, schätzte ihn bis heut über alles, und den ließ sie schon gar nicht an sich heran, sondern kultivierte die Vater/Tochter-Beziehung. Der Mann, Gustav Nickel, gehörte zu den Scientologen, er hatte sie auch angeworben, noch zu Deters' Zeiten übrigens, der das zum Anlaß für die kleinlichsten Sticheleien genommen, nämlich wie Clara Witten sehr wohl begriffen hatte: Nickel war sein Gegengift, zumal ihrer Karriere kaum weniger förderlich als er. Für sexuelle Spielchen hatte der freilich kein Verständnis, und die Frau dankte es Deters schon sehr, daß er bei den dreivier Malen, die er vor seinem Umzug nach Berlin auf Gustav getroffen, niemals auch nur eine Andeutung gemacht, geschweige in dessen Gegenwart eine seiner lasziven Ideen hatte laut werden lassen.

Hätte er es, seufzte sie für sich, doch jetzt getan! Es wäre ihr nicht recht gewesen und sie wäre nicht drauf eingegangen, aber man hätte doch Deters als Deters wiedererkannt. Der Mann hingegen, der ihr da gegenübergesessen hatte, war im Grunde keiner, war wie Tausende anderer ein mißhandeltes Mensch, das man bemitleiden, aber ganz sicher nicht begehren konnte. Das war, bezüglich Deters, das Schlimmste, was sich überhaupt vorstellen ließ: keine Ausstrahlung, kein Witz, keine Haltung … als hätte nicht nur sein Gesicht, sondern vor lauter Dehydrierung die Seele Falten geworfen. Und während sie zum Zahlen winkte, hoffte sie innig, dem gebrochenen Mann nie wieder begegnen zu müssen, um sich nicht die wertvollste Pflanze, die sie pflegte, ihre Erinnerung, versumpfen zu lassen.

Sie zahle für den andren Gast mit? Sicher. Mache zwölffuffzich.

Die Witten holte die hübsche CardinBörse aus ihrer Paillettentasche, öffnete das Kleingeldfach, besann sich, sah im schmalen Geldscheinfach nach, drei Zehner, ein Zwanziger, drei Hunderter, aber nein, richtig, der Schein steckte hinterm Foto von Ulli. Sie zog die Note hervor, entfaltete sie langsam, glättete sie, reichte sie der Kellnerin, sagte: Fünfzehn. Und als sie, spätabends daheim, Deters' Anruf auf Band vorfand, löschte sie ihn.

8

Broglier war der erste Avatar, den ich leibhaftig zu Gesicht bekam. Ich hätte ihn, wie er da im Longhuinos vor mir saß – viel zu dick bekleidet und trotz objektiver Fremdheit seinem Glück vertrauend –, ohne weiteres für einen Menschen halten, hatte mich bei unserer Begegnung auch nicht recht beherrschen können und ihn einmal am Ärmel gepackt. Der fasste sich durch und durch materiell an. Wirklicher, wenn ich so sagen kann, als diese materielle Präsenz sprang mir aber sein Urvertrauen entgegen. Vor gar nichts schien sich so einer fürchten zu müssen. Als ich endlich einen Dreh gefunden hatte, ihm die Situation zu erklären, hätte ich mich selbst nicht mehr überzeugt. Wie absurd musste das alles in seinen Ohren klingen! »Lass dir was Bessres einfalln, mich zu veräppeln. *Modellwelt*, also ich bitte dich!« Und, das Haar in den Pferdeschwanz zurückstreichend, wobei er mit dem linken Auge zwinkerte: »Kann es sein, dass du Probleme hast? Aber nein! Nein! Das ist es: Du bist ein Kumpel Doratas, einer aus dem Web. Ihr habt euch das so ausgedacht. – Feine Freunde hat meine Süße!« Dann kicherte er und nippte vom Fenny. »Komischer Geschmack. Bisschen wie Enzian. Kennst du Enzian?« »So hören Sie doch! Ich will Ihnen wirklich helfen.« »Glaubst du, dass du so etwas kannst?«, spottete er und wurde erst um eine Spur kleinlaut, als ich zum kräftigsten Medikament griff, das sich diesem Patienten verabreichen ließ: »Fragen Sie mich etwas … fragen Sie mich irgendetwas über Sie, das keiner wissen kann. Ich werde antworten.« Das war freilich gepokert, denn in selbst generativen Systemen gehen auch dem gewissenhaftesten Beobachter Details durch die Lappen. Aber er wollte bloß das Geburtsdatum seiner Großmutter hören. Dann, auf welche Grundschule er gegangen sei. In Gott sei Dank nur diesem Sinn weiter. Jede meiner Antworten trübte seinen Optimismus um einen Grad mehr. »Und du meinst jetzt, das überzeugt mich?«, fragte er schließlich. »Ja«, antwortete ich und schob hinterher: »Weitere Fragen?« »Du hast mich beobachtet.« »Ich vergaß zu erwähnen, dass Ihr Stiefvater – kann ich so sagen?: Ihr Lehrer war.« »Onkel Lotz ist einer der besten Menschen gewesen, die es je …«, hielt ein, »Verzeihung«, spottete, »*Avatare* natürlich …« »So hören Sie! Selbstverständlich ist ein Avatar für den anderen keiner …« »So wie ein Mensch für einen anderen Menschen auch nicht? Was eine miese Story!« »In der Sie jetzt, bedauerlicherweise, eine miese Rolle spielen. Ja, tut mir Leid. – Wo sind Sie untergekommen?« »Ich denke, das wissen Sie alles?« Immerhin fing er mich zu siezen an. Deshalb sagte ich leiser und ohne Nachdruck: »Nicht hier, Herr Broglier, nicht in Garrafff.« »Was ist nun wieder *das*?« »Garrafff? So heißt die Welt.« »Sie meinen Europa … oder Allegheny?« »Nein, und nicht das Thetismeer. Das gibt es bei uns nicht.« »Ich bin in Buenos Aires.« Ich schüttelte den Kopf. Er schwieg und senkte den Blick auf die Tischplatte, trommelte auf ihr kurz mit den Fingerkuppen. »Fahren Sie herum«, sagte ich, »suchen Sie es ... Sie werden weder die Bleisee noch Ihr auf den Hund gekommenes Osteuropa finden.« »Das ist doch alles Science-Fiction ...« »Ich finde Ihre Welt utopisch. Bei uns ist Buenos Aires eine Stadt in Argentinien ... wie auf der Erde.« »Was soll nun wieder das sein?« Ich winkte ab. »Aber«, sagte ich, »was ich eigentlich sagen wollte: Ich habe Ihnen ein Zimmer reserviert ... auf meine Kosten, die Firma sollte nichts davon wissen.« »Meinen Sie, ich kann nicht selber zahlen?« »Ich habe keine Ahnung.« Dass er es hätte können, bekam ich erst später mit – Deters hatte ich bei uns nicht bezahlen sehen. »Aber darum geht es nicht. Sollten Sie ein hiesiges Konto benutzen, wissen die sofort, wo Sie sind.« »Sie haben mich auch gefunden.« »Das ist wahr. So gesehen ist das leider wahr. Aber weshalb ein größeres Risiko eingehen als unbedingt nötig?« »Was für ein Risiko sollte das sein?« »Man hat vor, Sie zu löschen.« »Na denn man dou!«, machte er bremisch. Ich reichte ihm die Kundenkarte des Hotels. »Aachen, aha«, spöttelte er, »und wo ist das?« »Keine Sorge, Sie kommen zu Fuß hin.« »Ich überlege es mir. – Wie kann ich Sie erreichen?« Ich schrieb ihm meine Nummer auf. »Sie müssen sie nur denken.« »Ah so funktioniert das!« »Über einen Zentralrechner, der Gedankenströme auffängt und sie reflektiert ... einfach ausgedrückt. Wie bei Ihnen die Märkung.« »... ›des offenen Herzens‹? Ach du Schreck!« »Wir verwenden bereits die Chipimplantate, die bei Ihnen noch getestet werden.« »Und wieso funktioniert das dann bei mir?« »Ich weiß es nicht. Die Systeme kalibrieren sich selbsttätig.« »Na ja.« Er wollte zum Zahlen winken ... besann sich: »Oh, dann bin ich doch wohl eingeladen?« Ich reichte ihm ein paar Riotscheine hinüber: »Das dürfte reichen fürs Erste.« Er lachte mokant, besah sich die Noten: »So ein Spielgeld zählt hier?« »Wir benutzen es nur noch im Notfall.« »Das ist jetzt einer?« Er zögerte nicht mehr, schüttelte allerdings den Kopf und steckte das Geld ein. Stürzte seinen Fenny, wobei ich ihn vor dem Zeug noch warnen wollte. Aber ich verkniff mir das. Wir trennten uns.

Weder er noch ich hatten damit gerechnet, dass sie ihn draußen erwarteten. Ich erfuhr wenig später, man habe mich beschattet, was eine Unverschämtheit, aber im Ergebnis irgendwie gerechtfertigt war. Durch die geschliffenen Tür- und Seitenscheiben konnte ich mitverfolgen, wie drei Männer in – klassisch, wirklich – Trenchcoats, bei denen sie nicht einmal vergessen hatten, die Kragen hochzuschlagen, auf Broglier zutraten, ihn ansprachen … was sehr höflich aussah, doch, zugegeben. Er zeigte mit einer Hand durch die Tür zu mir. Ich schaute schnell weg, hustete, sozusagen seelisch, und als ich wieder aufsah, baten sie ihn gerade in ihren grauen Rekord.

Bei CYBERGEN beschwerte ich mich zwar, doch wenig nachdrücklich. Es war schon bizarr, dass jetzt ich selbst zu den alten Argumenten der Protestler griff: Man stand so plötzlich auf der anderen Seite. Ru_œNYË˜[]Ê$JNÔê}z#£©-UÔ&vÓÉI__ »Ich kann nicht sagen«, sagte Beutlin, »daß er völlig unrecht hat …« »Reden Sie kein Blech, Mann«, schimpfte Goltz, »sondern finden Sie mir diesen Deters. – Also so ein Unsinn!« Ru_œNYË˜Ê$Ôê£©-UÔ&v˜®¥Pk∑[ﬂ]538{@kdhe*+:$*ÓÉI__ Das fand die Aufsichtsbehörde denn auch und gab es Herbst und der Zeuner, die mit ihm zur Firmenleitung gegangen war, unverblümt zu verstehen. Menschen seien Menschen, Dateien Dateien. »Wenn Sie so weitermachen, können Sie die Versuchsreihen auch gleich stoppen!« Was mir nur im Falle Corinna Frielings nichts ausgemacht hätte, da ihre Behandlung wenig erfolgreich und das in Testung befindliche Medikament wirkungslos war – für unsere Medizin ein wichtiges Ergebnis, für die Avatarin allerdings bitter. Sie verlöre eine Brust, das war nun nicht mehr abzuwenden.

Dass es ausgerechnet sie traf, lag allerdings nicht in meinem Verantwortungsbereich. Vielmehr hatten wir einen … – man durfte das nicht laut sagen, er zöge sofort vors Schiedsgericht; einige unserer Auftraggeber, denen er sich nur zu gerne angedient hatte, waren gewichtige Fürsprecher – … einen sagen wir für Derartiges *präponierten* Mitarbeiter, ich glaube, ich erwähnte ihn bereits. Ein Unternehmen braucht wahrscheinlich jemanden von seiner Disposition, einen, der sich zu jeder Dreckarbeit bereit findet. Er liebte seinen Job und so wurden ihm – bequem war ein solcher Charakter ja schon – auch von uns die Aufgaben übertragen, bei denen jemand aus Anderswelt oder Welt Schaden nahm. Ich hatte ihn, wofür ich mich leider öffentlich entschuldigen musste, eine Zeit lang in Verdacht, an dem Programm des auf Hämoglobin^{Hod} aufgedockten Blutkontaktgifts beteiligt gewesen zu sein, das im Osten durch die Adern einiger Wachschützer floss und bei Berührung durch Gegner aktiv wurde. Die kotzten sich daran wortwörtlich aus; nur wenige, Hundsgötter etwa, waren gegen das Gift immun gewesen. Gefährlich an derartigen Erfindungen ist, dass sich das Gesamtsystem auf ihr Erscheinen sofort einstellt, das heißt, die Folgen auch von Testprogrammen lassen sich nicht mehr rückgängig machen, sondern bestimmen das Gesamtsystem in kaum prognostizierbarer Weise. Die Matrix, die spätestens mit Broglier nun auch uns umschloss, uns, um es im Hackerdeutsch zu sagen, ge*suckt* hatte, ist irreversibel.

9

Es gab in Buenos Aires neun meist in- und miteinander kombinierte Bautypen, nämlich **1** – die Module der Arkologien, **2** – darin und, seit Perfektionierung des Schutzschilds, auch darauf vereinzelte Häuser, deren Erbauer sich alle Freiheiten genommen hatten – so konnte es vorkommen, daß jemand auf einem gründerzeitlichen oder kolonialen Gebäude ein weiteres, meist einfacheres zimmern ließ, vielleicht mit dreivier Räumen, dafür einer ausgedehnten Terrasse, die zwar nur als Spielplatz für die Kinder oder zum Wäschetrocknen oder auch nur als Abstellplatz diente, insgesamt aber die Illusion erzeugte, man stehe im Freien und sei nicht etwa in den Baukasten einbezogen; so etwas war freilich nur dort sinnvoll, wo es noch einige hundert Meter zum Dach des arkologischen Segmentes hinaufging und dieses Dach auch als ein Himmel programmiert war; das Tulsi Terrace im Rione Kobe, wo seit dem unbefugten Eingriff der Hospitantin nun auch in der Anderswelt eine Dunckerstraße lag, ist dafür ein gutes Beispiel, **3** – öffentliche, ebenfalls einzeln stehende Gebäude innerhalb noch nicht durchbauter Arkologien, wo viel Steckplatz freigeblieben war, **4** – Straßenzüge wie in Knightsbridge, ganze Passagen untergegangener Großstädte zitierend, derart detailgetreue Modelle einer sozusagen rückgeträumten Wirklichkeit, daß sich der romantische Eindruck eines gleichermaßen zeitlosen wie -fernen Ortes vermittelte; hier trugen die Porteños gern die überlieferten oder aber besonders futuristische Fantasie-Garderoben; kleine schmucke Häuschen charakterisierten den Bezirk ebenso wie über Hügel gestreute Bürgerburgen, zu denen Terrassen hinaufführten, auf welchen man fußwippend saß, lässig einen Arm über der Balustrade, **5** – wild historisierte, meist ziemlich kitschige Nachbauten alter Baudenkmäler: etwa die mittlerweile von den Myrmidonen in die Luft gejagte Siegessäule, in Manchester der Prado, das in Warschau wiedererrichtete Berliner Schloß, die sebastianischen Katakomben im 11. bis 13. Obergeschoß des Bahnhofs Tōkyo oder die Tennishalle des Mailänder Doms an der Pavelechaja Neu-Isenburgs, **6** – die materiell gänzlich entleerten Vergnügungsparks, in welchen an den Wochenenden Hunderttausende durch holomorphe, sich ständig verändernde Räume flanierten: über die Oberfläche von Zweitmond, aber auch des ersten, ›echten‹, angetan dabei in simulakre Raumanzüge; man erklomm den Gipfel des Mont Blanc und sah nach Pontarlier hinab; die Freizeitler suchten mit Cpt. Smollet, Trelawny und Dr. Livesey Flints vergrabene Dublonen, waren Michael Jackson oder Rita Delaware, wurden von EUROPOL, einer Dependance der SZK, gejagt; vielleicht schlossen sie sich sogar, dieses Rollenspiel war eine Zeitlang heftig umstritten, den Terroristen an, um Axel Schultes Kanzleramt, seinerseits ein architekturtheoretischer Sprengstoff, zu sprengen; sie fuhren Gleiterrennen und nahmen an MassenRaves teil, für welche unterirdische Bunkeranlagen mit Nebeln geflutet wurden, in welchen Tiefseekraken[14] schwammen; sie flogen Kriegseinsätze in Nahost und sammelten Orden für abgeschossene Extremitäten – Islamiköpfe und die Geschlechtsteile von Schwarzen gaben, nach Länge berechnet, sei's der Bärte, sei's des Gliedes, Boni –; sie konnten auf Großwildjagd gehen und die Tour d'Europe gewinnen oder bei Chinesen zur Kaperfahrt anheuern – und für all das mußte man bloß übers leerglatte Crossbar Network schlendern und die Bestrahlung atmen wie Höhenluft; allein die rapide Bewegung der Augäpfel, und eben nicht hinter geschlossenen, sondern über und unter den aufgerissenen Lidern, war ein Indiz für Anstrengung und Trittsicherheit beim Erstersteigen von Bergen;[15] – und dann gab es 7 eine *wirkliche* Invention –: nämlich botanisch von sich verholzenden, auf das kunstfertigste zusammengerankten und immer weiterrankenden Pflanzen iterativ ge-

14 Nicht ohne Grund stellt der Vampyrotheutis infernalis das bekannteste TechnoSignet.

15 Der Unterschied zu den Erlebnissen im heimischen Infoskop, welches ja, entsprechende Kaufkraft vorausgesetzt, ganz dieselben Illusionen zu erzeugen verstand, bestand zum einen im Preis: für 35 € (Kinder von sechs bis vierzehn zahlten bloß ein Drittel) ließen sich auch die exklusivsten Szenarien besuchen, zum anderen aber wurden die Vergnügungsparks deutlich als Gemeinschaftsorte empfunden und von ihren Betreibern (Gmeiner oHG, Scott National Ltd., Sony B.A.) so auch vermarktet.

formte, also potentiell unabgeschlossene Häuser voll vegetabilen Mobiliars, dessen Schubladen sogar funktionierten, was sich von traditionelleren viel seltener behaupten läßt; es gab auch botanische Schließvorrichtungen, in die Blumenstengel gesteckt werden mußten; allein die elektrischen Installationen benötigten anorganische Hardware; doch war auch das nur noch eine Frage der Zeit, Hugues hatte in der Biokybernetik diesbezügliche Fortschritte gemacht. Die Botanoarchitektur war für die Pflänzler von einem Pflänzler (Paul Ch. Böhmer) erfunden, der die Meinung verfocht, sie hätten sich in herkömmlichen Räumen nie recht beheimaten können, aber dann waren ausgerechnet ihnen – jedenfalls ihrer Mehrzahl – die neuen Environments sehr unheimlich, so daß sie den konventionellen Wohnungen, ergo ihren Arbeitsplätzen, im Wortsinn verhaftet blieben – sie wuchsen ja immer irgendwo fest –; vielmehr wurde es unter jungen aufstrebenden Geschäftsmenschen schick, sich in den lebenden Lofts zu Hause zu fühlen, **8** – wenige letzte Repräsentationsbauten multinationaler Unternehmen wie KRUPP und HARRODD's, manche im Rahmen der Aufbauprogramme jenseits des ausgedienten Laserzaunes errichtet, etwa der Shakaden der AWG, und schließlich **9** – die Sakralbauten der durch die Regierung Ungefugger besonders unterstützten Kirchen, doch auch, und in ganz besonderer Schönheit, von Moscheen: die Juma Masjid zählte fraglos zu den wunderbarsten Gebäuden, und Gläubige der islamischen Gemeinde waren die tolerantesten und gelehrtesten Porteños. Ihr Geist kondensierte eine nahezu unerahnte Poesie, vor allem aber baute er. Selbst Christen erlaubten die luftigweißen architektonischen Scheherezaden – in den Souterrains reflektierten grüne Seen sich flirrendstill an den Decken – meditative Besinnung und schenkten ihnen manchmal ein vollkommenes kontemplatives Glück. Ungefugger jedoch, der vielleicht das Aufleben *Jihad!* schreiender Schänder fürchtete, beargwöhnte die Moslems. Vielleicht machte ihm auch weniger eine vermeintliche Allianz mit der… ja war das nun Verwandtschaft? im Osten Angst, als eben das von den Islami vertretene *poetische Moment.* Daß sie, *aslaam*, die eigene Perfektion mit Fehlern konterkarierten, war ihm nahezu widerlich. Außerdem hatte sich der Vorsitzende des Zentralrats Allahs, Mikhael Mustafa Baghat, nachdrücklich für Verständigung mit den Myrmidonen eingesetzt und sie, statt sie zu kriminalisieren, an den Verhandlungstisch holen wollen, bis er eines Tages verschleppt und nach schnell an Goltzen Frostigkeit gescheiterten Ultimaten – bereits Geschichte sein Ausruf, es lasse der Staat sich nicht erpressen – tot aufgefunden worden war. Bestialisches mußte er durchgemacht haben. Er war das erste prominente Opfer der Rebellen, bis dato hatten ihre Aktionen eher versehentlich Todesfälle mit sich gebracht. Nun kannte die terroristisch eskalierende Wut solche Grenzen nicht mehr. Möglicherweise hatten sich neue, radikalere Generationen angeschlossen oder Deidameia konnte ihre unüberschaubar gewordene Truppe nicht länger disziplinieren. Allerdings behauptete sie, ihre Rebellinnen hätten mit Baghats Tod nichts zu tun; und auch eine Schuld an den späteren Exekutionen wurde vermittels kettenbrieflich durchs Web geschickter Proklamationen rigoros bestritten, ja die Morde der Regierung selbst vorgeworfen. Was ungeheuerlich war. Welches Interesse hätte ein demokratisches Staatswesen daran haben sollen, Baghat oder Herrhausen eliminieren zu lassen? Daß, wie Aissa die Wölfin verdächtig gerne agitierte, der myrmidonische Widerstand *poetisch* sei, war jedenfalls an den Haaren herbeigezogen. Borkenbrods Graffiti spielten doch im Grunde gar keine Rolle.

10

Es kostete uns wochenlange Kämpfe und schließlich mich einen kybernetischen Trick, die Exekutierung Brogliers abzuwenden; als nichts anderes hätten wir es empfunden, wäre er gelöscht worden. Nur Lerche, natürlich, fand das Vorhaben *nett*: »Stellen Sie sich doch vor: Wir könnten zusehen, wie er … schwuppdiwupp!« und er schlug erheitert auf den Schreibtisch. »Ausländer raus!«, höhnte er noch.

Man hatte Broglier nämlich wieder ins Amt für Ausländerfragen verbracht, wo er, nachdem die drei Herren ihn vorm LONGHUINOS abgefangen, bereits einige Male verhört worden war. Diemal hatten sie ihn allerdings besonders hilflos wieder auf freien Fuß gesetzt, den er nun endlich ins Aachener Hotel am Marschiertor gestellt, wo ich ihm seinerzeit Quartier verschafft hatte. Abgesehen davon, dass er dachte, »ihr stecktet alle unter einem Leder«, hielt er Garrafff stur weiter für das informatische Rollenspiel, von dem er mir dann im LONGHUINOS erzählte. Im Grunde blieb er amüsiert. Nicht so seine siebenundzwanzig Befrager. Die saßen in ihrer Erklärungsnot wie der Ochs vorm Berg, also dem neuen Tore fest, das die Cyberwelten nicht mehr nur öffnete, sondern neuerdings aus ihnen auch herausführte. »Wieso ist der Avatar nicht gelöscht?!«, tobte Fischer, nachdem Broglier das Vernehmungszimmer im AerobicSchritt verlassen hatte (er habe den Teufel getan, berichtete er, sich seine Bedrückung anmerken zu lassen) und brüllte dem Frageausruf nach: »Das Ding hätte vers c h w i n den müssen … direkt vor unseren Augen! Verbinden Sie mich sofort mit Beelitz!« Die übrigen 26 Vertreter vom Migrations- und Forschungsministerium, der christlichen Kirchen und jüdischen Ökumene, von Parteien Sportverbänden

Universitäten, schwiegen betreten; unter Avataren verstanden sie Sackbahnhöfe. Lerche freilich warf mir, während wir das Geschehen über einen unsrer Screens streamen ließen, einen giftigen Blick zu (»Das waren doch *Sie*!!?«), und Sabine bemerkte trocken, da komme noch was nach, »und sicher, Alban, nichts Gutes«. Darum mochte ich mir einstweilen keine Gedanken machen und tat, ich weiß das sehr wohl, psychodynamisch dasselbe, was Broglier nicht weiter an Dorata denken ließ. Denn wenn auch in Garrafff alles anders war, als er es kannte – oder *einiges*, denn natürlich gab es Übereinstimmungen auch wesentlicher Natur –, so w o l l te Broglier noch über zwei Wochen an seine ziemlich fröhliche Erklärung glauben. Es gefiel ihm einfach zu gut, über Nacht ein neues Leben leben oder, besser noch, vorübergehend in seine alte, wie er lächelnd konzedierte, Lotterexistenz zurückkehren zu können, ohne auf Dorata verzichten zu müssen (hätte er nicht bald Geburtstag? morgen vielleicht? war dies ihr Geschenk?). Vor allem Kleinigkeiten hatten es ihm angetan, liebevolle Spieldetails, zum Beispiel zu telefonieren ohne eine andere Hardware als den eigenen Kopf; mich hingegen irritierte, dass er tatsächlich in Garrafff ein Konto besaß. »Irritiert« ist kein angemessener Ausdruck, vielmehr –

– sie hätten, erklärte Beutlin, die datischen Welten so kalibriert, daß darin nicht nur das Bewußtsein der Versuchspersonen seinen Ort finde, sondern auch große Bereiche des materiellen Sozialsystems, worauf Goltz durchaus nicht bewundernd, nicht einmal respektvoll, sondern mit einem Unbehagen reagierte, das ihn sogar auf ein Argument Beutlins zurückgreifen ließ: was denn mit der leiblichen Präsenz des Ojektes *hier* sei … in der Realität? »Prinzipiell sollte die Originalperson schlafen oder sonstwie in einer Art Koma liegen … an die Infoskope und Simularmaschinerien angeschlossen …« »Prinzipiell?« Beutlin räusperte sich. »Nun«, sagte er, »Deters ja nicht.« Sowieso hätten sie bislang nichts anderes getan, als Bewußtseinsinhalte upzuloaden und sie in die kybernetischen Systeme zu kopieren. Er räusperte sich noch einmal und setzte dann nach: »Soweit die Theorie.« »Also datische Doppelgänger zu schaffen«, so Goltz. Beutlin nickte, schränkte ein, das sei freilich nichts Neues, »wir alle sind längst Text, in buchstäblichem Sinn, und werden von unseren Dienstleistern gelesen... auch von der Polizei«, fügte er, wie zu Goltzens Beruhigung, an. Neu sei, daß sich ein Text selbständig mache und materialisiere. Centaurus A sei, nicht wahr?, ein ziemlich drastisches Vorspiel gewesen –

– machte mir das Magenschmerzen. Im Grunde gab es Anlass zur Panik. Offenbar hatten wir die kybernetischen Welten nicht *geschaffen*, sondern es schien sie immer schon, zugleich und neben der Realität, gegeben zu haben; wir hatten lediglich den – oder einen – Zugangscode gefunden. Theoretisch mussten also auch wir sie betreten und mit ihnen verschmelzen können. Sie integrierten Fremdes unfassbar schnell. Offenbar reagierte der datisch-relative Körper, anders als der medizinisch-objektive, nicht mit Abstoßung, sondern sein Immunsystem baute Eindringlinge bei geschmeidigster Legierung des Gesamtsystems, der Matrix, in sie ein. Das ermöglichte wandernden Avataren, in einer Gastwelt zwanzig Jahre zu verbringen, ohne dass in ihrer jeweiligen Realität mehr als sagen wir zwanzig Minuten vergingen: Eine Tatsache, die frappant den Vorstellungen relativer Zeittheorien ähnelte, –

– ob sich Goltz erinnere? Die infokosmische Reise habe seinerzeit nicht länger als eine Viertelstunde gedauert. »14,31 Minuten sind protokolliert.« »Sie haben ein Gedächtnis!« »Und dennoch – das wollen Sie doch sagen? – war die Mayflower II mehrere hunderttausend Jahre ...« »... mehrere Millionen ...« »... unterwegs.« »Und die infonautische Crew ist real mutiert ... in einem Prozeß, der normalerweise eben diese Millionen Jahre benötigt hätte.« Ja, das habe er sagen wollen –

– und das einzige Leben, das einer hatte, vermehrfachte sich. Gerade weil er dies als Spieleffekt verstand, kam die hübsche

Klonin in Brogliers Gedanken zunehmend weniger vor – ein sowohl der imaginierten wie realen Situation völlig angemessener Reflex. Schließlich hätte er das Kommunikationsnetz bemühen können, wie er nur wollte, der Anschluss einer Dorata Spinnen wäre unbekannt geblieben.[16] Vergeblichkeit durch Lebensfreude zu substituieren war die vielleicht sympathischste, in jedem Fall vitalste Volte John Brogliers; warum nicht, dachte er, ein paar Jahre mehr seinen inneren Cicisbeo ausleben, wenn er am nächsten Morgen Wie-hieß-sie-noch-gleich? sowieso erneut in die Augen schaute?

Freilich hatte der SpielDesigner einige enervierende, in der Anleitung sicher als *Hindernis* bezeichnete Fehler eingebaut. Einen weniger freundlichen Patron als Broglier hätte es rasend gemacht, offenbar nicht die mindesten Bürgerrechte in seinem Exilat zu genießen. Man verfügte einfach über ihn, holte ihn, wenn es den Behörden einfiel, mitten in der Nacht aus dem Bett, schloss ihn in Wahrheitsdetektoren krumm und entzog ihm, was ziemlich peinlich war, Sekrete. Obendrein wurde er ständig mit enorm – er musste wirklich sagen: – schwachsinnigen Fragen konfrontiert.

Erst allmählich wurde ihm klar, in einer Programmschlaufe zu sitzen, aus der man jedenfalls nicht durch Aufwachen hinauskrabbeln konnte; eigentlich konnte man gar nicht hinauskrabbeln. So mußte sich Broglier arrangieren. Er veränderte sich. Und auch meine Modifikationen begannen zu wirken. Wenige Tage nach der als Verhör getarnten FehlExekution war er ein anderer Mensch geworden. Ich hatte nämlich, bevor wir uns im Labor an die Screens setzten und darauf warteten, dass Lerche sein Hen-

16 Deters habe, könnte man denken, m e h r Glück gehabt – bezüglich Clara Wittens bzw. Elena Goltz'. Er dachte aber die Welten fiktiv immer mit und schuf dadurch Realitäten. Broglier kam nicht ein einziges Mal auf den Gedanken, *sich vorzustellen*, Dorata zu treffen. So etwas wäre ihm einfach zu weltfremd gewesen. Also *konnte* er es auch nicht. (Späte Anm. der Fiktionäre.)

kerszeichen erhielt, eine Korrektur an dem Delinquenten vorgenommen, um ihn vom kybernetischen Richtblock zu werfen. Sie sollte wirksam werden in dem Moment, da Lerche auf den DELETE-Knopf drückte. Schließlich wussten wir nicht mit letzter Sicherheit, ob der Befehl gegeben würde. Ich hatte eine Nachtschicht eingelegt und Brogliers in Buenos Aires gebackuptes Charakterprofil moduliert, was sich, da er aus dem System verschwunden war, ziemlich einfach machen ließ, indem ich zum Beispiel seine Geburtsminute vorverlegte, Korrekturen in den Anstellungsverhältnissen seiner Großeltern anbrachte, zwei seiner Schulaufsätze mit drei grammatikalischen Fehlern versah, ihm eine Leidenschaft für Fußball anaddierte, außerdem hatte er nun als Kind nicht seinen Teddy, sondern einen Stoffleoparden geliebt – alles in allem Details, an denen herumzubasteln auch technisch wenig problematisch war. Dennoch konnte niemand, auch ich nicht, wissen, welche Verschiebungen sich daraus ergäben – ein großer Vorteil, da sich nicht auf ihre Ursache zurückschließen ließ. Zur Vorsicht hatte ich dennoch meinen EVIDENCE ELEMINATOR[17] über Buenos Aires' Speichermedien laufen lassen. Jedenfalls verrückten meine Eingriffe, wie akzidenziell sie auch waren, den Mann so sehr, dass er gar nicht mehr derjenige war, den Dr. Lerche dann tatsächlich vermittels Knopfdrucks auslöschen wollte; er mochte drücken, so oft er wollte, und er t a t es oft und zunehmend fluchend – »Scheißding! Das Scheißding hakt!« –, er erreichte nicht mehr als ständige Popups der Systemfehlermeldung FILE DOES NOT EXIST, die er zu seinem Ärger noch jedes Mal wegklicken musste, woraufhin sofort das nächste Fenster poppte: ein kleiner triumphaler Scherz meinerseits.

Der schäumende Spürhund schleuderte, noch während er drückte und klickte und drückte, auf seinem Drehsessel herum und zischte: »Das waren doch *Sie*!!?« Es war ein ziemlicher Ge-

17 http://www.evidence-eliminator.com/

nuss, darauf überhaupt nicht zu reagieren. Besonders aber, nach all den Jahren Buhlerei um Sabine, ganz unvermutet ihre Hand in meinem Nacken zu spüren, wo sie drei Finger spielen ließ – nicht nur kurz, nein, eine endlose, endlos selige Minute der Anerkennung lang. Derweil rasten Lerches Fingerspitzen weiter übers Keyboard und versuchten, eine alte Spur Brogliers zu reloaden. »Warte, Bürschchen, ich krieg dich, ich kill dich, darauf kannste Gift nehmen!«

Die 27 Herren, auch nicht Fischer, hatten nicht bemerkt, was und überhaupt d a s s etwas den zur Exekution geladenen Broglier von dem unterschied, der im Moment der Exekution vor ihnen einfach sitzen blieb, wo und wie er saß. Auch er selbst habe, erzählte er im LONGHUINOS, anfangs keine innere Veränderung gespürt. Doch als ich ihn in Margaos berühmter *tasca* wiedertraf – um es nicht allzu auffällig zu machen, erst eine oder zwei Wochen später, ich weiß nicht mehr, es könnten auch drei Wochen oder nur anderthalb Tage gewesen sein, denn d i e se Zeit gehörte Sabine –, war sie unübersehbar. Er war beim Friseur gewesen und hatte sein Haar blondieren lassen, trug es erstaunlich kurz. Dass er sich von diesem Pferdeschwanz hatte trennen können, um dessen schwarze Seidigkeit er von den Frauen beneidet und geliebt worden war! Er hatte obendrein einen, ebenfalls blondierten, Schnurrbart, was ein bisschen schwul aussah, und rechts überm Auge lief jetzt eine kleinfingerlange Narbe, die von einer alten, offenbar schlecht vernähten Wunde stammte. Glasunfall, dachte ich, durch eine Scheibe gefallen. Aber nicht diese Äußerlichkeiten machten ihn mir fremd, sondern dass er sich gehen ließ. Er klagte. Klagte übers Älterwerden, klagte über unbestimmte Schmerzen im Rücken, »vielleicht neuronal«, und dass er seinen rechten Fuß nicht mehr heben könne. Von dieser so genannten Hebeschwäche kam er wochenlang nicht weg, konsultierte Ärzte oder wollte sie konsultiert haben, ich durchschaute das nicht. Er rief die neuen Freundinnen, die zu erobern er nach wie vor keine

Schwierigkeit hatte, täglich um pflegerischen Beistand an. Und er stotterte. Nicht sehr, aber doch genug, um einen linkischen Eindruck zu machen. Die Frauen fanden nun das, zu seinem eigenen Unbehagen, »einfach süüüß!«. Nach langen Gesprächen im LONGHUINOS bei CashewFenny und unzähligen von ihm verzehrten Chinese Spring Rolls – nirgends sind sie so gut wie hier – gestand er mir ein für ihn gänzlich neues Gefühl: Sehnsucht. Ja, er sehne sich, aber er wisse nicht, das sei sein Problem, wonach. Ich ahnte es natürlich, aber was wäre damit gewonnen gewesen, ihn an Dorata zu erinnern? Immerhin schien die nervige Sache mit der Fußhebeschwäche ausgestanden zu sein; jedenfalls erwähnte er sie nicht wieder und humpelte auch nicht mehr so demonstrativ. Doch sein von mir so genanntes Urvertrauen, welches mir bei unserer ersten Begegnung entgegengesprungen war, hatte er eingebüßt. Ein paar Wochen später – innerlich hatte ich längst Abschied von Garrafff genommen – fasste er mich, wie damals ich ihn, am Ärmel, beugte sich vor und forderte, doch schrecklich larmoyant, wobei er mir Fennydunst ins Gesicht blies: »Erzähl mir von Zuhause. Wie sieht es aus in Buenos Aires? War ich ein hübscher Junge? Oder nein! Nein! Bitte nimm mich mal mit in dein Labor«, leiser werdend, fast verhauchend: »damit ich *selbst* hineinschauen kann«. Er sah Mitleid erregend aus, rasierte sich nur schlecht, trug verschlissene Anzüge und roch nach altem Mann. Nachdem er das Glas gestürzt hatte, rappelte er sich auf und wurde momentlang klar: »Manchmal frage ich mich, ob du mich nicht besser hättest löschen lassen sollen. Was bin ich denn hier? Ein Jammerlappen.« – Er hatte völlig Recht.

11

Ich sollte vielleicht etwas mehr auf Lerche eingehen. Und ein paar Worte zu Sabine sagen –

– Sabine Zeuner, spezifizierte Beutlin und erklärte nicht mehr Goltz, sondern den wenigen Studenten, die ihr Interesse an der Verschränkung von Kybernetik, Technologie, Psychologie und, in den Worten Gustave Morets, des Dekans, *objektiver Fantastik* bekundet hatten, daß es sich also bei diesem Lerche um einen Scherz seinerseits gehandelt habe und natürlich auch weiterhin handle, einen, wie er zugebe, üblen, freilich bloß nominalen Spaß, aber da der Mann längst verschieden sei ... Lerche sei in den sechziger Jahren Herbsts, des Autors, Lateinlehrer gewesen –

– »... nicht etwa meiner«, erklärte ich im Longhuinos Broglier –

– Auf eine Frage aus dem Plenum: »Neinnein, des Zwanzigsten Jahrhunderts ... in Braunschweig ...« –

– »...er meinte natürlich«, sagte ich, »das *Erde* oder *Welt* genannte System.« Broglier schwieg und sog, denn neuerdings rauchte er, an einer der verbotenen Zigarren. Ich hatte ein paar Stunden vorher durchaus nicht ohne einen kleinen Schrecken registriert, nun selbst, freilich im Gewand der erfundenen Biografie, Objekt eines Rollenspiels zu sein. Wie Beutlin dieses irdischen Lerches Genese beschrieb, war allerdings nicht witzlos; ich hätte meinen Kollegen in diesem Moment gern bei mir sitzen gehabt und genossen, wie man ihn als für intellektuellen Sadismus bekannt bezeichnen durfte, ohne juristische Konsequenzen fürchten zu müssen; *der Kollege* Lerche konnte ja schlecht gegen ein Programm Strafanzeige erstatten. Es war aber gerade nicht seine Schicht. Der *Lehrer Lerche* sei stets in Knickerbocker und hirschhornknopfbesetzten Jacketts erschienen, habe eine dünne Nickelbrille getragen, einen Renault gefahren und alles Schwache verachtet. Renault fuhr *unser* Lerche freilich auch –

– Da sei Herbst fünfzehn gewesen? »Nein, dreizehn / vierzehn.« –

– Während der Sommerferien sei ein Trupp Schüler ins Gymnasium eingebrochen, erzählte ich Broglier, was Beutlin erzählt hatte, »in die naturwissenschaftliche Gaußschule am Löwenwall«, habe die Schlüssellöcher sämtlicher Zimmer, aber auch die des Direktors und Lehrpersonals mit schnellbindendem Zement versiegelt und auf allen vier Stockwerken riesige Graffiti angebracht –

– »... von denen sich möglicherweise Borkenbrods poetische Neigung herleitet«, hätte Deters erklären können, obwohl Broglier den Myrmidonen nicht namentlich kannte, nur gelegentlich ein paar Gedichte an den Arkologiewänden hatte prangen sehen; Aissa die Wölfin und Aissa der Barde *waren* ihm selbstverständlich Begriff –

– ich fügte lächelnd an: »... wenn Beutlin da Recht hat mit mir«. Also einer der Slogans habe sehr zutreffend gelautet:

> DR. LERCHE – ALS MENSCH ZU SCHLECHT,
> ALS SCHWEIN ZU KLEINE OHREN

Dieser mein Kollege nun, nicht der sadistische Pädagoge, übernahm bei uns die Schmutzaufträge. Mit Vorliebe injizierte er Krankheiten und suchte sich dafür in irgendeiner Weise vom Glück begünstigte Leute aus, sei es, dass sie schön, sei es, dass sie gütig oder mit einem besonderen Talent ausgestattet waren oder sogar eine Kombination solcher Privilegien genossen. Corinna Frieling hatte er aber wohl meinetwegen auf dem Kieker gehabt. Er wusste, dass ich sie schätzte und sah mit umso kindlicherer Freude zu, wie sie einging –

– An ihm, so Beutlin weiter, lasse sich gut studieren, wie umstandslos die akademische Gesellschaft sich in totalitäre Systeme einbinden lasse. Von Gleichschaltung zu sprechen, sei mithin unrealistisch. Er, Beutlin, versichere den Studierenden, daß Lerches Charakterprofil durchaus nicht so programmiert worden sei – er habe dem Avatar nur *den Namen* Lerche gegeben –, sondern der Mann habe sich selbstregulativ aus den Systemparametern entwickelt. »Sie begreifen gewiß, daß das nicht unbedingt angenehme juridische Schlüsse erzwingt.« –

– »Seit Wochen treibt mich eine Frage um«, setzte Broglier ganz unvermittelt meiner Erzählung entgegen oder leuchtete die Fragestellung, um die es mir ging, von anderer Perspektive her aus, »nämlich was wir eigentlich sind. Ich bin immer davon ausgegangen, eine prinzipiell andere Existenz zu haben ... eine, wenn du das verstehst ...«, er nippte von seinem Fenny, »... w e s e n t - lichere, körperliche ...« »Du hältst den Körper für wesenhaft?« »Ich glaube, ja.« »Soll ich dir etwas verraten?« Er hob eine müde Braue. »Ich auch.« Wir lachten, er mit der ihm neuerdings sowieso eigenen Skepsis, aber auch ich halb besorgt – indes nicht eigentlich mehr seinetwegen. Freilich stand er nach wie vor unter wenn auch diskreter Bewachung, aber konventionell *erledigen*, um es im Jargon zu sagen, wollte man ihn denn doch nicht. Sondern meine Bedenken rührten aus dem zunehmend deutlicher werdenden Verdacht, daß auch Garrafff Lappenschleusen kannte; möglicherweise bedurfte es gar nicht meiner CYBERGEN, um zwischen den Welten zu surfen. Mir kam überdies der Gedanke, daß das LONGHUINOS unsere Entsprechung von SAMHAIN und SILBERSTEIN war. Dann wäre es für Broglier ein einfaches gewesen, zurück zu seiner Dorata zu finden, er hätte bloß, statt durch die verglasten Flügeltüren auf die Narodní hinauszutreten, in einem bestimmten Winkel durchs Fenster links daneben springen – oder fallen – müssen, um sozusagen auf dem Schoß seiner Braut zu landen. Natürlich war das nur eine Idee; ich kannte die genaue Stelle nicht, wenn es sie in Margao denn gab. Ich spürte bloß vom Fenster her etwas Fremdes, ungefähr so, wie man merkt, hinter dir starrt dich einer an, aber wenn du dich umdrehst, steht da niemand. »Theoretisch müsste mir«, sagte ich, »ganz dasselbe passieren können wie dir.« »Dass du nach Buenos Aires kommst?« »Oder auf die Erde ins… sagen wir: alte Europa.« »Dann will ich nur hoffen, du findest einen so freundlichen Vergil, wie ich ihn zur Seite habe und, Alban«, er legte seine linke Hand auf meine rechte, »nicht mehr missen möchte.«

12

Nun aber zur Zeuner, nun zu Sabine.

Ich war in sie verliebt seit unserer ersten Begegnung. Natürlich hatte ich sie deshalb zu Elena Jaspers' Prototypin gemacht –

– Herbst könne nicht wissen, so Beutlin zu Goltz, als jener einmal nicht vor dem Screen saß und das also nicht mitbekam, »daß Elena Jaspers *ihr* Prototyp ist« –

– als meine Vorgesetzte war sie ansonsten selbstverständlich tabu: Don't fuck your company. In der Anderswelt hingegen durfte ich mich an ihr schadlos, also Deters sich schadlos halten *lassen* für mich. Was ich weder heimlich tun konnte noch wollte. Sabine, die alle Programme supervidierte, bekam die Simulation auf dem projizierten Präsentierteller serviert. Freilich fürchtete ich ihre Reaktion anfangs ein wenig, sie hätte mir ja auch den Stuhl vor die Tür setzen können; immerhin war ich noch in der – auf ein Jahr bemessenen – Probezeit gewesen. Doch zeigte sie sich hochamüsiert. Ich hatte sogar den Eindruck, die Sache kitzle sie mehr, als sie zeigen wollte. Allzuoft erkundigte sie sich in wenn auch ironischem Ton, wann denn nun Deters einmal einen *richtigen* Angriff starte; manchmal – ihre für Männer wohl eindrücklichste Geste – strich sie sich über das anthrazitschimmernde Nylon ihres linken Oberschenkels dabei –

– wiederum Deters hätte, in dieser Dunckerstraße, kommentieren können, weder die Zeuner sei Prototypin der Goltz, noch diese die jener, vielmehr habe Clara Witten den beiden Aussehen und auch ein wenig Persönlichkeit verliehen; er war immerhin der einzige, der die Schnittstellen unmittelbar sinnlich erfuhr, indem er Zeitenbrüche und Weltenwechsel bewußt in Gang setzte, wenn auch nicht mehr vollkommen freiwillig –

– des schönsten der Welt. Vielleicht machte ich die Goltz, als sie noch Jaspers hieß, ausschließlich ihrer Beine wegen zu Deters' Geliebter; m e i n e Art zu werben: der ein bisschen linkische, mag man denken, ich aber meine: adäquate Minnedienst des Kybernetikers. Wenn sie nun auch ... um einmal zu sagen: *mitmachte*, eine reale Näherung hatte sie, bis sie mich so streichelte, in keinem Moment ermuntert und ich mich ja ebenfalls zurückgehalten. Deshalb war ich so angenehm überrascht. Na gut, einmal vorher hatte ich dem Schicksal schon einen Schubs zu geben versucht, als sie nämlich wieder einmal, ohne gleich von mir bemerkt zu werden, mit einer Tasse Kaffee mitten in die Schadowstraße hinein und durch deren Häuser trat. Ich hielt sie, bis sie den Kaffee auf die Konsole nebens Keyboard stellte, erst für eine avatare Passantin. Sie klopfte ja nie. Uns allen, seit wir an diesen Welten bastelten, ist die Trennung von Räumen zunehmend bedeutungslos geworden. Wann immer man den Touchball bewegte, schwebten Häuser Straßen Passanten durch uns hindurch. Anfangs hatte ich oft den Eindruck, in einem fahrenden, jedoch unsichtbaren Zugcompartment zu sitzen.

Sie, indem sie ihren Kopf schräg legte: »Er sieht sehr mitgenommen aus.« Ich ahnte, sie hätte ihn gerne berührt, was schmeichelhaft für mich gewesen wäre; immerhin war er nach mir designt. »Und du bist dir sicher, dass er uns nicht sehen kann?« Sie fragte das beinah jedes Mal, als schlummerte tief unter ihrer Professionalität ein kindlicher Aberglaube. Nüchterner, ihr war wohl mein Aufmerken peinlich: »An Elenas Stelle hätte ich ihn längst vernascht.« Ich lächelte und wagte es: »Nimm *mich.*« Sie musste lachen. »Wir sind doch völlig identisch.« »Seid ihr nicht. Du siehst ihm nur sehr ähnlich.« »Er *mir*!« Sie, mit spöttischem Nachdruck: »... außerdem sind wir im Dienst.« »Nachher?« »Das möchtest du gerne!« »Ja sicher.« »Darauf kommt es nicht an. Und außerdem: Behauptest du nicht immer, die Anderswelt sei intelligent? Und hat sie's nicht mit deinem Freund Broglier jetzt bewiesen?« Noch hatte er nicht im Exekutionsraum gesessen, noch ich ihn nicht manipuliert und also hatten noch ihre Finger nicht in meinem Nacken gespielt. »Ja und?« »Vielleicht will ich mich nicht in Gefahr begeben.« »Das verstehe ich nicht.« »Deters könnte seinen Vater töten wollen.« »Bitte?« »Dich. Seinen Programmierer.« Ich lachte auf. »Das wirst du doch zugeben«, setzte sie nach, »dass alles das für ihn ein wenigstens drei Mal verwickelter Ödipus ist. Und dass man sich als Frau in solche Komplexitäten besser nicht einmischt. Mir wären schon Schwiegereltern zu viel!«

Und dann spielten ihre Finger in meinem Nacken.

»Wie ist's: Lädst du mich heute Abend in die Maaschanz ein?« Darunter tat sie's nicht, das war klar. Als ich bei Cybergen eingestellt wurde, hatte sie bereits die Entwicklungsabteilung datischer Lebensformen zwei Jahre lang geleitet und schien erst gar nicht so erbaut gewesen zu sein, das creative team über ihren Kopf hinweg umbesetzen zu lassen. Doch war ihr schnell klar zu machen gewesen, dass es mir, anders als Lerche und ihr, auf Karriere nicht ankam. Sie musste wirklich keinen neuen Konkurrenten fürchten. Was sollte ich mit einer Wohnung auf Ibiza? Ich hatte in den kybernetischen Räumen *Welten* gesehen ... ships on fire off the shoulder of Orion ... C-beams glitter in the darkness ... – Und dass ich nach ihr eine Avatarin formte, die in Buenos Aires eine der entschiedensten Karrieren machte, nahm sie bald für mich ein. Das gab sie mir in der Maaschanz zu. Doch da hatten mich bereits ihre kraulenden Finger weitergehender bestätigt, als jedes Mundbekenntnis – na ja: … *fast* jedes – hätte können.

Das elsässische Restaurant lag etwas versteckt in einer schräg nordöstlich vom Sachsenhäuser Ufer abgehenden Seitengasse und Bruno (Brü-nò), der es leitete, war ein enger Freund Susanna Kalbs, mit der ich zu Anfang meiner Studienjahre zusammengewohnt hatte. Nicht lange allerdings, denn erst hatte sich Birgitt Meseck-Selchow über mein Leben gestülpt, dann … dann tŸÚ» Rmp§.Õ«Ch'uÑL)Hì3Í\ AUFSCHUSS VON SCHMERZ (*_ÿéõÉi%o@$^¤°_@6"_KoN-îá »Was ist denn … los?!« Goltz schrie das fast und schlug, der Grelle wegen, die aus dem Screen hervorbrach, beide Hände vors Gesicht. Auch Beutlin riß sein Antlitz zur Seite.

Nach ein paar Sekunden: »Er hat etwas vergessen.«

»Du meine Güte!«

»Ja, es tut weh. Tut mir leid.«

»Können Sie rekonstruieren, was es tŸÚ»Rmp§.Õ«ŒmCh'_«uÑL,»)Hì6 3∑Í\ dir nicht gut?«

Sabine war über mich gebeugt, sehr ängstlich, wirklich sehr ängstlich.

Was hatte sie denn? – Doch war es sehr angenehm, sie und ihr ArmaniTuch derart besorgt um mich zu finden. Deshalb spielte ich meine plötzliche Schwäche ein wenig weiter. Dann, indem ich quasi heraufschaute, den Kopf schräg legte und so gewinnend zu lächeln versuchte wie möglich: »Zieh deinen BH aus.«

»Wie bitte?«: fast schockiert, aber ich merkte: angeregt. Sie fing sogar, ich wusste nicht, ob ihr das klar war, an der doppelten Knopfleiste ihres beigen Kostüms herumzuspielen an.

»Du k e n n s t das Spiel.« Plötzlich war ich Deters … wie seltsam …! – und sie wirklich Elena Goltz. Nur dass sie keinen Spitzenbody trug.

Sie fasste sich, lächelte nun auch und bemerkte in gänzlich anderem, aufregend sicherem Ton: wie schade, dass sie keinen Markus Goltz zur Seite habe, der mich gefährde, sondern bloß eine Frau sei, der es gefalle, jetzt gleich und den ganzen Abend lang und wahrscheinlich auch noch nachts, bis morgen früh, »wenn wir das alles wieder vergessen wollen«, etwas zu tun, worauf der Mann, den *sie* verführen wolle, nicht nur Lust, sondern worauf er so lange so tapfer gewartet habe. Und ging zur Toilette.

Als sie zurückkam –

tatsächlich.

... die Unendlichkeit.

Wir sind Weichtiere, die derart komplex sind, daß sie sich gezwungen sehen, zu Weichtierstrategien zu greifen und immaterielle Kunst auszubilden. Unser Interesse an Objekten beginnt zu schrumpfen, wir sind dabei, Medien herzustellen, durch welche hindurch wir menschliche Gehirne vergewaltigen, um sie zum Speichern immaterieller Informationen zu zwingen. Wir bilden Chromatophora aus (...), mit deren Hilfe die Sender die Empfänger lügnerisch verführen – eine Strategie, die in Zukunft zweifellos »Kunst« genannt werden wird (falls man nicht entscheiden wird, diesen Begriff aufzugeben).
Angesichts der heranbrechenden Zukunft ist jede Verherrlichung der Kunst, des Künstlichen, des Kunstbegriffs, kurz: der verführerischen Strategie fehl am Platz. Es wäre eine Verherrlichung des Vampyrotheutis. Und doch: Als Tiere, die ihre Tierheit überwunden haben (oder meinen, sie überwinden zu sollen), müssen wir uns ebenso wie Vampyrotheutis an der Unsterblichkeit im anderen engagieren. (...) Wir werden zusehends vampyrotheutischer.

Flusser/Bec

Legz Diamond's Handzettel

1

Deters hatte fest, sehr tief geschlafen. Und tief, sehr fest geträumt. Das ist, wie Paglia notiert, heidnisches Kino, denn Worte würden behandelt wie Dinge – wie Verhältnisse, könnte hier hinzugefügt werden, wie Verhängnisse sogar. Mehrmals war er durch seine Wohnung geschritten. Es gab erstaunliche Dinge darin. Weder blieb ihm die englische Erstübersetzung der »Divina« verborgen

(Henry Boyd, 1802), noch gleich rechts am Eingang zum Flur, wo früher die High-End-Anlage ihren Platz gefunden hatte, ein für die kleine Wohnung geradezu monströser Anselm Kiefer, **»Der verschwundene Tag«**, vor welchem auf einem Podestchen ein neonfarben irisierender Kasten stand, den ein Interface mit einem Kopfset verband. Daneben, unter der Decke aufgehängt, ein freischwingender Sitz aus engmaschig verknüpften Verlängerungskabeln. Der Kohleofen fehlte heute ebenso wie das Katzenpaar. Außerdem gab es keine Küche mehr. Die Wand zum Schreibtisch war durchbrochen, um Platz für eine Sitzgruppe zu schaffen, deretwegen im Grunde gar nichts mehr nach Daheim roch; vielmehr schien die Wohnung ein Büro mit angeschlossener Konferenzecke zu sein.

Somnische Hyperbolie, gewiß ... dennoch war Deters klar, kaum blinzelte er ins schmale Tageslicht, das sich durch die Rollospalten hereinquetschte, er sei tatsächlich nicht daheim. Er hatte geträumt, ja, aber die Wahrheit. Und war dennoch heimgekommen, war wirklich, in des Wortes emphatischer Bedeutung, mit dem ICE von Hannover nach Berlin gefahren, hatte vorher wirklich Clara Witten getroffen, am Bahnhof Zoo wirklich die SBahn genommen, war wirklich am Hackeschen Markt, der wirklich Hackescher Markt gewesen, in die Tram eingestiegen, die ihn wirklich zur Fröbelstraße gebracht, von wo aus er wirklich zu Fuß und so weiter. Der Schlüssel hatte gepaßt. Alles hatte da noch ›gestimmt‹. Er hatte den Anorak an den Haken gehängt und sich, nachdem die endlich erwachten Kater versorgt und die paar cl verkostet worden waren, auf die Bettcouch geworfen. Schon hatten ihm, irgendwo in Südeuropa, die absonderlichen Laboranten einer bizarren Fabrik Duftproben abgestrichen, als hätten sie wie Anna Raguza, von der Gaddis berichtet, Sünder an ihrem Körpergeruch erkannt. Aus den daraufhin durchgeführten Widerspruchsversuchen erwachte er nicht, sondern er floh sie im ersten glücklichen Moment, den seine Peiniger unaufmerksam waren –

und erwachte in dieser ihm total fremden Dunckerstraße 68, Q3. Es war noch nicht vorbei. Er hatte bloß eine wiederneue Schleife betreten: Immer noch war der erste November.

Neun Uhr.

Das Telephon klingelte. Katharina war dran. Ob er am Donnerstag, ja, dem achten, mit zu Sombart wolle. »Katharina«, fragte ich, »Katharina Hacker?« Welchen Tag wir heute hätten. Selbstverständlich, ja: und das Jahr? Katharina war Galeristin für holographische Kunst. Schrecklicherweise fiel mir das ein, als ich den Hörer noch in der Hand hielt und mich zugleich fragte: wieso *Hörer*? Man telephonierte längst von Kopf zu Kopf. Ich hieb das Ding auf die Schreibtischplatte, und Katharina, ans technisch Verlorene gekabelt, schrie auf. – »Scheiße! Scheiße!« rief ich und sagte dann verhalten wieder ins Telephon: »'tschuldigung, mir ist der Hörer runtergefallen.« »Gott, hat das weh getan!« »Tut mir leid, wirklich.« Sie war akustisch ziemlich sensibel. Schon deshalb sagte ich ihr zu, wenngleich ich mir keineswegs sicher war, ob ich sie nicht versetzen müßte, wenn ich sowieso aus diesem ersten November nicht mehr herauskam. Ich ging ins Bad, um Wasser für Kaffee zu holen, irrstes Gerümpel verstopfte die Duschzelle. Schaltete den Wasserkocher an, fand gefriergetrockneten Kaffee in dem neuen Schränkchen links an der Wand bei der Sitzgruppe, und während mich das leise Bullern und schließlich Geblubber einigermaßen beruhigte, durchforstete ich meinen Filofax, worin heute viele unbekannte, aber auch einige der bekannten Namen standen. Ich rief Ulli an, die Sekretärin eines Wettbüros meldete sich. Ich legte auf. Rief Andreas an in Hannover, aber sein Anrufbeantworter behauptete, er sei verreist, und zwar bereits seit dem 10. Oktober; sein Handy war auf Mailbox gestellt. Ich rief Gregor an, erst in der Kanzlei, dann ebenfalls übers Handy. »Spinnst du?!« Ob ich wisse, wie spät das sei?!! – Es war halb sieben. Unmöglich, eben war es neun gewesen! »Verzeihung, aber ...« Ich möge es bitte noch einmal in drei Stunden versuchen. Ich rief meine Mutter an, die war ab sechs immer auf. Ging auch ans Telephon. »Du schon, Junge?« Ob ihr etwas Verdächtiges aufgefallen sei. »Es ist Sommer, oder?« »Sommer?« Ich legte auch diesmal einfach auf. Deters löffelte Nescafé in die Tasse, schüttete Wasser zu, rührte, nippte, verbrühte sich die Lippen. Der Schmerz war angenehm weltlich, aber warum schmeckte das so furchtbar nach Chlor? Dann ging er seine Zähne putzen. Während ich mich ankleidete und mir ganz bewußt Zeit ließ für die Wahl der Krawatte, wurde es hell: die Lichtstreifen leuchteten intensiv durch die Rollos. Ich ließe sie eigentlich nie herab. Zog das erste hoch. Das gab es doch nicht! Kein graues Hinterhaus mehr, nicht mehr der verwahrloste, mit rostigen Fahrrädern zugestellte hintere Osthof, 50er-Jahre-Gartenstühlen, Sandkasten und sommers in prachtvollem lappigem Grün stehendem Flieder, sondern zweiter Hinterhof zwar wirklich, auch so schmal wie einst, aber das angrenzende Gebäude langte weit über Sichthöhe hinauf, Tausende Fenster, Erkerchen aus Glas und protzendem Gold, bizarre oberschenkeldicke Leitungen auf der gesamten Fassade, Netze, flüssige Netzwerke bildend, denn irgend etwas floß in den Plexiglasrohren, das erkannte man deutlich, derart bunt war es und reichte links und rechts mit seinem Untergrund in jede Ferne. Selbst wenn ich, mich schräg auf die Fensterbank stützend, den Kopf in den Nacken drückte, konnte ich keinen Himmel sehen, nur immer kilometerhoch Fenster und Rohre und weitere Fenster, dabei keineswegs normierte, sondern asymmetrisch eckige, verzerrt ovale, schießschartendünne, vor denen ich mich, dachte ich, besser in acht nahm, dann wieder enorme Glasfronten, selbst in den Vertikalen gegeneinander verschoben. Das wirkte von hier drüben nicht wie Installationen, sondern ähnelte arabischen Schrift- und Zeichenmustern: es hätte aus ein wenig größerer Entfernung möglicherweise etwas von einem Mandala gehabt. Wirklich war das Muster bereits im nächsten Moment in ein anderes, auch andersfarbiges kaleidoskopartig weggekippt.

Ich rieb meine Augen, das Muster war wiederum neu. Das war aber noch nichts im Vergleich zu dem baffen Schrecken, der mich durchfuhr, als ich auch das zweite Rollo hochzog. Hier nämlich fiel mein Blick fünfzehn Etagen hinab auf eine langgestreckte, quirlige, vor allem – aber das hörte ich erst, als das Rollo ganz oben war – lärmige und obendrein hitzegeschundene Straße; völlig berlinfernes Chaos, hundert Meter weg eine Kreuzung umbraust von Verkehr, alte verblechte Karosserien GOODS CARRIER, Kulis sogar, die dreimeterlange Karren zogen. Den Bordstein säumten am Boden sitzende Händler, Gemüse darbietend, billige Klamotten, Zeitungen. Stadt der Tentakeln an den Wänden Kamatipuras. Es war der Blick aus Els' Wohnzimmer … unser beider Wohnzimmer … so daß Deters entsetzt zum dritten Fenster rannte (*¡rannte!*: auf zweieinhalb Metern!!, also er *sprang*), dem in der alten Küche, die nun nicht mehr Küche war. Von dort sah er auf rohe Zement- und verwaschene Kolonialhäuser hinüber. Bunte Vogelscharen kleiner Papierdrachen flatterten von den Dächern auf. Ferne die Docks, ein Haus fuhr durch den Hintergrund, man sah nur den Schornstein, schräge breite Streifen daran, und einen gemächlich gleitenden Kranaufbau. Das Frachtschiff schob sich höhnisch langsam hinter dem Horizont roter Dachpfannen und weißgrau planer Obergeschosse vorbei. Entfernt, mitten in dem Ziegel- und Zementmeer, leuchtete ein rotes Christenkreuz. Gegenüber war auf dem alten englischen TULSI TERRACE ein weiteres, kleineres Ziegelhaus errichtet, eine Wassertonne rechts sowie eine unter der Last von Weißwäsche durchhängende Leine. Türen und Fenster standen offen, so daß ich die Bewohner aufwachen sah, wie erst die Alte, im losen Sari, hinaustrat, rülpste, über die Terrasse spuckte und sich am Hintern kratzte. Drinnen wurden die Kinder wach, zu dritt hingen sie über der Brüstung, putzten ihre Zähne und spuckten den Schaum hinunter auf die Straße. Dann trat offenbar der Großvater heraus. Er streute Krumen auf die kleine Mauer, die, höher als diese, die Brüstung fortsetzte, über welcher noch die Kinder hingen. Nahbei warteten Krähen.

Mich irritierte besonders, daß es von diesem Fenster fünf Etagen zur Straße waren, während die beiden anderen meine Wohnung im dritten bzw. fünfzehnten Stock situierten. Nun konnten aber ja sowieso die Aussichten, deren Sichtkegel sich notwendig überschnitten, nicht zugleich stimmen. Es mußte sich um Projektionen handeln – etwas, das mir hätte bekannt sein müssen, dachte ich, aber Deters war noch nicht helle genug, zumal sich die Panoramen selbst dann erhielten, wenn ich die Fenster nacheinander öffnete. Sogar die hereinwehenden Gerüche unterschieden sich und die Kälte- bzw. Wärmegrade. Zudem konnte ich, wenn ich mich weit genug hinausbeugte, von dem einen Fenster außen herum ins andere fassen. So blieb eigentlich nur die Erklärung, daß sich jeder Ausblick *in mir* erzeugte, daß ich selbst es war, der die Ansichten aus sich herauswarf.

Deters war viel zu konfus, um einen wirklichen Schrecken zuzulassen. Seine Neurologie schaltete in spontaner Notwehr erst auf Distanz, dann Interesse. Er müsse sich das *direkt* ansehen, dachte er, doch an der Wohnungstür zögerte er. War es nicht möglich, daß die Illusionen, hätte er erst einmal den Hausflur betreten, wieder verschwanden, doch mit ihnen seine Wohnung auch?

Der fette Qualm aus der Hofeinfahrt neben dem Oren, Bereitschaftswagen des ArbeiterSamariterBundes – blitzflächig in Technicolor und Kondensnebel gewoben.

Der alte, hinlänglich und beruhigend bekannte Hausflur. Allerdings war er renoviert. Doch der Blick aus dem schmalen Fenster halbstocks stimmte. Eine Spur legen? Deters war so besorgt, seine Dunckerstraße wieder zu verlieren, daß ihm der Gedanke gar nicht kam, wie irre ein Mieter wirken muß, der von seiner Wohnung das ganze Treppenhaus runter und auch draußen, auf dem Hof noch, eine Schnur von der Spule rollt, links am Kellereingang die Hauswand lang, mitten in Ostberlin, [betula pendula Roth], bislang war das hier draußen alles Prenzlauer Berg, und immer weiter gefädelt an den Durchgang zum zweiten Hinterhof heran, ihn durchschritten, die hintere Pforte geschlossen, er zog eine der schweren Türseiten auf und stand, staunend, beklemmt, vor der unabsehbar hohen, flirrenden Arkologie. In Himmelsfernen jagten flächige Lichtspuren und fingernagelgroß die Gleiter, schnellschwirrend zielstrebige Kondensfährten, die sich, zwanghafte Vögel *traffic jam*, durchs schmutzige Weiß der Hodnakuppel frästen. Was nicht sein konnte, weil unter ihr das Europäische Dach eingezogen war. Dennoch ließen sich, durch die Entfernung gefiltert, schwirrende Surr- und Hupgeräusche vernehmen, die allerdings ein wenig zu langsam auf Deters herabschneiten. Wie weit es wirklich hochging, ließ sich schwer sagen: einen, zwei Kilometer? Und einen, zwei Kilometer die Arkologiewand hinauf Tausende Fenster und Tausende ineinander verknüpfte und sich ständig neu verknüpfende Röhren. Ebenerdig, also auf dem Hinterhof, der sich als solchen nun nicht mehr bezeichnen ließ, sondern es war der mit Bänken und Müllbehältern und aus Beton gegossenen Pflanzenbehältern vollgestellte Grund eines keine fünfundzwanzig Meter breiten, jedoch nahezu endlosen Schachts, lag Kinderspielzeug vor Eingangstüren herum, Hunderte gab es davon, alptraumhaft gleichgebildet mit Metallrahmen und Milchglas. Deters öffnete die gegenüberliegende Haustür, immer seine Schnur zwischen Daumen und Zeigefingerballen, achtsam, daß sie ihm nicht riß. Fand eine Manipel Klingelknöpfe, daneben statt Namen je den Code:

µ∑ΩÂ]Ÿ∂Ω	‡™∑∫∫ #µŸ	‰‰‰ ö≤≥¥
¤&¤ ß1@	Ñ ª Ë º †∆ü	ƒŒŒ™

Briefkästen gab es keine. Das Treppenhaus war eine Art Foyer, verspiegelte Deckenleisten, marmorierte, aseptisch schimmernde Wandfurniere. Leute kamen aus den Fahrstühlen, die Deters kaum registrierten und die deshalb auch Ariadnes Schnur nicht irritieren konnte, deren Ende, aus der sehr dünn gewordenen Spindel zu schließen, nicht mehr lange auf sich warten ließ. Einen der Lifts zu nehmen war deshalb nicht möglich. Er machte kehrt und schritt die paar verbleibenden Faden weiter an der Außenarkologie entlang. Auch das Haus, in dem e r wohnte, war Arkologiemodul, jetzt sah man es, daß auch dieses sich von der Sohle des ungeheuren künstlichen Cañons ins Firmament hineinreckte. Doch dann, nur drei Schritte weiter, riss das Bild, als hätten seine Augen das Papier eines Prospekts durchschlagen, und er kam auf einer dachplateauartigen Terrasse heraus. Direkt vor ihm fiel die Wand alle fünfzehn Etagen seiner zweiten Aussicht, derjenigen aus Els' und seiner Wohnung in Pfaffenhofen, hinab. Es ging ein leicht metallisch riechender Wind. Sofort drehte er sich wieder um, tatsächlich, das war die seitlich schiebbare Terrassentür und er konnte, durch die wehenden Stores, ins Salon genannte Wohnzimmer mit seinen Würfen voller Bordüren Posamenten schweren Sesseln sehen, sogar lagen noch auf dem Tisch die Fotografien. Um nichts in der Welt wollte ich wieder dorthin, aber es blieb ihm nichts anderes übrig; dahin leitete der Faden zurück und einen zweiten Weg von hier gab es sowieso nicht. Schon begrüßte ihn seine Frau, er hatte kaum die Terrassentür hinter sich zugeschoben. ›Begrüßung‹ ist nicht das richtige Wort: Sie lehnte bloß im Rahmen der Wohnzimmertür und sah gelangweilt zu, wie er eintrat.

»Oh, seit wann bist du da?« So er.

Sie trug Schwarz, wie meistens; einen wadenlangen, sehr engen Rock von Yamamoto, die Füße in Pumps von Blahnik, der Rollkragenpulli Colucci. Das war nicht modisch, sie trug die Sachen wie Gesten, das dunkle Haar halb zur Seite geknotet, lange federartige Fransen strahlten aus dem Dutt heraus. Ihr Gesicht japanischweiß geschminkt.

»Hast du einen guten Tag gehabt?«

Sie antwortete nicht, sah ihn nur an. Warum war er nicht gegangen, fragte sie sich, warum war er immer noch hier? Er sah deutlich, dass sie sich das fragte. Aber wohin hätte ich gekonnt? In unserer Zeit hatte ich alle meine Bekannschaften absterben lassen, überhaupt war ich kaum mehr ausgegangen.

Endlich sagte sie: »In einer halben Stunde kommen meine Gäste.«

Deters wusste von Gästen nichts, aber sie waren ihm auch egal. Er nahm nur noch selten an Els' Empfängen und Vernissagen teil. Wandte sich noch einmal zurück. Am Horizont addierten sich bereits die Farben zur Nacht.

»Heute ist der erste November, oder?«, fragte er übers Meer.

»Was soll *das* werden?« Ihr Blick deutete auf den diagonal durchs Wohnzimmer laufenden Faden.

Deters zuckte mit den Schultern, sah sich irritiert die Spindel an, die er die ganze Zeit festhielt. Els drehte sich aus dem Türrahmen und stöckelte weg. Aus dem Speisezimmer Geräusche klappernden Geschirrs und Stimmen. Es roch nach Suppe. Immer gab es Suppe nach Vernissagen.

Deters schritt durch den Wohnraum. Alles eklig, auch Els. Sicher, sie war schön. Aber so tief er auch in sich hineingrub, er fand nichts mehr, das ihn lockte, ihn erregte. Und die Vorstellung, gleich unter Leuten gute Miene zu machen, war abscheulich.

In seinem Zimmer setzte er sich aufs Bett, zog Decke und Laken weg und sah den Fischen zu. Vor einem Jahr hatte er sich einen Baracuda programmieren lassen, das war dann schrecklich schief gegangen; es hatte keine drei Tage gebraucht, um das Bett zu entvölkern. Els war enerviert gewesen, die Programme waren nicht billig. Er selbst verdiente ja nichts mehr, seit er mit ihr zusammenlebte.

Wo war sein Filofax? Wo seine Umhängetasche? Auch den Anzug, den er trug, hatte er seit Ewigkeiten nicht mehr gesehen. Ich muss hier weg. Wenn er den Gästen nicht in die Arme laufen wollte, blieb nicht viel Zeit. Er brauchte sich keinen Ruck zu geben, er ließ sich fast treiben. Stand auf, wobei er sitzen blieb – und er ließ sich da sitzen, ließ sich zurück. Trat in den Flur, lauschte einen Moment, dann öffnete er die Wohnungstür, die den seltsamen Faden festklemmte und Deters auf den schmalen, hoch über Pfaffenhofen gelegenen, zur Seite halb offenen Balkongang hätte führen müssen, von wo die Lifts fuhren. Doch setzte er seinen Fuß in die Arkologieschlucht des zweiten Hinterhofs Duncker-straße. Er schritt einfach durch den Zeitbruch hindurch. ›Drüben‹ war es lediglich ein wenig kühler. Ich sah mich um und atmete auf. Der Cañon erstreckte sich ins Unendliche weiter, links und rechts die hohen Module der Fassaden mit ihren tausenden Fenstern und tausenden ineinander verknüpften und sich ständig neu verknüpfenden Röhren. Die Bänke und Mülltonnen, die aus Beton gegossenen Pflanzenbehälter. Kinderspielzeug vor hunderten Eingangstüren. – Weg hier!

Schnurrollend gelangte ich ins wirkliche Berlin zurück und wandte mich auf dem ersten Hinterhof der Tür des Seitenflügels zu, von wo aus ich meinen Faden abermals von der Spule ließ. Ein nächster Hof. Von dem aus, durchs nächste Tor, gelangte man gegenüber TULSI TERRACE ins Hupen Klingeln Schreien Bombays. Ich stand in einem Stollen zwischen mörteldörren Hauswänden, mußte, um die Straße zu erreichen, über eine tote Katze und einige geblähte verschmierte Plastiktüten, auch über ein paar Schlammpfützen steigen. Offenbar war die Kanalisation leck, jedenfalls roch es stickig und spitz zu mir hoch. Eine unsichtbare Sonne brannte auf Straße, Verkehr und fünfsechsstöckige Kolonialfassaden. Der Himmel von derselben weißlichen Färbung wie drüben in der Arkologieschlucht, und die gleichen Reflexe zuckten darin, nur daß man keine Gleiter sah. Links unten im

Haus gegenüber ein LiquorShop, die Blechreklame DIRECTOR'S SPECIAL drüber, rechts offenbar dasselbe Geschäft, nun aber aufgelassen, als hätte man, beidseits den dunklen mit Zementeimern Eisenstäben Schaufeln vollgestopften Eingang flankierend, zwei verschiedene Zeiten zum Vergleichen nebeneinandergelegt. Die Decke des Hausflurs war vermittels Bambusstangen abgestützt, sogar Mülltüten waren hineingestellt worden. Dunkelhäutige Menschen standen in billigen Plastiklatschen und plauderten, Frauen zerrten Kinder hinter sich her, und überall parkten kleine schwarz-gelbe Taxen. Der Eingang hatte etwas Lockendes an sich, ich spürte den Impuls, ihn zu durchschreiten, allzu deutlich, aber hätte die Straße überqueren müssen, was ich wegen der Schnur nicht wollte. Immerhin trat ich doch etwas weiter hinaus, um rechts nach dem Great Eastern Royal Building und, sozusagen, all die fünfzehn Stockwerke zu Els hochzusehen ... da blieb der türkisblaue Badelatschen eines Passanten an meinem Faden hängen und riß mir die Spule aus der Hand. Der Mann schien gar nichts zu bemerken, schlurfte weiter. Ich hob das Ding auf und begab mich langsam, immer an meiner Ariadne fädelnd, zurück, gelangte ins Seitengebäude der Dunckerstraße 68, schritt durch den Flur, kam vorn auf dem ersten Hof heraus, nun abermals in Berlin, und setzte mich auf einen der neuen Rabattensimse.

Deters saß lange, sehr lange so, und die Mitbewohner, die von Zeit zu Zeit weggingen zurückkamen, hatten allen Grund, sich über den gutgekleideten Herrn zu wundern, der sich nicht einmal bewegte, überhaupt nichts um sich wahrzunehmen schien, sondern vor sich hin vielleicht in eine Erinnerung starrte, die ihn offenbar aller Realität enthob. Endlich stand er auf, benommener noch, als mich zuvor die Halluzinationen gemacht hatten, und stieg langsam und nachdenklich die Treppen nach oben. Das Schild war noch da. *Herbst & Deters Fiktonäre.* Ich versuchte, es mit den Fingern abzuziehen; es war nicht verschraubt, nur geleimt, aber mit Sekundenkleber oder sowas, denn auch als ich es mit einem Schraubenzieher abhebeln wollte, den ich zwischen Blechkante und Türholz stemmte, löste sich das widerliche Ding um keinen Viertelmillimeter. Vor Anstrengung fing Deters zu schwitzen an, dicke sämige Tropfen liefen ihm aus den Poren, fielen aufs Dielenlaminat, so daß er das Telephon nicht hörte; er mußte sich besinnen, freikommen irgendwie von dem vermaledeiten Schild, bis er merkte: Es klingelt bei dir. Er stürzte durch den Flur, stolperte über einen der Packkartons, fluchte, fing sich, riß den Hörer hoch – und konnte erst gar nicht antworten, derart fassungslos machte ihn, was die Anruferin als erstes zu ihm sagte. »*Wie* bitte?!« Kurzes Zögern in der Stimme: »Das sind doch Sie, Hans Deters, oder?« »Äh, ja, aber ... *was* haben Sie gesagt?« »Daß ich mit Ihnen schlafen will. Finden Sie das ungewöhnlich?« »Nun ja, ich meine ...« Er wischte sich die klitschigen Strähnen aus der Stirn. »Können wir uns sehen?« »Ja, nein, natürlich.« »Kommen Sie ins SAMHAIN. Ich will nicht warten.« »Nicht gerade dort!« Er sah davon ab, ihr von seinen topographischen Halluzinationen zu berichten. »Was ist nun?« »Kennen Sie den Torpedokäfer?« »Nein, aber ich finde ihn schon. Ich nehm mal an, das ist eine Kneipe.« »Ja. Bei mir in der Dunckerstraße.« »Die gibt es nicht.« »Bitte?« »Ich habe nachgesehen, als ich nach Hause kam. Es gibt keine Dunckerstraße in Buenos Aires.« Konnte ich überhaupt davon ausgehen, daß sie sich von jemand anderem als mir finden ließ? Für die Kneipe fiel mir auf Anhieb keine Alternative ein. »Geben Sie mir etwas Zeit. Ich rufe Sie an, Frau Frieling.« »Corinna.« »Ich melde mich dann, Corinna ... Einverstanden?« »Versetzen Sie mich nicht. Es ist mir«, sagte sie, bevor sie einhängte, »ernst.« – Wie sie dann staunte, als sie, von irgendeinem inneren Impuls getrieben, abermals in ihren Arkologiekarten nachsah und jetzt die Dunckerstraße fand!

2

»Das gibt's doch nicht!« rief sie stumm in sich aus. Dennoch hatte sie das Gespräch erleichtert. Und da sie nun einmal begonnen hatte, blätterte sie in ihrem schmucken Timer nach weiteren Männeradressen; bis Deters sie das erste von vier Malen anrief, hatte sie fünf Treffen zusammen, alle in derselben Weise angegangen, damit das Rendezvous nicht bloß auf Wein und Palaver hinauslief. Es war schon zuviel Zeit verplempert, sie bereute die nicht, dazu war sie nicht unrealistisch genug, aber der Luxus so vieler netter Abende, die sich als belanglose Passiva auf ihrem Erlebniskonto niedergeschlagen hatten, sei, bevor *nichts mehr gehe*, schleunigst auszugleichen. Bei den drei Männern, die ihr einen Korb gaben, hielt sie sich nicht auf, sagte nur »dann nicht« und beendete die Gespräche. Einer von denen rief noch mal an: »Was ist denn in dich gefahren?!« »Die Wollust, Herbert, die Wollust. Und nun stiehl mir bitte nicht die Zeit.« Sie hätte auch ›das Leben‹ sagen können und meinte auch das Leben, aber so etwas auszusprechen, wäre ihr zu pathetisch gewesen. Vor ihr lag, die Rückseite oben, ein Briefcouvert, auf welchem sie die Kandidaten notierte, sie unter- oder ausstrich.

Wir sahen dem, *ich* sah dem teils amüsiert, teils einigermaßen betroffen zu, indes Lerche überhaupt nicht verstand, was in der Frau vorging. »Warum leidet sie nicht?«, fragte er. »Sie muss doch entsetzliche Angst haben. Warum zeigt sie das nicht, sondern macht einen auf promiskuitiv?!« Aber nicht er griff diesmal ein, sondern Sabine, von der ich gar nicht gewusst hatte, dass sie eifersüchtig sein konnte, zumal auf eine Avatarin, die ja noch nicht einmal mit *mir* etwas vorhatte, sondern bloß mit meinem kybernetischen Nachstellmodell. »Deters soll mit Elena schlafen«, sagte sie, »nicht mit der Frieling. Und was soll das überhaupt mit diesem *Herbst & Deters*? Was hast du dir denn dabei gedacht?!« Darüber wollte ich lieber nicht sprechen. Lerche, mit zusammengekniffenen Lidern, tat so, als konzentrierte er sich auf die Anderswelt. »Die Goltz will ihn ja nicht«, sagte ich. Sie: »Aber sicher doch!« »Was soll er mit einer Frau, die ihn verrät? Und überhaupt … du siehst doch, woran sie sich orientiert. Nicht mal an Goltz, sondern immer noch und nach wie vor und unerbittlich an diesem selbst ernannten Menschheitserlöser.« »Man muss sie nur gut genug vögeln, dann kriegt sie schon die Kurve.« Lerche pfiff tonlos *Oh my darling* und ich ersparte mir die Bemerkung, dass es Sabine nicht stehe, ordinär zu sein. Aber es stand ihr. »Na wir werden ja sehen«, sagte sie und begann, Befehle ins Keyboard zu tippen. Lerche, geradezu erschrocken: »Was haben Sie vor?!« In Sekundenschnelle rasten Persönlichkeitsprofile über den rechten Tischscreen, offenbar suchte Sabine nach Broglier. »Das kannst du vergessen«, sagte ich, »auf den hab jetzt nicht mal mehr *ich* Zugriff.« »Soso«, sagte Lerche. Ich: »Halten Sie sich da raus!« Und zu Sabine: »Ich hab schon alles versucht, ihn nach Buenos Aires zurückzukriegen.« Sie gab keine Antwort, scrollte weiter. Dann hatte sie sich Herbert Anstetten markiert und ihm einen Entschluss einkopiert. »Na dann schaun wir mal«, sagte sie, bereits den Triumph in der Stimme. »Darf ich Sie beide darauf aufmerksam machen«, bemerkte Lerche, »dass es sich hier um ein von der öffentlichen Hand finanziertes Forschungsprogramm handelt und nicht um ein privates WebCamVergnügen?« »Darf *ich* Sie dann darauf aufmerksam machen, dass, jedenfalls bislang, ich noch immer Ihre Chefin bin?« »Oh Verzeihung, das habe ich ganz vergessen vor lauter ernsthafter Arbeit!« »Ihren Spott können Sie sich sparen.« »Wieso Spott, Frau Zeuner? Nein! Wirklich!« Ich glaube, wir dachten in diesem Moment beide dasselbe, Sabine und ich: dass er jede sich bietende Möglichkeit ergreifen würde, uns bei der Firmenleitung anzuschwärzen. Tatsächlich entdeckte ich durch reinen Zufall einen Tag später, dass er einen nicht registrierten Backup angefertigt hatte. Da interessierte mich das aber nicht mehr.

Wir sahen nun auf den Wandschirmen 1–4 links oben Deters die Dunckerstraße 68 verlassen, nicht durch den Haus-, sondern wie immer den Toreingang, während auf 5 die Frieling weitertelefonierte und Sabine auf 6 Frielings Wohnungstür in der Wilhelm-Leuschner-Straße im Blick hatte. Die Screens 7–10 nahmen zufällige Perspektiven ein: die verregneten Chelsea Embankments, die Hochbahnhaltestelle Palermo-Buenos Aires, den von einem zwei Meter starken gläsernen Riesenschirm, worauf Massen an Gleitern parkten, überbauten Frankfurter Hauptbahnhof, der als simulakre Reithalle sowie für Popkonzerte und Schwergewichtsboxen diente.

Deters, den billigen Anorak überm Anzug, wandte sich rechts an der irischen Kneipe vorbei, nahm im Topedokäfer ein schnelles Radeberger, wobei sich Radloff und er mit jenem freundlich-skeptischen Blick begrüßten, der sich über alle die Zeit, die ich hier nun schon wohnte, nie geändert hatte, auch wenn man gemeinsam mal hatte eine Demonstration auf die Straße bringen wollen, die sich gegen gar nichts richtete. WIR SIND NICHT BETROFFEN! hatte das Entwurfsflugblatt getitelt. Das war, nicht zuletzt meiner eigenen Interesselosigkeit wegen, völlig im Sand verlaufen, so sehr pikant es Deters, als Broker, gefunden hatte, sich den unorganisierten Widerstandschaoten anzuschließen. Sabine gab noch ein paar Menübefehle, die Deters, als er den Torpedokäfer wieder verließ, vor männergroße Nasen stellte und ganze Dachfirste überrauschende Kleidersäume. Ein Tarzan-Plagiat schwang sich gegenüber lächerlich bunt über den Eingang eines Lichtspielhauses in der Größe dieses Lichtspielhauses selbst. Das war nicht mehr die Dunckerstraße, oder doch, aber sie führte schnittlos zum Hachiko. Schon hatte man Deters, der leicht wankte, den ersten Handzettel zugesteckt, einen zweiten dritten. Wäre er diese Umbrüche nicht bereits so gewohnt gewesen, er hätte denken müssen, jemand habe ihm etwas ins Bier gekippt. HotDogWägelchen. Auf Wägelchen rauchende halbverbrannte BarbecueSpieße. Vor der fantastischen GlasArchitektur des eklatant an Hannover erinnernden KyotoBahnhofs spielte ein Cardassianer Saxophon, paar Meter weiter trommelten Schwarze die Leute zusammen. Einem Verkehrsdelta ähnlich, das hier über die Ufer trat, schoben sich ganze Pulks von Ferengi, aus den drei zusammenfließenden Straßen hergeschwemmt, in einen Duffy Square. Was für Gestalten! Waren die verkleidet? Natürlich waren sie es. Ich war mir aber nicht sicher. Nicht einmal, als auch noch ein Narn erschien, allerdings in Zivil. Einkaufstüten lockender blitzender Elektrokrempel Fotoapparate Computer. 99-Cent-Läden. Ein fetter massedichter Autoverkehr. Gelbe Fluten aus Taxen durchschwammen die touristischen Heringsschwärme wie Zitronenströme unter Schütten aus Kunstlicht.

THE LION'S KING

Gemenge von

Bauzäunen Disneyläden Werbeflächen Menschen.

Das quoll hindurch

und darü ber hin. Separiert

amalga mierte langgezogene Körper.

Sahen wie wenige ungestalte Würmer aus

Kleidungsfetzen

RICHARD CHAMBERLAIN

Touristen Rucksäcke, die sich wie

durch **FOSSE** Wasser-

durch Licht-

fälle … was …

war … – … *das*?! – Konsterniert

starrte Deters auf den Handzettel. Wie schön sie geworden war! *Wenn* sie es war ... Aber natürlich war sie's, es konnte gar kein Zweifel bestehen. Deidameia. Verdutzt stand ich da und guckte mich um. Was tat sie hier? »Na?!«, machte Sabine mit erhobenem »a« und freute sich wie ein kleines Kind darüber, dass ich nicht weniger überrascht als Hans Deters war, dem die Topographie der Anderswelt durch diesen Schnitt in keiner Weise klarer wurde. Doch da kam sie selbst, aus dem Laden der WARNER BROS., mit einem Buben an der Hand, der unter den rechten Arm einen riesigen Kater Sylvester geklemmt hielt. Der Junge mußte Jason sein oder Neoptolemos, Hertzfeld, ich erinnerte mich, so hatte sich damals die Nutte genannt. Ich tippte Frielings Nummer ins Handy, tatsächlich meldete sie sich.

Auf unseren Screens hatten wir nun ihn links oben und sie, Corinna Frieling, mittig in 5, während Sabine vorausschauend die 8 auf den Eingang von LEGZ DIAMOND's fokussierte.

»Deters ... äh, Hans hier. Ich brauche noch paar Minuten.« »Wo sind Sie jetzt?« »Sie werden's nicht glauben: am Times Square.« »Ist doch eine konkrete Adresse.« »Na wenn Sie sehen könnten, was hier eben für Typen rumgelaufen sind!« »Übrigens hab ich die Dunckerstraße jetzt gefunden.« »Eine Stunde noch, okay? Ich muß schnell was erledigen.« »Ich will sowieso telephonieren.«

Deidameia trug, obwohl es recht kalt war, einen weitoffenen, dreiviertellangen leichten Trench und darunter ein elegantes Kostüm, das sie indes mit Turnschuhen kombinierte. Auf ihrem Flammenhaar saß schräg ein kleiner blauer Hut, von welchem eine Feder wippte. An der linken Seite schwang eine Kunstledertasche, aber vielleicht war das Nappa auch echt und bloß so giftgrün eingefärbt. Ich war mir sicher, daß sie mich nicht bemerkt hatte. Sie spazierte mit dem ein wenig renitenten Bengel – immer wieder machte er sich los und rannte in irgendwelche Geschäfte, so daß sie hinter ihm hermußte, dann, ihn festhaltend und mit sich ziehend, herauskam – über die 47th Richtung Kantstraße und dort nordwärts bis zum Louvre, vor dessen Stufen sie eine Zeitlang auf und ab schritt. **Ahornblättrige Platane.** Eine blaue Limousine hielt, hupte zweimal kurz, und Deidameia schob ihren Sohn an den Schultern vor sich hin. Ich konnte den Wortwechsel der schwarzen Fahrerin mit Deidameia nicht verstehen, aber sie lachten beide, nur der Junge zog eine Flappe; schließlich winkte die Myrmidonin dem abfahrenden Dodge hinterher und sich selbst dann ein Taxi. Ich war nicht schnell genug. Als ich meinerseits eines hätte anhalten können, war sie in ihrem gelben Cab schon davon. Es war halb vier nachmittags. Um vier öffneten die. Das war dem Handzettel zu entnehmen. Also konnt ich auch zu Fuß hin. Die Schwarze, die Jason mitgenommen hatte, war wahrscheinlich die Ziehmutter des Jungen. Und Borkenbrod? War der jetzt auch in New York? Frieling hin, Frieling her, ich wollte es herausbekommen und machte mich zu LEGZ DIAMOND's auf.

Das Etablissement war nicht schwer zu finden. In der recht nüchternen Breiten Gasse gab es gegenüber der Stadtbibliothek und etwa mittig zwischen Broadway und Via XX Settembre einen bescheidenen türlosen Eingang, unter dessen rotem Baldachin ein livrierter Portier auf Opfer nicht lauerte, sondern ihnen ziemlich gelangweilt entgegensah. Erst wenn sich eins nahte, spannte er sich und bekam das Tigerlächeln Wilfried F. Schoellers ins Gesicht. Er geleitete mich durch den schmalen ins Haus hineinführenden Gang bis vor den Lift, wobei ich das Gefühl nicht ganz loswurde, abgeführt zu werden. Vermittels eines Walkytalkys, nicht etwa Handys, ließ Schoeller den Fahrstuhl herabschicken. Zumindest hatte ich also die Gesichtskontrolle passiert. Dennoch, daß man in dem Aufzug nicht selbst das Stockwerk wählen konnte, sondern sich auf jemanden anderes oben oder sogar hier unten auf den Tiger verlassen mußte, war nicht sehr beruhigend, zumal es drinnen nicht einmal einen NotrufButton gab, lediglich die leere zerkratzte Blechblende eines jedenfalls für Gäste funktionslosen Steckschlosses. Überdies stimmte einen die Überwachungskamera links oben in der Ecke nicht grade erotisch ein. Es ging, meinte ich, drei Stockwerke rauf, dann öffnete sich die Tür zu einem Flürchen, das gleich rechts von einem Schalter im schwarzgestrichenen Verschlag flankiert war. Eine kniehohe Schranke verwehrte den Zutritt. Ich sollte 20 $ zahlen, für Tisch und Gedeck und dafür, daß diese Schranke sich hob. Ich hatte die aber nicht, hatte an Bargeld nur DM. »I don't have dollars.« »You ain't have any«, entgegnete sie und schob den Scanner rüber. Ich legte die Hand drauf und durfte passieren. Nach links ging es in irgendwelche Hinterräume, aus deren einem, wahrscheinlich, dieses Plätschern kam; vielleicht gab es da einen Whirlpool für spendablere Gäste. Ich wandte mich nach rechts zum Showroom, hatte das deutliche Gefühl, zu früh gekommen zu sein, die Bühne lag einsam, und überhaupt war der Raum menschenleer, von einer Frau abgesehen, die, mit dem Rücken zu mir, vorgebeugt etwas an einem Tisch richtete. Für eine Kellnerin oder Bardame wirkte sie selbst von hinten zu seriös, drehte sich herum – Deidameia. Ich hatte den Impuls, mich in eine Ecke zu verdrücken oder, wieder zurücktretend, am Schalter zu verbergen, aber da ich der einzige Gast war, hatte sie mich schon bemerkt, sich den Schleier ihres Animierlächelns über das Gesicht gezogen, so stolzierte sie auf mich zu. Sie hatte die Sneakers gegen glitterbesetzte Pumps mit hohen Absätzen gewechselt. Ich tat möglichst arglos und lächelte zurück. Doch als sie bei mir war, wehte der Schleier davon, sie zog die Augenbrauen zusammen, und obwohl es so unwahrscheinlich war, daß sie mich erkannte – unser einziges Treffen, damals im BOUDOIR, wo sie ständig in diese primitive Ellie gekippt war, lag neun Jahre zurück – sagte sie nach einer drittel Minute des Nachdenkens: »Ich kenne dich ... kenne dich *anderswo* her. Du kommst aus ... Europa, Barcelona, sicher! Du warst das doch damals, als ich ...« Sie schluckte den Satzrest, nahm intonierenden Anlauf und setzte hart hinterher: »Was suchst du hier?!« Sinnlos, sich zu verstellen. Besser an ihr Verständnis appellieren. »Ich habe mich verirrt ... furchtbar verirrt seit damals. Und als ich Sie vorhin, am Times Square ... das *war* doch der Times Square?« Erst jetzt schien sie das ganze Ausmaß dessen, was hier geschah, zu begreifen. »Du hast mich ... mit meinem Jungen ...?« Nahm mich fest am Arm und zog mich mit sich in die Hinterräume. Nachdem wir durch die von schwerem Leder bezogene Tür des Manager Office geschritten waren, sagte sie, indem sie die Linke auf den wuchtigen Schreibtisch legte, der einen Computer und, was gar nicht zu ihr passen wollte, silberne Golftrophäen trug, dabei wandte sie sich halb zu mir herum: »Hat dich nicht Goltz gesucht? Du warst es doch, der von Niam wußte?« Trotz ihres schmalen Gesichts, der schmalen Handgelenke und der vom blitzenden Fersenflitter betonten schmalen Fesseln (waren sie es, die diese tatrische Schönheit hatte einst für Borkenbrod so empfänglich sein lassen?) wirkte sie aus der Nähe ein wenig rauh, wenn nicht sogar hart. Ihr Ton wurde aber momentlang weich, als sie leise hinzusetzte: »Ich habe sie niemals wiedergesehen.« Ich nickte. »Damals hatte ich das alles«, sagte ich, »noch ein wenig im Griff. Glaubte ich jedenfalls. Bis ... bis *sie* dann kam.« »Wer? Niam?« »Wenn sie es war.« »Setz dich. Erzähl ... bitte schließ die Tür. Danke.« Mein Blick fiel auf einen dort abgestellten Aktenkoffer mit Ledergriff und schwarz-auf-silbernem Monogramm. An der Wand hinter dem Schreibtisch hing eine nahezu einen Meter hohe, fast anderthalb Meter breite glasgerahmte Fotografie. Deidameia bemerkte meinen Blick. »Das ist Lough Leane«, sagte sie und fügte in nahezu persönlichem Ton hinzu: »Ich habe das Wunder nie mit eigenen Augen gesehen.« »Den salzlosen ThetisSee?« »Bevor sie ihn ausbeuteten, ja. – Also, ich höre.« Erst stockend, dann allmählich flüssiger erzählte Deters von meiner Fantasie der überschwemmten Welt, von Resteuropa mit einer Buenos Aires genannten Zentralstadt und davon, daß ich doch allezeit nur in einer Berliner Kneipe gesessen und auf eine Frau gewartet hatte. »Auf Niam habe ich, glaub ich, gewartet.« »Sie war bei Jensen gefangen.« »Jensen ist tot.« »Das weiß ich.« »Sie hat ihn … zerfleischt.« »Meine Kleine?! Was erzählst du?!« »Und ist geflohen. Tut mir leid, so ging meine Fantasie.« »Und sie ist gekommen?« »Bitte?« »In diese Kneipe?« »Ins Silberstein? Ja. Ins Samhain. Aber sehr spät erst, ich war betrunken, verzeihen Sie, sie war ein Ungeheuer.« »Das hast du schon einmal behauptet, daß sie das ist … Dabei ist von einem Ungeheuer nirgends die Rede gewesen, nicht in der Presse, nicht als Gerücht.« »Sie schläft«, sagte ich. Deidameia, momenthaft erheitert: »Sie tut *was*?« »Sie wartet auf ihren Moment, glaube ich. Sie hat etwas mit meiner Diskette vor.« »Diskette?« Also erzählte ich auch das noch und daß ich eigentlich Laupeyßer hieß. Oder Falbin. Mit einem gefälschten Paß sei meine Reise ins Widersinnige losgegangen. Sie hörte angestrengt zu, jetzt ohne weitere Zeichen des Belustigtseins, aber fuhr mir kurz vor Ende meines Berichts in die Rede: »Und dann kam Goltz?« »Ja, und er muß Niam gesehen haben. Jedenfalls gab sie mir einen Schubs … nein, sie *stieß* mich von sich … so eine Kraft … ich schleuderte durch den Raum und … floh … floh hintenrum aus dem Silberstein, durch die Küche, durchs, ja, ich glaube, durchs Wallcafé, durch irgendeine Kellerkammer … mehr weiß ich nicht mehr. Nur noch, daß ich blutend herauskam … na ja, ich übertreibe, aber überall standen Krankenwagen Feuerwehrwagen Polizeiwagen … es brannte wohl … Aber, wissen Sie, ich kam heraus und war nicht mehr in Berlin. Sondern hier. Oder auch nicht hier, es war ganz anders, als ich es mir ausgedacht hatte.« Und diese Diskette? Was habe Niam mit ihr gewollt? »Ich weiß es nicht.«

Wir schwiegen. »Du wirst verstehen, daß sich das alles nicht so leicht glauben läßt«, sagte Deidameia schließlich. Ich erwiderte nichts. »Was soll ich jetzt mit dir tun?« »Das einzige, was ich wirklich möchte, ist, nach Hause kommen.« »Und du denkst, ich helfe dir dabei?« »Ich glaube nicht, daß Sie mich umbringen wollen.« »Das glaubst du nicht? So? Weshalb sollten wir ... sollte ich das nicht tun? Du bist eine Gefahr für uns ... für mich, also für meinen Sohn.« »Heißt er nun Neoptolemos?« Sie lachte auf: »Wie kommst du auf so was!« »Sie selbst haben damals ...«, ich winkte ab. »Jason«, sagte sie, »heißt er.« »Und Sie nennen sich Hertzfeld«, sagte ich. Sie hob eine Braue. »Was«, fragte sie, »tätest du an meiner Stelle? Du weißt, ich weiß nicht woher, derart viel von uns ... wenn Goltz dich in die Hände ...« »Er wird mich nicht kriegen.« »Dein Wort in Gottes Gehörgang!« »Nicht wenn ich zu Hause bin, nicht in der Realität.« »Nett, daß du mich für irreal hältst.« »... und vielleicht ... ich meine, vielleicht bin ich von dort aus nützlich.« »Für *uns*?« Sie zog die Brauen zusammen. »Es ist ja offenbar möglich«, ich beeilte mich, ihre Stirnfalten zu glätten, »von Berlin hierherzugelangen in diese«, er lachte bitter, »Anderswelt, worin es immer der erste November bleibt. Oder können Sie sich erinnern, daß einmal nicht der erste November war?« »Das kann ich, Hans Deters, o ja, das kann ich.« »Also lassen Sie mich gehen?« Sie spielte mit den langen Fingernägeln, fuhr sich durchs Haar. »Wo kann ich dich erreichen?« Er reichte ihr seine Visitenkarte. »Die HandyNummer steht drauf. – Da fällt mir ein, ich muß eben telephonieren.« »Tu dir keinen Zwang an.« Natürlich kam die Verbindung zur Frieling nicht zustande, das hatte ich mir schon gedacht, aber ich versuchte es trotzdem noch einzweimal, während ich nur den Kopf schütteln und Sabine säuerlich anlächeln konnte. »Hab ich doch gesagt«, sagte sie, »dass ich das verhindern werde.« Wir konnten auf Schirm 6 einen Mann sehen, einen ganz gut aussehenden Burschen, muss ich zugeben, der, während auf der 4 die Frieling noch immer vorm Telefon saß, mit leichtem Zögern die Hand ausstreckte und klingelte. Sie fuhr geradezu auf, derart unerwartet kam ihr Besuch.

»Das ist Anstetten!« »Sicher. Der liebe Gott ist das nicht.«

Die Frieling, verdutzt: »Was machst du denn hier?!« »Ich dachte«, fing er an, »also wenn du unbedingt willst und um dir nicht weiter die Zeit zu stehlen und ehe du Dummheiten machst ...« »Dummheiten?! Das nennst du Dummheiten?!« »Ja, nenne ich. – Darf ich reinkommen?« »Hast du geduscht?« »Bitte?« »Zieh dich aus.« Er war noch gar nicht durch den Flur. »Corinna!« »Na, ich muß doch wissen, worauf ich mich einlasse. Nun mach schon.« Tatsächlich entledigte er sich zumindest seines Mantels und Jacketts. Sabine lachte in sich hinein, aber in dem Moment ging das Telephon, weil nun die Verbindung doch noch zustande gekommen war. »Warten Sie noch auf mich, Corinna?« »Also im Moment steht hier ein Mann und stript.« »Nein!« »Doch ... Herbert, stimmt das?« Zu Deters: »Er hat genickt.« »Na gut«, sagte ich und lächelte in meine Tastatur. »Dann will ich mal kontern.« »Also Leute, wirklich!« rief Lerche. »Du kannst nicht mehr kontern«, sagte Sabine. »Und ob, meine Liebe, und ob!« Mit ein paar kleinen Substitutionsbefehlen hatte ich die Topografie modifiziert. »Also nach Hause – dahin, was du Zuhause *nennst* – will ich dir«, Deidameia erhob sich, »einstweilen nicht helfen, vielleicht können wir dich wirklich brauchen ... aber doch nach Barcelona erst mal zurück. – Nun komm schon!« Sie schritt aber nicht zu der gepolsterten Tür, sondern nach vorn und um den Schreibtisch herum, »ich weiß auch nicht, warum ich das mache. – Worauf wartest du noch?!« Sie klappte die fotografische Ansicht des letzten bekannten ThetisWunders beiseite, das nicht anders aussah als das Ziel irgendeines Wochenendausflugs im Havelland, und betätigte einen Knopf, woraufhin sich ein Teil der Wand öffnete, ein schattiges, aufrecht stehendes Gewässer aus Elektrizität, das vielleicht sechs Quadratmeter umfasste, blauschwarz gekräuselt, dabei ständig von hellen Entladungen durchzuckt. Da hindurch schritt sie, und Deters, kaum merklich zögernd, schritt hinterher.

Erstaunte Blicke der Rebellinnen, als sie den Mann sahen. Wir waren in der Zentrale der Myrmidonen herausgekommen. Der Raum gepflastert mit Monitoren und Rechnern, überall lagen Interfaces herum, Videoskope Festplatten Joysticks Floppys Schaltplatinen Chips Disketten Netzteile CDRoms, der Boden kabelgeflutet. Keine Ahnung, wie man sich hier bewegte, ohne ständig zu stolpern. »Ist schon gut«, sagte Deidameia, aber ihrem Tonfall war anzuhören, daß sie über sich selbst irritiert war. Waffen lagen auf kleinen Haufen: MPs Pistolen (XC-Σ) Gewehre mit Fernzielvorrichtung Munitionskistchen, sogar, doch wenige, Handgranaten. Auch hier ein Bild an der Wand, diesmal ein Porträt: das grob gepixelte Gesicht der Tranteau. Die Anwesenden, von denen ich nur den konzentrierten Zenke und die unterdessen leider ziemlich verhärmte Veshya erkannte – sollte sie Odysseus' Tod nie verwunden haben? sehnte sie sich zu sehr nach Landshut zurück? alt war sie geworden, eine zähe verbitterte grausame Frau –, folgten uns, das heißt mir, nicht bloß mit verständnislosen, Veshya tat es mit grausam verbittert zähen Blicken, sondern alle Köpfe drehten sich Deters hinterher, als mich Deidameia ins BOUDOIR seitlich der Bühne hinausließ, über der, festverknotet an einem Arm und einem Bein, ein vielleicht dreizehnjähriges nacktes Mädchen schwang und von einem Henker, dem auf der rechten Arschbacke kopfgestellt eine Gekreuzigte eingebrannt war, mit heißem Wachs beträufelt wurde. Der technodurchhämmerte Raum stand voller Rauch, den hinter den Akteuren eine unter der von ausrangierten HardwareTeilen zusammenmontierten und seltsam prothetisch wirkenden Figur des Heiligen Sebastians versteckte Maschine in die stroboskopisch grüne Lightshow wälzte. In diesem von Farbreflexen zuckenden, teils auch von Zigaretten, teils von Joints stammenden Wolkennebel hatte sich bereits die perverse Crème Buenos Aires' zusammengefunden, jedenfalls ihre Dauervertretung, die von Pensionen und Aktienfonds lebte. Sogar der lispelnde Kellner, den ich mal mit Borkenbrod verwechselt hatte, war ausgesprochen transvestitisch zugegen. Nein, der ginge nicht wie jener auf in einer Poesie, die manchen Bürger nicht mehr losließ; einige verfolgten die Rinder des Tethra bis an ihren Arbeitsplatz. Ungefugger wußte schon, weshalb er eine Kunstwelt wollte, die Welt ohne Kunst, dachte ich und drehte mich noch einmal herum, um Deidameia zu fragen, ob ich jetzt aufgenommen sei im Kreis der Rebellen, ob auch ich jetzt Myrmidone sei – doch sie hatte die Tür bereits geschlossen.

»Brauchθt einen Tisch, θüθer?« Ich winkte ab und ging Richtung Vestibül, ich kannte mich nun aus und fühlte mich fast Zuhause, seltsam, trat in den rosalichtwummernden Empfang, dem Miniaturfackeln gleich an den Wänden befestigte Räucherstäbchen einen betörend nekrophilen Geruch heiliger Leichenverbrennung verliehen. Dealer standen in dem spirrigen Dampf, die nassen Gesichter nicht nur, nein die ganzen purpurnen Körper vor- und, da Deters kein neuer Kunde war, wieder zurückgewischt. Endlich die außen buttonübersäte Tür,

!Pragnent Strip! **!geile Bäuche!**

!Milchbräute! **!putane grosse!**

Branding! – Branding in Buenos Aires –
Branding!
Die neuesten Kollektionen
für den exquisiten Geschmack.
!Ab 45 Euro pro Eisen!

endlich das Stiegenhaus, ein Stockwerk tiefer die fünf Fahrstühle, die große Milchglastür, die auf die Wilhelm-Leuschner-Straße ins Bahnhofsviertel führte, nach hinten aber der Rückausgang zu dem Hof mit seinen Blecheimern Gartenmöbeln Plastikzwergen und weiter auf die Holztür zu, die, straßenseits voller Plakate, sich zur calle dels Escudellers öffnen würde.

»So«, sagte ich, »wenn er jetzt klug ist, geht er einmal um das

Viertel herum und betritt das Haus von vorne, dann wohnt die Frieling da.« »Das ist nicht fair!« »Wer sagt, dass es in der Liebe fair zugeht?« »Liebe, Liebe!«, rief Lerche. »Wovon sprechen Sie eigentlich?!« »Und außerdem ... tut mir Leid, du hast angefangen.« Sabine tippte. »Bitte, wie du willst, mal sehn, ob er *das* findet.« – Ich lud den von ihr modifizierten Stadtplan schnell auf den Tischscreen, »oje, kompliziert.« »Nicht? Da muss es dann schon sehr drücken, wenn sich einer da orientieren will.« Tatsächlich hätte, einmal um das Viertel zu gehen, jetzt bedeutet, über Rambla de l'Os zur Piazza Vittorio und rechts rum durch den renovierten Strich der Bruchstraße zu marschieren, wo in ihren engen Schaufenstern Prostituierte saßen, dann einen Kilometer den Litejnyi Prospekt entlang und, wieder rechts, in den Dr.-Lueger-Ring hinein bis Cavendish Square. Dort erst zweigte die Leuschnerstraße ab. »Wenn er klug ist«, sagte ich und modifizierte das Haus, weil es von Sabines Zugriff nicht erfasst worden war, »dann geht er jetzt eben nicht ums Viertel, sondern nimmt einfach einen der Fahrstühle.«

Mir waren Zweifel gekommen, ob ich mich draußen nicht wieder verirrte. Außerdem war ich niemals über die Wohnungen der Harines hinausgekommen, ich kannte den ersten zweiten Stock, nicht mehr. Einen Versuch war es schon wert. Doch nahm ich nicht den Lift; hätte nicht gewußt, wo ihn anhalten lassen.

Als auf Screen 5 Herbert Ansetten bereits nur noch die Unterhose trug – »Na weiter!« forderte Corinna Frieling, die sich, mit übereinandergeschlagenen Beinen auf der Couch sitzend, eine Zigarette angezündet hatte und den ersten Zug schräghoch hinausstieß –, schellte ihr Telephon abermals. Deters: »Ist er ausgezogen?« Sie streckte Herbert die Handfläche zu. »Wart mal noch 'n Moment ...« Spirrig rauchte zwischen Zeige- und Mittelfinger die Zigarette. Zu Deters: »Wo sind Sie jetzt?« »Vor Ihrer Haustür.« »Was?« »Ich mochte nicht klingeln, um Sie nicht zu erschrecken ... also wenn der Typ noch da ist.« Herbert: »Soll ich nun?« »Ist er noch«, sagte die Frieling. »Dann schicken Sie ihn weg.« Sie zu Herbert: »Du kannst dich wieder anziehen.« »Ich?« »Na, wer steht denn hier in Unterhosen rum? Ich doch nicht!« »Das kannst du nicht machen!« Deters: »Wollen Sie das vielleicht erst einmal untereinander klären?« »Gute Idee, warten Sie.« Sie unterbrach die Verbindung. Ich nahm draußen auf einer Treppenstufe Platz.

»Na gut«, so Sabine. »Aber ich krieg ihn schon noch mit Elena zusammen, selbst wenn er ihr jetzt untreu wird.« Sie tippte wieder. Das Klackern des Keyboards. »Er kann sich ja immer noch dusselig anstellen«, erwiderte ich. »Wäre nicht das erste Mal. – Oh, was macht er denn jetzt?!« Deters hatte sein Handy noch in der Hand. Er tippte. Ein »Wunderbar!« entfuhr Sabine. Wirklich rief er Elena Goltz an, die ihre Überraschung sichtlich unterdrückte, jedenfalls sah sie ganz gefaßt aus, als wir die Unternehmerin, natürlich nicht schnell genug reagierend, zumal wir sie anhand ihrer Signaturen erst suchen mußten, auf Screen 8 gelegt hatten. Er sagte als allererstes, grüßte nicht mal: »Elena, ich glaube, wir sollten uns endlich duzen.« Sie wiederum rief nicht »Hans, *Sie*?!« oder etwas ähnlich Dummes, sondern fragte, wo er gerade sei, und klickte gleichzeitig die Koblenzer Webline an, so daß das Gespräch auch an Goltz' Ohr drang, der gar nicht groß zuhörte erst, sondern, sowie Deters die Adresse genannt hatte, eine Anweisung gab. H a ben wir dich endlich! – Die Zeuner: »Wilhelm-Leuschner-Straße ist weit weg.« Deters: »Was bedeutet hier schon ›weit‹?« Und fast geflüstert, denn er wollte drinnen, dachte er, nicht gehört werden: »Es kommt sowieso drauf an.« »Worauf?« »Wie du dich entscheidest.« »Sie ... du«, das ging ihr nicht leicht über die Lippen, »sprichst in Rätseln.« Er sitze vor der Wohnung einer anderen Frau und werde mit ihr schlafen, wenn sie, Elena, das nicht verhindere. Sie mußte lachen: »Warum sollte ich?!« Sie hätte natürlich die Verbindung unterbrechen können, aber wollte ihn hinhalten vielleicht, für ihren Gatten. »Und wie soll ich's verhindern?« »Indem du mit mir schläfst.« »Ich bin eine verheiratete Frau ... du weißt, mit wem.« »Wirst du mich verraten?« Was für ein dummer Mann, dachte sie und ärgerte sich, daß sie sich von ihm hatte jemals so einwickeln lassen. »Natürlich nicht«, sagte sie. *Verneinung*, dachte Deters, ließ sich aber von seiner Intuition nicht warnen. Sie möge einen Vorschlag machen, er breche dann sofort auf ... das heiße, nein, er werde unten vor dem Haus warten, sich da nicht von der Stelle rühren, bis sie ihn abholen käme. Sie: Ein bißchen Entspannung könne ihr möglicherweise nicht schaden. Es sei jetzt ... halb vier, sie könne so gegen fünf dasein. Ob ihm das zu spät sei? Ja, also um fünf sei ihm zu spät. »Dann tut's mir leid.« »Bitte, Elena! Jetzt gleich!« »Nein, nicht gleich. Nachher.« »Ele ...–!«

– unterbrach das Gespräch, denn die Tür öffnete sich. Anstetten trat auf den Hausflur, hinter ihm in der Tür die Frieling. »Dein Hosenschlitz ist noch offen.« Er sah zur Decke, stand einen Moment hilflos da und zippte sich zu. Dann drückte er den Liftknopf. Während er wartete, sah er die Frieling vorwurfsvoll an. Die, im Türrahmen, blickte ausdruckslos zurück. Ich blieb sitzen. Wir rührten uns beide erst, als der Mann, von einem Raunen begleitet, hinabfuhr.

»Na«, machte die Frieling in ziemlich geschäftlichem Ton, »dann mal zu uns. Kommen Sie rein.« Sonderlich erregt wirkte sie nicht. »Da lang.« »Ich weiß.« Verdutzter Blick. Sie schloß hinter mir die Tür. »Sie wissen?« Ich winkte ab und ging ihr durch den Wohnungsflur voran. »Ich werde Ihnen nicht sagen«, sagte sie im Wohnzimmer und knöpfte ihre Bluse auf, »weshalb ich das tue. Es ist eine Laune«, zog die Arme heraus, sie trug einen weißen Spitzen BH, »und Sie haben mir gefallen, Sie sahen ...«, lachte, »so verwundbar aus. Das, glaube ich, bin ich entschlossen auszunutzen«, hob die rechte Ferse, verdrehte ihren Körper leicht nach hinten, faßte den Pumps am Hacken, zog ihn ab, »vielleicht aber auch nur«, tat das gleiche mit dem anderen Schuh, »um mich zu vergewissern, ob ich noch attraktiv genug bin«, öffnete seitlich den Knopf am Rock, dann zog sie den kurzen Reißverschluß auf, wobei sie immer weitersprach, »Sie zu erregen«. Sie nahm auf der Couch Platz, hakte die Ösen aus den Strümpfen, erst rechts, dann links, rollte erst den linken Strumpf, den sie langsam über ihren Spann gleiten ließ und von den Zehen zog, dann den rechten hinab. »Ich hoffe, es stört Sie nicht... sehen Sie? hier?«, hatte sich wieder erhoben und den linken Oberschenkel und die unterm Slip kräftig spannende linke Gesäßbacke in seinen Blick gedreht, »daß die Haut nicht mehr so ganz fest... das war schon so, als ich zweiundzwanzig war. Es tut mir wirklich leid.« »Macht nichts«, sagte ich dumm und stand noch immer im Anorak da. »Wollen nicht auch Sie ablegen? Übrigens ein ziemlich häßliches Ding... Aber nein, nein, vielleicht gefällt es Ihnen ja so, wenn ich ganz ausgezogen... während Sie in Ihrem Bündnis90Look... Gefällt Ihnen das?« Und da ich keine Antwort gab, vielmehr ganz einfach nicht wußte, ob ich wieder davonlaufen oder die Situation ausnutzen sollte – ja: ›ausnutzen‹, dachte ich –: »Möchten Sie, daß ich zuerst meinen Slip oder zuerst den BH ablege? So sagen Sie doch was! Sagen Sie, was Ihnen gefällt! Aber natürlich! Ich sollte Ihnen etwas zu trinken... einen Wein? Ein Bier? Sie glauben nicht, welch eine Lust mir das macht, mich vor Ihnen auszuziehen! Ich bin ganz naß...« Sie stutzte. »Oder wollen Sie etwa...?«, sah auf das Orgasmatron, wobei sich ihre Augenbrauen zusammenschoben. »Ach nein, das wollen Sie doch nicht?!« »Sie sind schön«, sagte ich. »Oh, warten Sie nur«, sagte sie, »bis Sie meine Brüste sehen! Darf ich sie Ihnen zeigen? Jetzt? Oder doch erst den Slip? Ach nein. Ach ja. Der Wein. Oder lieber Kaffee?« Sie lief in die Küche, kam, immer noch in Unterwäsche, mit zwei Gläsern und einer Flasche zurück, stellte alles auf den niedrigen Wohnzimmertisch, und als mir einfiel, daß ich mir doch vorgestellt hatte, man nehme in Buenos Aires weder mehr natürliche Getränke noch Speisen zu sich, hatte sie den Wein bereits entkorkt und uns eingeschenkt. Dann schwieg sie paar Momente. Ich hatte den Eindruck, sie statuiere ihr Exempel am beliebigen Objekt. Ich war nicht gerne beliebig. Hatte dennoch einen Ständer. Ärgerlich. Schon deshalb legte ich meinen Anorak nicht ab. Sie beugte sich vor. Ihr linker Busen rutschte ein wenig aus dem BH, so daß ich die Brustwarze sehen konnte. Sichtlich zufrieden beließ sie das Textil auch so. »Warum nimmt er sie nicht endlich in den Arm?« fragte Sabine, durchaus ärgerlich; »das kann man ja nicht mit ansehen.« »Vielleicht ist er ja doch seiner Elena treu.« »Ach was, Treue«, machte sie, »der hat Angst, das ist alles.« Mit einem Mal war sie völlig frauensolidarisch, Elena schien vergessen zu sein. »Was'n Schlappschwanz.«

Deters hatte sich gesetzt, weiterhin im Anorak, aber die Frieling merkte, daß er ihre Brust anstarrte, wenn auch aus dem Augenwinkel, weil er so auffällig im Zimmer herumsah. Eine Art Lächeln stand hinter ihrem Gesicht. Sie zog das Körbchen ganz herunter und streckte den Oberkörper vor. »Na, fassen Sie mich an! Ich bin nicht elektrisch geladen.« Er zögerte, sie spielte Positionen durch. »So? Besser? So vielleicht?« Das ging noch einige Zeit.

Wir konnten **Screen 1** Frielings Wohnungstür sehen, **Screen 2** die verwaisten fünf Fahrstühle drunten, drüber glommen gelbgrün Stationslichter, **Screen 3** das erste Stockwerk, drei Wohnungstüren. Nichts regte sich. **Screen 4** Das zweite Stockwerk, wieder drei Wohnungstüren. Eine ging einmal kurz auf, eine Hand mit Unterarm stellte eine müllgefüllte HL-Tüte hinaus. **Screen 5** Das Wohnzimmer der Frieling, worin sie jetzt vor Deters kniete, das Gesicht zwischen seinen Beinen, er den Kopf zurückgelehnt, der aufgespannte Anorak zwei Exhibitionistenflügel. **Screen 6** Frielings Schlafzimmer, wohinüber sie wechselten. Kurz ließ sie Deters allein, der sich langsam entkleidete und unter die Bettdecke legte. **Screen 7** Frielings Badezimmer. Sie besserte ihr Make-up nach. Außerdem tat sie einen Tropfen

Parfum auf ihren Venushügel. **Screen 8** Das vierte Stockwerk, drei Türen, alles ruhig. **Screen 9** Das fünfte Stockwerk, dito. **Screen 10** Wellington's Monument am Potsdamer Platz.

Goltz wiederum, bei Beutlin, zu dem er sofort nach seiner Verfügung gefahren, hatte folgende Eindrücke: **Screen 1** Zeuner Lerche Herbst, wissenschaftliche Mitarbeiter der CYBERGEN, jede(r) vor seiner/ihrer Tastatur; die simulakre Vollprojektion war in Beelitz diesmal ausgeschaltet. **Screen 2** Die verwaisten fünf Fahrstühle im Erdgeschoß, drüber glommen gelbgrün Stationslichter. Man hatte den Eindruck, die Atmosphäre sei auf schmutzige Weise erhitzt. **Screen 3** Das erste Stockwerk, nur eine Tür, beklebt mit Buttons und Plakaten, dazwischen auch

. Goltz fühlte sich unangenehm ans BIZARRE erinnert. **Screen 4** Das zweite Stockwerk, drei Wohnungstüren. Vor einer war eine müllgefüllte Tüte schräg in sich zur Seite gekippt. **Screen 5** Das dritte Stockwerk, drei Türen, nichts rührte sich. **Screen 6** Hinter der rechten Tür Frielings

Flur, leer. **Screen 7** Frielings Schlafzimmer, auf dem Nachttisch eine Vase, in welcher ein etwas gerupft wirkender Blumenstrauß stand. Und im Bett waren Frieling und Deters zugange. Goltzens Einsatztrupp mußte sich nicht beeilen. **Screen 8** Das vierte Stockwerk, drei Türen, alles ruhig. **Screen 9** Das fünfte Stockwerk, drei Türen, deren eine sich soeben öffnete und Uma Svendson herausließ auf dem Weg zum Friseur, der sie, als sie den Frisiersalon betrat, so überschwenglich begrüßte, als müßte er ein Geschäft kaschieren, das er nicht öffentlich wissen wollte, sie sogar persönlich bedienend, was sie erst recht als Ehre empfand, denn er war in Szenekreisen ein berühmter Mann. Sie war sowieso noch verwirrt, ja benommen von der zurückliegenden Nacht. Jemand setzte sich neben sie in den Stuhl, einer mit Glatze, es war nicht zu fassen. Der erstaunte Friseur stand da mit hängenden Augen. »So fangen Sie an!« »Ja aber was denn?!« »Na die Haut ab!«

Nun war Uma Svendson eine jener jungen, nicht leicht zu verwirrenden Damen, denen weder die Schule hatte zusetzen können, noch hatten das ihre Eltern vermocht. Ihren ersten Freund hatte sie mit fünfzehn gehabt und die Defloration als angenehm empfunden, indessen wie kaum erinnerungswert. Schon wegen der *Krankheit* war es besser, sich im GanzkörperInfoskop zu lieben. Da drin hatte sie Kenia und Argentinien bereist, die zu größten Teilen meerbedeckt waren, in den Programmen des Halluzinomates jedoch in alter Gestalt – und zunehmend perfekt, selbst der Frangipaniduft kitzelte einer die Nase – wieder auftauchten und sich deshalb neurologisch durchtrampen ließen. Dank pädagogischer Technologie hatte sie nebenbei Spanisch und Suaheli erlernt und außerdem ihre Ausbildung (Diplom-BWL) abgeschlossen. Dabei war sie kürzlich erst dreiundzwanzig geworden. Und heute nacht, als um fünf Jahre jüngere, hochgewachsene langbeinig Rötlichblondierte designt – selbstverständlich mit grasgrünen Augen, ihre elegante Nasen- und Wangenpartie hätte sogar der VOGUE zu neuen Käufern verholfen –, informatisch nach Goa ins weitflächig versunkene Indien gejettet. In Palolem, wo sie ein vorverlegtes Christfest hatte verbringen, sich jedenfalls vergnügen wollen, war ihr dann zum ersten Mal ein Mann begegnet, für den es sich lohnte. Dummerweise nicht persönlich. Vielmehr hatte sie am Strand eine Gürteltasche gefunden und darin die Kopie eines Reisepasses und Visacard und paar Briefe von rätselvoller Handschrift. Doch das Bild in dem Paß ... es war nicht zu fassen! Sie hatte sich in dieses auch noch schlechte Foto verliebt ... und den Rest der Nacht damit zugebracht, den Herrn Albrecht zu finden, was, obwohl der Ort doch so klein war, unmöglich gewesen. Als sie das Gerät morgens um neun weckte, war sie nicht einmal in den Genuß eines Wangenkusses gekommen. Deshalb fühlte sie sich leer und verloren. Und sie hatte geweint, nicht zu glauben, einer Schimäre, eines informatisch erzeugten Animus wegen. Sie verstand nicht viel von Psychologie, sonst hätte sie gewußt, was die Begegnung mit dem VaterIdeal, die anders als schimärisch nicht erfolgen *kann*, für jede junge Frau und vielleicht auch noch alte bedeutet. Daß sie, durch Technik, unterdessen überhaupt möglich wurde, läßt uns an dieser Stelle dem Fortschritt ein chansonettes Ständchen[18] bringen:

Ach Fortschritt, bist ein gutes Ding!
Hast alle Typen frei gemacht
Wer immer an der Wahrheit hing
War blöd. – Mensch Leute, lacht!

Wir klinken uns ins CyberAll
Und kriegen, was wir wollen
Nicht Wohnungsnot noch Aidsbefall
Die Selbsterfüllung stören sollen.

18 Fingerpicking zur Guitarre im Tonfall Wolf Biermanns.

Die Lippen, die wir küssen,
Sind ganz für uns geschaffen
So daß wir nie mehr fragen müssen. –
Solln die Realos gaffen!

Wenn ich dich heute schlagen will
Und will dich eicheln morgen
So läßt du's still dir, wie ich will –
Du bleibst ja unberührt –, besorgen.

3

Es gab noch eine dritte Bildschirmwand, aber Deters, als er aufgebrochen war, um erst einmal dem TORPEDOKÄFER auf den realen Sozialismus seiner Existenz zu klopfen, hatte sie nicht angeschaltet, einmal ganz davon abgesehen, daß er gar nicht gewußt hätte, wie das ging; und selbst wenn, wäre fraglich gewesen, ob sie funktioniert hätte, weil sie erst in Betrieb gesetzt wurde, nachdem die Fiktionskanzlei *Herbst & Deters* ihre Arbeit aufgenommen, in naher Zukunft zwar, Zukunft aber doch. Hätte Deters indes die mittlere Schublade des viertelantiquarischen Eichenschreibtischs herausgezogen, wäre darin ein ganzes Ensemble aus Schaltern Knöpfen Reglern zum Vorschein gekommen, ein Mischpult der Realitäten, hätte Moret es genannt, wenngleich ein *Mischpult der Möglichkeiten* gemeint, was für ihn allerdings längst dasselbe; dabei ist doch, das weiß jedes Kind, die Realität bloß, was sie ist. Hätte Deters dennoch, diesem naturgesetzlichen Hindernis zum Trotz, den *ON*Schalter gefunden (ein kaum auffälliges Knöpfchen links unten, das erst aufglomm, wenn man es drückte), wären außerdem die Bildschirme bereits richtig konfiguriert gewesen, es hätte sich die gesamte Bücherwand gegenüber von der unteren Bodenleiste an langsam zur Zimmerdecke gehoben und sich dieser angeschmiegt (die ProAcBoxen blieben freilich, schon des Tons wegen, stehen), und dem am Schreibtisch Sitzenden hätten sich auf elf handflachen, voneinander bloß durch schwarze Streifen getrennten Monitoren elf weitere Perspektiven von Wirklichkeit dargeboten:

Screen 1 Goltz und Beutlin sowie eine Sekretärin um die fünfzig mit gescharteten Lippen in Beutlins Wiesbadener Experimentallabor der SIEMENS/ESA; Beutlin seinen rechten Daumen benagend, Goltz die Daumen aneinander und ihre Kuppen an die Nase gelegt, weshalb sein Kopf leicht hinabgebeugt war; auch seine übrigen Fingerspitzen lagen aufeinander. **Screen 2** Die verwaisten fünf Fahrstühle im Erdgeschoß der Wilhelm-Leuschner-Straße 13, drüber glommen gelbgrün Stationslichter. **Screen 3** Das erste Stockwerk, nur eine Tür, die buttonübersäte zum BOUDOIR. **Screen 4** Das zweite Stockwerk, drei Wohnungstüren. Und eine Handvoll Namenssand, drei sorgfältig verschraubte Reihen übereinander, silberner ThetisSpeichel auf blauem Grund unter Meerschaum: Theodora Laomedeia Rosemarie Veshya Lysianassa Shakti Leagore und wie sie noch alle hießen, die Landshuter Hetären. **Screen 5** Das dritte Stockwerk, drei Türen, nichts rührte sich. **Screen 6** Das Wohnzimmer der Frieling, niemand drin. **Screen 7** Frielings Schlafzimmer, auf dem Nachttisch eine Vase, in welcher ein etwas gerupft wirkender Blumenstrauß stand. Der dem Betrachter seit »Die Verwirrung des Gemüts« eigenwillig bekannte, wenn auch ein wenig in die Jahre gekommene Hinterkopf eines Mannes, dessen Körper bis zum Nacken unter einer Decke offenbar auf dem Körper einer Frau lag, soweit er in diesem nicht steckte; ihr Kopf warf sich auf dem Kissen hin und her. Der Anblick war zu indiskret, als daß ein wohlerzogener Zuschauer nicht hätte den Bildschirm sofort abschalten sollen. **Screen 8** Das vierte Stockwerk, drei Türen, alles ruhig. **Screen 9** Das fünfte Stockwerk, dito. Doch auf dem Treppenabsatz vor einer offensichtlich aufgebrochenen

Tür – auch das noch: vor Uma Svendsons, als wäre die nicht schon konfus genug (ach Albrecht!) – ein Pikett hockender, schwarz uniformierter Milizionäre, auf den Rücken in wespigem Gelb WSK 21; der Einsatzleiter lauschte ins knisternde Walkie-talkie. **Screen 10** Die alarmierten Myrmidonen, deren Wächtern das Nahen der SZK-Einheit nicht verborgen geblieben; fast war Aissa die Wölfin beleidigt, als sie merkte, ihre Rebellen seien gar nicht im Fadenkreuz. **Screen 11** Nichts. Vielleicht wäre dieser statt des siebten Screens abgeschaltet gewesen.

4

Leichtsinnig waren sie gewesen, Zeuner und Herbst, allzu leichtsinnig, wie man nun sah; möglicherweise schon vom Moment an, da dieser seine Buhlerei auf Deters und Elena verschoben und die Zeuner das hatte mit sich machen lassen. Doch es gab kein Zurück, schon deshalb nicht, weil Lerche mit ihnen vor den Terminals saß; der Kybernetiker bekam zu seiner Freude und von Anfang dieser Sitzung an mit, wie sehr die Situation den beiden entglitt. Das System deshalb vom Netzwerk zu nehmen, hätte Kosten verursacht; sicher, allein wäre ihnen schon etwas eingefallen, eine unerwartete Fehlermeldung, ein drohender Systemabsturz … aber es lief ja nach den Parametern Buenos Aires' ausgezeichnet, vorbildhaft, könnte man sagen; dass jemand im Straßenverkehr plötzlich strauchelt – vielleicht hat er nicht aufgepasst, vielleicht erlitt er eine Herzattacke –, dass so ein Mensch der Länge lang hinschlägt und ein Bus nicht mehr rechtzeitig bremsen kann, so was kommt vor; und wenn nicht, wär das ein Zeichen: Da stimmt was nicht. Lerche also zuckte nicht mit der Wimper, beobachtete nur, gab nicht einmal Geräusche der Befriedigung von sich, sondern goutierte das heraufdämmernde Unheil ebenso, wie ihn Frielings unkonventionell erstrittene Höhepunkte wurmten. Mitten im dritten wurde Deters unversehens nach hinten gerissen und die in ihrem Schock kaum protestfähige Frieling, noch schweißbeglänzt leuchtend von Lust – ach ihre schattigen Achselhöhlen! ach ihre aus lauter Schönheit verzweifelten Tränen! so hatte Broglier seine ehemalige Geliebte, so bislang sie niemand gesehen, und es lag nicht an Deters, daß ihm es vergönnt war – von groben behandschuhten Fäusten zurückgestoßen. Die ganze Aktion wäre brutal gewesen, hätte sie sich nicht derart rasant abgespielt. Es brauchte keine Minute, bis Deters, in eine Decke geschlagen, bewußtlos und in Handschellen in den Schnellen Jäger verbracht war.

Ich nutzte die Zeit des Kampfes und kopierte seine Sachen – den Anzug, die Wäsche, Portemonnaie mit Ausweis und Schlüssel – in die Archivdatei, die schon seine Eurocard für mich speicherte. In dem Wirbel hatte niemand gemerkt, dass das Zeug vom Stuhl verschwand; die Frieling, später, nähme an, man habe es mitgenommen. Und Sabine war zu schockiert, um auf so was zu achten.

Schräg sackte Deters auf der Ladefläche in sich zusammen – zynische Reflexion einer schlappen HL-Tüte im zweiten Stockwerk der Wilhelm-Leuschner-Straße 13, die da weiter vor der Tür stand, jedenfalls auf den Screens 4 bei Beutlin und Herbst. Auf den Screens 6 bzw. zweimal 7 blieb die Frieling noch ziemlich lange dreimal liegen, unfähig, sich zu rühren, nicht nur benommen, sondern angefüllt mit einem Weltekel, der ihr bis dato unbekannt. Es tat ihr nicht einmal leid um Deters, sie hatte keine Angst seinetwegen, nur dieses widerliche, entsetzliche Gefühl im Unterbauch. Sie konnte kaum sagen, was und daß etwas geschehen war, hatte aber Schmerzen in der linken Brust und, die WSK 21 konnte sich Zimperlichkeiten nicht leisten, eine Art Bluterguß an der rechten Leiste, ansonsten war nichts gewesen und die ganze Wohnung noch in Schuß – von der aufgebrochenen

Tür einmal abgesehen. Fast träge erhob sich die Frau, schritt ins Bad, richtete sich etwas her und nahm ihr Medikament. Zog den Morgenmantel über, trat ans Fenster, sah lange hinaus, schaute sich wie zum ersten Mal einen der Licht- und Parkmasten an. Auf der Fassade dahinter war in leuchtendem poppigem Grün zu lesen:

I WILL APPROACH THE RATH OF THE SÌDHE

Sie hatte keine Ahnung, was das war, ein Sìdhe (ein*e* Sìdhe?), und überhaupt war der Graffito neu, und Deters, der daran eine mehr als nur ungefähre Erinnerung hätte haben müssen, war ohne Besinnung, als sich der Gleiter fast geräuschlos anhob, um den Gefangenen nach Koblenz zu bringen.

Sie h ä t ten ihn. Er danke seiner Frau für die Hilfe. Goltz legte auf.

Dann sei ja gut, so sie. Sie wandte sich den skizzierten Szenenfolgen der projektierten GebäudeWeihe und also wieder der Rede zu, die sie vor den nun bald 10 000 Mitarbeitern der AWG in dem neuen Shakaden zu halten hatte; ihre große Aufgabe, Fortsetzung der einstmals privatwirtschaftlichen Sendung Ungefuggers, die soziale Sicherung der Menschheit, erforderte ihre ungeteilte Aufmerksamkeit. Wie ihr Vorbild dachte sie dabei an den Osten besonders. Alles müsse durchsichtig sein, *transparent* dachte auch sie, und habe den Gesetzen des freien Marktes zu gehorchen; wer sich vollen Umfangs der Zweckrationalität verschreibe, könne seine guten Ziele kaum verfehlen. (So stößt der konsequente Kapitalismus in die Eschatologie des Marxismus, dessen andere Seite er ist, was bereits, in geschichtlicher Zeit, Breschnew festgestellt hatte.[19]) Es dürfe nichts Herausragendes mehr geben, nichts, was sich irgendwie sondere; die Tauschbaren müßten tauschbar sein *wollen.* Um das Gemeinschaftsgefühl zu feiern,

19 »Wann werden wir den Weltkommunismus erreichen?« »Wenn wir die Überflußgesellschaft erreicht haben werden.«

weil sie die allem Religiösen inneliegende Kraft auf ihre Unternehmung fokussieren wollte, damit wir unter uns sind und keiner uns stört, hatte die Goltz den Shakaden bauen lassen. Von Weihe zu sprechen war schon ganz richtig; sie hatte sogar überlegt, Wagners Bühnenweihfestspiel zur holographischen Aufführung bringen zu lassen (Amfortas als Ungefugger, sein bloßer Gehörgang die Wunde, und eine Elena Goltz, die Parsifal gäbe: die Parsifalin, der Kundry – Thetis – die Füße wäscht),[20] aber die Massen haßten komplizierte Musik, es hätte insgesamt auch zu lange gedauert. Hatte jedenfalls Ungefugger noch in MARITIMS getagt, verfügte die AWG jetzt über eine Zentrale wie Mekka. Ursprünglich hatte die Goltz das Gebäude in der riesigen Brache zwischen Karlsruhe und Frankfurtmain errichten lassen wollen, dann sich für den Osten entschieden, nicht nur, damit jeder einmal seine Schwestern und Brüder zu sehen bekäme, sondern ganz allgemein als Zeichen dafür, daß die AWG ihren Teil an der *Kultivierung Ost*, wie Pontarlier das nannte, nicht nur tragen, sondern auch Verantwortung übernehmen wollte. So pilgerten die Ostler bereits zu dem Rohbau nach Prostějov und staunten, freilich diesseits des Bauzauns, die riesigen, bleischimmernden, matt eloxierten Metallplatten an, aus denen die halbflache, Hunderte Tonnen schwere Dachpagode errichtet wurde. Da der Bauplatz militärisch gesichert war, kam niemand richtig nah heran; die Frauenstädte hatten das, wie sie agitierten, ›Reichsfirmengelände‹ bereits zweimal angegriffen und attackierten nun von Zeit zu Zeit wie schon immer die Castor-, so nun die Bautransporte. Selbst aus den von Schutztruppen abgeriegelten Städten kamen die Guerilleras bisweilen heraus. Außer ihnen wußte niemand, wie sie das schafften.

20 Gepaßt hätte besser: der vormalige Präsident als Amfortas, Ungefugger selbst als Parsifal, und Kundry bliebe Thetis; doch diesen Gedanken ließ die Goltz nicht zu, weil sie darin nicht – oder nur in einer zweifelhaften Rolle – vorgekommen wäre.

Zugleich mit dem Bau dieses Tempels hatte die Goltz im Zentrum Filialkapellen errichten lassen, die der täglichen Sammlung ihrer Mitarbeiter dienten und soziale Aufgaben übernahmen. Zwar war in Buenos Aires längst holomorphe Kinderbetreuung die Regel, doch war es, auch das von Ungefugger übernommen, Elena Goltzens erklärtes Ziel, jedes AWGlers Persönlichkeits-Quark ans Unternehmen zu gravitieren; da galt dem Nachwuchs besonderes Augenmerk. Sie stellte sich vor, daß Mitarbeiter Mitarbeiter zeugten. Daß der Präsident nun gerade das, organische Zeugung war ihm sowieso unsympathisch, mit wachsendem Mißtrauen beobachtete, bedachte sie nicht; vor allem konnte und wollte er in Europa keine Separationen dulden. Allmählich wurde ihm klar, der er seit dem Verlust seines rechten Ohres so gut, *zu* gut hörte, welch eine Kraft sich in den produktiven Händen der Frau seines Polizeichefs zusammengeballt hatte. Von deren politischer Brisanz machte sich die Goltz selbst keinen Begriff. Und ließ Ungefuggers Bild hinter ihrem Schreibtisch hängen, den vorne links der Wimpel Europas schmückte und vorne rechts das Fläggchen der Allgemeinen WirtschaftsGesellschaft. Daran solle sich auch in Zukunft nichts ändern, dachte der Präsident, und im Interesse nationaler Kräftebalance hieß er seinen Minister der Verteidigung, eine Reduzierung der den Bauzaun sichernden Truppen zu verfügen, indes er den Bundesgrenzschutz fast völlig abziehen und tiefer in den Osten vorrücken ließ. So war die Demarkationslinie um Elena Goltzens Firmweihtempel, ohne daß sie davon erfuhr (ihr Mann war für den Osten nicht zuständig) allmählich durchlässig geworden. Doch so wenig wie sie bekamen anfangs die Frauenstädte davon mit. Die Arbeitsholomorphen und Bauaufsichtler wunderten sich bloß, weshalb mit einem Mal so viele Touristen vor den Kränen standen.

5

Nicht vergessen, und das zu des Präsidenten Verdruß im eigenen Haus, war die Kunst. Carola Ungefugger, die niemals fähig gewesen war, auch nur einen Hauptsatz grammatikalisch korrekt ins Wortprogramm zu tippen, ausgerechnet diese Dümmste aller in Pontarlier schmarotzenden Nichtstuer – es gab ihrer, wie zu Zeiten feudaler Häuser, erbarmungslos viele: Lakaien Staatssekretäre, alle die Gattinnen Gatten, die bloß als solche sich in den informatisch duftenden Gärten sinekurieren durften –, hatte sich der Sprache verschrieben in ihrer großen Langeweile, vielleicht auch bloß, um vor Unglück nicht immer fetter und fetter zu werden. Tatsächlich nahm sie ab, seit sie, wahllos und also vieles, las, und wurde scheinbar dünn darüber. Man kann sagen, sie sei ihrem Mann paradoxinterventiv entgegengekommen und habe angefangen, sich übers Lesen zu entkörperlichen. Das war ihm so nun auch nicht recht, schlug zu exzentrisch aus der Art. Es drohte vor allem, ihn Stimmen zu kosten. Doch kam ihm nicht ungelegen, daß sie ihn mit ihren lästigen erotischen Invektiven seither in Ruhe ließ und nicht einmal mehr die Spritzen brauchte, die ihr zu ihren heißen Zeiten hatten appliziert werden müssen. Es war, als hätte sich alle Sexualenergie in Rezeption sublimiert, wenn sie sich in die dunkelsten – Ungefugger dagegen liebte das Licht – und ihr schon deshalb, aber ja sowieso nicht verständlichen Texte senkte. Schwer zu sagen, was sie daran faszinierte; möglicherweise war es eher die Musik eines Lautes als dessen bedeutender Gehalt, auf den ausschließlich es wiederum dem Unsterblichen angekommen wäre. Wie hätte sie denn Zeilen wie diese begreifen können: *So faßten WIr ihn und seine Heerscharen und warfen sie ins Meer; und er ist zu tadeln*, vor allem zusammen mit *Wasser: Welch / ein Wort. Wir verstehen Dich, Leben*? Angetan hatte es ihr absurderweise *Jenes himmlische Paar schwimmt hoch auf der Flut wie die Taube / Und der Ölzweig, er birgt Hoffnung des Landes wie dort.* Aber auch hierüber meditierte sie gerne und lange bei holomorphem Gebäck: *Singe den Zorn, o Göttin, des Paliaden Achilleus*, und einmal hatte sie bei einem Ausflug in die Zentralstadt die folgende, sie nachts darauf mit enormen Träumen beschenkende Stanze an der Wand der Europäischen Zentralbank gefunden: *Invoke, People of the Sea, that he may compose a spell for you.* Gar nicht aus den Sinnen wollte ihr aber *Und alle süßen Eingeweide riß sie / aus ihrem Sitz, zerstückte sie / und warf sie in das Meer, Und was sie erst entzückte, zerrissen in die Flut.* Wäre es wirklich sein Inhalt gewesen, wie hätte sie sich dem Unsinn so sehr hingeben, seine Reimfolgen über alle zivilisierte Erträglichkeit hinaus genießen können? Nein, sie verstand nicht, was sie da heraufbeschwor.

Aber nicht nur, daß sie in Buenos Aires – weil sie's im Westen vergeblich versuchte (Unsterbliche haben keinen Sinn für die Lust, weil deren Wesen begrenzt ist: ihre Funken werden aus der Reibung mit Vergänglichkeit geschlagen) – Lyriktreffen ins Leben rief, nein, sie tat dies mit einer Entschiedenheit und Leidenschaft, daß man annehmen konnte, sie sei von einer Eruption poetischen Missionswahns aus der ihr vorbestimmten Bahn geschleudert, dessen für den Präsidenten abermals nicht unangenehme Begleiterscheinung in neuerdings von ihr wahrgenommenen Repräsentationsaufgaben bestand. So etwas hatte sie früher nur unter striktester Anleitung ... auch nicht *gekonnt*, nein, aber war dann immer brav neben ihm hergeschritten, hatte sich auf Zeichen brav über die Brüstung gebeugt und die vorgeschriebenen Küsse ins Volk geworfen, die ihre fetten manikürten Hände sowieso nicht lange hätten festhalten können. Nun plötzlich trat sie draußen mit Würde auf. Nur deshalb untersagte Ungefugger ihr – war sie womöglich raffiniert? – die Aktionen und Teekränzchen nicht, zu denen selbst freilich nur Verwirrte und VerwirtInnen erschienen, und zwar je weiter Richtung Osten, desto voller die Zirkel. Auf dem Weg dorthin ließ es sich bequem Einladungen von Firmen folgen, solchen politischer Streitgefährten und von Universitätsdekanen, Carola erschien auf Begrüßungscocktails in Bürgermeistereien und schnitt schon mal die eine oder andere Schnur durch, die vor neu zu eröffnende Shops gespannt war, was sie alles gerne und erstaunlich gewandt erledigte, vielleicht weil sie hoffte, hie und dort ihren Kreisen Apologeten hinzubekehren zu können. Und während der halbe europäische Staat Borkenbrod, den »asozialen Schmierer« (Goltz), wie einen Terroristen jagte – überall in Bussen und Metrostationen Schilder des Inhalts, wer öffentliche Einrichtungen zerstöre oder bemale, schade der Allgemeinheit –, hatte ihn die Ungefugger zum Dichterfürsten erkoren. Sie kannte freilich keinen anderen Poeten. Und gab ihm einen der Ehrennamen dessen, der ihn einst in Landshut enttarnt hatte, nannte ihn Orpheus, sprach allerdings, um gewählter zu klingen, die lateinischen Silben *Or-fee-us* aus. So konnte es geschehen, daß sie eine ihrer eher Séancen denn Lesungen gleichenden, von Bedeutungsfett triefenden Zusammenkünfte mit der Rezitation eines Gedichts begann, um schließlich gutturalend zu verkünden: »Meister Orfeeus sculpsit!« Vielleicht erfühlte sie den Graffito als Rückkehr von abstrakter Wort- zu materialer Bildkunst, wußte indessen nicht, was *sprühen*, gar *sprayen* auf lateinisch hieß, fragen mochte sie nicht und *scrivevit* zu sagen wäre ihr, religionsideologisch gesprochen, zu sehr ihrem Mann entgegengekommen. Wir[21] geben zu, daß der letzte Gedankengang, wenn er auch böse gemeint ist, am Kopf dieser Frau völlig vorbeiglitt. Sculpsit hörte sich gut an, das genügte. Dieses *sc.* hatte, in einem von Jensen nachgelassenen Lexikon der Malerei gefunden, in ihren Ohren überaus poetisch geklun-

21 Höchst fragliches Subjekt: – die Fiktionäre oder wer?

gen; sie hatte überhaupt eine Neigung zur gut durchbluteten Ganzheit, aber man muß ihr zugute halten, daß solch feine Differenzen ohnedies keine Membranen mehr fanden, die sie hätten in schwingenden Sinn transformieren können, da doch Hoch und Niedrig und E und U längst synonym geworden und Eines für alles weitere stand – ein eleganter Taschenspielertrick jedes Kunstfeinds, dem E die stachligen Serifen wegzukastrieren.

Auf einer der Séancen – im Berliner SPASTIKON – erschien Borkenbrod persönlich. Er hatte, bereit, sie notfalls zu werfen, eine Handgranate in der rechten Hosentasche. Die Einladung hatte ihm Deidameia über einen ihrer Freier besorgt. Er hielt den kleinen Jason an der Hand. Bei einem guten Vater vermutet man keine Gewalttätigkeit. Auch wäre niemand ernstlich auf den Gedanken verfallen, Poesie als sublimiertes Ausdrucksmittel politischen Terrors zu sehen, was sie in ihrem innersten Wesen – weil unaufhörlich schwelendes Komplott gegen den Satz vom ausgeschlossenen Dritten – nun gerade i s t, und zwar genauso, wie die Helden Homers meuchelbereite Piraten waren, blutigste Schwerverbrecher zur See.

Jason war zu einem ziemlich hellen Bürschlein aufgeschossen und hatte von seinem Vater die fragilen Gelenke, von Aissa der Wölfin das hübsche Gesicht und ein derart flammendes Haar geerbt, daß der Kleine und nicht etwa der Dichter selbst der Präsidentengattin Interesse erweckte. Es mochte auch sein, daß in der Ungefugger das weggezerrte Muttergefühl wieder aufbrach; jedenfalls konnte sie sich überhaupt nicht auf ihre preziösen Kollektionen konzentrieren, die leuchtenden Sprachblitze störten sie vielmehr, waren lästig, als sie diesem Jungen immer und immer wieder in die Augen sah. Was hätte sie ihn gerne mit sich heimgenommen! Wie eine *folie*, so schossen ihr Souvenirs in die Augen: wie oft sie die Füßchen der Tochter geküßt! Doch war es nicht nur Mütterliches, was angesichts Jasons ein solches Feuer fing, wobei auch der Junge nicht ganz unberührt blieb; er merkte sehr wohl, wie sich die trotz ihres nicht gänzlich abstrahierten Fleisches hagere Frau (hängende Wangen und schrecklich wabbelnde Oberarme) ihm entgegenwarf, während sein stiller Vater zunehmend schlechter Laune wurde, weil ihn, da er nicht weghören konnte, die Ferse so schmerzte. Wie nämlich die verblasene Person dieses *For whom but me* intonierte, war ziemlich entsetzlich. Und dann das Auditorium! Zu 90 Prozent Frauen und die wenigen Männer nicht männlich und jene auch nicht weiblich: als wären Verhängnis und Menopause schon mit dreißig über sie gekommen, aus lauter Lebensfeigheit herbeigeklagt, indes die Männer ihre Pubertät ins Reifealter nachgezogen hätten, und wo sich am Horizont ein Jammer gezeigt, wären sie dahingeeilt, dessen Haus zu betreten. In jedem noch luftigen Zimmer schlossen sie die Fenster und pusteten den Staub von Büchern hinein, der noch den freiesten Romanen einen Geruch von Antiquariaten verleiht. Und klebten, verschmiert in ihrer Gefühligkeitsnot, an innerer Provinz und lasen auch am liebsten von der oder der Kindheit. Was wußten die und was wußte die Rezitatorin von dem Widerstand, den alle Dichtung bedeutet?!: aus den Feuern des Ostens aufgewehte Funken, den Sternen gleich, die auch niemand sah. Nur irgendwo draußen, auf dem Thetismeer, fingen Achäer die abwärtstrudelnde Asche auf und brachten sie, gelang ihnen ein Einschlupf durch die Mauer, wieder nach Europa herein: rohe grobe Gesänge zu Bongobegleitung, mit denen die wenigen fahrenden Leute die Festgesessenen an etwas erinnerten, dessen Bewußtsein die Geologische Revision aus den Köpfen gespült hatte; nur deshalb, da war sich Borkenbrod sicher, wurden die Achäer so schnell es ging aufgegriffen von den Milizen und nach Osten verschoben und, als der geöffnet war, vermittels der Begrüßungsgelder oder strafeshalber zivilisiert. Ein paar von ihnen, keine zwei Hände voll insgesamt, vegetierten nahe dem Laserzaun in Ingolstadt oder Schneeberg oder in Dachau und schrieben bloß noch heimlich und mit schlechtem

Gewissen an ihren epischen Inspirationen herum. Wenige hatten sich den holomorphen Rebellen und den Frauen angeschlossen, waren Myrmidonen geworden und ersehnten wie Borkenbrod eine Reise hinaus. Er war so voller Verachtung, als er sich die zweiundzwanzig Gekommenen, die eben Nie-Gekommene waren, betrachtete. Für die hatte er seine Verse nicht an Häuser Gleiter Masten gesprüht. Er träumte von Leuke, der Pappelinsel, träumte von Thetis, der Midgardschlange, seiner Mutter – das war ein Albdruck –, und er träumte von Elena Goltz. Die hier träumten von nichts als ihrem trocknen Beruhigtsein. Und saßen mit ihren spitzen, verholzten Ärschen auf Poesie, damit ihr ganz persönlicher Klagegrund ihrem Steißbein auch ganz persönlich bequem sei. Als er – die Ungefugger rezitierte im Lesesessel, einer requisiten Reliquie, wahrscheinlich von einem Soldaten einem darbenden Ostler wegrequiriert – die unter soviel Wagemut an die Module gebrachten Strophen vor diesen Halbfrauen und Sechsachtelmännern laut werden hörte, zementierte sich nicht nur infolge einer ganz unbewußten, doch konsequenten Gedankenverknüpfung der Entschluß, sich die Goltz zu erobern (»zu holen«, dachte er erneut), auf alte, auf Ostweise sozusagen, sondern auch, sie auf die levkás'sche Reise zu entführen. Und trat, weiter seinen Jungen an der Hand, nachdem die Präsidentengattin ihren ersten Applaus entgegengenommen, vor, räusperte sich und bat – wie es aussah: schüchtern –, auch seinerseits etwas zu Gehör bringen zu dürfen. Verschreckt hüstelten die Männchen, und die strohigen Frauen drückten ihre Knie aneinander. Er ließ von Jason ab, der unverwandt die Ungefugger ansah wie diese ihn, und jetzt begriff der Neunjährige: Ich habe Macht über die! Was ihm nicht wenig gefiel, ihn eigenartig kitzelte, es war ein ganz kühles Gefühl, von seiner Großmutter ihm überkommen, die so anders als Deidameia war und von der beide, Mutter und Sohn, gar nichts wußten, und Borkenbrod sprach nie darüber. Die Ungefugger bemerkte in den Augen des Jungen genau die Gewalt, die hinter den Gedichten schwelte, und sie *wollte* sie. Seltsam. Dieses Kind, dachte sie, war nicht rein. Natürlich war ihr klar, das ist ein Knabe, natürlich, was konnte so ein Kleiner dafür? Und wäre sie imstande gewesen, in solchen Begrifflichkeiten zu denken, sie hätte die Sehnsucht, die sie derart unerwartet einem Jungen auslieferte, als eine Projektion begriffen, verursacht von nichts anderem als ihren weggeschobenen erotischen Frustrationen. Und Jason selbst, wäre er nur fünf Jahre älter gewesen, hätte verstanden, daß, was er in sich aufsteigen fühlte – er hatte eine Erektion –, bloß ein Reflex war, sagen wir: physiologische Übertragung. Das ging zwischen beiden so hin und her. Da beschloß die Präsidentengattin, nicht nur die beiden (also den Jungen) wiederzusehen, sondern auch, sie (also den Mann) sich irgendwie zu verpflichten. Denn da sie von dem Buben schwerlich bekäme, worauf Seele und Körper seit der Begegnung mit Radegast, bevor dieser aus dem Arbeitszimmer ihres Mannes als Block, nämlich vereist, herausgetragen worden war, so angewiesen waren, nähme sie's von Borkenbrod, dem Vater – nicht ersatzhalber, sondern den Sohn durch den Vater hindurch. Es war dies kein bewußter Vorgang in ihr, selbstverständlich nicht; um so ausgelieferter war sie ihm.

Auch die übrigen Besucher der Séance spürten, hier begebe sich etwas, vor dem sie in Gedichte geflohen waren, und sie wurden nun von Gedichten damit konfrontiert. Wer – außer den drei wirklich Beteiligten – diese Lesung im Berliner Spastikon wieder verließ, gab fürs spätere Leben die Lyrik ein für allemal auf. Die Männer vergaßen ihr Leid, und die Frauen masturbierten, bis sie endlich wieder bluteten. Ihre wenigen Bücher, alle, warfen sie weg.

Borkenbrod also, indem er aus seiner Umhängetasche – ach, die Mongolin! – die Kladde fischte, in welcher er allerdings nur höchst selten etwas notierte, schlug sie auf, das nun kurz und ernst, den Blick in seinem harten Gesicht gebrochen, er mußte eine Brille aufsetzen, was sehr irritierte, setzte sie ziemlich umständlich auf und begann:

»Tethra Dich ruf ich treibe die Rinder glänzend hinaus
Sterne sind glühende sie und lodern lockend unterm Meer
Ungewißheit ich schwimme bin fremd will hinüber zu Dir
Leuke der Insel des hohen fantastischen Lichts besungen
Von Eris dem Sänger wie ich und die Meinen und andre die atmen
Wollen nicht schlafen dauernd und lieblos wie ihr gefestigt ver-
Stummt und ohne innere Regung von Eris und allen den
Achäern das Leuchten der Rinder Lächeln der Waffen von Berg zu
Berg und untersee tief in den Fluten geschmiedet sind Silben Klingen
Scharfe sind Kugeln Granaten ich sehe Feuer Musik von
Fernen Planeten erklingt sie rauscht sie wogt umspült die
Zwei Pappeln gibt es Die schwarze für euch – mir und den Meinen
die weiße«

Und Carola Ungefugger, während Borkenbrod rezitierte, wurde ganz still: einen grausamen Frieden in sich.

6

Der Schnelle Jäger nahm nicht den Weg übers Europäische Dach, sondern navigierte, da Goltz auf Eile gedrängt hatte, per Handsteuerung vom Ulmer Bezirk unter Umgehung der Brache westlich zur Gmünder Schleuse, um über die Ostdiagonale des Crossbar Networks ein paar Sekunden später bei Weilburg wieder aufzutauchen und dann das kurze Stückchen nach Koblenz konventionell zurückzufliegen. Aber er kam in Weilburg nie an. Dort brach fast im selben Moment, da der Gleiter in Gmünden eingetaucht war, das gesamte Kontrollsystem zusammen, und die Weilburger Schleuse kollabierte. Dreiunddreißig Menschen, die in ihren Fahrzeugen in der Warteschlange saßen, kamen dabei um. Lange spürten die Signaturdetektoren nicht einmal die zertrümmerten Elektronen des Schnellen Jägers auf. Sofort ließ Goltz sämtliche Lappenschleusen versiegeln und ihre Benutzung vorübergehend untersagen. Er saß an seinem Schreibtisch und starrte vor sich hin, dachte nicht eigentlich nach, sondern konzentrierte sich auf ein Gefühl, die Hintergrundstrahlung eines Instinkts. Irgend etwas hatte sich, spürte er, *neben ihm* vollzogen. Soviel ihm bekannt war, hätte, was geschehen war, nicht geschehen können, sofern nicht von außen auf die Schleusen eingewirkt worden wäre. Aber was hieß ›von außen‹? Niemand kam in die Schleusen hinein. Es sei denn über Stuttgart. Und datisch? Waren die Schleusen Cyberräume, Räume überhaupt? Irgend etwas ließ Goltz an die von dieser Ostholomorphin, Tranteau, in Ungefuggers Auftrag entwickelten Selbstprojektoren denken, vermittels welcher Holomorphe – also Programme – außerhalb der Hodnakuppel zu materieller Gestalt finden konnten. Hatten sie es nun auch geschafft, in fremde Daten- ja: -räume vorzudringen, selbst solche, deren Zugang sich lediglich über den Zentralcomputer beschaffen ließ? Das hätte bedeutet, sie hätten sich bis nach Stuttgart eingehackt. Besonders alarmierend aber war der Befund, es sei der Polizeigleiter ganz offenbar vor seiner Zerstörung kopiert worden – und diese Kopie war verschwunden. Sie hätte da sein müssen, Energie ging nicht verloren, das war gesichert. Konnte man sie aus der Schleuse abgesaugt haben? Und wozu? Um sie in einen anderen Cyberraum zu bringen, nichts anderes schien geschehen zu sein, auch wenn die Wissenschaftler eine solche Möglichkeit aus jeder Realität wiesen. Hieß das aber nicht, daß Menschen, reale Personen, jetzt wirklich zu Holomorphen geworden waren in einer rein holomorphischen, einer datischen Welt? Das war etwas prinzipiell anderes, als Daten zu verseuchen oder gefälschte Daten in Umlauf zu bringen – eine bevorzugte Widerstandsform der Myrmidonen, seit sie mit der UHA zusammenarbeiteten.

Und doch hatte Goltzens Unruhe nicht in den Rebellen seinen Grund, sondern er mußte sich einer alten Begegnung mit dem Unsterblichen entsinnen, der heute Europas Präsident war. »Den Einfluß der Natur Stück um Stück zurückzudrängen und Haus für Haus zu verkünstlichen«, er erinnerte sich genau, »wir leben in einer Übergangszeit, Herr Goltz, wir müssen die Nation körperlos machen.« Die Lappenschleusen waren als Übergänge konzipiert und funktionierten so auch, das stimmte, aber was, wenn sie gar nicht dazu gebaut wären, Leute von Ort zu Ort zu transportieren, sondern ...? – er sprang auf – »*von Medium zu Medium*!«. Er orderte einen Gleiter und stand Minuten später und wie von der knallenden Tür in den Laborraum gestoßen kurzatmig vor Beutlin: »Was wissen Sie von den Lappenschleusen? Herr Beutlin, was geschieht in den Lappenschleusen?! Was geschieht darin *wirklich*??!« Der Informatiker sah den Polizeichef mit offenem Mund an: derangiert hatte er ihn noch nie erlebt. »Herr Goltz ...« »Sprechen Sie, Mann, oder ich lasse Sie ...«, gezischt: »... Sie ...« brach ab. Beutlin, ratlos: »Ich verstehe wirklich nicht.«

Es kostete Goltz eine Sekunde, um zu begreifen, daß Beutlin ahnungslos war. »Ich will einen Kaffee«, sagte er, »sofort.« Und setzte hinzu: »Einen *echten*. Von Ihrer Datik habe ich, sollte ich richtig liegen, die Schnauze ziemlich gestrichen voll.« Beutlin zog die Augenbrauen zusammen: »Was haben Sie entdeckt?« Goltz nahm endlich Platz. »Sie arbeiten weiter an den Selbstprojektoren?« fragte er. »Ja sicher. Sie wissen, wir haben sie mittlerweile auf Scheckkartengröße gebracht. Die halbe Ostmiliz ...« »Es ist der Beginn einer Forschung, nicht ihr Ziel, schon gar nicht ihr Ende.« »Wenn Sie bitte ...« »Hören Sie, ich habe Sie das schon einmal gefragt! Wenn es möglich ist, Holomorphe vermittels dieser Geräte zu materialisieren, wäre dann nicht ebenfalls denkbar ...?« Er stockte. Was für ein Unsinn, dachte er. Beutlin aber zischte durch die Zähne, was ihm ebensowenig anstand wie dem Polizeichef Exaltation: »Was ist geschehen?« »*Einen Kreuzzug werden wir führen*«, zitierte Goltz. »Bitte?« Leise sprach Goltz weiter: »*Macht euch die Erde untertan ... ein Neues Christliches Weltreich werden wir errichten* ...« »Herr Goltz!« »Sind Sie schon mal in Stuttgart gewesen, Beutlin?« »Im Zentralareal?« »Haben Sie diesen Riesenrechner gesehen ... mit eigenen Augen, meine ich? Kennen Sie jemanden, der dort arbeitet und mir ... Auskunft erteilen ...?« »Sicher nicht. Nicht einmal wir«, er meinte die leitenden Mitarbeiter der SIEMENS/ESA, »haben da Einsicht, von Zutritt zu schweigen.« »Ich bin der Sicherheitschef Europas!« Fast hätte Goltz mit der rechten Faust auf die Lehne des Rollsessels geschlagen, beherrschte sich aber. »Stuttgart«, setzte Beutlin vorsichtig nach, »ist direkt Pontarlier unterstellt.« »Deters ist wieder verschwunden«, sagte Goltz übersprunghaft. »*Wie*?! Das ist es, was ...?!« Und auf Goltzens heftigen Blick: »Verzeihung, aber daran sind wir doch mittlerweile gewöhnt.« Er verwandte absichtlich dieses *wir*. Goltz: »Er ist in einer Lappenschleuse verschwunden.« »Das geht nicht.« »Wie?« »In Lappenschleusen kann man nicht verschwinden.« »Ich weiß, ich weiß. Sie wurden ja auch gefunden, aber zerfetzt.« »Das kann nicht sein«, dennoch, er entsann sich einiger Vorfälle, ziemlich katastrophaler, aus den Anfangszeiten der Technologie. »Lappenschleusen sind Kabel, Herr Goltz, die Ziele eines Elektronenflusses definiert. Man wird nicht durch den freien Raum geschickt, sondern hodnastatisch molekular transformiert ... mehr passiert da nicht.« »Über Glasfaserkabel?« »Ja ... schon ...« »Wie herkömmliche Telephone? Wie der Stromkreis?« Goltz setzte sich auf und besah mißtrauisch den herbeigebrachten Kaffee. Seltsam roch der, nach Schwimmbad irgendwie. Er schwieg ein paar Momente. Dann: »Es gibt also Weichen. V i e l e Weichen.« »Theoretisch.« Wieder Schweigen. Goltz sprang hoch. »Was sind wir für dumme Leute, Beutlin! Zu denken, die Schleusen seien gesichertes Wegesystem! – Sie werden *alle* von Stuttgart gesteuert?« »Ja, ich sagte doch schon ... Sie wissen ...« »Vermittels Elektrizität?« »Und Hodna.« »Hodna, ja, auch das noch. Und Stuttgart steuert überdies das Web. Also drei Bezugssysteme, und sie kommunizieren miteinander ...« »Sonst funktionierten sie nicht.« »Es *muß* also Schnittstellen geben.« »Es ist völlig unmöglich, Herr Goltz, von einem Stromkreis aus in die Hodnastrahlung ...«, brach ab, merkte selbst, er redete wunschgedacht. »Ich glaube, daß Sie sich irren«, sagte Goltz. »Wir haben uns alle geirrt.« Er schüttelte den Kopf, ging heftig auf und ab. »Dieser Narr!« rief er, und Beutlin fragte nicht nach, wen er meinte. »Herr Beutlin – noch einmal: Ist es theoretisch möglich, nicht nur Programme holomorph zu realisieren, sondern ... Lassen sich aus uns, Herr Beutlin, Holomorphe machen ... *komplett*, nicht nur als Programme? Keine datischen Kopien, sondern *Wesen*, Beutlin ...?« Der konnte nicht anders, als ein zweites Mal durch die Zähne zu pfeifen. »Deshalb hat er Präsident werden wollen«, flüsterte Goltz, und Beutlin, erschreckt ein wenig die Augen aufreißend, merkte endlich, von wem die Rede ging. »Es ist klar«, sagte Goltz im alten herrisch leisen Ton, »daß hiervon kein Wort nach draußen dringt. Ach ja, lassen Sie mich noch mal ein paar Blicke in Ihre künstlichen Welten werfen.« »Garrafff?« »In irgend eine ... – Könnte Deters aus einer anderen Cyberwelt stammen? Ich meine, wenn stimmt, was wir hier spekulieren? Könnte er bewußt realisiert worden sein? Könnte er woandersher zu uns kopiert worden sein?« Überlegte einen Moment. Ein Testprogramm Ungefuggers, dachte er. Er entsann sich des wirren Zeugs, das Schwanlein und Klipp seinerzeit gesprochen hatten. Um sich zu bestätigen: »Ist er selber ein Programm?« »So etwas überstiege bei weitem unsere technischen Möglichkeiten ...« »... aber seine vielleicht nicht.« »Deters?« »Ich meine die Regierung, Beutlin, ich meine Pontarlier!« »... abgesehen davon, daß ich mir nicht vorstellen kann, warum so etwas ...« »Sind Sie sich sicher, Beutlin, daß es sich bei Ihnen um eine reale Person handelt? Bin ich mir meiner sicher? Wie reagiert ein Holomorpher, wenn man ihn sagen wir: als Krebskranken programmiert?« »Warum sollte man das tun? Holomorphe sind datische Roboter, wenn Sie so wollen.« Er räusperte sich, denn im Moment fielen ihm selbst Hunderte Gründe ein; es war geradezu ein Wunder, daß derhalb noch niemand auf die SIEMENS/ESA zugekommen war. Oder war man das? »Um Gottes willen«, entfuhr ihm. »Wie reagiert er?« insistierte Goltz, eine Spur schärfer. »Ja, äh«, so Beutlin, »wie reagiert er schon? Wie wir reagieren würden. Er hat Angst, er hat Schmerzen, und wenn sein Programm schwere schnellbildende Sarkome vorsieht, wird er sterben.« »... wenn man sein Programm nicht repariert.« »Richtig.« »Ein Holomorpher muß nicht wissen, daß er einer ist?« »Nicht notwendigerweise. Er könnte leben – oder sterben – wie ein gewöhnlicher Mensch.« »Wie Sie und ich.« Sie wußten beide, daß sie Schulbuchweisheiten austauschten, aber auch, daß das den grundlegenden Fragen keinerlei Bedeutung nahm; man hatte sich bloß angewöhnt, sie nicht länger zu stellen. »Also er würde zum Arzt gehen. Und der Arzt würde nicht merken ...« »... nicht, solange er keine DNS-Analyse durchführt.« »Und der Arzt muß es ihm nicht sagen. – Er würde auch ganz normal essen, wenn seine Dateien das vorsehn.« »Er könnte schlingen, wenn dem Programmierer so was eingefallen ist.« Goltz wies auf die Screens: »Und wenn man ... eine *ganze Welt*?« »Das überstiege nun wirklich die Kapazität jedes sogar vorstellbaren Rechners.« Wie bekomme man sich, hatte Ungefugger gefragt – neun Jahre lag das zurück –, auf eine Diskette ...? »Wie oft benutzen Sie eine Lappenschleuse, Beutlin?« »Täglich, sowieso. Ich wohne in Dillingen, Herr Goltz, wie Sie ... ich geh mal davon aus, daß Sie meine Personaldatei ...« Goltz winkte wegwerfend ab. »Wie viele Leute benutzen täglich Lappenschleusen?« »Tausende?« »Hunderttausende?« »Millionen vielleicht.« »Wird darüber Protokoll geführt?« »Sie müßten das wissen.« »Ich weiß gar nichts mehr.« »Und wer – ich bitte Sie! – soll diese Myriaden Daten sichten?« »Sie, Beutlin.« »Das ist völlig unmöglich!« »Ich will so schnell es geht die Namen aller Einwohner, die noch nie eine Lappenschleuse passiert haben.« »Herr Goltz!« »Was sitzen Sie da noch rum? Gehen Sie an die Arbeit!« »Das kann Jahre dauern!« »Sie haben eine Woche. Na gut, zwei Wochen. Und keine Stunde mehr. Ich brauche Zeit. Ich muß überlegen, was zu tun ist. Beutlin, Sie sehen vor sich einen restlos ratlosen Mann. Aber einen, der keine Sekunde zögern würde ...«, winkte abermals ab, »... also halten Sie sich bedeckt!«

Goltz brauchte für seine Entscheidung einen knappen halben Tag. Er stellte Beutlin unter Bewachung. »Keinen Ton gegenüber Pontarlier! Wenn irgend jemand von unserer Unterhaltung erfährt, dann sind Sie, Herr Beutlin«, das *Herr* betont, »nicht nur, was ich für sehr wahrscheinlich halte, bereits holomorph, sondern *gar nicht* mehr.« – Nun war Beutlin ohnedies nicht versucht zu plaudern. Doch hätte Goltz recht und er, Beutlin, wäre längst datisch, was er gleichermaßen für absurd hielt, wie es ihn erschreckte, hätte er gar nichts verheimlichen k ö n nen. Die Datenfülle wäre für einen wie ihn, der an so exponierter Stelle tätig war, ein kaum verläßlicher Schutz.

Diesem Gedanken hing selbstverständlich auch Goltz nach, wobei ihn erstaunte, wie gereizt er war; etwas Neues, eine Art rebellischer Impuls, durchpochte ihn zwar unterschwellig, aber wahrnehmbar. Woher rührte der? Weshalb sollte jemand in das Programm, das zu sein er fürchtete, potentielle Widerständigkeit hineingerechnet haben? Die alten monotheistischen Fragen kehrten zurück, lächerlich zugleich, doch von enormer Virulenz. Konnte es sein, daß allein die *Größe* einer Datei, eines Systems – einer Matrix, dachte er – innerhalb der ihr zugeordneten Strukturen selbständige Entscheidungsprozesse in Gang setzte, daß also auch ein kybernetisches Programm evolierte? So daß Ungefuggers Vision einer datisch bereinigten, datisch kontrollierten und datisch befriedeten Welt sich selbst außer Kraft setzte? Reproduzierten Computer die Natur?

Damals schon, im Zimmer des alten Präsidenten, als Ungefugger Präsident noch nicht gewesen war, hatte Goltz etwas nagend Widerstrebendes, hatte er an dem Unsterblichen etwas gespürt, eine zu jedem Endsieg entschlossene Tugend, die ihn furchtbar leise schreckte. Doch er hatte sein inneres Vorbeben diszipliniert, war obendrein von dem Verbalduell berauscht gewesen und hatte sein Erschrecken für eines vor Ungefuggers Exaltation gehalten. Außerdem war er ein Mann der Sicherheit; weshalb hätte er eine Technologie ablehnen sollen, die einem die größte Übersicht schenkte?

Er hatte sich geirrt. Das machte ihn, auch dies war neu, zornig.

Um sich nicht hinreißen zu lassen, wartete er weitere fünf Stunden ab, webbte zweimal mit seiner Frau, die ein wenig erstaunt über diese seltsame Gegenwart ihres Mannes war, schwieg sich selbstverständlich aus; er wußte gar nicht, was er von ihr wollte. Bloß daß er den Unsterblichen momentlang bewunderte: Also bereits zu Zeiten Jensens, von dem er, Goltz, mit Leni zusammengebracht worden war, hatte Ungefugger seinen kybernetischen Heilsplan verfolgt, und die Ehestiftung war eines unter Tausenden Puzzlesteinchen gewesen, aus denen der Mann in einer Stuttgarter Datei die nach den Paradigmen des christlichen Monotheismus programmierte Welt synthetisieren ließ: asexuell und von allem Organischen frei, abstrakt und logisch, kurzum binär. Aber auch das hätte Goltz nicht zu scheren brauchen, er war viel zuwenig emotional – oder war das gewesen –, um nicht die staatspolitischen Vorteile unmittelbar erkennen und im Grunde gutheißen zu müssen. Was aber, wenn Ungefuggers Christliches Weltreich komplett war? Was, wenn er den Zugriff auf jeden Baum, jedes Haus, jeden armen Köter h ä t t e in dieser datischen, dachte Goltz, *Anderswelt*? Was täte er dann mit der Wirklichkeit? Die Mauer einreißen, damit sich, um in den Termini der Ostler zu sprechen, Thetis auf Europa stürzte, auf das sie anscheinend so hungrig war? Und die AlleghenyStaaten? Hatte Ungefugger die gleichfalls verschaltet? Und die chinesischen Piraten? Die Achäer? Ließe er sie zurück auf der verwüsteten Welt? Hatte er ein Auswahlverfahren, durften nur Ausgesuchte in das Paradies? Hing e r denn, Goltz, an den alten Ungeheuern? Hing er an Arbeitslosen Perversen Kriminellen? Er schaute sich seine Finger an. Was hatte er mit seinen Fingern zu tun? Sein Unbehagen nagte und nagte.

»Angenommen, wir haben recht«, sagte er nächstentags zu Beutlin, »können dann Ihre Welten«, Wink zu den Screens, »mit uns interagieren?« Beutlin nickte. »Dann, Herr Goltz, wäre alles möglich. Eine Unendlichkeit miteinander verschränkter Realitäten, verzweigt und verknüpft wie die Neuronenverbände eines Gehirns, Handel treibend, Krieg führend, liebend, musizierend... David Bohm hat gemeint, daß der Mikrokosmos des Gehirns die Struktur des Universums repliziere.« »Unübersichtlich«, sagte der Polizeichef. Beutlin mußte lächeln. »Sehr unübersichtlich, Herr Goltz.«

7

Deters hatte gar nicht bemerkt, wie ihm geschah. Sie waren kaum hinter die Lamellen der Schleuse getaucht, Schwindel wirbelnden Bewußtseins tonlose Schreie zentrifugales Drehen, und Deidameia, Ellie Hertzfeld, sah ihn an: »Willkommen in der Abstraktion«, sagte sie und fügte nicht ohne Bitterkeit hinzu, »unserem kybernetischen Läuterungsberg.« Es leuchtete giftig ein ungefähres Licht aus Blei. Verängstigt saßen die SZKler in einer Ecke des Energieschachts, alle anderen standen bis über die Waden in irisierendem Fließen, den Polizisten reichte es bis an die Brust. »Er riecht gut«, bemerkte die kleine asiatische Frau, die ihm vermittels eines Dietrichs aus den Handschellen half. »Hat er vor kurzem geliebt?« Aissa die Wölfin reichte ihm eine Kutte, damit er sich vor den fliegenden Blicken der Rebellinnen verhüllen konnte. »Gegen die Strahlung«, erklärte sie aber. Die Myrmidoninnen hatten, wie einst in Landshut, nicht viel Kontakt mit Männern; Holomorphe waren in den seltensten Fällen auf Erotik entworfen.

»Er hat einen Fehler gemacht«, sagte Deidameia später, »er hätte dich nicht durch den DatenLeiter transportieren lassen dürfen. So konnten wir dich abfangen. Du hast Glück gehabt, Hans Deters, daß ich dich beschatten ließ. Leider wird es jetzt nicht mehr lange dauern, bis er«, Deters wußte, sie meine Goltz, »begreift. Es kann gut sein, daß er ... wie schon einmal in Ingolstadt ... mit seinen Truppen ... – Aber das war vor meiner Zeit, und wir sind darauf eingestellt. Unterdessen existiert das Boudoir ungefähr einhundert Mal.« »Einhundertundfü n f Mal«, sagte Veshya streng. »Einhundertundfünf Mal«, korrigierte sich Die Wölfin und setzte hinzu: »Es wird ihm, glaube ich, sehr schwer fallen, alle einhundertfünf Zentralen zugleich anzugreifen. Auch ich existiere einhundertfünf Mal, einhundert*sechs*, mit d i e ser Kopie.« Deters schüttelte mokant den Kopf. Deidameia einfach weiter: »Was ich noch nicht verstehe: Was tut Ungefugger mit den Molekülen? Sammelt er sie? Setzt er sie anderswo zusammen?«

Sie saßen in der Computerzentrale des BOUDOIRS, welchen BOUDOIRS auch immer. Hier hatte Deters einen Anzug bekommen, sogar an Unterwäsche war gedacht. Die Frauen genossen es, ihn sich ankleiden zu sehen. Welch ein Unsinn, nur Männer für voyeuristisch zu halten. Der Gedanke vergnügte ihn und gab ihm Sicherheit. Außerdem war er den häßlichen Anorak los.

»Vernichtet er sie?« fragte Deidameia wieder. »Wir hängen an unseren Körpern. Das ist altmodisch, ich weiß, aber«, sie lächelte, »wir sind aus dem Osten.« Auch Deters, als Wessi, lächelte. »Und Ihre Holomorphen?« fragte er. Deidameia stutzte. »Ja, das ist richtig. Das ist ein Problem. Die Tranteau...«, fragender Blick. Deters: »Ich bin ihr mal begegnet.« »... war angetreten, sie zu emanzipieren. Das will und muß auch ich mit ihnen erstreiten. Selbstverständlich kommt ihnen eine rein datische Welt entgegen. Nur daß Ungefugger, glauben wir, vorhat, alle übrigen Realitäten löschen zu lassen. Er will eine einzige – ein monogames Paradies. Hast du jemals von den ASSEMBLIES OF GOD gehört?« Als Deters den Kopf schüttelte: »Alles, worauf es ihnen ankommt, ist Produktion. *Oralabora*, wenn du so willst. Ungefugger hat sich als Ehrenmitglied zuwählen lassen. Das paßt, nicht wahr? Wahrscheinlich will er nicht nur Verteilungskämpfe zwischen den Kirchen vermeiden, sondern seine neue Welt ökumenisch zentral organisieren. Wir hingegen wollen so viele Welten wie möglich. Wir sind für Willkür, Hans Deters. Wir wollen Ekstase, nicht Ordnung. Dafür kämpfen wir, ja, auch mit Gewalt. Und meine Holomorphen ... wenn sie sich wirklich autonomisieren wollen, müssen die Leidenschaft lernen. Das geht ihnen ausgesprochen gegen die Ontologie. Wer nur aus 1 und 0 besteht... – Sie«, ihre Linke wies auf das gerahmte Porträt, »wollte bloß die Kontrolle über den Datenkörper gewinnen, die kybernetischen«, lachte auf, »Produktionsmittel enteignen. Im Grunde stand sie Ungefugger sehr nah. Der Nano Cyborg, wenn du verstehst... die ultimative, transhumane Humanität... Nun aber vertreten wir das Menschenrecht auf Unmoral und bringen den Programmen das Tanzen bei.«

Deters staunte sie ein bißchen an und war überhaupt nicht besorgt; hatte allerdings ein seltsam hohles Hautgefühl, kam sich entkernt vor. Er konnte dem aber nicht nachspüren, schaute sich nur, wie fast zur selben Zeit Goltz, immer wieder seine Hände an.

Momentan holte Deidameia Luft. Dann hob sie ihre Linke und agitierte weiter: »Wir wollen, Hans Deters, nicht korrekt leben. Wir wollen Risiken. Wollen Rauschgifte nehmen und mit überhöhter Geschwindigkeit fahren. Wollen übernächtigt sein

und uns betrinken, wollen leiden, weil das die Lust anfacht.« I
terbrach sich, fuhr sich durchs Haar, sagte: »Na ja.«

»Und was haben Sie jetzt vor? Ich meine«, lächelnd, »Bombe
zu legen ist doch irgendwie *out*, wenn der Staat die Hardware von sich aus abschafft. Da kann sich Ungefugger bei jeder Sprengung doch nur die Hände reiben ...« »Deshalb brauchen meine Holomorphen nicht nur mich, sondern ich sie auch.« »Um Datenräume hochzujagen?« »Auch. Je feingliedriger, je entwickelter ein System ist, desto anfälliger ... Wir haben ein ganzes Asservatendepot aus Viren und Dämonen und trojanischen Pferden. Aber wir schaffen es nicht in den Hauptrechner. Dabei ist Pontarliers neuralgischer Punkt Ungefuggers Zentralismus, und die Lappenschleusen sind die Pfade ins Herz seines künstlichen Gartens Eden. Du hast ja gesehen, wir beschaffen uns ohne die offiziellen Schleusen Zutritt. Aber kommen nicht weiter. Er hat derartig zementierte Datengitter hochgezogen ... da bliebe nur ein materieller Marsch auf Stuttgart. Doch ich habe keine Armee, und die paar Selbstprojektoren ...« Sie gab sich einen sichtlichen Ruck. »Ich habe nachgedacht. Wir brauchen einen, der uns da einschleust. Einen Irritanten.« »Sie meinen mich?« »Einen *von draußen*«, sagte sie und zog zwei scheckkartengroße Plättchen aus ihrem Kostüm; sie sahen wie Telephonkarten aus. »Ich will, daß du das hier in deine Welt bringst.« »Was ist das?« »Das sind Selbstprojektoren.« »So klein? Ich kenne sie als unhandliche Kästen, in die man Disketten schiebt.« »Das ist lange her.« »Aber zwei? Wieso ...« Er verstummte, besah abermals seine Hände. »Sie meinen, die sind nicht echt?« »Tut mir leid.« »Ich verstehe, glaube ich, nicht richtig.« »Wir mußten den Jäger zerstören und haben dich vorher kopiert.« »Ich bin eine Kopie?« Hatte er sich nicht selbst einmal, vor Jahren, einen *chip* genannt? Warum hatte er bloß keine Angst? Nur etwas mau war mir zumute, als ich sagte: »Dann komm ich doch *gar* nicht mehr zurück ...« »Mit dem Selbstprojektor schon. Gewöhn dir an, ihn bei dir zu tragen. Er

läuft mit Batterien auf Hodnabasis. Du mußt also von Zeit zu Zeit wieder zurück.« Er, betont launig: »Tanken.« Sie: »Es gibt doch ein Stuttgart bei dir?« »In Deutschland?« »Wo du herkommst.« Deters nickte. »Dann fahr da hin. Leg einen der Projektoren genau dort ab, wo hier bei uns der Zentralcomputer steht.« »Was soll das helfen? Es ist ein anderes Stuttgart.« »Jede mögliche Welt enthält Elemente aller anderen.« Sie schwieg einen Moment. Dann: »Jedenfalls gibt es starke Indizien dafür. – Komm mal her.« Sie war aufgestanden und schritt an einen der Tische, auf dem sie eine Ammoniakpause entrollte. Die zusammenfedernden Blattkanten beschwerte sie mit einem Floppy links und einer Handgranate rechts. »Du wirst den Selbstprojektor irgendwo hier verstecken«, sie drückte den linken Zeigefinger so fest auf einen kleinen schwarzen Kreis, daß der Nagel ganz weiß wurde. STAATSGALERIE stand darunter. »Und vergiß nicht, ihn vorher einzuschalten.« »Na ja gut, aber wie k o m m ich heim? Seit Wochen versuche ich ... seit Jahren«, er stockte, das stimmte ja alles nicht, »seit ... – Welchen Tag haben wir heute?« »Den ersten November, weshalb?« Deters schüttelte den Kopf und verzichtete darauf, »Na sehn Sie« zu sagen. ›Aussichtslos‹, dachte er. Deidameia: »Was hattest du erzählt, wo du hereingekommen bist? W i e hieß diese Kneipe?« »Café Silberstein, hier bei euch Samhain.« Sie warf Leagore einen Blick zu, die sofort etwas in ihren Computer tippte. Wir warteten. Leagore fuhr auf dem Monitor mit einem Mittelfinger über die Tabelle, nickte. »Ja, da gibt es eine Schnittstelle.« »Dann aktiviere sie.« Und zu Deters: »Ich lasse dich hinbringen. In einer halben Stunde bist du zu Hause.« »Ach ja?« Er tat absichtlich unbeeindruckt. Sie merkte das. Schön sah sie aus. Schön und streitbar. »Noch mal zu Stuttgart. Ich lasse dir einen Ausschnitt der Karte kopieren.« »Ist das eine von denen, die Odysseus Borkenbrod mitgegeben hat?« »Die Odysseus vor vielen Jahren von Gerling bekam. Ja. Als sie entworfen wurden, steckte das ungefuggersche Transformationsprojekt noch in den

Babyschuhen und war wirklich weit entfernt von jeder Realisierung. Das erklärt manchen Fehler. Dennoch sind wichtige Schnittstellen schon eingezeichnet. Aber Stuttgart war bereits als Zentrale geplant. Außerdem sind bereits gut ein Fünftel der heutigen Lappenschleusen verortet ... das hier ist der Laserzaun, hier sind die datischen Übergänge nach Westen.« Kein Wunder, dachte Deters, daß die Mongolin nichts mit der Karte hatte anfangen können: *Übergang* war datisch gemeint. Deshalb war das von Odysseus als Schwachstelle des Laserzauns fehlinterpretierte Planquadrätchen nie auffällig geworden. »Haben Sie jemals Wälder gesehen, Frau Hertzfeld?« Die Frage war ein verrückter Einfall. Erstaunt sah die Rebellin auf. »Wälder? Wie im Osten?« »Grüne Wälder, blühende Wiesen, die Sumpf- und Auenlandschaft des Spreewalds ... oder das Mittelmeer, Frau Hertzfeld, Italien, die Sabiner Berge.« Er wunderte sich selbst, wie offen sentimental er war. Glaubte er etwa daran, daß er heimkam? – Deidameia unterbrach den Gefühlsschwapp freundlich, aber entschieden. »Davon kannst du mir ein andermal berichten.« »Es wird ein andermal geben?« »Hans Deters, du hast noch immer nicht verstanden! Wir können kommunizieren, wir können uns austauschen und besuchen ... jederzeit ... wenn wir Ungefugger stoppen. Wobei ich dir hoffentlich nicht erzählen muß, daß es um ihn persönlich nicht geht. Ohne die Kräfte, die hinter ihm stehen, wäre er nichts als ein verbohrter Sonderling. Doch die Leute scheinen ihre eigene Vernichtung als Genuß zu erleben. Das ist der eigentliche Skandal, daß sie sich um ihn reißen ... Arbeiter und Angestellte ... machtgeile Unternehmer, gelangweilte Hausfrauen, Kinder, Mütter, alle.« »Und die Polizisten?« »Wie?« »Was ist mit den Leuten von der SZK, die Sie mit mir ...?« Sie zog die Brauen zusammen. »Wieso interessiert dich das?« »Werden Sie sie umbringen?« »Es sind Programme, Holomorphe, wie du.« »Ja eben, was werden Sie tun?« »Schwierig.« »Als Myrmidonen anwerben?« »Es sind feindliche Programme.« »Programmieren Sie sie um.«

»Das kann ich nicht. Das darf ich nicht. Die Charakterprofile sind zu betrachten wie Persönlichkeiten.« »Ich verstehe nicht.« »Wenn ich damit einmal anfinge ... So etwas tut Pontarlier. Unsere Gemeinschaft basiert auf der Unantastbarkeit des einzelnen ... egal ob Bit oder Zelle.« Deters nickte, zögerte, fragte nicht weiter. »Es herrscht Kriegsrecht«, sagte Deidameia, als hätte sie sich verteidigen müssen. Deters: »Und mir vertrauen Sie?« »Goltz ist nicht dein Freund. Übrigens wird er dich nicht nach Hause bringen.«

So ging es also zum SAMHAIN, das Deters sehr lange, dachte er, nicht mehr gesehen hatte, auch wenn er erst heute morgen davorgestanden. Deidameia ließ ganz dieselbe Imaginationstür öffnen, ganz dasselbe schattige, aufrecht stehende EnergieGewässer, das ihn bei ihrer beider letzten Begegnung ins BOUDOIR geführt hatte. Nun gähnte dahinter ein blauschwarz gekräuselter, von einem ähnlichen Bleilicht erfüllter Gang wie jener andere zwischen Gmünd und Weilburg. Dies zu beschreiten war nun nicht mehr so einfach, aber nachdem ihm Deidameia beide Projektoren zugesteckt hatte – auf einem das gelbe Emblem von FERRARI, auf dem anderen eine FIELMANNWerbung –, stießen ihn die vier Rebellinnen einfach hinein. Er hörte Deidameia noch sagen, sie hoffe, ihn bald, drüben bei ihm ... – dann brach der Ton weg, und es wurde minutenlang, schien mir, absolut still. Doch sicher brauchte es keine Sekunde, bis wi ässender Schmerz über der Nasenwu Sanitäter rannte mit Kompressen DEL FUOCO Akustik verändert der Nachthall. Im Knall die ganze Baubude weg. Sirren Menschenstimmen Schreie. »... besoffen is er!« Ich schleuderte herum, wollte zuschlagen, saß vor dem Monitor, ein Geräusch hinter mir DAS MITTELALTER IST EWIG die Kartoffelkiste Durchgang zwischen den Pflanzenkübeln Colón das Treppenhaus der Wilhelm-Leuschner-Straße 13, bitte?« Frau Harlte hatte die Tür nach innen aufgezogen. Sie starrte mich an wie einen Geist. »Entschuldigen Sie«, hörte ich mich sagen, »Sie müssen wirklich entschuldigen.« Ich war barfuß. Ich trug einen Pyjama.

Ihre Nägelfinger pinnten mir Blicke im Nacken. Dann klingelte es an der Wohnungstür, ich ging öffnen, sah hinaus in einen baustellenartigen Hinterhof, der nach nassem Holz und Zement roch. Mischmaschinen standen herum Hebekräne Eimer Geröll. Sandhaufen waren hochgeschichtet, Pfützen glitzten. Ich setzte mich. Sah auf. Blickte über meinen Kaffeetisch, die MÄNNER VOGUE vor mir. Das Gerüst des Bremer Wallcafés Metallstreben Blechgitter fingerdicker rotbrauner Draht. Ich hatte die Illusion, auf einen Dachgarten geraten zu sein, der seinerseits ummauert und überdacht ist. Leises Stimmenwogen. **WO MÄNNER ZÄRTLICHKEITEN AM MEISTEN LIEBEN.** Und da, hier drüben gleich, saßen Claus Falbin, mein altes anderes Ich, und ich selbst, Laupeyßer, der, in einer Kakaotasse rührend, auf seinen Hinterkopf blickte, im Spiegel, selbstverständlich im Spiegel - Gott, was war ich damals noch jung! Und wie wenig wußte ich schon, hatte ja auch den Paß noch nicht, der

Diesen Moment nutzte ich, ich musste schnell sein, hatte gewartet auf solch eine Chance, kopierte Deters mit zweidrei Funktionsbefehlen in eine Zwischendatei und löschte ihn aus Buenos Aires. Als sein Platz frei geworden war, trat i c h den Weg ins SILBERSTEIN an. Sabine? Leb wohl. Einen warmen Mantel brauchte ich nicht. Zwar war November, aber dort, wohin ich mich nicht bloß kopierte, sondern erst ließ ich mich cutten, dann pasten, würde eine schöne Juninacht sein.

Deters' Sachen, aus der Archivdatei, verschob Herbst in die letzten paar Kilobytes vorm SILBERSTEIN. Erst freilich hatte er eine Selbstkopie auf F verfertigt, sich dann in das Datenneuron eingeführt, aus welchem Deters gelöscht worden war, wonach ein vorherprogrammierter ZeitschaltungsBefehl ihn seinerseits aus Garrafff löschte. Er hatte das Verfahren von DESTROY ME[22]

22 Ein seit wenigen Wochen auch im Handel erhältliches Computerspiel, das sich, wurde es besiegt, selbst löschte.

übernommen und löste folgerichtig den Systemabsturz aus. Die Alarmsirene schrie, und wenige Minuten später stand die Zeuner vor der Anlage. Wie hilflos ihr die Arme hingen! Davon wußte Herbst aber nichts. Es ging ihn auch nichts mehr an. Er hörte nichts, lauschte, blieb stehen, drei Türen, die Treppe führte hinab. Unten die Tür führte in eine Küche, das hatte ich so wenig erwartet wie der Itamae – so werden in Garrafff Sushiköche genannt –, verdutzt starrte er mich an, der kleine lederne Mann, und rief: »Nun aber wirklich raus hier!« Er hob sogar die Hand wie zur Abwehr. Ich lief und stolperte, riß Deters' Klamotten vom Stuhl an mich, mußte mich noch einmal bücken, die Eurocard war runtergerutscht … dann weg … dann wieder eine Tür aufgerissen und

8

Frau Ungefugger hatte Borkenbrod und seinen Sohn im Anschluß an die Séance zu einem gemeinsamen Abendessen ins ADLON gebeten. Natürlich aß sie nichts, aber der Barde … nein, auch der nicht, dafür ließ es sich sein Sohn schmecken. Er kam nicht auf die Idee, daß die Leckereien simuliert waren. Für den Aperitif saßen die drei in der Lounge. Der Raum war voll mit Teilnehmern eines Neunten Futurologischen Weltkongresses. Ungläubig staunte Jason in all dem Luxus herum. Er hatte sich wieder gefaßt, der seltsame Anflug, welcher der hagerdicklichen Frau entströmt war, war nicht länger spürbar zwischen all dem Glitzerglas, den marmornen rotglänzenden Furnieren, auf diesem enorm glatten Boden, von dessen hodnischem Wesen nur sein Vater, der sich die Ferse rieb, wußte, jedenfalls etwas ahnte. Sehr wahrscheinlich hockten sie real auf Sperrmüllgestellen oder kybernetisch in Kraftfeldern, und sie nahmen natürlich auch keine wirklichen Getränke zu sich. Wirkliche Getränke, dachte Der

Barde, gebe es nur noch in Leuke – und im Osten, wo sie widerlich schmeckten. Und sah deshalb halb liebevoll, halb aber ärgerlich zu, wie sich der Junge mit datischer Schokolade verstopfte.

»Sie sind also ein wirklicher Dichter«, sagte die Präsidentengattin und lockerte mit der linken Hand, an dem Zeigefinger einen fetten Amethysten, der, Geschenk ihres Mannes, kanonisch glühte, ihre Ondulationen. »Ich habe immer einen Dichter kennenlernen wollen.« Sie trug, ihrem uneindeutigen Leib sehr angemessen, ein weites schlichtgrünes, sich mehrfach fältelndes Velourskleid und an den Füßen schwarze chromglänzende Stiefel mit halbhohen abgeschrägten Absätzen. Borkenbrod hingegen wie immer den fadenscheinigen Anzug, dessen Hosenboden fast so schimmerte wie der Ungefugger Ohrgehänge.

Er antwortete nicht.

»Es gibt keinen Grund, daß Sie sich vor mir fürchten. Ich will Ihnen helfen. Sie haben doch sicher schon daran gedacht, Ihr Werk zu veröffentlichen ... Ich weiß ich weiß, Bücher werden kaum noch hergestellt ...« Ihn, entgegnete er, interessierten Bücher auch nicht. Er wußte nicht, ob er ihr sagen durfte, wer er war, daß e r die Gedichte verfaßt hatte, die sie von den Hauswänden abschreiben ließ und auf ihren Veranstaltungen zelebrierte. »Es ist keine Schande, Poet zu sein«, sagte sie. Sie war wirklich ausgesprochen dumm. Wovon er denn lebe? Er habe eine Freundin, sie kämen schon hin. Die Ungefugger merkte, daß er ihr etwas verschwieg, aber wollte ihn nicht nötigen. Man traf so selten Künstler, und von diesem Mann ging ein Geheimnis aus, dessen Ursprung sie allerdings in dem Knaben glaubte. »Ich werde Ihnen eine Wohnung zur Verfügung stellen ... mit Blick nach Westen.« Er wolle keine Wohnung. Ihm reiche sein Unterschlupf im Quatiano. Jaja, so sie, Dichter liebten die Bescheidenheit. Ganz unerträglich, was sie sich dachte. Deshalb sagte er hart: »Ich verlasse Europa. Mich wird Thetis davontragen.« »Wie episch!« »Ich fahre nach Leuke.« »Ist das Ihr Elüsum?« Er wußte nicht, was ein ›Elüsum‹ ist und schwieg ein wenig verstockt. Der Junge riß die nächste Schokoladentafel auf und mampfte mit vollen Backen. »Was ist das, *Leuke*?« Eine Insel, es stehe eine weiße Pappel darauf... an einem See, wer darin bade, der erinnere sich. Es seien viele Pappeln vielleicht, das wisse er nicht so genau. Auch eine schwarze gebe es. Leuke liege im Westen. Er brauche ein Schiff. »Ich hatte mal eins«, erzählte sie und kicherte, »es war sehr klein, es hatte einhundert niedliche Ruder, auf jeder Seite fünfzig.« Vor bald zehn Jahren habe sie es und sein Steuermännchen auf die Bleisee gesetzt und davonschwimmen lassen. »Ein Spielzeug?« Borkenbrod spuckte verächtlich. Der lichtgrüne Batzen lag provozierend auf dem Steinparkett. Carola Ungefugger hatte noch niemals jemanden ausspucken sehen; so starrte sie fasziniert darauf und erblickte das türkise Meer vor Nizza darin. »Ich könnte Ihnen«, sagte sie, »ein solches ... ein *richtiges* Boot besorgen.« Jason rief, er wolle auch ein Boot. Borkenbrod lächelte. »Warum sollten Sie das für mich tun?« »Sehn Sie's als Geschäft. Sie geben mir Ihre Gedichte, und ich ... Nein nein, wenn Sie nicht wollen, veröffentliche ich sie nicht. Versprochen. Aber lesen – l e sen! – will ich sie!« Er habe derzeit keine, nur den Entwurf in der Kladde. Er vergesse sie immer, weil er ein Dichter des Vergessens sei. Vielleicht sehne er sich darum nach dem See der Erinnerung. Er werfe die Verse an eine Wand, dann seien sie aus ihm, und gänzlich, hinaus. – Er werfe sie an eine Wand?! – Er schwieg; wieder die Angst, sich zu verraten. Doch es war zu spät. »Sie wollen sagen: Sie s p r ü hen sie ...?!« Er schwieg. Sie schwieg jetzt auch. Nur Jason plapperte. Ob er noch einen BOUNTYRiegel bekomme? Sie ließ dem entzückenden Geschöpf einen bringen, doch ihre Stirn blieb in Falten gelegt. Konnte es sein? Es *war*. – Erstaunlich, welch ein Wandel in der Ungefugger nun vor sich ging, wie sehr sie plötzlich wirkliche Präsidentengattin wurde. Sogar ihre Sitzhaltung änderte sich, sie schlug die Beine übereinander, streckte sich im Polster fast gerade, verlor den schwärmenden Mädchenton aus der Stimme. »Ich könnte auf der Stelle Ihre Verhaftung veranlassen«, sagte sie so nüchtern, als spräche ein weiblicher Goltz aus ihr. »Mein Mann ... er ist kein Freund der Poesie, er haßt die Kunst insgesamt, egal, ob sie an Hauswänden oder bloß in den Köpfen steht.« Borkenbrods Hand war in die Tasche zur Granate gefahren, daneben fühlte er das alte Messer und, ja, auch ein Schalenstück. *Es ist ein Teil von seinem Ei*, hörte er seine Tochter sagen. Wie plötzlich die Schuppen auf seinem Rücken juckten, links und rechts der Wirbelsäule, bis in den Steiß hinab! Er schloß die Augen. Dachte weg, dachte an Elena Goltz, die er auf den Plakaten gesehen hatte. Dachte an Meroë. Dachte an die Mongolin. »Aber wenn Sie mein Angebot annehmen, müssen Sie sich nicht ängstigen.« Sie wuchs geradezu, als sie schloß: »Dann werde ich Sie schützen ... Sie und Ihren Jungen.« »Wirklich ein Schiff?« »Ich gebe Ihnen mein Wort.«

»Ich gehe nach Leuke«, sagte Borkenbrod am nächsten Abend zu Deidameia. Sie winkte ab, er hatte das schon Hunderte von Malen gesagt. Stur er: »Ich gehe nach Leuke.« »Du hast einen Sohn.« »Ich nehme ihn mit.« Sah auf, sah die Freundin an, er, Aissa der Barde, sie, Aissa die Wölfin. »Du weißt, wie gefährdet er ist«, er räusperte sich, »hier bei euch.« »Bei dir etwa nicht? Auf See etwa nicht?« »Ich habe eine Mäzenin jetzt ... und auch er, er auch hat eine Mäzenin.« Deidameia biß sich innen in die linke Wange. Ganz unrecht hatte Borkenbrod nicht. Und er hatte sich, den holomorphen Rebellen zum Trotz, niemals auf irgendeinen Datenträger kopieren lassen. Sie nahmen ihn zwar deshalb nicht für voll, aber er blieb konsequent. Deidameia hingegen, als Kommandantin, zumal Nachfolgerin der Tranteau, war bereits ganz zu Anfang nicht umhingekommen. So lebte sie mehrfach, Borkenbrod einzig. Beide waren sich ihres Unterschieds bewußt, das ging wie ein Riß durch ihre Beziehung. »Ich liebe meinen Sohn«, sagte Die Wölfin. Darauf Der Barde: »Dann laß ihn mit mir gehen.« »Eine Mäzenin, soso.« »Es ist eine beschränkte Frau.«

»Du hast mit ihr geschlafen?« »Ich habe eine einzige geliebt.« Deidameia wußte, *sie* war das *nicht*. »*Wirst* du mit ihr schlafen?« »Sie ist dumm, sie ist mächtig.« »Wer ist es?« Aber sie ahnte es bereits; er war auf der Lesung gewesen. »Sie wird mir das Boot besorgen.« »Boot?« »Ein Schiff. Ich öffne euch den Westen!« Sie sah ihn mit großen Augen an. »Ich verspreche euch«, sagte er, »den Präsidenten.« Er mußte neuerlich an Meroë denken, und ihm wurde klar, daß er in diesem Moment von ihr, Deidameia, Abschied nahm. Doch war das Band zwischen ihnen bereits gerissen, als er der Ungefugger gegenübergesessen hatte. Es war ohnedies nur aus der Liebe zu seinem Sohn geflochten, der ja mit ihm käme, und also nicht haltbarer als seinerzeit jenes, das ihn an Lykomedite Zollstein geknüpft, die Mutter seiner nie vergessenen, seiner verschollenen Tochter, des Eichhörnchens Niam.

Zwei Tage später bereits bezog Achilles Borkenbrod, genannt Chill, mit Jason, seinem Sohn, eine kleine Zweizimmerwohnung in Kehl. Das frühere Städtchen ragte mittlerweile wie ein kolossaler Monolith aus den übrigen Modulen hervor und war gegen die Arkologie nahezu fensterlos verschlossen, weil hier eines der wichtigsten Hodnawerke in Betrieb genommen war, das die Projektion mit Energie versorgte, die längsrheinisch auch optisch das Zentrum von der Weststadt trennte; zudem lag eben hier eine der wichtigsten Verbindungen dieser europäischen Stadtteile.

Deidameia selbst brachte die beiden in einem geliehenen Kombi hin. Da sie Lappenschleusen vermieden, brauchte die Fahrt an die elf Stunden. Anders als Borkenbrod fragte die Myrmidonin sich sofort, was Carola Ungefugger bewogen haben mochte, den Barden und seinen Sohn ausgerechnet dahin umsiedeln zu lassen. Es war für Porteños durchaus nicht leicht, Unterkunft in Kehl zu finden. Selbstverständlich empfing die Präsidentengattin ihre frischgepreßten Protegés nicht persönlich, und Deidameia bekam sie nicht zu Gesicht. Sie hatte außer einer Handvoll Holomorpher, die aus- und einräumen halfen, den Lakaien ihres Mannes, hatte Schulze geschickt. Deshalb erfuhr der Unsterbliche von der Aktion, aber auch Goltzens Spitzel rapportierten. Doch hatte der Präsident zuviel mit seinen transhumanistischen Reformen zu tun, um sich verstimmen zu lassen. Es blieb nicht viel Zeit, den großen Heilsplan zu realisieren. Der Zustand des von Hodnawerken gefährlich flankierten Rheingrabens, ohnedies seit jeher erdbebenbedrohter tektonischer Bruch, war zunehmend kritisch, ja alarmierend. Goltz indessen verhielt sich der eigentümlichen Mesalliance gegenüber weniger unaufmerksam. Borkenbrod war schon mehrfach in sein Blickfeld geraten; daß der hagere, aufgeschossene, hinkende Mensch im Boudoir so ungehinderten Eintritt hatte und immer viel länger als normale Showgäste blieb, machte ihn interessant. Und ausgerechnet er stand fast oben auf der ersten von Beutlin an Goltz gemailten Liste derer, die von Lappenschleusen unberührt geblieben waren. Ohne Begleitung klingelte der Polizist an der Kehler Wohnungstür. Jason öffnete ihm.

»Wer bist du denn?«

»Papa ist nicht da.«

»Ich werde warten.«

Er schob den Kleinen beiseite, trat ein, sah sich um. Die Ungefugger hatte sich nicht lumpen lassen und aufgeboten, was sie für die Wirkungsstätte eines Dichters für nötig hielt. Es gab eine freilich simulierte Bibliothek; wenn man die nach Goldprägung und Ledereinbandsfarben geordneten Bände herausnahm, zerfielen sie zu Licht; für die tatsächliche Recherche, von der man kaum glauben konnte, daß die poetisierte Frau sie dem Handwerk zuschlug, fand sich ein mit dem Euroweb verbundener Computer, den Borkenbrod zwar tatsächlich nicht nutzte, doch sein Junge brauchte ihn, um den Schulunterricht nicht zu versäumen. Ein ungetümer Schreibtisch stand in dem viel zu kleinen Arbeitszimmer. Es fanden sich Mengen aus Plastikabfällen hergestellten Papiers und die absonderlichsten Stifte; es gab, zur

Inspiration, eine Musikanlage, deren Boxen, DNA-artig gedrehte Türme, sehr schräg von den Ecken der Zimmerdecke herabguckten. Die Ungefugger, da sie meinte, Dichter tränken gern, hatte sogar eine Hausbar bereitgestellt. Goltz sah sofort, dies sei vor kurzem alles noch in bestem Zustand gewesen, nun aber, da der Dichter und sein augenscheinlich wenig pflegeleichter Sprößling darin hausten, schon ziemlich heruntergekommen. Offenbar hielt den Barden nichts davon ab, auch hier die Wände zu beschreiben. *Eilig ging sie, gesenkt den silberglänzenden Schleier*, entzifferte Goltz, *Still unbemerkt den übrigen Fraun; und es führte die Göttin.* Spraydosen Farbeimer Dosen stellten jeden verfügbaren Platz zu, sie lagen sogar auf der Couch. Seinerseits der Junge, der sehr eigenen Vorstellungen von Schöner Wohnen anhing, war gleich am Ankunftstag dazu übergegangen, farbliche Verbesserungsarbeiten zu starten, deren Clusters die Wohnung auf das grellste verklumpten. Die größte Unternehmung Jasons war das Bodengemälde eines gut bemessenen Ruderboots, dessen Bug allerdings noch nicht vollendet war. »Damit fahren wir hinaus«, sagte er zu dem blassen hageren Onkel, woraufhin der schmallippig fragte, wohin sie denn führen werde, diese Reise. »Über das Meer. Der Papa kennt eine Insel.« »Das tut er? O ja?! Und wann soll es losgehn?«

Noch vor fünf Tagen hätte Goltz, ohne mit der Wimper zu zucken, seine Leute die Wohnung ausheben lassen. Nun war alles anders. Und als Borkenbrod gekommen war, fragte er ihn – grüßte nicht einmal, sondern sah zweidrei Sekunden, während er zwischen den Dosen aufstand, den Myrmidonen ernst und eindringlich an, der die Hand bereits wieder an Granate, Messer und Schalenstück hatte –, fragte ihn also, es waren wirklich seine ersten Worte: »Ich möchte von Ihnen wissen, ob ich real bin.« Borkenbrod zog die Hand aus der Tasche. »Ich weiß, wer Sie sind«, sagte er. Goltz: »Natürlich wissen Sie das. J e der weiß, wer ich bin.« »Sie verhaften mich nicht?« »Ich gebe zu, es ist für Sie eine günstige Zeit.« »Ich werde niemanden verraten.« Und indem er auf Jason zeigte: »Bitte lassen Sie ihn gehen.« »Es geschieht ihm nichts. Auch Ihnen geschieht nichts. Sie haben mein Wort.« »Ihr *Wort*?« Goltz schluckte die Beleidigung mit unbewegtem Gesicht. »Das einzige«, erwiderte er, »was ich von Ihnen will, ist eine Antwort auf meine Frage.« »Die kann ich Ihnen nicht geben.« »Ich kann niemandem trauen, keinem Arzt, keiner Behörde.« »Der Zustand ist mir bekannt.« »Sind *Sie* echt?« »Ich habe niemals eine Lappenschleuse betreten ...« »Sie wissen also davon.« »... ich bin nicht wahrheitsgeimpft ... nicht einmal röntgen hab ich mich lassen ... damals, als ich aus Cham ...« »Aus d e r Gegend kam die Tranteau.« »Das weiß ich nicht.« »Doch, 09/bis.« »Ich habe sie nie kennengelernt. Als ich dazukam, war sie schon ...« »... kann man *tot* dazu s a gen?« unterbrach Goltz. Borkenbrod: »Es gab sie nicht mehr.« »Es gab sie nie. Aber kann es sie wieder geben?« »Ich weiß das alles nicht, Herr Goltz. Was fragen Sie mich das?« »Wer weiß es?« Borkenbrod schwieg. Goltz: »Ich sichere Ihnen Straffreiheit zu, ich verleihe Ihnen eine neue Identität«, er räusperte sich, und in rauschhafter Geschwindigkeit kam ihm sein alter Mentor Gerling in den Sinn, der einst mit jenem Terroristen, der dann Odysseus des Ostens wurde, einen ganz ähnlichen Pakt abgeschlossen hatte. Da stand also er, Goltz, heute selber da, wofür er den Alten hintergangen. Der hatte das auch noch gewußt! Die Unterbrechung war zu kurz, nur ein Hüsteln, als daß Borkenbrod etwas bemerkt hätte davon, und der Polizeichef konnte nahtlos hinter seine letzte Satzsequenz setzen: »und der Präsident«, ein fast so flinker Blick wie die ihm vorausgeeilte erinnernde Gedankenreihe, »wäre sicher nicht angetan, wenn er wüßte, daß seine Frau ...« »Ich habe nichts mit ihr gehabt.« Mit großen Augen und Ohren hörte und sah Jason dem Wortwechsel zu; es sah aus, als verstünde er jedes Wort. »Was soll ich also tun?« fragte Borkenbrod. Goltz: »Verschaffen Sie mir die Gelegenheit zu einem Gespräch.« »Wir sprechen doch.« »Mit Aissa.« »I c h bin Aissa.« »Ich meine die, die ihr Wölfin nennt.« »Das kann ich nicht tun. Das werde ich nicht tun.« »Ich brauche eine halbe Stunde. Ohne Waffen. An einem Platz ihrer Wahl. Nur sie, nur ich. Keine Zeugen und keine Computer.« »Sie wird sich darauf nicht einlassen ... nicht einlassen können.« »Oder ich suche einen neutralen, einen gänzlich unverdächtigen Ort. Wenn es sein muß, im Osten.« »Das können Sie nicht meinen!« »Kennen Sie diesen Tempel, dieses neue Protzgebäude meiner Frau?« »Jeder spricht vom Shakaden.« »Wer würde damit rechnen, daß wir uns dort treffen? Der Tempel steht unter höchster Sicherheitskontrolle Pontarliers.« »Ja eben.« »Na glauben Sie denn, jemand glaubte, ich marschierte da mit der Führerin der Myrmidonen hinein?! Was glauben Sie denn, was man glaubt?!« »Ich glaube gar nichts. Ich will nach Leuke.« »Aissa muß nicht alleine kommen, sie kann Begleitung mit sich nehmen. Eine Legion meinetwegen. Sprechen aber will ich nur mit ihr. Ihre Leute können in der Zwischenzeit herausfinden, wie sich das Ding einnehmen läßt.« Wankend sah Borkenbrod den Polizeichef an. »Sie wollen Ihre Frau verraten?« »Leuke ist diese Insel?« Borkenbrod sah ärgerlich auf seinen Sohn. Der lächelte hoch. Unschuldig der Bub. »Was hat er Ihnen«, fragte Borkenbrod, »erzählt?« »Nichts. Nichts, als daß Sie, sagen wir, auf Reisen gehen möchten. Ich habe wirklich gar nichts dagegen. Nichts *mehr*. Und Sie können meine Hilfe gebrauchen. Oder glauben Sie im Ernst, Frau Ungefugger werde Sie fortlassen von hier, wenn sie einen solchen Narren an Ihren Schmierereien gefunden hat? Das meinen Sie wirklich?« »Sie hat mir versprochen ...« Goltz lachte auf, trocken und hell. »So naiv kann niemand sein!« Borkenbrod schwieg. »Gefühlsbetonte Menschen«, sagte Goltz, »zerstören lieber, was sie lieben, bevor sie es verlieren.« Borkenbrod schwieg. »Ich schätze gefühlsbetonte Menschen darum nicht sehr. Der limbische Reflex ...«, er schüttelte sekundenschnell den Kopf. Borkenbrod wieder: »Ich soll meine Freundin verraten, die Genossen verraten ... wie Sie Ihre Frau.«

»Quatsch!« »Ich soll Sie zu ihnen führen, das ist dasselbe.« »Aber Herr Borkenbrod! Wenn ich Aissa angreifen wollte, könnte ich das mit meinen Truppen effektiver tun als allein und unbewaffnet. Ich will eine Unterredung, keine Schlacht. Ich werde jedes elektronische Spielzeug in meinem Büro zurücklassen, wir werden keine Lappenschleuse benutzen ... na, sowieso nicht!« »Sie könnten ... mit Ihren Händen ...« »Aber wo leben Sie denn?! Sehen Sie mich an!« Gab sich einen zackigen Ruck. Dieser Dichter ermüdete ihn. »Ich lasse Ihnen zwei Tage Zeit. Sprechen Sie mit Aissa.« »Deidameia«, sagte Borkenbrod, »ihr wirklicher Name ist Deidameia.« »Hertzfeld«, konterte Goltz, »ihr Name ist Ellie Hertzfeld. Halten Sie mich bitte nicht für uninformiert.« »So heißt sie bloß h i e r.« »Ich erwarte Ihren Anruf. Ich gebe Ihnen eine Nummer, die haben sonst nur Parlament und Präsident. Und jetzt auch Sie. Wenn Sie das mißbrauchen, haben Sie diesen hübschen Rotkopf zum letzten Mal gesehen.«

9

Corinna Frieling verlor die Brust, außerhalb des deters'schen und nun auch herbstschen Zeithorizontes, am ersten November. Lerche zog sein Schweizerlasermesser, ein wirklich schlimmer Lateinlehrer war er gewesen und fügte den 27 bereits vorhandenen eine weitere Kerbe an der Vorderseite seines Keyboards hinzu. Dann machte er sich an die 29, für welche er Dorata Spinnen ausgeguckt hatte; zum einen war sie sowieso sein indirektes Produkt – er hatte ihren ›Vater‹ programmiert –, zum anderen bedeutete diese nächste Kerbe gleich weitere fünfzehn. Denn selbstverständlich erkrankten a l l e Schwesterklons. Seit Herbst fort war und die Zeuner sich nur noch damit beschäftigte, in dem wieder intakten AndersweltSystem nach seinen Signaturen zu suchen, fühlte sich Lerche frei wie nie. Ausgesprochen zeitgut war der neue Auftrag bei CYBERGEN eingetrudelt. Man nahm übrigens an, der Virus sei aus einer der kybernetischen Welten übergesprungen, vielleicht als Nebeneffekt der nach Herbsts datischer Verabschiedung gecrashten Maschinerie.

Broglier erfuhr nichts von dem Leiden seiner Exgeliebten, die Zeuner verschwieg es ihm. Herbst selbst noch hatte beide miteinander bekannt gemacht; jetzt wollte sie sich an ihn um Rat wenden. Jedenfalls war dies ihr Vorschub, ihn zu treffen. Ein paar Stunden lang, inmitten der aufgeregten Techniker, des Aufsichtsvorstands der Firma, Elektroniker Elektriker – sogar Feuerwehr war, unnötiger- doch vorschriftsweise, alarmiert – war ihr nicht klar gewesen, was sich zugetragen, aber als sie bei Herbst angerufen hatte, war, ein wenig abgründig lächelnd, sein Gesicht auf dem Screen erschienen und seine Stimme hatte den Hallo-lieben-Leuten erklärt, er sei nicht mehr da. Es habe auch keinen Sinn, ihm eine Nachricht zu hinterlassen. »Dank euch für alles und gute Ruh!« Das Gesicht hatte gegähnt und sich, indem es sich auseinander spreizte, in tausende Pixel zersetzt, derweil zu Mancinis Soundtrack der Rosarote Panter ins Bild gesprungen war, sich gegens Publikum verbeugt und an einer links aus dem Leeren herabhängenden Kordel gezogen und damit sich selbst sowie das ganze Bild abgeschaltet hatte. Das war so ziemlich exakt der herbstsche Witz. Die Zeuner konnte ihn nicht länger spaßig finden, es fehlte ihr seit vorhin an Humor. Außerdem fühlte sie sich ständig von Lerche beobachtet. »Is was?«, fragte sie einmal sogar, da sah er schnell weg mit ironisch gespitzten Lippen. Irgendetwas wusste er also. Aber sie fragte nicht nach. Er hätte sie doch nur angelogen.

Also weniger um Hilfe als um Ablenkung meldete sie sich bei Broglier. Immerhin war der in den letzten Wochen Herbsts engster Freund gewesen. Sie mochte den zunehmend ernsten, man kann sagen: sich verernstenden Mann, aber zugleich war er ihr, eben deshalb, unheimlich. Denn auch sie ... nein: *ihren Körper* hatte seine eigentümliche Präsenz nicht unberührt gelassen. Dabei war das nicht länger der schöne Mann, als den sie ihn seinerzeit entworfen hatten. Vorbei war's mit den Schlangenstiefeln. Der rapide alternde Belami, der unter seinen in Garrafff gänzlich unerstrittenen Eroberungen obendrein litt, hatte ihr nicht einmal ein Kompliment gemacht. Im Gegenteil hatte er sie gleich – Herbst war kurz austreten gewesen – darum gebeten, ihn nicht so anzuschauen. Er liebe eine andere, hatte er gesagt, eine, die sehr viel schöner als sie sei. »Es ist mir gelungen, ihren Namen zu vergessen ... ein, glauben Sie mir, mit Schmerzen verbundenes Unterfangen. Sehen Sie?: Ich kann meinen rechten Fuß kaum noch heben.« Da es ihm nicht leicht sei, sie in ihrer Vergessenheit zu halten, möge die Zeuner bitte einer so tiefen Verwundung keine weitere hinzufügen. Und beim Abschied: »Ich möchte Sie nicht wiedersehen.« Sie hatte allzu dicht vor ihm gestanden, ihre Abschiedshand in der seinen – Herbst hatte ihren Mantel gehalten –, und seine Blicke hatten sie bloß gestreift. Diese trockenen, unter seinen Unterlidern hängenden Säckchen! Die Zeuner übersah auch die zu den Mundwinkeln gegrabenen Schluchten nicht. Zudem trank er, seit er auf Vortex-N, sogar auf Hunch verzichten musste; der Fenny hatte bereits Spuren hinterlassen. Dass die Zeuner so etwas attraktiv finden konnte! Erkläre einem einer dieses Geschlecht...

Alban sei weg, sagte sie, kaum dass sie das portugiesische Lokal betreten und dem Dueño, der nicht reagierte, freundlich, wenngleich zerstreut, zugenickt hatte. Broglier steckte einen Finger in den Fenny und rührte. Dann leckte er den Finger ab. Was sie trinken möge? Sie schloss die Augen. Sie hätte nicht kommen dürfen, dachte er und sagte es. Sie legte eine Hand auf seine Linke, es habe keinen Sinn zu fliehen, schon die Absicht gehe schief. Er möge es Schicksal nennen oder was immer. Außerdem werde er, Herbst, nicht zurückkehren. Sie sei sich schrecklich sicher. »Bestell mir einen Campari.« Sie stand auf, schrecklich nervös, nahm ihre Handtasche und machte sich auf der Toilette zurecht, wechselte den Tampon, ein parfümiertes Feuchttuch fuhr sorgsam durch die Spalte; vor dem Spiegel zog sie mit dem Kajalstift akzentuierend Konturen nach. Schnelles Beschnuppern, links und rechts der Achselhöhlengegend, dabei das Jackett gelüpft. QUELQUES FLEURS. Bevor sie sich zurück in den Schankraum wandte, kam ihr eine Idee. Sie stellte die Handtasche ab, schlüpfte aus dem Jackett, das zu Boden fiel, knöpfte die Bluse auf, zog sie aus, enthakte die Rückenösen ihres BHs, zog auch den aus und die Bluse dann wieder an, vier Knöpfe ließ sie offen. Das Jackett lose über einem Arm, kehrte sie zu Broglier zurück und legte den BH vor ihn nebens Fennyglas. Dann setzte sie sich. Das habe Herbst immer gerne gemocht, sagte sie. Broglier besah den BH distanziert und traf keine Anstalten, ihn vom Tisch zu nehmen. »Sagen wir«, setzte sie fort, »Deters hat es so gemocht.« »Er hat sich downgeloadet?«, fragte Broglier. Zum ersten Mal sprach jemand das aus. »Aber sein Körper hätte doch dableiben müssen!«, rief sie. Der sei mit ihm? Die Zeuner nickte. Broglier: »Wie meiner.« »Wenn das ... also wenn das stimmt ...« »Ja?« »Dann ist er in Gefahr.« Broglier sah fünf Zentimeter auf. Sie: »Lerche.« »Der muss ihn ja nicht finden.« »Es könnte ... ein Zufall ...«, man wisse doch, welch ärgerliche Aufeinandertreffen es gebe. Broglier: »Er könnte auch bei einem Verkehrsunfall umkommen.« Er stürzte das Glas. »Schade«, sagte er, »endlich habe ich einmal einen Freund gehabt ...« Sie nach einer Pause, die dem im Hintergrund trauernden Fadista überaus passend Gehör schenkte: »Wollen wir gehen?«

In den paar Sekunden, die Broglier benötigte, einigermaßen für das bereit zu sein, was der Leser sich bereits denkt – er täte das nur um des Freundes willen, als Totenehrung sozusagen, so dass diese Erzählung es pietätvoll übergeht –, sowie in der Zeit dieser Diskretion selbst wurden in der Nähe von Prostějov für Europa die Weichen gestellt.

10

Sie waren bei Ingolstadt über die Grenze, in einem alten einfachen Jeep, den Goltz persönlich fuhr. Ein reger Verkehr, Trucks vor allem, selten nur Personengleiter, aber bisweilen sogar Fußgänger, die nahezu unbehelligt, so schien es, passierten. Allerdings mußte ein jeder durch eine Art Schleuse, worin, wenn es noch nötig war, die datische Impfung erfolgte. Die meisten Passanten, sowohl Manipel als auch die Führer von Fuhrwerken, gehörten indessen zum Militär. Wie staunte Borkenbrod, daß es keine Elektronenrutsche mehr gab; was Zentrum und Osten seit der Geologischen Revision getrennt, die dreihundert Kilometer lange Klippe, war an den Grenzübergängen mit Betonrampen versehen worden. Goltz freilich, und Borkenbrod in seiner Begleitung, kam so oder so problemlos hindurch.

Noch nie hatte jemand vor Borkenbrod salutiert. Daß einer es jetzt tat, fand er so komisch, daß er auflachen wollte. Goltz spürte die Regung des Dichterterroristen sofort und goß einen böse zurechtweisenden Blick über ihn. Auf eine Frage des Grenzers schüttelte der Polizist fast unmerklich den Kopf: Nein, d a hindurch nicht. Man leitete den Suzuki weiträumig um, an flachen langen Grenzgebäuden vorbei, die hier früher nicht gestanden hatten, über den Fuhrpark des BGS, dann sogar durch Barackengassen Mannschaftsquartiere; der Grenzer fuhr auf der Rückbank mit. »Wenn Sie Meldung darüber erstatten, daß ich hier war, können Sie Ihren Leutnant für die nächsten zweiundzwanzig Jahre vergessen«, sagte Goltz. »Zu Befehl«, sagte der Grenzer.

Sie kamen nun doch an eine Elektronenrutsche, Borkenbrod erkannte die Anlage wieder: h i e r war früher der Übergang gewesen, das dort das Visahäuschen, da drüben hatte der Laster für die Frauen geparkt und etwas entfernt Jensens GefängnisGleiter, in den die junge Niam, weniges nach ihrer ersten Verpuppung, verschwunden war. Jedenfalls war der offizielle – neue – Checkpoint einfach zwei Kilometer nach Süden verlegt worden. Erst hier, bei dem alten, sah man die giftige Donau. Borkenbrod schluckte. »Das wurde seit fünf Jahren nicht mehr benutzt«, erklärte der Grenzer, bevor Goltz, nur abwinkend, losfuhr, hinauf und in das fließende Kraftfeld hinein und hinab. Im Rückspiegel sah man den Mann salutieren. Jetzt kicherte Borkenbrod d o c h.

Nicht daß der Hüttensiedlungsgürtel verschwunden war, er schien eher noch breiter, noch besiedelter zu sein als damals, da Odysseus, nachdem er die Frauen und Borkenbrod heil hinübergebracht, zurückgekehrt war, um, wie auch dieser wußte, zu sterben, aber daß ihn der Biß seiner, Borkenbrods, Tochter vergiftet hatte, das wußte der Barde nicht. Es wurde nun überall gebaut: schöne glatte Plattenhäuser, zehn, ja manche zwanzig Stockwerke hoch, roher Beton zwar, aber mit intakten sanitären Anlagen; um die Baustellen waren die Wellblechhütten niederplaniert. Haufen und Berge aus Geschirr und Sofaresten, zersplitterten Chassis von Fernsehgeräten, eingedellten Karosserien, Badewannen, zerbrochenen Bettgestellen – sogar Klamotten, die früher nicht so lange dagelegen hätten. Es ging den Leuten besser, sie brauchten nicht mehr Lumpen zu sammeln, auch wenn die Menschen, die man sah, kartenspielend oder auf Liegen in den künstlichen Himmel starrend, noch deutlich an die Arbeiter von Cham gemahnten. Jeden Morgen diese Sirene! Es war eine furchtbare Zeit gewesen, Borkenbrod wäre der letzte gewesen, das zu bestreiten. Und trotzdem. Als er jetzt zurück- nein!, sei ehrlich, Chill!!: *heim*kam, griff ihm, wie sehr er dem allen verbunden geblieben, ans Herz, und er bliebe es, Leuke hin, Leuke her, für den Rest seines Lebens. Dabei war die Gegend deutlich kontaminiert, und die Stümpfe der Bäume nagelten sich wie ein Meer überdimensionierter Zahnstocher rechts und links und voran über mehrere Hügel; nur vorne waren diese schon abgetragen. Auch hier ein paar zyklopische Säulen errichtet, auf denen Parabole, dreißig Meter im Radius, aufgespannt würden, um bald das Europäische Dach in den Osten zu tragen. Gegenüber einer solchen Landschaftsgewalt wurde Borkenbrods Leuketraum völlig abstrakt und er selbst, heute erst, erwachsen – zehn Jahre nach seinem Aufbruch. Borkenbrod hatte das Land einst verflucht, hatte sich geschworen, niemals zurückzukehren, zu sehr gelitten hatte er – dennoch, hier hatte Poseidon gelebt, vor allem aber Meroë, die rebellische Freundin. Wie sie gelächelt mit ihren drei Zahnlücken! Borkenbrod ganz klamm.

Ein paar Minuten lang hing er der Idee nach, nicht mehr mit Goltz zurückzufahren, sondern hierzubleiben, bei den Frauen vielleicht, vielleicht aber allein, er würde Poseidon suchen und für seine Meroë ein Denkmal errichten, einen Grabstein legen zumindest, irgendwo, für sie und die Riesin, die Zollstein, die ihm seine Tochter geboren. Hier im Osten, dachte Borkenbrod, während er aus dem heruntergekurbelten Seitenfenster sah, sei alles einfach, es war rauh und nicht schön, aber *da*. Niemand mußte sich fragen, ob etwas echt sei, ob bloß simuliert – diese müßigste und doch so entscheidende Frage, mit der Goltz rang, seit er begriffen hatte, was in Buenos Aires, was in und mit Europa geschah. Im Grunde wußte der Mann nicht, was ihn so schockierte, er hatte die Wahrheitsimpfung willkommen geheißen, sich selbst signieren lassen als einen der ersten, immer mit gutem Beispiel voran, dachte er zynisch; er hatte gewußt, daß in jedem Datenbestand der Versicherungs- und Polizeibehörden, Finanzämter, Ärzte und Banken digitale Doppelgänger existierten, es hätte Beutlins Bemerkung gar nicht bedurft, er hatte das ganz in der Ordnung gefunden, war überzeugt gewesen, daß, wer sich nicht zählen lassen wolle, etwas zu verbergen habe – und d e n n och! und dennoch! Eine ganze Welt zu kopieren, sie kybernetisch aufzulösen und das Original zu löschen ... Goltz war Polizist, ein

Mann des Rechts, so konnte er das Vorhaben des Präsidenten selbst unter sicherheitspolitischem Bedenken nicht akzeptieren. Außerdem war ihm der Gedanke zuwider, er hätte, wäre die Transformation vollzogen, das Machtspiel gegen Ungefugger verloren. Obendrein verstimmte ihn, daß der ihn nicht nur gleich behandelte, sondern gleich *machen* wollte. Als eine Datei wäre Goltz nichts anderes und nicht anders zu programmieren als sagen wir der Holomorphe Drehmann oder Klaus Balmer, Lenis neuer Lover. Aber durfte das Grund für eine solche Aktion sein? Hatte sie nicht etwas von Panik? Und was, überhaupt, *hieß* ›Aktion‹?! Das richtige Wort war Staatsverrat. Nein! Er verriet nicht! Er wechselte die Fronten *für* den Staat. Und nickte, als hätte er nicht nur innerlich, sondern lauthals mit sich diskutiert.

Fast die gesamte Fahrt über schwiegen die Männer. Sie dauerte bei den hiesigen Straßenverhältnissen über dreißig Stunden. Doch sie rasteten nicht, fuhren durch. Besonders schwierig wurde die Strecke jenseits Plauen, bis wohin die Bauarbeiten noch nicht vorgedrungen waren, nirgendwo mehr war eine dieser Säulen zu sehen – aber sowieso ja, dachte Goltz, welch ein Aufwand für nichts! Was für ein Täuschungsmanöver! Und nichts war von dem nahen, den Ostlern ehemals heiligen See, Lough Leane, zu spüren – wenn man von den Castortransporten absah, die ihnen, schwer mit dem offenbar nie versiegenden Thetissilber beladen, entgegenrumpelten. Es durfte ohnedies niemand Unbefugtes heran. Goltz wußte, man habe flächendeckend absperren lassen, die rosa Schweine ausgerottet und den Mythen noch die dürrsten Haarwurzeln verätzt; nun standen riesige Plakatwände drumrum, auf denen, kilometerweit sichtbar, RTL zu lesen. Hier in der Nähe hatten einmal die berüchtigten Organfarmen gelegen. Goltz ahnte, weshalb sie unterdessen überflüssig geworden waren.

Bisweilen kamen Siedlungen in Sicht, Pocken übers Land gestreut, ins Land gekrallt gewurzelt; man sah auch, als stünde Regen in Aussicht, Kübel und Eimer am Rand der Piste. Städte indessen erblickten sie keine, umfuhren sie in möglichst weitem Bogen, allzuviel Risiko ging Goltz nicht ein. Nur ungern wäre er in eine Milizpatrouille geraten. Trotzdem spürte er die ganze Fahrt über die Anwesenheit der Frauen; nach sechs Stunden spürte er sie nicht nur, sondern, wo keine Truppen die Ostler vor den längst vertriebenen Schändern schützten – lange vorbei die Zeit der Kinderopfer[23] –, sah man die Guerilleras auch. Je weiter sie sich von Buenos Aires entfernten, je weniger Militärpräsenz es noch gab, desto eher ließen sie sich blicken und wachten vielleicht darüber, daß Goltz die Abmachung auch einhielt, die er mit Aissa der Wölfin getroffen. Tatsächlich hatte Deidameia, die sich mit Goltzens Gesprächsangebot gar nicht lange herumgetragen, sondern geradezu spontan zugesagt hatte, die wenigen autonomen Frauenstädte, mit denen man, so gut es irgend ging, Verbindung hielt, um Beistand ersucht, soweit sie jedenfalls nicht in akute Kämpfe mit Pontarlier verwickelt oder von den Schutztruppen abgeriegelt waren. Goltz hatte das erwartet. Hätte Aissa es anders gehalten und wäre schutzlos erschienen, er hätte sie kaum für voll nehmen können. Zwei Amazonen stellten sich geradezu aus, nur Borkenbrod, weil er nach innen blickte, bemerkte sie nicht. Die Frauen standen auf einer Anhöhe, fantastisch ihre weiten flatternden Röcke, das Haar hochgetürmt und je auch etwas darin funkelnd, fantastisch einsam in der verkarsteten Landschaft. Die eine Rebellin trug ein Schwert an der Seite: keinen Säbel, ein Schwert. Über den Brustkorb der anderen, links, wo die Brust abgeschnitten war, verlief ein breiter Munitionsgurt, und die MP lag in der rechten Armbeuge, ihr Lauf auf dem rechten Unterarm. Das alles war derart primitiv, so sehr der Technik des Westens unterlegen, daß einem bange werden konnte. Goltz mußte an die chinesischen Piraten denken; auch die hatten sich

23 Die Maike Albath so sehr erboste, daß sie die schlimme Botschaft, wie Medea Kreons Boten die seine, dem Chronisten anlasten mußte, wobei freilich ihr Arm nicht lang genug war, auch ihm die Augen auszureißen.

in der Neuen Feindlichen Welt besser zu helfen gewußt als jeder hodnagetriebene High-Tech-Zerstörer. Man müsse umdenken, dachte Goltz und dachte an Jensen, den alten Jensen, dessen Neigung zum Osten er so verachtet, dachte an seinen Mentor Gerling, den er dafür sich hatte selbst richten lassen. Indem er sich nun, den schwarzen Jeep durch diese Unterwelt steuernd, beobachtete, fühlte er den Osten auch von ihm Besitz ergreifen. Und einmal, deshalb, richtete er an seinen Begleiter doch noch das Wort: »Ist *das* echt?« fragte er und staunte – nicht gerne, o ein Markus Goltz darf und will nicht staunen! – über die Liebe in Borkenbrods stummem Blick. Wie konnte einer ein solches Land lieben? Unfaßbar. Dennoch faßte er's. Und Meter um Meter auf dieser Strecke festigte sich sein anfangs vager Entschluß – hatte er nicht eigentlich nur Antwort auf seine Frage gewollt? – vermittels etwas Goltz wesenhaft Fremdem, nämlich Einfühlung, und wurde nahezu materiell, so daß Deidameia, die sich gewundert hatte, wie leicht es gewesen war, bis hierhin durchzukommen – die Frauen hatten sogar dicht am Shakaden Stellung beziehen können –, so daß sie, ihm, den Waffenstillstand zu besiegeln, die Linke zustreckend, das Haar feuriger noch, denn sie war in Landshut gewesen, nach Jahren wieder in Landshut, so daß Deidameia, als er, sehr zögernd zwar, aber dann doch, die seine, sie war sehr kalt, hineinlegte, so daß die Wölfin, diese viel zu kleine Hand umschließend, wußte: Das ist kein Feind. Doch sie mißtraute ihrem Wissen, nahm es für Gefühl, für den Nachklang der vergangenen, so sehr glücklich in der Abtei verbrachten Nacht. Dürfe man mit Mördern paktieren? Diese politischste aller Fragen stellten sich, übrigens, beide.

11

Noch in Koblenz, kaum aus Kehl zurück, hatte Goltz mit seiner Frau gewebbt und sie gebeten, ihm für ein paar Stunden einen verschwiegenen Raum im Shakaden zur Verfügung zu stellen, »dann kann ich mir das Ding einmal ansehen«. Ihn hatte Lenis enormer Stolz, den er großspurig fand, bis dahin nicht einmal amüsiert, allenfalls gelangweilt. Kein Unternehmer, da hatte Ungefugger recht, baue heutzutage mehr konkret, was ja, im Englischen, das Wort für Zement ist. Ein Gespür für Marketing und Repräsentanz war Goltz schon immer fremd gewesen. Und war, auf seiner Herfahrt schleichend sensibilisiert, von dem ›Ding‹, als er es nun erblickte, folgerichtig abgestoßen. Welch ein Klotz! Das riesige schwarze Dach reines Metall, die Mauern glattroter Marmor, Stukkaturen aus schwarzem Onyx.

Nun hatte er seine Frau nicht angerufen, und das spürte sie auch, um sie wirklich um etwas zu bitten, geschweige eine ›Erlaubnis‹ einzuholen – er hätte sich jederzeit überall ungehinderten Zutritt verschaffen können und auch verschafft –, sondern weil es ihm darauf angekommen war, den Tempel leer vorzufinden und nicht etwa in eine Versammlung zu platzen, und wäre es nur die von Innenarchitekten und RaumDesignern gewesen, von Elena Goltzens überlaufenen *corporate identity shows* ganz zu schweigen, diesen Mischungen aus Volksfest Fackelmarsch und Sonntagsmesse; aber selbst ein nur von wenigen AWGlern abgesessenes Fortbildungsseminar hätte seine Deckung gestört. Firmeninterne Meetings standen auf keiner Website, die Goltz ordnete sie oft spontan an, um die Gefügigkeit ihrer Mitarbeiter zu testen und zu trainieren. Goltz wußte das, und so war ihm, um sicherzugehen, nichts als dieser machtpolitische Canossagang übrig geblieben. »Wenn ich zurück bin, sag ich dir, was ich von deinem Tempel halte.«

Als hätte sie ihn je um so was gebeten! Als hätte sie auch nur geglaubt, daß ihn irgend etwas, das sie angehe, interessiere – soweit es nicht die Sicherheit Europas betraf. Natürlich gab sie ihm einen Termin. *Ich*, dachte sie, gebe *ihm* einen Termin! Das machte sie nicht neugierig, sondern unruhig. Was war mit ihrem fischblütigen Gatten los? Die Goltz war zu lange selbst in Herrschaftsspiele involviert, um nicht Unheil zu wittern. Da sie niemals politisch, stets nur im Interesse der Firma dachte, spürte sie zwar die Gefahr, verwechselte jedoch die Schweißspur des Keilers mit der Fährte eines verwundeten Setters. Darum blieb ihr die eigentliche Dimension ihres Alarms verborgen, und sie dachte, es könne auf keinen Fall falsch sein, ›rein zufällig‹ selbst dort zu erscheinen. So daß Borkenbrod, der, von Meroë träumend, links unten vor der enormen Freitreppe saß, die wie in einen herabgähnenden Schlund zum ersten Geschoß des Shakadens hinauf- und in ihn und seine grenzenlose Versammlungshalle hineinführte, zum ersten Mal auf die zweite Frau, die er liebte, persönlich traf. Sie hatte sich in einer CESSNA herfliegen lassen, nicht ohne diesen Flug in den Osten zuvor von Pontarlier absegnen zu lassen. Selbstverständlich gab sie nicht den wirklichen, gab gar keinen Grund an; die Sache war reine Formalität. Immerhin war es *ihr* Shakaden, und nächste Woche stand die große Weihe an; das war in einem Drittel des Ostens und in Buenos Aires überall durch Plakate und Flyer bekannt gemacht. Im Zentrum sang davon jeder Sender, im Euroweb ließ sich sogar im voraus eine simulierte Feier bestaunen. Da mußte es keinen wundern, wenn sie sich ums Gelingen sorgte. Ungefugger selbst, übrigens, hatte seine Teilnahme zugesagt, aber das wußte außer ihr niemand. Nur wollte er nicht ihr zu Gefallen und zur Wohlfahrt seines alten Unternehmens kommen, sondern um den Einfluß zurückzugewinnen, den er an diese Karrieristin vermeintlich verloren hatte. Schon deshalb hätte die militärische Präsenz in der Gegend eher noch verstärkt sein müssen.

Die CESSNA landete, die ausgesprochen verärgerte Frau stieg aus und in einen blütenweißen Wagen um, eine achtsitzige Limousine, am Elfenbeinsteuer ein kleinwüchsiger, in seinem Konfirmationsanzug schwimmender Thai, der die abgedunkelte, schußsichere Scheibe im Rücken hatte, welche die Chauffeurskabine vom Passagierraum trennte, worin Elena Goltz genügend Platz fand, die eleganten Mulattinnenbeine hochzulegen und mit den Pumps zu wippen, die sie bewunderte und bewundernd drehte, den Knöchel nach links, den Knöchel nach rechts. Aber im Grunde war sie zu unruhig, als daß sie sich dem Narzißmus hätte hingeben können. Sie tat nur so, um ihre innere Sicherheit zurückzugewinnen. Selbst der Wagen machte ihr heut keine Freude. Es war derselbe, den Ungefugger zu seinen AWG-Zeiten benutzt hatte, und völlig ungeeignet für die Straßenverhältnisse im Osten, aber auf der kurzen Fahrt vom Flugplatz zum Tempel machte er Großes her. Um den Shakaden, der so nahbei wie eine uneinnehmbare Zitadelle wirkte, sähe ohnedies bald alles wie Buenos Aires aus. Wo die projektierten Bauten noch nicht Zement geworden waren, würden nächste Woche Stadtsimulatoren in Gang gesetzt, und links und rechts der Freitreppe sollten gigantische Scheinwerfer einen Lichtdom errichten, zu sehen ringsum Hunderte von Kilometern weit und der Halo bis in den hintersten Osten hinein. Die Veranstaltung war deshalb auf den späten Abend gelegt.

Sie wußte, es wäre ihrem Mann nicht recht, sie zu sehen. Gewiß würde er umstandslos zu Sanktionen greifen. Weiß Gott, welch ein Risiko er in dem Tempel sah. Möglicherweise fürchtete er auf seine verzwickte Art um die europäische Balance. Es war ihr unangenehm, daß sicher auch er auf das fehlende Militär aufmerksam geworden sei.

Der Wagen hielt beinahe direkt vor Borkenbrod. Der Thai sprang heraus, lief hinten um den Wagen, öffnete, wie einst bei

Kaleschen, die Tür, und seelisch hielt er dem linken wunderschönen Pumps seiner Chefin die Hand als Steige, als sie herausstieg zu Borkenbrods beglücktem Entsetzen. Sie würdigte den abgerissenen Ostler keines Blicks – ungewöhnlich, sie war sonst immer gut zu den Menschen. Aber nicht jetzt. Jetzt war sie erbost. Der Ostler sah schnell von ihr weg, aber dann wieder hin. Und starrte. Seine Augen unverwandt auf ihr Gesicht, ihre Augen gerichtet. Die Goltz ein nächstes Mal irritiert. Was wollte der Mensch von ihr?! Wie kam er überhaupt her?! Jetzt spazierte hier schon jeder Fransel herum!

Sie war schöner als jedes Plakat. Er hatte Hunderte Aushänge von ihr gesehen und sehr zu ihrer Sorge unter einige seine Verse geschrieben. War nicht Aissa der Barde, von dem die Goltz nicht ahnte, daß er jetzt in Gestalt dieses Ostlers vor ihr stand – sie hätte sonst sofort den Wachschutz gerufen, um sich nicht die Tempelfassade beschmieren zu lassen –, allzuoft Vorhut Aissas der Wölfin, waren nicht häufig mit Graffiti bemalte Gebäude zu Zielen terroristischer Anschläge geworden? Sie konnte nicht wissen, daß Der Barde seine Verse an sie persönlich gerichtet hatte, Liebeserklärungen ans ewig Unerreichbare, das nun so erreichbar vor ihm stand. Er mußte nur noch die Hand ausstrecken. Und hatte bessere Karten als sein klassisches Pendant, denn e r war mit den Amazonen verbündet. Einige lauerten, von ihm noch immer nicht bemerkt, nahbei.

Als die Goltz ihren Shakaden betrat – sie nahm nicht den repräsentativen Aufstieg über die monströse Treppe, sondern stökkelte seitlich davon und darunter durch eine Dienstbotentür, die sie, nachdem sie per Einlaßglocke Bescheid gegeben hatte, von innen öffnen ließ, der Pförtner war ganz erstaunt, seine gerühmte Chefin zu sehen, und machte einen Diener, einen Knicks und einen noch tieferen Diener, dann war die Frau schon vorbei, so daß er ein wenig blöd in der Loge wieder Platz nahm und abermals hochmußte, denn ein zweites Mal tönte die Glocke, doch ohne daß auf dem Screen jemand zu sehen war, was er nicht ignorieren konnte, als die Glocke zum Dritten tönte, er ging zur Tür, zog sie auf, sie stieß sich auf, zwei Steine trafen ihn links und rechts unter den Ohren –, als also Elena Goltz im Shakaden den ihr noch unvertrauten Weg zu ihrem Büro nahm, hatte sie das deutliche Gefühl, es folge ihr jemand. Sie sah sich um, doch sah sie nichts, hörte auch nichts. Es war nur dieses Gefühl. Und wieder drei Schritte. Und wieder stehengeblieben. Und umgedreht und gelauscht. War da ein Knarzen, war da ein Schleifen gewesen? Sie nahm ihr Handy aus der Tasche, tippte die Notrufnummer ein, während sie abermals lauschte und den furchtbaren Eindruck bekam, dieser Tempel sei ein Grab. Doch bevor sich eine Verbindung aufbaute, schaltete sie das Gerätchen wieder aus, »solch ein Unsinn!« flüsternd. Sie ließ sich doch von einer Irritation nicht ihr Lebenswerk schänden. Sich auf keinen Fall lächerlich machen, schon gar nicht vor sich selbst; nur keine Schwäche zeigen, Mädchen … *Mädchen*, dachte sie, das hätte ihren Alarm erst recht füttern müssen. Doch Schwäche zu zeigen bedeutet im Machtspiel immer Verlust. Deshalb steckte sie das Handy zurück und schritt weiter, ihrer Angst zum Trotz. Klockklockklock die Absätze. Wieder etwas hinter ihr. Klock – klock – klock – – –

Ihr Verfolger zeigte sich erst, als klar war, sie habe sich im eigenen Haus verirrt. Er stand ruhig im Gang vor ihr, nicht einmal außer Atem, ganz still, dieser Ostler, aufs rechte Bein sein Gewicht vorgestützt, und sah sie freundlich, *zu* freundlich, an. Seine Linke faßte noch, wegen etwaig weiterer Gegner, die beiden Steine, die er, sie in der Handfläche rollend, aneinanderschabte. Blut troff hinunter, neues, weiteres. Es sah aus, als rieb der Mann es aus den Steinen. Elena, auch sie jetzt ganz ruhig, ruhig aus Notwehr, zog das Handy wieder heraus. Zu schreien hätte keinen Sinn mehr gehabt. Zumal schrie eine Elena Goltz nicht. Er schüttelte nur leicht den Kopf, so steckte sie das Handy abermals weg und entschied sich. Sie wollte am Leben bleiben, sie stieg aus dem Rock, dann aus den Pumps, sie trug die seidensten Strümpfe. Er stand wartend. Sie öffnete die Bluse, schlüpfte hinaus. Wenigstens sei es warm, dachte sie, aber es werde hart werden auf dem Marmor des Bodens. Über ihr schimmerte ganglang der flache dunkle Onyx. Das sah sie, darauf konzentrierte sie sich, als sie der Ostler umfing. Der hatte lange, merkte sie, nicht mehr geliebt. Es war ihr nicht einmal unangenehm, er war nicht grob, fünf Meter weg lagen die Steine; das trocknende Blut verblichen, wie dunkelrot verstroht. Da komm ich nicht ran, dachte sie, das hat keinen Sinn. Besser, der Mann bleibt so zärtlich wie jetzt, bleibt so dehnbar und hart. Nicht dehnbar der Boden, ich werde blaue Flecke bekommen, häßliche blaue Blutergüsse, ich werde einige Zeit nur noch dunkle Strümpfe, werde Röcke tragen müssen, die bis zu den Waden reichen, und Blusen mit langen Ärmeln. Wie häßlich diese Laufmaschen waren! Ich hasse Laufmaschen, dachte sie, ich habe Laufmaschen immer gehaßt.

Warum wehrt sie sich nicht, dachte Borkenbrod, ich würde mich wehren, wenn ich an ihrer Stelle wäre. Sie gab sich hin wie ein Brett. Das ernüchterte ihn fast. Doch dann hatte sie einen ihrer Pumps zu fassen bekommen, irgendwie, sie wußte selbst nicht, hatte sich doch nicht wehren w o l l en, sondern irgendein eigenständiger Reflex in ihr war es, der zuschlug und den Mann hinterm Ohr erwischte, als hätte jemand andres, der tote Pförtner wahrscheinlich, diesen Hieb geführt. Und noch mal und noch mal, nun mitten ins Gesicht. Jetzt kam Blut ins Spiel, auch ihres, aber von unten. Da wurde nun gerissen und geprügelt, auch er schlug, man kann nicht sagen, es machte ihm Freude, aber es gehörte zum Mauernschleifen dazu. Auch daß ihr endlich Tränen kamen, freilich nicht, wie der Myrmidone dachte, solche der Not, sondern wütende, ganz schaumig waren sie, wie Samen viskos… erst alles das machte ihn zu dem Heros, der er seit je, seit Troja, war. Welch ein zerbrechliches Bürschchen war er gewesen, dieser sanfte Chill bei Cham, bevor ihn die Landshuter Frauen zum

Guerillero ausgebildet hatten und er zum Barden geworden war, aber im Grunde selbst noch, so zäh auch er da schon gewesen, als er den Weg hinüber ins Zentrum geschafft ... doch jetzt? Jetzt wuchsen ihm die Schuppen der Mutter quer übern Rücken, dichter, dichter, stellten sich, weil nicht genug Platz war, auf: wurden hornige Pfannen von Handtellergröße. Elena Goltz, gegen jedes Prinzip, schrie vor Schreck, als sie den Echsenkamm zu fassen bekam und sich zwei ihrer manikürten halblangen Nägel abbrach daran. Was war *das*?! Sie starrte ihrem Überwinder ins Gesicht, nicht mehr aus Haß, auch nicht aus Abscheu, sondern vor lauter Verwunderung. Und ergab sich erneut. Doch nur kurz, sie bekam es mit einer anderen Angst. Denn war das wirklich, was es schien: banale Vergewaltigung? Der hätte sie sich gestellt, hatte sie sich stellen w o l len ... sich einem Mutanten zu ergeben, war etwas andres. Und wenn auch Borkenbrod meinte, nimm dich vor ihren Zähnen in acht, so hatte sie mehr Angst vor den seinen, die er ja nicht sehen konnte, s i e aber, s i e ! Ihre Oberschenkel waren schon ganz klebrig, als er endlich in die Frau hineinstieß und sie brüllte, weil sein Schaft sich erst i n ihr wirklich zu vergrößern begann. Und dennoch fand sie, sie sei, letzten Endes, stärker als er ... der in ihr vor- und zurückstieß wie irgendein Mann. Er ist ganz außer sich, dachte sie, er weiß nicht, wer er ist. »Was hast du da für Platten?« keuchte sie, hielt sich bereits an ihnen fest. Wütend richtete er den Oberkörper auf, nein, er b ä u m te ihn, und dieser Zahn stand ihm vor, ein furchtbar spitzer Dolch: »Frag – mich – das – nie – wie – der –!«: jede Silbe ein Hieb, in ihr Gesicht, auf ihre Schulter, in ihren Bauch. Und sie ... mit zusammengebissenen Zähnen ... zischend ... nun erst r e c h t: »Was sind das für Platten?!!«: Die Silben stiegen an im Volumen, das *Platten*?!! neuerlich gebrüllt: »Laß mich diese Platten sehn!!!« Auch sie hob den Oberkörper an, was war sie, gegen seine zähen Arme, z ä h !, und umpackte ihn, packte die aufgegrätschten hornigen Dinger und zog ihn daran, links und rechts und den Leib dieses feindlichen Mannes umklammert, zu sich auf ihren Leib herunter. Nie hatte einer so seine Schuppen gefaßt, sie befühlt, es war ein gutes Gefühl, war, fühlte er, Liebkosung, das überwand ihn und machte ihn schwach ... fast hätte er geweint ... und weinte ... kontrahierte paarmal, dann hatte er sich in ihr Menstruationsblut entleert. Und auf ihr zuckend, flüsterte er: »Ich will dich holen ...« Sie mußte lachen, so verzweifelt war sie mit diesem fremden hageren Mannsleib auf ihr ... das Reptilienhorn lief unter ihren Händen ein, lief zusammen wie Schweiß, sein ganzer Rücken naß, ein See, silbern flossen die Thetistränen aus den Schuppen seine Weichen hinab ... naß aber flach ... Elena konnte jetzt jeden seiner Wirbelknochen fühlen. Er, noch einmal, nun geseufzt: »Ich werde dich holen. Ich nehme dich mit m i r.« Dieses kraftlose, wimmernde Ostlergeschöpf! Aber Borkenbrod kam zu sich, als Borkenbrod, so verpaßte sie die Gelegenheit, ihn von sich abzuschütteln. Ja, sie hätte aufstehen, sich sogar richten können, es wäre Zeit gewesen, das Handy wie eine kleine Pistole zu zücken und endlich diesen Anruf zu tun. Aber nein, sie blieb liegen, als hätte sie ihn nicht nur gefragt *wohin*? und er hätte »nach Leuke, ich bring dich nach Leuke« gesagt, sie hätte gar nicht gewußt, was das sei, ein Leuke, doch ihr stand ein Meer vor Augen ... zumindest hätte sie weglaufen können, doch dieses Meer, das M e e r ! – es wüchsen Pappeln darin auf ... und sie spürte gar nichts von seinem letzten Hieb, merkte nicht, daß er sie, die Bewußtlose, auf seine knochigen Schultern nahm und hinaustrug ... auch nicht, daß er, nackt, wie er war, mit ihr, der Nackten, über den zerbrochenen Schädel des Pförtners stieg ... und wie er entschieden immer nur »Leuke! Leuke! Nach Leuke!« stöhnte ... nicht mehr, daß er, besonders hinkend unter ihrem Gewicht, den prachtvoll kalten Vorplatz überquerte ... daß nun doch noch jemand aufmerksam wurde und »Halt!« rief, das Gewehr hob, »Bleiben Sie stehen!« ... da nun kamen die in Stellung gegangenen Frauen ins Spiel ... nein ... nein ... sie hörte nichts als Thetis singen.

Vom Silberstein zur Dunckerstraße.

Wenn sich die Technik dem Menschen in einem gewissen Maß angenähert hat, wird sie transparent, das ist eine der wesentlichen Eigenschaften dieser Input-Geräte. Hat man erst einmal diese Transparenz erreicht, wird die ganze Sache erst richtig interessant. Der Aufwand ist dann relativ gering, da die Sinne von sich aus versuchen, mit allem zu verschmelzen.

Dery

Transparenz !!!

Berliner Eingang zur Anderswelt: Café Silberstein

@°__ûSfÎ,"tYf__ì§ Trennen. Ein weiterer Schritt. Rechts eine moderne SushiBar, links zweidrei Tische mit hohen Stühlen barhockerar Vorraum, so müde. Elend müde. Das Zeug an mich gerafft. Unterm rechten Arm. Warum schwank ich so? Noch die Eurocard in den Hans Erich Deters das also ich. Seine Klamotten unterm Arm, meine noch an: Die Welt. Ich muß mich umziehen. Tisch- und Sitzgruppe schwarzrotes Kunstleder, der Gang mitten durch. Erkennen die mich? Als würd ich angestrahlt, drüben schweifen Lichtpunkte unentwegt über Decke Wände. Aber nur drei Leute da Vorsicht Stufen eins zweidrei vierfünfupps! – na guck nicht so! Hätt ich nich wetten können, daß voll ist? Als Deters wegmußte, wars … Auch nich sein Bier auf dem Tresen. Ach s o sieht die Figur aus. In meinem Screen hatten wir einen anderen Eindruck. Steckt der Schlüssel im? Meine Herrn, was eine

Hitze! Das ist Juni bei denen? Das ham wir so programmiert? Nie im Leben! Ob Sabine mich sehen kann? Na das fehlt noch, daß ich hochguck! Lächerlich ... und dann noch ›*hoch*‹! Nein, hier rechts um die Ecke, Halbstock runter noch Halbstock die Klos

Was tu ich mit meinen Sachen? Paßt das da in? Moment. Soll ich auch die Riots? Nee für den Notfall is besser wenn mich wer fragt kann ich sagen: Spielgeld Monopo oder so. Jetzt aber rein damit.

Tschüs, Herbst.

Gut daß keine da

Na dann wolln wir mal. Ausweis, ist Geld im Port komische Scheine. Egal.

Komm mir vor wie ein Ah die Schlüssel!

Jetzt schnell.

Tapfeiftatrillertatröt.

Uff.

»Ein Bier bitte.« Hm, Scheine. »Gilt das?«

»Wie? – Ja klar ... *noch.*«

Hübsches Mädel. Kann sie ja fragen, wann sie frei hat. »'tschuldigung, aber ... Hab ich schon die ganze Zeit hier gesessen?«

»Das meinst du nicht ernst!«

»Was?«

»Soviel *hast* du nicht getrunken ... jedenfalls nicht hier.«

»Nein wirklich! Hab ich oder hab ich nicht?«

»Hast du.«

»Seit wann?«

»Also hör mal! Son Prachtexemplar biste nicht, daß ich drauf geachtet hätt.«

»Oh.«

»Sorry, aber isso.«

»Schon gut. – Doch drei Stunden sicher?«

»Was?«

»Daß ich hier sitze.«

»Mindestens fünf.«

»Und alle Zeit allein?«

»Hè?«

»Du hast mich nicht unterhalten wollen?«

»Ey Type, jetz nicht den großen Bagger rausholn!«

»Und mein Bier?«

»Du warst bestimmt ne halbe Stunde auf Klo.«

»Das *hast* du gemerkt?«

»Das Bier wurde schal, hättste sowieso nich mehr von getrunken. – Hier.«

Also so auf den Tresen knallen muß sie das Glas nun wirklich nicht.

»Wann haste Feierabend?«

»Wenn du weg bist.«

»Du kommst mit?«

Wenigstens lacht sie. »Mein Freund ist einsfünfundneunzig. Meinst du, dir bekommt das?«

»Baseballer?«

»Grenzschutz.«

»Uiuiui.«

Das Holz faßt sich komisch an. Ich hatte auch noch nie son Gefühl unter den Füßen. Die Luft ist irgendwie dicker als bei uns. Als wär alles ... *dichter*: die Stühle, die Fußstützen, das Holz.

»Kann das sein, daß du schon vorher was getrunken hast? – Was is? Stimmt was nicht mit dem Pils?«

Meineherrn, geht das rein!: »So was trinkt ihr hier immer?«

»Du hast dir da unten was eingeworfen ...«

Sie meint Drogen. Klar meint sie Drogen. »Nee du. Bin clean.«

»Muß ich dich auch rausfeuern sonst. Hella will das nicht.«

»Wer's Hella?«

»Ihr gehört der Laden.«

»Lohnt sich nich, was?«

»Dienstags is selten was los.«

»Wieso Dienstag?«

»Heute ist Dienstag.«

»Nie!«

»Heute ist Dienstag, wenn ich's dir sag... nein... Mittwoch... *jetzt*. – Guck.«

Hübsche Uhr. Mom... das kann nicht stimmen! »Wie? *Mai*?«

»Neunter Mai... was findste daran komisch?«

Wenn du ihr jetzt sagst, daß es Juni sein muß, hält sie dich endgültig für bescheuert. Aber wenn Mai ist, sollte ich mich wieder hochladen besser. »98?«

»*Was* 98?«

»Das Jahr.«

»Sag mal, *ganz* dicht biste wirklich nich, oder?«

»Sag schon.«

»Was?«

»Das Jahr?«

Guck nicht so kariert! Komm schon, raus mit der Sprache... na, sind ja genug Zeitungen da. Und höflich sind die Leute hier ...! Geht einfach weg! Hatte ich immer schon solche Risse in der Haut? Haarrisse haarfeine Risse Krater Was für Hände! Ich hab meine Hände doch schon oft angesehen ... aber nie ... echt, nie vorher ...! Diese Venen! Ich bilde mir das ein, das ist dein *Kopf*, Junge! Also Zeitung

Nein! Das ist völlig...

2001! Niemals!

»He, hör mal ... hier ... stimmt das?« Da kann doch was mit dem Programm nicht gestimmt haben! Da hat doch wer am Programm rumgespielt...! »Wir haben doch nie...!«

»Komm, laß mich in Ruhe.«

»Echt 2001?«

»Nix Odyssee. 1984 mußten wir uns belehren lassen, daß auch mit Komplettüberwachung nix is.«

Scheiße. 2001 ist völlige Scheiße. Ich muß zurück.

»He, wo willlsten hin?!! Da is zu!«

»Was?«

»Küche is zu.«

Lerche! Das war mit Sicherheit Lerche! »Der Ita … Sushimann war eben noch da.«

»Der ist weg seit zwölf.«

»Nein, ich hab ihn doch eben gesehen …«

»*Wie* ›gesehen‹?«

»Na in der Küche.«

»Wieso warst du in der Küche?«

Besser die Klappe halten. Kapiert sie sowieso nicht, wenn ich ihr … Lerche hat da mit seinen arschigen Fingern … Der hat geahnt, daß ich … So ein Schwein!

Was mach ich jetzt? Scheiße, was mach ich denn jetzt?

Jey geht dieses Bier rein!

»Wirklich Mai? Mai 2001?«

»Komm, ich hab echt keine Lust auf so was. Seit mittags hab ich mit euch Suffköppen zu tun! Glaubste, da kommt Freude auf?«

»Ich geh dann man besser.«

»Halt ich für ne spitzen Idee …«

Silbertische Stühle silber unter der Marki ziemlich gestylt, diese HolzlattenSitze umgekehrte Ton-Blumentöpf

»He wart ma!«

Was will sie denn noch? Wehende Zöpfe.

»Hier … falls du mal Lust hast.«

»Äh …« 42 85 29 51 »Lust?«

»So bescheuert siehste ja wieder auch nich aus. Kann ich leiden, so ne leichte Verdrehtheit.«

»Werd ich tun.«

»Was?«

»Anrufen.«

»Geil. Vielleicht lern ich was von dir ... für später.«

»? ? ?«

»Ich studier Psychologie.«

»Ups.« Ziemlich frech, die. »Mal sehen, morgen vielleicht.«

»Nee, da nich. Morgen is mein Typ da die ganze Zeit. Donnerstag fährt er auf Manöver.«

»Grenzschutzmanöver? Was soll *das* sein?«

»Weiß ich auch, daß das nicht stimmt.«

»Na dann.«

Warum haben die lauter Xe an die Scheiben geklebt? Und die Japanfahne Sonnenpunkt. Morgenröte. Fast Vollmond drüben überm das wird der Monbijoupark sein. ADERMANN. RIMON. Irgendwie muß man den Funkturm sehen können.

Das ist nie*mals* der Funkturm. Das ist der *Eiffel* kann *auch* nicht sein ... der ist nicht rotweiß programmiert. Der ist schiefergrün, immerhin, Kirche im Fluchtpunkt der ... ist das wenigstens die Oranienburger? Gott sei Dank. Trotzdem, wo bin ich hier? Das Ding da steht nicht in Berlin, sondern ... steht in ... Moment, richtig, Tokyo. Aber Buenos Aires ist das auch nicht, sonst müßte es drüben dieses wadenhohe Geländer geben. Außerdem da hinten ... siehste, steht kein GUM. Wenigstens das nicht. Ich brauch eine Zeitung. Wo krieg ich eine Zeitung her? Zeitungsverkäufer ... nee, Kerzenverkäufer. Was es alles gibt. Wie er hart fast Rap klatscht. Sind alle hier so aggressiv? – Ah da is ja einer.

»Was kost die?«

ZITTY, Zur Sonne, zum Licht! DIENER DER MACHT; 3. bis 16. Mai 2001, na gut. Die Bullen tragen wirklich grün. Warum ist das alles so leer? geradezu einsam ... trudelnde Taxen, könnte man sagen. Aha, das nennt man Tram. Muß ich mich erst dran gewöhnen war ein Witz von uns, Straßenbahnen Tram zu nennen. Auch niemand drin. *Kann* sich nicht mehr lohnen um diese Zeit. Und wirklich, was eine Hitze!

PROMOTION AUF AUSGEWÄHLTE ARTIKEL

Promotion! – Das sind also Bordsteinschwalben. Schöne Frauen haben die. Ungewöhnlich! : Nutte mit Brille … aber wie die Gläser blitzen!

»Möchtest du dich etwas verwöhnen lassen?«

Gar nicht uncharmant. Und welch ein Deutsch! Aber daß Prostituierte sich ihre Wartezeit mit Handys vertreiben …

»Im Moment nicht.« Den Teufel werd ich tun und jetzt auf Deters machen … von wegen nach Zeit und Datum fragen. Nix da. Obwohl … ich hab ja seine EuroCard. Hoffentlich hat er die Geheimnummer notiert … hab nicht dran gedacht. Erst mal brauch ich was, wo ich sehen kann, ob überhaupt noch was drauf is auf dem Konto. Zweieinhalb Jahre … wer weiß … Wenn ich mich richtig, muß ich hier links den Straßenbogen, dann kommen die Hackeschen Höfe, ganz wie bei uns. Da muß dann die Coupole … nein, »Coupole« heißt das Restaurant hier nicht, sondern … egal. Siehste: da drüben:: **barfuß oder LACKSCHUH** Cocktailbar dane … eigentlich keine schlechte Idee, einen Moji … Dieser Junge aus Bronze weint Tränen aus Taubendreck. Der erstaunte Vater … jedenfalls Mann … SUNDAY WALK … goldbronzen leuchtend … so schöne Handflächen … aber auch die … Risse Risse *Hackescher Hof* heißt es, richtig. Auch schon die Stühle auf den Tischen. Mein Gott, wie furchtbar! Wie furchtbar die Stuhlbeine in die Höhe staken Lanzen … das sind Lanzen! Bloß weg!

Muß ich die Rosenthaler weitergehen oder da drüben geradaus in die Gormann? Guck dir diese Riesenwäsche an! Kunst am Bau. Unterhosen für Godzilla. Leibchen für die Riesin aus Göteborg: MIRUNA Tanzinterpretin grotesker Balladen (»Vater, ich bete, daß sich Dein Wünschen in Deiner nächsten Verwandlung erfüllt«) …

ZÖPFE WIE SCHMALE WEIDENSTÄMME
HÄNDE WIE GROSSE TSCHINELLEN
BRÜSTE WIE SELTENE ZWILLINGSSCHWÄMME
ACHSELHÖHLEN WIE ANTONIUSKAPELLEN

Gummi arabicum Soul. Ein AltweibersommerBlues, und jemand hat sein Handy mit dem Deutschlandlied progra **SCHNARR KREISCH** allerletzte Bahn? Rosenthaler Platz ein verschwiegnes UhseLädchen hätt ich Lust auf eine Frau? Wenn das stimmt, wird mich Sabine nicht sehen können, reiner Zufall, wenn sie mich findet. Ich könnte natürlich nein wirklich zu müde. Langsam machen. Hier hebt sich der Prenzlauer Berg aus der Mitte Moment, wie war die Topographie? Halbrechtshoch den Schienen nach. Warum bin ich so zerschlagen? Noch nie so ein Ziehen Oberschenkeln. Könnt mich grad hier hin von so was hat John nix erzählt, auch nich von Hunger Bude, geh ich mal rüber. Das müßte Kastanienall – Weinbergsweg hat man hier Wein angebaut? aber nur kurz, dann, ja. Richtig.

»n Döner bitten. – *Was*? Wart… kann ich ne Cola ham?«

Ich hätt ne Sonnenbrille mitneh kann doch keiner wissen. Meine Güte was für Glühbirnen! In Garrafff ist's nicht so grell, nie. Schon gar nicht nachts. Einbildung, mein Körper muß sich kalibri… wahrschei. Schmeckt fett is überhaupt alles. Fett. Wenn das Tag ist, brech ich zusammen. Wie Asthma Luftmasse. Wird immer schwerer *einer, der geht und geht und sich immer weiter vorbeugt, noch weiter, schon schleppt er sich kämpft schon: gegen die Luft nur die Luft und verschwindet, schreitet durch ein Nichts ins Vergessen zurück … und da sitz ich dann wieder vor meinem Screen, und Sabine weckt mich die kraulenden Finger… »Na du bist aber müde!« »'tschuldigung, ich …« »Ich hab dir Kaffee mitgebracht. Aber wenn du willst, kannst du auch heim, ich krieg das schon alleine hin.«*

Wie nasse Erde das Zeug im aufwärts deshalb ›Berg‹. Wieder ein Park ein Duft ganz süß von muß Gras sein.

Blätter! Hab ich irgendwann schon mal Blätter *gehört* so gehört? Furchtbare Hauszeile rechts dann Abriß zwei Lichter hinter den Fenstern sonst schluckend wie saugend dunkel verbröckelt: Da wohnen wohl Durchhalter drin: Joints und verstopfte Außenklos... Gott, ich hab das täglich *gesehen*, aber daß das nun so ist...! Hätte Deters diesen Gang gemacht, er hätte etwas erlebt, wäre angesprochen worden, hätte selbst ange. Realität. Ob er etwas empfindet in seiner Archivdatei? Ob er noch *ist*? Unsinn! Es wird wie der Tod sein ein Nichts ein Fehlen wie Schlaf ohne Traum. Und wenn nun nicht? Und wenn es ein Leben danach gibt? Sind Moleküle die Bits der Natur? Ist Natur fiktiv? Berlin. Ich bin in Berlin. Komisch, daß dieser künstliche Raum so sehr viel absolut konkreter, *dick*, ›dick‹ ist wirklich das Wort: dicker Asphalt, dicke Bäume, dicke Fassaden schläft einer im Eingang und schnarcht.

Hätte ich Münzen aber nur warum nicht einen Schein zehn Mark oder so macht dann Augen die ecCard noch immer nicht auspro

Nein, ich trinke jetzt nichts mehr. Sie müßte mich sehen können. Aber wo soll sie suchen? Ich habe gedacht... Deters hat es auch so geschafft, John hat es geschafft, also müßte auch ich es schaffen können. Jeden Tag ins Silberstein und warten. Verrückt. Ich bin jünger als Deters das muß ihnen auffalln. Gibt es für jede Sekunde eine eigene Welt? Milliarden Welten, um Sekunden verschoben? Oder gibt es Sprünge, gibt es manche Welten in manchen Zeitzuständen nicht? Garrafff kannte den Jugoslawienkrieg nicht – ›*kannte*‹! wie sprech ich denn??! Existiert eine Erde, die niemals Konzentrationslager hatte? Ist jemand denkbar, der in A stirbt, aber dem Truck in B gerade noch ausweichen kann, während er in C schon lange an einem Darmverschluß verschieden ist? Meine Güte! Haben Kalari und Jasmund in D ihre Vernichtung überlebt und sind brav und sittsam geworden und Eltern dreier Kinder?

Ob ich meine Hände noch ernstnehmen kann?

Furchtbares Zeug ich glaub ich muß kotzen.

Da geht

PRATERGARTEN hübsch wie Wien VOLKSBÜHNE auf den Kastanien das sind doch Kastanien Kerzen Flocken ich hab das Gefühl ich bin im Film fantastisches fiebriges Leuchten von Farben Hofkonturen grün Tuscheln mal surrende Wagen wie schmecken wohl Frauen in Berlin? anders? oder sind die Elemente immer die gleichen und ordnen sich bloß um? Ich werde morgen früh telephonieren werde seine Freunde anrufen und sagen ich bin wieder da. Und wenn er nie weg war? gegangen erst im Moment, als ich erschien und so fort durch alle Dimensionen? Wenn die Welten wie die Materie kein Vakuum vertragen Energie bleibt erhalten ging Deters von hier, kam ein andrer von dort? Sitzt in Garrafff jetzt ein paralleles Ich bei Sabine? Ich hätte verdammt noch mal dieses Bier nicht trinken dürfen! Ob man mir das ansieht, daß ich nicht? John hab ich nichts angesehen, bis er sich aber das sind meine Modulationen gewesen scheiße: hat Lerche Zugriff auf mich? Kann er mich verändern? Wache ich morgen auf und habe rotes Haar und fahre einen Golf und bin Marketing Trainee bei Liebrecht? Oder Löwenwärter im Zoo? Oder Lokführer bei der Deutschen Bahn? Das ist aber blöd, daß man hier nicht direkt über die Kreuzung, sondern diese Fußüber. Da oben hat Deters BUENOS AIRES-PALERMO gedacht. Wie konnte er das tun? Wie konnte er die Anderwelt sehen? Die Systeme waren getrennt, *wir* haben Buenos Aires erzeugt... Das Päckchen die Punks Vietnamesenmafia jetzt nix zu merken davon, nur der Wind streicht über die Schönhauser in Fahrtrichtung Süd in Fahrtrichtung Nord bis nach Pankow sind zwei allergengesättigte Ströme. Entspricht jedem Gedanken eine Realität? irgendwo? Ich geh einfach wichs doch der Kanzler die Ampeln.

Es riecht irgendwie anders das ist mir gleich
aufgefallen aber ich

Frauen

Ich bin derart blau guck an: Das Meldeamt existiert nicht mehr geschlossen das Holz von der Tür geblätt matte Scheiben Graffi

Frauen

Danziger Straße Dimitrow bulgarischer Kommu Brand des Reichstags Pappelallee

Ich bin mir niemals im Leben so unbeobachtet vorge sind diese Bürgersteige breiter als bei uns? kann nicht sein! Lappenschleusen es ist *dieser* Gedanke: Sie verbinden nicht Ort mit Ort oder Zeit mit Zeit sondern Orte in verschiedenen Zeitzuständen Zeiten in anderen Raumzu. Irgendwo könnte Milošević ein zweiter Nyerere sein.

Es ist möglich.

Copyshop noch offen glaubt man's? noch Leute. Jetzt rechts oder geradeaus weiter? Rechts muß der Helmholtzpark dran vorbei kommt die Duncker ich kann auch gradeaus bis zur ... Stargarder, glaub ich, Allee nee Straße. Nein geh rechts Jazzlokal alles zu auch Frida Kahlo der Park: stillehaltendes Wogen aus grünem Gebüsch Botanogewölle wölbige Kronen. Blütenduft süß viel zu süß Baustelle die gestalten den Park mit Spielplatz und war vielleicht mal ein Bürgerbad vor hundert/hundertfünfzig Jahren. Stop Da gab es die Erde noch nicht. Oder doch? Die Häuser wie eine Burg um den Hof um den Park und wieder ein Schläfer nein zwei ineinandervergraben halb die Beine über der Bank die Münder in die ich hineinfallen Zeitlöcher ineinander verschlungene Organwelten. Fliederschütten. Drüben ins späte 19. Jahrhundert gekeilt die Postmoderne oben zwei leuchtende warmgelbe Scheiben: Da wohnt der Kastellan. Ich fürchte mich, diese Tür aufzuschließen. Dunckerstraße 68, Q3.

Das einzige was mir helfen kann. Frauen. Er kennt ja genug.

Wenn ich malen könnte

Einen Geruch malen Töne eine strahlendgelbe Bedeutung.

Die Kante dieses Steins, wie sie abfällt ins Tal. Jede Pfütze Ozean. Klein die Talbahn das zweimal doppelte Seil und die Gondeln. Guck mal, zwei Kraxler! Kraxeln den Hang des Steines hinauf ist nicht leicht schau ich näher heran wird mir schwindlig. Der eine Bergsteiger ist eine Frau. Ohne Seil, trägt ein knappes Oberteil eine Shorts die schweren Spikes unter den Stiefelsohlen Manschetten um Knie und Ellbogen und die Fesseln der Hände. Schaut herauf, nie hinab, schaut herauf in mein Gesicht, aber sieht es nicht kann es nicht sehen weil: Das gibt's nicht. Ihr Gefährte kommt nicht so schnell nach sie ist flink. Sie hat eine Wut auf ihn stimmt nicht sie verachtet ihn. Ich spüre, wie sie ihn verachtet. Außerdem hat er die Hose voll. Im Wortsinn. Kann er nichts für, was kann man tun so im Berg im Durchsteigen eines Überhangs kriegt man ja die Hose nicht runter. Was hat er ihr angetan? Oder sie… sie… reiner Mutwille, wacht auf und verachtet. Grundlos doch mit allem Recht. Weiter. Ich hab das angefangen, dann muß ich da durch. Richtig! Hier hat die Nasengepiercte gestanden und rumgezetert, was das Zeug. Das Abusschloß die Gaffer. Mann ham wir uns amüsiert! Ganz schönes Arschlo ich also tät so was nie. Falk Schuster Apfelwein Possmann in Ber Bauzaun Peter Gordon lange nicht oje

sind keine Blumendüfte Betäubungsmittel Starga

Schlüss da ist er Bäckerei. Auch neu wußt ich nicht Party-

SERVICE. Wenn ich versuche, Sabine anzu ob es dann? Deters hatte doch ein Handy wo ist denn das? Hm. Da. Die Nummer? Ich hab die Nummer vergessen komm ich wieder drauf. Nicht nervös werden. Es gibt keinen lachhaft und o b es ihn gibt! Das ist der Torpedokäfer noch offen hängen drei ab. Komisch da hab ich die fast täglich gesehen durch Deters mit ihm am und kenne keinen wirklich. Sie sind so echt. Sieh da das kleine Schwulenlokal wo immer fette Frauen nehm ich das Tor? wie er? oder den Hausein? Renoviert das hab ich so überhaupt nie bemerkt. Flur leicht rechts da muß irgendwo eine Stufe sein Kacheln nächste das ist der Hof Fahrrä das flache Buschcarrée Rhododendren woher kommt dieser Duft? Es duftet so in Berlin! Diese Tür diese Tür! Wie? Ist das *mein* Handy? Ja is

»Hallo?«

»Hans? Sind Sie schon da?«

»Ich … äh …«

»Das ging ja schnell. Haben Sie also gleich den Bus gekriegt. Ich wollte Ihnen auch nur sagen … Es war sehr schön. Danke. Es war eine schöne Nacht.«

Was war schön? Wer *ist* das? kann sie nicht fra

»Sind Sie noch dran? – Hallo?«

»Ja, ich … ich höre …«

»Is was? Sie klingen so komisch.«

»Ich bin nur müde.«

Ein berückendes Lachen hat sie. Wenn ich nur wüßte

»Melden Sie sich wieder?«

Herrje! Wo ist denn diese Speichertaste bei dem Ding?! Ich kann sie nicht mal nach ihrer Nummer fragen … Mann, das muß doch automatisch gehen!

»Gute Nacht, Hans. Und wegen der Diskette: Ich guck sie mir an.«

Wo ist denn dieser verdammte …!

»Hans?«

»Ja?«

»*Ich* werde *nicht* wieder anrufen. Verzeihen Sie, wenn ich Sie... es liegt mir wirklich nicht, Sie in irgendeiner Weise zu belästigen.«

»Das tun Sie doch nicht! Wirklich nicht.«

»Das klingt aber so.«

Abgebrochen.

Wo ist diese Taste? hier vielleicht? *Menü, T-D1 Spezial, Optionen* nee nix. Zurück. Weiter. *Telefonbuch Optionen anz Wählen mit Stimme Persönliche Nummern* ah da! *Letzte zehn Gespräche Gesendete Ge Empfangene* na bitte kann ja nur

Egal jetzt, ich ruf später da an und versuch Ob was im Briefkasten ist? Deters, *da.* Als er los ist, war die Post wahrscheinlich noch nicht   Leer. Jetzt bin ich aber ges
aber ich hab ne scheißige Angst vor was hab ich Angst? Was tut Hans Deters hier beruflich? Ist er Broker wie dort? Ist er Inhaber eines Geschäftes für Lampen? nee das wohl nicht: Wenn einer mit einer Frau eine Nacht verbracht hat und sie sich nachher noch siezen, dann kann er nicht allzu einfach strukturiert

na beruhigend. Können natürlich auch nur gesprochen haben. Ob es eine Welt gibt, in der er Handwerker ist Klempner Automechaniker? Gibt es eine, in der *ich* das bin, und Sabine sitzt an der Kasse bei Aldi?   Na dann!!

Als Herbst den Schlüssel aus dem Schlüsselloch des Briefkastens herauszog, nachdem er diesen wieder verschlossen hatte – die Mechanik hakte leicht –, loggte sich Lerche aus dem System, beschloß Joschka Fischer, um seine Ehe zu kämpfen, wurde in Gojan 4 eine Hausmeisterstelle beim Kavek frei, buchten Reiseveranstalter zum Super-Kombi-Preis, nahm Quark eine illegale Bestellung von aus dem SpiegelUniversum herauszuschmuggelndem KT33 entgegen, riefen die Nachtschattengewächse der Hauptstadt den *Carneval Erotica* aus, erkannte

Oma Eusebia in Lupos Aufstieg zum Filmstar den Untergang des Abendlands, nistete sich erstmals ein pflanzlicher Samen in dem Ei eines Fischs ein, shoppte Jauchs Quiz-Marlene schon mal los, bestritt Lioninger jede Schuld und wurde dennoch beschimpft und bedroht, war Deisler amtlich der Beste, und HerrenBade-Shorts kosteten 9,98, hauchte Krigrin Bols hinterlistige Texte ins Mikrophon, wurde das Höhlendrama von Soimalino beendet, gelang die Übersetzung von Semantik in Licht[24], erlitt der Vogeler im Harz einen Infarkt, schlugen die Dephten die Schtzytschtschen, starben in Nigeria 415 Menschen an AIDS, schrieb Koselman die letzte Zeile seines unvergessenen Spätherbstgedichts, wurde Mian Ho Yuan das Kutankreuz verliehen, fiel die Witten neben André Michels in einen glücklichen Schlaf. Und der Rheingraben hielt noch.

Mit der Entschlüsselung des menschlichen Genoms überschritt das Leben die zweite Schwelle der Schöpfungsgeschichte. Hiernach ging es im Laufschritt die Treppe hinan.

24 F. gu Äoplons: »Uk Krinsgör – Kam Husa li i os Grahegen i gfan Kross«, Zikkarthon 2310

Herbst & Deters sind dem Deutschen Literaturfonds in Darmstadt, der ihnen die Arbeit an diesem Buch ermöglicht hat, sehr dankbar. Dennoch hätte dieses Buch ohne die Lektüre und aus ihr gezogene Zitate von Louis Bec, Walter Benjamin, Horst Bredekamp, Mark Dery, Villém Flusser, Donna Haraway, André Heller, Marshall McLuhan, Terence McKenna, Camille Paglia, Thomas Pynchon, Robert v. Ranke-Graves, Barbara G. Walker nicht realisiert werden können. Dank auch den vielen anonymen Morphs, die dabei halfen, WebSites zu hacken. Innig sind die Fiktionäre Do Thums und Ulrich Faure für sehr notwendige Kopfwäsche und Christa Loose sowie Hans Georg Heepe von Rowohlt in Reinbek dafür verbunden, daß sie in einer Zeit vertraglicherseits geholfen haben, deren Unbill schließlich den Wechsel des Verlages erzwang. Immerhin haben wir uns auf diese Weise den kritischen Beistand Delf Schmidts erhalten können.

Ideen und Denkbewegungen dieses Buches sind, wie jedes movens von Kunst, freeware. Die Beerdigung des Urhebers finde im Freien statt.

Die Fiktionäre
Juli 1998–Juni 2001

Dorothea Keuler

Aus der Reihe getanzt

Skandalöse Paare aus Baden und Württemberg

Silberburg-Verlag

Dieses Buch widme ich der Universitätsbibliothek Tübingen, ohne die ich vielleicht leben, aber ganz gewiss nicht arbeiten könnte. Danke, dass es Dich gibt!

Dorothea Keuler, geboren 1951, hat Erziehungswissenschaft, Germanistik und Anglistik studiert und als Verlagslektorin gearbeitet. Sie lebt als freie Autorin in Tübingen, schreibt Radiofeatures, Hörspiele, journalistische Beiträge und Bücher: »Die wahre Geschichte der Effi B.«, Haffmans 1998; »Undankbare Arbeit. Die bitterböse Geschichte der Frauenberufe«, Attempto 1993; »Verlorene Töchter. Historische Skandale aus Baden und Württemberg«, Silberburg 2009; »Provokante Weibsbilder. Historische Skandale aus Baden und Württemberg«, Silberburg 2011.

1. Auflage 2013

Umschlaggestaltung:
Christoph Wöhler, Tübingen.
Druck: Gulde-Druck, Tübingen.
Printed in Germany.

ISBN 978-3-8425-1255-9

Inhalt

Wo die Liebe hinfällt ...
Von unmöglichen Paaren, zuchtlosen Verhältnissen, verhängnisvollen Affären 7

Fleischeslust und Karriereknick
Karl Bardili und Regina Burckhardt, die »schwäbische Geistesmutter« 16

Heidelberger Turbulenzen
Kurfürst Karl Ludwig von der Pfalz und Freiin Luise von Degenfeld 33

Ein glänzendes Elend
Das Schauspieler-Ehepaar Karl Friedrich und Felicitas Abt 52

Ein verwegenes Team
Die Schleiferbärbel und der Konstanzer Hans 71

Bewacht, beschützt, gefangen?
Leonardus Cornelius van der Valck und Sophia Botta – das »Dunkelgrafenpaar« 89

Die Kronprinzenaffäre
Therese von Abel und Wilhelm von Württemberg 109

Heimlich und verschwiegen
Elisabeth zu Fürstenberg und
Joseph von Laßberg ... 122

Die Diva und der Gottesleugner: ein Ehekrieg
David Friedrich Strauß und
Agnese Schebest ... 137

Stuttgarter Vielweiberei
Albert Dulk, Johanna Dulk,
Pauline Butter, Else Bußler ... 152

Eine verhängnisvolle Affäre
Georg und Emma Herwegh ... 168

Der staatsgefährdende Vorleser
Charles Woodcock und
König Karl von Württemberg ... 187

Literaturhinweise ... 207

Bildnachweis ... 215

Wo die Liebe hinfällt ...

Von unmöglichen Paaren, zuchtlosen Verhältnissen, verhängnisvollen Affären

Der Liebesgott der Antike war ein gefürchteter Gott. Er raubte den Menschen den Verstand, den Schlaf, das ganze schöne Gleichmaß des Lebens. Wen sein Pfeil traf, wurde mit einem Zustand geschlagen, der an Raserei grenzte. Getrieben von wilder Euphorie oder tiefer Verzweiflung, vergaßen die Getroffenen den Anstand, ihre Stellung in der Welt, vernachlässigten ihre Pflichten gegen die Gesellschaft. Vor der Begierde nach dem oder der Geliebten verblasste alles andere. Kein Wunder, dass dieser Wahnsinn in der Ehe keinen Platz hatte.

Das Christentum erfand die Liebe neu. Sie kam von einem Gott, der es gut mit den Menschen meinte, und wurde durch die Ehe geheiligt, die Mann und Frau im Angesicht Gottes miteinander eingingen. »Die Liebe ist langmütig, die Liebe ist gütig. Sie ereifert sich nicht, sie prahlt nicht, sie bläht sich nicht auf. Sie handelt nicht ungehörig, sucht nicht ihren Vorteil, lässt sich nicht zum Zorn reizen, trägt das Böse nicht nach. Sie freut sich nicht über das Unrecht, sondern freut sich an der Wahrheit. Sie erträgt alles, glaubt alles, hofft alles, hält allem stand. Die Liebe hört niemals auf.« So lehrte der Apostel Paulus. Und doch war das unbotmäßige, rücksichtslose, anarchische Gefühl weder aus der Welt zu schaffen noch ließ es sich zähmen, lenken oder gar verbieten.

Im Hochmittelalter besangen die Troubadoure die Minne: die höfische Liebe. Diese edle, aber eher literarische Spielart

Die Pflicht der Kinder, ihre Liebe den elterlichen Plänen zu opfern, brachte viele Paare um ihr Lebensglück. Gemälde von Emile Friant: Die Liebenden.

der Liebe fand erst mit der Zeit ihren Weg ins wirkliche Leben. Die typische Konstellation sah so aus: Die angebetete »Frouwe«, die Herrin, stand hoch über ihrem Verehrer, einem Ritter ohne Land und Lehen. Sie war bereits verheiratet, mit einem mächtigen Feudalherrn, und gnade Gott dem armen Ritter, wenn er sich an dessen »Besitz« vergriffen hätte. Die Dame war somit unerreichbar, und die Erotik der hohen Minne eher seelisch-spirituell als sinnlich gefärbt. Die Liebe, die der Ritter mit Liedern und Gedichten zu gewinnen versuchte, hatte die Vereinigung der Seelen, nicht die der Leiber zum Ziel.

Während der Renaissance wurden die moralischen Zügel gelockert. Die Menschen – sogar die Frauen – genossen mehr sexuelle Freiheit als zuvor, mit der jedoch die Reformation bald wieder aufräumte. Zwar gehörte nach dem Verständnis Luthers das geschlechtliche Verlangen zur menschlichen Grundausstattung, doch sollten Mann und Frau ihre Lust und ihre Liebe nicht frei, sondern gezügelt ausleben. In der Ehe. Und nur dort. »Wer es [das eheliche Leben] erkennet, der hat Lust, Liebe und Freude drinnen ohn' Unterlass«, wusste der Reformator. Denn in der Ehe wuchs die Liebe.

Im Zeitalter der Empfindsamkeit wurde die Liebe dann zur Vorbedingung für die Ehe – vorausgesetzt, der oder die Erwählte stellte eine passende Partie dar. Die Romantik erhob die Liebe in den Rang einer Religion. Zwei Menschen waren füreinander bestimmt. Erst die Liebe – und zwar nur die Liebe dieses einen, einzigartigen Menschen – machte die eigene Persönlichkeit vollständig. Vor ihrer unwiderstehlichen Macht verloren bürgerliche Normen ihre Geltung. Was waren profane Dinge wie Ehe und eheliche Treue gegen die Heiligkeit der Liebe? Sie setzte ihre eigenen Werte, jenseits der Alltagsmoral.

Doch auch wenn um Liebe allezeit viele Worte und viel Wesens gemacht wurde, sah die Praxis meist anders aus. Da bestimmten die Eltern, mit wem ihre Kinder sich vereinigen sollten, liebend oder auch nicht. »Schönheit vergeht, Acker besteht«, wusste der Volksmund. Und dass die Äcker zusammenpassten, dass die heranwachsenden Töchter und Söhne ihre Blicke nicht in unerlaubte Gefilde schweifen ließen, darüber wachten die Eltern mit Argusaugen, und sie hatten das ganze Dorf zum Helfer. Für die Armen galten Heiratsbeschränkungen, die verhindern sollten, dass sie sich fortpflanzten – was die Betroffenen aber nicht daran hinderte, sich zu lieben und zu vermehren. Dem Adel ging es in seiner Heiratspolitik von jeher um die Besiegelung von Bündnissen, um Macht- und Statusgewinn, um die Mehrung von Landbesitz. Und auch im Bürgertum war die Ehe Mittel zum Zweck, um den Besitz zusammenzuhalten und zu vergrößern oder Geschäftsbeziehungen zu festigen. Die Pflicht der Kinder, ihre Liebe dem Wohlergehen des elterlichen Geschäfts zu opfern, kostete viele das Lebensglück. Doch wusste man sich zu trösten: Die Herren gingen ins Bordell, die Damen hatten Affären. Meist aber arrangierten sich die Eheleute mit ihrer arrangierten Ehe, und am Ende, wenn der Tod sie schied, trauerte der überlebende Teil nicht weniger, als wenn es eine Liebesheirat gewesen wäre.

Doch zu allen Zeiten gab es Frauen und Männer, die die Erfüllung ihrer Liebe ertrotzten. Paare, die den Mut hatten, aus der Reihe zu tanzen. Die nicht nach Altersunterschieden und Standesgrenzen, nicht nach Konventionen oder Moral, nicht nach bestehenden Bindungen oder älteren Rechten fragten. Nicht immer ging das gut, und nicht immer war die Gesellschaft mit ihren Verboten daran schuld. Dieses Buch erzählt von elf Paaren, die in den Augen ihrer Zeitgenossen nicht hätten zusammenfinden dürfen. Es erzählt Liebesgeschichten aus der Zeit vom Dreißigjährigen Krieg bis zum späten 19. Jahrhundert, aus denen sich eine schwäbisch-badische Sittengeschichte entfaltet.

Die Professorentochter *Regina Burckhardt* ist bereits Mutter eines unehelichen Kindes, als sie von dem Theologen *Karl Bardili* schwanger wird. Die Kirche erteilt dem Brautpaar keine Heiratserlaubnis. Mit Hilfe einer List können sie sich 1625 rechtskräftig trauen lassen. Pfarrer kann Bardili unter diesen Umständen allerdings nicht mehr werden. Aus der Verbindung der beiden entspringt eine ganze Galerie von Vorzeigeschwaben, darum wird Regina Bardili heute als »schwäbische Geistesmutter« verehrt.

Kurfürst *Karl Ludwig von der Pfalz* verträgt sich nicht mit seiner aufbrausenden, widerborstigen Gemahlin. Das sanfte Hoffräulein *Luise von Degenfeld* gefällt ihm besser, aber Luise besteht auf Heirat, ehe sie ihn erhört. Die Kurfürstin verweigert die Scheidung. 1658 spricht Karl Ludwig selbst die Scheidung aus und heiratet Luise. Aber Kurfürstin Charlotte lässt sich nicht verdrängen.

Auf der Bühne der Evangelischen Komödiantengesellschaft in Biberach (einem von Wieland geleiteten Liebhabertheater) lernen sie sich kennen. 1765 brennt die Bürgertochter Felicitas Knecht mit ihrem verheirateten Bühnenpartner Daniel Dettenrieder durch. Nach Dettenrieders Scheidung heiraten die beiden und nennen sich fortan *Abt*. Unter diesem Namen werden sie berühmt, aber nicht glücklich. Ihre Ehedramen im wirklichen Leben stehen denen auf der Bühne in nichts nach. Abt trinkt, macht Schulden, ist rasend eifersüchtig, versucht aber auch, seine Frau an reiche Gönner zu verkuppeln. Felicitas erträgt seine Eskapaden mit der Geduld einer mustergültigen Gattin und gibt ihm Halt.

Beide sind im Milieu der »Jauner« zu Hause, der Vaganten, Diebe und Räuber, die den deutschen Südwesten unsicher machen. Johann Baptist Herrenberger, bekannt als *»Konstanzer Hans«*, ist zwanzig, als er 1780 Barbara Krämer, geborene Reinhardt, kennenlernt. Die berüchtigte *»Schleiferbärbel«* ist 15 Jahre älter, Mutter von vier Kindern, berufserfahren und erfolgreich als Diebin. Die Verbindung der beiden erregt Anstoß, denn auch unter Gesetzlosen gibt es Regeln.

Im Herbst 1803 mietet sich ein vornehmes, exzentrisches Paar in der Ingelfinger Hofapotheke ein und verschwindet ein halbes Jahr darauf bei Nacht und Nebel. Jahre später lassen sie sich im thüringischen Hildburghausen nieder. Die beiden – vom Volk als *Dunkelgraf und Dunkelgräfin* bezeichnet – erregen Aufsehen durch ihr Bestreben, im Verborgenen zu bleiben. Die »Gräfin« zeigt sich immer nur tief verschleiert und stets in Begleitung des »Grafen«. Wird sie beschützt, bewacht oder gefangen gehalten, fragen sich die Leute. Bis heute hält sich der Mythos, bei der Dunkelgräfin habe es sich um eine vertauschte Prinzessin gehandelt, nämlich um Marie Thérèse von Frankreich, die Tochter von Marie Antoinette und Ludwig XVI. Um über 200 Jahre später Klarheit zu schaffen, hat der Stadtrat von Hildburghausen die Exhumierung der sterblichen Überreste der Unbekannten beschlossen. Die Ergebnisse der DNA-Analyse waren bei Drucklegung des Buches noch nicht bekannt.

Während Herzog Friedrich von Württemberg alle Hebel in Bewegung setzt, um seine Machtposition zu verbessern, fällt dem Erbprinzen *Friedrich Wilhelm* (später König Wilhelm I.) nichts Besseres ein, als sich in die Tochter von Vaters schärfstem politischem Gegenspieler zu verlieben. Um seine Geliebte *Therese von Abel* zu heiraten, hätte der Prinz sogar auf den Thron verzichtet. Die beiden fliehen nach Paris. Napoleon – damals Erster Konsul auf dem Weg zum Empéreur – lässt ihnen Geld und gute Worte angedeihen, verweigert aber die Heiratserlaubnis.

Fürstin *Elisabeth von und zu Fürstenberg* ist Witwe und beinahe vierzig, als sie sich 1805 in ihren Landesoberforstmeister *Joseph von Laßberg* verliebt. Der ist einige Jahre jünger, verheiratet und Vater von vier Kindern. Doch für beide ist ihre Liebe »das reinste, heiligste Gefühl, das je war«. Als Laßbergs Frau droht, das Verhältnis publik zu machen, lassen sich die Liebenden auf ein demütigendes Versteckspiel ein. Wenn die Beziehung bekannt wird, verliert Elisabeth den Kampf um die Vormundschaft über ihren Sohn und Laßberg seine wirtschaftliche Existenz. Elisabeth trägt sich mit Fluchtgedanken und träumt von einem abgeschiedenen Hirtenleben.

Zwischen ihnen liegen Welten. Der Theologe *David Friedrich Strauß* hat sich durch seine kritische Schrift »Das Leben Jesu« den Ruf eines Gottesleugners zugezogen. *Agnese Schebest* ist Opernsängerin und ein umjubelter Star. Kann das gut gehen, fragen sich die Freunde der beiden besorgt. 1842 wird geheiratet, allen Bedenken zum Trotz. Frau Agnese bemüht sich, den Anforderungen an eine schwäbische Hausfrau gerecht zu werden. Doch Friedrich, dem es wohl mehr um die Kunst als um die Künstlerin zu tun war, flieht die holde Häuslichkeit.

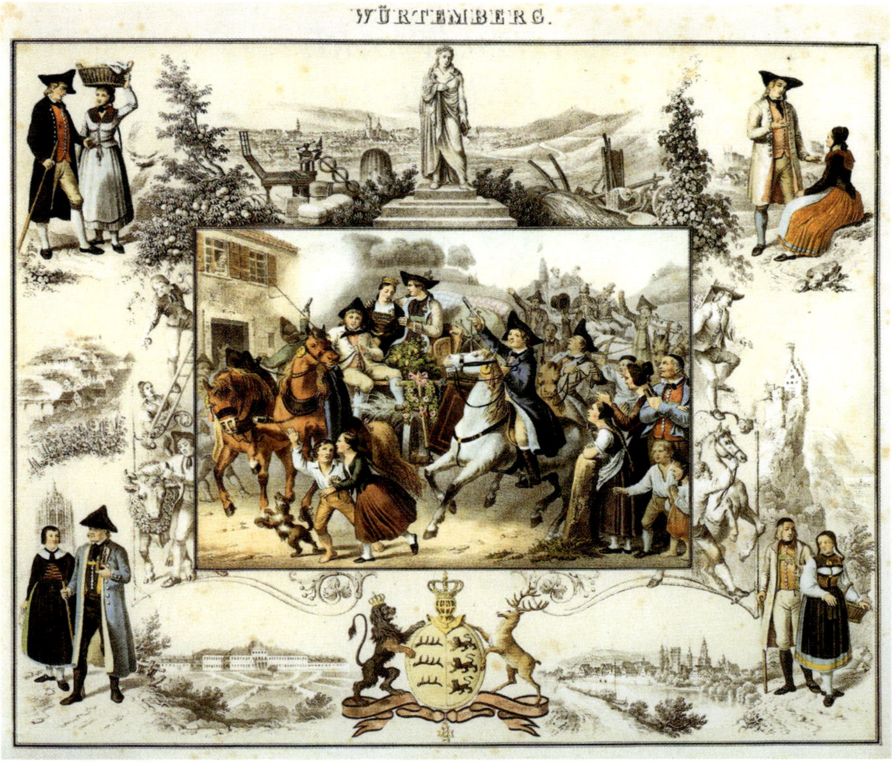

Eine schwäbische Hochzeit, so wie sie sein sollte.

Der Revolutionär, Schriftsteller, Agitator und Freidenker *Albert Dulk* meint, dass »ohne Zweifel für einen Menschen mehr als ein Verhältnis existieren kann«. Und er überzeugt nicht nur seine Ehefrau, sondern noch weitere Freundinnen davon. 1858 zieht die unheilige Familie – ein Mann, drei Frauen und mehrere Kinder – nach Stuttgart, wo sie ganz unangefochten unter einem Dach zusammenlebt. Heute hat dieses unorthodoxe Liebesverhalten einen Namen, man nennt es »Polyamorie«.

Für *Georg Herwegh* und *Emma Siegmund* ist es Liebe auf den ersten Blick. 1843 heiraten sie nach kurzer Bekanntschaft.

Die Liebe – Wahnsinn? Himmelsmacht? Höllenqual? Auf jeden Fall ein sehr unordentliches Gefühl. Gemälde von Jean-Honoré Fragonard: Der Riegel.

Die emanzipierte Kaufmannstochter macht Herweghs Dichterkarriere zum Projekt ihres Lebens. Der betrügt sie schon im ersten Ehejahr. Einige Jahre später, im Exil, verliebt er sich erneut. Natalie Herzen, die Frau seines Freundes Alexander Herzen, erwidert seine Leidenschaft. Beide Paare ziehen zusammen in eine Villa. Doch statt der erhofften Ehe zu viert entbrennt ein wildes Beziehungsdrama, das alle Beteiligten an den Rand des Wahnsinns bringt.

Der junge Amerikaner *Charles Woodcock* kommt 1883 als Vorleser an den Hof nach Stuttgart. Der alternde *König Karl* verliebt sich in ihn und wird ihm hörig. Auch ein König hat das Recht auf ein Privatleben, findet Karl. Aber nicht, wenn der Geliebte des Königs sich in Hof- und Staatsangelegenheiten einmischt, findet die Regierung und verlangt die Trennung. Karl weigert sich und erklärt, lieber wolle er abdanken.

Wie immer danke ich allen Experten und Expertinnen, die mich bei meinen Recherchen unterstützten, ganz besonders Dr. Lioba Keller-Drescher, meiner bewährten Beraterin in kulturgeschichtlichen Fragen. Dr. Beate M. Weingardt danke ich für ein anregendes Gespräch über Regina Bardili und Michael Roth für seine Mitteilungen über Karl Ludwig von der Pfalz, Luise von Degenfeld und das Schwetzinger Schloss. Erhellendes über das Dunkelgrafenpaar verdanke ich Rainer Gross, Neuenstein, sowie dem »Interessenkreis Madame Royal«. Ein herzliches Dankeschön geht nach Schloss Großheppach an Günter Gesing und Clementine von Gaisberg, die mir Einblick in bisher unbekannte Briefe von Therese von Abel und Wilhelm I. gewährten, sowie an Stadtarchivar Dr. Bernd Breyvogel. Sehr dankbar bin ich Frau Professor Dr. Ilse Walther-Dulk, die mir freundlichst Auskunft über ihren Urgroßvater Albert Dulk gegeben hat. Den Mitarbeiterinnen und Mitarbeitern des Silberburg-Verlags, vor allem meinem Lektor Torsten Schöll, sei Dank gesagt für die rundum erfreuliche Zusammenarbeit, nun schon beim dritten Buch. Und meinem Mann, Walter Neidhart-Keuler, danke ich von Herzen, dass er meine Verstrickung in fremde Beziehungsprobleme gelassen ertragen hat.

Dorothea Keuler, Tübingen

»Eine unordentliche ausländische Hochzeit«

Fleischeslust und Karriereknick

Karl Bardili und Regina Burckhardt, die »schwäbische Geistesmutter«

Unter normalen Umständen wären die beiden vermutlich kein Paar geworden. Karl Bardili stand im Klüngel der vielfältig miteinander verwandten und verschwägerten Tübinger Akademiker eher am Rand. Regina Burckhardt dagegen war fest in die universitäre Vetterleswirtschaft eingebunden. Allerdings: als die beiden jungen Leute an einem Sommertag des Jahres 1625 vor den Traualtar traten, waren die Umstände augenfällig – und damit alles andere als normal.

Die Universität Tübingen, die im Leben beider eine prägende Rolle spielte, war 1477 von Graf Eberhard im Bart gegründet worden. Nach anfänglicher Blüte, die Studenten und bedeutende Professoren von überall her nach Tübingen gelockt hatte, machten sich inzwischen die Auswirkungen der konfessionellen Spaltung Deutschlands bemerkbar. Man brauchte den passenden, das heißt lutherischen Glauben, um in Tübingen zu reüssieren. Jahrhundertelang war die Universität, die ab 1769 den Namen Eberhard-Karls-Universität trug, ein »Hort der Orthodoxie in Württemberg«, ein »Bollwerk der Tra-

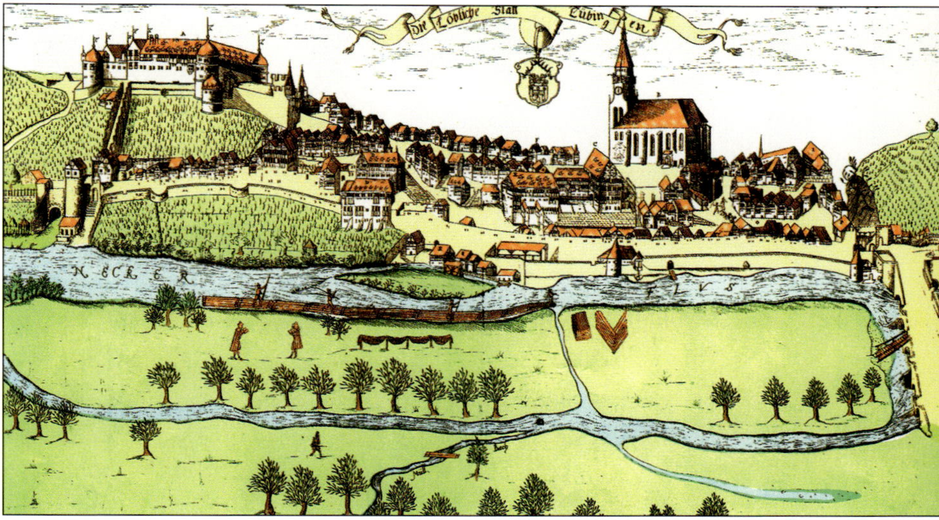

Die löbliche Stadt Tübingen um 1629.

dition«, wie Inge und Walter Jens in ihrer Geschichte der Tübinger Gelehrtenrepublik festhalten. Der Astronom Johannes Kepler beispielsweise bekam wegen calvinistischer Glaubensabweichung in Tübingen keinen Lehrstuhl. Aber wer es geschafft hatte, wer an der Eberhardina Carolina lehrte oder wer als Schriftgießer, Buchdrucker, Kupferstecher, Apotheker und Pedell in ihren Diensten stand, hatte sein Schäfchen im Trockenen. Als akademischer Bürger genoss er Steuer- und andere Privilegien. Und vor allem hielt die Alma Mater, die die Gerichtsbarkeit über die *cives academicae* innehatte, schützend ihre Hand über ihre Bürger.

Die Universität war nicht nur Bildungsstätte, sondern auch ein Wirtschaftsunternehmen mit Höfen, Äckern, Wäldern, Weinbergen, die nutz- und gewinnbringend bewirtschaftet und verwaltet sein wollten. Es mussten Pächter zur Ordnung gerufen werden, Prozesse geführt, Schulen inspiziert, Stipendiengelder und Almosen verwaltet, Protokollfragen gelöst, Bücher zensiert, Studierende diszipliniert und die Moral der akademischen Bürger überwacht werden. Ein Professor hatte neben Forschung und Lehre noch eine ganze Menge anderer, nicht minder wichtiger Aufgaben zu erfüllen. Arbeit gab es genug – nebst Fressorgien und Zechgelagen, für die das akademische Leben reichlich Anlässe bot.

Georg Burckhardt, Reginas Vater, war dafür bekannt, dass er keine Aufgabe ablehnte, die ihm angetragen wurde. Nüchtern, sparsam und zielbewusst nahm er in Angriff, was zu tun war. Für die Familie blieb ihm so wenig Zeit, dass ein Verwandter ihn ermahnte, sich doch mehr seiner Frau und der schnell wachsenden Kinderschar zu widmen. Die Universität wusste, was sie an ihm hatte. Bescheiden sei er gewesen, uneitel, warmherzig und gleichmäßig freundlich zu allen, hieß es später in seinem Nachruf. Mit sieben Jahren hatte der im fränkischen Wettelsheim geborene Georg seinen Vater im Schmalkaldischen Krieg verloren. Ein kinderloser Onkel, den es nach Württemberg verschlug, nahm ihn unter seine Fittiche, sodass er die Lateinschule besuchen konnte. Zügig absolvierte er sein Magisterstudium in Tübingen, doch zum Weiterstudieren fehlte ihm das Geld.

Da tat sich eine in jener Zeit gar nicht so seltene Möglichkeit auf: Ein Freund vermittelte Georg eine Ehe. Anna Krebel war nicht nur vermögend, sondern hatte auch genau den Hintergrund, den ein aufstrebender, aber landfremder und mittelloser Gelehrter brauchte. Sie entstammte einer angesehenen Familie mit guten Verbindungen im Herzogtum. Und eine tüchtige Hausfrau war sie auch. Während der 30 Ehejahre, in denen Georg zum Professor für Latein, dann für Rhetorik und Dialektik aufstieg, als Dekan der philosophischen Fakultät und als Schulinspektor amtierte, versorgte Anna bis zu 14 Kostgänger in ihrem Haushalt. Das waren Studenten, denen der Professor Privatunterricht gab. Sie teilten sich, oft zu mehreren, eine ungeheizte Kammer in dessen Haushalt und wurden dort verköstigt. Insgesamt 265 solcher Kostgänger, »zum Teil aus hochgestellten Familien«, seien es gewesen, vermerkte der Gatte voller Anerkennung, als Anna 1591 erschöpft von 18 Geburten das Zeitliche segnete. Nicht ganz

50 Jahre alt war sie geworden, die Treusorgende, »oft genug in schwersten Zeitläuften unter den größten Entbehrungen, im Beruf als umsichtig waltende Mutter und Hausfrau, als Köchin und als Dienerin zugleich«.

Ehe – das hieß damals: jedes Jahr ein Kind. Die Menschen beherzigten Gottes Gebot »Seid fruchtbar und mehret euch«. Sie ließen sich auch das Lutherwort gesagt sein: »Der Tod im Kindbett ist nichts weiter als ein Sterben im edlen Werk und Gehorsam Gottes. Ob die Frauen sich aber auch müde und zuletzt tot tragen, das schadet nichts. Lass sie nur tot tragen, sie sind darum da.« Das Hauswesen jener Zeit muss man sich als geschäftigen Kleinbetrieb vorstellen, der Seife, Kerzen, Federbetten und vieles andere selber produzierte, was man in späteren Zeiten kaufte. Da brauchte es eine Chefin, die alles leitete und überwachte. Wenn die Hausmutter starb, musste eine neue her. Magdalena Firck, die kinderlose 27-jährige Witwe, die Georg ein halbes Jahr nach dem Tod seiner Anna heiratete, verfügte ebenfalls über Vermögen und Verbindungen. Sie gebar weitere fünf Kinder, von denen drei überlebten. Georg Burckhardt war gerne verheiratet: »O wie glücklich war diese zweite Ehe und um nichts weniger als die erste, die gewisslich den Gipfel des Glücks bedeutete in vertrautem Umgang und der ehelichen Liebe.«

Regina war das 22. von 23 Kindern Georg Burckhardts, das jüngste der überlebenden. Ihr Vater zählte bereits 60 Jahre, als sie am 5. November 1599 geboren wurde. Sie hat ihn als einen Mann im Großvateralter erlebt, der schon reichlich mit Gebrechen geschlagen war. Aufwachsen sah er sie nicht mehr. Regina war sieben, als er 1607 starb. Nie wurde ein Tübinger Professor unter größerer Anteilnahme zu Grabe getragen, was ein schwacher Trost für die kleine Tochter gewesen sein mag.

Ungefähr im gleichen Alter wie Regina verlor auch Karl Bardili, geboren am 25. Mai 1600, seinen Vater. Karls Großvater François Bardilly war – vermutlich aus Glaubensgründen – aus dem burgundischen Dôle geflohen und über die

Reginas Vater Georg Burckhardt: ehrenfest und wohlgelehrt. An der Universität wusste man, was man an ihm hatte.

zum Herzogtum Württemberg gehörende Grafschaft Mömpelgard (Montbéliard) eingewandert. Er erwarb sich das Vertrauen des Herzogs, wurde Kurier, später Kanzleibediensteter und heiratete eine Gürtlerstochter. Man kannte ihn in Stuttgart als »Franz, den Postbott«. Und weil eine schwäbische Zunge den Namen »Bardilly« so leicht nicht aussprechen konnte, wurde er zu »Bardili« transformiert. Schon in der zweiten Generation waren die Bardilis bestens integrierte Stuttgarter Bürger.

Karls Mutter, eine Pfarrerstochter, stand nach dem frühen Tod ihres Mannes allein mit drei unversorgten Kindern da. Doch ein Freund der Familie nahm sich des kleinen Karls an und sorgte dafür, dass der begabte Älteste die Lateinschule besuchen und zum Landexamen antreten konnte.

Alljährlich zu Pfingsten traten nämlich »Landeskinder von ehrbaren Eltern und guten Gaben« zur Prüfung an: 14-jährige Buben, vor allem Pfarrerssöhne. Aber auch die Söhne von Handwerkern und Bauern bekamen eine Chance. Was zählte, waren Begabung und Intelligenz. Im Gegenzug zu kostenfreiem Schulbesuch und Theologiestudium verpflichteten sich die Stipendiaten zum anschließenden Dienst in der Landeskirche. Mit knapp 22 Jahren legte Karl die Magisterprüfung ab. Danach durfte er zu den höheren Fakultäten Jurisprudenz, Medizin oder Theologie fortschreiten. Letztere galt als die vornehmste Fakultät, und ganz besonders begünstigt waren jene 150 Nachwuchstheologen, die wie Karl nach vier rigorosen Internatsjahren ins Herzogliche Stipendium, das heißt ins Evangelische Stift einziehen durften und dort Unterkunft, Freitisch und eine der besten Ausbildungen genossen, die damals in Deutschland zu haben war. Aus dem Kreis der »Stiftler« rekrutierte sich die Führungsschicht des Landes, nach einem Ausbildungsgang, den Herzog Christoph in den 1550er-Jahren festgeschrieben hatte. Ihre Karriere war so gut wie gesichert. »Wer intelligent war und nicht rebellierte, hatte in Württemberg keine Sorgen«, heißt es in Inge und Walter Jens' Geschichte der Universität Tübingen. Als zweitbester Absolvent seines Jahrgangs in der sogenannten »Klosterschule« sagte man Karl Bardili eine blendende Zukunft voraus. Gute Aussichten also. Bis Regina Burckhardt in sein Leben trat.

Als jüngstes Kind und einzige Tochter lebt Regina noch bei ihrer Mutter, die noch immer Kostgänger aufnimmt. Ihr verstorbener Mann hat ein ansehnliches Vermögen hinterlassen, aber dass sie von Haus aus wohlhabend ist und ihr Mann sie gut versorgt hat, ist für Magdalena Burckhardt kein Grund, die Hände in den Schoß zu legen. Regina hilft ihrer Mutter in einem sparsam, aber nicht geizig geführten Haushalt, das Essen ist »einfach, doch reichlich«. Wie muss man sich das Zusammenleben von Mutter und Tochter vorstellen? Magdalena wird in ihrem Nachruf als aufrechte Frau beschrieben, geradeheraus, dabei verträglich, freundlich und allseits beliebt. Über Regina wissen wir außer den dürren biographischen Daten wenig. Warum ist sie eine Beziehung mit dem zwei Jahre jüngeren Jurastudenten Tobias Lotter eingegangen, der im Haus Burckhardt am Mittagstisch teilnimmt? Hat sie aus Liebe, Lust und Leidenschaft mit ihm geschlafen? Oder ist sie verführt worden? War es stille Rebellion? Oder der dringende Wunsch, aus der mütterlichen Obhut in einen eigenen Hausstand zu entfliehen?

Gegenüberliegende Seite: Aderlass und Schröpfen – wichtige Bestandteile der ärztlichen Kunst. Karl Bardili wurde ein guter und gefragter Arzt und schließlich sogar Professor.

Als sie im Frühjahr 1622 schwanger wird, muss sie fest mit einer Heirat gerechnet haben. Tobias kommt aus guter Familie, sein Vater ist Stiftsprediger in Stuttgart. Seine Schwester ist mit Reginas älterem Bruder Andreas verheiratet. Damit gehört er zum Umkreis der Familie. Es gibt aber keine Hochzeit. Der werdende Vater verdrückt sich, ehe man ihn, wie in solchen Fällen üblich, zu Karzer und Geldstrafe verurteilt oder von der Universität relegiert. Er beendet sein Studium in Basel, wo er erneut eine Frau schwängert, die er dann aber heiratet.

Reginas ältere Halbschwestern werden sich mit Grauen an das Schicksal der Felicitas Heppler erinnert haben. Sie hatte ihre Schwangerschaft verheimlicht, ihr neugeborenes Kind getötet und in einer Truhe versteckt. Im August 1592 war sie unter großer öffentlicher Anteilnahme enthauptet worden. Doch Regina ist nicht so verzagt, dass sie ihre Schande durch eine Verzweiflungstat zu verbergen versucht. Am 4. Dezember 1622 bringt sie ihren Sohn Tobias zur Welt. Die Freude über das Neugeborene wird von der Schande seiner unehelichen Geburt überdeckt.

Wie nicht anders zu erwarten, schimpfen die Rechtschaffenen und von Versuchungen Unangefochtenen über das Lotter-

leben und die Sittenverderbnis der Jugend. Dass die Studenten saufen und lärmen, ist immer schon so gewesen, dass sie Waffen tragen und sie bei ihren Raufhändeln untereinander und mit den Bürgern auch weidlich benutzen, ebenfalls. Klagen, weil Studierende mit Weibspersonen zusammenleben, gibt es immer wieder, auch regelrechte Razzien von »verdächtigen Häusern«, in denen die Zimmerwirtinnen oder deren Töchter mit den »Herren« Unzucht treiben. Und immer wieder setzt es einen Rüffel vom Herzog an den Senat. Der geht Gerüchten nach und straft, wo er sie bestätigt findet: »Die Hausfrauen der Professoren Hamberger und Crusius fluchen und schwören, hängen der Trunkenheit nach, lassen ärgerliche Reden fahren, schwänzen die Predigt, handeln in der Haushaltung nach ihrem Belieben und machen sich verdächtig, indem sie häufig aus der Stadt gehen und nach Lustnau und Derendingen ziehen.« Das heißt: sie entziehen sich der sozialen Kontrolle, indem sie ihre Exzesse in den umliegenden Dörfern vollführen. Aber auch das erfährt der Senat. Für eine Karzerstrafe reicht es schon, dass ein unverheiratetes Paar auswärts zusammen Wein trinkt. Und wenn ein Professor eine dergestalt bescholtene Weibsperson ehelichen will, beratschlagen die Herren Kollegen, ob man ihn denn im Amt behalten könne. Auf jeden Fall bleiben so einem Paar die üblichen Hochzeitsfeierlichkeiten verwehrt. Und wenn »ein Kind zu Unehren geboren« wird, straft der Senat die Schuldigen mit Karzer und Geldbußen, verfolgt die Väter, sofern sie sich aus dem Staub gemacht haben, und die Mütter sowieso. Er hat ein wachsames Auge auf Frauen, »welche zu früh Kinds niederkommen«. Schon bei der Vermutung einer unehelichen Schwangerschaft schaltet sich der Senat ein, lässt die »Verdächtige« untersuchen und verlangt von ihren Angehörigen, darüber zu wachen, dass bei der Geburt alles mit rechten Dingen zugeht.

Diesen Peinlichkeiten wird auch Regina ausgesetzt gewesen sein. Allerdings ist sie nicht die einzige Professorentochter, die sich einen Fehltritt hat zuschulden kommen lassen. In zwei anderen Fällen werden die Väter der Sünderinnen gemaßregelt. Die jungen Frauen sollen für drei Wochen ins Gefängnis. Die Haft- wird schließlich in eine Geldstrafe von 50 Talern umgewandelt und dann auf 20 Taler ermäßigt. Reginas »in Unehren geborenes« Söhnchen stirbt noch im ersten Lebensjahr, wie viele andere Kinder auch. Als gefallenes Mädchen ist sie nun verdorbene Heiratsware, ungeeignet für einen aussichtsreichen Gelehrten oder einen betuchten Bürgersohn.

Professor Karl Bardili: Seine Vorfahren stammten aus Frankreich, der »schwäbische Geistesvater« war ein Mann mit Migrationshintergrund.

Es vergehen drei Jahre, in denen vielleicht ein bisschen Gras über die Geschichte wächst. Inzwischen hat Karl Bardili seinen Magister gemacht, ist Repetent, das heißt Hilfslehrer im Stift geworden, ein Posten im Wartestand auf eine frei werdende Pfarrerstelle. Als Kostgänger im Hause Burckhardt freundet er sich mit Regina an. Und wieder kommen sich zwei Menschen näher, als Sitte und Anstand erlauben. Und wieder erwartet Regina ein Kind. Ein Fehltritt ist schlimm genug, zwei Fehltritte sind unverzeihlich. Karl wird aus dem Stift geworfen, als künftiger Pfarrer ist er nicht mehr tragbar.

Schon gar nicht mit einer derart sittenlosen Frau. Wie dumm von ihm, dass er sich aus Fleischeslust seine Karriere zerstören musste, wird man über ihn gelästert haben, und dass der »ehrenfeste, wohlgelehrte« Vater Burckhardt sich im Grab umdrehen müsse ob der doppelten Schande seiner Tochter.

Und doch gibt es keine Tragödie. Diesmal wird geheiratet. Die Heiratserlaubnis lässt auf sich warten. Die Obrigkeit möchte es den beiden Sündern nicht zu leicht machen. Sollen sie ruhig eine Zeitlang schmoren. Und wenn es eine Hochzeit gibt, dann nicht feierlich und in allen Ehren, sondern mit einer hochschwangeren Braut, auf die man mit Fingern zeigt. Oder das Kind kommt vor der Hochzeit. Aber das wollen Karl und Regina verhindern. Denn uneheliche Kinder haben später mit vielen Schwierigkeiten zu kämpfen. Die beiden wissen sich zu helfen. Am Morgen des 14. August 1625 wandern sie ins »Ausland«. Weit ist es nicht, nur zwei Stunden durchs Ammertal nach Pfäffingen. Der Ort gehört nicht zu württembergischem Gebiet, und der Pfarrer dort ist neu und unerfahren. Was mögen die beiden ihm erzählt haben, dass er den Mann, der sich als Medizinstudent vorstellt, und seine schwangere Braut ohne Genehmigung im Blitzverfahren traut? In Tübingen müssen Karl und Regina sich wegen der erschlichenen Hochzeit verantworten. Der Fall wird dem Herzog als dem Schirmherrn der Universität pflichtschuldigst gemeldet. Der Pfarrer bekommt eine Rüge von seinen Vorgesetzten, so dass er im Ehebuch seiner Gemeinde zerknirscht vermerkt: »Soll mir Und andern zur Witzigung [Warnung] sein, dergleichen unordentliche ausländische Hochzeit *sine consensu superiore* nicht zu kopulieren [...]«, das heißt nicht ohne Genehmigung seiner Vorgesetzten vorzunehmen.

Aber gültig und rechtskräftig ist die Trauung. Nun muss man sehen, wie es weitergeht. Auch wenn Karl Bardili als Handwerkersohn und Enkel eines französischen Einwanderers nicht mit der württembergischen Elite versippt ist, so ist er doch ein kluger Kopf und hat auf Kosten des Landes eine vorzügliche Ausbildung genossen. Und bei Regina Burckhardt

Lob an eine schwäbische Hausfrau: Rastlos tätig, »oft genug in schwersten Zeitläuften unter den größten Entbehrungen, als umsichtig waltende Mutter und Hausfrau, als Köchin und als Dienerin zugleich«.

handelt es sich immerhin um die Tochter eines hochverdienten Professors. Man wird also dem Paar die Zukunft nicht allzu sehr verbauen. Die jungen Eltern nennen die Tochter, die am 5. Januar 1626 geboren wird, Maria Magdalena, nach ihren beiden Großmüttern. Maria Magdalena heißt aber auch die biblische Sünderin, der Jesus ihre Sünden verzeiht. Vielleicht ist es ein Wink an die Mitbürger, christliche Vergebung zu üben.

Es sind schwierige Zeiten, in denen Regina und Karl ihren Hausstand gründen und ihre Kinder großziehen. Karl muss mit seinen 25 Jahren ganz von vorn anfangen. Er beginnt ein Medizinstudium, und schon ein Jahr später, bei der Taufe des Sohnes Georg Konrad, erscheint er als Doktor der Medizin im Taufbuch. Trotz der akademischen Schnellbleiche muss er ein guter Arzt geworden sein. Denn der katholische Kaiser ernennt ihn, den Protestanten, zum Leibarzt und kaiserlichen Rat, was im Zeitalter der Religionskriege für sich selbst bzw. für Bardilis ärztliches Können spricht. Auch der Herzog bestellt ihn zum Leibarzt.

Seit 1618 befinden wir uns im Krieg: katholische Liga gegen protestantische Union. Württemberg wahrt Neutralität. Noch im Jahr 1627 freut sich ein Tübinger Professor, dass Württemberg »von der furchtbaren Wucht des Krieges verschont geblieben sei, noch keinen Schlachtendonner gehört habe, Kunst und Wissenschaft nicht verjagt seien«. Das ändert sich schon bald. Wenige Jahre später wird Württemberg in den Krieg hineingezogen und nach der Schlacht von Nördlingen im August 1634 flieht der junge Herzog Eberhard III. nach Straßburg. Über sein Land bricht das ganze Elend des Krieges herein. »Von allen im Stich gelassen – auch die Räte und die Vornehmen des Landes waren geflohen –, versammelten wir uns zitternd mitten in der Nacht im Senat und unterwarfen uns, um das Blut unschuldiger Kinder zu schonen, der Milde des Siegers«, berichtet der Astronom Wilhelm Schickardt.

Württemberg wird von kaiserlichen Truppen besetzt, geplündert, zerstört. Tübingen hat, als die Kämpfe immer näher heranrücken, den Kaiser um Schonung angefleht und die Stadt kampflos übergeben. Deshalb sehen die Eroberer davon ab, sie in Schutt und Asche zu legen. Doch die bayerische Besatzung lässt die Bürger spüren, wer Sieger ist. Die wertvolle herzogliche Bibliothek in der Festung Hohentübingen wird als Kriegsbeute nach München abtransportiert. Auch die Universitätsbibliothek muss bluten. Im ganzen Land kommt die Wirtschaft zum Erliegen. Das Vermögen der Universität schmilzt dahin, so wie ihr Silberschatz, den sie verkaufen muss. Man überlegt sich sogar, ob man die Lehre einstellen und die Professoren zur Verwaltung der universitären Liegenschaften aufs Land schicken soll. Denn wovon soll man die Gehälter der Professoren zahlen? Von welchem Geld die Stipendien bestreiten? Wohin mit den verbliebenen Studenten, die nicht in den Krieg gezogen oder vor der Pest geflohen sind, wenn einquartierte Soldaten sie aus ihren Zimmern vertreiben? Wie soll in den heruntergekommenen Kollegiengebäuden überhaupt noch ein geordneter Lehrbetrieb stattfinden? Und wer soll lehren, da so viele Lehrstühle vakant sind?

Der Tod triumphierte. Regina verlor zwei Töchter und wahrscheinlich auch ihren Mann an die Pest. Augsburger Pesttafel, 1607–1635.

Im Gefolge von Krieg und Hungersnot kommt die Pest. In Tübingen fällt ihr ein Viertel der Bevölkerung zum Opfer. Der mit Karl Bardili befreundete Astronom und Mathematiker Wilhelm Schickardt verliert innerhalb eines halben Jahres seine Frau und seine zwei Töchter an die Pest. Seine Mutter stirbt qualvoll an den Misshandlungen durch kaiserliche Soldaten. Nur sein neunjähriger Sohn bleibt ihm. Aber ein Jahr später erliegen auch Vater und Sohn Schickardt der Seuche. Bei den Bardilis sterben im Jahr 1638 zwei kleine Töchter, ohne dass ihr Vater ihnen helfen kann. Ärzte braucht man in diesen Zeiten dringender denn je, zumal »die beiden *Professores Ordinarii medicinae*, teils wegen vielfältiger Abwe-

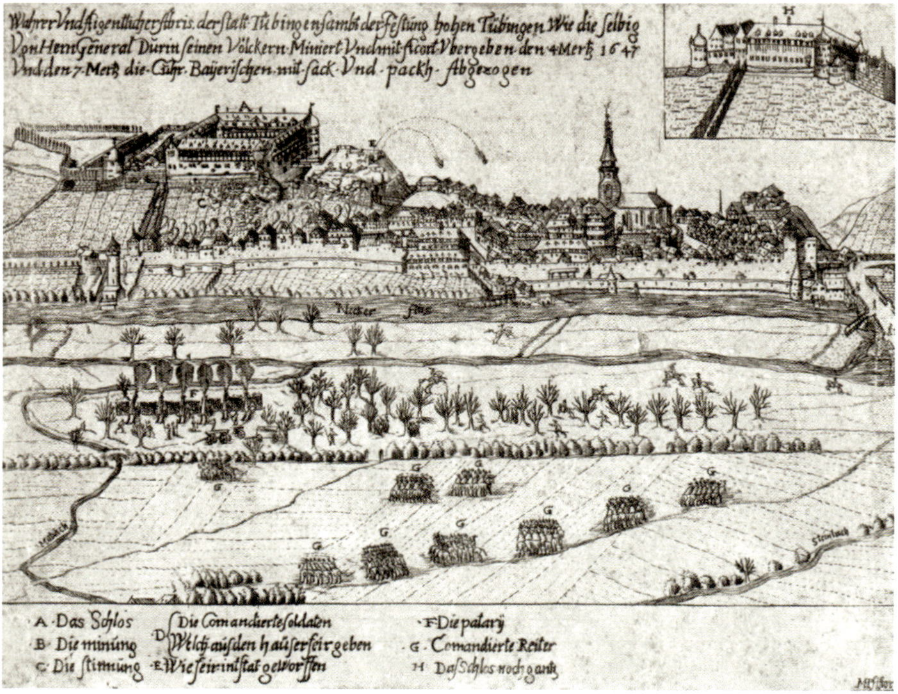

Tübingen im Winter 1647: Der Krieg war schon fast zu Ende, als französische Truppen die bayerisch besetzte Universitätsstadt erobern wollten.

senheit in Herrschaftsgeschäften, teils vor der Überhäufung mit anderen Geschäften nicht im Stande seien, den Kranken jederzeit und nach Notdurft zu dienen«. So wird im Jahr 1636 Karl Bardili auf den Lehrstuhl für Medizin berufen.

Gegen Ende des Krieges, als schon über einen Frieden verhandelt wird, versuchen französische Truppen das bayerisch besetzte Tübingen zu erobern. Wochenlang wird im Winter 1647 Schloss Hohentübingen beschossen. Die Verteidiger schießen zurück und treffen auch Unbeteiligte. Ihre Pechringe setzen Stadthäuser in Brand. Erst Mitte März wird die Festung den Franzosen übergeben. In Münster und Osnabrück vertritt Andreas Burckhardt, Reginas Bruder, als württembergischer Kanzler die Interessen des Landes. Karl Bardili erlebt das Kriegsende nicht mehr. Zwei Monate nach der Promotion seines ältesten Sohnes, bei der er den Vorsitz führt, stirbt er am 8. November 1647, vermutlich an einer ansteckenden Krankheit, denn er wird noch am selben Tag zu Grabe getragen. Nicht einmal eine Leichenpredigt ist erhalten.

24 Jahre hat ihre Ehe gedauert, 22 weitere Jahre lebt Regina als Witwe. Es wird ihr noch eine Tochter entrissen, doch die sieben Kinder, die ihr bleiben, machen ihren Weg. Am 31. Dezember 1669 stirbt Regina Bardili mit 70 Jahren an der Wassersucht, bis zum Ende bei klarem Bewusstsein. Ihr wird ein ehrenvolles Begräbnis zuteil, und der Rektor rühmt in seinem Nachruf alles, was an einer Professorenwitwe zu rühmen ist: ihre Abstammung von einer verdienstvollen, hochberühmten Gelehrtenfamilie, deren männliche Abkömmlinge die glänzendsten Karrieren bei Kirche, Hof und Universität machten, und deren Töchter bedeutende Männer heirateten. So wie Reginas eigene Kinder auch. Der lange verstorbene Ehemann Karl Bardili wird als hochedler, überaus angesehener und erfahrener Professor, Arzt und Leibarzt gewürdigt. Ihm ist Regina eine treue Ehefrau und tüchtige Hausfrau gewesen, ihren Kindern eine gute Mutter, eine Sonne der Familie, gerecht gegen ihre Nächsten, milde gegen die Armen. Und auch als Witwe, so heißt es im Nachruf, habe sie die Tugenden und Zierden des Jungfrauenstandes bewahrt.

Ihre Fehltritte, die nun fast ein halbes Jahrhundert zurückliegen, sind vergessen und wären es wohl auch geblieben. Dass Regina Bardili nicht der Vergessenheit anheimfiel, ist letztlich ihrem Bruder Andreas Burckhardt zuzuschreiben. Obwohl dreimal verheiratet und Vater von vier Kindern, starb er ohne Nachkommen, da keines seiner Kinder das Erwachsenenalter erreichte. In seinem Testament verfügte er die Gründung einer Stiftung, die seine Neffen und deren Nachfahren mit Stipendien bedachte. Als Reginas und Karls Urenkel Johann Ulrich Pregizer 1719 zur genauen Bestimmung des Begünstigtenkreises eine »Burckhardische Genealogie« erstellte, widmete sein Bruder Georg Konrad der Ahnfrau einige rühmende Zeilen: »Sein' [Andreas Burckhardts] Schwester weit-

Regina und Karl Bardili sind die Ahnen einer ganzen Galerie von Vorzeigeschwaben: Friedrich Hölderlin, Friedrich Schelling, Ludwig Uhland, Wilhelm Hauff, Ottilie Wildermuth (von links).

berühmt / REGINA hat geboren / Zwei Töchtern und fünf Söhn'/ Die GOtt dazu erkoren / Zu mehren ihr Geschlecht fast wie der Sterne Licht / Dass es in jedem Stand an Männern fehle nicht.« Damit war Regina Bardili im Gedächtnis ihrer Nachkommen präsent. Ihre unehelichen Kinder kamen allerdings erst mit den Forschungen des Genealogen Hanns Wolfgang Rath (1927) ans Licht der Öffentlichkeit. Und er entdeckte unter den Abkömmlingen von Regina und Karl Bardili eine solche Häufung von Hoch- und Höchstbegabungen, dass er die lange Verstorbene in den Rang einer »schwäbischen Geistesmutter« erhob. Friedrich Hölderlin, Friedrich Schelling, Ludwig Uhland, Wilhelm Hauff und Ottilie Wildermuth stammen von ihr ab. Man spürt das Vergnügen des Genealogen an der Pointe von dem »gefallenen Mädchen«, das zur Stammmutter all der Vorzeigeschwaben wurde. Aber dass der schwäbische Geistesvater einen Migrationshintergrund hat, ist auch nicht ohne Charme.

Heidelberger Turbulenzen

Kurfürst Karl Ludwig von der Pfalz und Freiin Luise von Degenfeld

Wie eine Furie stürzt sich die Kurfürstin ins Kabinett ihres Hoffräuleins und beginnt alles durchzuwühlen. Sie findet »große Präsenten« des Kurfürsten, nämlich drei kostbare Ringe und zwei Diamanten. Und eine Kassette voller Briefe von der Hand ihres Mannes. Und ein gegenseitiges Heiratsversprechen, außerdem eine Erklärung des Kurfürsten, seine Gemahlin zu verstoßen. Die Kurfürstin sieht rot und geht auf die Hofdame los. Die ist gerade noch geistesgegenwärtig genug, um den Kurfürsten zu alarmieren. Auch dessen Schwestern kommen in unhöfischer Hast herbeigerannt. Prinzessin Sophie berichtet: »Der Kurfürst stand vor seiner Geliebten, um die Schläge abzuwehren, die sie von seiner Gemahlin hätte bekommen können, die Kurfürstin ging im Zimmer hin und her und hatte alle Schmucksachen der Degenfeld in den Händen. Voller Zorn trat sie an uns heran und rief: ›Prinzessinnen, das ist der Lohn der Dirne, das ist nicht für mich!‹ Ich konnte mich nicht enthalten, über diese Klage zu lachen, und platzte so heraus, dass die Kurfürstin davon angesteckt wurde und ebenfalls an zu lachen fing. Aber einen Augenblick darauf ergriff der Zorn sie wieder, als der Herr Kurfürst ihr sagte, dass sie die

Steine der, welcher sie gehörten, zurückgeben solle. Sie warf sie durch das ganze Zimmer und rief: ›Wenn sie mir nicht gehören sollen, da sind sie!‹« Diese Szene, die sich im März 1657 im Heidelberger Schloss abspielte, hat eine mehrjährige Vorgeschichte.

Kurfürst Karl Ludwig von der Pfalz ist der Sohn Friedrichs V., des mächtigsten und angesehensten unter den Kurfürsten, die den Kaiser des Heiligen Römischen Reiches Deutscher Nation zu wählen haben. Friedrich ist auch Führer der Protestantischen Union. Wenige Jahre nach seiner glanzvollen Hochzeit mit der englischen Königstochter Elisabeth Stuart wird er von den aufständischen böhmischen Reichsständen zum König von Böhmen gewählt. Mit der Annahme der Krone macht er sich den Kaiser zum Feind. Den Thron kann er nur ein Jahr lang halten. Nach der Schlacht am Weißen Berg am 8. November 1620 muss er fliehen. Der Kaiser hat die Reichsacht über ihn verhängt. Den Rest seines kurzen Lebens verbringt Friedrich in Den Haag im Exil. Friedrich geht als der »Winterkönig«, der Krieg, in dem er so glücklos agiert, als der »Dreißigjährige« in die Geschichte ein.

Sein Sohn Karl Ludwig muss lange warten, bis er in seine angestammte Heimat zurückkehren kann, die er als Dreijähriger verlassen musste. Damals war die Kurpfalz ein reiches, blühendes Land gewesen. Als er drei Jahrzehnte später, im Oktober 1649 nach Heidelberg zurückkommt, trifft er auf ein zerstörtes Schloss und ein entvölkertes, verwüstetes, ausgeblutetes Land. Auch er selbst hat bluten müssen: Die Oberpfalz musste er an seinen bayerischen Vetter abtreten, und während sein Vater einst den ersten Rang unter den Kurfürsten des Reiches bekleidete, muss Karl Ludwig froh sein, dass er die Kurwürde überhauptwieder bekommt. Zudem ist die Pfalz mit mehreren Millionen Gulden verschuldet, während die Staatseinnahmen des zerrütteten Landes nach dem großen Krieg drastisch gesunken sind.

Zielbewusst und voller Energie macht sich der Kurfürst an den Wiederaufbau seines Landes. Er lässt Siedler anwerben

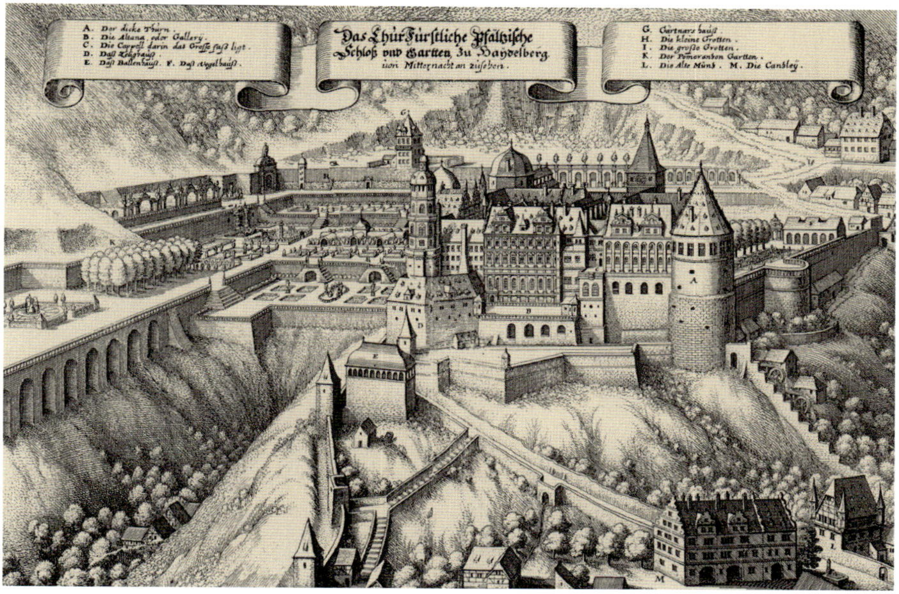

Das Heidelberger Schloss um 1620. Karl Ludwig war drei Jahre alt, als er es verlassen musste.

und nimmt Glaubensflüchtlinge auf. Selbst Calvinist, toleriert Karl Ludwig alle Andersgläubigen und erleichtert ihnen mit Steuervergünstigungen und dem Verzicht auf abschreckende Verwaltungsmaßnahmen die Integration. Er reformiert das Steuersystem und die Verwaltung, eröffnet die Universität Heidelberg wieder und baut ein stehendes Heer auf. Zur Finanzierung verpfändet Karl Ludwig Juwelen aus seiner Schatzkammer und nimmt Kredite auf. Er kümmert sich um alles und schaut seinen Beamten genau auf die Finger. Vor allem aber wird eisern gespart, auch bei Hofe, sogar am Essen. Die Gäste sollen sich am Gemüse satt essen, ehe der Braten aufgetragen wird.

Ebenso zielstrebig nimmt Karl Ludwig seine Verehelichung in Angriff. Im Februar 1650 heiratet er die zehn Jahre jüngere Charlotte von Hessen-Kassel. Das Haus Hessen ist mächtig, hoch angesehen und erfreut sich guter verwandtschaftlicher Verbindungen zu den regierenden Dynastien des Reiches. So weit, so gut. Aber Karl Ludwigs Schwester Sophie, die sich nach der Hochzeit ihres Bruders in Heidelberg niederlässt, bekommt gleich zu Anfang das befremdliche Geständnis ihrer Schwägerin zu hören, »dass sie den Herrn Kurfürsten gegen ihre Neigung geheiratet habe, dass mehrere andere Prinzen um sie angehalten hätten, dass aber ihre Frau Mutter für sie gewählt habe und sie einen eifersüchtigen Alten habe heiraten lassen. Diese Rede«, kommentiert Sophie, »überraschte mich ernstlich, und ich wünschte mich tausendmal nach Den Haag zurück.« Karl Ludwig seinerseits ist ganz vernarrt in Charlotte und recht optimistisch hinsichtlich seiner Ehe. Ihre paar schlechten Eigenschaften werde sie sich mit Sophies Unterstützung schon noch abgewöhnen. Sophie meint: »Ich sah wohl, dass er sie trotz der Fehler, die er an ihr fand, abgöttisch liebte, und ich schämte mich oft, wenn ich sah, dass er sie vor allen Leuten küsste. Das war ein beständiges Sichumarmen; ich habe sie oft auf den Knien vor ihm und ihn vor ihr gesehen. Damals hätte man gesagt, ihre Liebe werde ewig dauern.«

Charlotte gilt als eigensinnig, unausgeglichen, reizbar und oberflächlich und ist nach Meinung ihrer Schwägerin Sophie »nicht sehr geistreich«. Ganz sicher verhält sie sich impulsiv und undiplomatisch. Jung, schön und sehr von sich eingenommen, meint sie, das Leben sei ihr doch noch einiges mehr schuldig als das, was ihr der knauserige Kurfürst zu bieten hat, der sie obendrein mit seiner Eifersucht belästigt und ihr jedes Jahr ein Kind macht. Charlotte liebt schöne Kleider, Reisen, rauschende Feste, Jagdpartien und andere Vergnügungen und will auch nicht darauf verzichten, nur weil sie wieder einmal schwanger ist. Als sie im Mai 1653 einen Sohn zur Welt bringt, der noch am Tag seiner Geburt stirbt, gibt Karl Ludwig ihr die Schuld. Sie selbst hat nach drei Geburten das Kinderkriegen satt und verbannt Karl Ludwig aus ihrem Schlafzimmer. Der sieht nicht nur seine dynastischen Aussichten geschmälert, die mit einem einzigen Sohn auf wackligen Beinen stehen, er fühlt sich auch um seine ehelichen Rechte geprellt und in seinem Mannesstolz verletzt. Als Charlotte ihn am Neujahrstag 1654 mit einem teuren Versöhnungsgeschenk beglücken will, ist es schon zu spät. Der Kurfürst hat sein verschmähtes Herz bereits anderweitig verschenkt.

Kurfürst Karl Ludwig von der Pfalz: Energisch und zielbewusst nahm er den Wiederaufbau seines zerstörten Landes in Angriff.

Die Zeitgenossen – und nicht nur sie – sind sich darüber einig, dass die Schuld an der Zerrüttung der Ehe bei Charlotte zu suchen sei. Wenn Mann und Frau nicht miteinander auskommen, dann liegt es an der Frau. Ihre Pflicht ist es, Geduld und Freundlichkeit zu zeigen, vor allem aber Gehorsam. Von ihr wird Anpassungsfähigkeit erwartet: an die Gebräuche eines fremden Hofes und an die Eigenheiten des Ehemannes. Vielen Aristokratinnen gelingt das. Charlotte gelingt es nicht, obwohl auch sie bei ihrer Verlobung den festen Vorsatz gefasst hat, aus Pflichtgefühl alles zu tun, was andere aus Zuneigung tun.

Im September 1652 hat Charlotte ein neues Hoffräulein eingestellt: Maria Susanna Loysa Freiin von Degenfeld, geboren am 25. November 1634 in Straßburg. Sie stammt aus einem alten schwäbischen Rittergeschlecht. Ihr verstorbener Vater war General im Dienst Venedigs und Generalgouverneur von Dalmatien und Albanien. 1649 hat er seinen Abschied genommen, um seine verwüsteten Besitzungen in Eybach und Dürnau wieder aufzubauen. Aufgewachsen ist Luise in Straßburg, Paris, Genf und Padua. Wie der Kurfürst spricht auch sie mehrere Sprachen. Wenn sie spricht. Zunächst jedoch fällt die 18-Jährige allenfalls durch ihre Schüchternheit auf. So dauert es eine Weile, bis der Kurfürst auf die »Jungfer Degenfeld« aufmerksam wird, aber dann stellt er fest, dass sie alles hat, was seiner Gemahlin fehlt: Freundlichkeit, Sanftmut, Fügsamkeit, Nachgiebigkeit und Geduld, die sie im Umgang mit ihrer aufbrausenden Herrin auch bitter nötig hat. Neben der arrogant wirkenden kühlen Schönheit der Kurfürstin erscheint die junge Hofdame mit den roten Locken und dem Porzellanteint zerbrechlich und schutzbedürftig. Und sie ist 17 Jahre jünger als der Kurfürst.

Anders als Charlotte ist Luise gebildet, fromm und belesen. Karl Ludwig macht sich Luises Interesse an der Literatur zunutze, um ihr näherzukommen. Seit Anfang Dezember 1656 schreibt er Luise – nein, keine Liebesbriefe, sondern italienische Billetts, die er als Abschriften aus einem Roman ausgibt. Der angebliche Roman trägt den beziehungsreichen Titel *»Il discreto amante«*. Unter der Maske der Romanfiguren Montecelso und Rosalinde tauschen sie während der nächsten Monate ihre Gedanken, Hoffnungen und Wünsche aus. Montecelso lockt: »Ihr dürft kein gewöhnliches Schicksal erwarten, wenn die Gaben der Seele und des Körpers, die in Euch glänzen, Euch eine Fortüne außerhalb des Gewöhnlichen verschaffen können.« Rosalinde-Luise gesteht Montecelso zwar, dass sie niemanden auf der Welt so lieben und ehren wolle als ihn, aber von einer Verbindung ohne den Segen der Kirche will sie nichts wissen. Denn »obgleich es vielleicht vor Gott verantwortlich wäre, da zwar am meisten an gelegen, so ist es doch vor der Welt ein solche verächtlich Sach', dass es Monte Celso selbsten übel finden und auch müde werden sollte«.

Wen man nicht achte, dessen werde man schnell überdrüssig, fürchtet sie. Auch macht sie sich ein Gewissen wegen der Kurfürstin. Sie kann doch ihr Glück nicht auf deren Unglück aufbauen. Als ausschlaggebendes Argument aber führt Luise ihre Ehre ins Feld, »welches das einzige ist, so ihr das Glück gegeben«. Als Mätresse des Kurfürsten hätte sie viel zu verlie-

Luise von Degenfeld handelte nach der Devise: Gehorsam ist besser als Widerspruch. Aber dem Drängen des verliebten Kurfürsten ergab sie sich erst nach der Hochzeit.

ren – Ruf, Ehre, Heiratsaussichten – und wenig zu gewinnen, außer einer unsicheren Zukunft. Deutschland ist nicht Frankreich, wo das Mätressenwesen sich zur blühenden Institution entwickelt und die Dame, die Macht über das Herz des Königs hat, auch Macht in der Politik besitzt.

Luise liebt den Kurfürsten, aber ihr ist klar, dass es ein Spiel mit dem Feuer ist, und das macht ihr Angst. Dass es gefährlich ist, »zwischen Eheleuten, sonderlich solchen Standes« zu stehen, weiß sie auch ohne die Warnung ihres Bruders Ferdinand von Degenfeld, dem Familienoberhaupt seit dem Tod ihres Vaters. Also verhält sie sich vorsichtig und reserviert, um Gerede zu vermeiden. Sie bittet den Kurfürsten, seine Neigung »so viel als möglich« zu verbergen.

Im Frühjahr 1657 geht dann alles Schlag auf Schlag. Ein Vierteljahr nach Beginn des amourösen Briefwechsels tauschen Luise und Karl Ludwig heimliche Eheversprechen aus, die Luise in einer Schatulle in ihrem Kabinett verwahrt. In einem offenen Brief vom 6. März 1657 verkündet Karl Ludwig »jedermänniglich« seine Trennung von Kurfürstin Charlotte, die sich »ganz widerwärtig, ungehorsam, halsstarrig, verdrießlich und widerspenstig gegen Uns erzeiget« habe. »So haben Wir [...] Uns anderweitig eheförmlich genommen und beigelegt die wohlgeborene Loysen Freyin von Degenfeld.« Und er lässt sich die Rechtmäßigkeit seiner Wiederheirat durch ein juristisches Gutachten bestätigen. Zu dieser eigenmächtigen, einseitigen Ehescheidung glaubt Karl Ludwig sich berechtigt. Schließlich ist er als Landesherr auch Oberhaupt der kurpfälzischen Kirche. Seiner Geistlichkeit allerdings missfällt dieser Schritt, und seine Untertanen reagieren verstört, als sie schließlich davon erfahren. Schriftsteller allerdings werden von der Heidelberger Romanze schon früh zu romanhaften Darstellungen inspiriert, die es späteren Generationen nicht einfach machen, Dichtung und Wahrheit auseinanderzuhalten.

Kurfürstin Charlotte weiß von alledem nichts, hegt nicht einmal einen Verdacht, jedenfalls nicht gegen Luise. Sie schätzt ihre Jungfer Degenfeld und hat dem Hoffräulein erlaubt, in ihrem, Charlottes, Schlafzimmer zu nächtigen. Dort kommt es in einer Märznacht zu einer wüsten Szene, als die Kurfürstin den Kurfürsten an Luises Bett stehen sieht und dann, wie Luise berichtet, »stracks was Böses subsonniert [verdächtigt] und mich übel traktiert; wenn ich nicht vom Kurfürsten beschützet worden, sie mich wohl ermordet hätte, auch mir verboten, nicht mehr vor ihr Gesicht zu kommen«. Luise bittet um ihren Abschied, doch der wird ihr verweigert. Ein paar Tage später kommt es zum eingangs geschilderten Eklat. Charlotte dringt in Luises Zimmer ein und findet neben den Geschenken des Kurfürsten auch die Heiratsversprechen und den Brief, in dem Karl Ludwig die Auflösung seiner Ehe erklärt. Dergestalt vor den Kopf gestoßen, gerät die Kurfürstin außer sich und attackiert Luise. Karl Ludwig lässt seine Geliebte in Sicherheit bringen und stellt ihr zwei Wachen vor die Tür. Denn Charlotte, so glaubt ihre Schwägerin Sophie, »würde mit dem Messer hinaufgestiegen sein, wenn ihre Damen sie nicht daran gehindert hätten«.

Die aufgelöste Luise lässt ihre Schwester Isabella von Liebenstein kommen, um sich mit ihr zu beraten. Gehen oder bleiben, das ist die Frage. Der Skandal am kurpfälzischen Hof wird sich herumsprechen. Luises Ruf ist beschädigt, ganz gleich, wofür sie sich entscheidet, und obwohl, wie sie ihrem Bruder versichert, »nichts Böses geschehen« sei. Die Arme sitzt zwischen allen Stühlen und fürchtet sich: vor den Tätlichkeiten der erzürnten Kurfürstin, vor den Ansprüchen des verliebten Kurfürsten und vor ihren Brüdern. Ferdinand von Degenfeld soll gedroht haben, er werde Luise eigenhändig erwürgen, wenn er sie in die Finger bekäme. Es geht um die Familienehre, denn Luises Verhältnis zu Karl Ludwig ist trotz seines »offenen Briefes« alles andere als klar.

Luise will sich ins Wormser Stift flüchten, »alsdann werden sie alle zufrieden sein«. Aber dann entschließt sie sich, bei ihrer Kurfürstlichen Durchlaucht zu bleiben, da »ich alle mein Zuflucht zu Derselben hab, weil ich sonsten ganz verlassen wäre«. Ihrem Bruder gibt sie zu bedenken, dass eine Ehe mit dem Kurfürsten von Vorteil wäre. Tatsächlich tritt Ferdinand von Degenfeld später als Regierungs- und Kriegsrat und schließlich als Statthalter in den Dienst seines Schwagers.

Karl Ludwig fürchtet die Rache der Kurfürstin und lässt Luise ins nahe Schwetzinger Schloss, später nach Frankenthal bringen und gut bewachen. Sie darf die Umgebung der Fes-

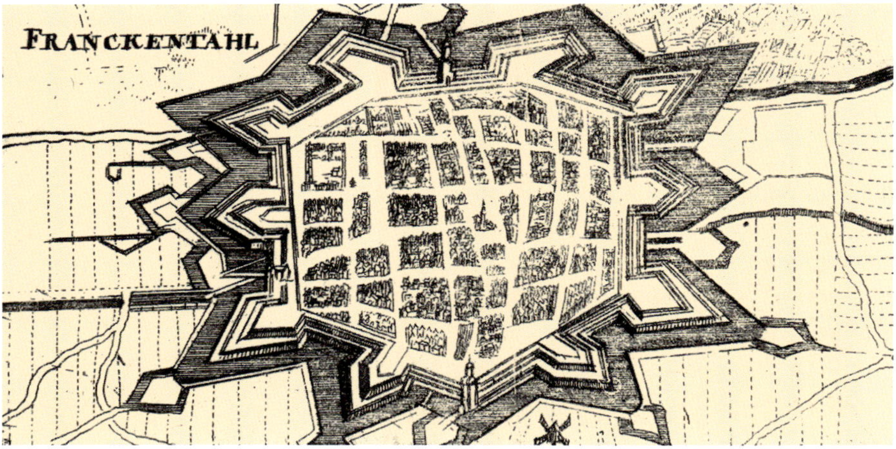

Karl Ludwig fürchtete die Rache der Kurfürstin. Er ließ seine geliebte Luise in die Festung Frankenthal bringen und gut bewachen.

tung nicht verlassen und nur ausgewählten Besuch empfangen. Aus Angst vor einem Anschlag bittet Karl Ludwig sie, beim Kirchgang Menschenmengen zu meiden. Sie muss sich wie eine Gefangene vorgekommen sein. Karl Ludwig tröstet sie mit Liebesbriefen, Gedichten, manchmal mit Geschenken. Luise ihrerseits sucht Zuspruch bei ihrem Seelsorger, der den schönen Namen Heyland trägt, sie aber nur halbherzig von ihren Zweifeln zu erlösen vermag.

Im April 1657 macht der Kurfürst Charlotte ein Angebot, das nicht dazu geeignet ist, seine aufgebrachte Gemahlin zu besänftigen: »Durchlauchtigste. Euer Liebden tue ich mit wenigem zu wissen, dass ich mich unserer abgeredeten Ehescheidung zufolge wiederum mit dem wohlgebornen Fräulein Maria Susanna von Degenfeld ehelich eingelassen habe. Verhoff also, Euer Liebden werden sich solches gefallen lassen, in Betracht, dass es nicht mehr geändert werden kann [...]. Weil ich aber wohl weiß, dass euer Liebden drei fürstliche Kinder mit mir gezeugt haben, so geziemt mir Euer Liebden durch die Tage Ihres Lebens fürstliche Traktation zu verschaffen. Daher haben Euer Liebden von jetzt Macht, die Hälfte des Schlosses Heidelberg nach Belieben zu gebrauchen, und Sie können von dem Hofschaffner so viel Geld erhalten, als Ihnen zu Ihrem Unterhalt nötig sein wird; nur dass sie sich mit meiner jetzigen Gemahlin vertragen und ihr kein Leid zufügen, damit ich nicht veranlasst werde, Euer Liebden ungünstig zu werden.« Mit der Zeit nimmt er diese Versprechungen, die wohl als Preis für Charlottes Wohlverhalten gedacht sind, allerdings wieder zurück. Charlottes hessischen Verwandten und allen anderen Fürstlichkeiten, die sich im Lauf der Zeit für sie einsetzen, gibt er zu verstehen, dass er sich ihre Einmischung in seine Angelegenheiten verbitte.

Luise besteht weiterhin auf einer ordentlichen Heirat. Ein Hinweis auf einen gut hundert Jahre zurückliegenden Präzedenzfall zeigt einen Ausweg aus der verzwickten Lage: Landgraf Philipp von Hessen hatte sich damals mit dem Hoffräulein Margarete von der Saale vermählt, obwohl er bereits mit Christine von Sachsen verheiratet war. Der Reformator Martin Luther höchstselbst hatte die Doppelehe gebilligt. Mit dieser Rückenstärkung traut sich der Geistliche, dem Paar den Segen der Kirche zu geben, auch wenn ihm nicht ganz wohl dabei ist. Das geschieht am 6. Januar 1658 in Frankenthal. Pünktliche neun Monate später bringt Luise in Schwetzingen das erste von 13 Kindern zur Welt. Wenig später bestätigt Karl Ludwig die Eheschließung vor einem kaiserlichen Notar.

Luise selbst darf noch immer nicht offiziell als Gemahlin des Kurfürsten in Erscheinung treten. Weil immer noch mit der Gegenwehr der gedemütigten Kurfürstin zu rechnen ist, spricht sich Karl Ludwig für Geheimhaltung der Eheschließung aus, denn, so warnt er Luise, »was würden die Widersacher für *Pasquille* [Schmähschriften] machen und heimlich wie öffentlich Ihre Ehre und Ihr Leben angreifen«.

Wenn Luise den Kurfürsten in Heidelberg besucht, dann muss sie im Schutz der Dämmerung kommen, um kein Aufsehen zu erregen. Natürlich wird das »eheförmliche« Verhältnis zwischen dem eigenmächtig geschiedenen Kurfürsten und dem Freifräulein trotzdem bekannt. Es schadet dem Ansehen des kurpfälzischen Hofes und trägt Karl Ludwig die Missbilli-

Damen und Herren beim höfischen Tanz. Auf solche Vergnügungen mussten Karl Ludwigs Ehefrauen verzichten.

gung seiner Familie und die des Hauses Hessen ein. Morganatische, das heißt unstandesgemäße Fürstenehen sind verpönt. Sie bedrohen die Stabilität einer Dynastie und führen zu politischen Verwicklungen. Die Ehefrau »zur Linken« tritt durch die Heirat nicht in die Herrscherfamilie ein, sie bekommt weder Titel noch Rang einer Fürstin, oft auch keinen eigenen Hofstaat, und ihre Kinder sind weder erb- noch thronfolgeberechtigt. Zudem gibt es zeremonielle Probleme, denn die Ehefrau des Fürsten rangiert, entsprechend ihres geringeren Standes, weit hinter den Damen der fürstlichen Familie. Und wenn sie sich damit nicht zufrieden gibt, steht Unfrieden ins Haus.

Charlotte denkt gar nicht daran, der »Dirne« das Feld zu räumen. Sie ist die Kurfürstin, sie bleibt am Hof. Dort wird es jetzt sehr ungemütlich für sie. Sie wird aus ihren Gemächern ausquartiert und muss mit einer bescheideneren Wohnung vorliebnehmen. Ohnehin hat sie sich in Heidelberg wenig Freunde gemacht, nun isoliert Karl Ludwig sie vollends. Er hat das Recht und die Macht, sie von ihren Kindern zu trennen, und das tut er auch, um ihr den Grund für ein weiteres Verweilen in Heidelberg zu nehmen. Sohn Karl kommt zu Verwandten, die siebenjährige Tochter Elisabeth Charlotte, genannt Liselotte, wird zu Tante Sophie geschickt. Diese hat sich inzwischen mit Ernst August, dem späteren Herzog von Braunschweig-Lüneburg, verheiratet und ist heilfroh, dem zerstrittenen Hof den Rücken zu kehren. Mutter Charlotte weiß zeitweise nicht einmal, ob ihre Kinder noch am Leben sind. Die ausländischen Botschafter ignorieren sie, die Diener gehorchen ihr nicht mehr. Ein vorwitziger Page schlägt sogar vor, der lästigen Kurfürstin Gift in die Suppe zu mischen. Fünf Jahre lang hält Charlotte das aus, ehe sie den kurpfälzischen Hof verlässt. Karl Ludwig billigt ihr eine magere Apanage zu. Die Scheidung verweigert sie weiterhin.

Luise, die keine Mätresse werden wollte, führt nun als Ehefrau »zur linken Hand« ein Leben, das sich von dem einer Mätresse nur wenig unterscheidet. Sie hat in Schwetzingen keine eigene Hofhaltung, wie es einer standesgemäßen Ehefrau zustünde. Überhaupt wächst sich der als Zwischenlösung gedachte Aufenthalt, »bis die Padrona ausm Haus und für den Fall dass Rosalinde [gemeint ist Luise] den Rumor im Haus scheuet«, zum Dauerzustand aus. Die meiste Zeit lebt Luise dort zurückgezogen mit ihrer wachsenden Kinderschar. Während der recht häufigen militärischen Auseinan-

Gegenüberliegende Seite: Karl Ludwig – selbst Calvinist – ließ für seine lutherische Zweit-Ehefrau ein Gotteshaus in Heidelberg bauen: die Providenzkirche. An die göttliche Vorsehung (providentia) hatte er hohe Erwartungen.

dersetzungen, in die die Kurpfalz verwickelt ist, wohnt sie in den Festungen Frankenthal und Friedrichsburg. Auch wenn Karl Ludwig das Schwetzinger Jagdschloss renovieren und ausbauen lässt, so ist es doch nicht mit dem Heidelberger Schloss zu vergleichen, wo Luise sich am liebsten aufhält. Tatsächlich ist sie dort nur sonntags zu Gast, wenn sie zum Gottesdienst in die Residenz kommt. Dort hat Karl Ludwig für seine lutherische Zweit-Ehefrau die Providenzkirche erbauen lassen. Zu ihrem Glück ist Luise zufrieden mit ihren Kindern, ihren frommen Traktaten und Büchern. Meistens. Verstimmungen gibt es, wenn Luise um Bewilligung einer Badereise bittet, die sie zur Herstellung ihrer angegriffenen Gesundheit nötig hat, Karl Ludwig sie aber nicht gehen lassen will. Seine empfindliche Reaktion auf Vorwürfe von ihrer Seite lässt den Schluss zu, dass er Schuldgefühle wegen des abgeschiedenen Lebens hat, das er ihr zumutet. Aber Luise ist keine Kämpfernatur und schnell zum Einlenken bereit. Wenn Karl Ludwig schmollt, bittet sie Ihro Gnaden um gut' Wetter »und bitte, mich doch ein wenig lieb zu haben, woran ich fast zweifle, wenn ich so lang nichts von Eurer Kurfürstlichen Durchlaucht höre«. Mit einem Postskript, dem wohl kein Vater widerstehen kann, lockt Luise den Kurfürsten nach Schwetzingen: »Karl Lutz sagt: Schreib an mein Papa, er soll kommen! Ich will Zitrone schenken.«

Karl Ludwig liebt seine Kinder und zeigt das auch. Er herzt und küsst sie in der Öffentlichkeit. So viel unverhohlene Zuneigung ist, jedenfalls in regierenden Fürstenhäusern, nicht üblich. »Jetzt gehe ich als ein guter Hausvater [...] mit Karlchen und Liselotte auf die Kirben [Kirchweih], will meine Kinderchen zu Schwetzingen auch nicht vergessen«, lässt er Luise wissen. Liselotte und ihr Bruder leiden allerdings beide nicht nur unter dem Zerwürfnis ihrer Eltern, sondern auch unter dem Gefühl, dass ihr Vater seine anderen Kinder bevorzugt. Was Liselotte aber nicht daran hindert, ihre vielen Halbgeschwister mit der ganzen Wärme ihres großen Herzens zu lieben.

Luise von Degenfeld handelt nach der Devise: Gehorsam ist besser als Widerspruch. Wer eigensinnig sei, ermahnt sie ihren ungebärdigen Sohn Karllutz, der mache sich unwert bei andern und sich selbst nur das Leben schwer. Doch im Lauf der Jahre büßt sie ein wenig von ihrer Engelsgeduld ein. Die vielen Schwangerschaften haben sie erschöpft, ihre Gesundheit ist angegriffen. Karl Ludwig hat ihr wieder einmal eine Badereise abgeschlagen. »Bin ich ungeduldig, unfreundlich, oder in bös Humor gewesen, wär es kein Wunder, da ich fast ja den ganzen Winter durch bald diese, bald jene Beschwerlichkeiten gehabt, welche ich vielleicht geduldiger gelitten, wenn ich nicht besorget, dass dadurch man meiner nur müde und überdrüssig würde«, klagt sie. Und anstatt sie zu trösten, habe Karl Ludwig ihr nur ihre Unzufriedenheit vorgeworfen. Und sie erinnert ihn daran, dass sie sich immer in seinen Willen gefügt und im Übrigen keine anderen Vergnügungen gesucht habe als die Freude einer Mutter an ihren Kindern.

Ende 1667, nach zehn Jahren Ehe, regelt Karl Ludwig die Stellung seiner morganatischen Ehefrau und ihrer gemeinsamen Kinder in der Öffentlichkeit. Er verleiht ihnen den Titel eines ausgestorbenen Adelsgeschlechts, der Raugrafen zu Pfalz, verlangt aber einen ausdrücklichen Erbverzicht. Luise ist nun Gräfin. Repräsentationspflichten an der Seite ihres Mannes, wie sie einer standesgemäßen Gemahlin zukämen, muss – oder darf – sie nicht erfüllen. Trotzdem legt Karl Ludwig ihr ans Herz, nun »desto mehr« auf ihr Auftreten zu achten, »dass weder zuviel Grandeur noch auch zu viel Familiarität gespürt werden mögen«. Bei der Hochzeit seines Sohnes Karl mit der dänischen Prinzessin Wilhelmine Ernestine im Jahr 1671 setzt er durch, dass Luise protokollarisch gleich nach seiner Tochter Liselotte kommt. Damit brüskiert er den anwesenden Hochadel und legt womöglich den Keim für die Feindseligkeit seiner Schwiegertochter gegenüber der raugräflichen Familie.

Karl Ludwig ist viel unterwegs und schreibt sehnsüchtige und humorvolle Briefe an seinen »herzlieben Schatz«. Er vermisst sie sehr. Im Sommer 1668 schreibt ihm Luise, so bedauerlich seine Abwesenheit auch sei, so werde sie doch dadurch vor einer neuerlichen Schwangerschaft bewahrt. Sie hat im Mai ihr neuntes Kind zur Welt gebracht und würde es damit gerne genug sein lassen. Karl Ludwig reagiert tief betroffen. »Wie kann ich glauben, das sie mich auß[er] Gefahr haben will, wenn [ich] meine Vergnügung bei Ihr nur halb oder mit Ihrer Furcht und Unwillen ganz besitzen soll? Wie soll mir die vollkommene Freude anmutig sein, wenn sie Ihr (wie Sie meint) Krankheit und Gefahr verursacht.« Die Vorstellung, »dass ich meinem herzlieben Schatz alle Tag weniger ange-

Nach dem Tod des Kurfürsten kehrte Kurfürstin Charlotte, die die Scheidung nie anerkannt hatte, nach Heidelberg zurück.

nehm sein möchte, macht mich schier lebensmüde. So muss ich mich ja in etwas amüsieren, damit ich nicht aus *chagrin* [Gram] vergehe.«

Er arbeite zu viel, jammert er, habe keine Erholung, und nun auch noch dies! »Was Rats? Nichts als Leiden auf meiner Seit', oder die ewige Ruhe. Diese melancholischen Gedanken hab ich oft, wenn mich mein Schatz nicht tröstet und Remedium ausfindet, so uns beiden gut und angenehm ist.« Also tröstet Luise ihren Kurfürsten auf die Weise, die ihm gut und angenehm erscheint, und so geht es mit dem Kindersegen weiter. Niedergeschlagen schreibt sie während ihrer elften Schwangerschaft: »Geht es mit meiner Entbindung glücklich, so habe ich Ursache, Gott zu danken. Geht es anders, so komme ich viel Elends los.«

Auch Karl Ludwig hat Sorgen, vor allem mit seinem aggressiv expandierenden Nachbarn Frankreich. Im Jahr 1671 verheiratet er seine Tochter Liselotte mit dem Bruder Ludwigs XIV. in der Hoffnung, auf diese Weise den Frieden zu sichern. Doch bereits 1674 fällt ein französisches Heer in der Pfalz ein, weil der Kurfürst sich weigert, sich mit Frankreich gegen den deutschen Kaiser zu verbünden. Und das ist erst der Anfang einer Kette von Heimsuchungen, die die Kurpfalz von Frankreich erdulden muss. »Es wird mir täglich schwerer«, schreibt Karl Ludwig, der beginnt, sich alt zu fühlen, an Luise. Allerdings hindert ihn das Alter nicht an der Zeugung eines weiteren Kindes, das im April 1677 zur Welt kommen soll. Im März erkrankt Luise. Nichts Gefährliches, glaubt der erfahrene Vater, aber er irrt. Luise erholt sich nicht und stirbt am 18. März 1677.

Die letzten Lebensjahre des Witwers verlaufen recht unfroh. Er bangt um die Zukunft seiner Dynastie, denn die Ehe seines Sohnes Karl bleibt kinderlos. Dazu kommt die ungesicherte Zukunft seiner raugräflichen Kinder, die er nicht angemessen versorgen kann. »Solange man lebt, findet man immer einen Ausweg; aber dass ich, wenn ich sterbe, so viele arme unschuldige Kinder der Gnade ihrer Feinde überlassen muss, das greift mir ans Herz«, schreibt er 1674 an seine Schwester Sophie. Sohn Karl ist nicht gut auf seine Halbgeschwister zu sprechen und wird von seiner Frau darin bestärkt. Beide behandeln die Raugrafen und -gräfinnen von oben herab, so »als wären sie Fremde und wesentlich niedriger gestellt als andere von viel geringerer Herkunft«, vertraut der Kurfürst seiner Schwester Sophie an, »und diese Ärmsten leben stets in der Furcht vor seiner strengen Miene«.

Obgleich er zugibt, die Frauen nicht zu verstehen, kann Karl Ludwig ohne Frau nicht leben. Drei Jahre nach Luises Tod heiratet er erneut, in aller Stille und wieder unstandesgemäß. In der Einleitung des Heiratskontrakts macht er geltend, dass es einem regierenden Herrn zustehe, neben der Ehe – denn Charlotte hat die Scheidung immer noch nicht anerkannt – noch eine Gewissensehe einzugehen, aus Gesundheitsgründen und zur »Vergnügung des Gemüts bei den schweren Regierungsgeschäften«. Tochter Liselotte glaubt, »dass Ihre Gnaden nur zu sehr gesucht, die Traurigkeit zu verjagen und über Vermögen hab lustig sein wollen mit einer jungen starken Schweizerin, so Fräulein bei der Frau Raugräfin gewesen war«. Am 28. August 1680, acht Monate nach der Hochzeit, stirbt Karl Ludwig im Alter von 60 Jahren.

Als Kurfürstin Charlotte auf Wunsch ihres Sohnes an den Heidelberger Hof zurückkehrt, sehen Luises Kinder einer bangen Zukunft entgegen. Liselottes Bitte, die Halbgeschwister doch nicht im Stich zu lassen, stößt bei Bruder Karl auf taube Ohren. Acht der 13 Kinder, die Luise geboren hat, sind am Leben geblieben, fünf Söhne und drei Töchter. Die Söhne bleiben allesamt unverheiratet, vier fallen als Offiziere im Krieg, einer stirbt bei einem Duell. Von den Töchtern heiratet nur die Älteste und hat Nachkommen. Die beiden anderen Schwestern bleiben mangels Mitgift ledig und leben von der kargen Pension, die ihnen ihr Halbbruder gewährt. Der Wahlspruch ihres Vaters *»Dominus providebit«* – der Herr wird sorgen – hat sich, was seine Kinder angeht, als zu optimistisch erwiesen.

»Schuldlos, weinend, bittend fiel sie vor ihm hin«

Ein glänzendes Elend

Das Schauspieler-Ehepaar Karl Friedrich und Felicitas Abt

Ihr Leben gleicht einem furiosen Zwei-Personen-Stück: Johann Daniel Dettenrieder alias Karl Friedrich Abt (geboren 1733) und Elisabeth Felicitas Knecht (geboren 1741). Dettenrieder war gelernter Büchsenmacher, war Ehemann, Vater zweier Kinder und – Schauspieler im oberschwäbischen Biberach. »Ein allzu enthusiastisches Hirn war der einzige wirkliche Fehler, den ich an ihm gekannt habe, und diesen Fehler hat er vonnöten, um ein guter Schauspieler zu sein«, urteilte sein Freund und Altersgenosse Christoph Martin Wieland. Attraktiv, galant, gesellig, witzig, wie er war, wusste Dettenrieder Menschen für sich einzunehmen. Vor allem die eine: Felicitas. Sie blieb der Nachwelt als begnadete Tragödin in Erinnerung.

Erster Akt

Im Jahr 1765 verschwand die Jungfer Knecht aus Biberach. Allerseits bedauerte man ihren Vater, einen angesehenen Chirurgen. Vor Jahren schon war ihm die Frau, eine Mutter von zehn Kindern, mit einem Skribenten davongelaufen. Nun die Toch-

Theatertafel der Biberacher Evangelischen Komödianten-gesellschaft von Johann Martin Klauflügel aus dem Jahr 1749.

ter. Auch der Büchsenmacher Dettenrieder war, wenngleich mit etwas zeitlichem Abstand, verschwunden. Man zählte eins und eins zusammen und kam zu dem Schluss, dass die beiden etwas miteinander hatten. Wie die Mutter, so die Tochter, und Dettenrieder galt manchen ohnehin als windiger Charakter. Er hatte, aus Ulm stammend, in einen Büchsenmacherbetrieb eingeheiratet, eine ältere Witwe, die er schon einmal mitsamt zweier Kinder hatte sitzengelassen, um sich einer Schauspielertruppe anzuschließen. Manche gaben dem Theater die Schuld. Dabei war die Biberacher Evangelische Komödiantengesellschaft – es gab auch eine katholische – ein hochachtbarer Verein. Lauter ehrbare Bürger spielten auf den Brettern des Liebhabertheaters, auf denen die Jungfer Knecht und der Dettenrieder einander näherkamen. Auf denen übrigens auch Theatergeschichte gemacht wurde, denn der neue Leiter der Komödiantengesellschaft, Kanzleiverwalter Christoph Martin Wieland, inszenierte im Jahr 1761 Shakespeare – den »Sturm«, in eigener Übersetzung – zum ersten Mal auf einer deutschen Bühne.

In Biberach hörte man erst einmal nichts mehr von dem durchgebrannten Liebespaar. Das fand bei einem unkonventionellen Pfarrer, dem Diakonus Johann Jakob Brechter, in Schwaigern bei Heilbronn Zuflucht und musste lange warten, bis Dettenrieders Scheidung ausgesprochen war. Dettenrieder gab sich einen neuen Namen: Karl Friedrich Abt. Mit einem Empfehlungsschreiben Wielands versehen, kam er in Hamburg bei der illustren Ackermannschen Gesellschaft unter, einer in ganz Deutschland angesehenen Schauspielertruppe. Felicitas, der das Landleben gefiel, blieb zunächst bei der Pfarrfamilie Brechter, machte sich in Haus und Garten und als Kindsmagd nützlich. Sie las pädagogische Bücher und wollte ihren Lebensunterhalt als Gouvernante verdienen. Dann aber wurde ihre Sehnsucht stärker, sie folgte Karl Friedrich nach Hamburg, ehe sich die beiden schließlich – wahrscheinlich in Schwaigern – trauen lassen konnten.

Zweiter Akt

»Zwei Dinge möchte ich gern mit meinem Leben ungeschehen machen; meine Winkelheirat und den daraus erfolgten Tod meines guten Vaters! Seitdem wird mir der Himmel nie heiter.« So zitiert der Bremer Musikdirektor und Pädagoge Wilhelm Christian Müller, der beide gekannt hat, Felicitas in seiner Biographie des Schauspielerpaars. Gerne hätte sie sich mit ihrem Vater versöhnt, aber das wusste ihr Liebster zu verhindern. Zu groß war seine Angst, Felicitas könnte nicht mehr zu ihm zurückkommen. Diese Angst mochte unbegründet sein, aber ein Problem, das ihre Beziehung schließlich vergiften würde, zeichnete sich damals schon ab: Karl Friedrich war Theatermann mit Leib, Seele und Herzblut. Felicitas schlug

die Bühnenlaufbahn nur seinetwegen ein, ein Opfer auf dem Altar der Liebe, das ihr schlecht gedankt wurde. So theaterbegeistert sie bei der Biberacher Komödiantengesellschaft auch gewesen sein mochte, so entsetzt war sie über das, was ihr nun beim Auftritt auf öffentlichen Schaubühnen blühte. Die Bewunderung, in der sie sich in Biberach gesonnt hatte, hatte sich in den Grenzen bürgerlicher Wohlanständigkeit gehalten. Sie war die ehrbare Tochter des Chirurgen Johann Adam Knecht, man behandelte sie mit dem Respekt, der ihr und ihrem Platz in der Gesellschaft zukam. Diese neue, mit Zweideutigkeiten und sexueller Anmache gespickte »Verehrung«,

Komödianten hatten einen schlechten Ruf. Besonders schlimm stand es um das Ansehen der Schauspielerinnen. Karikatur von William Hogarth.

die ihr nun begegnete, schockierte sie zutiefst und legte den Keim für ihren lebenslangen Hass auf das Theatermilieu.

Das Theater war zu jener Zeit auf dem Weg zur »moralischen Anstalt«, das heißt einer Einrichtung der Bildung und schöngeistigen Erbauung, zur Verbesserung der Sitten und des mitmenschlichen Umgangs. Schon in den 1730er-Jahren hatte die Theaterprinzipalin Caroline Neuber im Verein mit dem Aufklärer Johann Christoph Gottsched dem althergebrachten Unterhaltungs- und Stegreiftheater mit seinen pathetisch-pompösen Haupt- und Staatsaktionen und derben Hanswurstiaden, mit seinen Luftspringern, Feuerwerkern und Tanzeinlagen den Kampf angesagt. Die beiden Leipziger Theaterreformer nahmen sich ein Beispiel am Regeldrama der französischen Klassik, das die Einheit von Zeit, Ort und Handlung sowie die Wahrscheinlichkeit des Geschehens verlangte. Mit deutschen Übersetzungen französischer Stücke, in gehobener Sprache und feierlicher Deklamation vorgetragen, wollten sie den Geschmack der vornehmen Gesellschaft bedienen. Gotthold Ephraim Lessing, Dramaturg des kurzlebigen Hamburger Nationaltheaters, distanzierte sich eine Generation später von den französischen Vorbildern und propagierte natürliches Spiel statt Deklamation. Er strebte ein bürgerliches Nationaltheater an und verfasste richtungsweisende Dramen wie die Komödie »Minna von Barnhelm«, das bürgerliche Trauerspiel »Emilia Galotti« und das Ideendrama »Nathan der Weise«. Man spielte Lessing, Voltaire, Racine, Molière, Shakespeare, aber auch viele Stücke heute vergessener Autoren, die den Zeitgeist der Empfindsamkeit und den herrschenden Publikumsgeschmack widerspiegelten.

Gegenüberliegende Seite: Ein glänzendes Elend. Theater in Deutschland hieß damals: Wandertheater. Es bedeutete Hunger, Entbehrung und Mühsal für die Schauspieler.

Unter Kunstkennern hatte das Theater im Lauf des 18. Jahrhunderts zwar an Ansehen gewonnen, aber im Alltag herrschte immer noch raueste Bühnenluft. Das kann man ganz wörtlich nehmen. Theater in Deutschland hieß damals: Wandertheater. Wenn man Glück hatte, gastierte man auf einer Hofbühne. Meist aber spielte man in Sälen und Wirtshäusern, in Scheunen, überdachten Hinterhöfen und Reithallen, oft genug auch in roh zusammengezimmerten, zugigen Buden, auf denen man sich Rheumatismus und Schwindsucht holte, und auf Bühnen, auf deren lose gefügten Brettern man gefährlich stürzen konnte. Spezielle Theaterbauten gab es außer an den Höfen kaum. Das 1767 von wohlhabenden Bürgern gegründete Hamburger Nationaltheater, wo die Ackermannsche Gesellschaft spielte, musste nach zwei Jahren schließen, weil das Publikum wegblieb.

Die Komödianten teilten sich ihren schlechten Ruf mit anderen Fahrenden. Sie galten den braven Bürgern als gescheiterte Existenzen, als sittenloses Pack, bei dessen Herannahen man die Wäsche von der Leine nahm und die Töchter ins Haus einsperrte. Am schlimmsten stand es um das Ansehen der Schauspielerinnen. Die wurden meist schlecht bezahlt und ließen sich, um der Not zu entkommen, von einem wohlhabenden Gönner protegieren, der meist auch ihr Liebhaber wurde. Das verschaffte ihnen den Ruf leichter Mädchen, die nicht Nein sagten, wenn man ihr amouröses Engagement großzügig genug bezahlte. Und mit solchen Leuten sollte sie, Felicitas Knecht, die sich ihr Lebtag viel auf ihre Tugend zugutehielt, sich gemein machen?

»Anfänglich war ihr noch immer die Bühne eine Hölle und der Stand einer Theaterprinzeß das niedrigste, was sie werden könnte«, berichtet der Biograph Wilhelm Christian Müller. »Ja, sie mochte nicht einmal Zuschauerin der Kunst sein, worin sie nach Abts Plan einst Meisterin sein sollte. Er versuchte daher zuweilen Gewalt [...]. Abt, ohne anderweitige Aussicht, eingenommen für seinen Plan, geehrt in seiner Kunst, erklärte ihren Widerwillen für Eigensinn und behandelte seine liebste einzige Felicitas zuweilen grausam [...]. Doch liebte sie ihn um [s]einer andern guten Eigenschaften willen und vergaß all ihren Jammer, den Erinnerung und Einbildung ihr machte, augenblicklich, wenn nur er bei ihr war, um dessen willen sie sich alles Unheil zugezogen hatte. [...] Duldend, glaubte sie endlich, müsse das Weib dem Manne folgen, und fing sogar an, einige kleine Nebenrollen zu machen. Kaum erschien sie vor den Kulissen, da klatschte das ganze Parterre, wo sich die mehrsten Studenten befanden, nicht ihrer Kunst, Deklamation oder Aktion, denn sie war anfangs äußerst blöde [schüchtern], sondern ihrer blühenden Schönheit, ihrem herrlichen Wuchs und ihrer niedlichen Kleidung.« So sollte es bleiben: Felicitas hasste die Bühne, aber Karl Friedrich brauchte sie als Publikumsmagnet und brachte sie mit seiner ihm allerseits bescheinigten Überredungsgabe dazu, aufzutreten. Und wenn das nicht half, mit Gewalt.

Gewalttätig wurde er auch aus Eifersucht, auf die Männer, die nicht nur Felicitas' Kunst verehrten, sondern auch ihre Gunst begehrten. Und jeder Bühnenkuss, den er ihr nicht selber gab, bereitete ihm Höllenqualen. Deshalb spielte er den Bühnenpartner seiner Frau nach Möglichkeit selbst. Karl Friedrich wusste, dass Felicitas treu und seine Eifersucht grundlos war, aber das hinderte ihn nicht daran, sie einzusperren, wenn er ausging, und sie mit Verdächtigungen und Schlägen zu traktieren. Felicitas gelang es zwar, ihren Mann zu besänftigen, aber erst nachdem er sich ausgetobt hatte. Eine von Müller geschilderte Szene könnte aus einem der Rührstücke stammen, die damals in Mode waren. »Sie liebte ihn wirklich unbeschreiblich, und zeigte dann die sanfteste, mitleidsvolle Güte, wenn sie sah, dass seine Temperamentsübereilung seinen Verstand unterjochte. Schuldlos, weinend, bittend fiel sie vor ihm hin – und sogleich ward der Ungestüm aus seinem Herzen verscheucht und weich wie Wachs am Feuer schmolzen seine Empfindungen zu ihren Tränen über.«

Dritter Akt

Eine Tournee durch die sächsischen Herzogtümer führte das Ehepaar Ende der 1760er-Jahre auch nach Weimar und brachte ein Wiedersehen mit Wieland, der seit 1769 eine Professur in Erfurt innehatte. Karl August Böttiger, Chronist und Klatschmaul des goethezeitlichen Weimar weiß: »Als Wieland nach Erfurt versetzt wurde, war Madame Abt die Göttin des Tages. Sie hatte hier in Weimar gespielt und der Herzogin außerordentlich gefallen.« Diese soll sogar die Patenschaft für den ältesten Sohn der Abts übernommen haben, der um diese Zeit geboren wurde. »Man glaubte allgemein, sie sei ein entführtes Fräulein aus dem Reich. Ihr edles Wesen rechtfertigte diesen Verdacht, und Wieland ließ jedermann gern in diesem Irrtum.« Auch Felicitas hatte kein Interesse, den Schleier zu lüften. Sie schämte sich ihres Schauspielerdaseins und wollte die Schande wenigstens ihrer Familie in der Heimat ersparen.

Nach mehreren Jahren in wechselnden Truppen gründete Abt seine eigene Gesellschaft, die erste von vielen. Nach einer Tournee durch Franken wollte man in Straßburg gastieren. Abt reiste voraus, um die Spielgenehmigung zu beschaffen, und ließ Felicitas in Ansbach zurück: hochschwanger fieberkrank, in einer eiskalten Stube und ohne einen Pfennig Geld, nachdem sie ihm noch den Erlös der verpfändeten Kostüme gehorsam nachgeschickt hatte. Karl Friedrichs Sorge um sie hielt sich in Grenzen; »meine Frau findet immer so viele gute Freunde, dass sie fortkommt«, wusste er. So auch dieses Mal. Als es wärmer

wurde, machte sich Felicitas mit ihren nunmehr zwei Kindern, einer Amme und einer alten Schauspielerin, die sie bei sich aufgenommen hatte, zu Fuß auf den Weg nach Straßburg. Dort wartete Karl Friedrich auf sie, völlig abgebrannt, »als wahrer Bettler«. Doch nicht nur Felicitas fand immer hilfreiche Menschen, auch Karl Friedrich gelang es regelmäßig, Gönner zu gewinnen, die seine Schulden zahlten, die verpfändeten Kostüme und Requisiten auslösten und ihm Geld für seine hochfliegenden Projekte vorstreckten, das sie nicht wiedersahen.

Manche dieser Sponsoren interessierten sich allerdings weniger für Abts Projekte als für seine attraktive Frau. Und Karl Friedrich spielte, ungeachtet seiner Eifersucht, ein übles Spiel mit Felicitas. Ein reicher Bankier bot dem bankrotten Schauspieldirektor ein Darlehen von 100 Louisdor an, zinslos oder geschenkt, aber an die Bedingung geknüpft, dass Felicitas das Geld selbst bei ihm abholte. Alle Beteiligten wussten, wie das gemeint war. Karl Friedrich, »von der Rechtschaffenheit seiner Frau überzeugt«, drängte Felicitas, das Geld zu holen. Sie konnte ihn retten, was zögerte sie? In die Enge getrieben, verkroch sich Felicitas in eine Ecke, weinte und betete und ging nicht hin.

Ein paar Jahre später wusste sie sich energischer zu wehren. Diesmal war es ein Kaufmann, den Felicitas hatte abblitzen lassen. Mit Freundlichkeit, Komplimenten und Geschenken wickelte er sodann Karl Friedrich ein, sparte auch nicht mit gutem Wein und äußerte sein Bedauern über Felicitas' kühlen Ton. Karl Friedrich versprach, ein gutes Wort für ihn einzulegen. Der Kaufmann geleitete den stark bezechten Gemahl seiner Angebeteten von einem Gelage nach Hause, wo ihnen ein unfreundlicher Empfang von Felicitas zuteil wurde. Sie durchschaute sofort, was gespielt wurde, und hielt beiden eine Standpauke. Anderntags besuchte sie die Frau des Amoroso, erzählte ihr alles und beriet sich mit ihr, wie sie den treulosen Gatten auf den rechten Weg zurückbringen konnte. Die beiden Frauen wurden gute Freundinnen, »und lang hernach verdankte jene noch in Briefen ihren erretteten Mann und Vater seiner Kinder einer tugendhaften Schauspielerin«. Solche Geschichten festigten den Ruhm der Madame Abt als Tugendheldin.

Gegenüberliegende Seite: Die Schauspielerin Felicitas Abt: »Sie fesselte alles durch ihre Kunst und ihre Natur, durch ihr seelenvolles Auge, durch ihre Silberstimme. Sie war nicht schön, aber unbeschreiblich anmutig.«

Karl Friedrich Abt wollte in London eine deutsche Bühne gründen. Ein großer Teil des Hofes war deutsch; der englische König stammte aus dem Haus Hannover und war gleichzeitig Kurfürst von Braunschweig-Lüneburg. Es gab deutsche Kaufleute in Mengen, da musste ein deutsches Theater doch reüssieren! Es war nur eine Geldfrage. Karl Friedrich Abt machte nicht nur auf der Bühne eine gute Figur, sein Biograph Müller lobt seine »höfische Politesse« und das Geschick, mit dem er die Leute zu nehmen wusste. Bei aller Finesse wurde er aber auch oft Opfer seiner »gutherzigen Leichtgläubigkeit«. In Straßburg zog ihn ein gerissener Quartiergeber über den Tisch, bei dem er tief in der Kreide stand. Der Wirt bot an, ihm die Hälfte seiner Schulden zu erlassen, wenn er die andere Hälfte zahle. Es wurde sogar ein Vertrag aufgesetzt. Abt gelang es, das Geld aufzutreiben, worauf der Wirt den Kontrakt zerriss und die Begleichung der Restschuld verlangte. Der düpierte Theaterprinzipal ging vor Gericht und musste sich vom Richter sagen lassen, der Wirt habe zwar hinterlistig gehandelt, aber seine Forderung sei rechtens. Damit war Abt bankrott und die Londoner Pläne fürs Erste gescheitert. Nur Felicitas' Bittgänge retteten ihn vor dem Gefängnis.

Darauf versuchte Karl Friedrich sein Glück in Mannheim. Zusammen mit dem einzigen Schauspieler, der bei ihm geblieben war, machte er sich auf den Weg. Zu Fuß. Ihr Nachtquartier bezahlten sie mit ihrer Garderobe. Westen, Hemden, ein Schlafrock und ein Degen wechselten die Besitzer, bis den Reisenden nur noch das blieb, was sie auf dem Leib trugen. In den Dörfern gaben ihnen die Bauern zu essen, wenn sie für sie spielten. In den Städten bettelten sie, um Brot zu kaufen, und rissen Rüben aus den Äckern vor den Toren.

Wie ein Leitmotiv ziehen sich Pleiten, Pech und Pannen durch die Lebensgeschichte des Schauspieldirektors Abt. Nicht nur, weil er nicht wirtschaften konnte, weil er Geld schneller ausgab, als er es einnahm, und weil er eine Großzügigkeit an den Tag legte, die er sich nicht leisten konnte. Schuld war auch das Wanderbühnensystem. Der Prinzipal (in manchen Fällen auch eine Prinzipalin) wirtschaftete als freier Unternehmer mit allen Risiken. Ihm gehörten die Aufbauten, Requisiten, Dekorationen, Theatermaschinen. Er beschaffte die Spielgenehmigungen in jeder Stadt und an jedem Hof, wo die Truppe gastieren wollte. Er legte den Spielplan fest, engagierte das Ensemble, entschied über die Besetzung, überwachte die Proben, schlichtete Streit und, und, und. Die Reisen von einem Spielort zum anderen verschlangen eine Menge Geld. Fürs Aus- und Einpacken ging viel Zeit verloren. Kostüme wurden beschädigt und mussten ersetzt werden. Das Reisen selbst nahm viele Wochen in Anspruch, in denen nichts verdient wurde und die Ausgaben doppelt so hoch wie sonst waren. So ging viel Energie für die Organisation des Alltags verloren und es blieb nur wenig Zeit, um Stücke zu verbessern oder neue einzustudieren, so dass man Gewohntes oft bis zum Überdruss aufführte. Dazu kam die Konkurrenz mit anderen Truppen, die nicht nur Publikum abfischten, sondern auch populäre Schauspieler abwarben. Wo es eine feste Spielstätte gab, langte der Eigentümer oft so kräftig zu, dass die Miete den Gewinn einer ganzen Spielzeit verschlang. Abt meinte, wenn er nur einige Jahre am selben Ort spielen dürfte, könnte er sich sanieren und eine gute Truppe zusammenstellen.

Zwischen 1772 und 1777 spielte die Abtsche Truppe immer wieder in den Niederlanden, unter anderem auch in Den Haag, wo der Hof großzügig Beifall spendete. Abt ließ ein von ihm selbst konstruiertes, transportables Schauspielhaus aus Holz errichten, das schnell auf- und wieder abgebaut war und ihn unabhängig von profitgierigen Verpächtern machte. Trotzdem hatte er bis Sommer 1774 Schulden von 10 000 Gulden aufgehäuft und wäre wieder einmal bankrott gewesen, wenn nicht Harlemer Kunstfreunde ihm die Haut gerettet hätten. Weil seine Truppe in Amsterdam keine Auftrittserlaubnis bekam, baute er seine Bühne quasi vor der Haustür am Diemer Meer auf. Die Amsterdamer kamen in Scharen, das tat der Kasse gut.

Nun aber suchte das Unglück in Gestalt einer Fieberepidemie die ganze Truppe heim, denn das mobile Theater war undicht und die kalte Seeluft tat ein Übriges. Arztkosten und Medikamente zehrten die Einnahmen auf. Nun übernahmen »20 Freunde des deutschen Schauspiels« nicht nur Abts Schulden, sondern auch die wirtschaftliche Verantwortung für sein Theater. Doch auch jetzt konnte sich Abt nicht konsolidieren. Wieder war ein großer Teil des Ensembles krank, auch Karl Friedrich und Felicitas. Eines ihrer Kinder starb. Das Theater blieb monatelang geschlossen. Am Ende hatte das Unternehmen einen Verlust von 28 000 Gulden eingespielt, und Abt war seinem Lieblingsprojekt, die Engländer mit dem deutschen Schauspiel bekanntzumachen, keinen Schritt näher gekommen. »Dies tat ihm vielleicht weher als jenen reichen Kaufleuten die verlorne Aktie«, meint Biograph Müller. Die künstlerische Bilanz wies allerdings einen Aktivposten aus: Abts Truppe hatte in den Niederlanden das Interesse an deutscher Literatur geweckt, und jedes ihrer Stücke wurde innerhalb weniger Wochen ins Holländische übersetzt und nachgespielt.

Anfang 1777 wurde das Theater geschlossen. Mit der letzten Vorstellung sagte Felicitas, inzwischen 36 Jahre alt, der Bühne Adieu und versöhnte sich mit dem verhassten Schauspielerberuf:

Die Vorsicht [Vorsehung] führet uns auf sehr verschiednen Wegen,
wenn man der Menschheit nützt, was ist am Stand gelegen?
Nicht jeder kann Soldat, nicht jeder Priester sein –
Ich darf der Bühne nicht, sie meiner nicht sich schämen
[...]
Von innrer Ruhe war mein Herze stets durchdrungen
und so ist mein Beruf, der mich oft sehr beschwert,
durch den ich auch die Welt belehrt und kennen lernen,
in diesem Augenblick mir nicht verachtungswert,
obgleich ich tausend Mal den ersten Schritt bereut,
zu dem die Not mich zwang.

Vierter Akt

In den folgenden Jahren spielte Abts Gesellschaft, die zeitweise 30 Personen umfasste, meist in Norddeutschland: vor allem in Münster, Göttingen und Bremen. Dorthin kehrte sie nach ihren Tourneen auch immer wieder zurück. Felicitas' Abschied von der Bühne war kein Abschied für immer. Nach einer kurzen Atempause flehte Karl Friedrich sie an, doch wieder aufzutreten. Und sie ließ sich überreden. Obwohl sie »anfänglich mit wahrem Widerwillen wieder auf die Bühne« trat, feierte sie weiterhin Triumphe. Am 10. Mai 1779 spielte sie am Hoftheater in Gotha den Hamlet, als erste Frau auf einer deutschen Bühne. Das Publikum dankte es ihr mit einem nie gehörten, tosenden Applaus. Ein Jahr später wiederholte sie die Vorstellung in Bremen. Felicitas stellte den Dänenprinzen als Jüngling dar. Ihr Biograph Wilhelm Christian Müller verfolgte das

Stück fasziniert: »Das Bild des großen Prinzen wuchs fast zur höchsten Vollkommenheit. [...] Da ich aber ihr Mienenspiel näher zu sehen, aufs Theater ging: schauderte mir die Haut, über die Überspannung ihrer Kräfte, und die Ohnmacht, die hinter den Kulissen erfolgte. Nein, dachte ich, Weibheit kann nach den Gesetzen der Natur nicht Mannheit werden.«

Felicitas' Zeitgenossen schrieben die Krankheit, unter der sie litt, nicht nur der zugigen Theaterluft, sondern vor allem ihrer ständigen körperlichen und seelischen Verausgabung auf der Bühne zu. Sie galt ihrer Zeit als eine der besten deutschen Schauspielerinnen. Karl August Böttiger, unser Mann in Weimar, berichtet: »Sie fesselte alles durch ihre Kunst und ihre Natur, durch ihr seelenvolles Auge, durch ihre Silberstimme. Sie war nicht schön, aber unbeschreiblich anmutig.« Vor allem galt sie als begnadete Tragödin, was nach Meinung des Publikums ihren traurigen Lebensumständen geschuldet war. Es war allgemein bekannt, dass Abt seine Frau schlecht behandelte. Er zwang sie zu spielen, wenn sie krank war, und wenn sie schwanger war, musste sie bis zum Tag vor der Niederkunft auftreten und drei Tage später schon wieder. Um seine Kinder kümmerte er sich wenig, das überließ er Felicitas. Sie sorgte dafür, dass sie eine gute Ausbildung erhielten. »Abt hatte an der Erziehung seiner Kinder wenig Anteil, ja, er sorgte kaum für die Unterhaltungskosten, weil er sah, dass die gute Mutter sich alles Entbehrliche entzog, um die Pensionskosten zu bezahlen.«

Karl Friedrich Abt hatte zwar einen schlechten Ruf als Familienvater, aber ein gutes Renommee als Schauspieler. Müller beschreibt ihn als einen äußerst vielseitigen Akteur mit Improvisationstalent und der Fähigkeit, Pannen zu überspielen, einzuspringen, wenn Not am Mann war. Er konnte jede Rolle spielen, gab jeder Figur ihren eigenen Charakter, stellte Kenner und Lacher gleichermaßen zufrieden. Felicitas hielt mit ihrem Spiel das Ensemble zusammen. Wenn sie auf die Bühne trat, fingen auch die anderen Feuer. War Karl Friedrich der Impresario, so war sie die Künstlerin, der Star. Ob es

Karl Friedrichs Eitelkeit kränkte, dass Felicitas beim Publikum besser ankam als er?

Der Winter 1781/82 brachte eine Atempause in der schwäbischen Heimat. Felicitas, damals schon sehr krank, lebte in Biberach zurückgezogen bei ihrem jüngsten Bruder und hatte Gelegenheit, der Lebensbehaglichkeit, auf die sie verzichtet hatte, nachzutrauern. Karl Friedrich, dessen erste Frau noch in Biberach lebte, ging nach Ulm, wo sein Bruder ein Büchsenmachergeschäft betrieb. Den traf er dort nicht an, wohl aber seinen Sohn, den man zu ihm in die Lehre gegeben hatte. Karl Friedrich redete lange mit ihm, gab sich ihm aber nicht als Vater zu erkennen.

Fünfter Akt

Auf der Bühne stellten Felicitas und Karl Friedrich Abt immer noch ein sehr überzeugendes Liebespaar dar, im wirklichen Leben wurden sie nur noch durch ihre Konflikte zusammengehalten. Ihr Zank um Geld nahm immer hässlichere Formen an. Oft hatte Felicitas ihren Mann in der Vergangenheit mit ihrem Ersparten aus einer Klemme befreit, freiwillig oder auch unfreiwillig, denn wenn seine Überredungskünste nicht weiterhalfen, nahm er sich das Geld und gestand ihr den Diebstahl später, immer auf ihre Verzeihung vertrauend.

Einmal jedoch überspannte er den Bogen. Felicitas hatte von ihrer Gage in Münster eine Wohnung eingerichtet, mit guten Möbeln ausgestattet, mit Hausrat und silbernem Geschirr im Wert von mehreren tausend Gulden. Vielleicht spendete ihr dieses Refugium einen Rest bürgerlichen Wohlbehagens und ein wenig Trost in ihrem Ehe-Elend. Als Karl Friedrich eines Tages ihren Hausstand in Münster versetzte, hatte Felicitas endgültig genug und verließ ihn. Ihre Freunde bestärkten sie in ihrem Entschluss. Herzogin Anna Amalia stellte ihre Hilfe in Aussicht.

In Biberach hatte Christoph Martin Wieland in jungen Jahren Shakespeares »Sturm« auf die Bühne gebracht. Inzwischen war er zum Prinzenerzieher am Weimarer Hof avanciert.

Böttiger berichtet über Felicitas' Besuch bei Wieland im Sommer 1780: »Er sah sie hier in Weimar nur 8 Tage lang, als sie mit der Verzweiflung rang, in die sie die abscheuliche Lage mit ihrem Henker von Manne gestürzt hatte. Am letzten Abend, wo sie bei Wieland abends zu Tisch war, schilderte sie ihr Elend so herzergreifend, dass Wielands Frau selbst mit überwallendem Gefühl zuerst den Vorschlag tat, sie im Hause zu behalten und als Schwester zu behandeln.« Felicitas schlug das Angebot aus. Und kehrte zu Karl Friedrich zurück. Der stand nämlich zwei Tage, nachdem sie ihm den Abschied gegeben hatte, frühmorgens vor ihrer Tür, rang die Hände, fiel auf die Knie, flehte, weinte, jammerte und gelobte Besserung. Als seine Reuebekundungen ohne Wirkung blieben, setzte er ihren Freunden so lange zu, bis sie sich für ihn verwendeten. Feierlich schwor er, sich zu ändern und hielt sich tatsächlich eine Zeitlang daran. Felicitas gab nach. »Doch es war offenbar, dass die vorige warme Liebe nicht wieder in das Herz seiner sonst so innigen Gattin kam«, weiß Biograph Müller. Die Zeitgenossen bewunderten ihre Treue und ihren Opfermut. Denn die große moralische Kraft des Duldens wurde hoch geschätzt, besonders bei Frauen. Das Mitgefühl des empfindsamen Publikums war der edlen Dulderin, die ihr schweres Schicksal mit Ergebung trug, gewiss.

Felicitas konnte, »von der Schwindsucht zum wahren Gerippe abgezehrt«, oft kaum noch aufstehen. Sobald es ihr etwas besser ging, spielte sie wieder. Um ihren gelb gewordenen Teint zu verdecken, trug sie weiße Schminke auf. Sie weigerte sich, das Rollenfach zu wechseln, als sie »wegen ihrer sichtbaren Abnahme an blühender Jugend« in der Rolle der jugendlichen Liebhaberin nicht mehr glaubhaft war. So nahe ihrem Ende verlohne sich die Mühe nicht mehr, etwas Neues einzustudieren, erklärte sie, es sei denn die Rolle, die sie im Jenseits spielen werde. Offen gab sie ihrem Mann die Schuld an ihrem nahenden Ende, und die Schuldgefühle gegenüber ihrem Vater nagten an ihr. Sie litt unter Fieberfantasien und Wahnvorstellungen, ertrug weder Tages- noch Lampenlicht, vertrug kaum Essen und keine frische Luft, sie zitterte am ganzen Körper und »lauter flammende Bilder aus der Hölle standen vor ihr. Alle die Eumeniden [Rachegöttinnen], Furien und Erebusgestalten«, die sie gespielt hatte, »sah sie leibhaft, wie sie rasten und Unglückliche zerfleischten«. Im September 1783 lief die Spielgenehmigung der Truppe in Göttingen aus und damit auch die Aufenthaltserlaubnis. Nicht einmal Karl Friedrich durfte bei seiner sterbenden Frau bleiben. Felicitas gab den versammelten Kolleginnen und Kollegen einen bühnenreifen Abschied. »Es kann nützlich für sie sein, wenn sie sehen, was wahres Sterben ist«, meinte sie und führte eine Sterbeszene vor, rührend, eindrucksvoll und unvergesslich. Zwei Tage später, am 17. September 1783, war sie tot.

Karl Friedrich überlebte sie nur kurz. Oft hatte er den Eindruck erweckt, »dass er nicht die mindeste Zärtlichkeit« für Felicitas empfände. Nun, da sie tot war, zeigte sich, dass er ohne sie nicht leben konnte. Sie hatte ihm Halt gegeben, nun brach er zusammen. Im Oktober kam er mit seiner Truppe nach Bremen. Er versuchte einen neuen Anfang, aber wenn er auftrat, war er nur noch ein Schatten seiner selbst. Er konnte weder Essen noch Trinken bei sich behalten, nicht einmal der Wein schmeckte ihm mehr. Er redete nur noch von Felicitas, in seinen Wahnvorstellungen war sie bei ihm. Wenn er überhaupt noch schlafen konnte, quälten ihn schlimme Träume voller Reue. »Er verzehrte sich sichtbarlich«, magerte ab, konnte nichts mehr verdauen. Kein Arzt konnte ihm helfen. Schließlich verlangte er nach dem Abendmahl. Durch den geistlichen Trost gestärkt, glaubte er an Besserung. Er gelobte, ein anderer Mensch zu werden. Der Tod entband ihn von seinem Versprechen. Am 20. November 1783 starb er an einem Schlaganfall.

Epilog

Karl Friedrich Abt starb nicht als armer Mann. Als man ihn vom Totenbett hob, entdeckte man, in seiner Unterweste eingenäht, die stattliche Summe von 100 Louisdor, und in einem Koffer fand man einen Beutel mit 200 Reichstalern. Man rätselte über die Herkunft des Geldes, aber sein Verwendungszweck war sofort klar: Es ging an seine Gläubiger. Die drei Söhne wurden der Barmherzigkeit wohltätiger Freunde anheimgegeben. Am Tag nach Abts Beerdigung wurde eine Benefizvorstellung von Lessings »Emilia Galotti« zugunsten der Kinder gegeben. Ein Gedicht gedachte des Verstorbenen und seiner Frau:

... die Dulderin,
sein treues Weib, des Schauspiels Rose
war kaum gebrochen: Ach! da sank auch seine Hülle hin.
Auch sie ist würdig unsrer Tränen! Sie die große,
empfindend, denkend, ausdrucksvolle Künstlerin.
Jedoch sie teilten Herz und Kunst und Ehre ...

»Sie hatte hier in Weimar gespielt und der Herzogin außerordentlich gefallen.« Anna Amalia von Sachsen-Weimar wurde eine Freundin und Gönnerin der Madame Abt.

Die Kinder sollten nach dem Willen ihrer Eltern keine Schauspieler werden. Abt meinte, lieber sollten sie als Schuhflicker in Ruhe leben als in diesem »glänzenden Elend«. Den 14-jährigen Ältesten glaubte man durch eine Pension der Herzogin Anna Amalia versorgt. Der 12-Jährige kam zu einem Amsterdamer Kaufmann in die Lehre. Den dreijährigen Jüngsten nahm ein Buchhändler auf. Karl Friedrichs Sohn aus seiner ersten Ehe wurde ein tüchtiger Büchsenmacher, der das Geschäft seines Onkels in Ulm übernahm. Mit dem Theater hatte er, soweit man weiß, nichts im Sinn.

**»Wer wird dir soviel bares Geld
und so kostbare Ware schaffen wie ich?«**

Ein verwegenes Team

Die Schleiferbärbel und der Konstanzer Hans

Anfangs bewundert er sie rückhaltslos: »So gibt es sonst kein Weib mehr!« Diese Frau kann einfach alles! Ihren risikoreichen Beruf übt sie ausgesprochen erfolgreich aus. Mit scharfem Blick erkennt sie jede sich bietende Chance und ergreift sie entschlossen. Auf Gefahren reagiert sie mutig und zupackend. Geistesgegenwärtig manövriert sie sich selbst aus ganz ausweglos erscheinenden Lagen heraus. Dank ihres gewinnenden Wesens nimmt sie die Menschen für sich ein. Sie sorgt dafür, dass es ihren Lieben an nichts fehlt und dass sie adrett gekleidet daherkommen, was bei ihrer Lebensweise alles andere als einfach ist. Er schätzt sie vor allem wegen ihrer beruflichen Qualitäten. Bei ihr ist es Liebe.

Maria Barbara Reinhardt wird am 10. Dezember 1744 als Tochter eines Bergmanns in Dudenhofen bei Speyer geboren. Bärbel ist erst ein halbes Jahr alt, als ihr Vater bei einem Grubenunfall umkommt. Die Witwe muss betteln gehen, findet später aber bei einem Scharfrichter in Lothringen Arbeit. Doch dann erkrankt sie schwer, und Bärbel muss ihre Stelle als Küchenmädchen in einem Molsheimer Wirtshaus aufgeben, um die Mutter zu pflegen. Mit Näh- und Strickarbei-

Hausierer, Scherenschleifer, Kesselflicker – die Sesshaften trauten den Fahrenden nicht über den Weg.

ten versucht sie vergebens, die Mutter, den Halbbruder und sich selbst über Wasser zu halten. Als sie 1764 zum ersten Mal in einer Kriminalakte auftaucht, ist Bärbel 20 Jahre alt und schon ein paar Wochen mit einer Scherenschleiferfamilie unterwegs.

Sie hat den gleichaltrigen Antoni Krämer, genannt Schleifertoni, beim Kirchweihtanz in Schutterwald bei Offenburg kennengelernt. Toni hat sein Handwerk vom Vater übernommen und ist mit seinem Schleiferstuhl unterwegs, seit er ihn tragen kann. Eine Zeitlang besitzt er eine Lizenz zum Scherenschleifen für die Lahrer Gegend, dann aber kann er die Gebühr nicht mehr bezahlen und muss über Land ziehen. In Schutterwald, wo sich die Familie Krämer gerne niedergelassen hätte, hat sie sich nicht ansiedeln dürfen. Überhaupt kostet es mehr Geld, sich in eine Gemeinde einzukaufen, als ein Scherenschleifer aufbringen kann. Nun zieht der Schleifertoni mitsamt seinen Eltern und zwei Verwandten von Ort zu Ort und von Markt zu Markt. Eine Zeitlang treibt Bärbel das Schleifrad an, bis sie glaubt, vom »Trillen« verrückt zu werden. So verlegt sie sich aufs Stehlen, während Toni Messer und Scheren schleift. Auch wenn sie nicht immer Geldbeutel oder Taschenuhren erbeutet, sondern manchmal nur Sacktücher oder ein Paar Strümpfe, ist das allemal lohnender. Solange man nicht erwischt wird.

Genau das passiert im November 1764 beim Wochenmarkt in Offenburg. Die ganze Scherenschleifer-Sippe wandert ins Gefängnis. Wer keine amtliche Genehmigung zum Umherziehen hat, steht ohnehin schon mit einem Fuß im »Kittchen«, wie es in der Gaunersprache heißt. Auch Betteln ohne behördliche Erlaubnis ist strafbar. Allerdings: einheitliche Formulare gibt es noch nicht, und es ist ein Leichtes, solche Papiere zu fälschen. Ein schlecht bezahlter Schulmeister, der sich ein Zubrot verdienen will, findet sich allemal. Die Vaganten wissen schon, wo sie suchen müssen. Für die Obrigkeit sind die »Fahrenden«, die etwa ein Zehntel der Bevölkerung ausmachen, ohnehin alles Gauner oder »Jauner« im Sprachgebrauch der Zeit: »Diebsgesindel«, dem man nicht über den Weg traut. Die Vaganten sind in locker zusammenhängenden, wechselnden Gruppen unterwegs. So ist man besser vor den Gefahren der Straße geschützt. Nur eine Minderheit ernährt sich tatsächlich von professionellem Diebstahl und Raub. Die weitaus meisten Vaganten schlagen sich mit einer Kombination aus Betteln, Hausieren, Gelegenheitsarbeit und kleineren Diebstählen durch, so wie die Scherenschleiferfamilie Krämer, die jetzt im Offenburger Knast sitzt. Bärbel sinnt auf Flucht. Wächter kann man überlisten, überreden oder bestechen. Der Stadtwächter, für den sie ab und zu Näharbeiten erledigt, drängt sie, mit ihm zu schlafen. Er gibt ihr den Schlüssel und die Zusage, »er achte nicht darauf, ob sie gehe, sie habe eine Stunde«. Die Flucht missglückt. Der Wächter bezahlt teuer, mit 25 Stockhieben und dem Entzug seines Bürgerrechts. Bärbel und Toni werden nach zehn Wochen Haft zu zwei Jahren Schanzarbeit verurteilt und mit dem Offenburger Stadtzeichen »markiert«. Es wird ihnen auf das linke Schulterblatt eingebrannt, damit sind sie für immer als Ausgestoßene gekennzeichnet. Nach vier Wochen Zwangsarbeit können sie fliehen.

Als Bärbel und Toni 1770 heiraten, ist ihr zweiter Sohn bereits ein halbes Jahr alt. Viele Vaganten leben ohne den Segen der Kirche zusammen, nicht aus Freude am unbürgerlichen Lebenswandel, im Gegenteil, der Trauschein verleiht ihnen eine gewisse Seriosität und bewahrt sie vor den Unzuchtsstrafen, die unverheirateten Paaren drohen. Aber für die Armen, ob sesshaft oder nicht, gelten strenge Heiratsbeschränkungen. Ein ehewilliges Paar muss aus eigener Kraft für seine Kinder sorgen können, das heißt ein Handwerk gelernt haben oder über ein Mindestvermögen verfügen. Damit will die Obrigkeit verhindern, dass eine wachsende Schicht von Armen den Gemeinden zur Last fällt. Allerdings verstehen es die Armen sehr wohl, sich auch ohne den Segen der Kirche zu vermehren. Und manche Geistliche widersetzen sich den Anweisungen der Obrigkeit und trauen auch mittellose Brautpaare, weil sie es als ihre Christenpflicht ansehen oder weil sie ein paar Gulden zusätzlich brauchen können.

Gegenüberliegende Seite: Johann Baptist Herrenberger, genannt »Konstanzer Hans«, begann seine Karriere wie dieser Herr als Hausierer.

Während ihrer zehn Ehejahre erwirbt sich die Schleiferbärbel einen Ruf als geschickte Diebin. Als gute Mutter bringt sie auch ihren Kindern alles bei, was sie zum Überleben auf der Straße können müssen. Zwei Söhne und zwei Töchter hat sie mit dem Toni, die Jüngste kommt im August 1780 zur Welt, kurz bevor Bärbel dem Konstanzer Hans begegnet.

Johann Baptist Herrenberger wird am 31. August 1759 in Oppenau im Schwarzwald geboren. Der Vater, ein gelernter Schuhmacher, stammt aus Konstanz, daher Hansens späterer Gaunername: Konstanzer Hans oder, im Dialekt, Kostanzer Hans. Im Sommer arbeitet der Vater als Tagelöhner im Kloster Allerheiligen, im Winter zieht er über die Schwarzwaldhöfe und flickt den Bauern die Schuhe. Die Mutter flicht Körbe und geht »auf den Bettel«. Der Vater hält sich viel auf seine Ehrlichkeit zugute, denn es ist für arme Leute schwer genug, sich redlich zu ernähren. Mit elf Jahren wird auch Hans zum Betteln geschickt. Später beschäftigt ihn das Kloster als Handlanger bei Bauarbeiten. Gleich mehrere Handwerksmeister hätten den kräftigen, anstelligen Jungen gerne als Lehrling eingestellt, aber der Vater erlaubt es nicht. Lieber schickt er den Sohn als Hausierer mit Andachtsgegenständen auf Wanderschaft.

Beim Anpreisen seiner wundertätigen Ware lernt er zu lügen, was ihm später sehr zustattenkommt, und er knüpft Kontakte mit Kriminellen. Sie leben nach der Devise: »Ich weiß wohl, dass ich einmal hangen muss! Aber was schadt's, ich habe bis dahin lustige Tage.« Ihr Übermut und ihre Kameraderie gefallen ihm. Das ist anders als daheim. Der Vater hält ihn kurz, es gibt mehr Prügel als gute Worte. Eine unausstehliche Familie, findet später auch Bärbel, »weilen keines das andere [habe] leiden können und sie gleich miteinander Händel bekommen haben.«

Zwei erfahrene Gauner nehmen Hans unter ihre Fittiche: der Schultoni und der Bentemer Seppe. Zusammen mit seinen neuen Lehrmeistern verübt Hans die ersten Einbrüche. Anfang 1778 wird er im Harmersbachtal in der Ortenau verhaftet. Hans hat große Angst, weiß aber von seinen Mentoren, wie er sich zu verhalten hat: Nichts gestehen als das, was man ihm ohnehin nachweisen kann! Zeugen verlangen und auch dann noch wacker leugnen! Denn ohne Geständnis kann man ihn nicht verurteilen. Wenn es sein muss, Stockschläge aushalten, mit denen die Untersuchungsbeamten »nachhelfen« dürfen. Und vor allem: niemanden verraten! Damit ihm der Verratene nicht bei nächster Gelegenheit eine Kugel durch den Kopf schießt. Hans kann sich herauswinden.

Nach seiner nächsten Verhaftung wird er nach Rottenburg am Neckar gebracht, das zu Vorderösterreich gehört, und zum Militär gepresst. Dreimal desertiert er, wird verprügelt, muss Spießrutenlaufen. Der dritte Fluchtversuch im August 1779 gelingt. Auf dem Weg nach Freiburg, ins Standquartier seines Regiments, setzt er sich bei St. Märgen ab.

Seine alten Kameraden nehmen ihn mit offenen Armen auf. Hans ist ein Mann mit Potenzial: stark, schnell und gewieft. Alles, was er irgendwo aufschnappt, versteht er bei passender Gelegenheit zu nutzen. Er fürchtet sich vor nichts, und wenn etwas nicht nach Plan läuft, weiß er sich zu helfen. Seine imposante Erscheinung, sein entschlossener Blick, seine dröhnende Stimme, sein ganzes Auftreten genügen oft schon, um Verfolger in die Flucht zu schlagen. Hans legt Wert auf gute Kleidung, nicht nur aus Eitelkeit. Gut angezogen ist man nicht sogleich als Gauner erkennbar und hebt sich von der Masse zerlumpter Bettler und Vaganten ab. Die haben oft nur das, was sie auf dem Leib tragen – und wie es im Steckbrief steht. Hans liebt gutes Essen, feiert gern und lässt sich feiern. Kameraden, die ihm die Führung streitig machen, weist er energisch bis brutal in ihre Schranken. Er ist aufbrausend, aber nicht nachtragend, er ist offen und gerade und »nicht ohne lebhaftes Gefühl für Recht und Unrecht«, wie ihm sein Biograph, der Ludwigsburger Gefängnispfarrer Johann Ulrich Schöll, bescheinigt.

Hans ist noch nicht lange im Geschäft, da führt er eine Neuerung ein. Bisher wurden vorwiegend Krämer, Gastwirte und Bauern bestohlen. Hans regt an, sich auf Pfarrhäuser zu spezialisieren. Dort sei am meisten zu holen und am wenigsten Widerstand zu erwarten. Inzwischen ist Hans 20 Jahre alt und denkt ans Heiraten. Eigentlich möchte er ja lieber ein ehrliches Leben führen, aber dann verweigert ihm der Vater das Heiratsgut, also muss Hans das Geld für den Haus- und Ehestand illegal beschaffen. Dabei wird er verhaftet. Beim Verhör in Tuttlingen gibt er sich als abgedankter Soldat aus, zeigt sich als reuiger Sünder und kommt mit 24 Tagen Arrest und einer Tracht Prügel davon. Inzwischen aber hat der Brautvater von der kriminellen Vergangenheit seines zukünftigen Schwiegersohns erfahren und verbietet die Hochzeit. Wenig später lernt Hans beim Schaffhauser Herbstmarkt die Schleiferbärbel kennen. Er ist 21, sie 35 Jahre alt.

Hans hat sich in kurzer Zeit einen Namen in seiner Branche gemacht. Was für ein Kerl: gut aussehend, temperamentvoll, wagemutig! Und ein besseres Vorbild für ihre kleinen Buben als der klagsame Schleifertoni, ein kleines, dickes Männle mit rundem, rotem Gesicht und Glatzkopf, dem das harte Leben auf der Straße zusehends zu schaffen macht. Bärbel schlägt Hans vor, mit ihrer Familie zu ziehen. Ihr Mann könne ihm das Schleifen beibringen, ein Handwerk ist immer von Nutzen und sei es als Tarnung. Hans willigt ein. Mit Bärbels Ehe steht es nicht mehr zum Besten. Schon mehrmals ist sie »ihrem Manne entloffen« und hat mit andern Liebhabern »zugehalten«, wie es in der zeitgenössischen Behördensprache heißt. Bärbel hat weder Jugend noch Schönheit zu bieten, doch als kluge Strategin erreicht sie ihr Ziel mit anderen Mitteln. Sie verwöhnt Hans nach Strich und Faden, ohne ihn ihre Absicht merken zu lassen. Sie wäscht für ihn, hält ihm die Garderobe in Ordnung, kocht ihm seine Leibspeisen, appetitlich angerichtet. Sie liest ihm nicht nur jeden Wunsch von den Augen ab, sondern erweist sich in kritischen Situationen als Retterin in der Not. Nach wenigen Wochen bewundert er sie rückhaltslos. Jetzt führt sie, wie Biograph Schöll berichtet, ihre schlimme Ehe ins Feld.

»Du siehst, was ich mit meinem Mann ausstehe. Immer ist er voll. Wenn ich ihm die schönsten Kleider anschaffe, so sind sie gleich wieder von ihm versoffen, und noch dazu verrät er mich selbst in der Trunkenheit bei meinen Diebstählen. Länger halt ich's mit ihm nicht aus. Ich will, ich muss mich von ihm trennen.« »Es ist wahr«, meint Hans, »er ist ein schlimmer Mann; ich möchte selbst nicht mit ihm leben.« »Wenn ich einen andern hätte, alles wollt' ich ihm tun.« »Ich glaub es«, versichert Hans, immer noch nicht ahnend, worauf

Die wenigsten »Gauner« lebten von professionellem Diebstahl und Raub. Die meisten schlugen sich mit betteln, hausieren, Gelegenheitsarbeit und kleineren Diebstählen durch. Das Gemälde von Johann Baptist Pflug zeigt den »Roten Metzger« (Mitte) mit Kumpan und Konkubine.

sie hinaus will. »Wenn du mich annehmen wolltest, siehe! das vergnügteste Leben wollte ich dir machen. Du hättest für nichts zu sorgen, dürftest, wenn du nicht wolltest, mit Stehlen dich nicht abgeben, mit allem würd' ich dich versehen, und nie sollte es dir an guter Aufwartung und schöner Kleidung fehlen.«

Hans fühlt sich von dem unerwarteten Antrag überrumpelt. Was soll er tun? Als Partnerin hätte er sich eine Junge, Hübsche vorgestellt. Und Bärbel ist obendrein verheiratet. Auch Gauner haben ihren Ehrenkodex. Paare, ob mit oder ohne Trauschein, werden respektiert. Nicht selten üben verlassene Männer oder die Angehörigen einer sitzengelassenen

Frau blutige Rache. Dennoch gibt es akzeptable Gründe für eine Trennung: wenn jemand keinen angemessenen Beitrag zum Lebensunterhalt leistet, unzuverlässig ist oder wenn frau »mehr Schäg' als Brot bei ihm« gewärtigen muss. Viele Gaunerpaare werden durch das Henkersbeil, den Strick oder eine langjährige Zuchthausstrafe getrennt. Die sesshafte Bevölkerung bindet das Ehegelöbnis de facto auf Lebenszeit, nicht nur unter katholischem Regiment. Auch im protestantischen Württemberg dauert die Ehe meist, »bis dass der Tod euch scheidet«, obwohl Scheidung grundsätzlich möglich ist. Aber bis der Vogt eine Scheidungsklage an die zuständige Abteilung des Stuttgarter Kanzleigerichts weiterleitet, muss viel Schlimmes passiert sein. Prügelnde, trinkende, fremdgehende Ehemänner bekommen eine Disziplinarstrafe, zänkische, verschwenderische, ehebrechende Frauen ebenso. Zerstrittene Eheleute werden vom Kirchenkonvent ermahnt, einträchtig miteinander zu hausen. Ein Scheidungsverfahren ist so hürdenreich und so teuer, dass einfache Leute es gar nicht erst versuchen. Aber wer keine Heimat hat, wer nicht durch gemeinsamen Besitz gebunden ist, wer auf der Straße lebt, kann getrennte Wege gehen.

Hans lehnt Bärbels Antrag ab. Bärbel gibt sich scheinbar zufrieden damit. Schade, aber begleiten und für ihn da sein dürfe sie doch? Da sagt Hans nicht Nein. Den Komfort, den sie zu bieten hat, vermisst er ungern. Sie verstärkt ihren Einsatz: »Alle Tage richtete sie ihm ein kostbares Essen von gefangenen Hühnern zu [...] oder erschien mit einer Flasche Wein [...]. Er trank des Tags ein oder, wenn er wollte, etliche Male Kaffee [...]. Zum Nachtisch drückte sie ihm manchmal einen gefüllten Beutel in die Hand, den sie irgendwo weggebracht hatte, oder legte einen Pack gestohlener Ware vor ihm nieder, die sie ihm zum beliebigen Brauch überließ.« Das süße Leben macht ihn schließlich schwach. »Er wurde ein Opfer ihrer Lüste, wurde ihr Beischläfer«, weiß sein Biograph. Doch nach ein paar Wochen erwacht Hans aus seiner »unglückseligen Betäubung«. Warnungen, Vorwürfe und Spott seiner

Kameraden kommen ihm zu Ohren. Er beginnt sich seiner Gefährtin zu schämen und schickt sie fort, aber Bärbel kommt zurück. »Was machst du schon wieder da?«, fragt Hans ungehalten. »Dich will ich«, erwidert sie leidenschaftlich, »und du musst mich haben, ich lasse nicht von dir. Und wo wirst du es auch besser bekommen als bei mir? Wer wird dir soviel bares Geld und so kostbare Ware schaffen wie ich?« Damit zieht sie eine pralle Geldbörse und eine prächtige Taschenuhr hervor. Dem kann Hans nicht widerstehen. Nicht nur seine Eltern sind gegen die Verbindung, auch seine Kameraden verlangen, er müsse sich von der unpassenden Gefährtin trennen. Aber da geraten sie an den Falschen. Hans ist keiner, der sich etwas vorschreiben lässt. »Jetzt behalt ich sie erst [recht]«, schreit er hitzig, »und wer mir etwas anders befehlen will, den schieße ich auf der Stelle nieder!« Aus Trotz bekennt er sich von nun an zu ihr und nennt sie sein Weib.

Beruflich sind die beiden ein starkes Team. Die Schleiferbärbel hat ihm 15 Jahre Erfahrung voraus. Aber auch Bärbel profitiert. Bisher hat sie sich nur als »ausgelernte und meistermäßige Diebin« hervorgetan, mit Hans zusammen beteiligt sie sich nun auch an Einbrüchen. Schöll beschreibt ihren *Modus Operandi:* »Mit der Miene eines ehrlichen Weibes schlich sie in die Häuser, spähte mit verstohlenen Blicken alle Winkel derselben aus und wusste verborgene Schätze durch treuherzige Unterredungen mit den Leuten oft unter der Maske einer Krämerin so geschickt zu entdecken, um sie zur bequemen Zeit zu holen, als offen da liegende Sachen unversehens wegzunehmen.« Ihrem scharfen Blick entgeht nichts, was sich zu stehlen lohnt. Die Tipps stammen von ihr, die Ausführung ist eher Männersache. Diebstahl ist Teamarbeit, so wie beim Einbruch in einen Krämerladen in Aulfingen im Sommer 1781: Ein Komplize steigt ein, reicht Hans, der auf der Leiter steht, die Waren zum Fenster heraus. Der wirft Bärbel die Sachen hinunter, die steckt sie in einen Sack. Ein Vierter hält währenddessen mit einem Stecken bewaffnet Wache. Die Beute besteht aus Männer- und Frauenkleidung, Schuhen, Schuhschnallen, Samt- und Ohrenkappen, Hüten, einer Geige, einer Pfeife und einem Rosenkranz. Bärbel bekommt ein Viertel der Beute. Die Schuhschnallen werden sofort versilbert, der Erlös »in einem Beckenhaus verzehrt«. Überhaupt werden die Erträge krimineller Aktivitäten gerne »versoffen und vertanzt«. Doch nicht jeder Einbruch gelingt. Wenn ein Hund anschlägt oder ein Hausbewohner aufwacht, ist sofortiger Rückzug angesagt. Alles andere wäre zu riskant. Und nicht immer wird die Beute redlich geteilt, oft gibt es hinterher Zank und Schlägereien, Verfolgungsjagden und Rachefeldzüge.

Wenn es um ihren Hans geht, gibt es für Bärbel kein Halten. Rivalinnen geht sie an die Kehle. Und wenn er bei Raufhändeln in Bedrängnis gerät, kommt Bärbel ihm mit dem Messer zu Hilfe. Als ein in jeder Hinsicht »äußerst verwegenes Weibsbild«, das »schon mehrere mit Messern verwundet habe«, wird sie in der Schwyzer Diebesliste von 1787 charakterisiert. Oft warnt die wachsame Begleiterin ihren Hans vor bewaffneten Patrouillen aus Soldaten und Bauern auf Gaunerjagd (den »Streifern«) und bewahrt ihn vor der Festnahme. Manchmal springt auch er ihr bei. Sein Biograph Schöll schildert geradezu gerührt »einen Liebesdienst, wie ihn nur der zärtlichste und sorgsamste Ehemann der geliebtesten Gattin erweisen kann. Sie ward auf einem Hof, wo sie mit Sicherheit über einen Tag nicht bleiben konnte, so gefährlich krank, dass sie auf keinen Fuß stehen konnte. Er nahm sie, um sie nicht Häschern preiszugeben, auf seinen Rücken, trug sie eine Stunde weit an einen sicheren Ort und wartete ihr da in ihrer Krankheit mit der äußersten Sorgfalt, unerachtet er kaum vorher mit ihr zerfallen war und sein Vater, der damals mit ihm ging, ihm unaufhörlich mit Bitten und Drohen anlag,

Gegenüberliegende Seite: Als kundige Markt- und Taschendiebin dürfte die Schleiferbärbel einen präparierten Rock mit verborgener Tasche für die Beute getragen haben. Der im Bild dargestellte Spezial-Rock wurde für eine Ausstellung zum Räuberwesen in Südwestdeutschland nach Vorlage von F. C. B. Avé-Lallemant geschneidert.

die Kanaille, wie er sie nannte, liegen zu lassen.« In Bärbels Version der Geschichte tut Hans genau das. Er lässt die Fieberkranke liegen, sie wird von den Streifern aufgegriffen und festgenommen. Aber das hindert sie nicht daran, zu ihm zurückzukehren, sobald sie wieder auf freiem Fuß ist, denn auf der Flucht ist jeder sich selbst der Nächste.

Glücklich werden Hans und Bärbel nicht miteinander. Die Liebe ist allzu einseitig. Oft hat Hans Bärbel satt und schickt sie fort oder er setzt sich ab. Sie findet ihn immer wieder. Unter den Fahrenden kennt man sich, man weiß, wer mit wem unterwegs ist und in welcher Gegend. »Warum bist du so weggeloffen?«, fragt sie ihn mit zärtlichem Vorwurf. Jedes Mal bringt sie ihn dazu, sie wieder »anzunehmen«, was Hans sich selbst verübelt und ihn gegen sie aufbringt.

Als sie ihn wegen eines Tanzes mit einer anderen eifersüchtig zur Rede stellt, macht er Anstalten, ihr die Nase abzuschneiden. Nur auf inständiges Bitten ihrer Kinder und seiner Mutter lässt er von ihr ab. Ein anderes Mal verprügelt er Bärbel und jagt sie davon, weil sie sich weigert, bei einem Sturm mit ihm über den Bodensee zu fahren, als er zum Kreuzfest nach Weingarten will. Trotzdem empfindet Hans »eine gewisse Zuneigung zu ihr«.

Das ändert sich erst, als ein Kamerad ihm nach einem Saufgelage mit einem Säbelhieb die rechte Backe vom Ohr bis zur Oberlippe spaltet, so dass ihm eine entstellende und verräterische Narbe bleibt. Hans glaubt, Bärbel habe den Raufbold angestiftet. Wieder verstößt er sie, wieder kommt sie zurück, erreicht aber nur, »dass er sie wie eine Fremde in seiner Gesellschaft duldete«.

Als Hans einige Monate lang im Gefängnis einsitzt, tut sich Bärbel mit einem anderen zusammen. Als er wieder auf freiem Fuß ist, fürchtet sie Hansens Rache und sagt, der andere habe sie gezwungen, mit ihm zu gehen. Der entschuldigt sich damit, dass er geglaubt habe, für Hans gebe es keine Hoffnung mehr auf Freiheit. Er will ihm Bärbel »zurückgeben«, aber Hans will sie nicht mehr haben. Doch auch wenn ihm nichts mehr an

Ein »eiserner Hosenträger« diente als Sicherungsmaßnahme, zur Disziplinierung aufsässiger Gefangener und als Strafverschärfung.

Bärbel liegt, verletzen die Sticheleien der Kameraden seinen Stolz. Er sinnt auf Rache und will nur noch abwarten, bis er nach der langen Haft wieder bei Kräften ist. Man sieht: Auch unter Gesetzlosen gibt es Regeln. Und die, die das Verhältnis von Mann und Frau betreffen, unterscheiden sich nur wenig von denen der ehrbaren Gesellschaft, wo nach patriarchalischem Brauch die Frau dem Mann gehört.

Gemeinsam zieht die Bande weiter. Nach einem lohnenden Tuchdiebstahl in der Nähe von Bischofszell im Kanton Thurgau werden sie von Streifern aufgespürt. Zwei Kameraden retten sich durch einen Sprung in den Fluss, Hans hält sich in einer Baumkrone versteckt, Bärbel fällt in die Hände der Streifer und mit ihr die Beute. Sie wird nach Frauenfeld zum

Verhör gebracht, gibt sich als schwanger aus und kann sich herausreden, so dass sie ohne die übliche Tracht Prügel wieder freikommt. Hans glaubt, Bärbel habe den Tuchdiebstahl verraten und ihm außerdem seinen (falschen) Pass gestohlen. Voller Erbitterung will er sie »verschießen« und spannt den Hahn. »Schieß doch, wenn ich's verschuldet habe«, sagt Bärbel unerschrocken. Hans drückt ab, und nur weil ein Kamerad ihm in den Arm fällt, geschieht kein Unglück. Er erklärt sie »feierlich und mit dem nachdrücklichsten Ernst für verstoßen«. Aber kaum hat er sich von ihr losgesagt, da werben seine Kameraden um sie, denn als fähige Gaunerin ist sie eine begehrte Partie. Das kann Hans nicht hinnehmen, also darf sie wieder mit ihm gehen. Doch beim geringsten Anlass misshandelt er sie. Es vergeht kaum ein Tag ohne Schläge. Hans ist entschlossen, ihr, »so bald sie ihm nur den mindesten Streich spielen würde, die Nase abzuschneiden oder sie zu gar ermorden. Gern hätte sie ihn jetzt verlassen, da sie alle Hoffnung dahin sah, ihn wieder zu gewinnen: aber sie durfte es ohne Lebensgefahr nicht wagen, sich von ihm ohne seine erklärte Einwilligung zu entfernen.« Die turbulente Beziehung endet erst, als Bärbel mit einigen anderen Ende August 1782 bei Alpirsbach festgenommen und nach Sulz ausgeliefert wird.

Der dortige Oberamtmann Georg Jakob Schäffer setzt seinen Ehrgeiz daran, die Delinquenten zu überführen. Als Kriminalist der neuen Schule ist ihm klar, dass man das Gaunerunwesen nur im Verbund sinnvoll bekämpfen kann, indem man Informationen mit auswärtigen Kollegen austauscht, einander zuarbeitet und Ergebnisse teilt. Schäffer sammelt alle kursierenden Gauner- und Diebeslisten und wertet sie aus, denn dort findet man oft die entscheidenden Hinweise zur Identifikation gefangener Gauner. Von Anfang an hegt er den Verdacht, dass es sich bei seinen Gefangenen um »solche von der allergrößten Diebesware« handeln müsse. Er verhört sie streng und akribisch, fordert Kopien von auswärtigen Untersuchungsprotokollen an, um die Aussagen der Delinquenten zu verifizieren; »ohne Unterlass bei Tag und Nacht« und

In Sulz am Neckar amtierte der ehrgeizige Kriminalist Georg Jakob Schäffer. Dort saß der Konstanzer Hans in Haft, die Schleiferbärbel konnte fliehen.

ohne Rücksicht auf seine Gesundheit betreibt Schäffer seine Ermittlungen – nach Feierabend, sonntags und sogar über Weihnachten. So sammelt er Belastungsmaterial, vor dem die Angeklagten schließlich kapitulieren müssen. Monatelang verleugnet Bärbel ihre Identität. Sie nennt sich Margaretha Baumännin und hat ein (fast) reines Gewissen. Sie gibt nur den einen Diebstahl zu, dessentwegen sie verhaftet wurde. Aber die Aussagen ihrer Mithäftlinge belasten sie, so dass Schäffer ihr schließlich 40 Diebstähle nachweisen kann. Im Januar 1783 bricht sie weinend zusammen und gibt zu, die berüchtigte Schleiferbärbel zu sein.

Ein paar Wochen später kann sie aus dem Sulzer Gefängnisturm fliehen. Im Morgengrauen – das Stadttor wird gerade wegen eines Wagens kurz geöffnet – bittet sie auf den Abtritt gehen zu dürfen und nutzt den unbewachten Augenblick, um durchs Tor zu schlüpfen, mitsamt ihren Fesseln, die den rechten Fuß mit dem linken Arm verbinden. Sie hält sich ganz in der Nähe versteckt, bis die Suchmannschaften ausgeschwärmt sind, und verbringt die nächsten zwei Tage und Nächte im Wald. Als sie schließlich im Hof eines Webers Unterschlupf findet, ist sie immer noch in Ketten. Im Gefängnis hat sie ein Gelübde abgelegt, wenn die Muttergottes ihr zur Flucht verhelfe, werde sie ihr ihre Ketten in der Wallfahrtskapelle auf dem Palmbühl bei Schömberg darbringen. Nun erfüllt sie das Gelöbnis. Die Kirche schickt die ungewöhnliche Votivgabe nach Sulz zurück, wo Schäffer sich gewaltig ärgert. Nach all seiner Mühe, »sie zu einem reinen freiwilligen Geständnis zu bringen«, sieht er sich um seinen Erfolg betrogen. Mehr Glück wird ihm mit dem Konstanzer Hans beschieden sein.

Bärbel unternimmt keinen Versuch mehr, zu ihrem Liebhaber zurückzukehren. Sie »geht« jetzt mit dem Starken Hans. Johann Niklaus Hölzle, so sein bürgerlicher Name, ist ein gesuchter »Mörder und Erzjauner« und der Taufpate ihres jüngsten Kindes. Bärbel, die ihren Hans immer zu finden wusste, versteht es jetzt auch, ihm aus dem Weg zu gehen. Dem Konstanzer Hans bleibt nicht mehr viel Zeit in Freiheit. Inzwischen ist er mit einer anderen Frau zusammen. Seine neue Gefährtin Anna Maria Göhringer, eine Witwe mit einem kleinen Kind und einem Vermögen von 100 französischen Talern, versteht sich aufs »Medikastern«. Sie verdient ihr Brot »ehrlich« als Wanderheilerin. Dass Hans ein Gauner ist, missfällt ihr zwar, aber sie bleibt bei ihm, nachdem ihre Mitgift verbraucht ist. Im Januar 1783 wird sie verhaftet und nach Sulz gebracht. Hans kümmert sich um ihr Kind, bis auch er am 12. August in Gengenbach dingfest gemacht wird. In Mahlberg am Oberrhein verurteilt man ihn zu einer Zuchthausstrafe. Auf dem Weg ins Pforzheimer Zuchthaus wird er auf vorderösterreichischem Gebiet als Deserteur der kaiserlichen Armee erkannt und ins Militärgefängnis nach Freiburg verbracht. Schäffer erfährt aus der Zeitung von seiner Festnahme und beantragt seine Auslieferung an Württemberg. Im Februar 1784, ein Jahr nach Bärbels Flucht, trifft er dort ein. Unterwegs wird der prominente Gauner bestaunt und wie ein Held gefeiert.

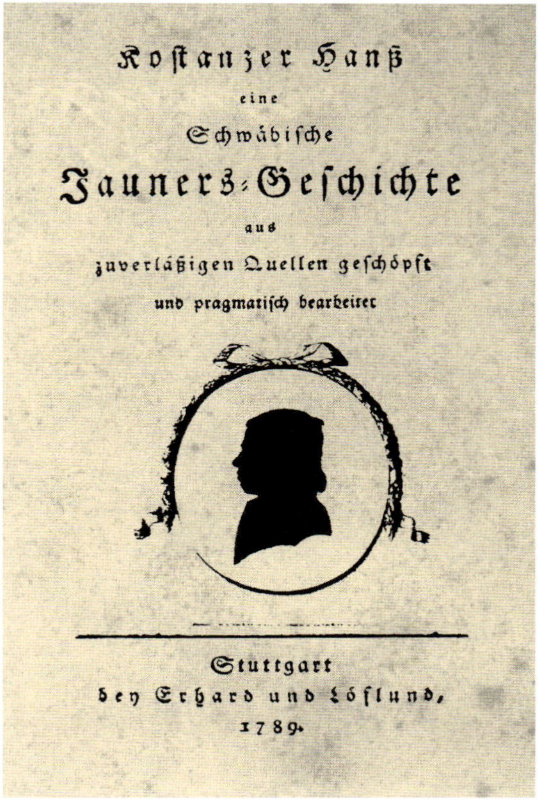

Kostanzer Hanß
eine
Schwäbische
Jauners-Geschichte
aus
zuverläßigen Quellen geschöpft
und pragmatisch bearbeitet

Stuttgart
bey Erhard und Löflund,
1789.

Im Ludwigsburger Zuchthaus diktierte Hans dem Gefängnispfarrer Johann Ulrich Schöll seine Memoiren. Sie erschienen noch zu seinen Lebzeiten.

Hans hat zwar niemanden umgebracht, aber sein Sündenregister reicht nach damaliger Gesetzeslage allemal für ein Todesurteil. Er sieht nur eine Chance, mit dem Leben davonzukommen: ein umfassendes Geständnis. Und er gesteht 136 nächtliche Einbrüche, mindestens 300 Tagdiebstähle und mehrere hundert misslungene Versuche. Oberamtmann Schäffer interessiert sich nicht nur für seine Delikte, sondern auch für den Menschen Johann Baptist Herrenberger, für seinen Werdegang, dafür, was ihn zum Gauner gemacht hat. Er behandelt Hans mit dem Respekt, der einem ebenbürtigen Gegenspieler zukommt. Für diese Zuwendung ist Hans sehr empfänglich. Für Schäffer wiederum gibt Hans das beste Beispiel dafür ab, »wie viel [...] auch an den allerrohesten Menschen durch Kultur auszurichten sei«. Drei Geistliche kümmern sich um Hansens Seelenheil. Bald ist der bekehrte Gauner reif für seine zweite Karriere: als Informant. Er nennt und beschreibt rund 500 Gaunerinnen und Gauner und verrät, wo man ihrer am besten habhaft wird. Zudem denunziert er an die hundert Unterschlupfe, Diebeswirte und Hehler. Aus dieser überreich sprudelnden Informationsquelle speist sich Schäffers 1784 veröffentlichte Sulzer Diebesliste, die ihm den Ruf eines erstklassigen Kriminalisten einträgt.

Und Schäffer zeigt sich erkenntlich. Hans kommt mit dem Leben davon und wird zu lebenslangem Zuchthaus verurteilt. Mit gerade 25 Jahren tritt er im September 1784 seine Strafe an. Er ist jetzt einer von den Guten, und er macht sich nützlich. Er identifiziert gefangene Gauner, sagt als Zeuge gegen sie aus, zieht mit auf Streife und verfasst ein Wörterbuch des Jenischen (der Gaunersprache), nachdem er Schreiben gelernt hat. Schäffer würde ihn gerne als Hatschier (Häscher) einsetzen, aber der Herzog traut dem gewesenen Sträfling die nötige moralische Standfestigkeit nicht zu. Hans selbst führt Gesundheitsgründe ins Feld. Und vermutlich schwant ihm, dass mancher noch auf freiem Fuß lebende Kumpan eine Rechnung mit ihm offen hat und er »draußen« seines Lebens nicht sicher wäre. 1788 wird er vorzeitig aus der Haft entlassen. Sein Gnadenbrot verzehrt er im Ludwigsburger Armenhaus. Noch zu seinen Lebzeiten erscheint 1789 die Biographie, die der Ludwigsburger Zuchthauspfarrer Johann Ulrich Schöll über den »Kostanzer Hans« geschrieben hat. Für Schöll ist die Schleiferbärbel Hansens böser Geist. Ihr gibt er die Hauptschuld an der Verbrecherkarriere des Konstanzer Hans. Diesen hat die Schleiferbärbel nie mehr ganz losgelassen: »Auch jetzt noch konnte er nicht ohne eine gewisse leidenschaftliche Hitze an dieses Weib denken oder von ihr sprechen hören«, berichtet Schöll.

Hans stirbt am 3. September 1793 nach langer Krankheit, ein knappes halbes Jahr nach der Schleiferbärbel. Die muss noch erleben, dass ihr 17-jähriger Sohn Bastian in Schwyz wegen Mordes hingerichtet wird. Im September 1789 wird sie selbst ins Pforzheimer Zuchthaus eingeliefert, wo sie eine zehnjährige Strafe verbüßen soll. Dort erhängt sie sich im Februar 1793 an einer Türangel.

»Meine Verbindung mit ihr hatte etwas Romantisches, einer Entführung Ähnliches«

Bewacht, beschützt, gefangen?

Leonardus Cornelius van der Valck und Sophia Botta – das »Dunkelgrafenpaar«

Als sich im Herbst 1803 ein vornehmes Paar samt Diener in Ingelfingen im Haus des Hofapothekers Rampold einmietete, einem der schönsten und stattlichsten Gebäude des Ortes, verwunderte das zunächst niemanden. Nach der Französischen Revolution und während der Koalitionskriege gehörten durchreisende Emigranten und Kriegsflüchtlinge an vielen Orten zum Alltag, auch wenn es ein so abgelegener wie das hohenlohische Residenzstädtchen war. Doch bald waren die Marotten der Neuankömmlinge Stadtgespräch. Der Graf – der noble, gebieterisch auftretende Fremde musste ein Aristokrat sein – zahlte die Miete stets eine Woche im Voraus und verlangte, dass immer Postpferde bereitstanden. Die Kammerjungfer durfte die Zimmer der gnädigen Frau nur zu ganz bestimmten Zeiten betreten und musste vorher um Erlaubnis nachsuchen. Die Dame selbst bekam sie, wenn überhaupt, nur verschleiert zu Gesicht. »Wenn sie [die Gräfin] Tritte auf der Treppe hörte, flüchtete sie in ihr inneres Gemach, das sie hinter sich verschloss. Sie soll viel geweint haben. Wenn sie am Arme ihres Gatten spazieren ging oder wenn sie mit ihm ausfuhr, war sie verschleiert oder trug eine grüne Brille«, erzählte man sich später.

Die Ingelfinger Honoratioren, die sich über den illustren Zuzug gefreut haben mochten, erfuhren eine herbe Enttäuschung. Graf und Gräfin Vavel machten keine Besuche und empfingen auch keine. Lediglich mit Apotheker Rampold unterhielt sich der Graf, wobei er sich als umfassend gebildet und bestens über die Zeitläufte informiert erwies. Auch von Philipp Scharr, dem Kammerdiener, Kutscher und Vertrauensmann, erfuhren die Ingelfinger Bürger nichts. Der Diener gab sich ebenso unnahbar und zugeknöpft wie der Herr. Immerhin profitierten die örtlichen Kaufleute und Handwerker, denen es nach der Auflösung des fürstlichen Hofes im Jahr 1796 nicht gerade glänzend ging, vom gehobenen Lebensstil der Fremden und wussten deren »große Pünktlichkeit und Redlichkeit im Bezahlen« sehr zu schätzen.

Gelegentlich sah man die Dame beim Spaziergang, stets in Begleitung des Grafen, im Park unterhalb des Schlossgartens am Kocher. Dort gab es einen kleinen Irrgarten mit Pavillons, eine Pappelallee und einen kleinen japanischen Tempel, »der zu einem Ruheplatz dient, von wo aus man die herrlichste Ansicht vom Tal hinauf und hinab hat und auch im heißesten Sommer immer frische kühle Luft herwehet«. Sie waren entweder früh am Morgen oder spät am Abend unterwegs, um Begegnungen zu vermeiden. Und immer war die Gräfin verschleiert. Niemand wusste, wie sie aussah, nur der kleine Sohn des Geheimrats Kraus. Der erblickte sie eines Tages, als sie beim Überschreiten eines Stegs ihren Schleier hochnahm. Die Dame erschrak, ließ den Schleier herunter und strich dem Kleinen übers Haar. Der war tief beeindruckt von der Erscheinung: Jung und schön war sie, mit großen Augen. Als er später in einer Zeichenstunde ein Frauenbildnis zu Gesicht bekam, rief er verblüfft: »Das ist ja meine Gräfin Vavel!« Das Porträt stellte »Madame Royale« dar: Marie Thérèse Charlot-

Die wenigen Augen-Zeugen, denen ein Blick auf das unverhüllte Gesicht der Dunkelgräfin vergönnt war, bemerkten eine Ähnlichkeit mit der Bourbonenprinzessin Marie Thérèse. Das Bild zeigt die Königstochter um 1793 als Gefangene der Revolution.

te de Bourbon, die Tochter des enthaupteten französischen Königspaares Ludwig XVI. und Marie Antoinette. Jahrelang war sie in Paris im Temple gefangen gehalten worden, ehe sie 1795 im Austausch gegen französische Kriegsgefangene nach Österreich ausreisen durfte. 1799 heiratete sie ihren Vetter, den Herzog von Angoulême. Als einziges überlebendes Kind

Wenn die Vertauschungstheorie stimmt, ist das schon nicht mehr die echte Madame Royale: »Marie Thérèse« im Jahr 1796.

des Königspaares wurde Marie Thérèse zur Galionsfigur der Royalisten, die für die Rückkehr der Bourbonen auf den französischen Thron kämpften.

Doch zurück nach Ingelfingen: Mitte März 1804 reisten die geheimnisvollen Fremden ganz plötzlich wieder ab. In seinem Monatsbericht ließ Hofrat Braun seinen abwesenden Landesherrn wissen, »dass der so genannte Herr Louis de Vavel mit seiner Frau Gemahlin und Sack und Pack vor 14 Tagen nachts 2 Uhr ganz in der Stille ab- und gegen Würzburg gezogen ist; dies, sein und seiner Gemahlin misstrauisches, verborgenes Betragen und der Zeitpunkt seines Wegziehens und der entdeckten Verschwörung gegen die französische Regierung machen die Vermutung nicht ganz unwahrscheinlich, dass er mehr oder weniger Wissenschaft davon gehabt hatte«. Und weiter: »Ob und wie viel das allgemeine Gerücht Wahrscheinlichkeit hat, dass [Vavel] der Herzog von Angoulême und seine Gemahlin folglich die Tochter des guten unglücklichen Königs von Frankreich sei, will ich nicht entscheiden, obgleich ihr beiderseitiges Alter, ihre kinderlose Ehe und manches andere es mehr zu unterstützen als zu widerlegen scheinen.«

Tatsächlich hielt sich die Herzogin von Angoulême im Frühjahr 1804 aber nicht im Hohenlohischen auf, sondern weilte im lettischen Mitau und in Warschau. Aber die Saat für das Gerücht war ausgesät, dass es sich bei der geheimnisvollen Verschleierten um Madame Royale, die französische Königstochter, handeln müsse. Die wenigen Augen-Zeugen, denen im Lauf der Jahre ein, wenn auch nur kurzer, unverhüllter Blick auf das Antlitz der Dame vergönnt war, bemerkten jedenfalls eine Ähnlichkeit mit der Bourbonenprinzessin, deren in Stahl gestochenes Abbild sich großer Verbreitung erfreute. Aber wie war das möglich? Ganz einfach: Die echte Prinzessin musste vertauscht worden sein.

Im Jahr 1852 wurde diese Hypothese das erste Mal und mit aller gebotenen Vorsicht öffentlich angedeutet: »Das Alter der Dame [...] würde mit dem der Tochter Ludwigs XVI. zusammenstimmen und es würde einem Romandichter nicht schwer werden, eine Intrige zu erfinden, wodurch diese echte Königstocher, halb mit Gewalt, halb freiwillig, ins Schloss nach Eishausen verbannt und eine untergeschobene Herzogin von Angoulême an ihre Stelle gesetzt würde.« Aber nicht nur Romandichter nahmen sich der Geschichte an. Generationen von Historikern versuchten und versuchen, nachzuweisen, dass die junge Frau, die Ende 1795 in Hüningen bei Basel in die Obhut ihrer habsburgischen Verwandten gegeben wurde, nicht die Tochter Ludwigs XVI. und Marie Antoinettes war. Gründe dafür wurden mehrere genannt: Die echte Madame Royale sei nicht mehr präsentabel gewesen. Traumatisiert durch jahrelange grausame Gefangenschaft, vielleicht sogar verführt oder vergewaltigt und geschwängert von einem ihrer Bewacher, so habe die französische Regierung die Prinzessin nicht zu ihren Verwandten schicken wollen. Oder aber die Regierung habe verhindern wollen, dass Marie Thérèse womöglich einen österreichischen Erzherzog heiraten würde, der dann Ansprüche auf den Thron von Frankreich erhöbe. Oder die Machthaber hätten ein politisches Faustpfand gegen die Feinde Frankreichs behalten wollen. Deshalb habe man die 17-jährige Prinzessin gegen die gleichaltrige Ernestine Lambriquet ausgetauscht. Sie war als Spielgefährtin der Prinzessin mit ihr zusammen aufgewachsen, war vielleicht sogar die uneheliche Tochter Ludwigs XVI., und sie kannte die Verhältnisse am französischen Hof. Über ein Netzwerk von Freimaurern habe man den Austausch bewerkstelligt. Es sei also Ernestine Lambriquet gewesen, die nach der Heirat als Herzogin von Angoulême weiterlebte, während die echte Madame Royale mit ihrem Begleiter einen Platz suchte, wo sie in ländlicher Stille ihren Frieden finden konnte. Den hätte sie nach langjähriger Irrfahrt 1807 im thüringischen Hildburghausen gefunden, wo sie bis zu ihrem Tod ein Leben in strengster Abgeschiedenheit und ständiger Angst vor Entdeckung geführt habe.

Beweise für diese Annahme gibt es nicht, und für jedes Argument, das sie stützt, lässt sich ein ebenso überzeugendes Gegenargument ins Feld führen. Warum sollte ein junger, dazu sehr vermögender, revolutionär gesinnter Mann seine vielversprechende Zukunft einer Bourbonenprinzessin opfern und sich sein ganzes Leben lang in der deutschen Provinz vergraben? Warum hielt er sich überhaupt mit ihr in Deutschland auf, das spätestens seit der Gründung des Rheinbundes im Jahr 1806 ein gefährliches Pflaster für eine Angehörige des Königshauses sein musste? Die Mitgliedsstaaten, zu denen auch das Herzogtum Sachsen-Hildburghausen gehörte, standen unter der Kontrolle Frankreichs. Ein gut organisierter Geheimdienst überwachte das Kommen und Gehen verdächtiger und unverdächtiger Personen. Dessen Aufmerksamkeit wäre ein Paar, das so offensichtlich etwas zu verbergen hatte, sicher nicht entgangen. Napoleon selbst hatte 1804 gesagt, dass es in Frankreich weder »Frieden noch Ruhe geben würde, bis zu dem Moment, wo das letzte Individuum der bourbonischen Rasse ausgelöscht ist«. Den Herzog von Enghien, einen nahen Verwandten des Königshauses, hatte Napoleon unter dem Vorwand, er sei an einer Verschwörung gegen ihn beteiligt gewesen, aus dem badischen Ettenheim entführen und hinrichten lassen. Auf die Aufdeckung dieser Verschwörung spielte Hofrat Braun in seinem Brief an den Fürsten von Hohenlohe-Ingelfingen an. In ihr vermutete er die Ursache für die überstürzte Abreise des geheimnisvollen Paares. Dafür gibt es aber auch eine näher liegende Erklärung: Karl Friedrich von Baden hatte am 16. März 1804, einen Tag vor der Flucht der Fremden, angeordnet, französische Emigranten künftig wie Durchreisende zu behandeln. Das bedeutete das Ende der bis dahin gewährten dauerhaften Aufenthaltsgenehmigung. Ingelfingen lag nahe der badischen Grenze, und für den leicht verstörbaren Grafen mochte das Grund genug sein, um seine Zelte in Ingelfingen abzubrechen.

Aber warum blieb das Paar überhaupt in Deutschland? Warum suchte es nicht Schutz in England, wo es viel sicherer gewesen wäre? Und warum tauchten die beiden nicht in der Anonymität einer Großstadt unter, anstatt sich auf dem Land, wo jeder jeden kannte, durch ihr bizarres Verhalten ins Gerede zu bringen? Vor allem aber krankt die Verwechslungshypothese an der Tatsache, dass Ernestine Lambriquet nachgewiesenermaßen in Frankreich lebte und starb, eine passende Ersatzperson für Madame Royale somit gar nicht zur Verfügung stand.

Doch auch ohne eine vertauschte Prinzessin ist die Geschichte des sogenannten Dunkelgrafenpaars brisant genug. Die Iden-

tität der Dunkelgräfin ist bis heute ein ungelöstes Rätsel, die des Dunkelgrafen wurde bald nach seinem Tod enthüllt. Es handelte sich um den 1769 in Amsterdam geborenen Leonardus Cornelius van der Valck. Die Familie ein altes Patriziergeschlecht, der Vater, mit dem er sich zerstritt, ein erfolgloser Kaufmann, die Großmutter eine reiche Frau, die ihn protegierte. Nach einem Jurastudium in Deutschland ging er 1792 nach Paris. Dort verkehrte er in revolutionären Kreisen. Nach einigen Jahren als Offizier der Revolutionsarmee und in preußischer Kriegsgefangenschaft trat er 1798 als Gesandtschaftssekretär der Batavischen Republik in den diplomatischen Dienst.

Leonardus Cornelius van der Valck (1769–1845), der Dunkelgraf.

Das Jahr 1799, das Napoleon Bonaparte an die Macht brachte, war nicht nur für Frankreich ein Schicksalsjahr, sondern auch für van der Valck. Denn kaum hatte er seine Diplomatenkarriere begonnen, da kündigte er seinen Dienst auch schon wieder auf. Seine Großmutter war gestorben und hatte ihm ein beträchtliches Vermögen hinterlassen. Van der Valck dachte, wie man aus Briefen weiß, ans Heiraten. Aber so weit kam es nicht, anstatt sich niederzulassen, begann er ein unstetes Reiseleben. Der ehemalige Revolutionär nahm nicht nur einen Adelsnamen an – er nannte sich jetzt Louis Vavel de Versay -, sondern auch den aufwändigen Lebensstil eines Aristokraten. In jenem Jahr, so deutete er später an, sei auch die Frau in sein Leben getreten, von der erst ihr Tod ihn trennte. Sie muss damals etwa 20 Jahre alt gewesen sein, neun Jahre jünger als van der Valck. Durch einen Eid sei er an sie gebunden gewesen, bekannte er später. Ob das der Wahrheit entspricht, weiß man nicht. Wie überhaupt in dieser rätselhaften Geschichte die Trennlinie zwischen Tatsachen und legendenhafter Überlieferung nicht immer scharf gezogen werden kann.

Van der Valcks Begleiterin nannte sich Sophie, das heißt sie unterzeichnete einen Brief an ihn mit diesem Namen. Ihre Nationalität kennt man nicht, sie sprach deutsch und französisch. Den wenigen, die sie unverschleiert sahen, fiel ihre Schönheit auf, ihre feinen Gesichtszüge, ihre zarte Gestalt, ihr graziöser Gang, ihre vornehme Erscheinung. Van der Valck verbeugte sich vor ihr mit dem Hut in der Hand, ließ ihr den Vortritt, half ihr in die Kutsche – alles, wie es sich für einen Kavalier gehörte, nicht notwendig die Ergebenheitsbezeugung gegenüber einer Hoheit. Er erwähnte sie zu ihren Lebzeiten so gut wie nie, weder in Gesprächen noch brieflich. Als sein langjähriger Bevollmächtigter und Mittelsmann, der Geschäfte für ihn tätigte, sich einmal ein Herz fasste und fragte, wer denn die Dame sei, beschied van der Valck ihn kühl: »Ich halte es für gut, wenn Sie in Wahrheit sagen können, dass Sie es nicht wissen.« Der langjährige Diener Philipp Scharr ließ sich immerhin einmal zu der Äußerung herbei: »Sie hat kein Vermögen, aber sie ist die Herrin über alles.«

Im Bericht des Ingelfingener Hofrats aus dem Jahr 1804 trat die geheimnisvolle Frau zum ersten Mal in Erscheinung, dann erst wieder im Januar 1807 in Meiningen. Dort fragte van der Valck bei den Behörden an, »ob es einem Fremden gestattet sei, mit seiner Gattin in Meiningen äußerst zurückgezogen zu leben, ohne dass die Polizei nach Namen, Stand und Gewerbe frage«. Was dort ihm verweigert wurde, gestattete die Obrigkeit im nahen Hildburghausen, wo die zwei Reisenden im Februar 1807 eintrafen und sich für die nächsten Jahrzehnte niederließen. In wechselnden Domizilen, denn eine kleine Störung genügte schon, um das Paar zu vertreiben. Immer weiter verlegte van der Valck den Aufenthaltsort aus dem Zentrum an den Stadtrand, bis er schließlich im September 1810 im einsam gelegenen Schloss Eishausen, anderthalb Wegstunden von Hildburghausen entfernt, eine dauerhafte Bleibe für sich und seine Gefährtin fand. Im Lauf der Jahre kaufte er zwei Anwesen in der Stadt, um dort mit seiner verschleierten Begleiterin Kaffee zu trinken und im Berggarten einer Villa mit schöner Aussicht spazieren zu gehen.

Das exzentrische Paar führte das Leben reicher Landedelleute. Man war nobel eingerichtet, trank edle Weine und feine Liköre und speiste delikat. Van der Valck hielt mehrere Zeitungen und Journale und besaß als vielseitig interessierter Mann eine reich bestückte Bibliothek. Nachts las er Sophie mit lauter Stimme in fremder Sprache aus den Zeitungen vor. Madame und Monsieur standen um zwei oder drei Uhr morgens auf. Im Schloss blieb Sophie unverschleiert, trug aber eine grüne Brille. Sie liebte Tiere und Musik, spielte Klavier und sang. Traurige Lieder. Das hörte van der Valck nicht gerne und untersagte es ihr. Bei schönem Wetter unternahmen sie morgens um zehn eine Ausfahrt mit der Kutsche. Später mietete van der Valck ein an das Schloss grenzendes Gartengrundstück, das mit einem hohen Bretterzaun gesichert und einer großen Hecke gegen Blicke von außen abgeschirmt war. Sophie trug Kleider nach Pariser Mode, wenn sie im »einsamen, düster beschatteten Garten zu Eishausen« spazieren ging. Begleitet wurde sie von einer Dienerin, die ihr die Gartentür aufschloss. Sodann musste die Dienerin sich umdrehen, damit sie Sophie, wenn sie eintrat, nicht ins Gesicht schauen konnte. War Sophie im Garten, schloss die Dienerin die Pforte ab und stellte sich davor. Oben, im Eckzimmer des ersten Stocks, stand der Graf mit Blick zur Straße und einem Fernglas am Fenster und hielt Wache, eine geladene Pistole neben sich. Wenn Sophie ihre Promenade zu beenden wünschte, ließ sie ihr Taschentuch fallen, worauf der Graf der Dienerin das Zeichen gab, die Gartentür aufzuschließen.

Hohe Mauern, verschlossene Türen, dicht verhängte Fenster im Haus und in der Kutsche, der Schleier und die grüne Brille schirmten Sophie von der Außenwelt ab. Kein Fremder durfte die Wohnung des Paares betreten. Annäherungsversuche an Sophie wies van der Valck schroff zurück. Als die Frau des Eishausener Ortspfarrers Kühner ihr einmal einen Blumenstrauß schickte, wurde er fuchsteufelswild und sei »wie

Ab 1810 lebte das geheimnisvolle Paar zurückgezogen im Schloss Eishausen bei Hildburghausen.

närrisch in der Stube herumgesprungen«. Der Pfarrersohn Karl Kühner, der als Neunjähriger einmal ins Schloss musste, um etwas abzugeben, »war froh, als ich aus dem verzauberten Schlosse heraus war«, in dem eine beklommene Atmosphäre herrschte und nur geflüstert werden durfte. Älter und kecker geworden, gelang es ihm einmal, Sophie, die damals etwa 40 Jahre alt war, mit dem Fernglas zu beobachten. »Die Gräfin stand am offenen Fenster und fütterte mit Backwerk eine Katze, die unter dem Fenster war. Sie erschien mir wunderschön; sie war brünett; ihre Züge waren ausnehmend fein; eine leise Schwermut schien mir eine ursprünglich lebensfrische Natur zu umhüllen; in dem Augenblicke, wo ich sie sah, lehnte sie in schöner Unbefangenheit im Fenster, den feinen Shawl halb zurückgeschlagen, wie ein Kind mit dem

Tiere unten beschäftigt. Ich sehe noch, mit welcher Grazie die schöne Gräfin das Backwerk zerbröckelte und die Fingerspitzen am Tischtuche abwischte.«

Einen Neugierigen, der sich im Treppenhaus »verirrte«, vertrieb der zornige Graf mit gezogener Pistole. Kein Handwerker hatte Zutritt zum Schloss, weshalb in dreieinhalb Jahrzehnten nichts repariert oder renoviert wurde. Auch gegenüber dem Personal herrschte eine Politik strenger Abriegelung. Wer außerhalb des Schlosses beschäftigt war, durfte es nicht betreten. Wer im Schloss diente, durfte es nicht verlassen. Eine Ausnahme bildete nur der verschwiegene alte Diener Scharr. Er hatte als einziger Zutritt zu den Räumen der Herrschaft, und nur er durfte das Schloss verlassen. Die Köchin – eine junge Frau zum Zeitpunkt ihrer Einstellung – durfte sich nur in der Küche aufhalten. Als sie schließlich ein Zimmer im Schloss zugewiesen bekam, musste sie sich verpflichten, das Schloss nie wieder zu verlassen. Sie und Scharr kamen sich in der Isolation so nahe, dass sie zwei Kinder miteinander zeugten. Van der Valck bezahlte ihre Erziehung, weshalb gemunkelt wurde, er sei der Kindesvater. Im Schloss wohnen durften die Kinder aber nicht. Dass ihre Eltern nicht verheiratet waren, scheint in Hildburghausen keinen Anstoß erregt zu haben. Offenbar war man an die Marotten der Schlossbewohner gewöhnt.

Jede Art von Lärm – bellende Hunde, spielende Kinder, lautes Reden, Lachen, Türenschlagen, das in der Gegend übliche Neujahrsschießen – war Gift für die Nerven und die Seelenruhe des Paares. Mit Geld und guten Worten sorgte van der Valck dafür, dass Ruhe herrschte, so wie er sich auch andere Privilegien verschaffte. Vor allem dieses: seine Identität und die seiner Begleiterin nicht offenbaren zu müssen. Normalerweise wurden Fremde genau registriert und streng überwacht. Nicht so das Grafenpaar, dem Herzog Friedrich von Sachsen-Hildburghausen 1824 sogar eine Art Schutzbrief ausstellte. Er machte seine Behörden darauf aufmerksam, dass »Wir gegen den Herrn Grafen durch-

Hildburghausen in Thüringen. 1827 wurde Vavel zum Ehrenbürger der Stadt erhoben.

aus diejenigen Rücksichten beobachtet und betätiget wissen wollen, auf welche er sich durch sein bisheriges Benehmen selbst Ansprüche erworben und welche wir ihm gleich bei seinem Eintritte in unser Land haben gedeihen lassen. Wie wir denn den Herrn Grafen solange er seinen Aufenthalt in diesem fortsetzen wird, beständig unter Unseren besonderen Schutz nehmen und nicht zugeben werden, dass ihm irgendeine Unannehmlichkeit zugefügt werde.«

Aus der Protektion des Herzogs hat man in der Dunkelgrafenforschung den Schluss gezogen, der Hof habe um die hohe Stellung der geheimnisvollen Dame gewusst und schützend die Hand über sie gehalten. Es gibt aber auch eine ganz naheliegende Erklärung: Van der Valck war ein Wirtschaftsfaktor, man wollte ihn keinesfalls vergrämen. Handel und Gewerbe des verschuldeten kleinen Herzogtums profitierten von der Anwesenheit und vom üppigen Konsum des Paares. Zudem spendete der Graf großzügig für wohltätige Zwecke.

Als 1826 die Landesregierung wechselte, weil Hildburghausen zum Herzogtum Sachsen-Meiningen kam, fürchtete man bereits den Wegzug des Wohltäters, denn der hätte eher das Land verlassen als sich unter der neuen Regierung der Pflicht unterzogen, sich ordnungsgemäß auszuweisen. So weit kam es freilich nicht, und 1827 wurde der Graf zum Ehrenbürger von Hildburghausen erhoben. Van der Valck schützte nicht nur sein Inkognito und seine Privatsphäre, er hielt auch die Augen offen, wer sich seinem Terrain näherte, und bezahlte einen Polizisten dafür, dass dieser ihm täglich die Liste der neu angekommenen Fremden brachte. Seine Geschäfte wickelte er durch Mittelsmänner ab, um nicht namentlich in Erscheinung treten zu müssen.

Während Sophie in ihrer Abgeschiedenheit ganz und gar auf van der Valcks Gesellschaft angewiesen war, pflegte dieser während der Zeit in Eishausen immerhin das Gespräch mit Heinrich Kühner, dem Ortspfarrer. Selbstverständlich bestimmte der Graf die Bedingungen. Bei persönlichen Begegnungen zogen die Herren höflich grüßend den Hut voreinander und sprachen kein einziges Wort. Ihre Diskussionen über Gott und die Welt, Politik, Kunst und Wissenschaft fanden brieflich statt, manchmal wechselten sie mehrere Briefe pro Tag, wobei diejenigen van der Valcks stets zurückgegeben werden mussten. 15 Jahre lang, bis zum Tod des Geistlichen im Jahr 1827, dauerte diese Brieffreundschaft. Pfarrer Kühner hielt große Stücke auf den Grafen und meinte, was immer der Grund für dessen Versteckspiel sei, ein Verbrechen könne es nicht sein.

Graf und Gräfin wurden alt und gebrechlich und mit ihnen ihre Dienerschaft. Schließlich übernahmen deren mittlerweile erwachsene Kinder die Aufgaben ihrer Eltern. Als der alte Diener Scharr krank wurde, schickte er den Arzt fort mit der Begründung, »der gnädige Herr sei zuweilen wunderlich«. Offenbar wollte der Kranke seinem Herrn die Aufregung nicht zumuten, dass ein Fremder ins Schloss kam. Bei einer neuerlichen schweren Erkrankung wurde zur Entrüstung der anderen Dienstboten kein Arzt mehr zugezogen. Als Scharr sein Ende nahen fühlte und beichten wollte, wandte er sich unter Umgehung seines Dienstherrn an Pfarrer Kühner. Doch der lehnte ab. Als evangelischer Geistlicher war er für katholische Glaubenspraktiken nicht zuständig. Scharr starb ungebeichtet und ohne Sterbesakramente und man fragt sich: Was hätte er zu bekennen gehabt?

Als van der Valck 1820 selbst schwer erkrankte, bat er im Beisein Sophies: »Köchin, wenn ich sterbe, so nehmen Sie sich dieser Dame an.« Und als er 1829 mit einer schweren Grippe darniederlag, pflegte Sophie ihn hingebungsvoll. Sie hing sehr an ihm, weinte und erklärte der Köchin, wenn der Graf sterbe, wolle sie sich mit ihm begraben lassen. Auch Sophies Gesundheitszustand verschlechterte sich mit der Zeit. So sehr, dass ein Arzt konsultiert wurde, der die Patientin jedoch nicht zu Gesicht bekam. Van der Valck übernahm es, die Symptome zu schildern, Fragen und Antworten von Arzt und Patientin von Zimmer zu Zimmer zu tragen. Später erklärte er dem Arzt: »Herr, Sie wissen gar nicht, welche Verantwortung Sie auf sich genommen hätten, wenn ich Sie zu der Dame geführt hätte.«

Am 25. November 1837 starb Sophie, ohne Arzt und ohne geistlichen Beistand. Der Arzt, der die Leichenschau vornahm, stellt eine natürliche Todesursache fest. Sophie wurde auf dem Stadtberg in Hildburghausen beerdigt. Dort besaß das Paar eine Villa mit Garten, wo Sophie gerne spazieren gegangen war. Van der Valck war zu krank, um am Begräbnis teilzunehmen. Vor der Beisetzung wurde der Sarg geöffnet. Unverschleiert zeigte die Dame Spuren früherer Schönheit. Von einer Entstellung durch einen Schweinerüssel, den ihr der Dorfklatsch angedichtet hatte, keine Spur. Von den Behörden gedrängt, für das Sterberegister Angaben über die Verstorbene zu machen, gab van der Valck widerwillig Auskunft: »Sophia Botta, ledig, bürgerlichen Standes, aus Westfalen, 58 Jahre alt.« Hätte er sie als seine Frau ausgegeben, hätte er sich einigen Ärger erspart. Denn nun musste nach ih-

Das Grab der Dunkelgräfin, abgebildet in der Zeitschrift »Gartenlaube« von 1863.

ren Erben gesucht und ihr Nachlass versiegelt werden. Diese Schnüffelei von Amts wegen brachte van der Valck in Rage. Nach einer Rangelei mit den Behörden einigte man sich, das heißt van der Valck kaufte sich frei, indem er den Gegenwert des Nachlasses bei Gericht hinterlegte, worauf dieses auf einen öffentlichen Erbenaufruf vorerst verzichtete.

Seine Trauer mag ihn mitteilsam gemacht haben. Zum ersten Mal erwähnte er seine Lebensgefährtin gegenüber der Witwe seines Freundes Kühner: »Meine Verbindung mit ihr hatte etwas Romantisches, einer Entführung Ähnliches.« Über Sophie selbst verriet er immerhin so viel: »Sie war eine arme Waise, die alles, was sie besaß, mir verdankte, aber mir das tausendfach vergolten hat.« Sein Leben ohne sie verlief einsam und traurig: »Meine Lage wird immer unerträglicher; es ist keine getrennte Ehe; es ist eine Zerreißung eines zusammengewachsenen Geschwisterpaares; das eine kann nicht ohne das andere fortleben«, vertraute er der Witwe Kühner an, und im Dezember 1839 schrieb er seinem Neffen: »Seit dem Tod meiner langjährigen Freundin, die fast das Alter von 60 Jahren erreicht hat, bin ich einsam und trostlos und ich bereue es sehr, nicht früher in mein Vaterland zurückgekehrt zu sein, zumal das mein festes Vornehmen war.« Jetzt war er zu hinfällig für einen solchen Einschnitt in sein Leben. Er litt an Gicht, das Gehen fiel ihm schwer, der Besuch am Grab seiner Lebensgefährtin kostete ihn mehr Kraft, als er aufbringen konnte. Kurz vor seinem Tod zerriss er in großer Erregung eine Menge Briefe und verbrannte sie im Kamin. Er redete unentwegt, aber die Dienstboten konnten ihn nicht verstehen. Am 8. April 1845 um die Mittagszeit starb er. Das ganze Dorf gab ihm das letzte Geleit auf den Eishausener Friedhof. Sein Wunsch, neben seiner Lebensgefährtin bestattet zu werden, blieb unerfüllt.

Die Inspektion des Schlosses brachte immerhin etwas Licht ins Dunkel: Sie enthüllte die Identität des Grafen, nicht aber den Grund für dessen Lebensweise. Auch die nun in die Wege geleiteten Erbenaufrufe erbrachten keine Erkenntnisse hinsichtlich der Dame. Eine Sophia Botta aus Westfalen konnte bis heute nicht nachgewiesen werden. Dunkelgrafenforscher haben zwar eine 1779 geborene Sophia Johanna Botta in Landau in der Pfalz ausfindig gemacht, aber sie starb bereits mit vier Jahren. Was blieb, war eine enttäuschte Dienerschaft, deren Erbschaft geringer als erwartet ausfiel, ein verwahrlostes Schloss, das »entsetzlich nach Katzenpisse« stank. »Die gnädige Dame hatte ja 22 Katzen.« Und eine Presse, die sich sensationshungrig auf das Geheimnis stürzte und sich in wilden Spekulationen erging. Im Jahr 1854 veröffentlichte Ludwig Bechstein einen Roman, dessen Titel, »Der Dunkelgraf«, namensgebend für den Eremiten von Eishausen wurde.

Das Rätsel, was dieses mysteriöse Paar über fast vier Jahrzehnte wie siamesische Zwillinge miteinander verband, bleibt ungelöst. Aber neben der romanhaften Geschichte von der vertauschten Bourbonenprinzessin sind andere, plausiblere Szenarios denkbar. Die beiden könnten ein Liebespaar gewesen sein. Eines, das aus Standesrücksichten nicht heiraten konnte und sich deshalb aus der Gesellschaft zurückzog. Oder eines, das nicht heiraten durfte, weil Sophie womöglich schon verheiratet war. Vielleicht hatte van der Valck sie entführt, sie aus der Gewalt eines Mannes, der sie misshandelte, befreit, vor dessen Rache sie sich ihr Leben lang fürchtete. Sophie mochte auch, wie viele Menschen damals, von Ereignissen im Gefolge der Französischen Revolution traumatisiert gewesen sein. Sie war licht- und geräuschempfindlich, ängstlich, menschenscheu und schwermütig, womöglich zeitweise geistesgestört. Denkbar wäre, dass van der Valck, der sich viel mit medizinischen Fragen beschäftigte und auch die Eishausener Bevölkerung mit Arzneien versorgte, sie zu ihrem eigenen Schutz isolierte. Zeitweilig muss Sophie gegen ihren Willen festgehalten worden sein. Bei der Versiegelung ihres Nachlasses wurde eine Quereisenstange gefunden, mit der man ihr Zimmer von außen abriegeln konnte. Auch die Dienstboten äußerten nach van der Valcks Tod, dass der Graf die Gräfin gefangen gehalten habe. Es ist allerdings kaum vorstellbar, dass er mit einer Gefangenen jahrelang hätte herumreisen können, wie es zwischen 1799 und 1807 geschah.

Große Angst verfolgt und entdeckt zu werden, hatten offenbar beide. Dafür spricht ihre ständige Fluchtbereitschaft und ihr Bestreben, keine Spuren zu hinterlassen. Sophies Identität, so scheint es, musste um jeden Preis verborgen bleiben. Van der Valck konnte sich zumindest unter falschem Namen in die Öffentlichkeit wagen, vermied es aber nach Möglichkeit. Denkbar ist auch, dass ihre Angst mit der Zeit eine Eigendynamik entwickelte, dass die Furcht vor Verfolgung irgendwann in Verfolgungswahn umschlug. Ob es sein

Noch heute beschäftigt das Schicksal des geheimnisvollen Paares die Menschen. Das Bild zeigt eine Szene aus der MDR-Fernseh-Produktion »Geschichte Mitteldeutschlands – Die Dunkelgräfin« aus dem Jahr 2007.

Wahn war oder der ihrige oder ob sie sich gegenseitig darin bestärkten, lässt sich in Unkenntnis der inneren Verhältnisse nicht klären.

Von außen betrachtet nahm van der Valck die Position des Starken, Sophie die der Schwachen ein. Van der Valck war nach dem Zeugnis seiner Zeitgenossen eine schwierige Persönlichkeit: von cholerischem Temperament, ein Reinlichkeitsfanatiker und geradezu manisch auf Pünktlichkeit bedacht. Alles regelte er nach seinen Vorstellungen. Er bestand auf genauester Einhaltung seiner Befehle und reagierte drastisch, wenn man sie nicht buchstabengetreu erfüllte. Die altgediente Köchin entließ er nach über 25 Jahren Knall auf Fall, weil sie ihrem Sohn in einer Gewitternacht erlaubt hatte, Schutz im Schloss zu suchen. Nichts Unvorhergesehenes durfte passieren, nichts Außerplanmäßiges. Er hatte alles unter Kontrolle, auch Sophie, die außerhalb ihrer vier Wände keinen Schritt ohne seine Begleitung tat. »Sie hat seit 30 Jahren keinen Heller auszugeben Gelegenheit gehabt«, vertraute van der Valck der Witwe Kühner an. Mit van der Valcks Macht korrespondierte Sophies Abhängigkeit, wie sie in ihrem Brief zu seinem 39. Geburtstag am 22. September 1808 zum Ausdruck kommt. (Der von ihr verwendete Ausdruck »Geburtetag« mit seinem Anklang an den niederländischen »Geboortedag« hat Dunkelgrafenforscher auf den Gedanken gebracht, sie könnte Holländerin gewesen sein. Aber warum schrieb sie Deutsch, wenn sie und van der Valck eine gemeinsame Muttersprache hatten?)

»Lieber guter Ludwig!«, schrieb sie. »Ich wünsche dir zu deinem Geburtetag viel Glück und Segen! Der Himmel erhalte dich gesund bis in das späte Alter. Ach, lieber Ludwig, es sind schon viele Geburtetage, die ich bei dir erlebe, und der Himmel segne dich für alles, was du schon an mir getan hast, und an mir noch tust!

Ach, lieber Ludwig, es tut mir leid, dass ich dir zu deinem Geburtetag keine bessere Freude machen kann. Ich habe hier eine Kleinigkeit für dich gestickt, ich schäme mich, dass sie nicht besser ist. Aber gewiss wirst du, lieber guter Ludwig, es doch von deiner armen Sophie annehmen, als einen Beweis meiner Liebe und Dankbarkeit. Ach, verzeihe mir, mein guter Ludwig, wenn ich bisweilen fehle! Ich bitte den Himmel, dass er mich lehre, meine Fehler zu verbessern. Möchtest du doch mit mir zufrieden sein, ich aber im Stande, alles dir nach Wunsch zu tun, alles dir angenehm zu machen. Ach, lieber guter Ludwig, ich weiß, dass meine Lage schrecklich war und ich danke dir nochmals! Der Himmel segne dich für alles! Behalte mich lieb, lieber Ludwig! Ich bleibe im Schutze Marias und dem deinen. Deine arme Sophie bis ins Grab.«

Die Kronprinzenaffäre

Therese von Abel und Wilhelm von Württemberg

Es ist schon eine Ironie der Geschichte: König Wilhelm I., der weit über Württemberg hinaus hohes Ansehen genoss und als der Monarch in die Landesgeschichte einging, der ein ärmliches, rückständiges Agrarland in einen modernen Verfassungsstaat verwandelte, hätte in seiner Jugend nur allzu gerne auf den Thron gepfiffen. Aus Liebe.

Friedrich Wilhelm von Württemberg kam am 27. September 1781 in Lüben in Schlesien zur Welt, wo sein Vater als Generalmajor im Dienst Friedrichs des Großen stand. Über dem frühen Tod seiner Mutter nach der erzwungenen Trennung von ihren Kindern lastete ein dunkles Geheimnis, das den Jungen sicherlich ebenso quälte wie die Strenge, ja Brutalität, mit der sein Vater, Friedrich von Württemberg, seine drei Kinder an der Kandare hielt. Lange musste der ehrgeizige Friedrich warten, bis er nach dem Tod zweier kinderloser Onkel und dem seines Vaters im Jahr 1797 zum Herzog von Württemberg aufsteigen konnte. Sein Sohn Wilhelm, nunmehr 16 und Erbprinz, stand mit dem despotischen Vater schon damals über Kreuz. Es scheint, als habe er jede Gelegenheit genutzt, gegen seinen Vater zu rebellieren. Und es ist sicher kein Zufall, dass der junge Prinz die Frau, die er liebte,

Der junge Erbprinz Friedrich Wilhelm von Württemberg. Er nutzte jede Gelegenheit, um gegen seinen despotischen Vater zu rebellieren.

ausgerechnet im Haus von Herzog Friedrichs schärfstem politischem Gegner fand.

Es waren ungestüme Jahre des Umbruchs in Europa. Der Sturm auf die Bastille, der die Revolution in Frankreich ausgelöst hatte, lag ein Jahrzehnt zurück. Ganz Europa war damals von Euphorie ergriffen worden. Nicht nur das Bürgertum, sondern auch Teile des Adels schwärmten für Freiheit, Gleichheit und Brüderlichkeit. Inzwischen hatte sich die französische Republik im Krieg gegen Österreich und Preußen behauptet und war innenpolitisch unter ihrem Ersten Konsul Napoleon Bonaparte auf dem Weg zu einer gewissen Stabilität. Auch wenn man in Deutschland die blutigen Ausschreitungen der jakobinischen Schreckensherrschaft nicht guthieß, so hatte doch das Blut, das von den Guillotinen geflossen war, die Sympathien für die Ideale der Revolution nicht auslöschen können. Die, wenn auch nur mittelbare, Erfahrung, dass man einen König vom Thron stoßen konnte, hatte den Untertanen in Europa den Rücken gestärkt und den Bürgern ein ganz neues Selbstgefühl vermittelt.

Stuttgart am Ende des 18. Jahrhunderts war nicht nur die Residenz eines auf Macht und Repräsentation bedachten Landesfürsten. Es war auch der Lebensraum eines selbstbewussten, politisch engagierten, kulturbeflissenen Bürgertums. Die Kunst blühte »in einem für das südliche Deutschland nicht gewöhnlichen Grade [...] die Zahl der Künstler [...] hat den

Geschmack an Malerei, Bildhauerei und Musik sehr verfeinert«, urteilte Schiller. Bälle, Theater- und Salonabende und – nur für die Herren – eine Lesegesellschaft sorgten für anspruchsvolle Geselligkeit.

Die Familie Abel stammte aus einem steirischen, im 17. Jahrhundert geadelten Geschlecht. Von den Brüdern Abel führte nur noch Konradin das »von« im Namen. Die Abels zählten zur »Ehrbarkeit«, das heißt zu der angesehenen Geistlichen-, Gelehrten- und Beamtenschicht Württembergs. Diese städtisch geprägte, bürgerliche Elite war häufig miteinander verwandt und heiratete mit Vorliebe untereinander. So wird es auch für Therese geplant gewesen sein.

Ihr Vater, der Landschaftskonsulent Konradin von Abel, war ein weitgereister, weltgewandter Diplomat, ein Kunstfreund und -sammler und alles andere als ein schwäbischer Provinzler. Ihr Onkel, Jakob Friedrich Abel, hatte als Philosophieprofessor an der Hohen Carlsschule gelehrt, hatte den jungen Schiller gefördert und war auch später dessen Freund geblieben. Auch um die Frauenbildung hatte der Professor sich verdient gemacht und in Stuttgart öffentliche Vorlesungen für Frauen und Mädchen von Stand gehalten, ehe er an die Universität Tübingen berufen wurde. Die Stuttgarterinnen der besseren Gesellschaft waren nicht nur gebildet, selbstbewusst und »wif«, sondern auch modebewusst. Sie kleideten sich im neuen Stil des revolutionären Frankreichs: locker fallende, unter der Brust gefasste Hemdenkleider, den Gewändern antiker Statuen nachempfunden. Dazu trug frau die Arme nackt. Kein Reifrock, kein Korsett engte ihre Bewegungsfreiheit ein. Auch Therese von Abel darf man sich als eine dieser neuen Frauen vorstellen. Sie war eine Schönheit – und vier Jahre älter als Wilhelm, der 18 war, als er sie kennenlernte. Sein Bruder Paul fühlte sich zu Thereses jüngerer Schwester hingezogen.

Im Frühsommer 1800 erfuhr Herzog Friedrich, dass seine Söhne im Landschaftshaus ein- und ausgingen. Er untersagte ihnen die unpassende Liebelei und unterband jedweden Kontakt seiner Sprösslinge zu den Demoiselles Abel. Den 15-jährigen Paul kommandierte er zum Studium nach Tübingen ab und stellte ihn unter strenge Bewachung. Wilhelm zog als Freiwilliger der österreichischen Armee in den Krieg gegen die Franzosen, die gerade in Württemberg eingefallen waren. Nach seiner Rückkehr lag nicht nur Wilhelm an einem Wiedersehen mit Therese, auch Therese suchte nach einer Gelegenheit, die herzogliche Kontaktsperre zu überwinden und eine Begegnung mit Wilhelm herbeizuführen. Sie trafen sich heimlich, Wilhelm schrieb sehnsüchtige Briefe an seine »liebe, liebe Rös« und wünschte sich, »abends in Deinen Armen einzuschlafen und morgens darin aufzuwachen«. Er verhielt sich genauso romantisch wie jeder andere verliebte junge Mann seiner Zeit. Er harrte in der Winterkälte lange vor ihrem Fenster aus, um vielleicht einen Blick auf sie zu erhaschen, und er schrieb Gedichte.

Die Liebe der beiden hatte eine brisante politische Dimension: In Württemberg besaß die Landschaft (ein aus Vertretern des Bürgertums und der Geistlichkeit bestehendes Ständeparlament) zum Verdruss des jeweiligen Herzogs ein verfassungsmäßig verbrieftes politisches Mitspracherecht. Häufig gingen die Interessen von Fürst und Landschaft jedoch weit auseinander. So auch um die Wende zum 19. Jahrhundert, als Württemberg von den Umwälzungen in Frankreich berührt wurde. War es Frankreich zunächst nur darum gegangen, die Errungenschaften der Revolution zu verteidigen, so schickte sich der Erste Konsul der Republik nun an, zu expandieren und die Machtverhältnisse in Europa dauerhaft zu verändern. In der Folge kam es, bis zu Napoleons Sturz im Jahr 1815, zu einer ganzen Serie von verheerenden Kriegen. Und das kleine Herzogtum Württemberg lag mittendrin. Herzog Friedrich versuchte nach Kräften, sich in all den Wirren oben zu halten und dabei sein Land und seine Macht zu mehren. Er stand auf Seiten von Kaiser und Reich und damit von Habsburg. Anders die Landstände. Die hielten es mit Frankreich, nicht nur aus Sympathie mit den linksrheinischen Freiheits-

Die Stuttgarterinnen der besseren Gesellschaft waren nicht nur gebildet, selbstbewusst und »wif«, sondern auch modebewusst. Blick nach Stuttgart von Nordosten um 1805.

ideen, sondern vor allem auch, weil sie mit dem traditionellen Angstgegner Württembergs lieber verhandeln als Krieg führen wollten. Das politische Mitspracherecht der Stände ging allerdings nicht so weit, dass es ihnen erlaubte, die Außenpolitik des Monarchen zu unterminieren. Sie trieben mit ihrer Separatpolitik also ein riskantes Spiel. Und es war Konradin von Abel, Thereses Vater, der als Landschaftskonsulent die Interessen der Stände in Paris vertrat. Aber auch er, dem zeitweilig unterstellt wurde, die Affäre eingefädelt zu haben, um dem Herzog zu schaden, missbilligte die Verbindung. Es ist unwahrscheinlich, dass Abel seine Tochter und seine Familienehre einer politischen Intrige geopfert hätte. Als gewissenhafter Vater wollte er Therese gut verheiraten, wofür die Aussichten schlecht standen, wenn sie einmal Mätresse eines Prinzen gewesen war.

Therese von Abel im Scherenschnitt. Für den Prinzen hieß es: sie oder keine.

Wilhelm allerdings war es ernst, sehr ernst. Für ihn hieß es: Therese oder keine. Er wollte sie heiraten und bat ihren Vater in aller Form um ihre Hand. Allerdings glaubte Konradin von Abel, trotz Wilhelms wiederholtem Drängen um seine Einwilligung, nicht an eine Zukunft dieser Verbindung. Für einen Prinzen von Württemberg war ein Fräulein von Abel nicht standesgemäß. Außerdem wurde Wilhelm, wenn auch gegen seinen Willen, an den Höfen Europas als Heiratskandidat gehandelt.

Im April 1803 entdeckte Herzog Friedrich, dass sein Sohn die Beziehung zu Therese mitnichten beendet hatte. Natürlich empfand Herzog Friedrich die Liebschaft Wilhelms mit der Tochter seines schärfsten politischen Gegners als bitteren Affront. Es kam zum Eklat. Wilhelm fürchtete seine Verhaftung und floh aus Württemberg. Da der ungeratene Sohn nicht mehr greifbar war, hielt der Herzog sich an Wilhelms Fluchthelfer und bestrafte sie drakonisch mit Festungshaft und Stockhieben. Auch Therese bekam Angst vor Friedrichs Rache und folgte Wilhelm nach Wien, der dort am Kaiserhof sein Glück zu machen versuchte. Sein Onkel, Kaiser Franz II., brachte ihn als Generalmajor in der Armee unter, aber Herzog Friedrich wusste zu verhindern, dass Wilhelm in Österreich dauerhaft Zuflucht fand. Wenn der Herzog nun aber glaubte, sein Sohn würde klein beigeben, hatte er sich getäuscht. Wilhelm stellte Bedingungen für seine Rückkehr, die der in seiner Vater- und Regentenwürde tief verletzte Friedrich unmöglich akzeptieren konnte.

Inzwischen war Therese schwanger. Ihrem Vater bekannte Wilhelm: »Zum ersten Mal in meinem Leben sehe ich mich in die traurige Notwendigkeit versetzt, gestehen zu müssen, dass ich, von meinen Gefühlen hingerissen, nicht recht gehandelt habe.« Auch wenn das Paar sich durch eine Gewissensehe verbunden fühlte, und Wilhelm seine Liebste »teure Gattin« nannte – verheiratet waren sie nicht, nicht vor dem Gesetz und in den Augen der Welt. Deshalb sah Wilhelm es Therese gegenüber als seine »heilige Pflicht« an, »diese Sache wieder gut zu machen« und »der Welt zu beweisen, dass ich meine Pflichten zu erfüllen und mein einmal gegebenes Wort zu halten weiß«. Auch ihrem Vater versicherte er, »nichts in der Welt [kann] mich hindern, sie zu meiner Gemahlin zu machen und ihr und meinen Kindern auch nach meinem Tode ein sicheres Los zu bestimmen und selbst die größte Unwilligkeit meiner Verwandten könnte hieran nichts hindern«. Am 25. August 1803 hatte Therese in Saarburg Zwillinge geboren. Nicht nur ein bittersüßes, sondern auch ein kurzes Glück. »Der kleine Bube ist inzwischen an Husten gestorben und das Mädchen ist in einem so kranken Zustand, dass ich ihm keine viel längere Lebensdauer mehr gebe«, berichtete Wilhelms Freund und Begleiter, Freiherr Ernst von Phull-Rieppur im September. Und wenig später schrieb er an seine Frau, die Therese auf ihrer Flucht aus Stuttgart Unterschlupf gewährt hatte, Therese zeige kaum Gefühle über den Tod der Kinder. Dass der Schmerz einen Menschen erstarren lassen kann, zog er nicht in Erwägung.

Therese ging es nach der Entbindung sehr schlecht. »Sie erinnern sich, in welchem Zustand ich nach der Niederkunft war«, schrieb sie fünf Jahre danach an eine Freundin, die ihr beigestanden hatte. »Ich erinnere mich, dass der blonde Junge gesund war, als ich ihn das erste Mal sah. [...] Zur Taufe am 3. September ging es beiden noch gut. Der Prinz sagte, dass der Kleine an Krämpfen gestorben ist. [...] Aber dem Mädchen ging es gut. Ich wollte sie immer sehen, aber man hat sie mir nie gebracht. Schließlich sagte man mir, meine kleine Tochter sei sehr krank, und dass man sie mit der Pflegerin in das hintere Haus gebracht hatte. Ungefähr in der vierten Woche habe ich bei Mme. de Gültlingen insistiert. Nach vie-

Napoleon versorgte Europa mit frisch gebackenen Königen. Zeitgenössische Karikatur von James Gillray.

len Ausreden hat sie mir gegen elf Uhr abends ein Kind in ein Kissen gehüllt gebracht, sagend, dass es sich um meine Tochter handelt. Aber das Kind war so mager, dass es nur wie ein Schatten erschien. Und ich fragte sie, ob dies überhaupt mein Kind sei.« Noch lange Zeit klammerte sich Therese an die Hoffnung, dass ihre Kinder vielleicht vertauscht worden und noch am Leben seien.

Sobald sie wieder reisen konnte, brach sie nach Paris auf, wo ihr Vater inzwischen als Gesandter im Dienst der Hansestädte amtierte. In Paris hatte man die revolutionären Parolen von den Hauswänden gewischt. Der Erste Konsul Napoleon Bonaparte schickte sich an, in Bälde Kaiser der Franzosen zu werden. Auf ihn setzten die Flüchtlinge ihre ganze Hoffnung. Mit einem Geldgeschenk von 25 000 Francs gewann Wilhelm den Außenminister Talleyrand für sein Anliegen. Der vermittelte ihm eine Audienz bei Bonaparte. Da Friedrich von Württemberg, obgleich inzwischen Kurfürst von Bonapartes Gnaden, immer noch nicht geneigt war, sich auf die Seite

Frankreichs zu schlagen, kam dessen Sohn dem Ersten Konsul sehr gelegen. Und nachdem Bonaparte höchstselbst der Verbindung seinen Segen gegeben hatte, begann auch Vater Abel an eine Heirat zu glauben und Wilhelm wie einen Schwiegersohn in spe zu behandeln. Er gestattete ihm, Therese in seinem Haus zu besuchen, wo das Paar täglich mehrere Stunden zusammen verbrachte. Mit der Hochzeit, so schrieb Phull-Rieppur am 20. Oktober 1803 an seine Frau, sei innerhalb der nächsten zwei Wochen zu rechnen, »weil sie ihn im Sacke hat und Bonaparte ihm den Kopf schwindeln gemacht hat«.

Phull-Rieppur war nicht gut auf Therese zu sprechen. Für ihn stellte sich der Fall so dar: Therese hatte Wilhelm umgarnt und beherrschte ihn so vollständig, dass der Prinz nichts anderes mehr im Sinn hatte, als sie zu heiraten. Kalt sei sie, berechnend und von schier krankhaftem Ehrgeiz getrieben. Die Abneigung des Freiherrn gegen die Geliebte des Erbprinzen muss nicht verwundern. Eine Heirat hätte in seinen Augen eine unheilvolle Mesalliance bedeutet. Als Thronerbe war es die Pflicht des Prinzen, die Dynastie zu sichern. Und dass er durch eine ebenbürtige Heirat eine vorteilhafte Allianz einging, war angesichts der prekären Lage des Herzogtums doppelt wichtig. Diese »heillose Amour« aber gefährdete alles. Der Prinz begab sich damit nicht nur auf dynastische Abwege, sondern ergriff auch ganz offen Partei für die Gegenspieler seines Vaters. Was Wilhelm unternahm, war in den Augen seines Freundes brandgefährlich: Es bedrohte das Ansehen und die Stabilität des Regentenhauses, und seine Kungelei mit Bonaparte konnte ihm als Hochverrat ausgelegt werden. Trotzdem hielt Phull-Rieppur unter hohem persönlichen Risiko zu seinem Freund.

Währenddessen arbeitete nicht nur Kurfürst Friedrich, sondern auch der russische, der preußische und der österreichische Hof gegen die Heiratspläne. Deren Gesandte redeten dem Prinzen ins Gewissen und intervenierten bei Bonaparte. Der Termin war schon festgesetzt – die Hochzeit sollte in der Kapelle der schwedischen Botschaft stattfinden –, als der schwedische Gesandte dem Kaplan untersagte, das Paar zu trauen. Jetzt hätte nur noch eine von Bonaparte selbst erteilte Genehmigung helfen können. Aber dem angehenden Empéreur schien es nicht opportun, das geballte Missfallen der Monarchen Europas auf sich zu laden. Er verbot die Trauung.

Friedrich versuchte weiterhin, seinen Sohn zur Räson zu bringen, scheiterte aber an der Unbeugsamkeit des Prinzen. Für den war die Heirat längst mehr als eine Herzensangelegenheit, nämlich eine Ehrensache und sicher auch eine Frage der Selbstbehauptung. Seit vier Jahren liebte er Therese leidenschaftlich. Sie habe alles für ihn geopfert, was ein Mädchen opfern konnte. Er hatte ihr die Ehe versprochen. Was sollten Volk und Land von ihm halten, wenn er wortbrüchig würde? Wilhelm wusste wohl, dass eine solche Verbindung ihn von der Thronfolge ausschlösse, meinte aber, er füge dem Land dadurch keinen Schaden zu, und es gebe genügend nachfolgefähige Prinzen. Wenn er zwischen Thron und Ehre wählen müsse, dann wähle er die Ehre, ließ er seinen Vater wissen.

Während dieser Zeit litt Wilhelm ständig unter Geldnot. Er lebte auf großem Fuß, hatte aber keine Einkünfte und machte Schulden. Zwar sprangen ihm die Landstände mit Geldsendungen bei. Doch der Kurfürst, der solche Finanzhilfe untersagt hatte, ließ die Gelder beschlagnahmen. Die Landstände beharrten auf ihrem Recht, dem Prinzen »Verehrungen«, das heißt Geldgeschenke machen zu dürfen. Die Konfrontation zwischen Kurfürst und Ständen spitzte sich zu. Nachdem die württembergische Geldquelle versiegt war, unterstützte Bonaparte den Prinzen mit großzügigen Darlehen. Nur die ersehnte Heiratserlaubnis gab er ihnen nicht.

Am Ende wurde sie auch nicht mehr gebraucht. Geburt und Tod der Kinder hatten einen tiefen Einschnitt in der Beziehung zwischen Therese und Wilhelm hinterlassen. »Wilhelm war steif und abweisend«, klagte Therese nach ihrer Ankunft in Paris im Oktober 1803. Die Entfremdung nahm ihren Lauf. Im Sommer des Jahres 1804 erkrankte Wilhelm und suchte auf einer Italienreise Erholung. Nach seiner Rückkehr

Briefe von Wilhelm an Therese: Ein aktueller Fund in Schloss Großheppach, wo Therese zeitweise lebte. Das Porträt zeigt sie viele Jahre nach der »heillosen Amour«.

entflammte er für eine schöne Pariser Lebedame und nahm damit ein althergebrachtes Fürstenprivileg in Anspruch, von dem er, wie seine Lebensgeschichte zeigt, auch weiterhin fleißig Gebrauch machte.

»Wilhelm, kannst Du mich verlassen! Deine Therese! Deine Gattin!« Dieser Aufschrei findet sich im Innendeckblatt eines Tagebuches, aus dem später alle Seiten entfernt wurden. Doch hatte sie anscheinend die Hoffnung noch nicht aufgegeben. Im April 1805 erinnerte sie ihn, »dass Sie mir sagten, dass wenn auch Umstände Sie zwingen sollten, mich einige Zeit zu verlassen, so würde Sie doch nichts in der Welt abhalten, mir vor der ganzen Welt zu sagen, dass Sie mein rechtmäßiger Gemahl wären.« Und anlässlich eines knapp verpassten Wiedersehens, als Therese sich auf dem Sommersitz ihrer Familie in Schloss Großheppach im Remstal aufhielt, schrieb sie: »Wie gerne hätte ich Sie selbst gefragt, [ob auch Sie das] Unglück unserer Trennung fühlen. Für mich ist kein glücklicher Augenblick gewesen seit jenem Tag, der uns vielleicht auf ewig trennte.«

Therese von Abel blieb unverheiratet. Sie kehrte nach Stuttgart zurück und überlebte Wilhelm um zwei Jahre.

Im Oktober 1805 arrangierte sich Wilhelm mit seinem Vater: keine Versöhnung, nur ein Waffenstillstand. Seine *grande amour* gehörte der Vergangenheit an. Nun ging es um die Abwicklung einer fürstlichen Liebesaffäre. In einem Brief vom 3. März 1808 an Therese versprach Wilhelm, »derjenigen, die ich einst liebte [das Leben] so angenehm als unabhängig zu machen. Mit Vergnügen habe ich also dem Herrn von Phull den Auftrag erteilt, die näheren Bestimmungen dieser Sache Ihrem Herrn Vater mitzuteilen.« Diesen ließ Wilhelm wissen, er sei bereit, ihr eine jährliche Apanage von 6000 Livres auszusetzen gegen Rückgabe aller Briefschaften und insbesondere des Heiratsversprechens. Therese ihrerseits bat, Wilhelms Briefe, das Bild ihres Sohnes »und desjenigen, der diesem das Leben gab« behalten zu dürfen. »Sie werden also fühlen, dass mein Leben und mein Herz an diesem hängt und dass ich nicht die Stärke besitze, es Ihnen zurück zu geben.«

Am 8. Juni 1808 heiratete Wilhelm die bayerische Prinzessin Charlotte Auguste, um einer drohenden Verschwägerung mit der napoleonischen Sippe zuvorzukommen. Die Ehe wurde im Januar 1816 annulliert. Wenig später heiratete er die Zarentochter Katharina Pawlowna, deren weitblickendes soziales Engagement den württembergischen Untertanen noch lange segensreich im Gedächtnis blieb. Die Ehe währte nur kurz, denn Katharina starb nach drei Jahren, woran Wilhelm nicht unbeteiligt war. Er hatte sich mit einer Geliebten getroffen, Katharina hatte von dem Rendezvous gehört, fuhr ihm nach und stellte ihn zur Rede. In der kalten Winternacht zog sie sich eine tödliche Erkältung zu, und mit ihr starb der Thronfolger, mit dem sie schwanger gewesen war. Wilhelm ließ ihr auf dem Rotenberg ein Mausoleum errichten. »Die Liebe höret nimmer auf«, liest man noch heute über dem Portal. Nach Ablauf des Trauerjahrs heiratete er seine Cousine Pauline von Württemberg, eine biedere Frau, der er die kalte Schulter zeigte, nachdem sie ihre Schuldigkeit zum Fortbestand der Dynastie getan hatte. Schließlich schenkte er sein Herz der Schauspielerin Amalie von Stubenrauch, mit der er bis zu seinem Tod verbunden blieb.

Und Therese? »Wenn Einmal ein Mädchen gefallen ist, so kann es nicht so leicht wieder aufstehen«, schrieb ein zeitgenössischer Erziehungsratgeber, »moralisch wohl kann und wird es aufstehen, aber seine bürgerliche Ehre bleibt gemeiniglich auf immer verloren. Oder wo sieht man den edlen Mann ein Mädchen heiraten, welches eines leichtfertigen Umgangs mit Mannspersonen sich schuldig gemacht hat?« Therese jedenfalls verheiratete sich nicht. Sie blieb in Paris und kehrte erst nach dem Tod ihres Vaters im Jahr 1823 mit ihrer Mutter nach Stuttgart zurück – zwei Jahrzehnte, nachdem sie die Stadt verlassen hatte, um das Schicksal ihres Prinzen zu teilen. Der war seit dem 30. Oktober 1816 König. Als er 1864 starb, hatte er auch seine ehemaligen Geliebten in seinem Testament bedacht, am reichsten Therese. Ihr hinterließ er eine jährliche Pension von 3000 Gulden. Es blieben ihr noch zwei Jahre, um sich daran zu freuen, wenn sie sich denn darüber freute, ehe sie 1866 hochbetagt das Zeitliche segnete.

»Mich doppelt fühlen zu lassen, dass meine Seligkeit auf ewig verloren ist«

Heimlich und verschwiegen

Elisabeth zu Fürstenberg und Joseph von Laßberg

»Laßberg hat mich nach Heiligenberg geführt [...]. [Er] war höchst bewegt, was mich halb stieß, halb rührte. Er führte mich durch alle ›Apartements‹, die seine Fürstin nacheinander bewohnt, zog alle Schiebladen los, die sie gebraucht [hatte], und berührte, ich möchte sagen, liebkoste alles, was er als ihr früheres Eigentum erkannte. [...] Später zeigte er mir ein hübsches freundliches Haus, mit einer breiten Linde davor: ›dort habe ich vierzehn Jahre lang mit meiner Frau gewohnt, die oberen Fenster dort waren unser Wohn- und Schlafzimmer, unter dem Baume haben meine vier Jungens den ganzen Tag gespielt‹ – es war sonderbar, dass ihn diese Erinnerung äußerst friedlich und wohltuend zu berühren schien. Es musste das Bewusstsein des Rechtmäßigen, vor Gott und Menschen Ehrenwerten des Verhältnisses sein, was so alles andere versöhnend wirkte.« Die Trauer des Freiherrn Joseph von Laßberg, noch zwei Jahrzehnte nach dem Tod seiner »ewig angebeteten, nie genug beweinten Gebieterin«, und der leise anklingende Verdacht seiner Schwägerin, der Dichterin Annette von Droste-Hülshoff, gelten einer heimlichen Liebesbeziehung. Wäre sie bekannt geworden, so hätte sie die Beteiligten Ansehen und Existenz gekostet.

Joseph von Laßberg dient dem Haus Fürstenberg als Forstbeamter.

Joseph von Laßberg kommt am 10. April 1770 in Donaueschingen zur Welt, als Sohn eines fürstlich-fürstenbergischen Forstbeamten und einer Hofdame, die früh stirbt. Nach einigen Lehr- und Wanderjahren als Internatsschüler in Salem, Kadett im 4. Straßburger Husarenregiment, nach Jura-, Philosophie- und Nationalökonomiestudium in Straßburg und Freiburg kehrt Joseph nach Donaueschingen zurück. Mit 19 Jahren wird er Jagdjunker, 1804 tritt er die Nachfolge seines Vaters als Landesoberforstmeister an. Eine ganz normale Beamtenkarriere? Sicher. Aber der junge Forstmann, der die Aktenfron in seiner Amtsstube hasst, führt ein Doppelleben: Er liest. Altdeutsche, altburgundische, altfranzösische Schriften, alles, was die Hofbibliothek hergibt, Hauptsache: alt. Und er fühlt sich als Ritter, nicht nur aus Nostalgie. Denn in der Johannisnacht des Jahres 1786 hat der 16-Jährige in der Kapelle der Stauferburgruine Trifels den Ritterschlag empfangen. Später erwirbt Laßberg das Rittergut Helmsdorf, in dem einst ein Minnesänger lebte, einer jener fahrenden Ritter des Mittelalters, die ihr Leben dem Dienst einer verehrten, jedoch unerreichbaren Dame weihten, der »Frouwe«. Sie war die Gebieterin, deren Tugenden sie besangen. Auch Ritter Joseph wird seiner Frouwe begegnen. Und zwar am 24. Mai 1805, als er an der Spitze eines Jägercorps den neuen Landesherrn und dessen Mutter an der Grenze willkommen heißt.

Elisabeth zu Fürstenberg, eine geborene Prinzessin von Thurn und Taxis, kommt am 30. November 1767 in Regensburg zur Welt und verliert schon früh beide Eltern. Sie wächst als Mündel ihres Onkels Joseph Wenzel zu Fürstenberg in Prag auf. 1790 heiratet sie ihren Cousin Karl Aloys zu Fürstenberg, einen Offizier der österreichischen Armee. Die beiden heiraten, was zu ihrer Zeit und in ihren Kreisen eher ungewöhnlich ist, aus Liebe. Sie bekommen vier Kinder, von denen zwei am Leben bleiben. Außer blauem Blut und hochkarätigen Verwandten haben sie nicht viel, so dass Elisabeth fürchtet, dem teils ersehnten, teils beklommen erwarteten Stammhalter werde dereinst nichts anderes übrig bleiben als eine Militärlaufbahn in österreichischen Diensten, falls sich nicht eine reiche Erbin für ihn fände. Wenige Jahre und eine Reihe von unerwarteten Todesfällen später ist der 1796 geborene Karl Egon II. zu Fürstenberg Reichsfürst und einer der reichsten Grundbesitzer in Böhmen. Als der Achtjährige sein Fürstentum in Besitz nimmt, ist seine Mutter Elisabeth 37 Jahre alt, eine vornehme Erscheinung, dunkelhaarig, schlank und attraktiv. Seit ihr geliebter Karl Aloys 1799 im zweiten Koalitionskrieg gefallen ist, glaubt sie, nie wieder lieben zu können.

Jetzt trifft sie mit dem drei Jahre jüngeren, hochgewachsenen blonden Forstmann zusammen, dem der eng anliegende Jägerrock gut zu Gesicht steht. Strahlend blaue Augen leuchten ihr entgegen. Es ist Liebe auf den ersten Blick. Aber eine Liebe, die verborgen bleiben muss. Denn eine Ehe zwischen der Fürstin und dem Freiherrn wäre auch dann eine Mesalliance, wenn Joseph frei gewesen wäre. Ist er aber nicht. Er ist verheiratet und hat drei kleine Söhne, ein vierter ist im Säuglingsalter gestorben. Gelegenheiten für die Liebenden, einander näher zu kommen, gibt es gerade genug. Denn Elisabeth hat im Fürstentum ihres Sohnes einen schweren Stand. Die

Vormundschaft für ihren Sohn teilen sich mehrere adlige Herren, ohne deren Zustimmung Elisabeth nichts unternehmen kann. Erst 1809 wird sie zur Vormünderin ihres Sohnes bestellt und kann die Landesadministration für ihn ausüben. Bis dahin hat Regierungspräsident von Kleiser das Sagen.

Elisabeth von Fürstenberg war Witwe. Sie glaubte, nie wieder lieben zu können. Dann begegnete sie Joseph von Laßberg.

Wie so oft in dieser Zeit europaweiter Umwälzungen scheiden sich die Geister an der Frage: Frankreich oder Habsburg? Napoleon oder Kaiser Franz? Elisabeth steht bedingungslos auf der Seite von Franz II. Die frankreichfreundliche fürstenbergische Beamtenschaft versucht, die Fürstinmutter außen vor zu halten. In dieser Situation hat Elisabeth in Joseph von Laßberg einen politischen Berater und loyalen Unterstützer an der Seite, womit Laßberg sich in Donaueschingen keine Freunde macht. »Meine Wahrheitsliebe, meine unerschütterliche Anhänglichkeit an meinen angestammten, rechtmäßigen Herrn und meine Kühnheit, alles bei seinem wahren Namen zu nennen, endlich mein teutscher Nacken, der sich vor keinem Götzen dieser Zeit zu beugen weiß, sind den Egoisten hier ein peinlicher Dorn in den Augen, und sie würden den Tag als ein Fest feiern, an dem es ihnen gelungen wäre, mich von hier zu verdrängen«, schreibt Laßberg.

So unerfreulich die politische Lage ist, so beglückend erleben die beiden ihre Liebe zueinander. »Den geliebten Gegenstand heiß umfassen, in seine[n] Arme[n] schwelgen, oh! das gehört mit zur Liebe, den[n] die Seele schmachtet, so lange wir leben, unter de[m] Druck ihrer irdischen Hülle«, schreibt Elisabeth. Aber noch wichtiger als Sinnenfreude ist ihr die »Mitteilung aller Gedanken, stilles Entzücken, stundenlanges Lesen in de[m] Blick des Erwählten ohne je zu ermüden; ach, das ist der heilige Genuss, nach dem jeder Schlag in meinen

Adern geizt.« Dieser Gleichklang der Seelen verklärt die verbotene Leidenschaft zum »reinsten, heiligsten Gefühl, das je war«. Auch Joseph fühlt sich neu belebt, seit die Liebe zu Elisabeth ihn beseelt: »Menschen hatte ich gesehen, Stimmen hatte ich gehört, Empfindungen hatte man mir geheuchelt; aber wie der Nebel der Täuschung wich, fing ich an zu glauben, das[s] nie ein Herz dieses Herz ausfüllen, nie eine Seele innig und rein in die Töne der meinigen einklingen würde. [...] Da erschien mir der Seraf Elise.«

Fürstin Elisabeth und der kleine Karl Egon II. müssen Donaueschingen schon im September wieder verlassen. Zu gefährlich wird es in Südwestdeutschland, wo die französische Armee aufmarschiert und das Fürstentum im November 1805 militärisch besetzt. Laßbergs Briefe sind Elisabeths einzige zuverlässige Informationsquelle, denn Regierungspräsident von Kleiser hält es nicht für notwendig, die Fürstinmutter auf dem Laufenden darüber zu halten, was im Land passiert. Es werden aber auch ganz andere Briefe gewechselt, sehnsüchtige Briefe von »Salgar« und »Mathilde«. Diese Pseudonyme geben sich die Liebenden, die ihre Entdeckung und den damit verbundenen Skandal fürchten. Josephs Gedanken im nächtlichen Schlosspark von Donaueschingen an die ferne Geliebte im böhmischen Schloss Lahna sind, bis zur allfälligen Ernüchterung, Romantik pur: »Ja, ich sprach laut mit dir, du Teure, denn weit und breit war niemand zu sehen und zu hören. Ich setzte mich unter einen Baum und hörte dem Rauschen eines Baches zu, der durch den Garten fließt. Der Mond ging in seiner vollen Pracht auf und ich dachte mir, vor dem Schloss zu Lahna zu sitzen. Da ergossen sich die Empfindungen meiner Seele in einem Liede, das ich zugleich dichtete und sang [...] Meine immer rege Einbildungskraft verwandelte mir das hiesige Schloss in jenes zu Lahna. Sehnend ging ich auf der Terrasse hin und her, ob sich kein Fenster öffnen, deine hohe edle Gestalt nicht erscheinen, deine lieben Augen mir nicht winken, deine süßen, ach so süßen, Lippen mir nicht rufen wollten? Aber vergebens! Ich sah und hörte nichts, bis mich das schnarrende Horn des Wächters erinnerte, das[s] ich in Schwaben bin und die Innwohner dieser Stadt längst schlafen.«

Elisabeth wird krank vor Sehnsucht. Die Liebenden finden schließlich eine Möglichkeit zusammenzukommen. Elisabeth wird zur Erholung nach Lausanne reisen und bittet sich Laßberg als Reisebegleiter aus. Dank seiner Position in der Landesverwaltung kann er die Fürstin begleiten, ohne dass es Verdacht erregt. So feiern sie ein Jahr nach ihrer ersten Begegnung Wiedersehen in der Schweiz. Und dann sorgen die politischen Umstände dafür, dass Elisabeth und ihre beiden Kinder ganz nach Donaueschingen übersiedeln. Mit der Rheinbundakte wird das Fürstentum Fürstenberg im Juli 1806 mediatisiert, das heißt es verliert seine Reichsunmittelbarkeit. Das Gebiet wird unter den Nachbarn aufgeteilt: Württemberg bekommt ein Stück, Baden den Löwenanteil. Auch Hohenzollern-Sigmaringen, das dank der guten Beziehungen seiner Fürstin Amalie Zephyrine zur französischen Staatsspitze seine Souveränität wahren kann, sagt nicht Nein zu einem Gebietszuwachs, obwohl der Hohenzollernfürst Anton Aloys sich gewunden dafür entschuldigt, vom Unglück seines Nachbarn zu profitieren. Karl Egon II. ist nun kein Landesherr mehr, sondern nur noch Standesherr mit einigen Privilegien und einem immer noch ganz beträchtlichen Privatvermögen. Elisabeth nimmt, gestützt auf ihren Paladin Laßberg, den Kampf um die Rechte ihres Sohnes auf.

Aber schon bald muss sie sich mit einem weitaus drängenderen Problem beschäftigen. Sie erwartet ein Kind. Nicht, dass man in Aristokratenkreisen etwas gegen Liebesaffären hätte, solange sie mit der gebotenen Diskretion vonstatten gehen. Und gewiss gönnt man einer verwitweten Fürstin, dass sie sich mit ihrem attraktiven Oberhofjäger vergnügt. Nur offiziell werden darf das Verhältnis nicht. Zum Beispiel durch die Geburt eines illegitimen Kindes. Also muss die Niederkunft in aller Heimlichkeit erfolgen. Die Umstände begünstigen dies: Elisabeth ist fast vierzig und kränkelt. Da

In ihrer Residenz in Donaueschingen regierte die Fürstinmutter Elisabeth für ihren minderjährigen Sohn. Aquarell von Wilhelm Scheuchzer, 1827.

denkt man nicht an eine Schwangerschaft, als sie sich für ein paar Monate aus der Öffentlichkeit zurückzieht. Sie fürchtet, die Geburt nicht zu überleben, aber es geht alles gut. In der Nähe von Luzern, in der Obhut eines Arztehepaars bringt sie am 3. Oktober 1807 einen gesunden Sohn zur Welt, der den Namen Hermann von Liebenau erhält und als Pflegekind bei dem Schweizer Arztehepaar aufwächst.

Ihre Pflichten rufen Elisabeth nach Donaueschingen zurück. In Schaffhausen erwartet sie statt des Geliebten selbst ein warnender Brief von ihm. Denn inzwischen hat Laßbergs Frau Marianne die Beziehung entdeckt oder ihr Mann hat ihr gestanden, dass es eine Andere gibt und ein gemeinsames Kind. Jedenfalls droht sie, das bisher gut gehütete Geheimnis zu enthüllen. Dem Liebespaar droht gesellschaftliche Ächtung. Elisabeths Kampf um die Vormundschaft ihres Sohnes wäre verloren. Für Joseph, der in der fürstlich-fürstenbergischen Beamtenschaft genügend Widersacher hat, stünde sein Amt und damit seine wirtschaftliche Existenz auf dem Spiel. Er hat eine Idee, die er als ehemaliger Schauspieler am Liebhabertheater des Donaueschinger Hofes mit einem gewissen Gusto umsetzt: Man täuscht die Leute und wahrt den Schein. In der Öffentlichkeit gibt er den aufmerksamen Gatten, der Fürstin begegnet er mit distanzierter Höflichkeit. Sie ihrerseits soll ihn kühl und abweisend behandeln, und in aller Heimlichkeit trifft man sich zum Schäferstündchen. Das gefällt Elisabeth nicht. »Zwei- bis dreimal die Woche gibst du mir eine halbe Stunde der feurigsten Liebkosungen, führst du mich am Eingang des Himmels, den wir einst bewohnten, um durch dein plötzliches Losreißen aus meinen Armen mir es doppelt fühlen zu lassen, dass meine Seligkeit auf ewig verloren ist«, klagt sie. Sie wäre ja bereit, auf die feurigen Liebkosungen zu verzichten, »wenn mir für dieses Opfer der freie, ungestörte Umgang mit dir versichert wäre, aber dieser Umgang ist meiner Zufriedenheit, meiner Liebe, selbst meinem Leben unentbehrlich«. Elisabeth will Joseph nicht nur als Liebhaber, sie braucht ihn als Gesprächspartner, Freund und Lebensgefährten. Seine Problemlösung findet sie ebenso entwürdigend wie naiv. Wer soll ihnen diese Komödie denn abnehmen? Wer will ihnen nach anderthalb Jahren vertrauten Umgangs diese neue Distanziertheit glauben? Das muss doch schlummernde Verdächtigungen erst wecken und Anlass zu Gerüchten geben! Elisabeth hat auch Angst, ihr Gesicht zu verlieren. Wie stünde sie denn da vor den Augen der Welt? Als alternde Verführerin, die ihre Stellung dazu benutzt, um einen jüngeren Mann in ihr Bett zu locken, der in den Augen ihrer Standesgenossen nichts weiter als ein Diener ist. Nicht hohe Minne, sondern niedere Gelüste! »Hätt' ich vorausgesehen, zu welchem Jammer ich hier [zu]rückkehren sollte, ich hätte mich nie, nie von meinem Hermann getrennt«, schreibt sie an Joseph.

Für Menschen, die sich an einen festen christlichen Wertekodex gebunden fühlen, empfinden beide erstaunlich wenig Schuldgefühl. Ihre Liebe, dieses »reinste, heiligste Gefühl, das je war«, heiligt eine Beziehung, die die Alltagsseelen ihrer Umgebung schnöde als Ehebruch betrachten würden, wenn sie davon wüssten. Auch für das Leid ihrer Rivalin zeigt Elisabeth sich unempfindlich. Sie sieht in Marianne von Laßberg nicht die Frau, die um ihren Mann kämpft, die Mutter, die ihren Kindern den Vater erhalten will, sondern nur die Widersacherin. In ihren Augen will Marianne einen Mann, dessen Liebe sie schon lang verloren hat, nicht loslassen, und nun freut sie sich zu allem Überfluss auch noch unverschämt ihres Triumphes. In ihrer Verzweiflung denkt Elisabeth an Selbstmord. Sie erwägt auch, der Gesellschaft den Rücken zu kehren, ihren Schmuck zu verkaufen und vom Erlös einen Bauernhof zu erwerben, wo sie mit Joseph und dem kleinen Hermann glücklich leben könnte. Laßberg, der als Forstmann die Mühsal bäuerlicher Arbeit kennt, wird versucht haben, es ihr auszureden. »Sage mir nicht, dass ich, der Arbeit ungewöhnt, ein Hirtenleben nicht ertragen könnte«, meint die Fürstin, »ich fühle, dass ich jede Entbehrung, jede Mühe leicht an deiner Seite tragen würde.«

Ein halbes Jahr dauert ihre Leidenszeit, dann hat sich das Ehepaar Laßberg arrangiert. Er lebt weiterhin mit Frau und Kindern zusammen, kann Elisabeth aber auf ihren Reisen begleiten. Im Frühjahr 1814 stirbt Marianne von Laßberg, entgegen anders lautenden Gerüchten, die in Donaueschingen kursieren, an einer in ihrer Familie verbreiteten Lungenkrankheit.

Inzwischen erfordern die politischen Verhältnisse Elisabeths ganze Konzentration. Nach Napoleons katastrophalem Russlandfeldzug und der Völkerschlacht bei Leipzig im Oktober 1813 ist sein Sturz absehbar geworden. Wie viele andere entmachtete Fürsten hofft auch Elisabeth auf die Wiedereinsetzung in die alten Rechte. Die mediatisierten Fürsten und ihre Bevollmächtigten treffen sich zu geheimen Beratungen,

»... mich doppelt fühlen zu lassen, dass meine Seligkeit auf ewig verloren ist ...« Eine Zeitlang waren Elisabeth und Joseph zu einem demütigenden Versteckspiel gezwungen. Gemälde von Georg Friedrich Kersting, um 1815: Paar am Fenster.

wobei Laßberg als Kurier fungiert, Verbindungen herstellt, Verhandlungen führt. Er knüpft Kontakte zum preußischen Freiherr vom Stein, dem Kriegskommissar der Allianz gegen Napoleon. Die Mediatisierten wollen ein eigenes Korps aufstellen und damit am Befreiungskrieg teilnehmen. Elisabeth kämpft, anfangs nur für ihren heranwachsenden Sohn, dann aber immer mehr auch für die Sache ihrer »Mitunterdrückten«. Ihre größte Hoffnung setzt sie auf den Habsburger

Franz II., der 1806 die deutsche Kaiserkrone niederlegte und seither nur noch österreichischer Kaiser ist. Beim Kaisertreffen in Freiburg im Dezember 1813 gewährt Franz ihr und dem jungen Karl Egon huldvoll Audienz, der Zar tanzt Polonaise mit ihr, selbst der Preußenkönig empfängt sie, obwohl er sonst aus Prinzip keine Damen empfängt. Im September 1814 tritt in Wien der Kongress zusammen, um die Verhältnisse in Europa neu zu ordnen. Elisabeths eindrucksvolles Auftreten führt dazu, dass die entmachteten Fürsten sie als Sprecherin zum Friedenskongress nach Wien entsenden. Ein männlicher Mitstreiter hält sie für »in jeder Hinsicht geeignet« auch »die wichtigsten Geschäfte zu leiten« und meint, eine weibliche Unterhändlerin habe ganz entschiedene Vorzüge: Sie dürfe freier sprechen als ein Mann, und kein Staatsmann sei so unhöflich, eine Dame abzuweisen, es sei daher »eine ausgemachte Wahrheit, dass eine Dame weit mehr leisten kann, als wenn ein männlicher *Sollizitant* [Bittsteller] auftritt«.

Im September 1814 reist Elisabeth mit ihrem Sohn und Laßberg als fürstlich-fürstenbergischem Bevollmächtigten nach Wien. Bei einer öffentlichen Audienz am 22. Oktober 1814 überreicht sie dem Kaiser eine Bittschrift der Standesherren, die wieder in ihre alten Rechte eingesetzt werden wollen. Gemeinsam mit Joseph von Laßberg hat sie einen Appell an Kaiser Franz entworfen. Sie spricht mit Verve und Feuer und bittet Franz, die deutsche Kaiserwürde wieder anzunehmen. Ergriffen drückt der Habsburger, dem Tränen der Rührung übers Gesicht laufen, die Hände der Fürstin. Elisabeths Auftritt macht Furore und geht durch alle Zeitungen. »Da die Fürsten in jener öffentlichen Verhandlung sich einmal durch eine Frau vertreten lassen wollten, so kann man wenigstens nicht leugnen, dass ihre Wahl gut ausgefallen, und die Anrede der Fürstin von Fürstenberg an den Monarchen gut gedacht und gefasst gewesen ist«, heißt es lobend.

Ihr Engagement bringt ihr viele Sympathien ein, aber keinen Erfolg. Ihre wohlformulierten Memoranden, Eingaben, Protestschreiben und Noten landen im Papierkorb der Ge-

Der Kongress tanzte. Hier der Redoutensaal der Wiener Hofburg.

schichte. Zwar bringen ihr ihre politischen Gegner allesamt Respekt entgegen, aber die Geschichte lässt sich nicht mehr zurückdrehen. Die oft am Rand von Bällen, Redouten, Paraden, Theateraufführungen und Schlittenfahrten ausgehandelten Regelungen begünstigen die Gewinner der napoleonischen Flurbereinigung. Sie können ihre Gebietszuwächse großenteils behalten. Die »unterdrückten Reichsstände« kommen im Kongress noch nicht einmal zu Wort. Ein paar Privilegien, das ist alles, was für sie abfällt. Elisabeth bleibt nur noch ihr Stolz: »Sie begnügen sich also damit, nur unsere Ebenbürtigkeit mit den Unterdrückern zuzusichern, als ob es in ihrer Macht stünde, unsern Adel zu schmälern.« Und über den Kaiser schreibt sie ihrer Tochter Leopoldine: »Wohl hat der Vielgeliebte uns hässlich getäuscht, [...] aber zürnen kann ich dem Ehrwürdigen doch nicht.«

Elisabeth ärgert sich, »neun Monate hier fruchtlos angewendet zu haben«. Allerdings: so ganz fruchtlos ist der Auf-

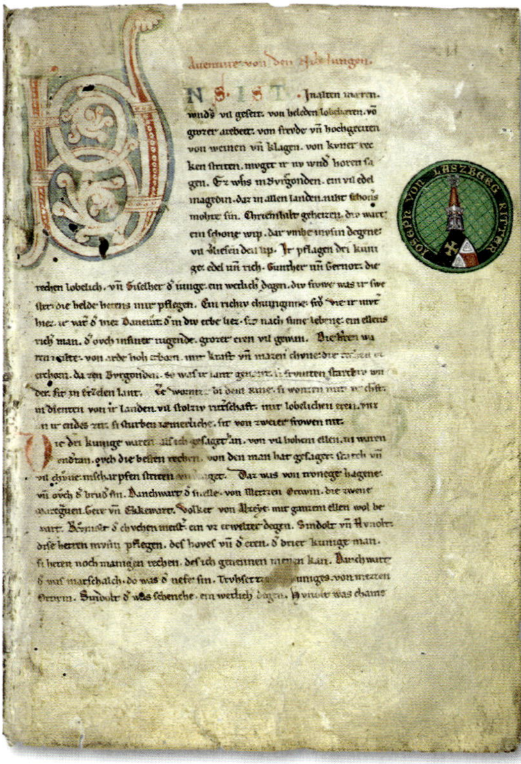

Sein »letztes Hemd« hätte Laßberg für die Handschrift des Nibelungenlieds gegeben. Mit Hilfe Elisabeths konnte er sie erwerben.

enthalt in Wien nun doch wieder nicht gewesen. Wenn Laßberg nicht mit Verhandeln beschäftigt ist oder mit der Gründung einer konservativen Bruderschaft, die sich auf ihre Fahnen geschrieben hat, »den wahren altertümlichen ritterlichen Sinn des teutschen Adels zu erwecken«, zu bewahren und zu fördern, dann tut er sich auf dem Antiquariatsmarkt um. Durch die Säkularisierung der Klöster sind eine Menge altehrwürdiger Bücherschätze und Handschriften auf den Markt geschwemmt worden. Dort treffen sie auf Käufer, bei denen der Kampf gegen Napoleon ein »teutsches« Nationalbewusstsein entfacht hat. Sie stürzen sich auf alles, was von der ruhmreichen Vergangenheit kündet. Und nun steht die Handschrift des Nibelungenliedes zum Verkauf. Kaiser Franz ist interessiert, aber das Gebot seines Hofbibliothekars erweist sich als zu knauserig. Dann will ein englischer Sammler den Codex kaufen. »Dies war ein Donnerschlag für mich! In einen englischen Büchersaal [...] sollte der Codex kommen! einem britischen Knochenvergraber sollte er zuteil werden, und für Deutschland, für unser Schwabenland auf ewig verloren sein! Nein, dachte ich, ehe ich dies zugebe, verkaufe ich mein letztes Hemd.« Allerdings hätte der Wäscheschrank des enthusiastischen Freiherrn wohl kaum ausgereicht, um den Kaufpreis aufzubringen, doch Elisabeth springt ein und so wird die als Handschrift C des Nibelungenliedes bekannt gewordene Errungenschaft das Glanz- und Prunkstück von Laßbergs Bibliothek.

Im Mai 1817 übergibt die Fürstin ihrem Sohn Karl Egon die Verantwortung für die fürstenbergischen Güter und zieht sich ins Privatleben zurück. Karl Egon steht kurz vor der Volljährigkeit und wird ein Jahr später die badische Prinzessin Amalie heiraten. Auch Joseph quittiert seinen Dienst als Verwaltungsbeamter ohne Bedauern. Sie sind beide verwitwet und sehen ihre Pflichten der Welt gegenüber als erfüllt an. Jetzt dürfen sie an ihr privates Glück denken. Es heißt sogar, sie hätten eine heimliche Ehe geschlossen. Sie leben teils auf Elisabeths Witwensitz, Schloss Heiligenberg, teils auf Schloss Eppishausen im Thurgau, das Laßberg 1812 erworben hat, für den Fall, dass Elisabeth und ihr Sohn einmal ein Asyl benötigen würden. Jetzt wird es mit Geldern aus Elisabeths Vermögen großzügig renoviert. Als finanzkräftige Mäzenatin teilt und fördert sie die Sammelleidenschaft ihres Liebsten, der sich mit der Zeit als »Meister Sepp von Eppishausen« einen Namen macht: als Bücherjäger und Sammler alter Urkunden, Handschriften, Münzen, als Autor, Herausgeber, Privatgelehrter, Netzwerker und Gastgeber seines Historiker- und Germanistenkreises.

Fünf gemeinsame Jahre sind ihnen noch beschieden. Das letzte ist von Elisabeths Gallen- und Leberleiden überschattet, an dem sie 1822 an einem Sommermorgen unerwartet stirbt. Joseph schmückt die Tote in ihrem Sarg mit einem Kranz aus Feldblumen. Leidenschaftlich wie seine Liebe ist auch seine Trauer, »denn seit dem Tode der Diva lebe ich eigentlich nicht mehr! Sie hat den besten Teil von mir mit hinüber genommen in das unbekannte Land; aber nun habe ich aus dem Schiffbruche wieder so viel ich konnte, zusammen gerafft und aus den Trümmern ein Ding zusammen gestoppelt, das meine Gäste einen Menschen heißen, da ich doch wohl weiß, dass es wenig mehr als ein Gespenst ist«. So schreibt er fast zehn Jahre nach Elisabeths Tod an einen Jugendfreund. Nur langsam findet er wieder ins Leben zurück.

Schloss Eppishausen im Thurgau. Laßberg kaufte es für den Fall, dass Elisabeth und ihr Sohn einmal ein Asyl brauchen würden.

1834 heiratet er ein Stiftsfräulein aus Westfalen, Jenny von Droste-Hülshoff, deren Schwester Annette Gedichte schreibt und oft bei ihnen zu Gast ist. Mit 66 Jahren wird er noch einmal Vater. 1837 kauft er die Meersburg am Bodensee und zieht mit Jenny und den Zwillingstöchtern und 150 Bücherkisten in das renovierungsbedürftige Gemäuer. Dort stirbt er am 15. März 1855.

»Hast du deine Zigeunerin noch immer nicht fortgejagt?«

Die Diva und der Gottesleugner: ein Ehekrieg

David Friedrich Strauß und Agnese Schebest

»Am besten gefielen mir stets solche Opern und Stücke, welche mit einer Hochzeit endigten«, erinnert sich die Sängerin Agnese Schebest an die Bühneneindrücke ihrer Jugend. »Kam zum Schlusse Mord oder Totschlag vor, so ging ich lieber gar nicht hinein. Was soll man sich auch den ganzen Abend mit abhärmen, wenn zuletzt doch nichts aus der Heirat wird.« Ihre eigene grandiose Karriere endigt ebenfalls mit einer Hochzeit, und gegensätzlicher hätten die Brautleute kaum sein können, »die von den beiden Enden der Welt her ein sonderbarer Wirbelwind zusammengestürmt hat«. Sie: eine international gefeierte Operndiva auf dem Zenit ihres Ruhms, Österreicherin, katholisch, eine tatkräftige, unabhängige Frau, heiter und mit Humor gesegnet. Er: ein von der württembergischen Theologenlaufbahn geprägter Gelehrter, fest verwurzelt im schwäbisch-protestantischen Bürgermilieu, auch wenn er das Establishment gerade allerheftigst gegen sich aufgebracht hat, ein mutiger Denker mit scharfen Ecken und Kanten, hochfahrend, bisweilen von Schwermut und Lebensüberdruss geplagt.

Als Primus eines ohnehin schon überragenden Jahrgangs (der sogenannten »Geniepromotion«) absolviert der 1808 in Ludwigsburg geborene David Friedrich Strauß im Jahr 1830 sein Theologie-Examen am Tübinger Stift. Eine glänzende Universitätskarriere scheint ihm sicher – bis er 1835/36 ein Werk veröffentlicht, das ihm unter fortschrittlichen Theologen in ganz Europa große Anerkennung einbringt: »Das Leben Jesu, kritisch bearbeitet«. Darin wird das Evangelium nicht als Wort aus dem Munde Gottes behandelt, sondern als historisch-kritisch zu untersuchende Überlieferung. Damit rührt Strauß an die Grundfesten des christlichen Glaubens und macht sich die gesamte lutherische Orthodoxie zum Feind. Fortan wird er als »Judas«, als Verräter am Christentum gebrandmarkt. Seine Freunde aus Seminar- und Stiftstagen bewundern seinen Mut und halten zu ihm, obwohl schon ein Besuch des Gottesleugners in einem schwäbischen Pfarrhaus genügt, um den Geistlichen in Misskredit zu bringen. Den einfachen Leuten gilt Strauß als leibhaftiger Antichrist, und als die Reiseschriftstellerin Emma von Suckow den Dissidenten im gastfreundlichen Haus des Dichters Justinus Kerner in Weinsberg kennenlernt, teilt sie ihrer Leserschaft augenzwinkernd mit, dass es sich bei Herrn Dr. Strauß um einen gutaussehenden jungen Mann handle, mit einem – man höre und staune – ganz moralischen Lebenswandel. Strauß wagt ein Leben als freier Schriftsteller und lässt sich in Stuttgart nieder. Dort gastiert Agnese Schebest, eine ebenso umjubelte Diva wie heute Anna Netrebko.

Agnese Schebest kommt 1813 in Wien zur Welt und wächst in Theresienstadt auf, wo der griechische Fürst Ypsilanti, der dort seine Festungshaft verbüßt, ihre Stimme entdeckt. Ihre Mutter – der Vater ist früh gestorben – sieht und ergreift die Chance, die sich durch die Begabung des Kindes auftut. Früh beginnt Agnese ihre Musik- und Schauspielausbildung, in Dresden, wo sie schon bald im Chor der Hofoper mitsingt und 1830 ihr Operndebüt gibt. Sie bekommt einen festen Vertrag, holt Mutter und Schwester zu sich nach Dresden und wird bis

Der Gottesleugner David Friedrich Strauß: ein gut aussehender junger Mann mit einem ganz moralischen Lebenswandel.

zum Ende ihrer Karriere finanziell für sie sorgen. Nach zwei Jahren an der Hofbühne und vier weiteren Jahren in der ungarischen Stadt Pest nimmt Agnese kein festes Engagement mehr an. Sie verabscheut das Protektionswesen, die Intrigen und Schikanen, die sie an den Hofbühnen kennengelernt hat. Von 1836 an geht sie als reisende Sängerin auf Tournee. Ein gewagtes Unternehmen, aber ihre Unabhängigkeit ist ihr lieb und teuer: »Zu meiner Künstlerexistenz hatte ich zwar enorme Ausgaben nötig, und von den Reiseunkosten per Extrapost, Gasthausrechnungen, Krankheitskosten, den fortwährenden Trinkgeldern und der Erhaltung einer kostspieligen Theater- und Zivilgarderobe, so wie den sonstigen Erfordernissen kann man sich beim ruhigen Fortgang eines alltäglichen Privatlebens gar keinen Begriff machen. Hier kann man einen ganzen

Monat schon recht anständig mit dem leben, was ich dort oft an einem Tage verbrauchte, ohne eben absichtlich verschwendet oder einen sonderlichen Genuss davon gehabt zu haben.«

Ihre Triumphe an den großen Opernhäusern Europas entschädigen sie für die Mühsal des Wanderlebens. Zu dieser Zeit liebt man die italienische Oper: Rossini, Bellini, Donizetti. Was Agnese mit ihrer »glockenreinen Mezzosopranstimme« unter den Sängerinnen ihrer Zeit hervorhebt, ist ihr phänomenales schauspielerisches Talent. Ihre Verehrer finden, »sie sei eine große, wo nicht die größte deutsche Sängerin, weil sie so trefflich – spiele«. Besonders die heroischen Rollen liegen ihr. Agnese Schebest verkörpert die verzweifelte Druidenpriesterin Norma (Bellini) und die Kindermörderin Medea (Cherubini). Sie singt die Titelrolle in Beethovens »Fidelio«, der eigentlich eine als Mann verkleidete Lenore ist, die ihren Liebsten aus dem Gefängnis befreien will. Am besten aber kommen ihre Helden- und Liebhaberrollen an. Ihre »flammenwirbelnde Leidenschaft« als eifersüchtiger Othello (Rossini) und glühend verliebter Romeo (Bellini) entlockt den Kritikern hymnische Bewunderung und raubt dem Publikum den Atem. Wo sie hinkommt, tobt das Schebest-Fieber. Ihr Bild prangt auf Pfeifenköpfen und Konfekt. Das Publikum hat sie zum Fressen gern: »In Karlsruhe hatte ein Konditor sogar den Einfall, mich in Macaronimasse abzubilden, worüber das Bildnis meiner Wenigkeit in einem Zuckerguss glänzen musste; man konnte also fragen: wie viele Agnesen haben Sie heut' schon verzehrt?« Auch in Stuttgart herrscht eine nie gekannte Publikumsbegeisterung. Es gibt Szenenapplaus, und das gleich mehrfach.

Während ihr die Welt zu Füßen liegt, wird Friedrich von allen rechtgläubigen Christenmenschen als Gottesleugner angefeindet. In Stuttgart begegnen sie sich, als Agnese dort in den Jahren 1837 und 1838 gastiert. Eine griechische Göttin! Eine Priesterin der Kunst! So sieht er sie. Hingerissen von ihrer klassischen Schönheit, ihrer Anmut, ihrem vollendeten Künstlertum, versäumt er keine Vorstellung, und er lernt die

Vom Teufel geritten. Der Streit um die Berufung von David Friedrich Strauß an die Zürcher Hochschule in einer Karikatur.

Angebetete auch persönlich kennen. Noch bringt die »törichte Neigung« keine Gefahr für Friedrich, der bisher jeder ernsthaften Bindung aus dem Weg ging. Die Diva ist unerreichbar. Er macht seinem Enthusiasmus mit Lobeshymnen und Sonetten an die »Zauberin« Luft. Im Januar 1838 erreicht ein Gerücht seine Mutter in Ludwigsburg: »Du machst einer Schauspielerin die Cour.« Auch wenn sie gerne glauben will, dass »die ganze Geschichte unschuldig ist«, mahnt sie den Sohn, »man muss doch jeden bösen Schein meiden und dem Pack keine Freude machen«. Denn Gegner hat ihr Friedrich gerade genug. Und es werden immer mehr.

1839 löst seine Berufung auf den Lehrstuhl für Dogmatik und Kirchengeschichte an der Zürcher Hochschule den »Züriputsch« aus. Die konservative Opposition und die fromme Landbevölkerung wollen sich ihren lieben Gott nicht wegnehmen lassen und laufen Sturm gegen die Berufung des Ketzers. Agnese, die während dieser Zeit in Zürich auftritt, weiß spätestens jetzt, dass ihr Verehrer nicht nur in der Schwabenmetropole ein berühmt-berüchtigter Mann ist. Die liberale Kantonsregierung muss nicht nur Strauß' Berufung zurücknehmen, sondern wenige Monate später selbst gehen. Strauß wird pensioniert, noch ehe er seine Professur angetreten hat. Sein 1840/41 veröffentlichtes Buch »Die christliche Glaubenslehre in ihrer geschichtlichen Entwicklung und im Kampfe mit der modernen Wissenschaft« führt vollends zum Bruch mit der Kirche und begräbt jede Hoffnung auf eine Universitätslaufbahn. Friedrich ist Anfang dreißig, er hat keine Stellung, kein Amt, keine Familie, nichts was in seinen Kreisen einen Mann ausmacht. Eine geplante Vernunftehe, um sich vor dem »vollkommenen Lebensbankrott« zu retten, zerschlägt sich, denn die Auserwählte ist bereits vergeben. Friedrich beginnt, sich mit seinem Hagestolzentum abzufinden.

Da kommt Agnese wieder nach Stuttgart. Die Liebesgeschichte entwickelt sich rasant, wie sich in Friedrichs Briefen an seinen Freund und »Beichtvater« Ernst Rapp nachverfolgen lässt: Im Dezember 1841 distanziert er sich noch von »meiner Schebestschwärmerei vor 3 Jahren«. Und im März 1842 erklärt er: »Du wirst mich auf Heiratsgedanken nie mehr betreffen.« Keinen Monat später trifft Friedrich ein Brieflein, in dem Agnese ihre Ankunft ankündigt, wie ein Blitzschlag. Beim Wiedersehen fällt er ihr um den Hals und küsst sie. Hin- und hergerissen wünscht er sich, jung und leichtsinnig zu sein, glaubt aber von seiner Leidenschaft, »dass sie zu nichts führt und führen darf«. Vierzehn Tage später meint er: »Es ist doch ein gelungenes Stück Arbeit, dass ich einem solchen Mädchen Liebe, leidenschaftliche, einzuflößen im Stande war. Könnte nur mehr, etwas Bleibendes daraus werden! Sie ist eine reiche, feurige Seele und ebenbürtig den unsern. Wie schnell hat sie mich gefasst und verstanden.« Und wieder eine Woche später setzt er allen Bedenken – seinen eigenen und denen der Freunde – ein wagemutiges »jetzt oder nie mehr« entgegen. »Gibt's eine Tragödie – nun so war der nicht auszuweichen.« Am 30. August 1842 wird geheiratet.

Kunstfreunde nehmen es mit Bestürzung auf, dass die Diva ihre Karriere einem Gelehrten von zweifelhaftem Ruhm und ungewisser Zukunft opfert. Denn dass eine Frau mit ihrer Heirat von der Bühne abtritt, ist üblich, auch wenn es Ausnahmen gibt. Agnese sehnt sich nach Kindern und einem Familienleben. Über ihre Liebe zu Friedrich wissen wir wenig. In ihrer Autobiographie »Aus dem Leben einer Künstlerin« spricht sie sich zwar gegen Versorgungs- und Konvenienzehen aus, aber vielleicht haben die monatelangen Krankheitsphasen in den vorangegangenen Jahren ihre Existenzangst geschürt. Offenbar hat auch ihre Stimme gelitten. Eduard Mörike nimmt von einem Hauskonzert den Eindruck mit, »dass sie, was allgemein behauptet wird, die höchste natürliche Energie, Fülle, Glanz und Reinheit ihrer Stimme nicht mehr habe«.

Die Hochzeit des Gottesleugners mit dem »Theaterfrätzle« ist Wasser auf den Mühlen der schwäbischen Pharisäer und Philister, wie später auch das Scheitern der Ehe. Selbst Friedrichs Freunde finden, eine Pfarrers- oder Beamtentochter hätte besser gepasst. Der protestantisch geprägte Intellektuelle und »die leichtlebige Österreicherin, die nirgends in die Tiefe drang«, das kann doch nicht gut gehen. Missbilligend wird das fehlende Vermögen der Braut vermerkt, denn Agnese hat trotz ihrer Stargagen nichts gespart. Friedrich lebt von seinem Erbe und seinen Honoraren als Schriftsteller auskömmlich, aber nicht üppig. Er bezahlt den größten Teil der Aussteuer und verpflichtet sich außerdem, Mutter und Schwester Schebest, die bisher von Agnese versorgt worden sind, mit einer jährlichen Zahlung zu unterstützen.

Das ungleiche Ehepaar zieht nach Sontheim bei Heilbronn, ins idyllisch gelegene »Schlösschen«, das einst als Sommersitz eines Deutschordenskomturs erbaut wurde. Freunde kommen zu Besuch und sind nun doch sehr angetan von der Hausfrau, die keinerlei Starallüren zeigt, sondern als »Hausmütterchen an der Kaffeemaschine« präsidiert und Behaglichkeit

Die Titelrolle in Vincenzo Bellinis Oper »Norma« war eine von Agnese Schebests Glanzrollen. Das Bild zeigt eine Aufführung der Oper im Gran Teatre del Liceu in Barcelona, wahrscheinlich 1847.

verbreitet. »Sie ist natürlich, munter, herzlich, resolut«, findet Mörike. Justinus Kerner lobt sie als »eine sehr liebe, rechtschaffene Person« und erhofft sich einen guten Einfluss »auf Strauß' Inneres«. Selbstbewusst und mit Elan studiert Agnese ihre neue Rolle – die Führung eines Haushalts – ein und wird dabei kritisch beäugt. Agnese überwacht die große Wäsche, bügelt, kocht, entdeckt den Lorbeer als Saucengewürz und nimmt Pannen mit Humor: »Zu Hilfe! zu Hilfe! mir will nichts geraten! / Der Kuchen verbrennt und es dorret der Braten! / O Himmel! die Gäste! schon nahen sie sich – Wer rettet, rettet, schützet mich!«, parodiert sie die Eingangsarie der »Zauberflöte«. Und der Ehemann lobt: »so wunderbar findet sie sich in die neue Rolle, die ihr mit mir angewiesen ist. Ich sehe hier, wie die weibliche Natur, wenn sie unverdorben sich treu geblieben, durch alle Abwege anderweitigen Berufs [...] die Bestimmung zum Hausmütterlichen in sich trägt.« Bald hat er auch Gelegenheit, den Eifer und das Geschick zu rühmen, mit denen seine Frau »ihre Kindersächelchen zusammengebestelt« hat, denn im April 1843 wird Tochter Georgine geboren. Friedrich führt, wie er sagt, ein Schlaraffenleben. Die Befürchtung seiner Freunde, dass er in Schlafrock und Pantoffeln im häuslichen Glück verhockt, bewahrheiten sich jedoch nicht.

Es kommt viel schlimmer. Schon bald langweilt er sich im dörflichen Idyll. Theobald Kerner, der Sohn von Friederike und Justinus Kerner, diagnostiziert das Dilemma, das sich schon früh in dieser Ehe abzeichnet: »Je mehr sie ihm eine einfache, pflichtgetreue Gattin war, die allem Streben, nach außen zu glänzen, entsagt hatte und sich alle Mühe gab, als fleißige, sparsame Hausfrau ihrem Manne zu gefallen, desto schneller zerfloss seine Begeisterung und trat Ernüchterung ein. Wohl merkte die gute Frau öfter Missstimmungen an ihm, in ihrer arglosen Herzensgüte gab sie aber nur sich die Schuld und war um so tätiger in Haus und Küche.« Dem frischgebackenen Ehemann fehlt nicht nur ein Projekt, an dem er sich abarbeiten kann, sondern auch der Austausch mit Freunden. Den findet er in der »Gräßles-Gesellschaft«, einer Heilbronner Herrenrunde. Dort nimmt er sich eine Wohnung, Agnese überlässt er sich selbst. Da hat sie nun ihren mit heiligem Ernst, Erfolg und Freude ausgeübten Beruf aufgegeben, um in einem Bauerndorf das Haus zu hüten! Alle Freunde des Ehepaars sind Friedrichs Freunde, ehemalige Stiftler, schwäbische Honoratioren, mit denen er Herkunft, Gewohnheiten und Lebensstil teilt, all die großen und kleinen Gemeinsamkeiten, die ein feines, aber festes Netz um Menschen aus demselben Milieu weben. Agnese, die Fremde, die Neigschmeckte, die Künstlerin mag sich gefühlt haben wie Uhlands berühmter Hirte in »Schäfers Sonntagslied«: allein auf weiter Flur. Und ausgeschlossen, enttäuscht, betrogen.

Eines Tages findet sie auf Friedrichs Schreibtisch den Brief eines Studienkollegen. »Hast Du deine Zigeunerin noch immer nicht fortgejagt?«, will dieser – ein Pfarrer – wissen. Agnese fährt auf: »Ein Mensch, der solches über Deine Frau zu schreiben wagt, ist Deiner Freundschaft unwürdig, und ich verlange, dass Du jede Korrespondenz und Freundschaft mit ihm aufgibst!« – »Du hast mir keine Vorschriften zu machen, viel eher als meine Freunde gebe ich dich auf!«, giftet Friedrich. Die Freunde, immer die Freunde! Und deren Frauen, Schwestern und Cousinen! Bald sieht Agnese in jeder Frau eine Rivalin und quält Friedrich mit ihrer Eifersucht, von der sie »wahrhaft besessen« gewesen sein soll. Sie blamiert ihn mit peinlichen Szenen vor den anderen. Ihre Verdächtigungen kränken ihn. Er fühlt sich durch ihren Argwohn beschmutzt. Es gibt heftige Auftritte und Versöhnungen, die nicht lange halten. Beide sind gründlich desillusioniert: Der feinsinnige Mann, der Agneses Künstlertum würdigte und verstand, hat sich in einen mürrischen Ehemuffel verwandelt, der die Gesellschaft seiner Freunde der ihrigen vorzieht. Und die Zauberin, die Hohepriesterin der Kunst hat sich als zänkischer Hausdrachen entpuppt.

Als im Jahr 1843 der Sohn Fritz geboren wird, ist die Beziehung bereits zerrüttet und als Agnese Anfang 1847 von einer Reise zurückkehrt, verweigert Friedrich ihr den Zutritt zur ehelichen Wohnung. Er will die Scheidung, ein weiteres Zusammenleben kann er nicht ertragen. Sie wehrt sich. Für sie als Katholikin ist eine Ehe unauflöslich. Und sie hat doch nicht alles geopfert, um nun mit dem Makel einer Scheidung behaftet durchs Leben zu gehen! Für eine Scheidung gegen ihren Willen fehlt Friedrich die Handhabe. Zerrüttung ist kein Scheidungsgrund, und seine Frau hat sich nichts zuschulden kommen lassen: keinen Ehebruch, kein böswilliges Verlassen, keinen Anschlag auf sein Leben und kein Verbrechen, für das sie eine Zuchthausstrafe verbüßen müsste. Agnese verlangt die Wiederherstellung der Ehe. Friedrich weigert sich. Am Ende werden die Modalitäten der Trennung vor Gericht erstritten. Friedrich macht seinem Hass in wüsten Tiraden gegen Agnese Luft und setzt seinen Freunden die Pistole auf die Brust: Wer Agnese gewogen bleibt, ist für ihn gestorben. Die Drohung wirkt. Nur Justinus Kerner bleibt unbeeindruckt: »Was

gehen mich eure ehelichen Händel an; ich hoffe, ihr versöhnt euch bald wieder!« Das hofft auch Agnese, lange und vergebens. »Ach, ich kann nicht aufhören, ihn zu lieben«, klagt sie, »er ist ja der Vater meiner Kinder!« Sie will die Familie zusammenhalten und ist doch wie gelähmt vor Kummer: »Ich soll mich wie eine Löwin wehren und ich hab' nichts als Tränen.« Justinus Kerner bittet die befreundete Schriftstellerin Emma von Suckow, der »Verlassenen« beizustehen: »Es ist entsetzlich, wie die arme Frau misshandelt wird. Ich glaube zwar, dass sie ihn durch Eifersucht manchmal quälte, allein das ist kein Scheidungsgrund, und nun will er sie mit jährlich fünfhundert Gulden abspeisen und die Kinder behalten, auch soll sie nur wohnen, wo er will, auf kein Theater gehen u.s.w.«

Das gastliche Kernerhaus. Bei Friederike und Justinus Kerner erfuhr Agnese Trost und Zuspruch während ihrer Ehekatastrophe.

Das entwürdigende »Gezänke und Gezerre«, in dem Friedrich keine gute Figur macht, zieht sich bis ins Jahr 1848 hinein. Am Ende legt das Gericht die Bedingungen fest. Tochter

Georgine darf bei der Mutter bleiben, Sohn Fritz muss, wenn er sechs Jahre alt ist, dem Vater übergeben werden. Agnese bleibt in Stuttgart wohnen und bekommt 750 Gulden Unterhalt pro Jahr für sich und 300 Gulden für die Kinder. Friedrich wäre selbst gerne nach Stuttgart gezogen, aber schon der Gedanke, am gleichen Ort wie Agnese zu leben, regt ihn auf. So bleibt er in Heilbronn, bis er – wir befinden uns im Revolutionsjahr 1848 – als Ludwigsburger Abgeordneter in den württembergischen Landtag gewählt wird, wo ihm seine Partei rasch zu radikal, er ihr bald zu konservativ wird. Die Politik bleibt eine kurze Episode, mit schmerzhaften Nebenwirkungen. Er sehnt sich nach seinen Kindern, die er nur gelegentlich im Haus von Freunden sehen darf, und schwebt in ständiger Angst, Agnese zu begegnen, was sich im überschaubaren Stuttgart gar nicht vermeiden lässt. Nach einem Konzertabend – er im Dunkeln auf der Galerie, sie im hell erleuchteten Saal – schreibt er:

Die Töne flattern durch den Saal,
Wie Vögelchen in Lust und Scherzen:
Ich denk an Dich, Du meine Qual,
Du denkst an mich, ich spür's im Herzen.
[...]
Die Töne schweigen und zu Zwei'n
Verlassen Glückliche die Schwelle:
Ich geh' allein, sie geht allein,
Ein jedes nach der öden Zelle.

Er sehnt sich immer noch nach ihr, aber seine Liebe verträgt keine Nähe. In einem Gedicht kurz nach der Trennung heißt es:

Je enger wir uns aneinander banden,
Je ferner von einander rückten wir;
Da unsere Pfühle noch beisammen standen,
Berghohe Tiefe schied mich da Dir.

Seit ich, so schwerem Bann mich zu entziehen,
Von Dir ins Weite bin hinaus gerannt,
Bleibt Dir, ich mag zur fernsten Küste fliehen,
Dies Herz, ein treuer Kompass, zugewandt.

Seinem Freund Friedrich Theodor Vischer gesteht er: »Ich habe seit einiger Zeit für meine Frau eine solche Empfindung im Herzen, dass ich den Augenblick weinen könnte. Alle guten Seiten, die sie hat, stellen sich mir vor, und wenn ich des Nachts von ihr träume, so ist's in ruhig freundlicher Weise, wie wenn nichts vorgefallen oder Alles ausgeglichen wäre.« Die Distanz macht Träume möglich, Träume, die die Wirklichkeit nicht erfüllt. Die Wirklichkeit lässt ihn immer wieder schmerzhaft erfahren, dass das Traumbild, das er liebte, und die Frau aus Fleisch und Blut, mit der er verheiratet war, nicht dieselben sind. Agnese ist eine Persönlichkeit mit all ihren Eigenheiten, die das Traumbild trüben. Eine unverzeihliche Sünde. Zwar hofft er, dass sich »das Verhältnis als freundschaftliches Getrenntsein« gestalten ließe, aber dazu hält ihn seine Hassliebe viel zu fest im Griff. Zerrissen zwischen widersprüchlichen Gefühlen, verlegt er sich schließlich ganz aufs Hassen. Er wird hart und verbittert, schreibt alles Unglück, das ihn trifft, »dem Weib« zu. Sogar den Tod wünscht er ihr: »es wird noch lange anstehen, aber erleben werde ich's, ... und das wird der glücklichste Tag meines Lebens sein.«

Wie Agnese die erzwungene Trennung verschmerzt, wissen wir nicht. Aber sie bekommt ihr Leben danach besser in den Griff als Friedrich das seine. Sie gibt Gesangsunterricht und erobert sich einen Platz im gesellschaftlichen Leben der kunst- und kulturbeflissenen Residenzstadt. Als der sechsjährige Fritz gemäß Gerichtsbeschluss zum Vater kommt, trennt sie sich auch von Georgine, damit die Geschwister nicht auseinandergerissen werden. Diesen Verzicht rechnet man ihr jedoch nicht als Opfer an. Sie habe das Mutterspielen wohl satt gehabt und nachdem sie die Hoffnung aufgegeben habe,

Agnese Schebest nach ihrer glanzvollen Karriere. »Sie weinte nicht um das verlorene Eheglück, sie weinte vor allem um die verlorengegangene Kunst.«

durch die Kinder eine Wiedervereinigung mit ihrem Mann zu erreichen, hätte sie wohl das Interesse an ihnen verloren, spekuliert Strauß' Biograph Theobald Ziegler. Für ihn ist sie »ein Irrlicht, das sein Lebensglück in bodenlose Tiefe versinken ließ«.

Friedrich ist ein liebevoller Vater, aber er mutet seinen Kindern viele Umzüge zu, zeitweise gibt er sie ins Internat. Es hält ihn nirgendwo länger als ein paar Jahre. In seinen vier Ehejahren hat er nichts veröffentlicht. Schuld daran ist »das Weib«, wer sonst. »Meine Heirat brachte meine Schriftstellerei zum vollkommenen Stillstand«, erklärt er. Erst nach der Trennung kann er wieder arbeiten. Der ausgestoßene Theologe wird ein erfolgreicher Biograph kritischer Geister. 1849 erscheint »Schubarts Leben in seinen Briefen«, es folgen Nikodemus Frischlin, Ulrich von Hutten und schließlich Voltaire.

Auch Agnese schreibt. Ihre Autobiographie »Aus dem Leben einer Künstlerin« erscheint 1857 – zehn Jahre nach der Trennung. Friedrich fürchtet peinliche Enthüllungen und einen Skandal, aber er fürchtet sich grundlos. Sie erwähnt ihn nicht einmal. Es sind die Erinnerungen einer Künstlerin, eine missglückte Ehe hat darin keinen Platz. »Sie weinte nicht um das verlorene Eheglück, sie weinte vor allem um die verlorengegangene Kunst«, verrät einer ihrer Gesangsschüler. Ihre Autobiographie endet vor der Heirat, mit einem Plädoyer gegen die Konvention, Bühnenkünstlerinnen »den Ehestand kontraktlich zu erschweren«, ihren Vertrag aufzulösen oder ihre Gage zu mindern, falls sie heiraten. Agnese führt Beispiele von verheirateten Kolleginnen an, die »nichts von ihren Kunstfähigkeiten verloren haben; im Gegenteil! einige davon sind nicht nur nach wie vor die ausgezeichnetsten Sängerinnen geblieben, sondern auch glückliche Mütter, zärtliche Gattinnen und brave Hausfrauen geworden«. Für sich selbst zieht sie eine traurige Bilanz: »Es war ein weiter, mühevoller Weg, den ich machte, und dennoch hab' ich mein Ziel verfehlt.«

Mit fast sechzig – er ist gerade Großvater geworden – verliebt Friedrich sich noch einmal. Leidenschaftlich. »Dass es ein solches Wesen geben könnte, so aus einem Stück, so an Leib und Seele schön und gut, davon habe ich vorher keine Ahnung gehabt«, schwärmt er. Den Beweis, dass es dieses Mal die Richtige ist, bleibt ihm das Leben schuldig. Marie Locher, die Witwe eines Freundes, erwidert seine Gefühle zwar, aber Friedrich ist auf dem Papier immer noch ein verheirateter Mann. Und Agnese verweigert die Scheidung. Die Kinder versuchen, ihre Mutter umzustimmen. Die bleibt unbeugsam. Friedrich und Marie müssen ihre Beziehung vor der Welt verheimlichen. Geklatscht wird trotzdem. Marie bekommt gutgemeinte Warnungen von Freunden und Druck von Verwandten. Vier Jahre dauert das Versteckspiel, unter dem beide leiden, bis ihre Liebe daran zerbricht. Als Agnese am 22. Dezember 1869 stirbt und Friedrich frei wäre, ist es zu spät. Der Witwer verbietet seinen Kindern, seinen Namen unter die Todesanzeige zu setzen und beeilt sich, Agneses Nachlass versteigern zu lassen. Vier Jahre später stirbt auch er, am 8. Februar 1874, in seiner Geburtsstadt Ludwigsburg.

»Die erste hat er kirchlich geheiratet, die anderen nur noch im Wohnzimmer«

Stuttgarter Vielweiberei

Albert Dulk, Johanna Dulk, Pauline Butter, Else Bußler

Gegenüberliegende Seite: Albert Dulk glaubte, »dass allerdings und ohne Zweifel für einen Menschen mehr als ein Verhältnis existieren kann« – und lebte danach.

Hanne war gerade mal 16, als sie sich mit Albert verlobte. Noch vor der Hochzeit wurde Ini die Dritte im Liebesbund. Wenig später entflammte Else für Albert und wollte ebensowenig von ihm lassen, wie er von ihr. »Das war schon komisch. Er hatte drei Frauen. [...] Die erste hat er kirchlich geheiratet, die anderen nur noch im Wohnzimmer.« So bringt ein Schülervotum von heute die pikante Situation von damals auf den Punkt: ein Mann, drei Frauen, eine Familie. Und das im prüden 19. Jahrhundert. In Stuttgart.

Begonnen hatte die Geschichte in Königsberg. Dort wurde Albert Dulk 1819 geboren. Von Jugend an schlug sein Charisma als Anführer und mitreißender Redner andere in seinen Bann. Nach seiner Ausbildung zum Apotheker verweigerte er die Übernahme der väterlichen Apotheke, um sich ganz der Wissenschaft zu widmen. Die Chemie faszinierte ihn. Und die Politik. In den Jahren des Vormärz strebte das Bürgertum in Deutschland nach nationaler Einheit und politischer Freiheit, während die Reaktion alles in ihrer Macht Stehende unternahm, um die demokratischen Umtriebe zu unterdrücken. Vor allem in der akademischen Jugend gärte es. Albert

gründete eine Burschenschaft (die fortschrittlich Alternative zu den rückständigen Landmannschaften), organisierte Studentenkonzerte und Aufmärsche, tanzte auf Studentenbällen, duellierte sich, turnte, badete in der Pregel, sommers wie winters, um sich abzuhärten. Doch mitten im aufregenden Studentenleben nahm er sich 1839 eine Auszeit auf dem Land und gab sich dem Studium der Bibel hin. Vielleicht suchte er neben der Nähe zu Gott auch die zu seiner Cousine Johanna Dulk, in die er sich ein Jahr zuvor, beim Besuch auf dem Gut seines Onkels, verliebt hatte. Im September 1839 verlobten sich die jungen Leute. Alberts Stiefmutter warnte die Braut. Zwar sei Albert »gut und edel, aber zügellos ist sein Wesen, Freiheit sein Sinn«. Sie mahnte Hanne, an ihre späteren Jahre zu denken und zu prüfen, »ob Du auch dann mit ihm so übereinstimmen wirst, [dass] seine Ansichten vom Leben die Deinen sein werden?«

Bis die beiden im Oktober 1846 heiraten konnten, vergingen sieben, für Albert sehr turbulente Jahre. Neben seinen Studien, die er in Breslau, Berlin und Leipzig fortsetzte, schrieb er Theaterstücke. Sein anonym erscheinender Erstling »Orla« wurde zunächst dem jungdeutschen Dichter Georg Herwegh zugeschrieben. Und wegen seines politischen Engagements zog er sich das Missfallen der Obrigkeit zu. Im Februar 1845 nahm ihn sein Freund, der Komponist Louis Ehlert, zu einer Gesellschaft bei einem Leipziger Bankier mit und machte ihn mit der Tochter des Hauses bekannt, die er verehrte. Pauline Butter genannt Ini, sang die Lieder, die Louis Ehlert für sie komponierte, und schrieb selbst Gedichte. »Im Kampf allein ist voll' Genügen und Glück nur in der Leidenschaft«, endet eines aus der Zeit der Revolution. Geist- und temperamentvoll, gebildet, emanzipiert, mutig und unkonventionell, war die 24-Jährige ein »Mädchen« ganz nach Alberts Herz. Auch Ini war entflammt. Als er im August 1845 untertauchen musste, versteckte sie ihn monatelang im Landhaus ihrer Eltern, und als man ihn im Mai 1846 in Halle verhaftete, rettete sie verfängliche Papiere aus seiner Leipziger Studentenbude und versteckte sie in ihrem Kleiderschrank.

Nach einem Monat Untersuchungshaft kam Albert frei. Seine Doktorarbeit hatte er im Gefängnis fertig geschrieben. Nun konnte er sein Hannchen heiraten. Ini begleitete ihn nach Königsberg, wo Albert sie seiner Braut vorstellte. Die beiden Frauen mochten einander auf Anhieb. Ini flocht der Braut den Myrthenkranz. Albert schenkte Ini ein Armband als Symbol seiner unverbrüchlichen Liebe. Aus den Flitterwochen gingen zärtliche Briefe an Ini auf die Reise: »Wenn wir beide nur erst wieder beisammen sind«, sehnte sich Hanne. Und Albert fügte hinzu: »Und Du, Du – bist Du auch jetzt noch, eben jetzt aufrichtig unser? O, kann und wird denn die Zeit – denn die Vergangenheit bleibt heilig und schön – bleiben und dauern? [...] Ich wollte Dir gar nicht schreiben, Deinem Wunsche nach, aber nun hat's Hanne getan und so sage ich Dir nur, dass ich meine Liebe zu Dir nicht schreiben kann!!« Ini litt. Sie wollte mit Albert zusammen sein, aber sie wollte die Ehe der beiden nicht gefährden. So kehrte sie im April 1847 nach Leipzig zurück.

Und während Hanne ihrer Freundin nachreiste, verliebte sich Albert in die dritte Frau. Else Bußler (geboren 1824) war die Tochter eines Berliner Hofbeamten, eine schöne Blondine, die sich als Schauspielerin, später auch als Schriftstellerin versuchte. Else war zu Besuch bei ihrer Schwester, als sie Albert begegnete, und auch sie verband eine tiefe, unauslöschliche Leidenschaft. »Sei wieder vernünftig!«, beschwor ihn ein Freund. Solche Herzenswirrungen gehörten in einen Roman, aber nicht ins wirkliche Leben. Drei Frauen: Wie sollte das gehen? – Dass es ging, würde die Zukunft zeigen.

1847 machte die Bank von Inis Vater Pleite. Ini verlor ihr Vermögen und entschloss sich, ihren Lebensunterhalt als Gouvernante zu verdienen. Sie fand eine Stelle in Triest, weit, weit weg von Albert, Hanne und Else. Unterdessen zerschlugen sich Alberts berufliche Pläne. In Preußen durfte er sich nicht habilitieren, bis er »überzeugende Beweise von Gesinnungsänderung« würde erbracht haben. Diese »Kriecherei« verweigerte er. Das bedeutete das Aus für seine wissenschaftliche Laufbahn. Er richtete sich in Königsberg ein Labor ein, wo er seine chemischen Forschungen privatim weiterbetrieb. Anfang Januar 1848 kam Paul zur Welt, das erste Kind von Hanne und Albert. Am 23. Februar wurde sein Drama »Lea« in Königsberg uraufgeführt. (Dulk hatte den Stoff von Wilhelm Hauffs Novelle »Jud Süß« dramatisiert, aber in wesentlichen

Cousine Johanna Dulk: 1846 wurde sie seine Ehefrau. Sie versprach, »dass mein Leben, solange Du möchtest, Dir und meinen Kindern ungeteilt bleibt«.

Zügen verändert; er trat den antisemitischen Vorurteilen seiner Zeit entgegen und prangerte die Willkür des Gerichtsverfahrens gegen Süß an. Als einziges seiner Stücke wurde es mehrmals aufgeführt, die meisten anderen schafften es nicht einmal auf die Bühne.) Am Abend der Premiere – »mäßiger Beifall« – traf die Nachricht vom Ausbruch der Revolution in Frankreich ein. Nun erhoben sich auch die Deutschen. Albert wurde Leutnant der Königsberger Bürgerwehr und Führer der Studentenwehr. Er gründete einen Arbeiterverein, gab ein »Sonntagsblatt für die arbeitenden Klassen« heraus, das allerdings nach fünf Nummern wieder eingestellt wurde, er hielt flammende Reden und schrieb »politische Komödien« gegen den Obrigkeitsstaat. Für Hanne hatte der Vielbeschäftigte kaum noch Zeit.

Was sich in diesen aufregenden Monaten ereignete und was ihn bewegte, erfuhr Ini aus Alberts Briefen. Für ihn beschränkte sich die Revolution nicht auf die Politik, sie schloss auch die Liebe mit ein. Er erklärte Ini, »in einem Käfig, der bloß aus Gittern von anderen, von Menschenhand geschmiedet besteht, werde ich mich nicht gutwillig einsperren lassen, und als solcher lastet auch die Beschränkung der Liebesfähigkeit auf mir«. Seine Liebe reichte für drei. »Auch mit Hannchen habe ich darüber gesprochen. Wir meinen beide, dass allerdings und ohne Zweifel für einen Menschen mehr als ein Verhältnis existieren kann.« Es fehle, sinnierte er, nur an der gesellschaftlichen Möglichkeit, solche Beziehungen zu leben, von deren innerer Berechtigung er fest überzeugt war. Er verlange mehr als die geistige Erfüllung, schrieb er Ini, »mir ist die Erschöpfung der Liebe, leibliche wie geistige, heilig – heilig die Befriedigung aller

Wir sind neugierig ...

... was Sie von dem Buch halten, dem Sie diese Karte entnommen haben.

Titel des Buchs

Wie wurden Sie auf das Buch aufmerksam?

Bitte schreiben Sie uns ganz offen Ihre Meinung. Sie ist wichtig für unsere weitere Verlagsarbeit.

Der Silberburg-Verlag hat sich auf Baden-Württemberg spezialisiert. Haben Sie Ideen oder Vorschläge zu Buchthemen?

... Sie auch?

Tragen Sie einfach umseitig Ihre Anschrift ein. Gerne senden wir Ihnen dann Informationen zu unseren Neuerscheinungen.

Im Silberburg-Verlag erscheint »**Schönes Schwaben**« – die farbige Monatszeitschrift zu Kultur, Geschichte, Landeskunde. Informativ und unterhaltsam, aktuell und zeitlos. Mit traumhaft schönen Fotos und interessanten Artikeln von kompetenten Autoren. Sollen wir Ihnen einmalig ein kostenloses Probeheft senden?

☐ Ja ☐ Nein

Kräfte und Fähigkeiten, im Innern, alles Genusses, sobald er nicht flüchtiger, leichtsinniger Reiz ist. Dass aber die eine Beziehung unter der anderen leidet, muss ich zwar anerkennen, doch schreibe ich es nicht innerlichen Konflikten zu, sondern nur der äußeren, so unvollkommenen Einrichtung der Gesellschaft und sehe grade darin eine würdige Aufgabe, neue Formen zu finden, die der idealischen Berechtigung der Menschennatur besser entsprechen als die jetzige faule Moral und Sitte, die vor den neuen revoltierten Zuständen der Menschheit ganz geistlos zu werden beginnen. Dass durch solche neue Formen ›der Fluch der Illegitimität eines Kindes‹ und manche andere böse Schäden erst zu überwinden wären, doch auf uns noch lasten würden, sehe ich ein; aber unter dem Eindrucke einer großen, heiligen Überzeugung werde ich mir hierzu immer das Recht zutrauen«.

Nach dem Tod ihres Vaters kehrte Ini für einige Zeit nach Leipzig zurück, und ehe sie wieder nach Triest abreiste, trafen sie sich, auf Alberts Drängen, im Oktober 1848 in Breslau. Während Albert bald darauf an der stagnierenden Revolution verzweifelte, quälten Ini ganz andere Sorgen. Sie war schwanger. Der »Fluch der Illegitimität eines Kindes« erhob sich drohend. Alle Pläne einer diskreten Entbindung in Deutschland zerschlugen sich. Da fasste sich Ini ein Herz und vertraute sich ihrer Signora an. Diese besorgte nicht nur ein Asyl für die werdende Mutter, sondern behielt das »gefallene Mädchen«, wie man damals sagte, auch weiterhin als Erzieherin ihrer Töchter im Dienst.

In Königsberg erwartete Hanne unterdessen ihr zweites Kind: Ludwig wurde am 16. Mai 1849 in Königsberg geboren. Zwei Wochen später brach Albert nach Udine auf, um Ini bei der Geburt ihres Kindes beizustehen, wozu Hanne ihn gedrängt hatte. Albert legte einige Zwischenstationen ein und schaffte es gerade noch rechtzeitig. »Gott segne euer Beisammensein, wie ich es segne«, schrieb Hanne. Auch sie liebte einen anderen Mann neben Albert, nämlich den gemeinsamen Musikerfreund Louis Ehlert. Das Recht auf mehrere Be-

»Im Kampf allein ist voll' Genügen und Glück nur in der Leidenschaft!« Pauline Butter, seit 1845 die Dritte im Liebesbund.

ziehungen, das Albert für sich in Anspruch nahm, räumte sie sich selbst offenbar nicht ein. Vielmehr versicherte sie Albert, »dass ich Dein bin wie ich es war und gefasst, entschlossen es zu bleiben, auch wenn Du Dein Leben zwischen Ini und mir teilen wirst oder musst – dass mein Leben, solange Du möchtest, Dir und meinen Kindern ungeteilt bleibt«. Und dann gab es immer noch Else Bußler, die unglücklich, aber standhaft in Königsberg ausharrte, anstatt zu ihrer Familie nach Berlin heimzukehren. »Möchte mir hier eine Katastrophe – an der ich nie schuldlos sein würde – erspart bleiben!«, hoffte Albert.

Nach und nach wuchsen ihm die Probleme über den Kopf. Die politischen Hoffnungen zerschlagen, die berufliche Zukunft blockiert, das bürgerliche Ansehen zerstört und dazu ein Liebeschaos, das mit den Beziehungswirren im Zuge der sexuellen Revolution im 20. Jahrhundert mithalten konnte! Er »möchte vor den verwünschten, ewig neuen Erbärmlichkeiten Reißaus nehmen – wenigstens in einen anderen Weltteil hinein; auch habe ich so vieles angefasst und nichts vollendet, nichts getan, zwecklose Mühe, zielloses Streben [...]. Bedenke, dass ich den Ehrgeiz der Unsterblichkeit habe und in Kleinigkeiten untergehe«, klagte er der schwangeren Ini. Am liebsten würde er alles hinter sich lassen, der Welt und dem Liebesglück entsagen und als Einsiedler in der Wüste leben. Ini wusste Rat. In Ägypten sollte er einen Neuanfang wagen, als Sprachlehrer in Alexandria. Ini schrieb ihm ein Dutzend Empfehlungsbriefe und überließ ihm ihr Erspartes. Unterhalt für ihren Sohn Max, den sie in Udine zu einer Amme in Pflege geben musste, scheint sie nicht von ihm erwartet zu haben, stattdessen gab sie in ihrer Freizeit Privatunterricht, um die Pensionskosten zu bezahlen. Albert war inzwischen ebenfalls mittellos. Zwar hatte er von seiner Mutter ein stattliches Vermögen geerbt, aber während der Revolution hatte er es unpassend gefunden, als reicher Mann an der Seite der Arbeiter zu kämpfen, und so hatte er sein Vermögen verschenkt – an Hanne, die es fortan haushälterisch verwaltete.

In Alexandria konnte Albert nicht Fuß fassen, teils wegen der dort herrschenden politischen Verhältnisse, teils weil er durch freimütige Gesinnungsäußerungen bei »den ›besseren Kreisen‹ der Handelskolonie« aneckte. »Muße, Ruhe – Freiheit suche ich«, schrieb er Ini. Schon immer hatte er die Wunder Ägyptens kennenlernen wollen, nun bereiste er sein Sehnsuchtsland ausgiebig. Die Erinnerung an »jene heißen seligen Stunden in Udine« begleitete ihn. Acht Wochen verbrachte er in der Wüste, in einer Felsenhöhle am Berg Sinai, sinnend, meditierend und an einer philosophischen Abhandlung über Gott, die Welt und die Menschen schreibend, die später die Grundlage zu seinem Hauptwerk »Stimme der Menschheit« bildete. Aus Sehnsucht und Sorge, weil Nachrichten von seinen Lieben in Europa ausblieben, entschloss er sich zur Rückkehr. Das »uralte Wunderland« Ägypten hatte auch an ihm ein Wunder gewirkt: Es hatte ihm zu innerer Ruhe verholfen. Er musste sich nichts mehr beweisen. Keine Heldentaten, kein Amt, keine Stellung. Er glaubte nun, dass »der Mensch nur Eines zu suchen habe: sich Selbst«.

In Bologna gab es ein leidenschaftliches Wiedersehen mit Ini – Tage, die sie als die glücklichsten ihres Lebens in Erinnerung behielt. Dann trieb ihn die Sehnsucht weiter, zu Hanne. Und unterwegs traf er sich mit Else in Berlin. Fünfzehn Monate nach seiner Abreise kam der ehedem so vielversprechende Sohn der Stadt abgebrannt nach Königsberg zurück, wo er als gescheiterter Revolutionär ohnehin einen schweren Stand hatte. Hanne war in seiner Abwesenheit nun doch eine Liaison mit Louis Ehlert eingegangen. Sie gab Albert ihr Tagebuch zu lesen. Der erkannte, dass die Ehe mit ihm Hanne nicht glücklich gemacht hatte: »Kein Aufatmen zur Freude und Freiheit [...] inneres Unglück, Erdrückung ist Alles, Alles, Alles was ich ihr gegeben habe!!« Hanne bereute, der Verführung durch Ehlert erlegen zu sein. Sie distanzierte sich von ihm. Der Kontakt mit Ehlert wurde abgebrochen. Auch Ini musste ihre Freundschaft mit ihm aufgeben, was sie schweren Herzens tat.

Hanne und Albert lösten ihren Haushalt auf, versteigerten die Möbel und kehrten Preußen den Rücken. Hanne, die damals schon kränkelte, sehnte sich nach gesunder Landluft für sich und die Kinder. In Chaulin, einem Weiler zwischen Montreux und Vevey, zogen sich die Aussteiger in ein abgelegenes Chalet an einem Berghang über dem Genfer See zurück. Albert schrieb Theaterstücke, trieb philosophische, religions- und kulturgeschichtliche Studien, unterrichtete die Kinder, wobei auch die Körperertüchtigung nicht zu kurz kam. Hanne kümmerte sich um Haus und Familie. Er lebe, stellte Albert fest, »wie jeder Ehemann, [ich] herrsche, fordere, schweige, lasse gehen, lasse mir schmeicheln – kurz, lebe nicht mehr wie gleich mit gleich – sondern wie der Herr der Schöpfung mit der Zweitgeburt, die ihm dient.« Diese Normal-Ehe gefiel ihm gar nicht. Er sehnte sich nach Ini.

Else Bußler war seit etwa 1847 mit Albert liiert. 1857 »heirateten« sie in einer privaten Zeremonie.

Im Frühjahr 1852 unternahmen Albert und Hanne eine Bildungsreise nach Italien, auf dem Rückweg holten sie Ini und ihren Sohn nach Chaulin. Mit einem Mal besaß der kleine Max einen Vater, zwei Mütter und zwei Brüder, einer fast gleichaltrig. Albert genoss die Gesellschaft der bewunderten Ini, die das Leben so temperamentvoll und so tatkräftig anging, so ganz anders als Hanne, die, wie sie selbst von sich sagte, »nur still in sich gekauert weiter lebt«. Die beiden Frauen ergänzten sich gut: Hanne, die Stille, Innerliche, Bescheidene und die brillante Ini. Und so lebten sie glücklich in »dreieinigem Liebesverhältnis«, bis Zuzugspläne von Else Bußler die Harmonie störten.

Zunächst wehrten sich die beiden Frauen. Ini fand das Leben »mit irgendeinem andern Weibe als Hanne unmöglich«, doch konnten die beiden ihrem Albert das Zusammenleben mit der unerwünschten Dritten nicht ausreden und gaben schließlich nach. Else hatte sich mit ihrer Familie überworfen, sie hatte zeitweise in Paris und Berlin gelebt und sich immer wieder mit Albert getroffen. Im Herbst 1856 eröffnete sie in Stuttgart einen Hutsalon. Ini half ihr bei der Buchhaltung und stellte selbst auch Hüte für sie her. Freundinnen wurden die beiden Frauen trotzdem nicht. Auch das Hutgeschäft florierte nicht und musste nach einem Jahr wieder schließen. Im Juni 1857 »heiratete« Albert seine Else in einer privaten Zeremonie, gleichsam als Priester in eigener Sache. Zuvor hatten er und Ini sich voneinander geschieden. Doch trotz der beendeten Gewissensehe blieben Ini, Max und die 1854 geborene Anna der Dulk'schen Kommune erhalten, was vor allem ökonomische Gründe hatte, auch als diese sich auf Elses Betreiben im November 1858 in Stuttgart niederließ.

Die Stadt mit ihren Buchverlagen und Zeitschriften zog damals zahlreiche Schriftsteller an. Albert hoffte, als Theaterautor Fuß zu fassen, doch nur sein Libretto zu »König Enzio«, einer Oper von Johann Josef Abert, wurde ein Erfolg. Albert lernte Eduard Mörike und Hermann Kurz kennen und wurde Mitglied der von Friedrich Hackländer gegründeten Künstlergesellschaft »Bergwerk«. Sein Freund Wilhelm Raabe nahm ihn zum Vorbild für den verkrachten Helden seines Roman »Abu Telfan«, der nach Jahren in Afrika in der deutschen Spießbürgergesellschaft nicht mehr heimisch werden kann. In Stuttgart war die »schöne männliche Erscheinung« des hochgewachsenen, langhaarigen Vierzigers mit dem »scharfen ostpreußischen Akzent« und den »straffen norddeutschen Bewegungen« schnell stadtbekannt, und natürlich stand der Mann mit den drei Frauen im Zentrum des Klatsches.

Die Schriftstellerin Isolde Kurz, die als Mädchen mit Anna Dulk befreundet war, erinnerte sich, dass Albert Dulk die »dreifache Ehe« in Stuttgart »ganz öffentlich und unangefochten« leben konnte und mit seinen Frauen ein ganz normales Familienleben führte. Keineswegs nur Bohème verkehrte im Hause Dulk, auch Intellektuelle und Politiker gingen ein und aus. Allerdings gab es Ausnahmen. Einen alten Freund und Mitstreiter stieß »das geradezu ekelerregende Dreiweiberverhältnis« dermaßen ab, dass er Albert nicht mehr besuchte. Albert selbst äußerte sich in einem Brief über seinen anstößigen Familienstand: »Nun sind zwar diese Verhältnisse völlig in meiner Verwandtschaft bekannt, und nicht minder auch in Württemberg stadt- und landläufig, da ich nie ein Hehl daraus machte«, auch sei er deswegen schon in der Zeitung angegriffen worden, »während ich echter Anschuldigung oder einem Vorwurf der Unehrenhaftigkeit und dergleichen bisher nicht begegnet bin. Allein diese Verhältnisse an solcher Stelle zu veröffentlichen, würde nicht nur die beteiligten Familien (z. T. in preußischen Hofämtern) in Verlegenheit setzen, sondern vielleicht auch ein heftiges Aufsehen erregen und den letzten Lebensabend verbittern können. ›Anstandshalber‹ dagegen Ihnen nur von meiner Frau sprechen, wäre ein Verleugnen der anderen, und ein Verheimlichen meines Lebens und meiner Überzeugungen, zu dem ich mich nicht entschließen kann«. Es galt also, Balance zu halten zwischen Wahrhaftigkeit und gebotener Vorsicht. Auch mussten Konzessionen an die bürgerliche Ordnung gemacht werden, und das ging nicht ohne Tricksen und Täuschen gegenüber den Behörden ab. So sorgte Inis Arbeitgeber in Triest dafür, dass Ini nach Max' Geburt neue Papiere erhielt. Ihren neuen Namen sollte Albert für sie aussuchen, wenn er ihr den seinen schon nicht geben konnte. Er schlug »Dorosa« vor, das heiß arabisch »die Kluge«. So wurde aus Pauline Butter die Witwe Dorosa und aus dem unehelichen Max ein eheliches Kind. Zur Geburt von Inis Tochter Anna reisten Ini und Albert nach Lyon, wo sie sich als Ehepaar ausgaben. Bei den Behörden daheim ließen sie Anna als Hannes Tochter registrieren.

Isolde Kurz schrieb das Gelingen des Viererbundes »der zwingenden Persönlichkeit dieses Mannes« zu, der die Frauen »in Liebe und Eintracht zusammenhielt. [...] Sie gingen immer gleich gekleidet, vertrugen sich schwesterlich und hingen mit schwärmerischer Verehrung an dem Manne.« Einen weniger verklärenden Einblick in die Dulk'sche Häuslichkeit verdanken wir den »Erinnerungen einer alten Stuttgarterin«. Als Freundin Anna Dulks war Elise Melitta von Schweizerbarth-Roth zu einer Kindergesellschaft eingeladen, die sich als recht steifleinern entpuppte. »Zuerst, nachdem Anne mich begrüßt hatte, führte sie uns zu einigen Damen, die auf einfachen Polsterstühlen beieinandersaßen; sie wurden nicht näher bezeichnet, ob Mutter oder Tante oder sonstige Anverwandte. Kinder fragen ja bekanntlich danach nicht.« Doch

Stuttgart mit seinem regen Kulturleben zog viele Schriftsteller an. Auch Albert Dulk hoffte, als Autor Fuß zu fassen. Das Bild zeigt Stuttgart im Jahr 1860.

dann geschah in der Tat Seltsames: Buben und Mädchen, die üblicherweise getrennt eingeladen wurden, wurden einander förmlich vorgestellt. Nach Tellerdrehen, Zimmerball und Reifspiel führten die Buben die Mädchen gesittet zu Tisch. Nach der »opulenten Fütterung« wurde getanzt. Auch der Hausherr ließ sich blicken, und schließlich wurden die Buben aufgefordert, die »Damen« nach Hause zu begleiten, ganz wie es sich für Kavaliere gehörte. Elises abwesender Bruder, der mit den wilden »Dulksbuben« befreundet war, erklärte, bei so einer »Viecherei« hätte er niemals mitgemacht.

Im Alltagsleben erfüllten die Frauen unterschiedliche Aufgaben. Hanne kontrollierte das Vermögen, solange es noch etwas zu kontrollieren gab. Ini trug mit Übersetzungen, Sprachunterricht und Zeitungsbeiträgen zum Familieneinkommen bei. Gemeinsam erzogen sie die Kinder und machten gelegentlich Front gegen die energische Else, die sie als grob und herrschsüchtig empfanden. Alle drei Frauen wechselten sich im Wochenrhythmus in der Zuständigkeit für den Haushalt ab. Mit der Zeit verschob sich das häusliche Gleichgewicht zugunsten von Else. Nach Isolde Kurz' Diagnose lag das an Elses Kinderlosigkeit, die es erlaubte, dass sie »ihre ganze Zeit der dienenden Liebe widmen konnte«. Es wird aber auch an Elses beträchtlichem Durchsetzungsvermögen gelegen haben, von dem einige Beispiele überliefert sind. So erreichte Else, laut Isolde Kurz, dass Albert sie auf seine nächtlichen Waldspaziergänge mitnahm, indem sie ihm so beharrlich nachging, bis sie, »zu seiner Kameradin erhöht«, ihn schließlich begleiten durfte – »und genoss nun in diesen stillen Nachtstunden das seltene Glück ihn ungeteilt zu besitzen«. Mit Else machte er in den 1860er-Jahren mehrmals Urlaub am Bodensee. In diesen Sommerwochen versuchte er, den See an seiner breitesten Stelle zwischen Romanshorn und Friedrichshafen zu durchschwimmen. 1860 und 1862 funkte ihm ein Gewitter dazwischen, und er musste aufgeben, doch im Juli 1865 gelang ihm, was zuvor noch niemand geschafft hatte, in sechseinhalb Stunden. Nebst der Ehre und einer Anzahl erst ungläubiger, dann rühmender Zeitungsberichte trug ihm seine sportliche Meisterleistung auch einen gewaltigen Sonnenbrand ein.

Im selben Jahr nahm er, der Preuße, die württembergische Staatsbürgerschaft an. Aus Protest. Er sah den Krieg zwischen Preußen und Österreich um die Vormacht in Deutschland kommen und verurteilte Preußens aggressives Vorgehen. 1870/71 musste der Kriegsgegner erleben, dass alle drei Söhne als Freiwillige am Deutsch-Französischen Krieg teilnahmen. Es war eine Zeit des Umbruchs im Hause Dulk. Das Vermögen war aufgebraucht. Was Albert als Schriftsteller und Journalist verdiente, reichte nicht zum Leben. Von nun an war die Familie auf die Unterstützung von Freunden und Gönnern angewiesen. Die erwachsenen Söhne gingen aus dem Haus. Die Stuttgarter Wohnung wurde zu groß und zu teuer. 1871 zogen Albert, Hanne und Else ins Weingärtner-

Das sogenannte Dulkhäuschen oberhalb von Esslingen. Hierher zog sich Albert Dulk zum Arbeiten zurück. Sozialdemokraten stifteten im September 1885 zum Gedenken an Dulk ein Büste des Freidenkers.

dorf Untertürkheim. Ini und Anna blieben in Stuttgart. Für Anna, die das Katharinenstift besuchte, wäre der Schulweg zu weit gewesen. Hanne litt an Knochentuberkulose, verließ das Haus nicht mehr und trat in Untertürkheim als »Frau Dulk« kaum noch in Erscheinung. Diese Rolle hatte sich Else angeeignet. Auch in anderen Dingen behauptete Else ihren Platz. Im folgenden Jahr unternahm Albert mit seinem Vetter eine ausgedehnte Lapplandreise, der ein Zerwürfnis mit Else vorausgegangen war. Doch Else reiste ihm nach, und nach anfänglichem Zorn söhnte sich Albert schließlich mit ihr aus.

In den 1870er-Jahren wandte sich Albert Dulk der Sozialdemokratie zu. Er trat als einziger Akademiker in Stuttgart der 1875 gegründeten Sozialistischen Arbeiterpartei bei, kandidierte für den Reichstag und den württembergischen Landtag. Die Wahlreden des immer populärer werdenden Agitators erfuhren, ebenso wie seine religions- und kirchenkritischen Auftritte, großen Zulauf und hielten die Polizei auf Trab. 1878 wurde er wegen Volksverhetzung und Kirchenschmähung zu 14 Monaten Gefängnis verurteilt. Als er im Heilbronner Zellengefängnis einsaß, wo er seinen 60. Geburtstag feierte, bekam Ini einen Brief von Hanne. Die beiden Frauen waren knapp bei Kasse, und Hanne bat Ini um Geld, damit wenigstens Else Albert im Gefängnis besuchen konnte. Sie selbst war zu krank für die Reise. Entrüstet wies Ini das Ansinnen von sich. Aber Else wäre nicht Else gewesen, wenn sie das Fahrgeld nicht doch aufgetrieben und ihren Albert besucht hätte.

Im Jahr 1881 wurde der Allgemeine Deutsche Freidenkerbund ins Leben gerufen. Albert gehörte zu den Mitbegründern. Ein Jahr darauf gründete er in Stuttgart die erste Freidenkergemeinde Deutschlands und wurde deren Sprecher. Am 29. Oktober 1884 starb er, völlig unerwartet, auf dem Heimweg von einem Vortrag, im Stuttgarter Bahnhof an einem Herzschlag. Als Freidenker hatte er seine Feuerbestattung verfügt, eine Provokation für die christgläubigen Zeitgenossen und deren Auferstehungshoffnung. Zur Einäscherung musste sein Leichnam ins Krematorium nach Gotha überführt werden. Tausende begleiteten den Toten auf seinem Weg zum Bahnhof. So geriet der Leichenzug zur politischen Massendemonstration. Seine Witwen überlebten ihn lange. Hanne starb 1889, Else 1899, Ini 1902.

»Alles verworren, kompliziert, keine Lösung menschlicher Weise denkbar«

Eine verhängnisvolle Affäre

Georg und Emma Herwegh

Das erste Mal macht er als Klinikpatient von sich reden. Ein Tübinger Medizinstudent wählt die Krankengeschichte des Jungen zum Thema seiner Doktorarbeit. Denn den 1817 in Stuttgart geborenen Georg Herwegh quält ein Nervenleiden, das man damals »St. Veits-Tanz« nennt. Er kommt aus schwierigen Familienverhältnissen. Sein Vater ist ein beliebter Koch und Gastwirt, seine Mutter stammt aus einer angesehenen Balinger Apothekerfamilie, die Eltern sind zerstritten und trennen sich, als Georg das Landexamen ablegt – das Entreebillet zur schwäbischen Theologenlaufbahn. Innerhalb kürzester Zeit schafft er es, alle, die es gut mit ihm meinen, durch sein provokantes Verhalten vor den Kopf zu stoßen: am Evangelischen Stift in Tübingen, an der Universität, dann beim Militär und im Umkreis des Stuttgarter Hoftheaters, wo er als vielversprechender junger Dichter gehandelt wird. Es gelingt ihm aber auch – inzwischen württembergischer Deserteur im Schweizer Exil – einen Gedichtband zu veröffentlichen, der ihn gleichsam über Nacht zum ungekrönten König der demokratischen Opposition in Deutschland erhebt. Und er findet eine Frau, die bedingungslos zu ihm hält.

»Herrlich, herrlich, und zu allem noch diese Augen!« Ganz Deutschland schwärmte von dem jungen Dichter Georg Herwegh. Gemälde von Conrad Hitz, 1843.

Im Sommer 1841 erscheinen seine »Gedichte eines Lebendigen«, süffige Verse fürs freiheitsdürstende Publikum des deutschen Vormärz: »Wir haben lang genug geliebt und wollen endlich hassen!«, heißt es da. Das neue Programm der politisch gewordenen Lyrik verlangt: Weg mit Harfen, Rosen und Blüten, her mit Schwert und Eisen und Revolution! Georgs Reise durch Deutschland, um für eine geplante Zeitung der in der Schweiz agierenden demokratischen Opposition zu werben, gestaltet sich zu einem Triumphzug mit Banketten, Ständchen und Fackelzügen für den jungen Herwegh. Der sieht aus wie das Inbild eines Dichters: attraktiv, mit schwarzen Locken, schweigsam in sich versunken, doch mit wohlklingender Stimme, wenn er denn spricht, vor allem, wenn er seine Gedichte vorträgt. Die Damen sind hin und weg: »Herrlich, herrlich, und zu allem noch diese Augen!« Nämlich groß, schwarz und feurig.

In Berlin lernt er Emma Siegmund kennen, die Tochter eines reichen Seidenhändlers und Hoflieferanten. Sie ist 25, so alt wie Georg, unkonventionell und auf der Suche nach einer Lebensaufgabe. Sie möchte Romane schreiben können wie die große Romantikerin George Sand. Oder patriotische Gesänge wie Georg Herwegh. Stattdessen heiratet sie ihn. Ihre Liebe soll ihn stärken und stählen – und sie selbst aus der Alltagsbanalität des Juste Milieus emporheben. »Was werde ich durch Dich noch werden?«, fragt die Braut erwartungsfroh. Mit Georg will sie »der ganzen Welt Trotz bieten [...]. Welch ein Leben wird mir aufgehen!« Emma macht Georgs Glück und seinen Ruhm zu ihrer Mission – zu ihrem »Projekt«, würde man heute sagen. Nur im Dienst dieses Genies, von dem sie glaubt, dass es Goethe und Heine ablösen wird, hat ihr Leben seinen Sinn. Ist das Selbstverleugnung? Oder Unterwerfung? Emma Herweghs Biographinnen Barbara Rettenmund und Jeanette Voirol sehen das nicht so. Schon Emmas Brautbriefe zeigen »die Vorstellungen einer politisch denkenden, romantischen jungen Frau, die ihren Geliebten in maßlos schwindelnde Höhen hievt, was ihm jedoch seine Bewegungsfreiheit nimmt. [...] Sie wusste bereits in der Verlobungszeit, dass nur das Beste gut genug für ihren Georg war. Und was das Beste war, bestimmte sie«. So bleibt es auch während ihrer Ehe. Emma idealisiert Georg, in ihren Augen kann er keine Fehler machen. Sie steht zu ihm, egal wie schlecht er sie behandelt. Ihr Lohn, ihre Entschädigung: Georg braucht sie. Ohne sie ist der geniale Dichter nur ein hilfloses Kind, den Widrigkeiten der Welt und des Lebens schonungslos ausgesetzt.

Den Heiratsantrag hat – wider Brauch und Sitte – sie ihm gemacht, nach einwöchiger Bekanntschaft. Emma Siegmund ist in ihren Kreisen dafür bekannt, dass sie gerne aus der Rolle fällt. »Sie stand auf und sagte zu dem schüchternen Jüngling: Ich kann Dir Freiheit und Unabhängigkeit bieten; noch mehr, ich liebe Dich. Willst Du, so sei der Bund auf ewig geschlossen.« Das erzählt sie einem Journalisten, denn Presse und Öffentlichkeit interessieren sich brennend für die Verlobung des Freiheitsdichters mit der Tochter aus reichem Hause. Liebesehe oder Geldheirat, das ist die Frage. Georgs Mitstreiter sind schockiert über die gute Partie. Sie sehen das Ende von Georgs Kampfgeist schon heraufdämmern. Aber da kann er sie beruhigen: »Das Mädchen ist noch rabiater als ich und ein Republikaner von der ersten Sorte.« Die beiden haben es eilig mit dem Heiraten, jedoch die Rechnung ohne die Behörden gemacht. Der politische Flüchtling Georg Herwegh betreibt seine Einbürgerung in die Schweiz, aber die Einbürgerung lässt auf sich warten. Es dauert fast vier Monate, bis sie am 8. März 1843 endlich Mann und Frau werden. Nach einer ausgedehnten Hochzeitsreise lässt sich das junge Ehepaar in Paris nieder, in einer »Wohnung mit Goldschnitt«: opulenten Sofas, schweren Samtvorhängen, wertvollen Teppichen und Bronzestatuetten. Emmas Mitgift macht's möglich, und Georg genießt das gute Leben.

In Paris, dem »Wartesaal der Revolution«, versammelt sich damals fast alles, was an republikanisch, demokratisch oder sozialistisch gesinnten Künstlern und Intellektuellen Rang und Namen hat oder sich noch machen wird. Die Herweghs freunden sich mit Karl Marx und seiner jungen Familie an, die gleich um die Ecke wohnt. Heinrich Heine kommt oft zu Besuch. Noch im ersten Ehejahr – Emma erwartet ein Kind – verliebt sich Georg in eine andere: Gräfin Marie d'Agoult, Schriftstellerin, Salondame, ehemalige Geliebte von Franz Liszt. Die Gräfin lässt sich die Avancen des jüngeren, gut aussehenden Dichters gerne gefallen. Emma behelligt ihn nicht mit Eifersuchtsszenen, sondern schweigt und vertraut das, was sie ihm zu sagen gehabt hätte, ihrem Tagebuch an. Es tut ihr weh, dass Georg in Gegenwart der Gräfin seine

Gefühle für sie, Emma, nicht zeigen mag. Es schmerzt sie, dass Georg lieber halbe Nächte mit der Gräfin »verplaudert«, als seine kostbare Zeit ihr und dem neugeborenen Horace zu widmen. Eifersüchtig ist sie nicht, erklärt sie, denn »Freiheit ist die erste Bedingung in jedem Verhältnis und nur dadurch hat das Zusammenleben Heiligung und Wert«. Was sie am meisten quält, ist die Tatsache, dass sie ausgeschlossen ist. »Sei immer offen gegen mich, Georg, das ist das Einzige, was ich mir erflehe.« Denn die Liebe versteht alles, die Liebe verzeiht alles – nur bitte, bitte keine Geheimnisse. Und während Emma wartet, dass Georg wieder zu ihr zurückfindet, freundet sie sich mit der Geliebten ihres Mannes an und wird, wie diese, Gastgeberin eines Salons.

Emma hat keine gemütliche Ehe gewollt. Stürmisch und aufregend soll es zugehen. Diese Hoffnung erfüllt sich, als die Franzosen im Februar 1848 ihren König vom Thron jagen und daraufhin auch in Deutschland die Revolution ausbricht. In Paris formiert sich die deutsche demokratische Legion, ein Heer von Arbeitsemigranten, angeführt von ehemaligen preußischen Offizieren. Die Legion will den badischen Freiheitskampf unterstützen. Georg wird zu ihrem politischen Präsidenten gewählt. Emma, die unter Freunden als treibende Kraft bei diesem Abenteuer gilt, zieht mit nach Baden: in Männerkleidern, mit zwei Pistolen bewaffnet, als Georgs Page, Ordonanz und Leibwächter, bereit, sich für die Freiheit zu opfern. Hoffnungsfroh brechen sie auf, geschlagen kehren sie zurück, nach einem kurzen, strapazenreichen Feldzug. Der Frühling der Freiheit ist zu Ende, kaum dass er begonnen hat. Die Hoffnung, dass das Militär zu den Freischaren überlaufen werde, hat sich nicht erfüllt. Die Revolution ist gescheitert, die Legion aufgerieben und versprengt. Emma und Georg sind ihren Verfolgern, als Bauern getarnt, mit knapper Not entkommen. Während Emma sogar von ihren Feinden für ihre Unerschrockenheit bewundert wird, schmäht man Georg als Hasenfuß und erzählt sich süffisante Geschichten über seine Feigheit – auch als sich längst herausgestellt hat,

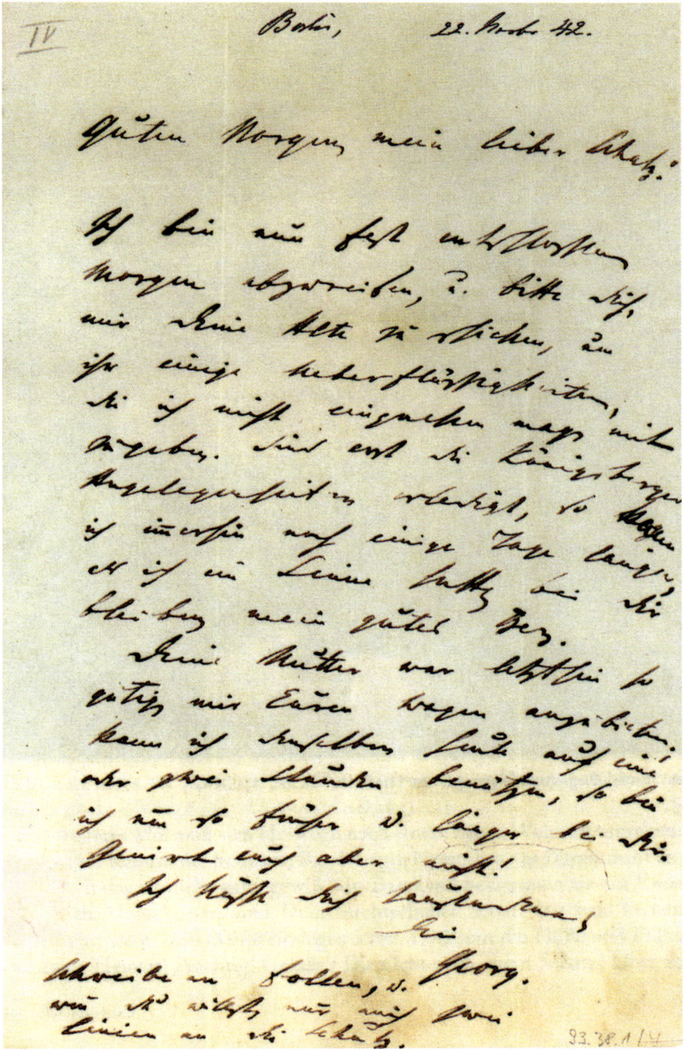
Berlin, 22. Novbr 42.

Guten Morgen, mein lieber Schatz!

Georg.

Nach einwöchiger Bekanntschaft verlobte sich Emma Siegmund mit Georg Herwegh. Mit der Heirat mussten sie vier lange Monate warten. – Brief Georgs an Emma vom 22. November 1842.

dass sie frei erfunden sind. Georg schert sich nicht darum. Oder tut wenigstens so. Er ist so niedergeschlagen über das Fiasko, dass er nichts mehr von Politik wissen will und sich ganz seinen naturwissenschaftlichen Studien hingibt. Emma dagegen ist guter Hoffnung, sie erwartet wieder ein Kind, und auch der Traum von der europäischen Republik ist für sie noch keineswegs ausgeträumt, auch wenn die Reaktion fürs Erste gesiegt hat. Ihre Hauptsorge gilt derzeit dem Geld, vielmehr dessen Mangel, und den wachsenden Schulden. Ihr Vater hat während der Revolution einen Teil seines Vermögens eingebüßt und weigert sich, das Pariser Luxusleben weiter zu finanzieren. Die Zuwendungen aus Berlin sollen Emma und den Kindern ein Auskommen sichern, mehr nicht.

In dieser Situation freundet sich Georg mit Alexander Herzen an. Er hat den russischen Schriftsteller und politischen Publizisten durch ihren gemeinsamen Freund, den Anarchisten Michail Bakunin, kennengelernt. Alexander Herzen ist 1847 mit seiner Familie vor den Schikanen der zaristischen Polizei nach Paris emigriert. Er hat Geld und gibt es großzügig aus, unterstützt politische Flüchtlinge, spendiert seinen Freunden üppige Soupers. Ein Enthusiast, mit dem man nächtelang diskutieren kann. Georg wählt sich den tatkräftigen, weltgewandten, einige Jahre älteren Russen als Mentor. Der betrachtet den deutschen Freiheitsdichter als Seelenverwandten und fühlt sich durch dessen Bewunderung geschmeichelt. Nur eines missfällt ihm sehr: Georg sei »in einer unmännlichen Weise verzärtelt«. Schuld daran ist Emma, die Georg jeden Wunsch von den Augen abliest und das ganze Hauswesen seinen Launen unterordnet. In seinen Memoiren zitiert er sie: »Mein Georg ist ein schrecklicher Egoist und gar zu verwöhnt, aber wer hätte mehr das Recht, verwöhnt zu werden? Alle großen Dichter waren ewig launische Kinder, und alle verwöhnten sie [...] Dieser Tage hat er mir eine herrliche Kamelie gekauft; zu Hause tat es ihm so leid, sie wegzugeben, dass er sie mir nicht einmal zeigte und in seinen Schrank verschloss, und dort hat er sie so lange stehenlassen, bis sie ganz verwelkt war – so kindisch!« Alexander mag Emma nicht. Sie ist ihm zu laut, zu direkt, zu selbstbewusst, zu unweiblich. Und ihre Heldenverehrung findet er geradezu peinlich: »Sie folgte ihrem Gatten offen vor aller Augen auf

Im Pariser Salon der Madame Herwegh: Rechts unten Georg Herwegh mit Buch, über ihm die schlafende Emma. Zeichnung von Camill Norwid.

Schritt und Tritt nach, so wie bejahrte Männer ganz jungen Mädchen nachzustellen pflegen; sie schaute ihm in die Augen, wies mit dem Blick auf ihn hin, schob ihm die Halsbinde, die Haare zurecht und lobte ihn mit einer empörenden Unbescheidenheit. In Anwesenheit von Fremden wurde er verlegen, aber im eigenen Kreise schenkte er alledem keinerlei Beachtung, so wie ein mit seiner Arbeit beschäftigter Hausvater nicht den Eifer bemerkt, mit dem ein Hund ihm die Stiefel leckt oder sich an ihn schmiegt.«

Emma versucht das Unmögliche: sich den veränderten Lebensumständen anzupassen und es Georg an nichts fehlen zu lassen. Er soll von Alltagssorgen unbehelligt bleiben, sich ganz auf sein Schaffen konzentrieren, keine Auftragsarbeit soll ihn ablenken. Emma verkauft, was von der eleganten Einrichtung entbehrlich erscheint, borgt von allen Seiten, lässt anschreiben, feilscht um Dienstbotenlöhne, massiert dem müden Dichter die Beine. »Sie verzichtete nicht nur für sich selbst auf notwendige Dinge – sie nähte sogar für die Kinder keine Wäsche, nur damit er bei den ›Provençalischen Brüdern‹ [einem teuren Restaurant] dinieren und sich unnützes Zeug kaufen konnte. Er nahm das Geld von ihr, ohne zu wissen, woher es kam – und er wünschte es auch nicht zu wissen«, erinnert sich Alexander Herzen. Obwohl Emma sich in Stücke reißt, um es Georg recht zu machen, treibt es ihn mit Macht aus dem Haus. Er fühlt sich durch Emmas Schwangerschaft belästigt. Im Februar 1849 kommt Tochter Ada zur Welt. Windeln und Kindergeschrei – das ist nichts für seine sensible Künstlernatur. Lieber bringt er seine Abende im harmonisch geordneten Familienkreis der Herzens zu. Dort gibt er den einsamen, unverstandenen Dichter. Alexanders Frau Natalie ist eine zarte, blasse Schönheit und unter der Oberfläche kühler Damenhaftigkeit eine leidenschaftlich empfindende Frau von 31 Jahren. Sie und Georg kommen einander näher, die Zeitläufte begünstigen ihre Liaison. Als nämlich die konservative Regierung der Zweiten Französischen Republik im Frühsommer 1849 fest genug im Sattel sitzt, um unter den radikalen Demokraten aufzuräumen, flieht Alexander vor der drohenden Verhaftung in die Schweiz. Drei Wochen später bringt Georg Natalie und ihre Kinder zu ihm und bleibt selbst auch gleich dort. Emma muss mangels Reisegeld in Paris ausharren. Sie kennt die Anzeichen bereits und fürchtet, nicht zu Unrecht, dass Georg in Natalie verliebt sei. »Dummer Schatz«, beruhigt er sie. Während Alexander ganz in seiner politischen Arbeit aufgeht, haben Natalie und Georg viel Zeit füreinander und ihre Gefühle.

Der romantische Zeitgeist hat die Liebe zur Religion erhoben, das Gefühl zum Maßstab allen Handelns gemacht. Was sind profane Dinge wie Ehe und eheliche Treue gegen die Heiligkeit der Liebe? Vor dieser unwiderstehlichen Macht verlieren bürgerliche Werte ihre Geltung. Für George Sand, die Prophetin des neuen Glaubens, besteht die Sünde nicht in der Stunde, die eine Frau in den Armen ihres Geliebten liegt, sondern in der Nacht, die sie mit ihrem Mann im Ehebett verbringt. Herzensangelegenheiten folgen ihren eigenen Gesetzen. »Die Unwiderstehlichkeit einer Anziehung, die im Wesen, im Innersten unserer beider Naturen wurzelt, der von Natalie und von mir – die Notwendigkeit, die unsere beiden Seelen zusammenheftet – [...] ich hatte weder die Kraft noch das Recht, zu fliehen! – Und überhaupt, flieht man denn vor sich selbst? Und doch wäre ich geflohen, wenn ich durch eigenes Tun jenes Gefühl in ihr geweckt oder erregt hätte, wenn nicht alles Gegenseitigkeit, blitzhafte Gleichzeitigkeit gewesen wäre [...]. Die Liebe war da – und sie war stärker als wir«, bekennt Georg später.

Alexander liebt Natalie. Natalie liebt Alexander und Georg. Georg liebt Natalie, vor allem aber sich selbst. Und Emma liebt Georg, Georg, Georg. Noch immer in Paris, verzehrt sie sich nach ihrem abwesenden Mann. Der schreibt ihr nicht einmal. Als Natalie und Alexander zu Besuch in Paris sind, schüttet Emma ihr Herz aus: Georg scheint sie ganz vergessen zu haben. Die Geliebte hat Mitleid mit der Ehefrau. Endlich, im Februar 1850, nach Monaten der Trennung, lädt Georg Emma zu sich ein. Sie kommt und findet ihren Mann völlig verändert und gänzlich unzugänglich vor. Weil Natalie ihn gebeten hat, Stillschweigen über ihre Liebe zu wahren, behält Georg das Geheimnis für sich. Drei Wochen lang. Erst am Abend ihrer Abreise gesteht er Emma seine Liebe zu Natalie. Er fleht Emma an, ihn nicht zu verlassen. Andernfalls müsse er sich töten, denn ohne sie könne er nicht leben: »Emma, glaub an das Leben, es ist noch nicht für uns vorbei. – Manches ist wunderlich, und man muss sich hüten Alles vorschnell lösen und begreifen zu wollen. Vielleicht ist's ja nicht einmal *Konflikt* der Gefühle – vielleicht bestehen zweierlei zu gleicher Zeit mit gleichem Recht nebeneinander – Sei gut!«

Aus der Erfahrung von sieben Ehejahren weiß Emma, dass noch jede von Georgs Leidenschaften wieder verflogen ist. Wenn auch diese einen weit heftigeren Verlauf nimmt als die vorigen, so muss sie doch nur Geduld haben. Fürs Erste bietet sich Emma als Botin für die Liebebriefe von Natalie und Georg an. »Ich bin keine Außenseiterin. Meine Rolle mag für euch beide demütigend sein. Aber wenigstens bleibt Alexander verschont«, schreibt sie. Denn auf das erste Glück der neuen Liebe folgen Versteckspiel und Heimlichkeit. Georg erweist sich als recht furchtsamer Liebhaber. Fast so sehr wie er Natalie liebt, fürchtet er sich vor dem Verlust von Alexanders Freundschaft. Auch Natalie seufzt: »Wenn Alexander verstünde! Wenn er doch verstünde! Er würde niedersinken und beten!« Aber sie glaubt auch: »Der geringste Verdacht würde Alexander töten.« Emma ihrerseits erklärt der Geliebten ihres Mannes, wenn sie Georg wirklich liebe, sei es ihre Pflicht, Mann und Kinder zu verlassen, um Georg glücklich zu machen.

Unterdessen rückt die Verwirklichung des lange gehegten Plans heran, gemeinsam in einem Haus zu leben. Alexander mietet eine Villa in Nizza, Familie Herwegh bekommt das Obergeschoss. Zwar ist Emma nicht darauf erpicht, das Liebesglück ihres Mannes aus nächster Nähe mitzuerleben, aber wie sollte sie dem immer noch ahnungslosen Alexander ihre Weigerung erklären? Zumal das Arrangement die Lösung ihrer finanziellen Probleme darstellt. Georg indessen hofft, dass sich die Wohngemeinschaft irgendwie in eine Ehe zu viert verwandeln würde. »Alles verworren, kompliziert; keine Lösung menschlicher Weise denkbar. Und doch denkbar, – nach meinen Begriffen, – doch! doch! Ein schönes, harmonisches Zusammenleben freier Menschen«, schreibt er an Emma.

Vom Spätsommer 1850 an wohnen die beiden Familien zusammen. Alexander will das, was sich gleichsam vor seinen Augen abspielt, lange nicht wahrhaben, kann sich seinem Argwohn auf die Dauer aber nicht verschließen. Nach einigen unerquicklichen Monaten voller Spannungen führt Natalie am Neujahrstag 1851 eine Aussprache herbei, die alle Beteiligten an den Rand des Wahnsinns bringt. Pikanterweise hat Alexander Herzen einige Jahre zuvor in seinem Roman »Wer ist schuld?« für ein ähnliches Liebesdreieck viel Einfühlung und Verständnis aufgebracht. Im wirklichen Leben allerdings hält er es eher mit bürgerlicher Doppelmoral, genehmigt sich Ausflüge ins Bordell und eine Affäre mit dem Dienstmädchen. Von seiner Frau erwartet er Treue. Jetzt fühlt er sich dreifach betrogen: von Natalie, von Georg und von Emma, die alles gewusst hat. Er stellt Natalie vor die Wahl: Georg oder er. Blutenden Herzens trifft Natalie ihre Entscheidung, für Alexander und vor allem: für ihre Kinder. Was würde aus ihnen werden, wenn sie mit Georg fortginge? Sie verlangt nur noch eines: Die Trennung muss ohne Duell und Blutvergießen von-

Gegenüberliegende Seite: »Shipwreck«, Schiffbruch, heißt das 2002 uraufgeführte Stück des englischen Dramatikers Tom Stoppard, in dessen Mittelpunkt die Herzen-Affäre steht. Das Theaterfoto stammt aus einer Inszenierung der »Shotgun Players«, Berkeley, aus dem Jahr 2013. Es zeigt Natalie Herzen (Caitlyn Louchard) und Georg Herwegh (Daniel Petzold).

statten gehen. Alexander ist einverstanden, unter der Bedingung, dass die Herweghs am nächsten Tag abreisen.

Georg schließt sich in sein Zimmer ein und reinigt ostentativ seine Pistole. Emma verlegt sich aufs Verhandeln. Jetzt zählt nur Georgs Glück, sonst nichts. Sie bittet Alexander, Natalie freizugeben. Sie, Emma, würde bei ihm und den Kindern bleiben. Alexander lehnt hohnlachend ab. Dann versucht sie, Natalie umzustimmen. Als ihr das nicht gelingt, bittet Emma, Natalie solle bei Georg für sie sprechen, ihn dazu bringen, dass er sie, Emma, mitnimmt, wenn er fortgeht. Dann handelt sie mit Alexander die Konditionen des Rückzugs aus, denn die Herweghs haben weder Geld noch Pässe, um zu reisen. Alexander kümmert sich um alles, gibt ihr das Reisegeld und erklärt sich bereit, auch die Schulden der Herweghs in verschiedenen Läden zu begleichen. Am nächsten Tag beichtet ihm Emmas Stubenmädchen peinlich berührt, sie solle auf Emmas Geheiß und auf Herzens Kosten noch Leinwand und Kinderwäsche kaufen. Alexander fasst es nicht: Da geht die Welt unter, Familien zerbrechen, und diese Frau kann noch an Kinderstrümpfe denken!

In der folgenden Zeit gehen viele Briefe hin und her. Darin ist von Todeswünschen, Selbstmordgedanken und vom gemeinsamen Liebestod die Rede, von Raserei und Mordgelüsten. Was als Freundschaftsbündnis begann und sich in eine ekstatische Liebe verwandelte, geht in einem Wust von anklagenden Briefen und kleinlichen Anschuldigungen unter. In Emmas Augen ist Natalie an allem schuld. Sie hat Georg verführt, sie hat ihn angestiftet, Alexander zu hintergehen, und nun straft Alexander Georg mit Verachtung, während er Natalie alles verzeiht, das ist nicht gerecht. Georg sieht es genauso. Er hat sich inzwischen von Emma getrennt, ist nach Zürich gezogen und verbreitet in der dortigen Emigrantengemeinde seine Version des Liebesdramas, die Alexander bei einem Besuch in der Schweiz zu hören bekommt. Darin spielt er die üble Rolle eines Tyrannen, der seine Frau daran gehindert hat, mit dem Mann zu leben, den sie liebt. Überhaupt sei

Natalie nur aus Angst und Sorge bei Alexander geblieben und werde ihn verlassen, sobald er sich beruhigt habe. Die Ehekrise der Herzens ist, wie Alexander feststellen muss, Gegenstand »einer europäischen Klatscherei« geworden.

Alexander Herzen im Jahr 1839. In seinem Roman »Wer hat schuld?« (1847) brachte er viel Einfühlung und Verständnis für ein tragisches Liebesdreieck auf.

Das fragile Gleichgewicht zwischen Natalie und Alexander zerbricht jedoch nicht unter dieser Belastung. Im Gegenteil, Natalie bekennt sich entschieden zu Alexander und beginnt, sich von Georg abzuwenden. »Ich dachte, ich hätte in Dir die Erfüllung meiner Träume gefunden, ich war geblendet, entrückt in eine Welt, in die die Vorstellungskraft kaum vordringen kann [...] Nach unsäglichen Kämpfen sah ich, dass ich dabei war, Alexanders Seelenfrieden zu zerstören, ohne Dich jemals zufriedenstellen zu können. Ich sah, dass du zu den kleinsten Opfern unfähig warst, dass Du nur für Dich lebtest [...]. Mein Ideal wurde umgestürzt, in den Schmutz gezogen; alles, was ich hoch und für heilig hielt, wurde verachtet und zertrampelt.«

Die demonstrative Eintracht zwischen dem versöhnten Ehepaar Herzen und die Tatsache, dass Alexander alle seine Wiederannäherungsversuche schroff zurückweist, nagen an Georg. Wenn schon keine Versöhnung, dann eben Rache! Emma, die wieder nach Nizza gezogen ist, soll ihm Genugtuung verschaffen und die Herzens in der Öffentlichkeit bloßstellen. Emma aber sperrt sich. Sie hat Alexander Stillschweigen versprochen, und es mag auch eine Rolle spielen, dass er noch einen Schuldschein über 10 000 Francs von ihr besitzt. »Du hast alle Waffen in der Hand und tust doch nichts. [...] Glaub nicht, dass wir uns wiedersehen, bevor Du nicht an Herzen Deine Rache genommen hast«, schäumt Georg. Im Januar 1852 schreibt er Alexander einen mit Enthüllungen und Beleidigungen gespickten Brief, in dem er ihm keine Demütigung erspart. »Schuft!«, sagt Natalie. Sie hat gerade eine lebensgefährliche Brustfellentzündung hinter sich. Alexander bittet Giuseppe Mazzini, den Führer der italienischen Freiheitskämpfer, ein Ehrengericht gegen Herwegh einzuberufen. Dabei geht es längst nicht mehr um Ehre oder Liebe, sondern um verletzte Eigenliebe. Natalie erleidet einen Rückfall und stirbt am 2. Mai 1852, mit 35 Jahren im Kindbett. Georg glaubt allen Ernstes: »Jetzt ist die Zeit zur Versöhnung mit Herzen gekommen, die Ursache unseres Zwistes existiert nicht mehr. [...] Wenn ich ihn nur unter vier Augen sehen könnte – er allein ist imstande, mich zu verstehen!«

Hier irrt Georg. Der untröstliche Alexander tritt eine regelrechte Kampagne gegen ihn los. Alle sollen erfahren, welch ehrloses, verächtliches Subjekt er ist, menschlich verkommen, politisch unzuverlässig, kein aufrechter Demokrat kann mehr gemeinsame Sache mit ihm machen. So wird nun im Kreis politischer Emigranten in ganz Europa die Herzen-Affäre durchgehechelt. Alle nehmen Partei. Für Alexander. Georgs Ansehen ist vollkommen ruiniert. Nur Emma setzt sich mit einem Leserbrief für ihren geschmähten Gatten ein, und sein neuer Freund, der Komponist Richard Wagner, hält zu ihm.

Es heißt, Herwegh lasse sich von einer ehemaligen Mätresse des Prinzen Louis Napoleon aushalten, »einem wüsten Frauenzimmer, das in ganz Zürich bekannt war«. Georg verwahrt sich dagegen. In seinen Jammerbriefen an Emma, die inzwischen nach Genua gezogen ist, vergleicht er sein Los mit dem des verlorenen Sohnes aus der Bibel, der in der Fremde Schweine hüten muss und froh wäre, wenn ein wenig

Schweinefraß für ihn abfiele. Emma schickt ihm Geld, wenn sie etwas erübrigen kann. Sie hat »in Genua bald einen Hof von Verehrern aus der italienischen Emigration um sich« gesammelt, wie sie Jahrzehnte später dem jungen Schriftsteller Frank Wedekind erzählt. Ihre Freunde raten ihr, sich von dem Schurken Herwegh scheiden zu lassen oder zu ihren Eltern zurückzukehren. Sie will nichts davon wissen. Sie verliebt sich in einen italienischen Freiheitskämpfer aus ihrer Entourage und teilt es Georg mit. Der antwortet, er habe sein Recht an ihr verloren, sie sei frei. Das, erzählt Emma später, habe sie »furchtbar grausam« gefunden. Nach zwei Jahren Trennung bittet Georg: »Komm, liebe Emma, das ist das Einzige, was ich noch sagen kann und sagen will.« Und Emma kommt. Nach reiflicher Überlegung, als sie sich wirklich sicher ist, »dass nie ein Vorwurf über meine Lippen kommt«.

Über die Herzen-Affäre wächst langsam Gras. Danach gibt es keine Affären mehr, zumindest sind keine mehr überliefert. In Zürich hält Emma, wie schon in Paris und Genua, wieder einem Salon, der wieder zum Treffpunkt einer illustren Gesellschaft wird. Der Schriftsteller Gottfried Keller, der Philosoph Ludwig Feuerbach, der Architekt Gottfried Semper zählen zu den Gästen. Neben den italienischen Patrioten gehören die linke Schriftstellerin Ludmilla Assing und der Arbeiterführer Ferdinand Lasalle, ein Gründervater der sozialdemokratischen Partei, zum Herwegh'schen Kreis. Längst haben Georgs Freunde es aufgegeben, noch einen großen Wurf von ihm zu erwarten. Er selbst meint: »Es muss ja nicht geschrieben sein!« Vom Schreiben als Broterwerb hält er gar nichts, die Kunst ist das Höchste und »wessen Wort nicht zündet, der soll es lassen und lieber Holz spalten, das ist ehrenwerter«. (Das Bundeslied für den Allgemeinen Deutschen Arbeiterverein, das er 1863 auf Lassalles Anregung verfasst, ist dann doch zündend: »Mann der Arbeit, aufgewacht! Und erkenne deine Macht! Alle Räder stehen still, wenn Dein starker Arm es will.«) Allerdings: Holz hat Georg nicht spalten müssen, denn ums »Brot« kümmert sich nach wie vor Emma.

Emma Siegmund im Jahr 1838 (Ölgemälde von Friederike Miethe): Eine junge Dame aus besten Verhältnissen. Später wurde sie von ihrem Vater enterbt.

Seit der 48er-Revolution ist die finanzielle Situation der Familie prekär. Die Aussicht auf eine Professur in Neapel zieht als Silberstreif am Horizont auf, ehe sie, aufgrund der veränderten politischen Verhältnisse, wieder im Nichts zerrinnt. Emma schreibt Bettelbriefe an Kollegen, die gerne helfen würden, aber selbst nichts haben, Briefe, von denen Georg nichts weiß und nichts wissen darf. Sie macht Übersetzungen, gibt Sprach- und Musikunterricht, kratzt Geld zusammen, damit Georg zur Kur fahren kann. 1865 stirbt Emmas Vater, der sie immer wieder vor dem Bankrott gerettet hat. In seinem Testament hat er Emma zugunsten ihrer Kinder enterbt. Emma grämt sich: Wenn sie vor Georg stirbt, kann sie ihm nicht einmal etwas hinterlassen. Ihre Sorge sollte sich als unberechtigt erweisen: Emma überlebt Georg fast drei Jahrzehnte. Mehrfach wendet sie sich an die Schillerstiftung, die notleidende Schriftsteller unterstützt, aber die Stiftung kann sich nicht zur Zahlung einer Pension an Herwegh durchringen. Ein Radikaler, ein Landesverräter, ein Verschwender – er ist doch selber schuld an seiner Notlage! Ein Stiftungsrat äußert: »Unter den obwaltenden Umständen genügt mir die Eingabe einer als exzentrisch bekannten Frau nicht. Der Mann muss selber seine Eingabe machen.« Als ob Georgs Stolz das zuließe! Erst nach Herweghs Tod gewährt die Schillerstiftung Emma eine kleine Witwenpension.

1866 stehen die Herweghs finanziell vor dem Aus. Von den Gläubigern immer heftiger bedrängt, bleibt nur die Flucht. Das heißt: Georg flieht, Emma bleibt »als verlorener Posten« in Zürich zurück, um den Haushalt aufzulösen und Georgs Bibliothek versteigern zu lassen. Inzwischen ist in Deutschland eine Amnestie für politische Flüchtlinge erlassen worden. Aber wo soll man hin? Nicht nach Berlin! Aber vielleicht nach Wien? Oder irgendwo in die Provinz, nach Thüringen oder Baden? In Zürich wartet Emma verzweifelt auf Georgs Entscheidung: »Lass mich, ich beschwöre dich, nicht mit deinem rechtzeitigen Rat im Stich.« Georg nimmt einen Übersetzungsauftrag der Deutschen Shakespeare-Gesellschaft an, um Geld zu verdienen, und will im Übrigen in Ruhe gelassen werden. Er weiß selbst nicht, wohin. Ihm fehlt seine Bibliothek, nicht einmal ein englisches Wörterbuch hat er, die Shakespeare-Übersetzung soll der Teufel holen. »Adieu – ich habe alles satt, geht wohin ihr wollt und ruft mich dann. Dein Georg«, bescheidet er seine Frau. Die Wahl fällt schließlich auf Baden-Baden, einen der mondänsten europäischen Badeorte dieser Zeit. In Lichtental, einem kleinen, aber feinen

Nach den Jahren des Exils fand Familie Herwegh Zuflucht in Baden-Baden. Das Foto zeigt die Kurstadt im Jahr 1875.

Vorort, lässt man sich nieder. Dort stirbt Georg am 7. April 1875 an einer Lungenentzündung.

Emma lässt seinen Leichnam nach Liestal im Kanton Baselland überführen und »in freier republikanischer Erde« ohne Beteiligung eines Geistlichen bestatten, so wie er es sich ausgebeten hat. Sie selbst zieht erst nach Stuttgart, wo der 1858 geborene Sohn Marcel am Konservatorium studiert, dann nach Paris, wo als er Violinist Karriere zu machen versucht. Sie freundet sich mit dem jungen Schriftsteller Frank Wedekind an, der Anfang der 1890er Jahre in Paris lebt. Wedekind notiert seinen Eindruck von Marcels Auftritten gegenüber seiner Mutter im Tagebuch: »Er behandelt sie unter aller Kanone«, schimpft Wedekind. Doch Emma habe abwiegelt: »Er meine es nicht böse [...], er habe es von seinem Vater, sein Vater sei ebenso gewesen.« Jetzt ist ihr Sohn das Genie, dessen Dienst Emma ihr Leben weiht, bis es am 24. März 1904 zu Ende geht.

»Die Bosheit der Menschen hat zwei edlen Männern das Herz gebrochen«

Der staatsgefährdende Vorleser

Charles Woodcock und König Karl von Württemberg

Viel wissen wir nicht über Charles Burger Woodcock, den Mann, der den württembergischen Thron fast zum Wanken brachte. Geboren wurde er am 1. Mai 1850 in New York. Dort ist er auch zur Schule gegangen. Sein Vater ist »ein durch Fleiß zu Vermögen gekommener Schlächter aus New York«, aber Charles will kein Metzger werden wie Vater, Onkel und Großvater, er strebt nach Höherem. Er studiert am Theologischen Seminar von Bangor, Maine, wo er 1875 seine Ausbildung zum Prediger beendet. Eine Empfehlung seines Gönners und Mentors verschafft ihm eine Stelle bei der Kongregationalisten-Gemeinde St. John in der kanadischen Provinz New Brunswick.

Der neue Prediger, ein auffallend hübscher junger Mann, ist nicht ganz das, was man von einem Geistlichen erwartet. Redegewandt und liebenswürdig wird er bald zum geselligen Mittelpunkt einer Schar von Freunden, die oft und gerne Party macht. Auf seinen ausgelassenen Junggesellenabenden fließe der Champagner in Strömen, weiß der Stadtklatsch. Und manchmal wartet die Gemeinde vergebens, dass ihr Pastor zum Gottesdienst antritt. Natürlich kostet dieses lockere Leben mehr Geld als Charles' Salär von 2000 Dollar jährlich hergibt. Bald ist er gründlich verschuldet. Vormittags stöbert er in der angesehensten Buchhandlung der Stadt, wo sich um diese Zeit auch die Damen der Gesellschaft mit Lektüre versorgen. Aber er geht keiner hübschen Debütantin ins Netz, sondern freundet sich mit dem Buchhandelsgehilfen an: Donald Hendry, einem großen, kräftigen Burschen vom Land, vier Jahre jünger als Charles. Auch er ein gut aussehender Junggeselle, allseits beliebt, ganz besonders bei der weiblichen Kundschaft, immer gut gelaunt und für jeden Spaß zu haben. Mit ihm wird Charles Zeit seines Lebens verbunden bleiben.

Karl von Württemberg als Kronprinz (1852). Der sensible junge Mann war nicht der Erbe, den sein tatkräftiger Vater sich wünschte.

Womöglich findet seine Gemeinde den leichtlebigen Prediger untragbar, aber Charles hat auch gar nicht vor, in New Brunswick alt zu werden. Seiner Gemeinde erzählt er, er wolle seine Studien in Heidelberg fortsetzen. Seinem Vater macht er weis, ins Heilige Land pilgern zu wollen, ehe er sich endgültig in einer Gemeinde niederlasse. Tatsächlich zieht es ihn nach Europa, so wie viele andere literarisch ambitionierte junge Männer – und einige Frauen – auch. Das geschichts- und kulturgesättigte Abendland gilt ihnen als besserer künstlerischer Nährboden als die kulturelle Brache Amerikas. Der Bedeutendste in dieser Generation von Wahl-Europäern ist der Romancier Henry James, der Pionier des modernen psychologischen Romans. Die Darstellung von Amerikanern in Europa, ihrer Verstrickungen und Verirrungen, Verblendungen und Verführungen in der kultivierten, aber moralisch dekadenten Alten Welt hat er zu seinem literarischen Markenzeichen gemacht. In einer Persönlichkeit wie Charles Woodcock hätte er ein lohnendes Objekt gefunden.

Als Charles und Donald im Jahr 1883 in der württembergischen Residenz in Erscheinung treten, zwei attraktive Männer um die dreißig, ist König Karl ungefähr doppelt so alt wie sie.

1823 als einziger Sohn von König Wilhelm I. geboren, ist der sensible kleine Prinz nicht der Erbe, den sich sein tatkräftiger Vater gewünscht hätte, woraus er auch gar kein Hehl macht. Folglich sieht Karl sich als Kronprinz zweiter Wahl, und darunter leidet sein Selbstbewusstsein zeitlebens. Früh erregt seine Vorliebe für Männergesellschaft das Missfallen seines strengen Vaters. Aber dann heiratet er 1846, und alle sind zufrieden. Die 23-jährige russische Zarentochter Olga Nikolajewna ist eine der besten Partien Europas. Von Karls homoerotischen Neigungen weiß man zu dieser Zeit am Petersburger Hof noch nichts, und in Württemberg hüllt man sich tunlichst in Schweigen. Vielleicht wird ja noch alles gut. Olga ist eine Schönheit, weltgewandt, sanft, liebevoll. Dass Karl kein energischer Tatmensch, sondern ein Schöngeist ist, stört sie nicht, im Gegenteil. Auch sie ist musisch veranlagt und kunstbegeistert. Olga sieht in Karl einen von seinem Vater verkannten, liebenswerten jungen Mann, der ihre Unterstützung braucht. Sie stärkt ihm den Rücken gegen Wilhelm und teilt Karls Liebe zu Musik, Literatur und Architektur. So lässt sich die Ehe sehr harmonisch an, aber sie bleibt kinderlos. Eine Untersuchung im Herbst 1859 erweist Karls Zeugungsunfähigkeit. Schließlich nimmt das Kronprinzenpaar Olgas Nichte, die Großfürstin Wera Konstantinowna, an Kindesstatt an. Nun sind sie eine komplette Familie.

Bei aller Zuneigung zu Olga richten sich Karls eigentliche Sehnsüchte auf »idealische« Männerfreundschaften. Die Ehefrau kann ihm keinen Herzensfreund ersetzen. Wilhelms Begeisterung für Männer und seine allfällige Ernüchterung sind bei Hof ein altbekanntes Spiel. So schreibt die Hofdame Eveline von Massenbach im September 1863 über Karls gerade entstandene Freundschaft mit Wilhelm von Spitzemberg: »Der Kronprinz schloss sich ihm an und, wie es immer so ist, ohne Rückhalt, was früher oder später zu Enttäuschungen führt.« Diesmal allerdings nicht, denn in Wilhelm von Spitzemberg hat Karl einen langjährigen engen Freund und Vertrauten, vielleicht auch Geliebten gefunden. Im August 1869 – Karl ist seit fünf Jahren König von Württemberg – schreibt Wilhelm von Spitzembergs Schwägerin Hildegard nach einem Besuch in der Sommerresidenz Friedrichshafen in ihr Tagebuch: »Wilhelm [...] liegt buchstäblich den ganzen Tag in des Königs Armen, dem er unentbehrlich ist. Ihn trifft der harte Vorwurf, dass er seinem Freunde nicht oft genug die Wahrheit sagt, auch auf die Gefahr hin, seine Stellung zu verscherzen. Das eben ist der Fluch einer solchen Günstlingsrolle, dass auch die Guten nach und nach die Flügel sich verbrennen im Gifthauch der Hofgunst. Lieber Schwarzbrot essen als solch ein Amt!«

Hildegard von Spitzemberg ist mit Wilhelms Bruder Carl, dem württembergischen Gesandten in Preußen, verheiratet und lebt in Berlin. In württembergischen Hof- und Regierungskreisen beurteilt man das Verhältnis von König Karl und seinem Oberstkammerherrn, Generalleutnant, Generaladjutanten und Duzfreund entschieden positiver. Freiherr von Spitzemberg gilt als Glücksfall für Württemberg: ein kluger Kopf, besonnen, verantwortungsbewusst und integer, einer, der die Nähe zum König nicht zu persönlicher Bereicherung ausnutzt. Spitzemberg riskiert, wenn es nötig ist, ein offenes Wort. Karls Beziehung zu ihm hält sich immer noch im Rahmen einer gesellschaftlich akzeptierten Männerfreundschaft. Und – was für den schwäbischen Adel ganz wichtig ist – Spitzemberg gehört dazu, er ist »einer von uns«.

Wie viele andere männerliebenden Zeitgenossen benutzt auch Karl das romantische Konzept der von hohen Idealen getragenen Herzens- und Seelengemeinschaft gleichgesinnter Männer als Schutzschild, hinter dem man unverdächtig von Liebe sprechen und homoerotische Neigungen in Grenzen ausleben kann. Doch Ende des 19. Jahrhunderts beginnt sich die Vorstellung zu wandeln: Waren früher enge, schwärmerische Männerfreundschaften von einer romantischen

Zur Sommerfrische fuhr »Karl der Auswärtige« nach Friedrichshafen, den Winter verbrachte er im sonnigen Süden.

Aura umweht und ganz unverdächtig gewesen, so bekommen allzu warme Gefühlsäußerungen zwischen Männern nun »ein Gschmäckle«. Und nun gar Sexualität zwischen Männern! Sie wandelt sich vom Laster zur Krankheit, der man mit kalten Bädern, Selbstdisziplin, Heirat und harter Arbeit zu Leibe rücken soll. Wenn gar nichts hilft, bleibt immer noch die Einweisung in eine Irrenanstalt. Die Homosexualität als eigene sexuelle Ausrichtung aufgrund natürlicher Veranlagung wird gerade erst »erfunden« und braucht noch ein Jahrhundert, um sich durchzusetzen. In den 1860er-Jahren tritt der Jurist Karl Heinrich Ulrichs mit mehreren Veröffentlichungen für die Rechte der gleichgeschlechtlichen Liebe ein. Und für deren Straflosigkeit. Denn in vielen Ländern stehen sexuelle Handlungen zwischen Männern unter Strafe. Seit der Reichseinigung 1871 gilt der berüchtigte Paragraph 175, bis gegen Ende des 20. Jahrhunderts.

Bei Hof sind Karls »Eigentümlichkeiten« ein offenes Geheimnis. Königin Olga hat der für sie bitteren Wahrheit irgendwann ins Gesicht sehen müssen. Sie trägt ihren Schmerz mit Haltung. Auch dem Volk wird allmählich klar, dass mit seinem König etwas nicht stimmt, als Karls »Herzensfreunde« immer jünger und immer weniger hoffähig werden und Karl sich immer weniger bemüht, die Regeln der Dezenz einzuhalten. Es beginnt mit Richard Mason Jackson. Auf seinen Spaziergängen lernt Karl um 1881 den musikbegeisterten jungen Amerikaner aus Ohio kennen. Er hat am Konservatorium Piano studiert, ist in Stuttgart hängen geblieben und arbeitet als Sekretär im amerikanischen Konsulat. Der König engagiert ihn als Vorleser, erhebt ihn in den Freiherrenstand, ernennt ihn zum Hofrat. Der Amerikaner wird »Exzellenz«.

Karl hat seine Regierungsverpflichtungen noch nie mit Freude erfüllt, seit der Reichsgründung hat er nun vollends das Interesse daran verloren. Über die große Richtung der Politik entscheidet ohnehin der Reichskanzler Otto von Bismarck in Berlin. Der König von Württemberg führt eigentlich das Leben eines Privatiers. Seit langem plagt den König ein schmerzhaftes Blasenleiden, das sich im sonnigen Süden merklich bessert, weshalb er den Winter in Italien oder an der Côte d'Azur verbringt. Zur Sommerfrische fährt »Karl der Auswärtige« nach Friedrichshafen, in Stuttgart sieht man ihn kaum noch. Das Repräsentieren überlässt er seinem Neffen, dem Kronprinzen Wilhelm, das Regieren seinem fähigen Ministerpräsidenten Hermann von Mittnacht.

Im November 1883 kündigt Wilhelm von Spitzemberg dem Ministerpräsidenten Mittnacht unter dem Siegel der Verschwiegenheit »eine neue amerikanische Idylle« an. Karl hat Jackson, der seit drei Jahren sein ständiger Begleiter ist, inzwischen satt. Charles Woodcock ist der neue Mann in seinem Leben. »Der arme Mann« – Spitzemberg meint den König – »sucht immer nach Idealen und ich fürchte, Er wird sich auch mit diesem verrechnen, wie mit Jackson, der jetzt nur noch ein materieller Mensch ist, der, wenn er zu fressen, zu

Der Vorleser Charles Burger Woodcock: Wer etwas vom König wollte, kam nicht an ihm vorbei. Das galt sogar für Königin Olga (links im Bild).

saufen und zu rauchen hat, befriedigt ist, der eben kein *feu sacré* und keinen Schwung hat.« Spitzemberg sieht schweren Zeiten entgegen: »Das wird eine schöne Geschichte geben, wenn nun 2 so Kerle hier im intimen Umgang mit S. M. sind.« Und: »Der König hat noch nicht den Mut gehabt, Jackson etwas von seiner neuen Flamme zu erzählen, und ich bin sehr begierig, wie sich jener dazu stellen wird.« »Jener« frisst sich Kummerspeck an, lässt sich aber, sehr zum Ärger des neuen Favoriten, nicht vom Hofe vergrämen. Spitzemberg, der ausgediente Intimus, hält seinem König die Treue, indem er ihm gelegentlich ins Gewissen redet und ungeschminkt die Meinung sagt. Was seine Position bei Karl keineswegs verbessert. Im Herbst 1885 quittiert er resigniert seinen Dienst und stirbt drei Jahre später, krank und enttäuscht.

Als Charles Woodcock in Württemberg antritt, hat er seine Biographie auf hoffähig getrimmt. Er stammt jetzt aus einer wohlhabenden Südstaatenfamilie, ist mütterlicherseits mit dem britischen Adelsgeschlecht derer von Savage verwandt und hat einen Doktortitel von der Universität Heidelberg, von dem die Universität Heidelberg allerdings nichts weiß. Aber das stellt sich erst später heraus. Jetzt, Ende November 1883, wartet König Karl ungeduldig, dass sein neuer Freund eintrifft. Den hat er in Friedrichshafen bei einer Spiritistin namens Vaihinger kennengelernt. Spiritismus ist damals sehr *en vogue* in besseren Kreisen. Womöglich hat Charles im Verein mit der Spiritistin dafür gesorgt, dass das Augenmerk des spendablen Königs auf ihn fällt. Fräulein Vaihinger hilft noch ein bisschen nach: »Das ist der Freund, den Gott dir sendet«, lässt das Medium ihn wissen. Einer gesellschaftsfähigeren Version zufolge ist Charles Woodcock dem König von der französischen Exkaiserin Eugénie und dem britischen Gesandten als Vorleser empfohlen worden.

Mit dem Neuen ist durchaus Staat zu machen: gewandt und gut gewachsen, groß und schlank, mit dunklen, schönen Augen und schwarzem, ausrasiertem Backenbart. Er spricht fließend Deutsch und Französisch, ist hochgebildet, geistreich, elegant, besitzt geschliffene Umgangsformen, vornehme Denkungsart und, wie sich noch zeigen wird, ein sehr einnehmendes Wesen. Sein Begleiter Donald Hendry firmiert als sein Vermögensverwalter. Er hält sich beflissen und ehrerbietig im Hintergrund. Als Vorleser liest Charles dem König nicht nur vor und berät ihn bei der Auswahl seiner Lektüre, er entscheidet auch, welche Artikel aus welchen Zeitungen der König zu hören bekommt. Als Gesellschafter verbringt er viele Stunden im vertrautem Gespräch mit dem König. Natürlich unterhält man sich viel über Kunst. Das ist das Terrain, auf dem der schöngeistige Yankee und der württembergische König sich auf Augenhöhe treffen. Für Charles bedeutet es übrigens schwere Arbeit: mehrere Stunden täglich geistreiche Konversation treiben, immer neuen Gesprächsstoff parat haben, immer amüsant, immer unterhaltend sein, denn der anspruchsvolle König langweilt sich schnell. »Seine ganze freie Zeit musste er opfern, um neue interessante Lese- und Gesprächsstoffe zu finden und sich kundig zu machen, was in der Welt vor sich ging«, grummelt Donald Hendry, der sich offenbar vernachlässigt fühlt. Woodcock habe für drei gearbeitet. Hendry weiß übrigens auch recht gut über die Höhe des königlichen Vermögens Bescheid.

Karl, der sich viel auf seine »ideale Geistesrichtung« und seine geistigen Höhenflüge zugutehält, fühlt sich verstanden. Und geliebt. Der Amerikaner darf den König duzen. »Von ganzer Seele geliebter Karl« nennt der König seinen Herzensfreund in Briefen. »Mein lieber, lieber Tully«, antwortet der. »Tully« könnte ein Kinderkosename für »Charles« sein und zeugt von einer engen, liebevollen Vertrautheit der beiden. Der König bekennt, »ich habe Sehnsucht nach Dir. Möchte gern bei Dir in Deinem Hause in Stuttgart sein. Meine Melancholie verschwindet dort. Wenn ich mit Dir bin, empfinde ich keine Trübsal. Gott behüte dich [...] Gott erhalte Dich, Du mein Trost, meine Freude im Leben. Dein Tully.« Karl kann ohne seinen Freund nicht mehr leben und zeigt das auch immer ungenierter. Er ist jetzt in den Sechzigern, er brauche jetzt keine Rücksichten mehr zu nehmen, räsoniert er. Er hat es satt, irgendeinen schönen Schein zu wahren, Kompromisse zu machen, seine Neigungen zu tarnen oder zu verleugnen. Das hat er lange genug getan. Er will sich keinen Zwang mehr antun. Der König kann nicht sagen: »Ich bin schwul, und das ist auch gut so!« Aber seine demonstrativen öffentlichen Auftritte mit Woodcock, Arm in Arm und im Partnerlook, kommen einem Outing gleich. Die Königin fühlt sich brüskiert. Die gemeinsamen Auftritte des Königspaares werden seltener, was dem Volk nicht gefällt. Protokollarische Verstöße – etwa ein Besuch mit Woodcock auf dem Cannstatter Wasen, während zur gleichen Zeit Königin Olga dort offiziell einen Besuch abstattet – machen böses Blut.

Charles bezieht ein fürstliches Salär und hat eine luxuriöse Wohnung in der Residenz. Auch eine Villa in Friedrichshafen hat Karl ihm geschenkt, außerdem wertvolle Einrichtungs-

Drei Männer beim Spaziergang, von Seiner Majestät in einem Brief an Woodcock eigenhändig gezeichnet: vorn Mr. Woodcock, sodann König Karl; der Dritte im Bunde ist vermutlich Woodcocks Vertrauter Donald Hendry.

gegenstände, und immer wieder gibt es kostbare Geschenke. Für den Fall der Vertragsauflösung ist eine großzügige Abfindung vereinbart worden. Für Charles mag sich die Geschichte so darstellen: Er macht Karl glücklich, der belohnt ihn königlich. Und er verlangt ja gar nichts vom König. Er lässt sich die Liebesgaben gefallen, da es »Tully« so große Freude macht, ihn zu beschenken. Das Fordern, vielmehr das Insinuieren von Wünschen übernehmen andere, nämlich Donald Hendry und die Haushälterin Fanny Schmidt-Zoller. Karl hält allen Vorhaltungen entgegen, wie uneigennützig sein Freund sei und dass dieser seine Geschenke nur widerstrebend annehme. Ministerpräsident Mittnacht seinerseits erklärt seinem König »in tiefster Ehrfurcht«, aber ziemlich unverblümt, dass er das anders sehe, und nicht nur er, denn »die Menge sieht nicht auf die Absicht, sondern auf den Erfolg, und wenn H. v. Woodcock in wenigen Jahren ein nach gewöhnlichen Vorstellungen reicher Mann geworden ist oder zu werden Aussicht hat, so wird es nicht gelingen, von seiner Uneigennützigkeit das größere Publikum zu überzeugen. Neben dem Nichtfordern gibt es auch ein Nichtannehmen.«

Wer etwas vom König will, einen Posten sucht, eine Beförderung möchte oder sonst ein Anliegen hat, kommt an Charles Woodcock nicht mehr vorbei. Das gilt sogar für die Königin, und auch Ministerpräsident Mittnacht wendet sich bei Gelegenheit an den Amerikaner. Charles hat eigentlich keinen politischen Ehrgeiz, er will sich auch nicht zum heimlichen Herrscher über Württemberg aufschwingen, er will »nur« die Leute kaltstellen, die ihn dem König entfremden wollen, und davon gibt es mehr als genug. Dem »fremden Abenteurer« und »ausländischen Eindringling« traut man jede Schändlichkeit zu. Mittnacht hält den Favoriten für in »hohem Grade gefährlich«, vor allem nachdem er erfahren hat, dass der König alle an ihn gerichteten Briefe – von Ministern, Generälen, Hofchargen, Verwandten, auch private Briefe, solche aus dem Ausland, vertrauliche Staatspapiere – an Charles weitergibt. Was können solche Briefe in den Händen eines Unbefugten ausrichten, fragt sich Mittnacht. Spätestens jetzt ist die Liebesaffäre eine Staatsaffäre. Und um Geld geht es dabei auch. Die Regierung weiß ziemlich genau, was sein teurer Freund den König kostet, und es ist zu viel.

Dann passieren einige Dinge, die das Fass zum Überlaufen bringen: Im Sommer 1887 möchte Woodcock ein Haus in der noblen Neckarstraße (heute: Konrad-Adenauer-Straße) kaufen. Der König will den Kauf finanzieren, stolze 200 000 Mark kostet das Anwesen. Charles lässt sich das politisch sehr unkluge Geschenk von Ministerpräsident Mittnacht zwar ausreden, aber das bis dahin recht gute Verhältnis zwischen Ministerpräsident und Favorit ist von nun an getrübt, und der König trägt es seinem Ersten Minister nach, dass der seinem Freund die Freude verdorben hat. Karl ist allerdings gewillt, Charles wenigstens ideell zu entschädigen, mit einem Adelstitel. »Ich will es, ich befehle es«, trumpft er auf, als Mittnacht Bedenken äußert. Und er setzt es durch. Im Oktober 1888 wird Charles Burger Woodcock Freiherr von Woodcock-Savage. Das ist der Anfang vom Ende.

Der Erfolg schafft Feinde. Nicht nur, dass der König auf keinen anderen mehr hört als auf den unliebsamen Amerikaner! Nicht nur, dass dieser den integren Schwaben Spitzemberg verdrängt hat! Nicht nur, dass der König seinem Freund einen verschwenderischen Lebensstil finanziert, während der Hofstaat sich einschränken muss – nun wird er auch noch geadelt und zum Kammerherrn ernannt. Und es ist schon der zweite dahergelaufene Amerikaner, der solcherart geehrt wird! Der Adel sieht sich abgewertet. Mittnacht, der inzwischen fürchtet, nun auch auf Woodcocks Abschussliste zu stehen, erhebt warnend die Stimme: »Der König ist vermöge der Ihn erfüllenden Leidenschaft gänzlich in den Händen des Günstlings und dessen Gesellschaft. Dagegen kommt keine Rücksicht auf eine andere Person auf.«

Mittnacht fürchtet den unvermeidlich heraufziehenden Skandal. Im Juni 1889 steht Karls 25-jähriges Thronjubiläum bevor, und statt einer Verherrlichung des »Regenten mit mildem Zepter« drohen spektakuläre Enthüllungen über »den Krebsschaden der fremdländischen Günstlingswirtschaft« oder gar unliebsame Erörterungen, wozu die Monarchie denn überhaupt noch gut sei. Den preußischen Gesandten hat Mittnacht bereits ins Vertrauen gezogen. Dem Kaiser wird Bericht erstattet: »Seiner [Mittnachts] Ansicht nach liege bei dem Könige von Württemberg eine auf geschlechtlicher Unnatur beruhende Krankheit vor, wie sie auch früher in diesem Hause vorgekommen sei.« Reichskanzler Otto von Bismarck persönlich sichert Mittnacht seine Unterstützung zu. Das Auswärtige Amt lässt Nachforschungen in Woodcocks Heimat anstellen. Mit dem mageren Ergebnis: Es ist nichts Übles über Mr. Woodcock bekannt. Aber nun ist es amtlich, dass Charles aus einer Familie von Metzgern stammt und nicht etwa mit dem britischen Adel verwandt ist, was er den romantischen König hat glauben lassen – und was der sich auch nicht ausreden lässt.

Resigniert verließ Karls langjähriger Vertrauter Wilhelm von Spitzemberg 1885 den Hof.

Am 23. Oktober 1888 platzt die Bombe. Ein Artikel in den »Münchner Neuesten Nachrichten« enthüllt die Zustände am württembergischen Hof. Es werden keine Namen genannt, aber man weiß Bescheid. In Stuttgart ist die Affäre ohnehin schon Stadtgespräch. Mit diesem vergleichsweise moderaten Artikel ist es aber nicht getan. Die Presse diesseits und jenseits des Atlantiks lässt sich das Fressen nicht entgehen und stürzt sich auf den Skandal. Die Artikel strotzen von Anzüglichkeiten, die jeder versteht. Der König, der in Nizza überwintert, versucht den Skandal kleinzureden, kommt aber gegen die Macht der Presse nicht an. Hofstaat und Regierung sind fassungslos. Das ist Majestätsbeleidigung! Aber wie soll man die Anschuldigungen widerlegen? Der König wurde herabgewürdigt, bloßgestellt, der Lächerlichkeit preisgegeben, »in der pöbelhaftesten Weise mit Kot beworfen«, die württembergische Krone wurde in den Dreck gezogen. Man kann die Affäre nicht mehr totschweigen. Jetzt hilft nur noch eines: die sofortige Trennung von Woodcock. Aufgewühlt erklärt der König, er lasse sich in seine Privatangelegenheiten nicht hineinreden. Die Leute seien einfach zu niedrig gesinnt, um ein »auf [den] idealen Gedanken gerichtetes Freundschaftsverhältnis wie das Seinige mit Woodcock« zu begreifen. Nie, nie werde er sich von ihm trennen.

Die Entscheidung wird ihm von Charles abgenommen. Auch ihm hat der Skandal den Boden unter den Füßen weggezogen. Kabinettchef Griesinger berichtet dem Leibarzt Berthold von Fetzer mit offensichtlicher Genugtuung, Woodcock »habe wie ein Hund gewinselt und gejammert, alle Gnadenbeweise seien von ihm stets zurückgewiesen und nur mit Widerstreben angenommen worden. Sein Name sei in den Zeitungen [...] gebrandmarkt worden, seine Zukunft sei ruiniert«. Auch Charles, der gerne Werte wie Ehre und Ritterlichkeit im Mund führt, hat seine Ehre, sein Ansehen vor der Welt verloren. In Nizza kann er nicht bleiben. Charles bittet den König um acht Tage Urlaub und reist am 2. November nach London ab. Ob er da schon weiß, dass es eine Trennung für immer ist, wissen wir nicht. Karl jedenfalls glaubt an ein Wiedersehen, sobald sich der Sturm gelegt hat, und fällt aus allen Wolken, als am 8. November ein Brief eintrifft, in dem sein Freund ihm erklärt, er komme nicht wieder. Er wolle sich nicht zwischen den König und sein Volk stellen. Dem ist sein Volk in diesem Augenblick aber herzlich gleichgültig.

Woodcock entsagt öffentlich, in einem Brief an die württembergischen Untertanen, der im »Schwäbischen Merkur« abgedruckt wird: »Ich habe mich überzeugt, dass mein Verbleiben in der Nähe des Königs nur ihm und der Regierung Schwierigkeiten bereitet, die *à tout prix* vermieden werden müssen, weil sie dem König und dem monarchischen Prinzip gefährlich werden könnten. Ohne meine Schuld bin ich durch Verleumdungen unmöglich geworden. Es ist nicht Feigheit, die mich bestimmt zu gehen, sondern wirkliche Überzeugung, dass es durch die letzten Ereignisse nötig geworden [ist]. Die wahren Interessen des Königs verlangen, dass ich gehen soll. Die Württemberger sind treue, loyale Untertanen und es ist ganz natürlich, dass es sie peinlich berührte, wenn ein Fremder so viel im Umgang des Königs war. Der König möge keinen Groll gegen mich haben. Ich bin stolz und dankbar, seine edle Seele gekannt zu haben und werde ihm stets treu und anhänglich bleiben.«

Der unglückliche König klagt: »Die Bosheit der Menschen hat zwei edlen Männern das Herz gebrochen!« Auch das steht in der Zeitung. Wütend und verzweifelt weinend droht Karl, am Abend seines Jubiläums abzudanken. Er will nur das eine: »Geben Sie mir zum Regierungsjubiläum meinen Freund zurück!« Karl hat die Bodenhaftung verloren. Ein Sonderling ist er schon seit langem, nun heißt es, der König sei nicht mehr normal. Seine eigene Schwester glaubt es, die Königin glaubt es, der Hofstaat glaubt es, Reichskanzler Bismarck glaubt es auch. Karls Leibarzt Berthold von Fetzer hingegen meint, geisteskrank oder unzurechnungsfähig sei der König durchaus nicht, aber er vergleicht Karls Verhalten mit dem eines Süchtigen. Die Droge des Königs heißt Charles Woodcock. In Stuttgart kursieren unterdessen Briefe des »lieben, lieben Tully« an seinen »von ganzer Seele geliebten Karl«, sie werden zum Gaudium der Stuttgarter Honoratioren auf Herrenabenden vorgelesen.

Auch Charles hat die Aufregung sehr mitgenommen. In London wirft ihn eine Brustfellentzündung aufs Krankenbett. Wieder genesen, reist er nach Genf. Es gibt viel zu tun. Er verlangt die ihm vertraglich zustehende Abfindung und eine Entschädigung für die Besitztümer, die er in Württemberg zurücklassen musste, alles Geschenke des verliebten Königs. An Karl schreibt er weiterhin Briefe, die diesem Hoffnung machen. Was für ein Spiel spielt er? Will er sich den Rückweg offen halten? Mittnacht, der nichts von der vereinbarten Abfindung weiß, glaubt zunächst an eine Erpressung. Immerhin

Karl und Olga als Großelternpaar mit den Zwillingen ihrer Adoptivtochter Wera.

hat Charles ein Druckmittel in der Hand, und Donald Hendry, der »Vermögensverwalter«, lässt im »New York Herald« verlauten, man sei im Besitz von Dokumenten und könne nötigenfalls Gebrauch davon machen. Es handelt sich um 80 Briefe, darunter 22 vertrauliche dienstliche Schreiben des Ministerpräsidenten.

Der König will, als man ihm schließlich von den Verhandlungen berichtet, nichts von einer Abfindung wissen. Charles soll zurückkommen und alles soll wieder werden, wie es in glücklicheren Tagen war. Doch Anfang Februar 1889 werden sich Charles Woodcock und Mittnacht einig: Woodcock bekommt 300 000 Mark und gibt alle in seinem Besitz befindlichen württembergischen Dokumente zurück, er verzichtet auf seine Villa in Friedrichshafen und verspricht, nicht mehr nach Württemberg oder in die Nähe des Hofes zu kommen. Immer noch schreibt der König sehnsüchtige Briefe an Charles, doch dessen Antworten werden knapper und seltener und hören schließlich ganz auf. Anfang Juli 1889 – das Thronjubiläum ist glücklich überstanden – heißt es aufatmend: »Woodcocks Aktien sind im Sinken«. Anfang Dezember bekommt der Kammerdiener den Auftrag, alle Erinnerungsstücke an Charles zu beseitigen. Der König lebt wieder auf. Den Winter verbringt er in der Residenz.

Er hat einen neuen Freund gefunden. Zum Entsetzen aller ist Wilhelm Georges, der Neue, ein einfacher Theatermaschinist. Er ist verheiratet und hat Kinder und die sagen, wenn sie zu Besuch sind, »Onkel Karl« zu Seiner Majestät. Der erwartete Skandal bleibt diesmal aus. Karl ist diskreter geworden. Trotzdem spricht sich auch diese Affäre herum. Die Busenfreundschaft mit Spitzemberg, einem einheimischen Adligen, war akzeptabel. Jackson und Woodcock waren immerhin gebildete Männer mit feinen Manieren. Georges ist ein Mann aus dem Volk. Was kommt als Nächstes? Ein Kerl von der Straße vielleicht? In Berlin beginnt man sich für die neue Liebschaft des Königs zu interessieren. Der preußische Gesandte sieht dringenden Handlungsbedarf, um das Ansehen des deutschen Fürstenstandes zu schützen. (Pikanterweise handelt es sich bei dem eifrigen Gesandten um Graf Philipp von Eulenburg-Hertefeld, den Lieblingsfreund Kaiser Wilhelms II., der seinen Günstling fallen lässt, als 1906 Anschuldigungen wegen Homosexualität gegen Eulenburg und seinen Freundeskreis erhoben werden.) In Württemberg hält man sich unterdessen zurück und setzt darauf, dass sich das Problem auf natürliche Weise löst. »Man ist an die Passionen des Königs gewöhnt und weiß, dass er 68 Jahre alt und kränklich ist«, berichtet Eulenburg. König Karl stirbt am 6. Oktober 1891 in Stuttgart. In seinem Testament ist Wilhelm Georges mit 220 000 Mark großzügig bedacht worden. Auch Richard Jackson, der immer noch in Stuttgart lebt, bekommt 200 000 Mark. Der Freiherr von Woodcock-Savage wurde aus dem Testament gestrichen.

Kein württembergischer Landeshistoriker lässt auch nur ein gutes Haar an Charles Woodcock. Das Urteil – »übler Glücksritter und Betrüger« – wird unisono gefällt: ein gieriger ausländischer Abenteurer, der unter Ausnutzung der Gunst des Herrschers Land und Leuten großen Schaden zugefügt hat. Es ist das abgegriffene Deutungsmuster, das gegen landfremde Günstlinge und Favoritinnen immer angewandt wird. Aber auch Woodcock selbst bedient sich zur eigenen Ehrenrettung eines tradierten Schemas: dem des dekadenten, moralisch angekränkelten Europas, das voller Fallstricke für einen arglosen Amerikaner ist. Auch Charles sieht sich als Opfer. Seine Beziehungen zu König Karl seien ehrenwerter Natur gewesen und seine Pflichten klar definiert. Den Freiherrentitel habe er überhaupt nur dem König zuliebe angenommen, der glaubte, damit seine Stellung bei Hof zu erleichtern. »Ich habe mich oft geweigert, in den Adelsstand erhoben zu werden, weil ich – wie ich es jetzt auch noch tue – den Titel ›ein Amerikaner‹ [vor] allen anderen, die es unter der Sonne gibt, bevorzuge.« Trotzdem verlangt er von Ministerpräsident Mittnacht, ihm seinen Adelsbrief nachzuschicken und führt bis an sein Lebensende den Namen »Woodcock-Savage«.

1890 kehrt er nach Amerika zurück, wo er sich mit Donald Hendry in New York niederlässt. Über eine kriminelle Karriere des angeblichen »Abenteurers und Betrügers« ist nichts bekannt. Charles schreibt Artikel und hält Vorträge und erweist sich als nützliches Mitglied der Gesellschaft. 1894 heiratet er eine 41-jährige vermögende Witwe. Donald Hendry

Der Trauerzug vor dem Königsbau. König Karl von Württemberg starb am 6. Oktober 1891.

ist Trauzeuge. Henrietta Knebel Staples bringt vier Söhne mit in die Ehe. Die Beziehung zu ihnen muss gut sein, denn alle nehmen den Namen »Savage« an, der jüngste sogar den Vornamen Charles. 1906 veröffentlicht Woodcock einen Roman, der auch ins Deutsche übersetzt wird: »Die Hofdame der Königin«. Es ist die Lebensgeschichte einer jungen, unschuldigen Hofdame der Königin Marie Antoinette. In den Seitenhieben gegen intrigante Hofschranzen klingen württembergische Reminiszenzen an. So wird die Erzählerin vor dem Neid des niederen Adels gewarnt: »[Das sind] Kreaturen, die alles dem König verdanken und von ihm zu dem gemacht wurden, was sie sind. [...] Sie sind die Anwärter für alle Gnaden und Privilegien, die zu gewähren in der Macht des Königs liegt, und wenn ein anderer sie empfängt, dann knurren sie und fletschen die Zähne.« Und es gilt auch zu bedenken: »Wie falsch die Geschichte der Menschen doch geschrieben werden kann! Und das nicht notwendigerweise, indem man die Tatsachen verdreht, sondern dadurch, dass selbst Augenzeugen, die alles treulich zu berichten meinen, doch nur die Wahrheit berichten, so wie sie sie sehen.« Es ist eben alles eine Frage der Perspektive. Gewidmet ist der Roman »dem Gedächtnis einer edlen Seele, die ich kannte, liebte und betrauere«.

Charles Woodcock Savage stirbt am 26. Juni 1923 in New York im Alter von 73 Jahren. Donald Hendry bleibt seiner Familie freundschaftlich verbunden. Nach dem Tod von Charles' Witwe ändert er sein Testament. Ursprünglich hatte er in seiner kanadischen Heimat neben seinen Eltern beerdigt werden wollen. Nun verfügt er, dass seine Asche neben dem Grab seines Freundes bestattet wird. Und so geschieht es auch, als Donald Hendry, der nie geheiratet hat, 1935 stirbt. Charles und er sind wohl das eigentliche Liebespaar in dieser Geschichte.

Literaturhinweise

Die im Text verwendeten Zitate stammen aus den genannten Werken und wurden behutsam an die neue Rechtschreibung angepasst.

Regina und Karl Bardili

Jens, Inge und Walter: Eine deutsche Universität. 500 Jahre Tübinger Gelehrtenrepublik. München 1977.

Klüpfel, Karl: Geschichte und Beschreibung der Universität Tübingen. Tübingen 1849.

Rath, Hanns Wolfgang: Regina, die schwäbische Geistesmutter. Neu bearb., ergänzt und erweitert durch Hannsmartin Decker-Hauff. Limburg a. d. Lahn 1981.

Schreiner, Klaus: »Beutegut aus Rüst- und Waffenkammern des Geistes.« Tübinger Bibliotheksverluste im Dreißigjährigen Krieg. In: Eine Stadt des Buches. Tübingen 1498–1998. S. 77–130. Tübingen 1998.

Setzler, Wilfried; Schönhagen, Benigna; Binder, Hans-Otto: Kleine Tübinger Stadtgeschichte. Tübingen 2006.

Weiß, Michael: Bücher, Buden, Burschenschaften. Tausend Semester Tübinger Studentenleben. Tübingen 1991.

Luise von Degenfeld und Kurfürst Karl Ludwig von der Pfalz

Cruysse, Dirk van der: »Madame sein ist ein ellendes Handwerck«. Liselotte von der Pfalz – eine deutsche Prinzessin am Hof des Sonnenkönigs. München 1990.

Degenfeld-Schonburg, Franz: »Louise von Degenfeld und die raugräflichen Geschwister der Liselotte von der Pfalz«. In: Kraichgau. 15. S. 381–390. 1997.

Kühn, Joachim: »Ergast und Rosalinde«. In: Ders.: Ehen zur linken Hand in der europäischen Geschichte. S. 124–149. Stuttgart 1968.

Liselotte von der Pfalz. Madame am Hofe des Sonnenkönigs. Ausstellung der Stadt Heidelberg zur 800-Jahr-Feier, 21. September 1996 bis 26. Januar 1997 im Heidelberger Schloß. Hrsg. von Paas, Sigrun. Heidelberg 1996.

Roth, Michael: »Fürstliches Familienidyll. Luise von Degenfeld und Schwetzingen.« In: Schwetzinger Frauengeschichten. Hrsg. v. Stadtarchiv Schwetzingen und ZONTA Club Schwetzingen. Ubstadt-Weiher 2013.

Schaab, Meinrad: Geschichte der Kurpfalz. Band 2: Neuzeit. Stuttgart 1992.

Schreiben des Kurfürsten Karl Ludwig von der Pfalz und der Seinen. Hrsg. von Holland, Wilhelm Ludwig. Stuttgart 1884.

Sellin, Volker: Kurfürst Karl Ludwig von der Pfalz. Versuch eines historischen Urteils. Ges. der Freunde Mannheims und der Ehemaligen Kurpfalz. Mannheim 1980.

Karl Friedrich und Felicitas Abt

Böttiger, Karl August: Literarische Zustände und Zeitgenossen. Begegnungen und Gespräche im klassischen Weimar. Hrsg. von Klaus Gerlach und René Sternke. Berlin 1998.

Koenig-Warthausen, Gabriele von: »Felizitas Abt geb. Knecht: ein Schauspielerleben des 18. Jahrhunderts«. In: Heimatkundliche Blätter für den Kreis Biberach. 4/1981, 2. S. 20–26. Biberach 1981.

Müller, Wilhelm Christian: Beyträge zur Lebensgeschichte des Schauspieldirektors Abbt's: Dem Herrn Professor Schlözer in Göttingen, dem Herrn Bibliothekar Reichardt in Gotha und den Verfassern der Theater-Zeitung zur Berichtigung ihrer Anzeige gewidmet. Frankfurt und Leipzig 1784.

Ofterdinger, L. F.: »Geschichte des Theaters in Biberach von 1686 bis auf die Gegenwart«. In: Württembergische Vierteljahrshefte für Landesgeschichte, Bd. 6. S. 113–126; S.229–242. Stuttgart 1883.

Schmitt, Peter: Schauspieler und Theaterbetrieb. Studien zur Sozialgeschichte des Schauspielerstandes im deutschsprachigen Raum 1700–1900. Tübingen 1990.

Schleiferbärbel und Konstanzer Hans

Blauert, Andreas; Wiebel, Eva: Gauner- und Diebslisten. Registrieren, Identifizieren und Fahnden im 18. Jahrhundert. Frankfurt am Main 2001.

Erbe, Günther: »Das Ehescheidungsrecht im Herzogtum Württemberg seit der Reformation«. In: Zeitschrift für Württembergische Landesgeschichte, XIV. Jahrgang 1955. S. 95–144. Stuttgart 1955.

Ponath, Gabriele: Die Schleiferbärbel: Räuberinalltag im Südwestdeutschland des 18. Jahrhunderts. Univ. Tübingen, Magisterarbeit 1998.

Schöll, Johann Ulrich: Kostanzer Hanß. Eine schwäbische Jauners-Geschichte aus zuverläßigen Quellen geschöpft und pragmatisch bearbeitet. Stuttgart 1789.

Schwanke, Irmgard: Die »Erz-Jaunerin Hennenflügels Sephe«. Eine Fallstudie zur Rolle von Frauen im südwestdeutschen Vaganten- und Gaunermilieu des 18. Jahrhunderts. http://www.magi-e.historicum-archiv.net/reihe/magi-e_band_05.pdf; 22. Februar 2013.

Viehöfer, Erich: »Ein ›Reformator der schwäbischen Jaunerey‹. Vor 200 Jahren starb Johann Baptist Herrenberger im Ludwigsburger Zucht- und Arbeitshaus«. In: Hie gut Wirtemberg allewege. 44. S. 28–31. Stuttgart 1993.

Wiebel, Eva: »Barbara Reinhardt oder ›Schleiferbärbel‹. Jaunerin (1744–1793)«. In: Lebensbilder aus Baden-Württemberg. XXIII. S. 29–58. Stuttgart 2010.

Leonardus Cornelius van der Valck und Sophia Botta

Gross, Rainer: »Ingelfingen am Ende des alten Reiches«. 6. Dunkelgrafen-Symposium, Ingelfingen 2004. Unveröffentlichtes Vortragsmanuskript.

Lannoy, Marc de: Das Geheimnis des Dunkelgrafen. War Prinzessin Marie Thérèse Charlotte de Bourbon seine Begleiterin? Norderstedt 2007.

Meyhöfer, Thomas: Das Rätsel der Dunkelgräfin von Hildburghausen. Bilanz einer 160-jährigen Forschung. Vortrag auf dem 7. Symposium zu Dunkelgraf und Dunkelgräfin vom 7. bis 9. September 2007 in Hildburghausen. http://www.madame-royale.de/de/texte/meyhoefer2007.pdf; 24. Dezember 2012.

Philipps, Carolin: Die Dunkelgräfin. Das Geheimnis um die Tochter Marie Antoinettes. München 2012.

Schacke, Claudia: »Die zwei Leben der Madame Royale« – Duchesse d'Angoulême oder Dunkelgräfin? Magisterarbeit Technische Universität Dresden 2005. http://www.madame-royale.de/de/texte/Schacke2005.pdf; 24. Dezember 2012.

Therese von Abel und Wilhelm von Württemberg

Baden und Württemberg im Zeitalter Napoleons. Ausstellung des Landes Baden-Württemberg. Band 2, Aufsätze. Stuttgart 1987.

Briefe von Therese von Abel und Wilhelm I. von Württemberg. Archiv der Charlotte-von-Gaisberg-Stiftung, Schloss Großheppach.

Deutelmoser, Otto K.: Die Ehrbarkeit und andere württembergische Eliten. Stuttgart 2010.

Hardach-Pinke, Irene: Bleichsucht und Blütenträume. Junge Mädchen 1750–1850. Frankfurt am Main 2000.

Pfäfflin, Anna Marie: Gottlob Heinrich Rapp. Goethes »wohl unterrichteter Kunstfreund« in Stuttgart 1761–1832. Stuttgart 2011.

Sauer, Paul: Napoleons Adler über Württemberg, Baden und Hohenzollern. Südwestdeutschland in der Rheinbundzeit. Stuttgart 1987.

Sauer, Paul: Reformer auf dem Königsthron. Wilhelm I. von Württemberg. Stuttgart 1997.

Elisabeth zu Fürstenberg und Joseph von Laßberg

Baden und Württemberg im Zeitalter Napoleons. Ausstellung des Landes Baden-Württemberg. Band 2, Aufsätze. Stuttgart 1987.

Gaier, Ulrich; Weidhase, Helmut: Joseph Freiherr von Laßberg (1770–1855). Imaginierte Lebensformen des Mittelalters. Marbacher Magazin 82/1998 (Sonderheft). Marbach am Neckar 1998.

Greith, Karl Johann von: »Erinnerungen an Joseph Freiherrn von Laßberg auf der alten Meersburg«. In: Historisch-politische Blätter für das katholische Deutschland. 53/1864, S. 425–441 und 505–522. München 1864.

Joseph von Laßberg. Mittler und Sammler. Aufsätze zu seinem 100. Todestag hrsg. von Karl S. Bader. Stuttgart 1955.

Krause, Albrecht: »Frauen machen Politik: Amalie Zephyrine von Hohenzollern-Sigmaringen und Elisabeth von Fürstenberg«. In: Frauen bei Hof. Hrsg. von Otto Borst. S. 125–164. Tübingen 1998.

Kurzel-Runtscheiner, Monica: »Ein Leben zwischen Politik und Liebe – Fürstin Elisabeth von Fürstenberg als Frau und als Kämpferin für die Rechte ihres mediatisierten Hauses«. In: Die Fürstenberger. 800 Jahre Herrschaft und Kultur in Mitteleuropa. Hrsg. von Erwein H. Eltz und Arno Strohmeyer. Katalog des NÖ Landesmuseum, Neue Folge Nr. 342. S. 78–89. Korneuburg 1994.

Obhof, Ute: »Von einem der auszog, sein letztes Hemd für die Nibelungenhandschrift zu geben«. In: Staatsanzeiger für Baden-Württemberg, 19. Januar 2004. Stuttgart 2004.

David Friedrich Strauß und Agnese Schebest

Bilder aus dem Leben der Familien Strauß-Heusler in Gedichten, Briefen und Prosa näher erläutert: 1837–1874. Hrsg. von Irma Heusler. Dillenburg 1968.

Kerner, Theobald: Das Kernerhaus und seine Gäste. Stuttgart und Leipzig 1897.

La Roi-Frey, Karin de: Frauenleben im Biedermeier. Berühmte Besucherinnen bei Justinus Kerner in Weinsberg. Leinfelden-Echterdingen 1998.

Rapp, Adolf: David Friedrich Strauß. Ein Bild seiner Persönlichkeit. Stuttgart 1951.

Rebmann, Martina: »Formen lokaler Verehrung. Die Sängerin Agnese Schebest (1831–1870) in Stuttgart«. In: Diva. Die Inszenierung der übermenschlichen Frau. Hrsg. von Rebecca Grotjahn. S. 98–113. Schliengen 2011.

Schebest, Agnese: Aus dem Leben einer Künstlerin. Stuttgart 1857.

Schlawe, Fritz: David Friedrich Strauß. Eine kurze Lebensbeschreibung anhand von eigenen Äußerungen. Ludwigsburg 1974.

Strauß, David Friedrich: Ausgewählte Briefe. Hrsg. und erl. von Eduard Zeller. Bonn 1895.

Strauß, David Friedrich: Briefe an seine Tochter. Nebst Briefen seiner Mutter an ihn selbst. Dillenburg 1921.

Suckow, Emma von: Reisescenen in Bayern, Tirol und Schwaben. Stuttgart 1840.

Ziegler, Theobald: David Friedrich Strauß. 2 Bände. Straßburg 1908.

Albert Dulk, Johanna Dulk, Pauline Butter, Else Bussler

Bäuerle, Michael: »Unerhört, aber wahr: Albert Dulk. Bodenseeschwimmer, Revolutionär und Freidenker«. In: Allmende. 13. 1993, No. 38/39, S. 157–170. Karlsruhe 1993.

Brändle, Doris: »Albert Dulk kann man nicht zähmen«. Esslinger Zeitung, 29. Juni 2012.

Dulk, Albert: »Nieder mit den Atheisten!« Ausgewählte religionskritische Schriften aus der frühen Freidenkerbewegung. Hrsg. von Heiner Jestrabek. Aschaffenburg und Berlin 1995.

Fränkel, Ludwig: »Dulk, Albert«. In: Allgemeine Deutsche Biographie, Band 48, S. 149–160. München 1904.

Jestrabek, Heiner: FreidenkerInnen – Lehren aus der Geschichte. Porträts und Aufsätze. Heidenheim 2012.

Kurz, Isolde: Aus meinem Jugendland. Stuttgart 1920.

Meyer, Jochen: Albert Dulk, ein Achtundvierziger. Aus dem Lebensroman eines Radikalen. Marbacher Magazin 48/1998. Marbach am Neckar 1998.

Möbs, Bernd: Unterwegs zu Stuttgarts Dichtern. Neue literarische Spaziergänge. Tübingen 2012.

Rieber, Christof: »Das Sozialistengesetz. Die Kriminalisierung einer Partei.« In: Politische Gefangene in Südwestdeutschland. S. 166–194. Tübingen 2001.

Schweimler, Astrid: Albert Friedrich Benno Dulk (1819–1884): Ein Dramatiker als Wegbereiter der gesellschaftlichen Emanzipation. Gießen 1998.

Schweizerbarth-Roth, Elise Melitta von: Erinnerungen einer alten Stuttgarterin. Stuttgart 1925.

Walther-Dulk, Ilse: Die Flucht nach Ägypten des Albert Dulk. Weimar 2002.

Emma und Georg Herwegh

Carr, E. H.: Romantiker der Revolution. Aus dem Englischen von Reinhard Kaiser. Frankfurt am Main 2004.

Enzensberger, Ulrich: Herwegh. Ein Heldenleben. Frankfurt am Main 1999.

Herzen, Alexander: Mein Leben. Memoiren und Reflexionen. Aus dem Russischen von Hertha v. Schulz. Bd. 2. Berlin 1963.

Krausnick, Michail: »Nicht Magd mit den Knechten«. Emma Herwegh. Marbacher Magazin 83/1998. Marbach am Neckar 1998.

Rettenmund, Barbara; Voirol, Jeanette: Emma Herwegh. Die größte und beste Heldin der Liebe. Zürich 2000.

Wedekind, Frank: Die Tagebücher. Ein erotisches Leben. Hrsg. von Gerhard Hay. Frankfurt am Main 1986.

König Karl und Charles Woodcock

Dworek, Günter: »Ein Yankee am Hofe des Königs Karl. Schwule Schwaben und saubere Sozialdemokraten«. In: Capri. Zeitschrift für schwule Geschichte, Nr. 4. S. 3–22. Berlin 1988

Gammerdinger, Ludwig: Der Fall Woodcock. Als Handschrift gedruckt von Buchdruckerei und Verlag E. Carle. Vaihingen an der Enz 1944.

Honeck, Jürgen: Der Liebhaber des Königs. Skandal am württembergischen Hof. Mühlacker 2012.

Jena, Detlef: Königin Olga von Württemberg. Glück und Leid einer russischen Großfürstin. Regensburg 2009.

Katz, Jonathan Ned: »Americans in Württemberg Scandal«. http://outhistory.org/wiki/Americans_in_Württemberg_Scandal,_1888/Part_1; 8. Mai 2013. http://outhistory.org/wiki/Americans_in_Württemberg_Scandal,_1888/Part_2; 8. Mai 2013. http://outhistory.org/wiki/Americans_in_Württemberg_Scandal,_1888/Part_3; 8. Mai 2013. http://outhistory.org/wiki/Americans_in_Württemberg_Scandal,_1888/Part_4; 8. Mai 2013.

Massenbach, Eveline von: Das Tagebuch der Baronin Eveline von Massenbach: Hofdame der Königin Olga von Württemberg. Hrsg. von Robert Uhland. Stuttgart 1987.

Philippi, Hans: Das Königreich Württemberg im Spiegel der preußischen Gesandtschaftsberichte 1871–1914. Stuttgart 1972.

Sauer, Paul: Regent mit mildem Zepter: König Karl von Württemberg. Stuttgart 1999.

Spitzemberg, Hildegard von: Das Tagebuch der Baronin Spitzemberg, geb. Freiin v. Varnbüler: Aufzeichnungen aus der Hofgesellschaft des Hohenzollernreiches. Ausgew. u. hrsg. von Rudolf Vierhaus. Göttingen 1960.

Stümke, Hans-Georg: Homosexuelle in Deutschland. Eine politische Geschichte. München 1989.